【臺灣現當代作家
研究資料彙編】112

隱　地

國立台灣文學館
出版

部長序

　　十二月，是豐收的季節。在此時刻，國立臺灣文學館執行已十年的「臺灣現當代作家研究資料彙編」計畫，再次推出十位重量級作家研究彙編：吳漫沙、隱地、岩上、林泠、席慕蓉、吳晟、張系國、李渝、季季、施叔青，為叢書再添基石。

　　文化是國家的靈魂，文學如同承載這靈魂的容器，舉凡生活日常、思想智慧，或是歲月淬鍊的情感、慣習，點滴匯為龐大的「文化共同體」，莫不需要作家之眼、文學之筆，將之一一描摹留存，讓後世得以記憶，並了解自身之所來。

　　文化部近年來致力保存全民歷史記憶，透過「重建臺灣藝術史」計畫，找回屬於我們的記憶、我們的靈魂，承繼各個時代、各個領域的藝術家們為我們銘刻留下的時代精神。「臺灣現當代作家研究資料彙編」的出版，恰與此呼應：藉由重要作家與作品研究的系統化整理，從檔案史料提煉出臺灣文化多元、豐富的史觀，並透過回顧作家生平、查找文

學夥伴的往來互動及社團軌跡，再加上諸多研究者的評述，讓讀者不僅能與作家的生命路徑同行，更能由此進入臺灣特有、深邃的文學世界。我相信，當我們對於臺灣文學的認識越深入，對於這塊土地的情感也將更踏實，文化的創發也會更活潑光燦。

　　是故，欣見臺灣文學館將計畫第九階段的編選成果呈現出來。名單不乏讀者耳熟能詳的文學大家，但更有意義的，是讓許多逐漸為讀者甚至研究者遺忘的作家，再度重登文學舞臺，有重新被更多人閱讀、討論的機會，這正是我們重建文學史價值之所在。在此向讀者推介這一套兼具深度與廣度的文學工具書，提供國內外研究或關心臺灣文學發展者，期待我們能持續點亮臺灣文學的光芒。

文化部部長　鄭麗君

館長序

　　臺灣文學的範圍，遠比想像的長遠寬廣。以文字方式留存的文學、年代至少已三百有餘，原住民口語形式的傳統，歷史更是深厚而靈動。可以說，文學聚攏了我們一整個社會的集體記憶。然而文學不只有創作的努力，作者完成的工作，其實也經由文學的「研究」而散發更多意義。

　　國立臺灣文學館的使命，既是保存臺灣的文學創作史，也就必須借助文學的研究力。雖然臺灣曾有一段時期因為政治情境的壓制，致使臺灣文學科系在 1990 年代後才陸續成立，從而更加辛勤在重建我們應該集體記得的「文學史」。

　　針對作家和作品的評介和賞析，固是文學研究的明確入口，然而閱讀者的回應甚至反擊，其實也是隱含文思交鋒的珍奇素材，很值得系統性的保存、便於未來世代可以補足先人的思想圖譜。臺灣文學館因而開啟「臺灣現當代作家研究資料彙編」的編纂計畫，自2010 年委託臺灣文學發展基金會執行，以「現當代」文學作家為界，蒐羅散布各處、詮釋多元的研究評論資料，以勾勒臺灣文學的整體面貌。

　　「彙編」由最早預定出版三個階段、50 冊的計畫，在各界期許中幾度擴編，至今已是第九階段，累積出版已達 120 冊。這一段現當代的範圍，始自 1920 年代臺灣的新文學世代，並融接戰後由中國大陸跨海而來的創作社群。第九階段彙編計畫包含吳漫沙、隱地、岩上、林泠、席慕蓉、吳晟、張系國、李渝、季季、施叔青十位作家的研究資料，探討了含括不同族群、性別、階層而匯聚在臺灣文學的歷程。

　　「彙編」計畫選定 1945 年以前出生的世代，為的是在勾勒他們共同經歷的特殊史跡——那個寫作相對艱辛、資料相對散佚、意識型態也格外沉重的時期。當然，部落社會的無名遊吟者、清末古典文學的漢詩人、以及在各個時代留下痕跡的文學家們，都同樣是高度值得尊崇的文學瑰寶。臺灣文學館的「彙編」期待能夠是一個窗口，引我們看見臺灣短短歷史撞擊出的這麼多種各異的文學互動，也寄望未來的資料科技協助我們將更多文學史料呈現給臺灣。

國立臺灣文學館館長　蘇碩斌

編序

◎封德屏

緣起

　　1995 年 10 月 25 日，在臺灣師範大學教育大樓的 201 室，一場以「面對臺灣文學」為題的座談會，在座諸位學者分別就臺灣文學的定義、發展、研究，以及文學史的寫法等，提出宏文高論，而時任國家圖書館編纂張錦郎的「臺灣文學需要什麼樣的工具書」，輕鬆幽默的言詞，鞭辟入裡的思維，更贏得在座者的共鳴。

　　張先生以一個圖書館工作人員自謙，認真專業地為臺灣這幾十年來究竟出版了多少有關臺灣文學的工具書，做地毯式的調查和多方面的訪問。同時條理分明地針對研究者、學生，列出了十項工具書的類型，哪些是現在亟需的，哪些是現在就可以做的，哪些是未來一步一步累積可以達成的，分別做了專業的建議及討論。

　　當時的文建會二處科長游淑靜，參與了整個座談會，會後她劍及履及的開始了文學工具書的委託工作，從 1996 年的《臺灣文學年鑑》起始，一年一本的編下去，一直到現在，保存延續了臺灣文學發展的基本樣貌。接著是《中華民國作家作品目錄》的新編，《臺灣文壇大事紀要》的續編，補助國家圖書館「當代文學史料影像全文系統」的建置，這些工具書、資料庫的接續完成，至少在當時對臺灣文學的研究，做到一些輔助的功能。

　　2003 年 10 月，籌備多年的「臺灣文學館」正式開幕運轉。同年五月《文訊》改隸「財團法人台灣文學發展基金會」，為了發揮更大的動能，開

始更積極、更有效率地將過去累積至今持續在做的文學史料整理出來，讓豐厚的文藝資源與更多人共享。

於是再次的請教張錦郎先生，張先生認為文學書目、作家作品目錄、文學年鑑、文學辭典皆已完成或正在進行，現在重點應該放在有關「臺灣現當代作家評論資料目錄」的編輯工作上。

很幸運的，這個計畫的發想得到當時臺灣文學館林瑞明館長的支持，於是緊鑼密鼓的展開一切準備工作：籌組編輯團隊、召開顧問會議、擬定工作手冊、撰寫計畫書等等。

張錦郎先生花了許多時間編訂工作手冊，每一位作家的評論資料目錄分為：

（一）生平資料：可分作者自述，旁人論述及訪談，文學獎的紀錄。

（二）作品評論資料：可分作品綜論，單行本作品評論，其他作品（包括單篇作品）評論，與其他作家比較等。

此外，對重要評論加以摘要解說，譬如專書、專輯、學術會議論文集或學位論文等，凡臺灣以外地區之報刊及出版社，於書名或報刊後加註，如中國大陸、香港、新加坡等。此外，資料蒐集範圍除臺灣外，也兼及中國大陸、香港、新加坡、日本、韓國及歐美等地資料，除利用國內蒐集管道外，同時委託當地學者或研究者，擔任資料蒐集工作。

清楚記得，時任顧問的學者專家們，都十分高興這個專案的啟動，但確定收錄哪些作家名單時，也有不同的思考及看法。經過充分的討論後，終於取得基本的共識：除以一般的「文學成就」為觀察及考量作家的標準外，並以研究的迫切性與資料獲得之難易度為綜合考量。譬如說，在第一階段時，作家的選擇除文學成就外，先考量迫切性及研究性，迫切性是指已故又是日治時期臺籍作家為優先，研究性是指作品已出土或已譯成中文為優先。若是作品不少而評論少，或作品評論皆少，可暫時不考慮。此外，還要稍微顧及文類的均衡等等。基本的共識達成後，顧問群共同挑選出 310 位作家，從鄭坤五、賴和、陳虛谷以降，一直到吳錦發、陳黎、蘇

偉貞,共分三個階段進行。

　　「臺灣現當代作家評論資料目錄」專案計畫,自 2004 年 4 月開始,至 2009 年 10 月結束,分三個階段歷時五年六個月,共發現、搜尋、記錄了十餘萬筆作家評論資料。共經歷了三位專職研究助理,近三十位兼任研究助理。這些研究助理從開始熟悉體例,到學習如何尋找資料,是一條漫長卻實用的學習過程。

接續

　　「臺灣現當代作家評論資料目錄」的專案完成,當代重要作家的研究,更可以在這個基礎上,開出亮麗的花朵。於是就有了「臺灣現當代作家研究資料彙編暨資料庫建置計畫」的誕生。為了便於查詢與應用,資料庫的完成勢在必行,而除了資料庫的建置外,這個計畫再從 310 位作家中精選 50 位,每人彙編一本研究資料,內容有作家圖片集,包括生平重要影像、文學活動照片、手稿及文物,小傳、作品目錄及提要、文學年表。另外每本書分別聘請一位最適當的學者或研究者負責編選,除了負責撰寫八千至一萬字的作家研究綜述外,再從龐雜的評論資料中挑選具有代表性的評論文章,平均 12～14 萬字,最後再附該作家的評論資料目錄,以期完整呈現該作家的生平、創作、研究概況,其歷史地位與影響。

　　第一部分除資料庫的建置外,50 位作家 50 本資料彙編(平均頁數 400～500 頁),分三個階段完成,自 2010 年 3 月開始至 2013 年 12 月,共費時 3 年 9 個月。因為內容充實,體例完整,各界反應俱佳,第二部分的 50 位作家,分四階段進行,自 2014 年 1 月開始至 2017 年 12 月,共費時 4 年,並於 2017 年 12 月出版《百冊提要》,摘要百冊精華,也讓研究者有清晰的索引可循。2018 年 1 月,舉行百冊成果發表會,長年的灌溉結果獲文化部支持,得以延續百冊碩果,於 2018 年 1 月啟動第三部分 20 位作家的資料彙編,為期兩年。2019 年 12 月結束費時十年,120 本的文學工具書之旅。

成果

雖然過程是如此艱辛，如此一言難盡，可是終究看到豐美的成果。每位編選者雖然忙碌，但面對自己負責的作家資料彙編，卻是一貫地認真堅持。他們每人必須面對上千或數百筆作家評論資料，挑選重要或關鍵性的評論文章，全面閱讀，然後依照編選原則，挑選評論文章。助理們此時不僅提供老師們所需要的支援，統計字數，最重要的是得找到各篇選文作者，取得同意轉載的授權。在起初進度流程初估時，我們錯估了此項工作的難度，因為許多評論文章，發表至今已有數十年的光景，部分作者行蹤難查，還得輾轉透過出版社、學校、服務單位，尋得蛛絲馬跡，再鍥而不捨地追蹤。有了前面的血淚教訓，日後關於授權方面，我們更是如臨深淵、如履薄冰，希望不要重蹈覆轍，在面對授權作業時更是戰戰兢兢，不敢懈怠。

除了挑選評論文章煞費苦心外，每個作家生平重要照片，我們也是採高標準的方式去蒐集，過世作家家屬、友人、研究者或是當初出版著作的出版社，都是我們徵詢的對象。認真誠懇而禮貌的態度，讓我們獲得許多從未出土的資料及照片，也贏得了許多珍貴的友誼。許多作家都協助提供照片手稿等相關資料，已不在世的作家，其家屬及友人在編輯過程中，也給予我們許多協助及鼓勵，藉由這個機會，與他們一起回憶、欣賞他們親人或父祖、前輩，可敬可愛的文學人生。此外，還有許多作家及研究者，熱心地幫忙我們尋找難以聯繫的授權者，辨識因年代久遠而難以記錄年代、地點、事件的作家照片，釐清文學年表資料及作家作品的版本問題，我們從他們身上學習到更多史料研究可貴的精神及經驗。

但如何在規定的時間內，完成每個階段資料彙編的編輯出版工作，對工作小組來說，確實是一大考驗。每一冊的主編老師，都是目前國內現當代臺灣文學教學及研究的重要人物，因此都十分忙碌。每一本的責任編輯，必須在這一年的時間內，與他們所負責資料彙編的主角──傳主及主編老師，共生共榮。從作家作品的收集及整理開始，必須要掌握該作家所

有出版的作品，以及盡量收集不同出版社的版本；整理作家年表，除了作家、研究者已撰述好的年表外，也必須再從訪談、自傳、評論目錄，從作品出版等線索，再作比對及增刪。再來就是緊盯每位把「研究綜述」放在所有進度最後一關的主編們，每隔一段時間提醒他們，或順便把新增的評論目錄寄給他們（每隔一段時間就有新的相關論文或學位論文出現），讓他們隨時與他們所主編的這本書，產生聯想，希望有助於「研究綜述」撰寫的進度。

在每個艱辛漫長的歲月中，因等待、因其他人力無法抗拒的因素，衍伸出來的問題，層出不窮，更有許多是始料未及的。譬如，每本書的選文，主編老師本來已經選好了，也經過授權了，為了抓緊時間，負責編輯的助理們甚至連順序、頁碼都排好了，就等主編老師的大作了，這時主編突然發現有新的文章、新的資料產生：再增加兩三篇選文吧！為了達到更好更完備的目標，工作小組當然全力以赴，聯絡，授權，打字，校對，重編順序等等工作，再度展開。

此次第三部分第二階段共需完成的 10 位作家研究資料彙編，年齡層與活動地區分布較廣，步履遍布海內外各地，創作類型也更為豐富多元。出生年代較早的作者，在年表事件的求證以及早年著作的取得上，饒有難度。以出生年代較近的作者而言，許多疑難雜症不刃而解，有些連主編或研究者都不太清楚的部分，作家本人及家屬絕對是一個最好的諮詢對象，對解決某些問題來說，這是一個好的線索，但既然看了，關心了，參與了，就可能有不同的看法，對於選文、年表、照片，甚至是我們整本書的體例，也會有更多想法，於是又是一場翻天覆地的大更動，對整本書的品質來說，應該是好的，但對經過多次琢磨、修改已進入完稿階段的編輯團隊來說，這不啻是一大挑戰。

1990 年開始，各地縣市文化中心（文化局），對在地作家作品集的整理出版，以及臺灣文學館成立後對日治時期作家以迄當代重要作家全集的編纂，對臺灣文學之作家研究，也有了很好的促進作用。如《楊逵全

集》、《林亨泰全集》、《鍾肇政全集》、《張文環全集》、《呂赫若日記》、《張秀亞全集》、《葉石濤全集》、《龍瑛宗全集》、《葉笛全集》、《鍾理和全集》、《錦連全集》、《楊雲萍全集》、《鍾鐵民全集》等，如雨後春筍般持續展開。

　　經過近二十年的努力，臺灣文學的研究與出版，也到了可以驗收或檢討成果的階段。這個說法，當然不是要停下腳步，而是可以從「臺灣現當代作家評論資料目錄」所呈現的 310 位作家、11 萬筆資料中去檢視。檢視的標的，除了從作家作品的質量、時代意義及代表性去衡量外、也可以從作家的世代、性別、文類中，去挖掘有待開墾及努力之處。因此這套「臺灣現當代作家研究資料彙編」，大部分的編選者除了概述作家的研究面向外，均有些觀察與建議。希望就已然的研究成果中，去發現不足與缺憾，研究者可以在這些不足與缺憾之處下功夫，而盡量避免在相同議題上重複。當然這都需要經過一段時間去發現、去彌補、去重建，因此，有關臺灣文學的調查、研究與論述，就格外顯得重要了。

期待

　　感謝臺灣文學館持續推動這兩個專案的進行。「臺灣現當代作家評論資料目錄」的完成，呈現的是臺灣文學研究的總體成果；「臺灣現當代作家研究資料彙編」的出版，則是呈現成果中最精華最優質的一面，同時對未來臺灣文學的研究面向與路徑，作最好的建議。我們可以很清楚的體會，這是一條綿長優美的臺灣文學接力賽，經過長時間的耕耘灌溉、風搖雨濡，百年臺灣文學大樹卓然而立，跨越時代並馳而行，120 冊作家研究資料彙編得千位作家及學者之力，我們十分榮幸能參與其中，更珍惜在傳承接力的過程，與我們相遇的每一個人，每一件讓我們真心感動的事。我們更期待這個接力賽，能有更多人加入。誠如張恆豪所說「從高音獨唱到多元交響」，這是每一個人所期待的。

編輯體例

一、本書編選之目的，為呈現隱地生平、著作及研究成果，以作為臺灣文學相關研究、教學之參考資料。

二、全書共五輯，各輯內容及體例說明如下：

輯一：圖片集。選刊作家各個時期的生活或參與文學活動的照片、著作書影、手稿（包括創作、日記、書信）、文物。

輯二：生平及作品，包括三部分：

　　1.小傳：主要內容包括作家本名、重要筆名，生卒年月日，籍貫，及創作風格、文學成就等。

　　2.作品目錄及提要：依照作品文類（論述、詩、散文、小說、劇本、報導文學、傳記、日記、書信、兒童文學、合集）及出版順序，並撰寫提要。不收錄作家翻譯或編選之作品。

　　3.文學年表：考訂作家生平所進行的文學創作、文學活動相關之記要，依年月順序繫之。

輯三：研究綜述。綜論作家作品研究的概況，並展現研究成果與價值的論文。

輯四：重要文章選刊。選收作家自述、訪談紀錄以及國內外具代表性的相關研究論文及報導。

輯五：研究評論資料目錄。收錄至 2019 年 11 月底止，有關研究、論述臺灣現當代作家生平和作品評論文獻。語文以中文為主，兼及日文和英文資料。所收文獻資料，以臺灣出版為主，酌收中國大陸、香港、日本和歐美國家的出版品。內容包含三部分：

　　1.「作家生平、作品評論專書與學位論文」下分為專書與學位論文。

　　2.「作家生平資料篇目」下分為「自述」、「他述」、「訪談」、「年表」、「其他」。

　　3.「作品評論篇目」下分為「綜論」、「分論」、「作品評論目錄、索引」、「其他」。

目次

■　論述隱地散文

輯一◎圖片集

影像◎手稿◎文物

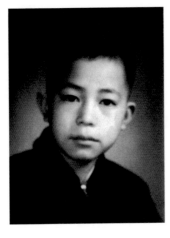

1947年，初抵臺北時，就讀臺灣省國語推
行委員會附設實驗小學（今臺北市國語實
驗國民小學）的隱地。（隱地提供）

1959年，隱地進入政工幹部學校（今國防
大學政治作戰學院）新聞系就讀。（隱
地提供）

1959年，於大專聯考放榜前夕，與育英高中同學到西門
町看電影，合影於新生戲院前。右起：隱地、藍孝純、
李富光、姚鈦。（隱地提供）

1967年，隱地和林貴真女士訂婚，與家人合影於北投沂水園大飯店。前排右起：父親柯豪、母親謝桂芬；後排右起：隱地、林貴真。（隱地提供）

1960年代，隱地與文友聚會，攝於林海音家中。後排右起：何凡、隱地、馬各、彭歌、張系國、高信疆；前排右起：殷允芃、夏祖葳、林海音、王信、柯元馨。（隱地提供）

1973年6月，隱地主編《書評書目》雜誌，與時在臺大教書的齊邦媛教授（右二）、留美返國的作家簡宛（左二）及《書評書目》發行人簡靜惠（左一）聚餐後合影。（隱地提供）

1974年，隱地與文友聚會。右起：隱地、瘂弦、桑品載、朱西甯。（隱地提供）

1976年，隱地與言心出版社、遠景出版公司
負責人一同拜訪白先勇，洽談《孽子》版
權。左起：高信疆、隱地、白先勇、沈登
恩。（隱地提供）

1970年代，隱地與文友於林海音家中作客。圖為林海音示
範包餅情景，隱地為席上最年輕者，因此負責端盤。左
起：隱地、張素貞、姚宜瑛、林海音、何凡、李唐基、琦
君、潘人木、彭歌。（隱地提供）

1970年代，隱地於琦君家中餐敘。右起：隱地、歐陽子、
夏祖麗、林文月。（隱地提供）

1980年代初期，隱地全家合影。前排右起：隱地長子柯書
林、長女柯書湘（前坐者）、次子柯書品；後排右起：
隱地、妻子林貴真。（隱地提供）

1981年，隱地邀集作家籌組「年度詩選編輯委員會」，餐後合影於新公園（今二二八公園）。前排右起：隱地、林貴真；後排右起：向陽、蕭蕭、張默、向明、張漢良、李瑞騰。（隱地提供）

1983年，隱地與文友夜遊陽明山。右起：張曉風、隱地、席慕蓉、愛亞、蔣勳、龍應台、楚戈（前坐者）。（隱地提供）

1983年，荊棘返臺合影。前排左起：荊棘、胡有瑞；後排左起：席慕蓉、隱地、周浩正、應鳳凰。（隱地提供）

1986年，隱地與《文星》創辦人蕭孟能（前）合影於爾雅出版社二樓。（隱地提供）

1980年代，隱地與爾雅出版社同仁聚餐，合影於臺北碧富邑飯店前。右起：隱地、楊宗潤、廖烈燊、李惠卿、彭碧君、吳登川、李香華。（隱地提供）

1995年，隱地參加國家文學館籌備會議。右起：隱地、陳映真、司馬中原。（隱地提供）

1996年，隱地陪同二度訪臺的余秋雨（右）前往各校演講，攝於臺中明道中學。（隱地提供）

1997年，因長年出版「爾雅叢書」及「年度小說選」，獲頒金石堂「年度特別貢獻獎」。右起：前金石堂總經理陳斌、隱地、李敖、何飛鵬。（隱地提供）

1998年，與就讀政工幹校時期的文友同遊陽明山。右起：隱地、古橋、王愷、沈臨彬。（隱地提供）

1999年，隱地參加第66屆國際筆會年會，攝於波蘭華沙。左起：隱地、朱炎、Ronald Harwood、余光中、歐茵西、彭鏡禧。（隱地提供）

2001年2月，高行健應邀訪臺，期間與楊芳芳（筆名西零）拜訪隱地內湖住家。右起：楊芳芳、隱地、高行健、林貴真。（隱地提供）

2002年6月，由文訊雜誌社社長封德屏帶領，與北部作家一同參訪國立臺灣文學館，與館方人員合影。後排右起：黃志韜、封德屏、隱地、愛亞、向明、段彩華、張默、桑品戴、岩上、胡瑞珍；前排右起：盧芳蕙、劉維瑛、曾麗蓉、簡弘毅、陳昱成（立者）。（隱地提供）

2002年11月9日，隱地參加「留下一個永恆的花季──張秀亞教授追思紀念會」。左起：隱地、王書川、姚宜瑛、歸人。（隱地提供）

2003年，隱地出席在九三人文空間舉辦的《蒼茫暮色裡的趕路人：何凡傳》新書發表會。右起：隱地、亮軒、夏祖麗、蔡文怡、張至璋。（隱地提供）

2005年，隱地參加紀州庵文學森林前期的籌備活動。右起：林貴真、廖咸浩、隱地、王文興、余光中。（隱地提供）

2005年，擔任臺北市立第一女子高級中學第一屆駐校作家，離校前與歐陽宜璋（前排右一）班上同學合影。（隱地提供）

2015年7月20日，為慶賀爾雅出版社成立四十周年，與同仁於天廚菜館聚餐。左起：隱地同學竇克勤、隱地、林貴真、彭碧君、李香華、柯書湘、簡志益、廖烈縈、趙燕倡。（隱地提供）

2015年7月12日，出席在紀州庵文學森林舉辦的爾雅出版社40周年特展。前排左起：亮軒、康芸薇、趙玉明、林貴真、隱地、向明、愛亞、張曉風、席慕蓉、葉步榮；後排左起：李長青、汪其楣、陳芳明、劉靜娟、黃克全、封德屏、陳義芝、陳素芳、蕭蕭、保真、王榮文、翁誌聰、林文義、孫瑋芒、郭強生。（隱地提供）

2017年12月31日，隱地出席在紀州庵文學森林舉行的「隱地『年代五書』熱鬧會」，和五書主講人合影。右起：廖志峰、陳義芝、康來新、封德屏、隱地、亮軒、林芳玫、汪其楣。（隱地提供）

1950年代後期，時就讀育英高中的隱地搬遷至重慶北路，初次擁有自己的書桌。牆上可見當時的偶像艾迪·費雪、馬龍·白蘭度、伊利莎白·泰勒等照片。（隱地提供）

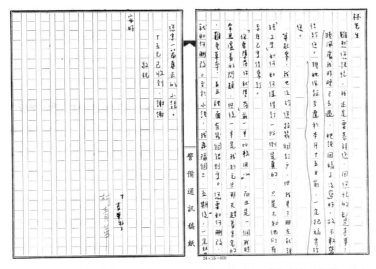

約1968年，隱地致林海音信函。信中述及替《純文學》邀稿及推廣，並允諾供稿。（國立臺灣文學館）

1969年，由隱地主編的《十一個短篇——五十七年短篇小說選》。此書啟發隱地創立「年度小說選」、「年度詩選」、「年度文學批評選」。（文訊·文藝資料研究及服務中心提供）

1970年代，由隱地主編的《書評書目》第1～49期。（隱地提供）

爾雅出版社
台北市郵政信箱30-190
郵政劃撥帳號●0104925-1
社址●台北市中正區廈門街113巷33之1號（一樓）
電話●(02)365-4036／367-1021

家訊兄：
雲姐

　　在之注意和往伯聯繫，似像是一張網。現代都市人，想要有自己悠閒的生活，太不容易了。

　　謝謝家訊兄寄給我的繪畫同額屋大作，收到時就曾細細拜讀欣賞，今天再泡欣賞一遍，終於知道這些些年來往伯的努力和成就。

　　我自己竟然寫起新詩來了。也是始料不及，奉上《法式裡睡》一冊，並請教正，也算是投桃報李（我還希望努力有抗拿再送第二冊詩集給你伯）

　　祝福

　　　　　隱地　85. 5/10

1980年代，隱地致趙雲、王家誠信函，述及多年情誼。（國立臺灣文學館）

爾雅出版社
社址：臺北市廈門街113巷33之1號
電話：3934036
郵撥帳號：0104925-1

千武先生：

　　大作「求生的慾望」經李喬和鄭清文兩位先生之推薦，獲得第三屆洪醒夫小說獎。獎金貳萬元，由先生之獲得，可以為壹萬元送給洪醒夫先生的孩子，作為教育補助費。

　　求生的慾望將收入七十三年短篇小說選一書內。另函奉上七十一年及七十三年小說選各一本，大作的影印，在七十一年小說書尾有一篇關於洪醒夫小說得獎的，大作影印附上盼望得到校正完畢的……

1985年，隱地致陳千武信函，告知其短篇小說〈求生的慾望〉榮獲第三屆「洪醒夫小說獎」。（國立臺灣文學館）

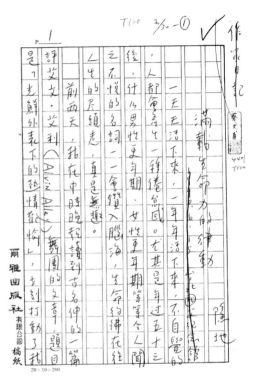

1990年6月，隱地發表於《中華日報·副刊》
〈維他命標語——外四題〉部分手稿。（國立
臺灣文學館）

1991年10月，隱地發表於《中華日報·副刊》
〈滿載生命的律動〉部分手稿。（國立臺灣文
學館）

2010年，隱地收錄於《風雲舞山》中詩作〈荸薺〉手稿。（隱地提供）

2015年，隱地為天下文化的九三人文空間寫的「兩行詩」〈追尋文學夢〉手稿。（隱地提供）

2019年1月，隱地發表於《中華日報‧副刊》〈老者，你是誰？〉部分手稿（隱地提供）

輯二◎生平及作品

小傳◎作品◎年表

小傳

　　隱地,男,本名柯青華,籍貫浙江永嘉,1937 年 12 月 13 日生於上海,1947 年隨家人來臺。

　　政工幹部學校(今國防大學政治作戰學院)新聞系畢業。曾任《純文學》助理編輯、《青溪》主編、《書評書目》總編輯,1975 年與簡靜惠、景翔共同創辦爾雅出版社,擔任發行人至今。為「年度詩選」、「年度文學批評選」、「年度小說選」創辦人。2006 年獲聘為山東棗莊學院名譽教授。曾於 1974 年以《書評書目》主編身分獲中華文化復興運動推行委員會文藝期刊聯誼會主編獎,1997 年獲中國文藝協會文藝獎章,2010 年獲金鼎獎圖書類特別貢獻獎。

　　隱地創作文類以散文、隨筆為主,兼有小說、新詩及評論。其文學創作大致可分三個時期:1950～1960 年代以小說創作為主,1970～1980 年代轉向散文、小品,1990 年代開始新詩創作。顛沛的童年使早熟深思的隱地早早投入文學懷抱,中學至大學期間戮力小說創作,內容以生活為本,抒發家庭離散、居食無定及學業壓力下的苦悶心緒,馬森指出「從他的小說中,我們看到一個在艱苦的生活裡,紛擾不寧的精神中奮力掙扎的年輕靈魂」。短篇小說〈榜上〉、〈一個叫段尚勤的年輕人〉堪為此時期代表。

　　1970 年代,隱地的生活趨於平穩,創作主力也由小說轉向散文,以《快樂的讀書人》、《歐遊隨筆》、《我的書名就叫書》為代表,以家庭、出

版經營、都市生活及旅遊心得為題材，結合寫實敘述與哲理議論，形成隱地獨具特色的文風，更衍生出「人性三書」中語錄體式的哲理小品，張默給予高度評價，評述「這三書中某些篇章較之泰戈爾的散文詩毫不遜色」。1990 年代，年逾五十的隱地跨足新詩創作，陸續完成《法式裸睡》、《一天裡的戲碼》、《風雲舞山》等八部詩集，題旨涵蓋愛欲、生死與時間之辯，著力彰顯生命的多層景象，洛夫稱許為「一位從平庸的生活提煉純淨詩情的詩人」。

　　創作以外，隱地更是文學出版的勤懇園丁，耕耘數十載，誠為戰後臺灣文學史的重要見證人。自 1975 年創立爾雅出版社以來，隱地即秉持虔敬的文學信念與作家攜手，更以敏銳的文學感觸切中市場，其所推出的王鼎鈞《開放的人生》、琦君《三更有夢書當枕》、白先勇《臺北人》、余秋雨《文化苦旅》等書風靡一時，為時人共享的文化記憶。歷時四十載，屢經文學市場、出版形態的巨幅變動，爾雅堅守 1970 年代「文學五小」的精神，始終堅持純文學出版、小而美的製作形態。

　　從主編《書評書目》為臺灣文壇鋪墊堅實的評論基石，到籌辦「年度詩選」、「年度小說選」創成文學典律的參照依據，乃至以爾雅出版社貫徹純文學出版的理念，長年觀察文壇變遷的隱地亦不忘積極為後人備存文學史料。近年陸續推出的《遺忘與備忘》、「年代五書」，以慧眼匠心將個人處境與歷史變遷熔於一爐，為臺灣文壇五十年來的動態留下一頁見證，亮軒曾言：「隱地以史筆為基礎骨架，以文學筆法注入靈魂血淚，引領讀者重入現場，有史家之周延，有作家之性靈。」

　　半世紀以來，隱地穿梭多種文體而自出機杼，兼顧多重身分而互輔互成，始終秉持悉心護持文學火種的信念，以創作者、編輯、出版人的多重身分，持續為臺灣文學書史。誠如白靈所言，「從隱地身上，印證了一個文學人與出版人在漫長一生中如何掙扎與調適自身」，進而「在時代跌宕變遷中撐帆掌舵，堅持其航路和站姿，而終能逐年寫下一頁頁精彩的奮鬥史」。

作品目錄及提要

【論述】

大江出版社 1967

爾雅出版社 1981

隱地看小說

臺北：大江出版社
1967 年 9 月，32 開，263 頁

臺北：爾雅出版社
1981 年 6 月，32 開，365 頁
爾雅叢書 90

本書收錄隱地的小說評論。收錄〈於梨華〈等〉〉、〈林文昭〈他和她〉〉、〈荊棘〈南瓜〉〉、〈雲青〈天的這邊〉〉等 31 篇。正文前有邵僩〈隱地那傢伙的書評（代序）〉、隱地〈關於「讀書報告」〉，正文後有隱地〈後記〉。

1981 年爾雅版：全書分二輯，刪去〈瓊瑤〈追尋〉〉、〈楚卿《楚卿小說選》〉、〈於梨華《又見棕櫚　又見棕櫚》〉、〈於梨華〈雪地上的星星〉〉、〈華嚴《七色橋》〉。新增〈幾個閃爍發光的名字〉、〈「純文學」的短篇小說〉、〈邱文祺〈癖〉〉等 13 篇。正文後新增隱地〈重印後記〉、〈隱地寫作年表〉。

一個里程

臺北：華美出版社
1968 年 6 月，32 開，217 頁

全書分「書評」、「書摘」、「影評」、「小說」、「散文」、「隨想」六部分，收錄〈純文學的短篇小說〉、〈《故鄉與童年》讀後〉、〈讀康芸薇的〈新婚之夜〉〉、〈評介《愛莎岡的女孩》〉等 30 篇。正文前有隱地〈自序〉，附錄隱地〈此「路」通嗎？〉、隱地〈寫在前面（《傘上傘下》序）〉、隱地《《一千個世界》後記〉、隱地《《隱地看小說》後記〉、隱地《《這一代的小說》後記〉、守誠〈這一代的小說〉。

隱地看電影

臺北：爾雅出版社
2015 年 7 月，25 開，294 頁
爾雅叢書 620

本書收錄隱地觀看各類電影的心得筆記。全書分「楔子」、「首
部曲」、「關於〈看電影〉和〈看電影，真好〉」、「電影院與老
演員」、「超級巨星」、「臺北電影節（2002）」、「電影・電影・
電影」、「國片回顧」、「從情色電影到鎖碼臺」、「電影廣告與其
他」、「聽歌看戲集」11 部分，收錄〈看電影的人〉、〈生命中的
第一場電影〉、〈電影的誕生〉、〈十歲〉、〈我看電影的三個階
段〉等 102 篇。正文前有隱地、夏烈〈書前電郵──《隱地看
電影》代序 1〉、黎湘萍〈布紐爾與隱地──《隱地看電影》代
序 2〉，正文後有隱地〈悲喜交集（後記 1）〉、隱地〈時空交會
的緣分（後記 2）──寫在爾雅四十周年前夕〉。

【詩】

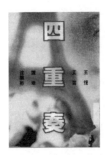

四重奏（與王愷、艾笛、沈臨彬合著）

臺北：爾雅出版社
1994 年 8 月，32 開，121 頁
爾雅叢書 8

本書為隱地、王愷、艾笛、沈臨彬四人的詩作合集。全書分
「王愷」、「艾迪」、「隱地」、「沈臨彬」四部分，收錄王愷十
首，艾迪十首，隱地〈法式裸睡〉、〈眼睛坐火車〉、〈風中陀
螺〉等十首，沈臨彬共十首。正文前有瘂弦〈湖畔──《四重
奏》小引〉，正文後有隱地〈跋〉。

法式裸睡

臺北：爾雅出版社
1995 年 2 月，32 開，197 頁
爾雅叢書 300

本書為隱地 1993 與 1994 年發表詩作的集結，呈現其對於生命變
化的複雜思索。全書收錄〈七種隱藏〉、〈法式裸睡〉、〈眼睛坐火
車〉、〈髮〉、〈胖〉等 58 首。正文前有王鼎鈞〈有詩〉、陳義芝
〈隱地的現代文人畫──序《法式裸睡》〉，正文後有隱地〈現代
詩與古典樂〉、隱地〈隱地論隱地〉、隱地〈寫詩的故事（後
記）〉，附錄喻麗清〈致隱地──《四重奏》讀後〉、沈奇〈在時
光裡種一棵詩歌樹──關於隱地詩歌創作的詩學隨筆〉。

一天裏的戲碼

臺北：爾雅出版社
1996 年 4 月，32 開，210 頁
爾雅叢書 310

本書為隱地 1995 年發表詩作的集結，呈現其對生活景況和社會時事的感懷。全書收錄〈他的人生分三路兵馬進行〉、〈燒天心〉、〈聽不到的哭聲〉、〈咬〉等 42 首。正文前有王鼎鈞〈推測隱地為何寫詩〉，正文後有隱地〈後記〉、隱地〈享受風為我們帶來的一朵雲〉、〈作品發表年表〉，正文後附錄張索時〈滿目秋山別樣紅——評隱地詩集《法式裸睡》〉、羅英〈人啊人——法式裸睡的人生〉、向明〈小評隱地兩首詩〉、扶桑〈寫給愛喝咖啡的人——隱地寫新詩〉、扶桑〈下午茶時分，約會詩歌女神——《法式裸睡》讀後〉、〈附註〉、〈隱地書目〉。

生命曠野

臺北：爾雅出版社
2000 年 1 月，32 開，169 頁
爾雅叢書 350

本書為隱地 1997 年至 2000 年發表詩作的集結，呈現其的生命懷想。全書收錄〈生命曠野〉、〈搖籃曲〉、〈單人舞〉、〈記憶之門〉、〈人生滋味〉等 61 首。正文前有洛夫〈詩是隱地活得真實的理由（代序）〉、吳當〈生命曠野，繁花似錦——導讀隱地《生命曠野》〉，正文後附錄林峻楓〈執著——獻給中年前老年詩人隱地〉、陳素英〈小巷書齋〉、沈奇〈詩・書・人——致詩人出版家隱地〉、沈奇〈秋雨長安寄隱地〉、沈冬青〈我其實仍然在花園裡——永續經營生活的隱地〉、隱地〈獻給 2002 年——代後記〉、〈隱地書目〉。

詩歌舖

臺北：爾雅出版社
2002 年 2 月，32 開，143 頁
爾雅叢書 380

本書為隱地 2000 年至 2001 年發表詩作的集結，呈現其的生活體悟。全書收錄〈靜畫〉、〈黑心獸〉、〈四月・仁愛路〉、〈欖仁樹下〉等 45 首。正文前有孫康宜〈隱地詩中的「遊」〉，正文後有林峻楓〈發光的文學園丁——訪詩人隱地〉、〈隱地書目〉。

七種隱藏
臺北：爾雅出版社
2002 年 9 月，25 開，206 頁
爾雅中英對照叢書之 2
唐文俊譯

本書為中英雙語對照本，選輯隱地《法式裸睡》、《一天裏的戲碼》、《生命曠野》、《詩歌鋪》四本詩集中的詩作。全書收錄〈七種隱藏〉、〈法式裸睡〉、〈眼睛像火車〉、〈髮〉、〈一半之歌〉等 57 篇。正文前有唐文俊〈譯者序〉，正文後有孫康宜〈談隱地的「遊」〉、〈譯者簡介〉。

十年詩選
臺北：爾雅出版社
2004 年 10 月，25 開，232 頁
爾雅叢書 425

本書選錄《法式裸睡》、《一天裏的戲碼》、《生命曠野》、《詩歌鋪》部分作品，並收錄未集結之詩作。全書分三輯，收錄〈旅行〉、〈穿桃紅襯衫的男子〉、〈人體搬運法〉、〈瓶〉、〈法式裸睡〉等 66 首。正文前有劉俊〈隱地的詩世界〉，正文後附錄胡冰〈咖啡禪──讀《七種隱藏》〉、李進文〈接近幸福〉、〈隱地詩譜〉、〈隱地書目〉。

風雲舞山
臺北：爾雅出版社
2010 年 11 月，25 開，161 頁
爾雅叢書作者 552

本書為隱地發表詩作的集結，呈現其對生命與社會的詮釋。全書分「風」、「雲」、「舞」、「山」四輯，收錄〈春光奏鳴曲〉、〈荸薺〉、〈遙遠之歌〉、〈機場〉、〈坐著的亞當與咖啡館的貓〉等 64 首。正文前有陳義芝〈思無邪之美──小論隱地新詩集《風雲舞山》〉，正文後有隱地〈收攤（代後記）〉、〈隱地二三事〉、〈隱地作品〉、瘂弦〈有詩的生活　才有生活的詩〉、李長青〈得失之間〉。

【散文】

反芻集

臺北：大林書店
1970 年 12 月，40 開，198 頁
大林文庫 63

本書集選輯隱地於 1967 年至 1970 年發表於報刊雜誌上的讀書心得。全書收錄《西瀅閒話》、〈短篇小說透視〉、〈拋磚記〉等 18 篇。正文前有隱地〈自序〉。

快樂的讀書人

臺北：爾雅出版社
1975 年 12 月，32 開，201 頁
爾雅叢書 10

本書選輯隱地的閱讀感想以及編輯出版的工作心得。全書收錄〈生活在興趣裡〉、〈快樂的讀書人〉、〈無聲之淚〉、〈寂寞的小螺絲釘〉等 43 篇。正文前有隱地〈生活在興趣裡（代序）〉，正文後有隱地〈後記〉、〈隱地寫作年表〉。

現代人生

臺北：爾雅出版社
1976 年 10 月，32 開，224 頁
爾雅叢書 20

本書為隱地對於現代人生活的雜談。收錄〈丟的哲學〉、〈回信〉、〈朋友〉、〈職業〉、〈失意的人〉等 87 篇。正文前有林貴真〈生活在「現代人生」裡〉，正文後有隱地〈後記〉、〈隱地寫作年表〉。

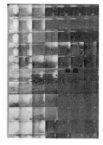

歐遊隨筆

臺北：爾雅出版社
1976 年 12 月，32 開，180 頁
爾雅叢書 30

本書為隱地歐洲旅遊的見聞。全書收錄〈香港只是香港〉、〈一部汽車遊歐洲〉、〈城市印象〉等九篇。正文前有隱地〈哥哥和我（代序）〉、〈圖片集〉，正文後附錄趙淑俠〈雜談旅遊歐洲〉、〈隱地寫作年表〉。

我的書名就叫書

臺北：爾雅出版社
1978 年 12 月，32 開，150 頁
爾雅叢書 40

本書為隱地對於書籍的雜談，內容包含成書的過程、讀書的樂趣和賣書的艱辛等面向。全書收錄〈一本書的誕生〉、〈書是人生錦囊〉、〈讀書・讀書〉等 17 篇。正文前有 Marshall McLuhan（麥克魯漢）〈書的定義〉、櫻井信夫作；丁羊譯〈書是朋友〉、隱地〈「兩種生長」的人生（代序）〉，正文後有隱地輯〈書話〉，附錄周賢頌〈讓我們來一個讀書運動〉、姚一葦〈談讀書〉、李瑞〈精心裝訂一本書〉、隱地〈後記〉、〈隱地寫作年表〉。

誰來幫助我

臺北：爾雅出版社
1980 年 7 月，32 開，207 頁
爾雅叢書 70

本書內容為都市生活的雜談與從事出版業的沉思，全書分「現代人生」、「都市人手記」、「後窗」、「書與人」、「牢騷篇」、「幻想篇」六輯，收錄〈誰來幫助我？〉、〈倒與躺〉、〈少年的你〉、〈中年人與高帽子〉、〈廣場與窄巷〉等 51 篇。正文前有隱地〈自序〉，正文後有隱地〈校後記〉。

兩岸（與林貴真合著）

臺北：爾雅出版社
1984 年 11 月，32 開，258 頁
爾雅叢書 153

本書匯集隱地及林貴真的散文及生活小品，全書分「相看——對話篇」、「攜手——夫妻篇」、「情懷——貴真篇」、「潮水——隱地篇」四部分，收錄林貴真共 29 篇，隱地〈一對小夫妻〉、〈書牆、書架、書櫥〉、〈湖〉等 21 篇。正文後有〈林貴真書目〉、〈隱地書目〉。

爾雅出版社 1985

爾雅出版社 1994

作家與書的故事

臺北：爾雅出版社
1985 年 11 月，32 開，239 頁
爾雅叢書 170

臺北：爾雅出版社
1994 年 4 月，32 開，270 頁
爾雅叢書 170

本書為介紹臺灣作家的資料彙編。全書收錄〈康芸薇〉、〈洪醒夫〉、〈歐陽子〉、〈吉錚〉等 35 篇。正文後有〈後記〉，附錄有隱地〈作家資料書〉、陳幸蕙〈獨有書癖不可醫——側寫「爾雅出版社」發行人隱地〉、〈隱地書目〉。
1994 年爾雅版：正文經作者修改、增補，並新增〈林貴真〉一篇。正文前新增隱地〈十年——寫在「增訂」之前〉。

爾雅出版社 1984

爾雅出版社 1987

爾雅出版社 1989

學古房 1991

人性三書

臺北：爾雅出版社，32 開
《心的掙扎》，1984 年 9 月，180 頁
《人啊人》，1987 年 3 月，180 頁
《眾生》，1989 年 5 月，179 頁
爾雅叢書 160、200、230

首爾：學古房，1991 年 7 月，18 開
《마음의몸부림》（心的掙扎），271 頁
《인리이여, 인리이여》（人啊人），257 頁
《삶》（眾生），222 頁
윤수영（尹壽榮）譯
書系 1、2、3

北京：中國友誼出版公司
1993 年 5 月，32 開
《人性三書上》，154 頁
《人性三書中》，115 頁
《人性三書下》，143 頁

中國友誼出版公司
1993

學古房　1991

中國友誼出版公司
1993

學古房　1991

中國友誼出版公司
1993

西安：陝西旅遊出版社
1996 年 5 月，32 開，325 頁
臺灣當代生活哲理精品
沈奇編

臺北：爾雅出版社
2007 年 7 月，32 開，346 頁
爾雅叢書 485

本書選輯隱地所寫的的人生小品，內容涵蓋對自我生命、人我關係以及超脫現世之省思。《心的掙扎》收錄〈嘴〉、〈幸虧〉、〈聲音之王〉等 24 篇。正文前有馬森〈序《心的掙扎》〉、隱地〈自序〉，正文後有隱地〈後記〉、隱地〈校後記〉、隱地〈暢銷書與排行榜〉、〈隱地寫作年表〉。《人啊人》分七部分，收錄〈愛情〉、〈婚姻〉、〈家啊，家！〉等 23 篇。正文前有隱地〈我願〉，正文後有隱地〈後記〉、〈隱地書目〉。《眾生》收錄〈讀〉、〈生與死〉、〈清理・整理・講理〉等 20 篇。正文前有隱地〈寫（代序）〉，正文後有隱地〈後記〉，附錄〈人人都是觀光客〉、〈隱地書目〉。

1991 年學古房版：韓譯本《마음의몸부림》。正文與 1984 年爾雅版同。正文前新增尹壽榮〈머리말〉，正文後刪去隱地〈後記〉、隱地〈校後記〉、隱地〈暢銷書與排行榜〉、〈隱地寫作年表〉。韓譯本《인리이여, 인리이여》。正文與 1987 年爾雅版同。正文前新增尹壽榮〈머리말〉，正文後刪去隱地〈後記〉、〈隱地書目〉。韓譯本《삶》。正文與 1989 年爾雅版同。正文前新增尹壽榮〈머리말〉，正文後刪去隱地〈後記〉。

1993 年中國友誼版：更名為「人性三書上、中、下」。《人性三書上》正文與 1984 年爾雅版《心的掙扎》同。正文後刪去隱地〈暢銷書與排行榜〉、〈隱地寫作年表〉。《人性三書中》正文與 1989 年爾雅版《眾生》同。正文後刪去附錄〈人人都是觀光客〉、〈隱地書目〉。《人性三書下》正文與 1987 年爾雅版《人啊人》同。正文後刪去〈隱地書目〉。

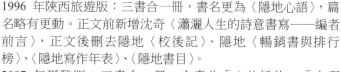

陝西旅游出版社
1996

1996 年陝西旅遊版：三書合一冊，書名更為〈隱地心語〉，篇名略有更動。正文前新增沈奇〈瀟灑人生的詩意書寫——編者前言〉，正文後刪去隱地〈校後記〉、隱地〈暢銷書與排行榜〉、〈隱地寫作年表〉、〈隱地書目〉。

2007 年爾雅版：三書合一冊。全書分「心的掙扎」、「人啊人」、「眾生」三部分，「心的掙扎」與 1984 爾雅版正文同。「人啊人」正文刪去〈字母狂想曲〉、〈就從這個暑假開始〉、〈影響力〉三篇。「眾生」正文新增〈醜〉一篇，刪去〈臺北的交通〉、〈向瑪莉蓮夢露報到〉、〈水果沙拉的早晨〉三篇。正文前新增蕭蕭〈生命轉彎的喜悅與智慧〉，刪去馬森〈序《心的掙扎》〉、隱地〈自序〉、隱地〈我願〉、〈寫（代序）〉，正文後新增隱地〈後記〉，刪去隱地〈後記〉（《心的掙扎》、《人啊人》、《眾生》各一篇）、隱地〈校後記〉、隱地〈暢銷書與排行榜〉、〈隱地寫作年表〉，附錄馬森〈序《心的掙扎》〉、〈隱地書目〉，刪去〈人人都是觀光客〉。

爾雅出版社 2007

隱地極短篇

臺北：爾雅出版社
1990 年 2 月，32 開，193 頁
爾雅叢書 210

本書為隱地極短篇作品的集結。全書分「餐飲手冊」、「16 種心情」二輯，收錄〈午餐時間〉、〈快樂地〉、〈變與不變〉等 28 篇。正文後有隱地〈後記〉、〈隱地書目〉。

愛喝咖啡的人

臺北：爾雅出版社
1992 年 2 月，32 開，215 頁
爾雅叢書 260

全書分「CD・碟影・咖啡」、「時光之河」、「滿載生命的律動」三部分，收錄〈年後〉、〈快樂空間〉、〈無急躁之島〉等 24 篇。正文前有隱地〈代序——水菓沙拉的早晨〉，正文後有隱地〈代後記——電影・咖啡・夢〉、〈隱地書目〉。

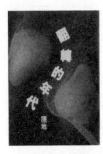

翻轉的年代

臺北，爾雅出版社
1993 年 12 月，32 開，180 頁
爾雅叢書 280

本書輯錄隱地於 1992 至 1993 年發表在報刊雜誌上的文章。全
書分「文學留言板」、「偶爾的快樂」二輯，收錄〈翻轉的年
代〉、〈到林先生家作客〉、〈紙之死〉等 28 篇。正文前有隱地
〈代序——「正常」，不可能存在嗎?〉，正文後有隱地〈後
記〉，附錄隱地〈如果〉、許悔之〈等待永不消失的小眾〉、〈隱
地書目〉。

出版心事

臺北：爾雅出版社
1994 年 6 月，32 開，168 頁
爾雅叢書 70

本書為隱地談論出版工作的雜記。全書收錄〈文化危機時代的
來臨〉、〈出版業的困境〉、〈窄門談書〉等 26 篇。正文後有隱
地〈校後記〉、隱地〈後記新寫〉。

盪著鞦韆喝咖啡

臺北：爾雅出版社
1998 年 7 月，32 開，259 頁
爾雅叢書 330

全書分「盪鞦韆」和「喝咖啡」二輯。全書收錄〈臺北糾
纏〉、〈換一種角度俯視臺北〉、〈青春夢裡人〉、〈誰來幫助
我?〉等 32 篇。正文前有隱地〈自序〉，正文內附錄衣若芬
〈買不到李白詩集〉，正文後有隱地〈更替（代後記）〉、〈隱地
書目〉。

我的宗教我的廟

臺北：爾雅出版社
2001 年 7 月，32 開，215 頁
爾雅叢書 346

本書內容包括生活雜談、旅遊記事和憶念文友。全書分五輯，
收錄〈一張紙〉、〈愛情論〉、〈跑步的人〉等 22 篇。正文前有
隱地〈寫在前面〉，正文內附錄焦桐〈老師傅的手藝〉、王鼎鈞
〈隱地漲潮〉，正文後附錄沈奇〈詩·書·人——隱地訪談
錄〉、〈隱地作品〉。

自從有了書以後

臺北：爾雅出版社
2003 年 7 月，25 開，204 頁
爾雅叢書 401

本書內容為出版雜談、讀書心得與憶念故友。全書分「文學‧
出版‧夢」、「咖啡‧電影‧書」、「懷舊‧故人‧念」三輯，收
錄〈文學‧出版‧夢〉、〈出版＝卡拉 OK？〉、〈都是因為不愛
讀書〉、〈從「我的書房」談起〉等 41 篇。正文後有隱地〈後
記〉，附錄王盛弘記錄整理〈小的堅持與自信──隱地、鍾惠
民對談〉、〈隱地作品〉。

人生十感

臺北：爾雅出版社
2004 年 5 月，25 開，195 頁
爾雅叢書 409

本書為省思時局的雜文與勵志小品。全書分「仰」、「臥」、
「起」、「坐」四輯，內容收錄〈委屈感〉、〈失落感〉、〈新鮮
感〉、〈無力感〉等 47 篇。正文前有隱地〈自序〉，正文後附錄
趙遠遠〈隱地的咖啡三書〉、林德俊〈時光中的舞者──隱地
論〉、〈隱地書目〉。

隱地序跋

蘇州：古吳軒出版社
2004 年 7 月，14.5×17.5 公分，145 頁
書人文叢序跋小系
王稼句主編

本書輯錄隱地書中的序文與後記。全書收錄〈寫在《傘上傘
下》前面〉、〈追夢──《傘上傘下》與《幻想的男子》重排本
後記〉、〈《現代人生》後記〉、〈哥哥和我──《歐遊隨筆》代
序〉等 43 篇。正文後有圖片集。

身體一艘船

臺北：爾雅出版社
2005 年 2 月，25 開，265 頁
爾雅叢書 429

本書為隱地對於身體健康的省思、飲食小品與文壇記事。全書
分「身體」、「船」、「飲食船」、「智慧船」、「愚人船」、「爾雅
船」六部分，收錄〈身體一艘船〉、〈健康十六字〉、〈伏地挺
身〉、〈老之種種〉、〈移動〉等 55 篇。正文前有王鼎鈞〈天涯
寄隱地〉，正文後有〈隱地書目〉。

草的天堂

臺北：爾雅出版社
2005 年 10 月，25 開，357 頁
爾雅叢書 445
隱地作品選之二

本書輯錄隱地 1963 年至 2005 年的散文作品。全書分「第一個
十年（1963～1970）」、「第二個十年（1971～1980）」、「第三個
十年（1981～1990）」、「第四個十年（1991～2005）」四輯，收
錄〈一朵小花〉、〈讀書寫作投稿〉、〈方向〉、〈爬山似的生
活〉、〈我們在山中〉等 53 篇。正文前有黎湘萍〈隱地的時間
──序《草的天堂》〉，正文後有〈隱地書目〉。

隱地二百擊

臺北：爾雅出版社
2006 年 1 月，25 開，221 頁
爾雅叢書 446

本書輯錄隱地 2005 年於《中國時報·人間副刊》和《中華日
報·副刊》發表的專欄文章。收錄〈靜物〉、〈靜物之死〉、
〈花〉、〈存活〉、〈甜蜜〉等 200 篇。正文前有隱地〈自序〉，
正文後有〈隱地書目〉。

敲門

臺北：爾雅出版社
2006 年 3 月，25 開，165 頁
爾雅叢書 451

本書內容包括爾雅出版社成立三十年的歷程回憶，以及人物記事。全書分「爾雅三十年」、「但念無常」、「逝水集」、「流年集」四輯，收錄〈敲門〉、〈姹紫嫣紅·文學大觀〉、〈人生無詩會無趣〉等 21 篇。正文內附錄思兼（沈謙）〈《六十一年短篇小說選》後記〉，正文後有隱地〈後記——守門〉，附錄〈詩·生命·夢〉、〈爾雅出版社〉、〈關於隱地〉、〈隱地書目〉。

春天窗前的七十歲少年

臺北：爾雅出版社
2008 年 1 月，25 開，230 頁
爾雅叢書 481

本書內容包含憶念親友、閱讀隨筆和生活小品。全書分「過去」、「現在」、「未來」三部分，收錄〈失去〉、〈舊衣〉、〈舊情〉、〈再也等不到菊楚的電話〉等 33 篇。正文後有隱地〈守門（後記）〉，附錄王鼎鈞〈隱地何所隱——也來探索《風中陀螺》的成就〉、潘年英〈在風中迷失或自覺〉、林貴真詩作〈別忘了自己打傘——讀隱地《風中陀螺》〉、〈散文隱地〉、〈隱地書目〉。

我的眼睛

臺北：爾雅出版社
2008 年 5 月，25 開，265 頁
爾雅叢書 486

本書輯錄隱地 2007 年至 2008 年於《中國時報·人間副刊》「三少四壯」發表的專欄文章。全書收錄〈我的眼睛〉、〈昨日〉、〈碰〉、〈剛好〉、〈一天裡的黑白胖瘦〉等 57 篇。正文後有隱地〈後記〉，附錄愛麗絲〈緊張的年輕人〉、碧果〈後視覺的迷思——讀詩人隱地〈矇住眼睛〉一文有感〉、向明〈以詩為家——致女詩人 Taslima Nasrween〉、〈關於隱地〉、〈隱地書目〉。

遺忘與備忘

臺北：爾雅出版社
2009 年 11 月，25 開，247 頁
爾雅叢書 522

本書輯錄隱地於 2009 年在《人間福報・副刊》和《中華日
報・副刊》發表的專欄文章，內容記錄 1949 年至 2009 年，每
年文壇發生的事件或重要人物。全書收錄〈一九四九年〉、〈一
九五〇年〉、〈一九五一年〉、〈一九五二年〉、〈一九五三年〉等
61 篇。正文前有隱地詩作〈遺忘與備忘〉、隱地〈追憶老文學
的昔日時光〉，正文後有隱地〈後記〉，附錄張騰蛟〈賞寶——
喜見隱地新專欄〉、〈關於隱地〉、〈隱地書目〉。

朋友都還在嗎？

臺北：爾雅出版社
2010 年 3 月，25 開，205 頁
爾雅叢書 532

本書為隱地對於作家們的回憶記錄，以及從事文學出版的雜
談。全書分「書前書後」、「人物篇」、「邊邊角角篇」三輯，收
錄〈懺悔二三〉、〈溫度〉、〈結局〉、〈孤獨國主與三輪車伕——
周夢蝶與張清吉〉等 38 篇。正文前有張瑞芬〈邊邊角角看文
壇（代序）〉，正文後有隱地〈閒話三四〉，附錄隱地〈幾個閃
爍發光的名字〉、李進文〈時間彷彿一條河〉、凌性傑〈隱地的
時光書寫〉、〈關於隱地〉、〈隱地書目〉。

人人都有困境——讀一首詩吧！

臺北：爾雅出版社
2010 年 9 月，25 開，258 頁
爾雅叢書 542

本書為詩人作品選輯與賞析。全書收錄〈未明〉、〈無恙〉、〈世
間處處皆舞蹈〉、〈讀詩，使人思考〉等 41 篇。正文前有隱地
〈讀詩——開啟一面想像之窗——代自序〉。正文內附錄李長
青詩作〈星期四天氣未明我離開你〉、王愷詩作〈吾等無恙〉、
魯蛟詩作〈舞蹈〉、孫梓評詩作〈你不在那兒〉等 42 首，正文
後有〈隱地二三事〉、〈隱地作品〉、書影、王鼎鈞〈隱地何所
隱——也來探索《風中陀螺》的成就〉。

一日神

臺北：爾雅出版社
2011 年 3 月，25 開，209 頁
爾雅叢書 562

本書內容涵蓋歷史回顧、憶念師友和生活小品。全書分四輯，收錄〈一日神〉、〈角落畫面〉、〈百年回頭〉、〈百年摸索〉等 30 篇。正文後有隱地〈隱地和他的問候（代後記）〉、〈隱地二三事〉、〈隱地作品結集〉。

生命中特殊的一年

臺北：爾雅出版社
2013 年 11 月，25 開，236 頁
爾雅叢書 600

本書為作者 2013 年罹患眼疾時所寫的札記，內容包含生活懷想與社會議論。全書收錄〈身體整復年〉、〈一語成讖〉、〈世界之美盡收眼底〉、〈世界之不美好和美好世界〉、〈一個永遠讓人等待的地方〉等 86 篇。正文內附錄隱地詩作〈半目之害——醫生要我背光而坐，閉目養神〉、林文義詩作〈悄然〉、鼎公毛筆信等四篇，正文後有隱地〈後記——以健康的身心迎接二〇一四年〉，附錄隱地詩作「迴旋曲」之一〈風雲舞山——六十年後再訪阿里山〉、之二〈翹翹板〉。

出版圈圈夢

臺北：爾雅出版社
2014 年 12 月，25 開，216 頁
爾雅叢書 613

本書內容包含出版工作的雜談以及閱讀隨筆。全書分「出版夢」、「讀書夢」、「追夢者」、「年度夢」、「天堂夢」、「繆思夢」六輯，收錄〈出版社傳奇〉、〈從辛廣偉《臺灣出版史》談起〉、〈出版元老和出版史〉、〈銀杏樹下文星魂〉等 32 篇。正文前有隱地〈我的出版我的夢〉，正文後附錄隱地〈一本書的誕生〉、〈關於——朱德庸和他的漫畫〉、〈隱地寫書〉、〈隱地編書〉、〈隱地相關書〉、〈其餘集〉。

清晨的人

臺北：爾雅出版社
2015 年 4 月，25 開，208 頁
爾雅叢書 616

本書以十年、五年為界，收錄自 1975 年迄今爾雅出版社與各作者的點滴情誼及出版因緣。全書分「一九七五年」、「一九八五年」、「一九九五年」、「二〇〇〇年」、「二〇〇五年」五部分，收錄〈一九七五年〉、〈二〇一五年元月三日清晨（外一章）〉、〈路〉等 27 篇。正文前有隱地〈穿越時空的人——代序〉，正文內附錄桑品載〈爭取釋扁——呂秀蓮本是池畔風〉、隱地〈寂寞——悼徐訏〉、隱地〈世上怎麼會有這樣一冊詩集〉等 12 篇，正文後有隱地〈一本寫不完的書〉、隱地〈「文學興旺」年代的美夢——回答臺大博士生李令儀〉、徐開塵〈說不清楚的新世界——訪隱地，說「爾雅五書」的故事〉。

深夜的人

臺北：爾雅出版社
2015 年 12 月，25 開，240 頁
爾雅叢書 630

本書延續《清晨的人》。全書收錄〈文學的回聲〉、〈時空交會的緣分——寫在爾雅四十周年前夕〉、〈悲喜交集〉等 21 篇。正文前有丁邦殿〈深夜讀《清晨的人》（代序）〉，正文內附錄馬森《《夜遊》後記》、古遠清〈吃了一枝辣椒〉、隱地〈《爾雅》——一〇〇本書的故事〉等 12 篇，正文後有隱地〈寫不完的書（代後記）〉，附錄汪淑珍《《遺忘與備忘》、《朋友都還在嗎？》——「文學年記」人與事》、隱地、那維風〈關於《微風往事》的兩封信〉、凌性傑〈六十年來家國——隱地、王鼎鈞、齊邦媛的時光書寫〉、隱地〈和二〇一五年說再見（後記之後的後記）〉、〈隱地書目〉。

手機與西門慶——隱地書話選

臺北：爾雅出版社
2016 年 4 月，25 開，275 頁
爾雅叢書 635
隱地作品選五

本書內容為閱讀心得與書籍評論。全書分八輯，收錄〈手機〉、〈西門慶三部曲〉、〈一幢獨立的臺灣房屋——評陳芳明《台灣新文學史》〉、〈文學史的憾事——評馬森《世界華文新文學史》〉等 44 篇。正文後有隱地〈後記〉，附錄鄧榮坤〈聞書生〉、隱地〈紙之死（外一章）〉、〈隱地作品選〉、〈隱地書目〉。

回到七○年代──七○年代的文藝風

臺北：爾雅出版社
2016 年 7 月，25 開，223 頁
爾雅叢書 636

本書輯錄隱地對於 1970 年代的文壇記事，以及《書評書目》
的相關文章。全書分五輯，收錄〈《書評書目》發刊詞〉、〈《書
評書目》回顧〉、〈告別《書評書目》〉等 24 篇。正文前有張素
貞〈卻顧所來徑──回首文學人美好的七○年代〉，正文內附
錄隱地〈一顆文學的種子〉、張漱菡〈回憶《海燕集》〉，正文
後附錄周浩正〈人生畢旅〉、〈隱地書目〉。

回到五○年代──五○年代的克難生活

臺北：爾雅出版社
2016 年 10 月，25 開，217 頁
爾雅叢書 640

本書收錄隱地對於 1950 年代的生活環境的記述，以及當時文
壇的事件。全書分五輯，收錄〈五○年代的克難生活〉、〈五○
年代的臺北〉、〈一畝文學田〉等 23 篇。正文前有隱地〈天上
一顆星，地上一個人（代序）〉，正文內附錄呂芳雄原作；隱地
縮寫〈一個臺籍美少年的故事──臺灣第一才子呂赫若〉、吳
東權〈初到臺灣的歲月〉、隱地〈回望我的一九五九年〉，正文
後附錄魯雅〈小評《回到七○年代──七○年代的文藝風》〉、
〈隱地書目〉。

回到六○年代──六○年代的爬山精神

臺北：爾雅出版社
2017 年 2 月，25 開，215 頁
爾雅叢書 641

本書收錄隱地探討、記述 1960 年代文壇的散文。全書分四
輯，收錄〈六○年代的爬山精神〉、〈六○年代的風〉、〈六○年
代的電影和電影院〉等 23 篇。正文前有隱地〈自序〉，正文內
附錄隱地〈六○年代短篇小說選目〉、隱地〈希望與絕望並存
的一九六○年〉、隱地〈讓愚昧隨風而逝〉、隱地〈轉變命運的
一九六八年〉、隱地〈寫出一個時代的潘人木〉，正文後附錄郭
明福〈急急流年，滔滔逝水──評介《回到五○年代》〉。

回到八〇年代──八〇年代的流金歲月

臺北：爾雅出版社
2017 年 6 月，25 開，235 頁
爾雅叢書 648

本書輯錄隱地對於 1980 年代的文壇記事，並論及當時的社會環境。全書分四輯，收錄〈風風火火的八〇年代〉、〈八〇年代的外交〉、〈八〇年代的書店革命〉等 19 篇。正文前有隱地〈有是非的世界，就會令人活得舒坦〉，正文內附錄隱地〈讀蕭颯《逆光的臺北》〉、梅新〈「年度詩選」再出發〉、周浩正〈《新書月刊》的故事〉、周志文〈劉振強，一個有願望的人〉、蕭孟能〈文星停刊了〉、陳學祈〈文星雜誌陳列展〉。

回到九〇年代──九〇年代的旅遊熱

臺北：爾雅出版社
2017 年 9 月，25 開，277 頁
爾雅叢書 651

本書為「年代五書」最後一冊，以文學出版人身分記述 1990 年至 1999 年文壇人事光影及變遷。全書分四輯，收錄〈九〇年代的旅遊熱〉、〈九〇年代的△〉、〈我的九〇年代〉等 22 篇，正文前有隱地〈翻回來〉、古橋〈借序──吾友隱地的伊甸──兼評他的《傘上傘下》和其他〉、隱地〈文壇、詩壇──一片青草地〉、隱地〈自序──五十年往事追憶錄〉，正文內附錄席慕蓉〈月昇月落·最後的書房──敬寫齊邦媛先生〉、凌性傑〈往事的重量──齊邦媛《巨流河》〉、王健壯〈三毛沒看到的那些人那些事〉等十篇，正文後有隱地〈致謝〉、郭明福輯〈中華民國大事紀（1990─2000 年）〉、〈隱地紀事〉、〈隱地書目〉。

帶走一個時代的人——從李敖到周夢蝶

臺北：爾雅出版社
2018 年 7 月，25 開，221 頁
爾雅叢書 655

本書為隱地對於李敖的議論、讀書心得和回憶文壇的散文。全書分「帶走一個時代的人」、「八十回顧及其他」、「世界怎麼了？」、「讀書真好」、「歌壇影壇文壇」五輯，收錄〈帶走一個時代的人——從李敖之死說起〉、〈八十回顧〉、〈柒、捌、玖、加拾〉等 22 篇。正文前有亮軒〈俠隱記〉，正文內附錄江青〈江青談李敖——不枉此生！〉、隱地〈隱地讀江青《故人故事》——生命的轉折〉，正文後有隱地〈愛看書的星星（後記）〉，正文後附錄張耀仁記錄〈人生無處不喜悅——發現生命，開展心靈系列座談〉、黎湘萍〈寫給隱地的兩封信〉、亮軒〈從《我的眼睛》讀隱地的生活態度〉、〈隱地記事〉、〈隱地書目〉。

大人走了，小孩老了——1949 中國人大災難 七十年

臺北：爾雅出版社
2019 年 2 月，25 開，351 頁
爾雅叢書 662

本書為隱地對於社會時事的評論與出版業、文壇的過往回憶。全書分「1949 中國人大災難　七十年」、「只要你的名字」、「紙筆年代」、「三十・五十・八十」、「日子在飛（資料篇）」五輯，收錄〈大人走了，小孩老了〉、〈角落・畫面〉、〈我的另類家人〉等 29 篇。正文前有隱地〈代序——記錄者留言〉，正文後有隱地〈人類在往自我毀滅的路途上行走——代後記〉、隱地整理〈七十年文學大小事瑣記——1949—2008 年〉，附錄林貴真〈紅花與綠葉〉、〈隱地記事〉、〈隱地書目〉。

美夢成真——對照記

臺北：爾雅出版社
2019 年 7 月，25 開，237 頁
爾雅叢書 666

本書內容為隱地人生的回憶、閱讀隨筆和出版工作的雜談。全
書分「在追逐與放棄之間」、「在閱讀與生活之間」、「在記憶與
真相之間」、「在理想與現實之間」、「在疑惑與叩問之間」、「在
鏡子與領悟之間」六輯，收錄〈從數學白癡到文學記錄者——
文壇風雲時代的見證人〉、〈二月（1963）中的兩天〉、〈五月
（2002）中的四天〉等 26 篇，正文前有隱地詩作〈序詩——
整座海洋的寂寞〉，正文內附錄藍明〈星之殞！——悼詹姆斯
狄恩〉、徐宗懋〈國慶閱兵與三軍球場〉、張世聰〈從《回到五
〇年代》談我的五〇年代〉等 6 篇，正文後有隱地〈後記〉、
〈隱地書目〉，附錄彭麗琳〈我讀《漲潮日》〉、亮軒〈另類史
筆——從《大人走了，小孩老了》說起〉。

未末——兄弟書畫集（與柯青新合著）

臺北：爾雅出版社
2019 年 9 月，25 開，283 頁
爾雅叢書 668

本書為《隱地二百集》內容的縮減，每篇文章均會搭配柯青新的
畫作。全書收錄〈靜物〉、〈人的判定〉、〈花樹〉、〈存活〉、〈甜
蜜〉等 122 篇。正文前有柯青新〈前言〉、圖片集，正文後有隱
地〈後記〉，附錄柯寧寧〈我的父親〉、舒霖〈大伯父和父親〉。

【小說】

一千個世界

臺北：文星書店
1966 年 8 月，40 開，168 頁
文星叢刊 218

臺北：大林書店
1969 年 11 月，40 開，162 頁。
大林文庫 33

臺北：爾雅出版社
1979 年 4 月，32 開，223 頁
爾雅叢書 60

文星書店 1966

大林書店 1969

爾雅出版社 1979

短篇小說集。全書收錄〈結婚、結婚、結婚〉、〈一個叫段尚勤的年輕人〉、〈純喫茶〉、〈上午之死〉、〈掛在天邊的蘋果〉、〈空洞的人〉、〈霧〉、〈午後〉、〈兩個二十九歲的孩子們〉、〈一千個世界〉、〈有一種愛情〉、〈生命真的是一團漆黑的痛苦嗎？〉、〈花們的年代〉、〈寫作的故事〉、〈看電影的人〉、〈五線譜〉共 16 篇。正文前有王鼎鈞〈隱地先生的世界（代序）〉，正文後有隱地〈後記〉。

1969 年大林版：正文刪去〈上午之死〉、〈空洞的人〉、〈花們的年代〉、〈五線譜〉四篇，新增〈榜上〉、〈天倫淚〉、〈傘上傘下〉三篇，〈一個叫段尚勤的年輕人〉更名為〈一個叫殷尚勤的年輕人〉。正文前新增隱地〈改版自序〉。

1979 年爾雅版：更名為《幻想的男子》。正文刪去〈五線譜〉一篇，新增〈幻想的男子〉、〈夏天，自來水〉、〈一對小夫妻〉、〈少女〉、〈灰〉、〈喬施普的春假〉、〈單身漢聽歌〉、〈睡不著的晚上〉、〈人〉、〈風〉、〈你要墮落，就去墮落吧！〉、〈一個作家之死〉共 12 篇，〈一個叫段尚勤的年輕人〉更名為〈一個叫殷尚勤的年輕人〉。正文後新增隱地〈《傘上傘下》與《幻想的男子》重印後記──縹緲的夢〉。

碎心簷

臺北：爾雅出版社
1980 年 11 月，32 開，143 頁
爾雅叢書 80

中、短篇小說集。全書收錄〈刻骨情〉、〈碎心簷〉、〈天若有情天亦老〉（共 26 章）。正文前有隱地〈自序〉。

風中陀螺

臺北：爾雅出版社
2007 年 1 月，25 開，219 頁
爾雅叢書 465
隱地作品選之三

長篇小說。本書以段尚勤為主角，敘述他的人生經歷。全書計有：1.七十歲少年；2.性禁忌的年代；3.臺灣超現實；4.純喫茶；5.半身之愛；6.單身漢聽歌；7.理想國；8.民國驚變；9.手機情人；10.睡不著的晚上；11.AB 對話；12.時空交會；13.看電影的人；14.婚姻之死；15.兩對二十九歲的孩子；16.風中陀螺；17.十個房間共 17 章。正文前有陳芳明〈青春是一張蝕破的葉〉、隱地〈楔子〉，正文後有隱地〈後記〉，附錄隱地〈一個叫段尚勤的年輕人〉、〈隱地及他的書〉、〈隱地作品書影展〉、〈本書內頁插圖——王菊楚簡介〉。

【傳記】

爾雅出版社 2000

玉山社 2001

福建教育出版社
2009

漲潮日

臺北：爾雅出版社
2000 年 11 月，32 開，284 頁
爾雅叢書 345

臺北：玉山社出版公司
2001 年 9 月，25 開，160 頁
本土新書 55
洪幸芳圖

福建：福建教育出版社
2009 年 6 月，21 開，227 頁

本書為隱地回首上海童年、臺北少年、文學追夢往事，細數不同階段人生經歷與感懷。全書分「序曲」、「成長的故事」、「走過的年代」、「夢想的追求」四部分，收錄〈潮水〉、〈第五十八首〉、〈上海的故事〉等 22 篇。正文前有白先勇〈克難歲月——隱地的「少年追想曲」〉，正文內附錄隱地〈詩集〉、隱地〈到林先生家作客〉、隱地〈王鼎鈞的聖歌〉，正文後有隱地〈我的拉力（代後記）〉，附錄白先勇〈冠禮〉、章亞昕

〈隱身於人生的大地──讀隱地的《生命曠野》〉、〈隱地及他的書〉。

2001　玉山社版：全書分「序曲」、「成長的故事」二部分，正文刪去〈半身之愛〉、〈五○年代的臺北〉、〈一條名叫時光的河──屬於我們的年代〉。正文前刪去白先勇〈克難歲月──隱地的「少年追想曲」〉，新增游珮芸〈推薦序──克難時代的生命力〉、隱地〈自序──傳奇附身〉，正文後刪去隱地〈我的拉力（代後記）〉，附錄刪去白先勇〈冠禮〉、章亞昕〈隱身於人生的大地──讀隱地的《生命曠野》〉、〈隱地及他的書〉。

2009 年福建教育版：正文與 2000 年爾雅版相同。正文後附錄新增王鼎鈞〈隱地漲潮〉、郭雅麗〈母親的「漲潮日」〉、張春榮〈天外黑風吹海立──隱地《漲潮日》〉，刪去章亞昕〈隱身於人生的大地──讀隱地的《生命曠野》〉、〈隱地及他的書〉。

【日記】

2002／隱地

臺北：爾雅出版社
2002 年 7 月，25 開，295 頁
爾雅叢書 370

本書為作者 2002 年 1 月至 6 月的日記，內容包含讀書心得與生活雜談。全書分「一月」、「二月」、「三月」、「四月」、「五月」、「六月」六部分，收錄每日日記共 181 篇。正文前有王盛弘〈應該感謝誰──為隱地先生寫日記而寫〉，正文後有隱地〈後記〉，附錄林薇瑄、吳麗娟〈把文學當宗教，把爾雅當廟──永懷夢想的出版人：隱地〉。

2002／隱地　Volume Two

臺北：爾雅出版社
2003 年 2 月，25 開，357 頁
爾雅叢書 390

本書為作者 2002 年 7 月至 12 月的日記。全書分「七月」、「八月」、「九月」、「十月」、「十一月」、「十二月」六部分，收錄每日日記共 184 篇。正文前有王盛弘〈私言志──復為隱地先生寫日記而寫〉，正文後有隱地〈後記〉、〈隱地書目〉。

2002／隱地（足本）

臺北：爾雅出版社
2003 年 6 月，25 開，637 頁
爾雅叢書 410

本書收錄《2002／隱地》、《2002／隱地　Volume　Two》。正文
前有王盛弘〈應該感謝誰——為隱地先生寫日記而寫〉、王盛
弘〈私言志——復為隱地先生寫日記而寫〉，正文後有隱地
〈後記〉，附錄林薇瑄、吳麗娟〈把文學當宗教，把爾雅當廟
——永懷夢想的出版人：隱地〉、〈隱地書目〉。

2012／隱地

臺北：爾雅出版社
2013 年 2 月，25 開，451 頁
爾雅叢書 590

本書為作者 2012 年全年的日記，內容包含生活懷想與社會議
論。全書分「黑暗裡的水滴聲——2012 年 2 月臺北日記」、「身
體—天地間的牢籠——2012 年 3 月臺北—阿里山—臺北日
記」、「書店大量消失中的幸福國家——2012 年 4 月臺北日
記」、「世界不美好和美好世界——2012 年 5 月臺北—彰化—臺
北日記」、「窗外一排快樂的檸檬樹——2012 年 6 月臺北日
記」、「天使與魔鬼之戰——2012 年 7 月臺北日記」、「日記是開
啟記憶的鑰匙——2012 年 8 月臺北—吉隆坡—臺北日記」、「人
生四大密碼——2012 年 9 月臺北日記」、「書和罐頭有什麼關
係？——2012 年 10 月臺北日記」、「秋天在中山北路上散步
——2012 年 11 月臺北日記」、「永遠要對世界有希望——2012
年 12 月臺北日記」11 部分，收錄每日日記共 335 篇。正文後
有隱地〈致親愛的讀者——再談日記〉、〈關於作者〉。

【合集】

皇冠出版社 1963

傘上傘下

臺北：皇冠出版社
1963 年 4 月，32 開，141 頁
皇冠叢書第六五種

臺北：爾雅出版社
1979 年 5 月，32 開，233 頁
爾雅叢書 50

本書為散文、小說合集。全書分三部分,散文收錄〈讀書‧寫作‧投稿〉、〈小情人〉、〈生日〉等 14 篇;小說收錄〈天倫淚〉、〈傘上傘下〉、〈遲〉、〈殘破的玫瑰〉、〈彼岸〉、〈摯友情深〉、〈榜上〉、〈失去的週末〉、〈彩色的圈套〉共九篇。
1979 年爾雅版:正文新增散文〈搬家‧搬家‧搬家〉、〈海茫茫〉、〈情〉三篇,小說〈婚姻〉、〈九滴眼淚〉、〈選擇〉、〈五線譜〉四篇。正文前新增隱地〈寫在前面〉,正文後新增隱地《傘上傘下》與《幻想的男子》重印後記──縹緲的夢〉。

爾雅出版社 1979

隱地自選集
臺北:黎明文化公司
1982 年 12 月,32 開,290 頁
中國新文學叢刊 120

本書為論述、散文、小說合集。全書分五輯,「小品」收錄〈潮水〉、〈丟的哲學〉、〈人生的層面〉等 16 篇;「讀書隨筆」收錄〈現代讀書人〉、〈快樂的讀書人〉、〈作家與書〉等九篇;「散文」收錄〈金門行〉、〈我們在山中〉、〈在東海〉等 12 篇;「小說」收錄〈傘上傘下〉、〈霧〉、〈結婚結婚結婚〉、〈一個叫段尚勤的年輕人〉、〈你要墮落,就去墮落吧!〉、〈幻想的男子〉共六篇;「評論」收錄〈青春夢裡人〉、〈大地兒女〉、《紅鬍子》與《龍門客棧》〉等十篇。正文前有素描、生活照片、手跡、〈寫作年表〉、隱地〈自序〉,正文後有〈作品書目〉、〈隱地編的書〉。

春天該去布拉格(與余光中、向明、沈臨彬、李昂合著)
臺北:爾雅出版社
1995 年 5 月,32 開,144 頁
爾雅叢書 144

本書為余光中、向明、沈臨彬、隱地和李昂等人到布拉格旅遊的詩、散文結集。全書收錄隱地詩作〈卡啡卡〉一首;隱地散文〈布拉格,你能守住現在的寧靜嗎?〉、〈得失布拉格〉二篇、余光中、向明、沈臨彬、李昂散文各一篇。正文前有圖片集,正文後有〈附註〉、〈本書作者簡介〉。

回頭

臺北：爾雅出版社
2009 年 1 月，25 開，262 頁
爾雅叢書 513

本書為詩、散文、小說合集。全書收錄詩〈沒有我——給寂
寞〉一首；散文〈三年半前〉、〈敲門〉、〈十三年九個月前〉、
〈詩・季野・水芙蓉〉、〈十四年前〉等 50 篇；小說〈上午之
死〉一篇。正文後有隱地〈後記〉，附錄季季、隱地〈我們的
六〇年代——兼及年度文選與編輯生涯〉、楊傳珍〈隱地的眼
睛——《我的眼睛》讀後〉、〈關於隱地〉、〈隱地書目〉。

一棟獨立的台灣房屋及其他

臺北：爾雅出版社
2012 年 4 月，25 開，198 頁
爾雅叢書 572

本書為詩、散文、日記合集。全書收錄詩〈追懷——詩國的第
一道曙光〉、〈獻給用詩寫教育的人〉、〈翹翹板〉共三首；散文
〈一幢獨立的臺灣房屋——評陳芳明《台灣新文學史》〉、〈百
年跨步〉、〈心〉等 19 篇；日記〈日記三十一則——民國 101
年 1 月 1 日至 31 日〉共 31 篇。正文前有王鼎鈞〈七十歲的少
年〉，正文後附錄〈隱地開門〉、隱地演講；吳為記錄〈終身的
文藝園丁〉、傅月庵〈到林先生家做客的年代及其他〉、吳興文
〈蔣經國與政工幹部學校〉、〈隱地二三事〉、〈隱地書目〉。

文學年表

1937 年	12 月	13 日（農曆 11 月 11 日），生於上海，籍貫浙江永嘉。本名柯青華，父柯豪，母謝桂芬。另有二位兄長，以及一位姐姐。
1943 年	本年	因家計艱難，被送至江蘇崑山千燈鎮小圓莊的一戶顧姓人家寄養。
1947 年	10 月	由時任臺灣省立第一女子高級中學（今臺北市立第一女子高級中學）英文教師的父親接來臺灣。時年十歲，因目不識丁，由父親臨時為其在家惡補，即插入臺灣省國語推行委員會附設實驗小學（今臺北市國語實驗國民小學），就讀二年級上學期。
1948 年	本年	轉學至臺灣省立臺北女子師範學校附屬小學（今臺北市立大學附設實驗國民小學），就讀三年級上學期。
1952 年	10 月	開始寫作，並偶有短文於學生園地發表。
1953 年	6 月	自臺灣省立臺北女子師範學校附屬小學畢業。
	9 月	進入新莊實驗初中（今新北市立新莊國民中學）就讀。
1954 年	9 月	16 日，〈五心聚會〉以本名「柯青華」發表於《自由青年》第 12 卷第 6 期。
1955 年	4 月	1 日，〈誰是友誼的破壞者〉以本名「柯青華」發表於《自由青年》第 13 卷第 7 期。
	12 月	短篇小說〈三姐〉以本名「柯青華」發表於《新新文藝》第 3 卷第 6 期。

1956 年	6 月	自新莊實驗初中畢業。
	9 月	27 日，短篇小說〈請客〉以筆名「隱地」發表於《臺灣新生報·副刊》6 版。此後即以此筆名發表文章。
		進入北投育英高中（今已廢校）就讀。
	10 月	1 日，短篇小說〈老林的祕密〉發表於《自由青年》第 16 卷第 7 期。
1957 年	8 月	1 日，短篇小說〈雨過天青〉發表於《自由青年》第 18 卷第 3 期。
	本年	短篇小說〈重造〉獲《亞洲畫報》第三屆學生組「亞洲短篇小說獎」佳作。
1958 年	2 月	1 日，〈伙委兩月〉發表於《自由青年》第 19 卷第 3 期。
	8 月	1 日，〈暑期雜記〉發表於《自由青年》第 20 卷第 3 期。
	10 月	10 日，短篇小說〈殘破的玫瑰〉發表於《海風》第 3 卷第 9、10 期合刊。
	12 月	16 日，〈自己〉發表於《自由青年》第 20 卷第 12 期。
		19 日，〈罵人〉發表於《聯合報·副刊》7 版。
1959 年	1 月	28 日，〈餘音——〈生日〉讀後感〉發表於《中央日報·副刊》3 版。
	2 月	2 日，〈自助與人助〉發表於《中國一周》第 458 期。
		短篇小說〈重造〉發表於《幼獅文藝》第 52 期。
	8 月	1 日，〈離緒〉發表於《自由青年》第 22 卷第 3 期。
		30 日，短篇小說〈榜上〉發表於《聯合報·副刊》7 版。
	9 月	29 日，〈方向〉發表於《聯合報·副刊》6 版。
		進入政工幹部學校（今國防大學政治作戰學院）第九期新聞系就讀。
	10 月	16 日，以「幹校生活」為題，〈號聲〉、〈剷草〉、〈書信〉、〈光頭〉、〈同學〉、〈進餐〉、〈熄燈〉發表於《自由青年》第

22 卷第 8 期。

12 月　31 日，〈生日〉發表於《聯合報・副刊》6 版。

1960 年　1 月　15 日，〈回家〉發表於《聯合報・副刊》6 版。

7 月　短篇小說〈傘上傘下〉發表於《皇冠》第 77 期。

1961 年　4 月　9 日，短篇小說〈喬施普的春假〉發表於《聯合報・副刊》
7 版。

6 月　1 日，〈如何解除青年的煩惱——記師大錢蘋教授演講〉記
錄整理於《自由青年》第 25 卷第 11 期。

7 月　16 日，〈小敏姐姐〉發表於《自由青年》第 26 卷第 2 期。

短篇小說〈摯友情深〉發表於《皇冠》第 90 期。

9 月　4 日，〈搬家〉發表於《中央日報・副刊》7 版。

16 日，〈我為什麼要進新聞系〉發表於《自由青年》第 26
卷第 6 期。

29 日，短篇小說〈家規〉發表於《聯合報・副刊》6 版。

12 月　17 日，短篇小說〈失去的週末〉發表於《聯合報・副刊》6
版。

1962 年　1 月　16 日，〈讀書・寫作・投稿〉發表於《自由青年》第 27 卷
第 2 期。

〈一年之計〉發表於《革命文藝》第 70 期。

2 月　16 日，短篇小說〈天倫淚〉發表於《自由青年》第 27 卷第
4 期。

3 月　短篇小說〈三喜臨門〉發表於《幼獅文藝》第 89 期。

短篇小說〈彼岸〉發表於《皇冠》第 97 期。

4 月　14 日，短篇小說〈小情人〉發表於《中央日報・副刊》7 版。

短篇小說〈遲〉發表於《文壇》第 22 期。

5 月　9 日，〈出院〉發表於《中央日報・副刊》7 版。

6 月　16 日，〈副刊與投稿——孫如陵先生談《中副》〉記錄整理

於《自由青年》第 27 卷第 12 期。

7 月　14 日，短篇小說〈掙扎〉發表於《聯合報・副刊》8 版。

〈昨夜夢魂中〉發表於《皇冠》第 101 期。

8 月　1 日，〈南行散記〉發表於《自由青年》第 28 卷第 3 期。

12 月　短篇小說〈更上一層樓〉獲《幼獅文藝》、《幼獅月刊》聯合
舉辦的「總統七秩晉六華誕暨中國青年反共救國團成立十周
年國慶徵文比賽」小說組第二名，刊載於《幼獅文藝》第
98 期。

1963 年　1 月　短篇小說〈煉〉發表於《幼獅文藝》第 99 期。

於《臺灣新生報》擔任實習記者，為期一個月。

3 月　短篇小說〈碎心籤〉發表於《皇冠》第 109 期。

4 月　16 日，〈答應我，讀下去！〉發表於《自由青年》第 29 卷
第 8 期。

合集《傘上傘下》由臺北皇冠出版社出版。

5 月　18 日，短篇小說〈看電影的人〉發表於《聯合報・副刊》8
版。

6 月　1 日，〈金門行〉發表於《自由青年》第 29 卷第 11 期。

7 月　自政工幹部學校新聞系畢業。

分發至新竹海防部隊，不久轉派至大甲水美山海防部隊擔任
連隊幹事。

1964 年　2 月　1 日，〈在東海〉發表於《自由青年》第 31 卷第 3 期。

4 月　短篇小說〈五線譜〉發表於《皇冠》第 122 期。

5 月　短篇小說〈九滴眼淚〉發表於《文壇》第 47 期。

6 月　短篇小說〈刻骨情〉發表於《文壇》第 48 期。

8 月　16 日，短篇小說〈一千個世界〉獲青年節徵文甲組入選佳
作，刊載於《自由青年》第 32 卷第 4 期。

9 月　1 日，〈讀林文昭的〈他和她〉〉發表於《自由青年》第 32

卷第 5 期。

10 月　1 日，〈讀於梨華的〈等〉〉發表於《自由青年》第 32 卷第 7期。

〈讀荊棘的〈南瓜〉〉發表於《新智慧》革新號第 1 期。

11 月　16 日，〈茫茫人海一粟情〉發表於《自由青年》第 32 卷第10 期。

本年　調任至警備總部擔任勤務隊少尉幹事。

1965 年　1 月　1 日，〈走向現代的林懷民〉、〈讀雲菁的〈天的這邊〉〉發表於《自由青年》第 33 卷第 1 期。

2 月　1 日，〈讀季季〈假日與蘋果〉〉發表於《自由青年》第 33卷第 3 期。

3 月　1 日，〈讀鍾理和的〈雨〉〉發表於《自由青年》第 33 卷第 5期。

4 月　1 日，〈讀夏烈的〈白門，再見！〉〉發表於《自由青年》第33 卷第 7 期。

19 日，〈鴛鴦宮〉發表於《中國一周》第 782 期。

5 月　1 日，〈尋求獨立生活的侯門〉、〈讀徐訏的〈離婚〉〉、〈讀於梨華的〈雪地上的星星〉〉發表於《自由青年》第 33 卷第 9期。

16 日，短篇小說〈午後〉發表於《自由青年》第 33 卷第 10期。

17 日，〈青春夢裡人〉發表於《中國一周》第 786 期。

21 日，短篇小說〈有一個上午〉發表於《徵信新聞報・人間副刊》7 版。

短篇小說〈霧〉發表於《文星》第 91 期。

6 月　1 日，〈古橋，古橋！〉、〈讀古橋的〈母親　呵　母親〉〉發表於《自由青年》第 33 卷第 11 期。

14 日，短篇小說〈空洞的人〉發表於《徵信新聞報‧人間副刊》7 版。

21 日，〈蘭嶼之歌〉發表於《中國一周》第 791 期。

24 日，短篇小說〈一個叫段尚勤的年輕人〉發表於《徵信新聞報‧人間副刊》7 版。

〈文藝理論淺談〉連載於《警備通訊》第 84～91 期，至 1966 年 1 月止。

7 月　1 日，〈讀王令嫻的〈單車上的時光〉〉發表於《自由青年》第 34 卷第 1 期。

21 日，〈搬家、搬家、搬家……〉發表於《徵信新聞報‧人間副刊》7 版。

8 月　1 日，〈王家誠與趙雲〉發表於《自由青年》第 34 卷第 3 期。

16 日，〈讀白先勇的〈畢業〉〉發表於《自由青年》第 34 卷第 4 期。

30 日，短篇小說〈掛在天邊的蘋果〉入選「人間新人周」，發表於《徵信新聞報‧人間副刊》7 版。因刊出時註明姓名、年齡和服務單位，警總政二處處長李世雄發現，隨即調職政二處，九月中任新聞官柳克助理，並主持《警備通訊》編務。

9 月　1 日，〈讀季季的〈擁抱我們的草原〉〉發表於《自由青年》第 34 卷第 5 期。

10 月　1 日，〈讀瓊瑤的〈追尋〉〉發表於《自由青年》第 34 卷第 7 期。

16 日，短篇小說〈花們的年代〉發表於《自由青年》第 34 卷第 8 期。

25 日，短篇小說〈廿九歲〉發表於《徵信新聞報‧人間副

刊》7 版。

11 月　1 日,〈讀曉風的〈地毯的那一端〉〉發表於《自由青年》第 34 卷第 9 期。

12 月　1 日,〈渾厚爽直的王令嫻〉、〈讀楚卿的《楚卿小說選》──兼談他的得獎作品〈稻草球〉〉發表於《自由青年》第 34 卷第 11 期。

2 日,短篇小說〈結婚　結婚　結婚〉發表於《徵信新聞報‧人間副刊》7 版。

30 日,短篇小說〈純吃茶〉發表於《徵信新聞報‧人間副刊》7 版。

1966 年　1 月　1 日,〈讀尼洛的〈天涯占夢〉〉發表於《自由青年》第 35 卷第 1 期。

2 月　1 日,〈讀水晶的〈愛的凌遲〉〉發表於《自由青年》第 35 卷第 3 期。

8 日,短篇小說〈灰〉發表於《徵信新聞報‧人間副刊》7 版。

16 日,〈再談楚卿的「小說」──並以敬答管瓊女士〉發表於《自由青年》第 35 卷第 4 期。

3 月　1 日,〈讀朱韻成的〈橋〉〉發表於《自由青年》第 35 卷第 5 期。

4 月　1 日,〈讀王文興的〈龍天樓〉〉發表於《自由青年》第 35 卷第 7 期。

12 日,短篇小說〈生命真的是一團漆黑的痛苦嗎〉發表於《徵信新聞報‧人間副刊》7 版。

短篇小說〈反攻前夕〉發表於《警備通訊》第 94 期。

5 月　16 日,〈車不空駛的曹抄〉發表於《自由青年》第 35 卷第 10 期。

6 月　1 日，〈讀康芸薇的〈這樣好的星期天〉〉、〈讀徐訏的〈離婚〉〉發表於《自由青年》第 35 卷第 11 期。

18 日，〈於梨華《又見棕櫚 又見棕櫚》讀後〉發表於《徵信新聞報‧人間副刊》7 版。

7 月　1 日，〈讀邵僩的〈霧散的時候〉〉發表於《自由青年》第 36 卷第 1 期。

15 日，〈臺北人的度假樂園〉發表於《徵信新聞報‧人間副刊》7 版。

8 月　1 日，〈讀鄭清文〈姨太太生活的一天〉〉發表於《自由青年》第 36 卷第 3 期。

14 日，短篇小說〈人〉發表於《徵信新聞報‧人間副刊》9 版。

短篇小說集《一千個世界》由臺北文星書店出版。

9 月　1 日，〈讀孟絲的〈夢樣的歲月〉〉發表於《自由青年》第 36 卷第 5 期。

10 月　1 日，〈讀江玲的〈坑裡的太陽〉〉發表於《自由青年》第 36 卷第 7 期。

6 日，〈〈轉位的榴槤〉讀後〉發表於《徵信新聞報‧人間副刊》6 版。

11 月　1 日，〈讀華嚴的《七色橋》〉發表於《自由青年》第 36 卷第 9 期。

〈論文藝批評〉發表於《幼獅文藝》第 155 期。

12 月　1 日，〈讀舒凡的〈拉東那莫畢利〉〉、〈關於「讀書報告」〉發表於《自由青年》第 36 卷第 11 期。

1967 年　1 月　17 日，〈《純文學》的短篇小說〉發表於《中華日報‧副刊》6 版。

2 月　1 日，短篇小說〈你要墮落就去墮落吧〉發表於《徵信新聞

報‧人間副刊》6 版。

6 日,〈《故鄉與童年》讀後〉發表於《大華晚報‧讀書人》
5 版。

〈《變形虹》——惶惑的林懷民〉發表於《幼獅文藝》第
158 期。

4 月　3 日,〈評介《山洪暴發的時候》〉發表於《大華晚報‧讀書
人》5 版。

18 日,〈老沈的信〉發表於《徵信新聞報‧人間副刊》6
版。

8 月　23 日,〈《這一代的小說》後記〉發表於《徵信新聞報‧人
間副刊》9 版。

30 日,〈《隱地看小說》後記〉發表於《中央日報‧副刊》9
版。

9 月　《隱地看小說》由臺北大江出版社出版。

主編《這一代的小說》,由臺北大江出版社出版。

1968 年　1 月　3 日,〈此「路」不通嗎——看《路》片有感〉發表於《中
央日報‧副刊》9 版。

15 日,〈美國現代小說家簡介之一:伊德絲‧華頓〉發表於
《大華晚報‧讀書人》8 版。

29 日,〈美國現代小說家簡介之二:辛克萊‧路易士〉發表
於《大華晚報‧讀書人》8 版。

〈讀康芸薇的〈新婚之夜〉〉發表於《幼獅文藝》第 169
期。

〈讀邱文祺[1]的〈癖〉〉發表於《草原》第 2 期。

2 月　5 日,〈美國現代小說家簡介之三:斯葛特‧費茲傑羅〉發
表於《大華晚報‧讀書人》8 版。

---

[1]即黃春明。

　　　　　　　12 日,〈美國現代小說家簡介之四:威廉・福克納〉發表於
　　　　　　　《大華晚報・讀書人》8 版。

　　　　　　　19 日,〈美國現代小說家簡介之五:歐涅斯・海明威〉發表
　　　　　　　於《大華晚報・讀書人》8 版。

　　　　　　　26 日,〈美國現代小說家簡介之六:湯麥斯・吳爾甫〉發表
　　　　　　　於《大華晚報・讀書人》8 版。

　　3 月　　11 日,〈美國現代小說家簡介之七:拿撒奈・韋斯特〉發表
　　　　　　　於《大華晚報・讀書人》8 版。

　　　　　　　20 日,〈《美國現代七大小說家》讀後〉發表於《大華晚
　　　　　　　報・讀書人》8 版。

　　　　　　　擔任《純文學》助理編輯,至 10 月止。

　　4 月　　〈評介《愛莎岡的女孩》〉發表於《幼獅文藝》第 172 期。

　　5 月　　〈臺北的書店〉發表於《純文學》第 17 期。

　　6 月　　《一個里程》由臺北華美出版社出版。

　10 月　　17 日,和林貴真於臺北僑聯賓館結婚。

　　　　　　　〈吉錚的三本書〉發表於《幼獅文藝》第 178 期。

　11 月　　17 日,與林貴真結婚。

　　本年　　擔任《青溪》主編,至 1972 年 4 月止。

1969 年　1 月　　6 日,〈渾厚爽直的王令嫻〉發表於《中國一周》第 976
　　　　　　　期。

　　2 月　　〈寫在《十一個短篇》之前〉發表於《幼獅文藝》第 182
　　　　　　　期。

　　3 月　　11 日,出席《文藝月刊》編輯部舉辦的「〈夏樹是鳥的莊
　　　　　　　園〉文藝談會」,與會者有王集叢、潘琦君、王鼎鈞等。會
　　　　　　　談紀錄後刊載於《文藝月刊》第 1 期。

　　　　　　　〈普立茲傳〉發表於《自由青年》第 41 卷第 3 期。

　　　　　　　應林秉欽之邀,主編《十一個短篇——五十七年短篇小說

選》，由臺北仙人掌出版社出版。此為第一本「年度小說選」。

4 月　〈製罐巷〉發表於《自由青年》第 41 卷第 4 期。

5 月　〈20 世紀美國文學〉發表於《自由青年》第 41 卷第 5 期。

〈評介《白駒集》〉發表於《幼獅文藝》第 185 期。

6 月　〈知識的水庫〉發表於《自由青年》第 41 卷第 6 期。

7 月　12 日，短篇小說〈一個作家之死〉發表於《中國時報·人間副刊》10 版。

〈知識的爆發〉發表於《自由青年》第 42 卷第 1 期。

8 月　〈諾貝爾獎小說選〉發表於《自由青年》第 42 卷第 2 期。

10 月　〈評介《職業》〉發表於《幼獅文藝》第 190 期。

11 月　〈短篇小說透視〉發表於《自由青年》第 42 卷第 5 期。

〈新書評介《歷史的教訓》〉發表於《後備軍人》第 61 期。

短篇小說集《一千個世界》由臺北大林書店出版。

本年　應林秉欽之邀，與黃海一同入股，成立金字塔出版社。同年因經營理念不和退股。

1970 年　1 月　14 日，長子柯書林出生。

2 月　〈《五十八年短篇小說選》作者簡介〉發表於《青溪》第 3 卷第 8 期。

3 月　〈《五十八年短篇小說選》後記〉發表於《幼獅文藝》第 195 期。

主編《五十八年短篇小說選》，由臺北大江出版社出版。

5 月　〈深厚的友誼〉發表於《自由青年》第 43 卷第 5 期。

短篇小說〈一對小夫妻〉發表於《婦友》第 188 期。

6 月　〈請編文學書目〉發表於《文壇》第 120 期。

7 月　〈「書肆漫步」自序〉發表於《自由青年》第 44 卷第 1 期。

9 月　〈西瀅閒話〉發表於《自由青年》第 43 卷第 6 期。

	10 月	13 日,〈讀《愛的變貌》〉發表於《中國時報・人間副刊》10 版。
	12 月	《反芻集》由臺北大林書店出版。
1971 年	1 月	14 日,短篇小說〈幻想的男子〉發表於《中國時報・人間副刊》10 版。
	2 月	〈談盜印〉發表於《文藝月刊》第 20 期。
	3 月	主編《五十九年短篇小說選》,由臺北大江出版社出版。
	8 月	〈評介《在室男》〉發表於《幼獅文藝》第 212 期。
	10 月	3 日,短篇小說〈空心人〉發表於《中華日報・副刊》9 版。
		〈中國人的光輝及其他〉發表於《自由青年》第 46 卷第 4 期。
	11 月	28 日,〈讀《午夜牛郎》〉發表於《中國時報・人間副刊》9 版。
	12 月	19 日,〈不再搬家〉發表於《中國時報・人間副刊》9 版。
	本年	成立「年度小說選編輯委員會」。先後邀集沈謙、鄭明娳、林柏燕、鄭傑光、覃雲生、洪醒夫等輪流主編。
1972 年	1 月	7 日,長女柯書湘出生。
		〈《魏晉南北朝文學家》讀後〉發表於《自由青年》第 47 卷第 1 期。
	4 月	擔任《新文藝》主編,至隔年 11 月止。
	5 月	3 日,〈書架　書櫥　書牆〉發表於《中央日報・副刊》9 版。
	9 月	擔任《書評書目》主編,至 1977 年 5 月止。
1973 年	2 月	〈二十年來的短篇小說選集〉發表於《幼獅文藝》第 230 期。
		〈《家變》與《龍天樓》〉發表於《書評書目》第 6 期。
	9 月	書評書目出版社成立,隱地除負責《書評書目》雜誌編務,

亦負責編選該社出版叢書。

1974 年　2 月　〈《中國人的光輝及其他》〉發表於《書評書目》第 10 期。

　　　　　7 月　1 日，次子柯書品出生。

　　　　　　　　〈讀《愛書的人》想起〉發表於《書評書目》第 15 期。

　　　　　本年　以《書評書目》主編身分，獲第一屆中華文化復興運動推行
　　　　　　　　委員會文藝期刊聯誼會主編獎。

1975 年　3 月　與鄭明娳合編《近二十年短篇小說選集編目》，由書評書目
　　　　　　　　出版社出版。

　　　　　7 月　與簡靜惠、景翔共同創辦爾雅出版社，擔任發行人至今。

　　　　　11 月　20 日，〈丟的哲學——現代人生之一〉發表於《中華日報·
　　　　　　　　副刊》9 版。

　　　　　　　　21 日，〈回信——現代人生之二〉發表於《中華日報·副
　　　　　　　　刊》9 版。

　　　　　　　　22 日，〈朋友——現代人生之三〉發表於《中華日報·副
　　　　　　　　刊》11 版。

　　　　　　　　23 日，〈職業——現代人生之四〉發表於《中華日報·副
　　　　　　　　刊》9 版。

　　　　　　　　25 日，〈失意的人——現代人生之五〉發表於《中華日報·
　　　　　　　　副刊》9 版。

　　　　　　　　27 日，〈簡單生活——現代人生之六〉發表於《中華日報·
　　　　　　　　副刊》9 版。

　　　　　　　　28 日，〈變——現代人生之七〉發表於《中華日報·副刊》
　　　　　　　　9 版。

　　　　　　　　29 日，〈少年得志——現代人生之八〉發表於《中華日報·
　　　　　　　　副刊》11 版。

　　　　　12 月　1 日，〈老——現代人生之九〉發表於《中華日報·副刊》9
　　　　　　　　版。

3 日,〈刺激——現代人生之十〉發表於《中華日報・副刊》11 版。

15 日,〈《快樂的讀書人》〉發表於《中華日報・副刊》9 版。

16 日,〈病〉發表於《中華日報・副刊》9 版,「現代人生」專欄。

19 日,〈早起的故事〉發表於《中華日報・副刊》9 版,「現代人生」專欄。

23 日,〈感恩圖報〉發表於《中華日報・副刊》9 版,「現代人生」專欄。

25 日,〈電視〉發表於《中華日報・副刊》9 版,「現代人生」專欄。

27 日,〈洞穴〉發表於《中華日報・副刊》9 版,「現代人生」專欄。

29 日,〈西餐與白蘭花〉發表於《中華日報・副刊》9 版,「現代人生」專欄。

《快樂的讀書人》由臺北爾雅出版社出版。

1976 年　2 月　2 日,〈把快樂傳出〉發表於《中華日報・副刊》3 版,「現代人生」專欄。

3 日,〈升降之間〉發表於《中華日報・副刊》3 版,「現代人生」專欄。

8 日,〈活力〉發表於《中華日報・副刊》9 版,「現代人生」專欄。

11 日,〈難〉發表於《中華日報・副刊》11 版,「現代人生」專欄。

16 日,〈青蘋果〉發表於《中華日報・副刊》9 版,「現代人生」專欄。

22 日，〈能忘和不能忘的〉發表於《中華日報‧副刊》9 版，「現代人生」專欄。

23 日，〈拒絕的必要〉發表於《中華日報‧副刊》9 版，「現代人生」專欄。

3 月　7 日，〈報紙〉發表於《中華日報‧副刊》9 版，「現代人生」專欄。

9 日，〈「性」〉發表於《中華日報‧副刊》9 版，「現代人生」專欄。

21 日，〈記事本〉發表於《中華日報‧副刊》9 版，「現代人生」專欄。

28 日，〈電話〉發表於《中華日報‧副刊》9 版，「現代人生」專欄。

30 日，〈擇偶〉發表於《中華日報‧副刊》9 版，「現代人生」專欄。

〈喜悅〉發表於《明道文藝》第 1 期。

4 月　7 日，〈找〉發表於《中華日報‧副刊》11 版，「現代人生」專欄。

9 日，〈另一種浪費〉發表於《中華日報‧副刊》9 版，「現代人生」專欄。

16 日，〈四種人〉發表於《中華日報‧副刊》9 版，「現代人生」專欄。

18 日，〈有錢以後〉發表於《中華日報‧副刊》9 版，「現代人生」專欄。

5 月　4 日，〈貪〉發表於《中華日報‧副刊》9 版，「現代人生」專欄。

6 日，〈生活〉發表於《中華日報‧副刊》9 版，「現代人生」專欄。

9 日，〈夫婦〉發表於《中華日報・副刊》9 版，「現代人生」專欄。

16 日，〈有與無〉發表於《中華日報・副刊》9 版，「現代人生」專欄。

6月　2 日，〈獨步沉思〉發表於《中華日報・副刊》11 版，「現代人生」專欄。

3 日，〈抬頭看看〉發表於《中華日報・副刊》9 版，「現代人生」專欄。

5 日，〈支票〉發表於《中華日報・副刊》11 版，「現代人生」專欄。

19 日，〈也是汙染〉發表於《中華日報・副刊》11 版，「現代人生」專欄。

22 日，〈成功的滋味〉發表於《中華日報・副刊》9 版，「現代人生」專欄。

28 日，〈廣告〉發表於《中華日報・副刊》9 版，「現代人生」專欄。

得兄長柯青新資助至歐洲旅遊，足跡遍及希臘、西班牙、法國、義大利、奧地利等 13 國，為期 36 日。

7月　6 日，〈兩顆種子〉發表於《中華日報・副刊》12 版，「現代人生」專欄。

8 日，〈忙人和閒人〉發表於《中華日報・副刊》12 版，「現代人生」專欄。

14 日，〈安靜〉發表於《中華日報・副刊》12 版，「現代人生」專欄。

25 日，〈花〉發表於《中華日報・副刊》12 版，「現代人生」專欄。

31 日，〈歷程〉發表於《中華日報・副刊》12 版，「現代人

生」專欄。

31 日～8 月 1 日，〈遊歐洲，說觀光〉連載於《聯合報・副刊》12 版。

〈現代讀書人〉發表於《中央月刊》第 8 卷第 9 期。

擔任書評書目出版社總編輯。

8 月　3 日，〈戀愛〉發表於《中華日報・副刊》12 版，「現代人生」專欄。

8 日，〈倒楣的牛〉、〈典雅的城〉發表於《中國時報・人間副刊》12 版。

9 日，〈渡假在尼斯〉發表於《中國時報・人間副刊》12 版。

10 日，〈不老的賭城〉發表於《中國時報・人間副刊》12 版。

12 日，〈靠祖先的遺產過日子〉發表於《中國時報・人間副刊》12 版；〈節食〉發表於《中華日報・副刊》12 版，「現代人生」專欄。

17 日，〈水，就是這個都市〉、〈走進月曆畫〉發表於《中國時報・人間副刊》12 版。

20 日，〈我看歐洲〉發表於《中央日報・副刊》10 版。

27 日，〈誤會〉發表於《中華日報・副刊》12 版，「現代人生」專欄。

28 日，〈圍牆恨〉發表於《中國時報・人間副刊》12 版。

29 日，〈七情六慾〉發表於《中華日報・副刊》12 版，「現代人生」專欄。

9 月　7 日，〈閃爍的霓虹〉發表於《中國時報・人間副刊》12 版。

30 日，〈我寫「現代人生」〉發表於《中華日報・文教與出版》9 版。

10 月　《現代人生》由臺北爾雅出版社出版。

11 月　23 日，〈哥哥和我〉發表於《聯合報・副刊》12 版。

　　　　　　以「城市印象」為題,〈草的天堂〉、〈現代桃花源〉、〈一副
　　　　　　小人大國的味道〉發表於《明道文藝》第 8 期。

　　　12 月　〈歐遊隨筆〉發表於《幼獅文藝》第 276 期。

　　　　　　《歐遊隨筆》由臺北爾雅出版社出版。

1977 年　4 月　辭去書評書目出版社總編輯職務,全職主持爾雅出版社社
　　　　　　務。

　　　9 月　13 日,〈都市人手記〉發表於《聯合報・副刊》12 版。

　　　11 月　23 日,〈送書・送書〉發表於《聯合報・副刊》12 版。

1978 年　1 月　14 日,〈理髮廳像咖啡館〉發表於《中國時報・人間副刊》
　　　　　　12 版。

　　　　　　31 日,〈借書・借書〉發表於《聯合報・副刊》12 版。

　　　2 月　〈出書・出書〉發表於《明道文藝》第 23 期。

　　　3 月　30 日,〈偷書・偷書〉發表於《聯合報・副刊》12 版。

　　　　　　〈印書・印書〉發表於《明道文藝》第 24 期。

　　　4 月　14 日,〈搬書・搬書〉發表於《中國時報・人間副刊》12
　　　　　　版。

　　　5 月　主編《六十六年短篇小說選》,由書評書目出版社出版。

　　　7 月　9 日,〈讀書・讀書〉發表於《中國時報・人間副刊》12 版。

　　　　　　〈缺書、缺書〉發表於《幼獅文藝》第 295 期。

　　　9 月　26 日,〈書是人生錦囊〉發表於《聯合報・副刊》12 版。

　　　　　　〈文化危機時代的來臨〉發表於《書評書目》第 65 期。

　　　11 月　〈存書,存書〉發表於《明道文藝》第 32 期。

　　　12 月　31 日,〈書緣〉發表於《聯合報・副刊》12 版。

　　　　　　《我的書名就叫書》由臺北爾雅出版社出版。

1979 年　4 月　短篇小說集《幻想的男子》(原《一千個世界》)由臺北爾雅
　　　　　　出版社出版。

　　　5 月　合集《傘上傘下》由臺北爾雅出版社出版。

	8 月	23 日,〈出版業的困境〉發表於《中國時報・人間副刊》8 版。
	9 月	編選《豆腐一聲天下白》,由臺北爾雅出版社出版。
	12 月	4 日,〈倒與躺〉發表於《聯合報・副刊》8 版。
1980 年	1 月	〈誰來幫助我?〉發表於《文壇》第 235 期。
	3 月	25 日,〈一本寂寞的書——我讀郭良蕙《臺北的女人》〉發表於《聯合報・副刊》8 版。
		〈廣告紙,美其名曰「雜誌」〉發表於《書評書目》第 83 期。
	4 月	以「小品兩則」為題,〈廣場與窄巷〉、〈也凡的平凡・平凡的也凡〉發表於《明道文藝》第 49 期。
	6 月	26 日,〈都市三章〉發表於《聯合報・副刊》8 版。
	7 月	〈《誰來幫助我》後記〉發表於《書評書目》第 87 期。
		《誰來幫助我》由臺北爾雅出版社出版。
	8 月	1 日,〈散步人語——兼談垃圾處理問題〉發表於《聯合報・副刊》8 版。
	10 月	5 日,〈懷念《書評書目》〉發表於《中央日報・晨鐘》10 版。
		12 日,〈寂寞〉發表於《聯合報・副刊》8 版。
	11 月	中、短篇小說集《碎心簪》由臺北爾雅出版社出版。
		主編《琦君的世界》,由臺北爾雅出版社出版。
	12 月	21 日,〈小說獎與小說徵文獎〉入選《聯合報・副刊》舉辦的「假如我辦小說獎」徵文活動,刊載於《聯合報・副刊》8 版。
1981 年	6 月	《隱地看小說》、主編《五十七年短篇小說選》由臺北爾雅出版社出版。
	7 月	主編《爾雅》、《出版社傳奇》,由爾雅出版社出版。

〈100 本書的故事〉發表於《爾雅人》第 5 期。

8 月　〈出版事業在臺灣〉發表於《書評書目》第 99 期。

12 月　12 日,〈文藝會談該談的問題〉發表於《聯合報・副刊》8
版,「揭開文藝新頁——對全國文藝會談的期望」專輯。

14 日,〈邀請參加國際文藝會談　名單是誰開的?〉發表於
《民生報》10 版。

1982 年　6 月　11 日,〈都是空氣惹的禍〉發表於《中國時報・人間副刊》
8 版。

28 日,〈關於《作家地址本》〉發表於《中央日報・晨鐘》
10 版。

8 月　1 日,〈田莊人洪醒夫〉發表於《中國時報・人間副刊》8
版。

11 月　9 日,〈逃避〉發表於《中央日報・晨鐘》10 版。

15 日,〈《又怨芭蕉》編後〉發表於《中央日報・晨鐘》10
版。

12 月　合集《隱地自選集》由臺北黎明文化公司出版。

本年　創辦「洪醒夫小說獎」,至 1997 年止。

邀集張默、蕭蕭、向明、李瑞騰、張漢良、向陽等詩人及評
論家成立「年度詩選編輯委員會」,輪流主編「年度詩選」,
至 1991 年止。2003 年起,由二魚文化公司接辦,更名為
「臺灣詩選」。

1983 年　2 月　主編《年度小說選資料篇》、《風景——120 個爾雅封面》,
由臺北爾雅出版社出版。

3 月　2 日,〈好一個植物園——102 個爾雅封面〉發表於《中央日
報・晨鐘》10 版。

4 月　11 日,〈為我們的出版業歡呼〉發表於《中央日報・晨鐘》
10 版。

6 月　〈我讀〈歸宿〉〉發表於《臺灣月刊》第 6 期。

7 月　〈迴響——老人問題〉發表於《明道文藝》第 88 期。

8 月　30 日，以「心的掙扎」為題，短文 11 則發表於《聯合報‧副刊》8 版。

　　　〈幸虧〉發表於《國魂》第 453 期。

9 月　27 日，以「心的掙扎」為題，短文九則發表於《商工日報‧春秋》11 版。

10 月　10 日，〈出版業二三事〉發表於《中央日報‧晨鐘》10 版。

　　　20 日，以「心的掙扎」為題，短文九則發表於《聯合報‧副刊》8 版。

　　　〈作家與書的故事——康芸薇‧洪醒夫〉、〈一個讀者的期待〉發表於《新書月刊》第 1 期。

11 月　1 日，〈飄來飄去〉發表於《中央日報‧晨鐘》10 版。

　　　25 日，以「心的掙扎」為題，短文 11 則發表於《臺灣日報‧副刊》8 版。

　　　〈作家與書的故事——歐陽子‧吉錚〉發表於《新書月刊》第 2 期。

12 月　17 日，〈參觀這次書展要懂「逛」的竅門〉發表於《民生報‧文化新聞》9 版。

　　　〈作家與書的故事——舒凡‧鄭清文〉發表於《新書月刊》第 3 期。

1984 年　1 月　〈作家與書的故事——林海音‧東方白（林文德）〉發表於《新書月刊》第 4 期。

　　　2 月　20 日，〈圖書經銷制度及發行業務現況〉發表於《中央日報‧晨鐘》10 版。

　　　　　〈作家與書的故事——季季‧廖輝英〉發表於《新書月刊》第 5 期。

3 月 　2 日，以「心的掙扎」為題，短文 11 則發表於《民生報・
　　　副刊》8 版。

　　　9 日，以「心的掙扎」為題，短文 10 則發表於《中央日
　　　報・晨鐘》10 版。

　　　〈作家與書的故事——馬森・白先勇〉發表於《新書月刊》
　　　第 6 期。

4 月 　10 日，〈意外三章〉發表於《中央日報・晨鐘》10 版。

　　　12 日，以「心的掙扎」為題，短文 11 則發表於《臺灣新生
　　　報・副刊》8 版。

　　　〈作家與書的故事——王鼎鈞・陳幸蕙〉發表於《新書月
　　　刊》第 7 期。

5 月 　〈作家與書的故事——琦君・呂大明〉發表於《新書月刊》
　　　第 8 期。

6 月 　14 日，以「心的掙扎」為題，短文 11 則發表於《中央日
　　　報・副刊》12 版。

　　　15 日，以「心的掙扎」為題，短文 11 則發表於《成功日
　　　報・副刊》11 版。

　　　〈作家與書的故事——張曉風・邵僩〉發表於《新書月刊》
　　　第 9 期。

7 月 　19 日，以「心的掙扎」為題，短文 10 則發表於《中央日
　　　報・副刊》12 版。

　　　26 日，以「心的掙扎」為題，短文 11 則發表於《自立晚
　　　報・副刊》10 版。

　　　31 日，以「心的掙扎」為題，短文 11 則發表於《成功日
　　　報・副刊》8 版。

　　　以「心的掙扎」為題，短文 11 則發表於《明道文藝》第
　　　100 期。

〈作家與書的故事——林雙不・喻麗清〉發表於《新書月刊》第 10 期。

8 月　〈作家與書的故事——蕭颯・張系國〉發表於《新書月刊》第 11 期。

〈爸爸的心情〉發表於《幼獅少年》第 94 期。

9 月　7～16 日，以「心之掙扎」為題，短文 57 則連載於《民生報・副刊》8 版。

〈作家與書的故事——余光中〉發表於《新書月刊》第 12 期。

《心的掙扎》由臺北爾雅出版社出版。

10 月　〈作家與書的故事——子敏〉發表於《新書月刊》第 13 期。

11 月　〈作家與書的故事——保真〉發表於《新書月刊》第 14 期。

與林貴真合著《兩岸》，由臺北爾雅出版社出版。

12 月　11 日，〈暢銷書與排行榜〉發表於《自立晚報・副刊》10 版。

〈作家與書的故事——愛亞〉發表於《新書月刊》第 15 期。

本年　創辦「年度文學批評選」，由陳幸蕙主編，至 1988 年止。

1985 年　1 月　〈作家與書的故事——簡宛〉發表於《新書月刊》第 16 期。

2 月　〈作家與書的故事——蔣勳〉發表於《新書月刊》第 17 期。

3 月　〈作家與書的故事——蕭蕭〉發表於《新書月刊》第 18 期。

4 月　〈作家與書的故事——張拓蕪〉發表於《新書月刊》第 19 期。

5 月　〈作家與書的故事——席慕蓉〉發表於《新書月刊》第 20 期。

6 月　〈作家與書的故事——楚戈〉發表於《新書月刊》第 21 期。

7 月　〈作家與書的故事——張默〉發表於《新書月刊》第 22 期。

〈把自己拿捏成為人類的精品〉發表於《金石文化廣場》第

7 期。

8 月　　〈作家與書的故事——亮軒〉發表於《新書月刊》第 23 期。

9 月　　〈作家與書的故事——梅遜（楊品純）〉發表於《新書月刊》第 24 期。

11 月　　《作家與書的故事》由臺北爾雅出版社出版。

1986 年　1 月　　〈關心我們的書架〉發表於《國文天地》第 8 期。

2 月　　22 日，〈二十六個我〉發表於《中國時報・人間副刊》8 版。

3 月　　22 日，〈中年五說〉發表於《中央日報・副刊》12 版。

4 月　　19 日，〈生氣三章〉發表於《中央日報・副刊》12 版。

6 月　　2 日，〈希望之船〉發表於《中央日報・副刊》11 版。

主編《希望我能有條船》，由臺北爾雅出版社出版。

7 月　　18 日，以「極短篇」為題，〈有益與有害〉、〈小偷與大盜〉、〈死亡〉、〈生命〉、〈網〉、〈紙尿褲〉、〈智慧〉、〈選擇〉、〈荒唐〉、〈得失〉、〈問〉發表於《中央日報・副刊》12 版。

28 日，〈影響力〉發表於《中央日報・晨鐘》10 版。

〈旅行七章〉發表於《自由青年》第 76 卷第 1 期。

〈電影與我〉發表於《幼獅少年》第 117 期。

8 月　　27 日，〈光陰的故事〉發表於《中央日報・副刊》12 版。

主編《光陰的故事》，由臺北爾雅出版社出版。

1987 年　2 月　　8 日，〈婚姻　一首矛盾交響曲〉發表於《聯合報・副刊》8 版。

18 日，〈人啊人〉發表於《中央日報・副刊》10 版。

3 月　　7～8 日，〈字母狂想曲〉連載於《聯合報・副刊》8 版。

20 日，以「問外十四章」為題，〈問〉、〈年齡〉、〈學習〉、〈美〉、〈年〉、〈相片〉、〈光滑與腐朽〉、〈現代女性〉、〈不

同〉、〈理想〉、〈藝術家〉、〈繁華〉、〈孫悟空〉、〈採花賊〉、
〈浮木〉發表於《中央日報・副刊》10 版。

〈人生〉發表於《自由青年》第 77 卷第 3 期。

《人啊人》由臺北爾雅出版社出版。

7 月　與袁則難合編《偶遇——當代世界短篇小說選第一集》，由
臺北爾雅出版社出版。

12 月　〈等待文學批評時代的來臨〉發表於《文訊》第 33 期。

編選《十句話》，由臺北爾雅出版社出版。

1988 年　1 月　〈讀〉發表於《聯合文學》第 39 期。

〈生與死〉發表於《明道文藝》第 142 期。

4 月　6 日，〈都市人手記〉發表於《聯合報・副刊》23 版。

6 月　〈地址簿〉發表於《婦女雜誌》第 237 期。

9 月　16 日，〈短小有罪？〉發表於《中國時報・人間副刊》18 版。

10 月　17 日，〈眾生〉發表於《聯合報・副刊》22 版。

30 日，〈臺北的交通〉發表於《聯合報・繽紛》16 版。

11 月　2 日，以「獨孤之旅」為題，〈怕〉、〈殘酷〉、〈看不慣〉、
〈兩難〉、〈愛情〉、〈男女〉、〈婚姻〉、〈危機〉、〈容易・不容
易〉、〈鄙夷〉、〈結〉、〈情慾之網〉、〈男之身〉、〈不知道〉、
〈清明〉、〈老〉發表於《中國時報・人間副刊》18 版。

〈清理・整理・講理〉發表於《金石文化廣場》第 35 期。

1989 年　1 月　6 日，〈天地乾坤——讀聯合報第十屆小說獎「極短篇」得
獎作〉發表於《聯合報・副刊》21 版。

30 日，〈愛情論〉發表於《聯合報・副刊》21 版。

2 月　1 日，〈青春組曲〉、〈人的問題〉、〈慾之身〉、〈無趣〉、〈愛
神〉、〈毒〉、〈有水準的人〉發表於《臺灣新生報・副刊》23
版。

17 日，〈向瑪麗蓮夢露報到〉發表於《聯合報・繽紛》22 版。

3 月　　7 日，〈三個男人〉發表於《臺灣新生報‧副刊》23 版。

26 日，〈我們有的，只是剎那〉發表於《中國時報‧人間副刊》23 版。

4 月　　〈朋友〉發表於《明道文藝》第 157 期。

5 月　　19 日，〈人生五線譜〉發表於《中央日報‧副刊》16 版。

《眾生》由臺北爾雅出版社出版。

1990 年　2 月　　《隱地極短篇》由臺北爾雅出版社出版。

6 月　　14 日，以「維他命標語外四題」為題，〈新租界〉、〈奇怪的邏輯〉、〈機場一隅〉、〈比我們好的地方〉發表於《中華日報‧副刊》18 版。

1991 年　2 月　　27 日，〈年後〉發表於《聯合報‧副刊》25 版。

主編《爾雅極短篇》，由臺北爾雅出版社出版。

4 月　　22 日，〈快樂空間〉發表於《中國時報‧人間副刊》27 版。

6 月　　2 日，〈看電影〉發表於《中國時報‧人間副刊》27 版。

7 月　　1 日，〈無急躁之島〉發表於《聯合報‧副刊》25 版。

4 日，〈關於裸體〉發表於《中國時報‧人間副刊》27 版。

24 日，〈黑澤明的「七個夢」〉發表於《中國時報‧人間副刊》27 版。

《心的掙扎》韓文版（마음의몸부림）、《人啊人》韓文版（인리이여, 인리이여）、《眾生》韓文版（삶），由首爾學古房出版。（尹壽榮譯）

8 月　　26 日，〈我城〉發表於《中國時報‧人間副刊》27 版。

9 月　　8 日，〈個性書店〉發表於《中國時報‧人間副刊》18 版。

9 日，〈滿載生命的律動〉發表於《中華日報‧副刊》13 版。

〈出版人與拳擊手〉發表於《出版人》1991 年 5 月號。

10 月　20 日，〈愛喝咖啡的人〉發表於《中國時報‧人間副刊》20 版。

11 月　7 日,〈藍調・高培華・薛岳〉發表於《聯合報・副刊》25
版。

12 月　6 日,〈挑戰的文類——極短篇〉發表於《聯合報・副刊》
25 版。

13 日,〈一條名叫時光的河〉發表於《中國時報・人間副
刊》21 版。

29 日,〈新人類個性餐廳〉發表於《聯合報・繽紛》24 版。

1992 年　1 月　4 日,〈誰來重振小眾文化〉、〈著作權、版權、轉載費〉發
表於《民生報・文化新聞》14 版。

13 日,〈壓馬路的時間〉發表於《中國時報・人間副刊》24
版。

2 月　13 日,〈愛慾之國〉發表於《中國時報・人間副刊》21 版。

《愛喝咖啡的人》由臺北爾雅出版社出版。

3 月　8 日,〈另外的主人〉發表於《中國時報・人間副刊》22 版。

14 日,〈麵包的花樣〉發表於《中國時報・人間副刊》46 版。

21 日,〈當書成為另一種雜誌〉發表於《民生報・文化新
聞》14 版。

4 月　7 日,〈學校圖書館撒好種結好果——書扮演著關鍵性的角
色〉發表於《民生報・文化新聞》14 版。

5 月　9 日,〈躲避文學——懷念文學副刊〉發表於《民生報・文
化新聞》14 版。

6 月　13 日,〈吧臺〉發表於《中國時報・人間週刊》43 版。

8 月　〈轉變〉發表於《出版界》第 34 期。

9 月　〈冷冷的資料庫,熱熱的心〉發表於《文訊》第 83 期。

12 月　4 日,〈臺北——一個傾斜中的城市〉發表於《中國時報・
人間副刊》33 版。

主編《東西南北人》,由臺北爾雅出版社出版。

1993 年　1 月　7 日,〈窄門談書——過去一年的文學出版〉發表於《聯合報・讀書人》26 版。

3 月　10 日,〈版權頁〉發表於《中國時報・人間副刊》27 版。

4 月　〈兩個自我的掙扎〉發表於《幼獅少年》第 198 期。

5 月　《人性三書上》、《人性三書中》、《人性三書下》由北京中國友誼出版公司出版。

6 月　2 日,〈雨中的多明哥〉發表於《民生報・文化新聞》14 版。

10 日,〈從一張 CD 到一本書〉發表於《中國時報・人間副刊》27 版。

29 日,〈亂世浮生錄〉發表於《中國時報・人間副刊》27 版。

主編《到綠光咖啡屋聽巴哈,讀余秋雨》,由臺北爾雅出版社出版。

7 月　18 日,〈翻轉的年代——兼談七〇年代的文藝風〉發表於《中國時報・人間文學》27 版。

27 日,〈到林先生家作客〉發表於《中國時報・人間副刊》27 版。

〈十年文訊〉發表於《文訊》第 93 期。

與林貴真合編《書的名片》,由臺北爾雅出版社出版。

9 月　〈文化苦旅〉發表於《明道文藝》第 210 期。

10 月　18 日,詩作〈法式裸睡〉發表於《中國時報・人間週刊》27 版。

23 日,〈偶爾的快樂〉發表於《中國時報・人間週刊》27 版。

11 月　24 日,〈一個新導演的誕生〉發表於《中國時報・人間副刊》39 版。

25 日,〈留住書的歷史〉發表於《中國時報・開卷(世界書

房）》46 版。

12 月　7 日，詩作〈眼睛坐火車〉、〈髮（二式）〉發表於《聯合報・副刊》37 版。

9 日，〈「正常」不可能存在嗎？〉發表於《中國時報・人間副刊》39 版。

19 日，〈紙之死〉發表於《中國時報・人間文學》39 版。

22 日，以「極短篇」為題，〈女與男〉、〈酸甜〉、〈布袋〉、〈分房〉、〈冰凍的愛情〉發表於《聯合報・副刊》35 版。

《翻轉的年代》由臺北爾雅出版社出版。

1994 年　1 月　與張默合編《當代臺灣作家編目：1949—1993 爾雅篇》，由爾雅出版社出版。

3 月　詩作〈舊〉、〈失樂園〉、〈肉體證據〉、〈一生〉、〈新歡年代〉發表於《臺灣詩學季刊》第 6 期。

詩作〈胖〉、〈人是怎麼會老的〉發表於《創世紀》第 97、98 期合刊。

5 月　17 日，詩作〈躺〉、〈四行〉發表於《聯合報・副刊》37 版。

21 日，詩作〈問〉發表於《中國時報・人間副刊》30 版。

23 日，詩作〈一半之歌〉發表於《中國時報・人間副刊》39 版。

6 月　7 日，詩作〈七種隱藏〉發表於《中華日報・副刊》11 版。

8 日，詩作〈獨孤之旅〉發表於《中國時報・人間副刊》39 版。

11 日，出席文訊雜誌社、《臺灣詩學季刊》、九歌文教基金會舉辦的「從詩人到讀者的通路」研討會，演講「現代詩與古典樂」，與會者有蕭蕭、白靈、杜十三、孟樊、廖咸浩等。

13 日，詩作〈詩廣告〉發表於《聯合報・副刊》37 版。

〈現代詩與古典樂〉，詩作〈掙扎的心〉、〈訪〉發表於《臺灣詩學季刊》第 7 期。

〈臺北糾纏〉發表於《聯合文學》第 116 期。

詩作〈耳朵失蹤〉發表於《創世紀》第 99 期。

《出版心事》由臺北爾雅出版社出版。

7 月　19 日，詩作〈一人世界〉、〈吐納術〉發表於《中國時報・人間副刊》39 版。

29 日，詩作〈告同胞書〉發表於《聯合報・副刊》37 版。

8 月　3 日，詩作〈旅行方程式〉發表於《臺灣新生報・副刊》14 版。

9 日，詩作〈人體搬運法〉發表於《中國時報・人間副刊》39 版。

與王愷、艾笛、沈臨彬合著詩集《四重奏》，由臺北爾雅出版社出版。

9 月　11 日，詩作〈一九九四・某地〉發表於《自立晚報・本土副刊》19 版。

14 日，詩作〈夏季吶喊〉發表於《臺灣新生報・副刊》14 版。

27 日，詩作〈流雲〉、〈影子的糾纏〉發表於《中國時報・人間副刊》39 版。

29 日，詩作〈風雲變〉發表於《中央日報・副刊》16 版。

詩作〈灰塵之歌〉、〈液體飛翔〉發表於《創世紀》第 100 期。

詩作〈開礦之歌〉、〈逝水流年〉、〈陰沉〉發表於《臺灣詩學季刊》第 8 期。

10 月　11 日，詩作〈百鄉餐廳〉發表於《中國時報・人間副刊》

39 版。

27 日，〈極短篇新思索——兼評第 16 屆聯合報文學獎「極短篇」得獎作品〉發表於《聯合報‧副刊》37 版。

11 月　25 日，詩作〈我的後半生〉發表於《中國時報‧人間副刊》39 版。

27 日，詩作〈再生詩〉發表於《聯合報‧副刊》37 版。

12 月　2 日，〈這年頭，賣書像賣金剛鑽〉發表於《中國時報‧生活廣場》47 版。

5 日，〈隱地論隱地——快樂讀書人〉發表於《聯合報‧副刊》37 版。

11 日，〈得失布拉格〉發表於《中國時報‧人間週刊》39 版。

詩作〈二弟弟〉發表於《臺灣詩學季刊》第 9 期。

1995 年　1 月　3 日，詩作〈穿桃紅襯衫的男子〉發表於《聯合報‧副刊》33 版。

14 日，〈布拉格，你能守住現在的寧靜嗎？〉發表於《中國時報‧人間副刊》34 版。

21 日，詩作〈人的力量〉發表於《中央日報‧副刊》18 版。

25 日，詩作〈天地〉發表於《中國時報‧人間副刊》39 版。

2 月　2 日，詩作〈獨角龍〉發表於《中國時報‧人間副刊》3 版。

7 日，詩作〈時間走廊〉發表於《中央日報‧副刊》18 版。

11 日，詩作〈卡啡卡〉發表於《中國時報‧人間副刊》39 版。

24 日，詩作〈四重奏〉發表於《中國時報‧人間副刊》39 版。

詩集《法式裸睡》由臺北爾雅出版社出版。

4月　11 日，詩作〈他的人生分三路兵馬進行〉發表於《聯合報・副刊》37 版。

20 日，詩作〈燒心天〉發表於《中國時報・人間副刊》39 版。

5月　6 日，詩作〈聽不到的哭聲〉發表於《中國時報・人間週刊》39 版。

7 日，〈生存之必要　咖啡館之必要——我讀《打開咖啡館的門》〉發表於《中時晚報・時代文學周刊》18 版。

20 日，詩作〈咬〉發表於《聯合報・副刊》37 版。

28 日，詩作〈瓶〉發表於《中時晚報・時代文學周刊》19 版。

與余光中、向明、沈臨彬、李昂合著《春天該去布拉格》，由臺北爾雅出版社出版。

翻譯高爾斯華綏短篇小說《美德——大師名作繪本》，由臺北格林文化公司出版。

6月　6 日，詩作〈愛情風箏〉發表於《中國時報・人間副刊》39 版。

27 日，詩作〈午後的馬力〉發表於《中國時報・人間副刊》39 版。

詩作〈盒子與房子〉發表於《幼獅文藝》第 498 期。

詩作〈一間空屋裡的一個人〉發表於《明報月刊》第 354 期。

詩作〈一泓水〉發表於《臺灣詩學季刊》第 11 期。

7月　11 日，詩作〈一個屋頂下一個家〉發表於《聯合報・副刊》37 版。

25 日，詩作〈一天裡的戲碼〉發表於《中國時報・人間副

刊》39 版。

29 日，詩作〈人與獸〉發表於《聯合報・副刊》37 版。

主編《文學樹》，由臺北爾雅出版社出版。

8 月　8 日，詩作〈夢碎六行〉發表於《中國時報・人間副刊》39 版。

29 日～9 月 6 日，與詩人陳義芝前往新加坡參加國際作家週（Singapore Writers Week），並擔任當地華文短篇小說獎評審。

詩作〈杯底的哀怨〉發表於《詩世界》第 1 期。

9 月　20 日，詩作〈摩天大廈〉發表於《中國時報・人間副刊》39 版。

25 日，〈細菌圖和人類史——短評〈尋魂〉〉發表於《聯合報・副刊》37 版。

29 日，詩作〈不平衡〉發表於《中國時報・人間副刊》39 版。

詩作〈方塊舞〉發表於《臺灣詩學季刊》第 12 期。

10 月　11 日，詩作〈流淌之歌〉發表於《聯合報・副刊》37 版。

24 日，詩作〈鏡前〉發表於《中華日報・副刊》14 版。

11 月　29 日，詩作〈三色雲門〉發表於《中國時報・人間副刊》39 版。

12 月　5 日，詩作〈痞子小偷〉發表於《自由時報・副刊》34 版。

15 日，詩作〈神祕之歌〉發表於《中國時報・人間副刊》39 版。

28 日，〈零庫存書店〉發表於《中國時報・人間副刊》36 版。

31 日，詩作〈寂寞方程式〉發表於《聯合報・副刊》34 版。

詩作〈十個房間之死〉發表於《臺灣詩學季刊》第 13 期。

1996 年　1 月　8 日,詩作〈有人來敲門〉發表於《中國時報・人間副刊》46 版。

2 月　2 日,〈請喝一杯讓人身體飛翔的好咖啡〉發表於《中央日報・副刊》17 版。

3 月　2 日,詩作〈吃魚女子〉發表於《中國時報・人間週刊》35 版。

7 日,詩作〈致某詩人〉發表於《聯合報・副刊》37 版。

13 日,詩作〈黑暗中的光〉發表於《中華日報・副刊》14 版。

23 日,〈如小島的陽光　如黑暗中的曙光——《郵差》展示人生的複雜〉發表於《中國時報・娛樂週報》34 版。

26 日,〈換一種角度俯視臺北〉發表於《中國時報・人間副刊》35 版。

詩作〈歷程〉、〈薄荷痛〉發表於《創世紀》第 106 期。

詩作〈詩人與黑色〉發表於《臺灣詩學季刊》第 14 期。

4 月　2 日,詩作〈搭地鐵記〉發表於《中央日報・副刊》18 版。

5 日,詩作〈我愛刷牙〉發表於《聯合報・副刊》37 版。

17 日,詩作〈一個喝著咖啡的人〉發表於《中國時報・人間副刊》31 版。

29 日,〈我的婚姻觀〉發表於《中國時報・人間副刊》30 版。

詩集《一天裏的戲碼》由臺北爾雅出版社出版。

5 月　《隱地心語》由西安陝西旅遊出版社出版

6 月　23 日,〈詩夢一二〉發表於《中華日報・副刊》14 版。

7 月　23 日,詩作〈小詩一束〉發表於《中國時報・人間副刊》16 版。

8 月　17 日，與黃春明於耕莘文教院對談「美麗的變遷——近五十年來臺灣的生活美學」。

9 月　3 日，〈變遷與美麗〉發表於《中國時報・人間副刊》19 版；〈期待某個秋日午後遇見余秋雨〉發表於《中時晚報・時代文學週刊》19 版。

22 日，〈蟲及其他〉發表於《臺灣日報・副刊》23 版。

詩作〈不敢叫醒你〉發表於《素葉文學》第 61 期。

12 月　17 日，〈行旅人生〉發表於《中國時報・人間副刊》19 版。

於臺北福華飯店訪問余秋雨。訪問文章〈無邊的馳騁——訪《文化苦旅》作者余秋雨談讀書〉後發表於 1997 年 1 月 14 日《聯合報・副刊》37 版。

1997 年　1 月　8 日，〈副刊的最後防線〉發表於《聯合報・副刊》37 版。

13 日，〈身體一艘船〉發表於《中國時報・人間副刊》26 版。

出席教育部、中國青年反共救國團總團部及《幼獅文藝》舉辦的「民國 86 年冬令青年自強活動大專青年文藝營」，演講「文學環境的變遷」。演講紀錄後刊載於《幼獅文藝》第 520 期。

3 月　1 日，詩作〈生命曠野〉發表於《聯合報・副刊》37 版。

16 日，〈青春夢裡人〉發表於《聯合報・副刊》41 版。

4 月　22 日，詩作〈單人舞〉發表於《臺灣日報・副刊》23 版。

24 日，詩作〈記憶之門〉、〈人生滋味〉發表於《聯合報・副刊》41 版；詩作〈時間之床〉發表於《中國時報・人間副刊》27 版。

5 月　〈靈與魂的拔河〉發表於《中央綜合月刊》第 30 卷第 5 期。

7 月　7 日，詩作〈快樂小貓〉發表於《中國時報・人間副刊》27

　　　　　版。

　　　　　13～20 日,〈十日談——和席慕蓉的對話〉刊載於《聯合
　　　　　報‧副刊》41 版。

　　　　　27 日,應《中國時報‧人間副刊》邀請,與林貴真於紙上
　　　　　對談《毛姆小說選集》。對談紀錄〈星期天能做些什麼
　　　　　呢?——縱浪談系列〉後刊載於 8 月 24 日《中國時報‧人
　　　　　間副刊》24 版。

　 9 月　25 日,詩作〈新詩〉發表於《中國時報‧人間副刊》24
　　　　　版。

　10 月　26 日,詩作〈十月欒樹節〉發表於《中國時報‧人間副
　　　　　刊》27 版。

　　　　　詩作〈死神　我們對你憤憤然——弔念梅新〉發表於《創世
　　　　　紀》第 112 期。

　11 月　4 日,詩作〈激情探戈〉發表於《聯合報‧副刊》41 版。

　　　　　26 日,詩作〈冬日二三事〉發表於《中國時報‧人間副
　　　　　刊》27 版。

　　　　　〈人生滋味〉發表於《臺北畫刊》第 358 期。

　12 月　31 日,詩作〈鏡前〉發表於《中國時報‧人間副刊》27
　　　　　版。

　　　　　〈關於「余秋雨臺灣演講」〉發表於《明道文藝》第 261
　　　　　期。

　本年　因出版爾雅叢書及「年度小說選」滿 30 年,獲金石文化廣
　　　　　場年度特別貢獻獎。

　　　　　獲中國文藝協會文藝獎章。

1998 年　2 月　10 日,詩作〈四點鐘的陽光〉發表於《中國時報‧人間副
　　　　　刊》23 版。

　　　　　20 日,〈拆巷子〉發表於《中國時報‧人間副刊》27 版。

26 日,〈玫瑰花餅〉發表於《聯合報‧副刊》41 版。

27 日,〈我們家長期閱讀,我更盼文學資訊——民生報 20 鼓勵與祝福〉發表於《民生報‧藝文新聞》19 版。

3 月　3 日,詩作〈不安十行〉發表於《中國時報‧人間副刊》24 版。

6 月　4 日,詩作〈雲雨〉發表於《聯合報‧副刊》37 版。

22 日,詩作〈寂寞的狩獵〉發表於《臺灣日報‧副刊》27 版。

〈詩是一杯曼特寧〉,詩作〈睡不著的晚上〉、〈旅行〉、〈喚心肝〉、〈雲雨〉、〈即時印象〉、〈一天清醒的心〉發表於《臺灣詩學季刊》第 23 期。

7 月　14 日,〈更替〉發表於《中國時報‧人間副刊》37 版。

24 日,詩作〈人的歷史〉發表於《中國時報‧人間副刊》37 版。

《盪著鞦韆喝咖啡》由臺北爾雅出版社出版。

8 月　19 日,〈飛過火山　十年流金——我的八〇年代文學出版生涯〉發表於《中國時報‧人間副刊》37 版。

9 月　3 日,詩作〈美麗宣言〉發表於《中央日報‧副刊》22 版。

4 日,詩作〈群情〉、〈靜物說話〉發表於《聯合報‧副刊》37 版。

29 日,詩作〈海洋的故事〉發表於《中國時報‧人間副刊》32 版。

10 月　12 日,詩作〈森林之旅〉發表於《青年日報‧副刊》15 版。

14 日,〈聖彼得堡的舞步〉發表於《聯合報‧副刊》37 版。

22 日,詩作〈預知死亡紀事〉發表於《中國時報‧人間副刊》31 版。

11 月　7 日,〈聽見赫爾辛基的聲音〉發表於《中國時報‧人間副

刊》31 版。

15 日，詩作〈在雲端喝咖啡〉發表於《聯合報・副刊》37
版。

1999 年	1 月	5～6 日，〈王鼎鈞的聖歌〉連載於《中國時報・人間副刊》37 版。

　　　　　　7 日，詩作〈電話世代〉發表於《臺灣日報・副刊》27 版。

　　　　　　11 日，詩作〈讀詩十行——給席慕蓉〉發表於《中央日
報・副刊》22 版。

　　　　　　12 日，詩作〈裸身比劍〉發表於《中國時報・人間副刊》
37 版。

　　　　　　〈人類心靈智慧的結晶〉發表於《文訊》第 159 期。

　　　　3 月　4 日，詩作〈瘦金體〉發表於《中國時報・人間副刊》37 版。

　　　　　　6 日，〈一張紙〉發表於《中華日報・副刊》16 版。

　　　　　　12 日，詩作〈大悲咒〉發表於《聯合報・副刊》37 版。

　　　　　　詩作〈走在聖彼得堡街上〉發表於《創世紀》第 118 期。

　　　　　　詩作〈生命周記〉發表於《臺灣詩學季刊》第 26 期。

　　　　4 月　7 日，〈我的上海話及其他〉發表於《中國時報・人間副
刊》37 版。

　　　　　　詩作〈玩遊戲〉發表於《乾坤詩刊》第 10 期。

　　　　5 月　2 日，詩作〈生死舞〉發表於《中華日報・副刊》16 版。

　　　　　　11 日，詩作〈馬〉發表於《中國時報・人間副刊》37 版。

　　　　　　26 日，〈詩集〉發表於《聯合報・副刊》37 版。

　　　　　　詩作〈頑皮錢包〉發表於《掌門詩學》第 30 期。

　　　　6 月　5 日，〈閱讀筆記〉發表於《聯合報・副刊》37 版。

　　　　　　9 日，詩作〈無人閱讀的 DM 從信箱折回它自己的家〉發表
於《中國時報・人間副刊》37 版。

　　　　　　詩作〈耳朵下雪〉發表於《臺灣詩學季刊》第 27 期。

詩作〈二人一組〉發表於《創世紀》第 119 期。

7 月	6 日，詩作〈Yes or No〉發表於《聯合報・副刊》37 版。

13 日，〈波蘭舞曲〉發表於《中國時報・人間副刊》37 版。

8 月　4 日，詩作〈人間遊〉發表於《中國時報・人間副刊》37 版。

17 日，詩作〈還我詳和〉發表於《聯合報・副刊》37 版。

〈旅行與旅行〉發表於《遠見雜誌》第 158 期。

9 月　21 日，〈上海故事〉發表於《中國時報・人間副刊》37 版。

詩作〈尋蕭蕭〉、〈仰望天空的樹〉、〈午夜擁抱〉發表於《創世紀》第 120 期。

10 月　7 日，詩作〈心的失落〉發表於《中國時報・人間副刊》37 版。

23 日，〈跑步的人〉發表於《中華日報・副刊》16 版。

12 月　3 日，詩作〈洗耳朵之歌〉發表於《聯合報・副刊》37 版。

25 日，詩作〈攝護腺〉、〈夢裡華沙〉發表於《中國時報・人間副刊》37 版。

30 日，詩作〈詩是一首歌〉發表於《臺灣新聞報・西子灣副刊》13 版。

〈讓愚昧隨風而逝——陳丹燕《一個女孩》閱讀筆記〉發表於《明道文藝》第 285 期。

詩作〈掩卷〉發表於《創世紀》第 121 期。

2000 年　1 月　1 日，詩作〈心太狂〉發表於《臺灣日報・副刊》31 版。

詩集《生命曠野》由臺北爾雅出版社出版。

2 月　應《中國時報・人間副刊》邀請，與雷驤於紙上對談。對談紀錄〈再沒有邊邊的本錢了〉後刊載於 25 日《中國時報・人間副刊》37 版。

3 月　17 日，〈漲潮日〉發表於《中國時報・人間副刊》37 版。

詩作〈靜畫〉發表於《創世紀》第 122 期。

4 月　1 日，詩作〈黑心獸〉發表於《中國時報・人間副刊》37 版。

27 日，〈傳說〉發表於《中國時報・人間副刊》37 版；詩作〈四月・仁愛路〉發表於《聯合報・副刊》37 版。

5 月　16 日，詩作〈欖仁樹下〉發表於《中國時報・人間副刊》37 版。

於臺南成功大學演講「文學追夢 50 年」。演講紀錄後刊載於 17～19 日《聯合報・副刊》37 版。

6 月　1 日，〈餓〉發表於《中國時報・人間副刊》37 版。

5 日，詩作〈世界△・三角型的世界〉發表於《中央日報・副刊》22 版。

10 日，詩作〈觀畫記〉發表於《中國時報・人間副刊》37 版。

11 日，詩作〈雲樹〉發表於《聯合報・副刊》37 版。

22 日，〈搬搬搬，搬進了防空洞〉發表於《中國時報・人間副刊》37 版。

於臺中明道中學演講「從水果沙拉的早晨開始」。演講紀錄後刊載於 23 日《中央日報・副刊》22 版。

29 日，詩作〈西門町〉發表於《中國時報・人間副刊》37 版。

7 月　12～13 日，〈孤雲和孤影〉連載於《中國時報・人間副刊》37 版。

17 日，詩作〈慾望透明體〉發表於《中華日報・副刊》19 版；詩作〈換位寫詩〉發表於《臺灣日報・副刊》35 版。

20 日，〈我的九〇年代〉發表於《中國時報・人間副刊》37 版。

31 日，〈種花的下午〉發表於《人間福報・覺世副刊》11 版。

8月　14 日，〈半身之愛〉發表於《中國時報‧人間副刊》37 版。

20 日，〈哥哥‧歐洲和我〉發表於《中華日報‧副刊》19 版。

9月　5 日，詩作〈光影推移〉發表於《中國時報‧人間副刊》37 版。

詩作〈蛇的悲喜劇〉發表於《創世紀》第 124 期。

10月　11 日，詩作〈影子組曲〉發表於《中國時報‧人間副刊》37 版。

20 日，〈二○○○年‧今昔今昔〉發表於《聯合報‧副刊》37 版。

21 日，〈租給高行健——記高行健得獎的一天〉發表於《中華日報‧副刊》19 版。

24〜25 日，〈我的拉力〉連載於《中國時報‧人間副刊》37 版。

11月　29 日，詩作〈寒山〉發表於《中國時報‧人間副刊》37 版。

傳記《漲潮日》由臺北爾雅出版社出版。

12月　4 日，詩作〈圓舞曲〉發表於《聯合報‧副刊》37 版。

11 日，〈兩封信〉發表於《中央日報‧副刊》20 版。

24 日，〈看電影，真好〉發表於《聯合報‧副刊》37 版。

28 日，〈我的書香日〉發表於《人間福報‧覺世副刊》9 版。

本年　傳記《漲潮日》獲《聯合報‧讀書人》2000 年最佳書獎。

獲行政院文化建設委員會「十大文學人」。

獲 2000 年「年度詩獎」，由周夢蝶頒獎。

2001 年　1月　3 日，詩作〈讀星的人〉發表於《臺灣新聞報‧西子灣副刊》8 版。

16 日，詩作〈詩歌鋪〉發表於《中國時報・人間副刊》23版。

17 日，詩作〈睡眠橋〉發表於《自由時報・副刊》39 版；詩作〈友誼〉發表於《聯合報・副刊》37 版。

2 月 20 日，〈得獎悲喜〉發表於《中國時報・人間副刊》9 版。

3 月 詩作〈聽 NANA〉發表於《明道文藝》第 300 期。

詩作〈房間裡的眼睛〉發表於《創世紀》第 126 期。

4 月 25 日，詩作〈雲〉發表於《中國時報・人間副刊》23 版；詩作〈移民〉發表於《聯合報・副刊》37 版。

5 月 16 日，詩作〈身體裡的河〉發表於《中國時報・人間副刊》23 版。

17 日，〈我的宗教我的廟〉發表於《中華日報・副刊》19版。

26 日，詩作〈會聽鐘聲的樹〉發表於《中國時報・人間副刊》23 版。

〈文學追夢三十年〉發表於《前哨》第 124 期。

7 月 19 日，詩作〈大地一角〉發表於《中央日報・副刊》18版。

25 日，〈三十八年前　三十八年後〉發表於《中華日報・副刊》19 版。

24 日，詩作〈舊信〉發表於《自由時報・副刊》39 版。

《我的宗教我的廟》由臺北爾雅出版社出版。

8 月 3 日，詩作〈山海經〉發表於《中華日報・副刊》19 版。

27 日，詩作〈寫給觀看小孩的詩人〉發表於《中國時報・人間副刊》39 版。

9 月 9 日，詩作〈背影〉發表於《聯合報・副刊》37 版。

11 日，〈我的另類家人〉發表於《中國時報・人間副刊》39

版。

29 日，詩作〈山水〉發表於《中國時報‧人間副刊》39版。

傳記《漲潮日》（青少年版）由臺北玉山社出版公司出版。（洪幸芳圖）

詩作〈大地一角〉、〈變奏曲〉發表於《臺灣詩學季刊》第36期。

詩作〈兩位白俄麵包師傅〉發表於《創世紀》第128期。

12 月　3 日，〈懷念有陽光的日子〉發表於《自由時報‧副刊》35版。

4 日，〈非凡的生命力〉發表於《中央日報‧副刊》18版。

17 日，〈登堂入室〉發表於《中華日報‧副刊》19 版；〈到明星看作家〉發表於《國語日報‧少年文藝》5版。

27 日，〈短街長憶〉發表於《中國時報‧人間副刊》39版。

2002 年　2 月　10 日，〈遇到小野豹〉發表於《中國時報‧人間副刊》39版。

詩集《詩歌舖》由臺北爾雅出版社出版。

3 月　5 日，詩作〈灰塵記〉發表於《中央日報‧副刊》18版。

〈突尼西亞撞頭咖啡屋〉發表於《創世紀》第130期。

5 月　詩作〈機場〉發表於《聯合文學》第211期。

6 月　18 日，〈餅〉發表於《中國時報‧人間副刊》39版。

27 日，〈清芳天上來──重讀〈桂花雨〉〉發表於《中國時報‧人間副刊》39版。

7 月　5 日，〈波斯頓記憶〉發表於《中央日報‧副刊》14版。

12 日，〈美好的源頭是痛苦〉發表於《中央日報‧副刊》14版。

19 日，〈消失與不消失〉發表於《中央日報‧副刊》14版。

22 日,〈一座舞臺的光點〉發表於《中央日報・副刊》14版。

26 日,〈誠品一一六〉發表於《中央日報・副刊》14版。

日記《2002／隱地》由臺北爾雅出版社出版。

8月　2 日,〈不可說女人神經質〉發表於《中央日報・副刊》14版。

4 日,〈父親〉發表於《中華日報・副刊》19版。

9 日,〈「出版＝卡拉 OK」?〉發表於《中央日報・副刊》14版。

16 日,〈都是因為不愛讀書〉發表於《中央日報・副刊》14版。

23 日,〈從「我的書房」談起〉發表於《中央日報・副刊》14版。

30 日,〈今天要回家〉發表於《中央日報・副刊》14版。

9月　6 日,〈生命可以重來?〉發表於《中央日報・副刊》14版。

13 日,〈把書店當成圖書館〉發表於《中央日報・副刊》14版。

20 日,〈越界跨界〉發表於《中央日報・副刊》14版。

27 日,〈小書屋〉發表於《中央日報・副刊》14版。

詩集《七種隱藏》(*Seven Kinds of Hiding: 57 Chinese Poems by Yin Dih*)由臺北爾雅出版社出版。(英文部分由唐文俊翻譯)

10月　4 日,〈脆弱〉發表於《中央日報・副刊》14版。

11 日,〈文學窗口——我看諾貝爾文學獎〉發表於《中央日報・副刊》14版。

18 日,〈書架是書的家〉發表於《中央日報・副刊》14版。

25 日,〈安靜〉發表於《中央日報・副刊》14版。

11 月　1 日,〈美夢成真〉發表於《中央日報‧副刊》16 版。

8 日,〈當文化遇上了希特勒〉發表於《中央日報‧副刊》16 版。

15 日,〈自從有了書以後……〉發表於《中央日報‧副刊》16 版。

22 日,〈出版花園的背後〉發表於《中央日報‧副刊》16 版。

29 日,〈城市故事〉發表於《中央日報‧副刊》16 版。

12 月　6 日,〈快樂〉發表於《中央日報‧副刊》16 版。

13 日,〈不快樂〉發表於《中央日報‧副刊》16 版。

27 日,〈人的潛能〉發表於《中央日報‧副刊》16 版。

2003 年　2 月　日記《2002／隱地　Volume Two》由臺北爾雅出版社出版。

3 月　2 日,〈省籍文化與飲食生活〉發表於《中國時報‧開卷》34 版。

25 日,〈把小說注入生活〉發表於《中國時報‧人間副刊》39 版。

4 月　6 日,〈青春鳥與老演員〉發表於《中國時報‧人間副刊》39 版。

22 日,〈北一女與我〉發表於《聯合報‧副刊》E7 版。

5 月　4 日,〈憤怒的靈魂,寂寞的書〉發表於《中國時報‧開卷》C3 版。

6 月　2 日,詩作〈戰時〉、〈咆哮詩人〉發表於《聯合報‧副刊》E7 版。

14 日,〈好日子〉發表於《中央日報‧副刊》17 版。

21 日,〈委屈感〉發表於《中央日報‧副刊》17 版。

28 日,〈成就感〉發表於《中央日報‧副刊》17 版。

詩作〈沒有我──給寂寞〉發表於《聯合文學》第 224 期。

日記《2002／隱地（足本）》由臺北爾雅出版社出版。

7 月　5 日〈失落感〉發表於《中央日報・副刊》17 版。

9 日，〈新鮮感〉發表於《中央日報・副刊》17 版。

12 日，〈無力感〉發表於《中央日報・副刊》17 版。

19 日，〈幻滅感〉發表於《中央日報・副刊》17 版。

26 日，〈幸福感〉發表於《中央日報・副刊》17 版。

〈文學・出版・夢〉發表於《聯合文學》第 225 期。

《自從有了書以後》由臺北爾雅出版社出版。

8 月　2 日，〈神祕感〉發表於《中央日報・副刊》17 版。

9 日，〈自卑感〉發表於《中央日報・副刊》17 版。

16 日，〈疏離感〉發表於《中央日報・副刊》17 版。

23 日，〈忍〉發表於《中央日報・副刊》17 版。

30 日，〈亂〉發表於《中央日報・副刊》17 版。

9 月　6 日，〈詩〉發表於《中央日報・副刊》17 版；詩作〈尋友不著〉發表於《聯合報・副刊》E7 版

13 日，〈氣〉發表於《中央日報・副刊》17 版。

20 日，〈地〉發表於《中央日報・副刊》17 版。

19 日，〈出版是安靜的事業〉發表於《中華日報・副刊》19 版。

10 月　4 日，〈傷〉發表於《中央日報・副刊》17 版。

11 日，〈坐〉發表於《中央日報・副刊》17 版。

擔任臺北市立第一女子高級中學駐校作家，至 12 月止。

18 日，〈堅〉發表於《中央日報・副刊》17 版。

11 月　1 日，〈人〉發表於《中央日報・副刊》17 版。

8 日，〈冷熱〉發表於《中央日報・副刊》17 版。

15 日，〈濃淡〉發表於《中央日報・副刊》17 版。

22 日，〈明暗〉發表於《中央日報・副刊》17 版。

29 日，〈恩怨〉發表於《中央日報・副刊》17 版。

12 月　6 日，〈死活〉發表於《中央日報・副刊》17 版。

13 日，〈消長〉發表於《中央日報・副刊》17 版。

20 日，〈貧富〉發表於《中央日報・副刊》17 版。

27 日，〈酸甜〉發表於《中央日報・副刊》17 版。

2004 年　1 月　3 日，〈遠近〉發表於《中央日報・副刊》17 版。

10 日，〈婚禮〉發表於《中央日報・副刊》17 版。

15 日，〈簡單先生的人生觀〉發表於《聯合報・副刊》E7 版。

17 日，〈群獨〉發表於《中央日報・副刊》17 版。

24 日，〈虛實〉發表於《中央日報・副刊》4 版。

31 日，〈分合〉發表於《中央日報・副刊》17 版。

2 月　7 日，〈閒暇〉發表於《中央日報・副刊》17 版。

9 日，〈輕重〉發表於《中央日報・副刊》17 版。

14 日，〈愛恨〉發表於《中央日報・副刊》17 版。

21 日，〈聚散〉發表於《中央日報・副刊》17 版。

28 日，〈教養〉發表於《中央日報・副刊》17 版。

3 月　6 日，〈運動〉發表於《中央日報・副刊》17 版。

13 日，〈賀《幼獅文藝》五十年〉發表於《中央日報・副刊》17 版。

20 日，〈百年國變〉發表於《中央日報・副刊》17 版。

27 日，〈東西南北人〉發表於《中央日報・副刊》17 版。

4 月　3 日，〈失魂落魄〉發表於《中央日報・副刊》17 版。

10 日，〈保加利亞情人〉發表於《中央日報・副刊》17 版。

17 日，〈時間陪我坐著〉發表於《中央日報・副刊》17 版。

24 日，〈書的雅俗〉發表於《中央日報・副刊》17 版。

26 日,〈我的勵志書〉發表於《中央日報‧副刊》17 版。

〈向永遠升起的太陽致敬——賀《幼獅文藝》50 年〉發表於《聯合文學》第 604 期。

5 月　1 日,〈秋霜花落淚〉發表於《中央日報‧副刊》17 版。

8 日,〈盛開的青春花——《牡丹亭》觀後〉發表於《中央日報‧副刊》17 版。

15 日,〈手機〉發表於《中央日報‧副刊》17 版。

22 日,〈健康十六字〉發表於《中央日報‧副刊》17 版。

29 日,〈淹死〉發表於《中央日報‧副刊》17 版。

31 日,〈有什麼好吃的?〉發表於《中國時報‧人間副刊》B7 版。

〈羞澀年華〉發表於《文訊》第 223 期。

《人生十感》由臺北爾雅出版社出版。

6 月　5 日,〈顧不過來〉發表於《中央日報‧副刊》17 版。

12 日,〈移動〉、〈橋上的孩子〉發表於《中央日報‧副刊》17 版。

26 日,〈野獸〉發表於《中央日報‧副刊》17 版。

〈老之種種〉發表於《香港文學》第 234 期。

因長年出版「年度詩選」,獲二魚文化公司頒贈「年度詩選特別貢獻獎」。

7 月　3 日,〈伏地挺身〉發表於《中央日報‧副刊》17 版。

10 日,〈一首悲傷的詩〉發表於《中央日報‧副刊》17 版。

17 日,〈聚纈花序〉發表於《中央日報‧副刊》17 版。

24 日,〈維多利亞的婚宴〉發表於《中央日報‧副刊》17 版。

30 日,〈魚‧鳥‧人〉發表於《中國時報‧人間副刊》E7 版。

31 日，〈我向南逃〉發表於《中央日報・副刊》17 版。

〈醒夫，謝謝你〉發表於《聯合文學》第 237 期。

《隱地序跋》由江蘇古吳軒出版社出版。

8 月　7 日，〈老盡少年心〉發表於《中央日報・副刊》17 版。

14 日，〈銀杏樹下文星魂〉發表於《中央日報・副刊》17 版。

21 日，〈八秩述譯〉發表於《中央日報・副刊》17 版。

28 日，〈聶紺弩〉發表於《中央日報・副刊》17 版。

9 月　4 日，〈躁鬱的國家〉發表於《中央日報・副刊》17 版。

11 日，〈角落・映像〉發表於《中央日報・副刊》17 版。

18 日，〈二十年〉發表於《中央日報・副刊》17 版。

25 日，〈不說話〉發表於《中央日報・副刊》17 版。

30 日，獲《創世紀》50 周年慶榮譽詩獎。

〈真正的一代女文豪——我讀劉枋《小蝴蝶與半袋麵》〉發表於《文訊》第 227 期。

10 月　2 日，〈雙重火焰〉發表於《中央日報・副刊》17 版。

9 日，〈作家的影像〉發表於《中央日報・副刊》17 版。

16 日，〈讀南方，說南方〉發表於《中央日報・副刊》17 版。

23 日，〈八風〉發表於《中央日報・副刊》17 版。

30 日，〈自費出書〉發表於《中央日報・副刊》17 版。

〈遠近臺北〉發表於《臺北畫刊》第 441 期。

詩集《十年詩選》由臺北爾雅出版社出版。

11 月　6 日，〈懷念梅新〉發表於《中央日報・副刊》17 版。

9 日，〈菱形人生〉發表於《自由時報・副刊》47 版。

13 日，〈作者贈書〉發表於《中央日報・副刊》17 版。

19 日，詩作〈背〉發表於《聯合報・副刊》E7 版。

20 日,〈好活〉發表於《中央日報・副刊》17 版。

27 日,〈名家極短篇〉發表於《中央日報・副刊》17 版。

12 月　4 日,〈用腳思想〉發表於《中央日報・副刊》17 版。

11 日,〈誠品報告〉發表於《中央日報・副刊》17 版。

18 日,〈愛書的人〉發表於《中央日報・副刊》17 版。

25 日,〈方塊　黃河的孩子〉發表於《中央日報・副刊》17 版。

2005 年　1 月　1 日,〈我為詩狂〉發表於《中央日報・副刊》17 版。

8 日,〈永遠的《中副》〉發表於《中央日報・副刊》17 版。

2 月　7 日,〈讀書過年〉發表於《中央日報・副刊》17 版。

18 日,〈靜物〉發表於《中國時報・人間副刊》E7 版。

21 日,〈花〉發表於《中國時報・人間副刊》E7 版。

《身體一艘船》由臺北爾雅出版社出版。

3 月　3 日,〈食物哲學〉發表於《中華日報・副刊》23 版;〈小柯與老柯〉發表於《中國時報・人間副刊》E7 版。。

13 日,〈抗戰〉發表於《中國時報・人間副刊》E7 版。

28 日,〈存活〉發表於《中國時報・人間副刊》E7 版。

4 月　2 日,〈甜蜜〉發表於《中國時報・人間副刊》E7 版。

3 日,〈咖啡兩國論〉發表於《中國時報・人間副刊》E7 版。

10 日,〈賞味期〉發表於《中國時報・人間副刊》E7 版。

11 日,〈蒐集〉發表於《中國時報・人間副刊》E7 版。

18 日,〈電視〉發表於《中國時報・人間副刊》E7 版。

27 日,〈字典〉發表於《中國時報・人間副刊》E7 版。

5 月　7 日,〈自殺〉發表於《中國時報・人間副刊》E7 版。

10 日,〈相對論〉發表於《中國時報・人間副刊》E7 版。

6 月　2 日,〈靜物之死〉發表於《中國時報・人間副刊》E7 版。

14 日,〈迷城〉發表於《中國時報・人間副刊》E7 版。

7 月　1 日,〈鳥叫〉發表於《中國時報・人間副刊》E7 版。

10 日,〈看見・看不見〉發表於《中國時報・人間副刊》E7 版。

13 日,〈奇蹟〉發表於《中國時報・人間副刊》E7 版。

16 日,〈鞦韆之國〉發表於《中國時報・人間副刊》E7 版。

18 日,〈心的開關〉發表於《中國時報・人間副刊》E7 版。

19～20 日,〈奼紫嫣紅・文學大觀——爾雅叢書三十年〉連載於《聯合報・副刊》E7 版。

19 日,〈走向森林迎向山〉發表於《中央日報・副刊》17 版。

20 日,〈回憶,一九七五〉發表於《中國時報・人間副刊》E7 版;〈人生無詩會無趣——寫在《詩集爾雅》之前〉發表於《中華日報・副刊》23 版;〈敲門——為爾雅三十年而寫〉發表於《自由時報・副刊》E7 版。

23 日,〈坐〉發表於《中國時報・人間副刊》E7 版。

31 日,〈智慧〉發表於《中國時報・人間副刊》E7 版。

主編《書名集——爾雅三十年慶文選》、《爾雅 30・30 爾雅——紀念冊》、詩集《詩集爾雅》,由臺北爾雅出版社出版。

8 月　23 日,〈白日〉發表於《中國時報・人間副刊》E7 版。

25 日,〈恍惚〉發表於《中國時報・人間副刊》E7 版。

9 月　1 日,〈怎樣往前走〉發表於《人間福報・覺世副刊》11 版。

3 日,〈愛神〉發表於《中國時報・人間副刊》E7 版。

4 日,〈提昇〉發表於《中國時報・人間副刊》E7 版。

7 日,〈秀奶罩〉發表於《中國時報・人間副刊》E7 版。

8 日，〈答應〉發表於《人間福報・覺世副刊》11 版。

9 日，〈品〉發表於《中國時報・人間副刊》E7 版。

14 日，〈國軍〉發表於《中國時報・人間副刊》E7 版。

16 日，〈但念無常〉發表於《人間福報・覺世副刊》11 版。

18 日，〈善〉發表於《中國時報・人間副刊》E7 版。

23 日，〈動靜〉發表於《人間福報・覺世副刊》11 版。

26 日，〈環境〉發表於《中國時報・人間副刊》E7 版。

10 月　15 日，〈永遠記得您的小鬍子和您的微笑——懷念馬各〉發表於《聯合報・副刊》E7 版。

20 日，〈天邊一朵雲〉發表於《中國時報・人間副刊》E7 版。

29 日，〈今昔〉發表於《人間福報・覺世副刊》11 版。

《草的天堂》由臺北爾雅出版社出版。

11 月　7 日，〈剛毅中的溫柔——寫出一個時代的潘人木〉發表於《中國時報・人間副刊》E7 版。

10 日，於東海大學中國文學系演講「詩・生命・夢」。

17 日，〈背景〉發表於《中國時報・人間副刊》E7 版。

12 月　3 日，出席國立臺灣文學館舉辦的「詩與散文的饗宴」週末文學對談，與季季對談「我們的六〇年代——兼及年度文選與編輯生涯」。

17 日，〈陽光〉發表於《中國時報・人間副刊》E7 版。

23 日，出席臺北市愛心媽媽文教基金會、《中央日報・副刊》於爾雅書房舉辦的「發現生命，開展心靈」系列座談，與郭強生對談。對談紀錄〈人生無處不喜悅〉後刊載於2006 年 1 月 5～6 日《中央日報・副刊》17 版。

24 日，〈早餐二重奏〉發表於《中國時報・人間副刊》E7 版。

2006 年　1 月　《隱地二百擊》由臺北爾雅出版社出版。

　　　　2 月　2 日，〈尋找年趣〉發表於《自由時報・新春專刊》B30 版。

　　　　　　　〈無聲〉發表於《文訊》第 244 期。

　　　　3 月　6 日，〈生命傷痛的撫慰〉發表於《聯合報・副刊》E7 版。

　　　　　　　14 日，〈幸福的折磨〉發表於《中華日報・副刊》19 版。

　　　　　　　《敲門》由臺北爾雅出版社出版。

　　　　4 月　29 日，〈在黑暗裡摸到光——梅遜，在黑暗裡二十六年〉發表於《聯合報・副刊》E7 版。

　　　　5 月　15 日，〈我的天堂〉發表於《自由時報・副刊》E6 版。

　　　　6 月　9 日，〈追憶出版琦君《煙愁》的一段往事〉發表於《中華日報・副刊》27 版。

　　　　8 月　17 日，詩作〈閒・雲〉發表於《聯合報・副刊》E7 版。

　　　　　　　20 日，〈罐頭廠與出版業〉發表於《聯合報・副刊》E7 版。

　　　　9 月　24～25 日，出席山東省棗莊市政協、棗莊學院、《臺灣文學選刊》、《北京文學》、《十月》雜誌社於棗莊市舉辦的「海峽兩岸文學藝術高端論壇」，與會者有張默、司馬中原、張曉風、李瑞騰、龔鵬程等。會中獲聘為棗莊學院名譽教授。

　　　　　　　25 日，〈愛看小說的 Catherine〉發表於《聯合報・副刊》E7 版。

　　　10 月　主編《非關命運》，由臺北爾雅出版社出版。

　　　11 月　20 日，詩作〈微笑的晚餐〉、〈覺〉發表於《聯合報・副刊》E7 版。

　　　12 月　22 日，於臺灣大學臺灣文學研究所演講「一個文藝青年能做些什麼？一個文學出版社能做些什麼？」。

2007 年　1 月　2 日，短篇小說〈時空交會〉發表於《自由時報・副刊》E5 版。

3 日，短篇小說〈七十歲少年〉發表於《聯合報・副刊》E7 版。

長篇小說《風中陀螺》由臺北爾雅出版社出版。

3 月　6 日，〈那去過的過去〉發表於《人間福報・副刊》15 版。

14 日，〈窗前的七十歲少年〉發表於《中國時報・人間副刊》E7 版。

21 日，詩作〈山說〉發表於《中國時報・人間副刊》E7 版。

22 日，〈舊衣〉發表於《中國時報・人間副刊》E7 版。

5 月　1 日，〈愛情大哉問——王鼎鈞《意識流》〉發表於《自由時報・副刊》E5 版。

4 日，〈舊情——懷念古橋〉發表於《聯合報・副刊》E7 版。

13 日，〈母親〉發表於《人間福報・副刊》15 版。

21 日，〈我的眼睛〉發表於《中國時報・人間副刊》E7 版，「三少四壯集」專欄。

28 日，〈昨日〉發表於《中國時報・人間副刊》E7 版，「三少四壯集」專欄。

6 月　4 日，〈碰〉發表於《中國時報・人間副刊》E7 版，「三少四壯集」專欄。

11 日，〈剛好〉發表於《中國時報・人間副刊》E7 版，「三少四壯集」專欄。

18 日，〈一天裡的黑白胖瘦〉發表於《中國時報・人間副刊》E7 版，「三少四壯集」專欄。

22 日，〈再也等不到菊楚的電話〉發表於《中華日報・副刊》C5 版。

25 日，〈睡〉發表於《中國時報・人間副刊》E7 版，「三少

四壯集」專欄。

7月　2 日，〈壞〉發表於《中國時報‧人間副刊》E7 版，「三少四壯集」專欄。

9 日,〈樹的朋友〉發表於《中國時報‧人間副刊》E7 版，「三少四壯集」專欄。

16 日,〈失蹤〉發表於《中國時報‧人間副刊》E7 版,「三少四壯集」專欄。

23 日,〈瓶〉發表於《中國時報‧人間副刊》E7 版,「三少四壯集」專欄。

30 日,〈厭煩〉發表於《中國時報‧人間副刊》E7 版,「三少四壯集」專欄。

《人啊人——人性三書合集》由臺北爾雅出版社出版。

8月　6 日,〈兩端〉發表於《中國時報‧人間副刊》E7 版,「三少四壯集」專欄。

13 日,〈對世界沒有意見〉發表於《中國時報‧人間副刊》E7 版,「三少四壯集」專欄。

27 日,〈無明〉發表於《中國時報‧人間副刊》E7 版,「三少四壯集」專欄;〈失去〉發表於《自由時報‧副刊》E5 版。

〈我的理想週末:緩慢〉發表於《講義》第 245 期。

9月　1 日,詩作〈凡人〉發表於《臺灣詩學吹鼓吹詩論壇》第 5 期。

3 日,〈不緊張〉發表於《中國時報‧人間副刊》E7 版,「三少四壯集」專欄。

9 日,〈獻給愛麗絲〉發表於《中國時報‧人間副刊》E7 版。

10 日,〈回憶〉發表於《中國時報‧人間副刊》E7 版,「三少四壯集」專欄。

17 日，〈滿意〉發表於《中國時報・人間副刊》E7 版，「三少四壯集」專欄。

24 日，〈春秋〉發表於《中國時報・人間副刊》E7 版，「三少四壯集」專欄。

〈劉枋和我的一段晚年緣分〉發表於《文訊》第 263 期。

10 月　1 日，〈矇住眼睛〉發表於《中國時報・人間副刊》E7 版，「三少四壯集」專欄。

8 日，〈百年浮沉〉發表於《中國時報・人間副刊》E7 版，「三少四壯集」專欄。

13 日，〈困頓之愛——評潘年英長篇小說《昨日遺書》〉發表於《中華日報・副刊》C5 版。

15 日，〈照相〉發表於《中國時報・人間副刊》E7 版，「三少四壯集」專欄。

22 日，〈蘿蔓百搭〉發表於《中國時報・人間副刊》E7 版，「三少四壯集」專欄。

28 日，〈退休・不退休〉發表於《中國時報・人間副刊》E7 版。

29 日，〈出書奇譚〉發表於《中國時報・人間副刊》E7 版，「三少四壯集」專欄。

11 月　5 日，〈夢碎時分〉發表於《中國時報・人間副刊》E7 版，「三少四壯集」專欄。

7 日，〈評審意見——露肚狂〉發表於《自由時報・副刊》E5 版。

12 日，〈夢與神祕〉發表於《中國時報・人間副刊》E7 版，「三少四壯集」專欄。

19 日，〈理想家園〉發表於《中國時報・人間副刊》E7 版，「三少四壯集」專欄。

26 日，〈凶〉發表於《中國時報‧人間副刊》E7 版，「三少四壯集」專欄；〈評審意見——愛讀報的女孩〉發表於《自由時報‧副刊》E5 版。

12 月　3 日，〈有人〉發表於《中國時報‧人間副刊》E7 版，「三少四壯集」專欄。

7 日，出席臺北教育大學舉辦的「華文文學論壇：臺北與世界的對話研討會」，參與座談會，由李瑞騰主持，與談人有林載爵、廖玉蕙、田新彬、邱貴芬等。

10 日，〈東西南北床〉發表於《中國時報‧人間副刊》E7 版，「三少四壯集」專欄。

17 日，〈空有〉發表於《中國時報‧人間副刊》E7 版，「三少四壯集」專欄。

24 日，〈你還記得我嗎？〉發表於《中國時報‧人間副刊》E7 版，「三少四壯集」專欄。

31 日，〈性事二三〉發表於《中國時報‧人間副刊》E7 版，「三少四壯集」專欄。

2008 年　1 月　7 日，〈戴西的一生〉發表於《中國時報‧人間副刊》E7 版，「三少四壯集」專欄。

14 日，〈人間五寶〉發表於《中國時報‧人間副刊》E7 版，「三少四壯集」專欄。

21 日，〈告別和不告別〉發表於《中國時報‧人間副刊》E7 版，「三少四壯集」專欄。

28 日，〈男人的底牌〉發表於《中國時報‧人間副刊》E7 版，「三少四壯集」專欄。

《春天窗前的七十歲少年》由臺北爾雅出版社出版。

2 月　4 日，〈小三紅奏鳴曲〉發表於《中國時報‧人間副刊》E7 版，「三少四壯集」專欄。

11 日,〈初五許願〉發表於《中國時報・人間副刊》E7
版,「三少四壯集」專欄。

18 日,〈創作書店〉發表於《中國時報・人間副刊》E7
版,「三少四壯集」專欄。

19 日,〈清晨的微風〉發表於《中國時報・人間副刊》E7
版。

25 日,〈漸層式的淡忘〉發表於《中國時報・人間副刊》E7
版,「三少四壯集」專欄。

3 月　3 日,〈與內心的黑暗相遇〉發表於《中國時報・人間副
刊》E7 版,「三少四壯集」專欄。

10 日,〈在天地間尋找自我〉發表於《中國時報・人間副
刊》E7 版,「三少四壯集」專欄。

17 日,〈辭海〉發表於《中國時報・人間副刊》E7 版,「三
少四壯集」專欄。

24 日,〈一天・一生〉發表於《中國時報・人間副刊》E7
版,「三少四壯集」專欄。

31 日,〈回到好時光〉發表於《中國時報・人間副刊》E7
版,「三少四壯集」專欄。

〈陪你走到世界盡頭〉發表於《講義》第 252 期。

4 月　7 日,〈夢見周公〉發表於《中國時報・人間副刊》E7 版,
「三少四壯集」專欄。

14 日,〈夜半歌聲〉發表於《中國時報・人間副刊》E7
版,「三少四壯集」專欄。

21 日,〈鏡子〉發表於《中國時報・人間副刊》E7 版,「三
少四壯集」專欄。

28 日,〈領悟〉發表於《中國時報・人間副刊》E7 版,「三
少四壯集」專欄。

演講 DVD《一個文藝青年能做些什麼？一個文學出版社能做些什麼？》由臺灣大學出版中心出版。

5月　5日，〈一粒芝麻的授權〉發表於《中國時報・人間副刊》E7版，「三少四壯集」專欄。

12日，〈每一個星期一的早晨〉發表於《中國時報・人間副刊》E7版，「三少四壯集」專欄。

《我的眼睛》由臺北爾雅出版社出版。

主編《新鮮話──爾雅「十句話」系列叢書精華版》，由爾雅出版社出版。

7月　1日，〈向文學荷光者致敬〉發表於《人間福報・副刊》15版。

11日，〈禮物〉發表於《聯合報・副刊》E3版。

主編《白先勇書話》，由爾雅出版社出版。

9月　20日，詩作〈一粒縮小的文化米〉發表於《中國時報・人間副刊》E4版。

10月　31日，〈嗜〉發表於《中國時報・人間副刊》E4版。

12月　1日，〈老作家與生死學〉發表於《聯合報・副刊》D3版。

23日，〈老的好〉發表於《中國時報・人間副刊》E4版。

本年　獲中華民國中央軍事院校校友總會當選傑出校友獎，次年當選政工幹校傑出校友獎。

2009年　1月　20日，〈回頭〉發表於《自由時報・副刊》D15版。

短篇小說〈觀畫記〉發表於《文訊》第279期。

合集《回頭》由臺北爾雅出版社出版。

2月　17日，〈角落・畫面〉發表於《聯合報・副刊》D3版。

3月　3日，〈文學田畝裡的鄰家男孩──2008／凌性傑〉發表於《中華日報・副刊》B7版。

14日，〈返璞歸真・回歸嬰兒狀態──我的老師姜一涵〉發

表於《中國時報‧人間副刊》E4 版。

16 日，以「祕密」為主題，〈長短〉發表於《自由時報‧副刊》D13 版，「文學格子鋪」。

23 日，以「音樂」為主題，〈重返白光〉發表於《自由時報‧副刊》D13 版，「文學格子鋪」。

23～24 日，〈誰寫得最多？──兼懷陳恆嘉〉連載於《中國時報‧人間副刊》E4 版。

30 日，以「電影」為主題，〈Gloomy Sunday〉發表於《自由時報‧副刊》D13 版，「文學格子鋪」。

〈雍容大度的人──追思孫如陵先生〉發表於《文訊》第281 期。

4 月　10 日，〈誰寫得最少〉發表於《中國時報‧人間副刊》E4 版。

13 日，以「愛情」為主題，〈風與樹〉發表於《自由時報‧副刊》D13 版，「文學格子鋪」。

20 日，以「表情」為主題，〈勾引〉發表於《自由時報‧副刊》D13 版，「文學格子鋪」。

27 日，以「聲音」為主題，〈格蘭大道上的葛蘭之歌〉發表於《自由時報‧副刊》D15 版，「文學格子鋪」。

5 月　4 日，以「衣服」為主題，〈橘子紅西褲〉發表於《自由時報‧副刊》D11 版，「文學格子鋪」。

11 日，以「手機留言」為主題，〈致幻想的男子〉發表於《自由時報‧副刊》D11 版，「文學格子鋪」。

〈傳統的崩裂〉發表於《文訊》第 283 期。

6 月　1 日，〈笑容和怒容──懷念高信疆〉發表於《中國時報‧人間副刊》E4 版。

傳記《漲潮日》由福建教育出版社出版。

8 月　20 日，〈追尋老文學的昔日光輝〉發表於《中華日報‧副

刊》B7 版。

27 日，〈1950 年〉發表於《中華日報・副刊》B7 版，「文學老抽屜」專欄。

9 月　3 日，〈1951 年〉發表於《中華日報・副刊》B7 版，「文學老抽屜」專欄。

10 日，〈1952 年〉發表於《中華日報・副刊》B7 版，「文學老抽屜」專欄。

14 日，〈一日神〉發表於《中國時報・人間副刊》E4 版；〈1984 年〉發表於《人間福報・副刊》15 版。

17 日，〈1953 年〉發表於《中華日報・副刊》B7 版，「文學老抽屜」專欄。

21 日，〈1985 年〉發表於《人間福報・副刊》15 版。

24 日，〈1954 年〉發表於《中華日報・副刊》B7 版，「文學老抽屜」專欄。

28 日，〈1986 年〉發表於《人間福報・副刊》15 版。

10 月　1 日，〈1955 年〉發表於《中華日報・副刊》B7 版，「文學老抽屜」專欄。

5 日，〈1987 年〉發表於《人間福報・副刊》15 版。

12 日，〈1988 年〉發表於《人間福報・副刊》15 版。

19 日，〈1989 年〉發表於《人間福報・副刊》15 版。

22 日，〈1956 年〉發表於《中華日報・副刊》B7 版，「文學老抽屜」專欄。

26 日，〈1990 年〉發表於《人間福報・副刊》15 版。

29 日，〈1957 年〉發表於《中華日報・副刊》B7 版，「文學老抽屜」專欄。

11 月　1 日，〈彩虹詩國〉發表於《中國時報・人間新舞臺》6 版。

2 日，〈遺忘與備忘——文學年記六十年・六十篇〉發表於

《聯合報‧副刊》D3 版;〈1991 年〉發表於《人間福報‧副刊》15 版。

5 日,〈1958 年〉發表於《中華日報‧副刊》B7 版,「文學老抽屜」專欄。

9 日,〈1992 年〉發表於《人間福報‧副刊》15 版。

12 日,〈1959 年〉發表於《中華日報‧副刊》B7 版,「文學老抽屜」專欄。

16 日,〈快樂的輓歌〉發表於《人間福報‧副刊》15 版。

19 日,〈懺悔二三〉發表於《中華日報‧副刊》B7 版,「文學老抽屜」專欄。

23 日,〈書店風景〉發表於《人間福報‧副刊》15 版。

26 日,〈孤獨國主與三輪車伕〉發表於《中華日報‧副刊》B7 版,「文學老抽屜」專欄。

30 日,〈錯字啊!錯字〉發表於《人間福報‧副刊》15 版。《遺忘與備忘》由臺北爾雅出版社出版。

12 月　3 日,〈歸人與楊喚〉發表於《中華日報‧副刊》B7 版,「文學老抽屜」專欄。

7 日,〈正訛〉發表於《人間福報‧副刊》15 版。

10 日,〈流轉〉發表於《中華日報‧副刊》B7 版,「文學老抽屜」專欄。

14 日,〈詩人之夜〉發表於《人間福報‧副刊》15 版。

17 日,〈活著,要永遠保持對人的興趣〉發表於《中華日報‧副刊》B7 版,「文學老抽屜」專欄。

21 日,〈把「文壇」帶回家〉發表於《人間福報‧副刊》15 版。

24 日,〈瘂弦與鄭樹森〉發表於《中華日報‧副刊》B7 版,「文學老抽屜」專欄。

28 日,〈每一條街上都有書店〉發表於《人間福報・副刊》15 版。

31 日,〈思念古典輝光〉發表於《中華日報・副刊》B7 版,「文學老抽屜」專欄。

2010 年　1 月　6 日,〈牡丹〉發表於《自由時報・副刊》D11 版。

7 日,〈彭歌與殷張蘭熙〉發表於《中華日報・副刊》B7 版,「文學老抽屜」專欄。

14 日,〈劉正偉與覃子豪〉發表於《中華日報・副刊》B7 版,「文學老抽屜」專欄。

21 日,〈張瑞芬與范銘如〉發表於《中華日報・副刊》B7 版,「文學老抽屜」專欄。

28 日,〈詩壇五小〉發表於《中華日報・副刊》B7 版,「文學老抽屜」專欄。

2 月　4 日,〈隨著《舞蹈》讀新詩〉發表於《中華日報・副刊》B7 版,「文學老抽屜」專欄。

11 日,〈小說十年〉發表於《中華日報・副刊》B7 版,「文學老抽屜」專欄。

25 日,〈散文十年〉發表於《中華日報・副刊》B7 版,「文學老抽屜」專欄。

3 月　4 日,〈溫度〉發表於《中華日報・副刊》B7 版,「文學老抽屜」專欄。

6 日,〈感謝「鼓勵神」光臨〉發表於《聯合報・副刊》D3 版。

以〈一日神〉獲九歌出版社頒贈「年度散文獎」。

《朋友都還在嗎?》由臺北爾雅出版社出版。

6 月　9 日,詩作〈單行道〉發表於《聯合報・副刊》D3 版。

〈年輕,真好——懷念王令嫻〉發表於《文訊》第 296 期。

7 月　8 日,〈詩的糾纏〉發表於《中華日報‧副刊》B7 版。

9 月　24 日,獲第 34 屆金鼎獎圖書類特別貢獻獎。

《人人都有困境——讀一首詩吧!》由臺北爾雅出版社出版。

10 月　15 日,以「一篇散文一首詩——為重陽節而寫」為題,〈百年人生‧起承轉合〉、詩作〈老人之歌〉發表於《人間福報‧副刊》15 版。

21 日,詩作〈富錦街上的 kiss 樹〉發表於《聯合報‧副刊》D3 版。

11 月　2 日,詩作〈春光奏鳴曲〉發表於《中國時報‧人間副刊》E4 版。

詩集《風雲舞山》由臺北爾雅出版社出版。

12 月　31 日,〈百年摸索〉發表於《人間福報‧副刊》15 版。

2011 年　1 月　1 日,〈百年回頭〉發表於《中華日報‧副刊》B7 版。

2 月　9 日,〈書評達人送春風〉發表於《中華日報‧副刊》B7 版。

27 日,〈永保一顆年輕文學靈魂的心〉發表於《聯合報‧副刊》D3 版。

3 月　11 日,〈船上缺一人——懷念楚戈老大〉發表於《聯合報‧副刊》D3 版。

20 日,〈文壇新活力　文學新活水〉發表於《人間福報‧閱讀》B4～B5 版。

25 日,出席中華民國筆會、《聯合報‧副刊》於爾雅書房舉辦的「中外作家的日記」文學沙龍,由宇文正主持,與席慕蓉、陳育虹、梁欣榮對談。

《一日神》由臺北爾雅出版社出版。

6 月　10 日～7 月 23 日,明道大學、香港大學、廈門大學、徐州

師範大學共同舉辦「隱地與華文文學」兩岸三地學術研討會，與會者有羅文玲、林明德、白靈、黎湘萍、蕭蕭等。會議論文收於蕭蕭、羅文玲主編《都市心靈工程師：隱地的文學心田》，同月由臺北爾雅出版社出版。

7 月　詩作〈追懷——詩國的第一道曙光〉發表於《秋水詩刊》第150 期。

9 月　25 日，詩作〈機器和小螺絲釘——逛師大路〉發表於《聯合報・副刊》D3 版。

〈另一波的文藝復興——捷運・文學巷・紀州庵〉發表於《文訊》第 311 期。

〈希望與絕望並存的 1960 年〉發表於《印刻文學生活誌》第 97 期。

11 月　詩作〈翹翹板〉發表於《秋水詩刊》第 151 期。

12 月　10 日，〈一幢獨立的臺灣房屋——評《臺灣新文學史》〉發表於《聯合報・副刊》D3 版。

〈百年諺語第一人——朱介凡的三個心願〉發表於《文訊》第 314 期。

2012 年　1 月　2 日，〈百年跨步〉發表於《中華日報・副刊》B7 版。

〈蔣勳，永遠的一幅畫〉發表於《聯合文學》第 327 期。

6 日，〈回望我的 1959 年〉發表於《青年日報・政戰學院 60周年專刊》10 版。

3 月　〈心〉發表於《T Life》第 27 期。

4 月　合集《一棟獨立的台灣房屋及其他》由臺北爾雅出版社出版。

7 月　28 日，出席中華民國筆會主辦、紀州庵文學森林協辦的「我的文學因緣」系列講座，於紀州庵文學森林演講「一個文學人已完成和未完成的夢」，由席慕蓉主持。

	8 月	18～20 日，和席慕蓉一同前往吉隆坡參加第七屆海外華文書市，並和當地詩人出席「詩教我的事」文學論壇。
		29 日，〈隱地十日記〉發表於《中華日報・副刊》B4 版。
	10 月	14 日，〈三月〉發表於《自由時報・副刊》D7 版。
2013 年	2 月	2 日，〈告別年度——《101 年散文選》〉發表於《聯合報・副刊》D3 版。
		日記《2012／隱地》由臺北爾雅出版社出版
	3 月	6 日，詩作〈半目之害〉發表於《聯合報・副刊》D3 版。
	8 月	〈關於郭良蕙二章〉發表於《文訊》第 334 期。
	11 月	21 日，〈旋轉狂想曲〉發表於《聯合報・副刊》D3 版。
		〈60 至 70 年代的書店、書展、書城〉發表於《文訊》第 337 期。
		《生命中特殊的一年》由臺北爾雅出版社出版。
	12 月	28 日，〈地球帶著世界向我走來〉發表於《聯合報・副刊》D3 版。
2014 年	3 月	22 日，〈縫補一個年代〉發表於《聯合報・副刊》D3 版。
	4 月	〈愛花女子姚宜瑛〉發表於《文訊》第 342 期。
	7 月	20 日，〈一種觸及靈魂的力量——王鼎鈞回憶錄四部曲的歷史書寫〉發表於《中華日報・副刊》B4 版。
		主編《白先勇書話》，由臺北爾雅出版社出版。
	8 月	9 日，〈臺灣文壇的開拓者〉發表於《聯合報・副刊》D3 版。
	9 月	3 日，詩作〈街景投影〉發表於《聯合報・副刊》D3 版。
		〈從辛廣偉《臺灣出版史》談起〉發表於《文訊》第 347 期。
	11 月	2 日，〈王定國的三個短篇〉發表於《自由時報・副刊》D7 版。

8 日,〈寫給某作家的一封信〉發表於《聯合報‧副刊》D3版。

22 日,〈劉靜娟的三篇散文〉發表於《聯合報‧副刊》D3版。

12 月　17 日,〈出版夢〉發表於《聯合報‧副刊》D5 版。

20 日,〈我的出版我的夢〉發表於《聯合報‧副刊》D3 版。

《出版圈圈夢》由臺北爾雅出版社出版。

2015 年　1 月　30 日,〈世上怎麼會有這樣一冊詩集〉發表於《中國時報‧人間副刊》D4 版。

3 月　21 日,〈文學史的憾事〉發表於《聯合報‧副刊》D3 版。

〈段彩華、〈野棉花〉和其他〉發表於《文訊》第 353 期。

詩作〈貓〉及手稿發表於《海星詩刊》第 15 期。

4 月　《清晨的人》由臺北爾雅出版社出版。

7 月　20 日,〈文學的回聲——爾雅 40 周年〉發表於《自由時報‧副刊》D7 版。

《隱地看電影》由臺北爾雅出版社出版。

8 月　22 日,〈忽然翻過一頁,就此改朝換代〉發表於《聯合報‧副刊》D3 版。

9 月　15 日,〈種滿花,讓山頭變成一片紅——向小說家蕭颯致敬〉發表於《中國時報‧人間副刊》D4 版。

30 日,〈蕭颯與王定國——2015 文壇雙響炮〉發表於《中國時報‧人間副刊》D4 版。

12 月　《深夜的人》由臺北爾雅出版社出版。

2016 年　1 月　25 日,〈不再有人在家裡請客〉發表於《聯合報‧副刊》D3版。

2 月　1 日,〈西門慶三部曲〉發表於《自由時報‧副刊》D8 版。

3 月　4 日,〈最新的王鼎鈞〉發表於《聯合報‧副刊》D3 版。

26 日,〈詩美學縱橫談〉發表於《聯合報‧副刊》D3 版。

4 月　〈寫作從動筆開始〉發表於《高市青年》第 126 期。

《手機與西門慶——隱地書話選》由臺北爾雅出版社出版。

5 月　23 日,〈如果沒有顏龍——《一代妖姬白光傳奇》外一章〉發表於《中國時報‧人間副刊》D4 版。

6 月　20 日,〈四十年後的爾雅〉發表於《中華日報‧副刊》B4 版。

〈二部曲——讀《順成之路》有感〉發表於《文訊》第 368 期。

7 月　《回到七〇年代——七〇年代的文藝風》由臺北爾雅出版社出版。

9 月　28 日,〈召喚詩魂——從《一個導師的婆婆媽媽》說起〉發表於《聯合報‧副刊》D3 版。

10 月　《回到五〇年代——五〇年代的克難生活》由臺北爾雅出版社出版。

12 月　9 日,〈八十回顧〉發表於《聯合報‧副刊》D3 版。

2017 年　1 月　〈短篇小說之王——悼念人間種植者邵僩老友〉發表於《文訊》第 375 期。

2 月　6 日,〈星沉〉發表於《中華日報‧副刊》B4 版。

23 日,〈柒‧捌‧玖,加拾〉發表於《聯合報‧副刊》D3 版。

《回到六〇年代——六〇年代的爬山精神》由臺北爾雅出版社出版。

4 月　26 日,於飛頁書餐廳演講「回憶《書評書目》」。

5 月　〈回到小時候——讀左桂芳《回到電影年代》〉發表於《文訊》第 379 期。

6 月　12 日,〈風風火火的八〇年代〉發表於《聯合報‧副刊》D3

版。

14 日，〈有是非的世界，就會令人活得舒坦——「年代書寫」《回到八○年代》自序〉發表於《中華日報・副刊》B4版。

《回到八○年代——八○年代的流金歲月》由臺北爾雅出版社出版。

9 月　24 日，〈五十年往事追憶錄〉發表於《聯合報・副刊》D3版。

25 日，〈九○年代的△〉發表於《中華日報・副刊》B4版。

《回到九○年代——九○年代的旅遊熱》由臺北爾雅出版社出版。

10 月　〈九○年代的旅遊熱〉發表於《文訊》第 384 期。

11 月　《50 年臺灣文學記憶》由臺北爾雅出版社出版。

12 月　23 日，〈我們活著的世界〉發表於《中華日報・副刊》D2版。

31 日，出席文訊雜誌社於紀州庵文學森林新館舉辦的「我沒寫的你來寫——隱地『年代五書』熱鬧會」，由汪其楣主持，與談人有林芳玫、亮軒、康來新、陳義芝、廖志峰。

2018 年　1 月　31 日，〈最後十年加紅利〉發表於《聯合報・副刊》D3版。

3 月　29 日，〈比我大八歲，真好！——讀《活著真好——胡子丹回憶錄》感想〉發表於《中國時報・人間副刊》C4版。

4 月　3 日，〈帶走一個時代的人〉發表於《聯合報・副刊》D3版。

27 日，〈一個沒有書的年代〉發表於《中國時報・開卷》C4版。

5 月　〈讀子于，懷念傅禺老師——兼評〈省城高中宿舍裡的私

密〉〉發表於《鹽分地帶文學》第 74 期。

6 月　　20 日,〈回到文青年代〉發表於《中國時報‧人間副刊》C4
版。

7 月　　2 日,〈拉力與反拉力——漫談「作家的誕生」〉發表於《中
國時報‧人間副刊》C4 版。

17 日,〈我們活著的大世界〉發表於《中華日報‧副刊》C3
版。

《帶走一個時代的人——從李敖到周夢蝶》由臺北爾雅出版
社出版。

〈從交出「一張年表」說起〉發表於《文訊》第 393 期。

9 月　　〈握住人類最光輝燦爛的紙筆年代:兼談影響臺灣出版業的
幾個名字〉發表於《臺灣出版與閱讀》第 3 期。

12 月　　4 日,於國立臺灣圖書館舉行「五十年台灣文學記憶」講
座。

〈風吹海那麼華爾滋〉發表於《文訊》第 398 期。

2019 年　1 月　　18 日,〈老者,你是誰〉發表於《中華日報‧副刊》A7 版。

30 日,〈記錄者留言〉發表於《聯合報‧副刊》D3 版。

2 月　　27 日,〈人生的旅途——從一場新書發表會說起〉發表於
《中國時報‧人間副刊》C4 版。

〈爾雅出版社的 2019 年〉發表於《文訊》第 400 期。

《大人走了,小孩老了——1949 中國人大災難　七十年》
由臺北爾雅出版社出版。

3 月　　8 日,出席上海儲蓄銀行文教基金會、紀州庵文學森林舉辦
的「我們的文學夢」系列講座,於紀州庵文學森林演講「從
數學白痴到文學記錄者——文壇風雲時代的見證人」。演講
紀錄後刊載於《文訊》第 402 期。

10 日,〈快樂的一天〉發表於《中華日報‧副刊》A7 版。

4 月　8 日,〈美夢成真〉發表於《聯合報‧副刊》D3 版。

　　　28 日,詩作〈一整座海洋的寂寞〉發表於《聯合報‧副刊》D3 版。

5 月　20 日,應洪建全基金會邀請,於敏隆講堂演講「一以貫之:從《大人走了,小孩老了》談一本書的昨天、今天、明天」。

　　　〈和司馬笑約會去了——悼念藍明〉發表於《文訊》第 403 期。

7 月　《美夢成真——對照記》由臺北爾雅出版社出版。

9 月　與柯青新合著《未末——兄弟書畫集》,由臺北爾雅出版社出版。

　　　〈燦爛字海出版夢〉發表於《臺灣出版與閱讀》第 7 期。

參考資料:

‧封德屏主編,《2007 臺灣作家作品目錄》,臺南:臺灣文學館,2008 年 7 月,頁 1378～1380。

‧網站:爾雅出版社。最後瀏覽日期:2019 年 10 月 10 日。
http://www.elitebooks.com.tw/

‧蕭蕭、羅文玲編,《閱讀隱地‧創造自己》,臺北:爾雅出版社,2011 年 10 月,頁 328～336。

‧隱地,《漲潮日》,臺北:爾雅出版社,2000 年 11 月。

‧〔隱地〕,〈關於隱地〉,《回頭》,臺北:爾雅出版社,2009 年 1 月,頁 254～259。

‧〔隱地〕,〈隱地記事〉,《大人走了,小孩老了——1949 中國人大災難 七十年》,臺北:爾雅出版社,2019 年 2 月,頁 343～349。

‧蘇靜君,「隱地寫作年表」,〈爾雅漲潮日——隱地散文研究〉,南華大學文學系碩士論文,2008 年,頁 202～209。

輯三◎
研究綜述

隱地藏史
隱地研究綜述

◎蕭蕭

一、隱地藏史的歷史發現

　　隱地（柯青華，1937～），祖籍浙江永嘉，出生於上海，7～10 歲成長於崑山，1947 年 10 月來到臺灣臺北，一生的文學志業從此與臺灣繫連緊密，這句話也可以反過來說，臺灣的文學事業（至少 20 世紀 50～90 年代）與隱地緊密繫連，留下美好紀錄。

　　1952 年 10 月，15 歲的隱地開始寫作、發表作品，中學畢業後就讀政工幹校（今國防大學政治作戰學院）新聞系（1959～1963），36 歲以前他的職涯與他就讀的學校相關，36 歲以後他的工作卻只跟他就讀的科系有所互動，而且單純到只有三項：編輯、寫作、出版。40 歲以前，他擔任過《純文學》助理編輯、《青溪》主編、《新文藝》主編、《書評書目》主編，40 歲以後他只單純擔任「爾雅出版社」發行人（爾雅出版社創設於1975 年 7 月，隱地 38 歲），全職、專業，一心一意，主持爾雅出版社社務，所謂社務，正是他一生志趣之所在：編輯、寫作、出版。這樣全職、專業的出版人，造就了隱地個人一生的文學成就，當然也為臺灣文學的輝煌增添了許多光彩。

　　根據隱地最新的一本散文集《美夢成真──對照記》（爾雅出版社，2019），書末所編製的〈隱地書目〉，他將 1963 年出版《傘上傘下》作為自己出版書籍的首發點，以十年為度，分為六個十年，第一個十年（1963～1972）出版五部書，以後逐次增加，1973～1982 年七部，1983～1992 年

七部，1993～2002 年 13 部，2003～2012 年 20 部，2013～2019 年 16 部（持
續增加中），若是，《美夢成真——對照記》就是第 69 部作品。隱地還將
所有的作品加以分類，小說、評論、散文、詩是最基本的文類，但在歸屬細
目上，隱地還有雜文、隨筆、遊記、哲理小品、自傳、日記、序跋、札記、
文學史話、書話、電影筆記、文壇憶往等標記，如果依據鄭明娳（1950～）
的散文類型論，這些雜文、筆記等，都應該納入「散文」類型。[1] 所以，69
部作品中，小說五部，詩八部（含選集），評論一部，其餘 55 部都屬於廣
義的散文類型。散文是隱地創作的最大宗，從 2008 年至今研究隱地的六篇
碩士論文，幾乎都以其散文為主要範疇：孫學敏〈存在與超越——論隱地的
詩歌世界〉[2]，蘇靜君〈爾雅漲潮日——隱地散文研究〉[3]，吳似倩〈種文學
的人——隱地及其散文研究〉[4]，劉欣芝〈隱地及其作品研究〉[5]，林雪香
〈隱地的散文創作觀及其實踐〉[6]，陳怡君〈隱地及其出版事業研究〉[7]。

　　因此，隱地研究資料彙編的工作，自然聚焦在這 55 部散文作品。

　　散文以不押韻、不對仗，與「詩」相對。散文以「真實」「自我」的特
質與「小說」的「虛構」「他人」相對。散文理論家鄭明娳認為「在文學的
發展史上，散文是一種極為特殊的文類，居於『文類之母』的地位。」她認
為原始的詩歌、戲劇、小說，原來也是以散行文字敘寫，後來各自發展個別
的結構、形式，逐漸生長成熟，逐漸定型，因而有了各種不同的文體。對於
這種文類之母的散文的實質內涵，她曾經提出三種要求：

　　（一）內容方面的要求：必須環繞作家的生命歷程及生活體驗。

　　（二）風格方面的要求：必須包含作家的人格個性與情緒感懷。

---

[1] 鄭明娳，《現代散文類型論》（臺北：大安出版社，1987 年）。
[2] 孫學敏，〈存在與超越——論隱地的詩歌世界〉（山東大學中國現當代文學所碩士論文，2008
年）。
[3] 蘇靜君，〈爾雅漲潮日——隱地散文研究〉（南華大學文學系碩士論文，2008 年）。
[4] 吳似倩，〈種文學的人——隱地及其散文研究〉（新竹教育大學人力資源教育處語文教學碩士班碩
士論文，2010 年）。
[5] 劉欣芝，〈隱地及其作品研究〉（中央大學中國文學系碩士論文，2011 年）。
[6] 林雪香，〈隱地的散文創作觀及其實踐〉（臺北教育大學語文與創作學系碩士論文，2012 年）。
[7] 陳怡君，〈隱地及其出版事業研究〉（中央大學中國文學系碩士在職專班碩士論文，2012 年）

（三）主題方面的要求：應當訴諸作家的觀照思索與學識智慧。

隱地的散文正是「環繞」隱地的生命歷程及生活體驗，「包含」隱地的人格個性與情緒感懷，「訴諸」隱地的觀照思索與學識智慧。顯然，隱地的散文，完全符應鄭明娳的散文規格。也就是說，隱地的散文，個人色彩十分濃厚，再加上隱地的出版事業，時代的特徵十分明顯，因此，仿鄭明娳的語氣，對於隱地，或許還可以增加第四種要求：

（四）時空方面的要求：應當呈現作家的客觀見聞與銳意互動。

這四項散文要求對隱地而言不是要求，而是特色的展露，完全達成一個「新聞系」畢業生的職業敏感、速度追求、時事搭配與史識鑑別，所以，我們可以用「隱地藏史」四個字作為隱地一生寫作的聚焦點與評價平臺。

「隱地藏史」，最早使用這四個字的是陳憲仁（1948～），他與隱地先後獲得行政院新聞局最高出版榮譽的「特別貢獻獎」。民國99年隱地獲得特別貢獻獎的贈獎詞中，提到爾雅出版社長年為作家建立了許多文字和影像的資料，為文學史厚積資訊，但陳憲仁認為：「他出版於民國56年的《隱地看小說》，早已為那一代的作家解讀作品、著說立傳了，《我的書名就叫書》、《作家與書的故事》越來越明顯，當代的文學書籍與作家一一出列，而《愛喝咖啡的人》、《翻轉的年代》、《出版心事》，觀照層面不再是一家一書而已，從此整個文壇鋪陳在他的眼前，整個時代的文風隨著他的筆四處飛揚，甚至於1950年代、1960年代、1970年代、1980年代，縱線的文學史亦逐漸浮現，終而從1949至2009年的文學記年、記事、記人，系列呈現，近六十年的臺灣文學史料，從點到線到面，終至整個文壇、整個時代，於焉在此。」這段話語就以「隱地藏史」為題。[8]

陳憲仁說這段話的時間點是2011年6月10日暨7月23日明道大學舉辦的「隱地與華文文學兩岸三地學術研討會」第二階段的發言，那時，隱地的「年代五書」尚未撰寫，卻被憲仁預料到了，果然2016年7月《回到

[8]陳憲仁，「隱地藏史」，收於〈座談會書面意見〉，《都市心靈工程師》（臺北：爾雅出版社，2011年），頁525～527。

七〇年代》等系列五書、鎖定在「文壇憶往」的《五十年臺灣文學記憶》在兩年間出齊。緊接其後，《帶走一個時代的人》、《大人走了，小孩老了》的感慨書寫，仍然承續這種悼往、懷人、記事、存史的筆調，為臺灣記住文學，為文學記住我們曾經走過的時代。

二、隱地藏史的散文書寫

究天人之際，通古今之變，成一家之言，這種「文史哲」不分家的理路，一直是傳統文人、史家，如司馬遷者所推崇的，因此，陳憲仁「隱地藏史」的核心論述原不足為奇。但早於陳憲仁「藏史」的說詞，一輩子行文、行事都充滿浪漫主義色彩的林文義（1953～）也以〈微型文學史〉評述隱地《遺忘與備忘》散文集是一部橫越戰後至今（1949～2009）的文學年記，是歲月與青春之書，是過去文學風雲的留影和印記。林文義甚至於將這本散文集與葉石濤（1925～2008）的《臺灣文學史綱》、陳芳明（1947～）的《臺灣新文學史》相比評，認為這兩冊史書偏於史料或學術，「隱地的新書則是極富人間性格的款款道來，用筆之初心良意卻以感知、抒情的散文形式呈現。」[9]隱地不以史書規格為文，卻有著史書的架式和高度，兼具文學的滋潤與親切，邁向「通古今之變，成一家之言」的文史大宗師之路。林文義，徹頭徹尾的浪漫主義者，情味重於一切的散文家，卻早早發現了隱地的史眼、史才、史識、史觀。

「年代五書」各有小標，《回到五〇年代》是「五〇年代的克難生活」，其他各書依次是「六〇年代的爬山精神」，「七〇年代的文藝風」，「八〇年代的流金歲月」，「九〇年代的旅遊熱」，這樣的小標是「一句史」，是歷代正史裡最精簡的評斷語，有如《春秋左氏傳》的「君子曰」、《史記》的「太史公曰」、《漢書》的「贊」，《後漢書》的「論」，《三國志》的「評」，一句到位。

---

[9]林文義，〈微型文學史──讀隱地《遺忘與備忘》〉，《文訊》第 209 期（2009 年 12 月），頁 96。

　　「年代五書」以及其後的《帶走一個時代的人》、《大人走了，小孩老了》、《美夢成真──對照記》，隱地都以一貫的斷代、繫年的方式在書寫，對於隱地這種獨樹一幟的「繫年」寫法，美國紐約市立大學廣電傳播系碩士、世新大學口語傳播系教授的亮軒（馬國光，1942～）曾以〈另類史筆〉稱之，根據亮軒的觀察與比對：「歷代繫年體作品，大多以史筆自許，不作貶褒，更無個人性情。」他舉例說中國百餘年來屢受列強欺凌，郭廷以的《百年日誌》[10]也未曾透露個人喜惡。但隱地的年代系列不避個人性情，讀來彷彿可以跟作者共同經驗活生生的一個時代又一個時代，有著繁華歷盡，滄桑易老，至終竟有不勝凋零之感。所以他的結語是：「隱地以史筆為基礎骨架，以文學筆法注入靈魂血淚，引領讀者重入現場，有史家之周延，有作家之性靈。」[11]

　　亮軒，是一位能將人生經驗、厚重經典，透過如珠的妙語，化為綿綿不絕生命力注入讀者心靈，彷彿醇酒香氣經久不散的作家，他的贊語將隱地的史筆散文推向一個類經典的亮麗位置。

　　與隱地、亮軒約略同時代的張素貞（1942～），以〈卻顧所來徑〉為題，一起「回首文學人美好的七〇年代」。[12]周昭翡（1965～）曾主持正中書局、《中央日報‧副刊》、《聯合文學》、《印刻文學生活誌》的編輯檯工作，面對隱地的「年代五書」《五十年臺灣文學記憶》，她說：「遇見一本書，看見一個時代」，她以女性的細膩、文青的崇敬，這樣看待：「既是生活的、又是文史的，間或蒐錄如實呈現所談及篇章的雜敘方式，彷彿過往多次跟隨隱地先生閒話家常，然後看他從記憶之篋中翻找出珍稀之寶，在偶然與必然之間看一本又一本與書相遇的故事。」[13]

---

[10]編按：應指《近代中國史事日誌》（臺北：自印，1963 年）。

[11]亮軒，〈另類史筆──從《大人走了，小孩老了》說起〉，《美夢成真──對照記》（臺北：爾雅出版社，2019 年），頁 230。

[12]張素貞，〈卻顧所來徑──回首文學人美好的七〇年代〉，《回到七〇年代──七〇年代的文藝風》（臺北：爾雅出版社，2016 年），頁 3～7。

[13]周昭翡，〈遇見一本書，看到一個時代〉，《聯合報》，2017 年 12 月 23 日，D3 版。

周昭翡最後的定調：「我們在其中尋找、觀看並安頓自己。」隱地大約沒想到自己所追憶的過往，書桌的一角，文學出版的瑣記，對那未能共時經歷的讀者卻也有身心安頓的作用。

周昭翡不一定親履隱地所處的 1960、1970 年代，大陸的學者對臺灣文壇必然有著先天性的隔閡，但是我們看到黎湘萍（1958～）所寫的文章，是以〈隱地的時間〉為題，清晰地拉出一條時間的縱軸線，娓娓敘說隱地的生命歷程，他說：「閱讀隱地，對我而言，也是在通過隱地筆下的特殊的觀察和思考來閱讀臺灣戰後歷史、文學和社會文化的變遷史。這種閱讀，讓我看到了隱地個人的生命時間，是如何借助他的文體多樣的作品，漸漸地融入臺灣文學的時間，成為臺灣文學史的一部分，而這一部分，將促使人們不斷地改變臺灣的、乃至整個中國的文學地圖。」[14]

黎湘萍擴大了隱地由自己書桌所發展出來的文壇瑣憶的影響，可能改變臺灣、乃至整個中國的文學地圖，這正是隱地藏史之散文書寫的精神所在，魅力所聚。

三、隱地藏史的出版推湧

爾雅出版社是隱地個人意志貫徹到底的出版社，因此，爾雅出版品細項研究可以見識到隱地藏史的心路歷程及其意向。

歷年來研究隱地的碩士論文一共有五冊，隱地選擇了林雪香的〈隱地的散文創作觀及其實踐〉，出版為《散文隱地》（爾雅出版社，2014），陳怡君的〈隱地及其出版事業研究〉則原貌而即時出版，顯然他對自己的散文寫作與出版工作賦予更多的關注。在陳怡君的《隱地及其出版事業研究》（爾雅出版社，2012）論文摘要中即已提及「民國動亂史的記憶書寫，記影留名的各文類叢書，出版品在在同業之中更顯出濃厚的『歷史味』。爾雅出版社擁有豐富的別集與選集，與臺灣文學史之間，形成連繫脈動，其

---

[14] 黎湘萍，〈隱地的時間——序《草的天堂》〉，《從邊緣返回中心——黎湘萍選集》（廣州：花城出版社，2014 年），頁 259。

中不乏出版人慧眼獨具的文學眼光。『年度文學選集』的出版，在文學史上更具開創性的意義。」[15]此一「隱地藏史」的出版特色，具體實踐在書中的細節小目裡：「豐茂多姿的文學史料」、「為歷史文化苦難的中國銘刻記憶」（見第三章「爾雅出版社的出版品特色」）、「與史對話的文學選集」（見第五章「爾雅出版社與臺灣文學」），先依陳怡君論文脈絡分述三點，再論述日記散文的推廣，合為本節「隱地藏史的出版推湧」之四個浪潮。

（一）豐茂多姿的文學史料

所謂「豐茂多姿的文學史料」，最早是分散顯現在爾雅叢書裡個別作家的作家介紹、作家年表。這是爾雅叢書的出版特色，增加當代人對作家的了解與親切感，提供後人對作家研究的基本資訊與方向，顯現隱地對「人」的尊重、對「史」的倚賴。

其後則出現在各種規畫出版的書目上，如邀請現代文學資料掌握豐富的應鳳凰（1950～）主編《作家書目》、《作家地址本》，延續隱地主編《書評書目》雜誌時設計發行的《書衣》、《書友》理念。這樣的書目繼續編撰的是《爾雅》、《風景》、《書目一二三》、《書的名片》、《爾雅書目》、《爾雅 30・30 爾雅》，而且列入叢書中贈送、出售，書目也可成書，成為出版史上的另類奇蹟，頗似民間版、爾雅版的《四庫全書總目提要》，正可搭配隱地獨創的「書話散文」，形成散文特殊文類裡重要的一支。其他文類上，隱地選擇邀請臺灣現代史發展的火車頭、活字典張默（張德中，1931～）編選《臺灣現代詩編目》、《當代臺灣作家編目（爾雅篇）》的書目，各類男女詩人選集如《剪成碧玉葉層層》、「年度詩選」等，都留下重要的歷史憑依。

其次是作家資訊裡的影像留存，除了個別書籍上所附的 3×5、4×6 照片，爾雅另有三冊專書，謝春德攝影的《作家之旅》（1984）、徐宏義攝影的《作家的影像》（1986）、周相露攝影的《風采——作家的影像第二集》

---

[15]陳怡君，《隱地及其出版事業研究》（臺北：爾雅出版社，2012 年），頁 3。

（1989），不僅為作家留下定時定格的歷史鏡頭，其實也為人像攝影師留下可以流傳的作品。在手機、臉書、網路尚未發達的時代，留存作家彌足珍貴的倩影、英姿。

（二）為歷史文化苦難的中國銘刻記憶

隱地在 1947 年由父親接來臺灣，不識字但懂事的十歲孩子，已能深刻觀察時代的苦難，思索人生的悲喜哀樂，在這樣的成長過程裡，他始終好奇：國民政府如何失掉大陸？大陸十年文革為何發生？因此，在他出版的視野中，他有著嘗試找到答案的歷史探索的好奇心。

1976 年爾雅出版了老兵張拓蕪（張時雄，1928～2018）的《代馬輸卒手記》，五年內出齊了「續記」、「餘記」、「補記」、「外記」等散文集，造就了張拓蕪從籍籍無名的老兵一躍而為十大散文名家，寫史、記史的角度不再以廟堂、朝廷為唯一的象限。這樣的老兵故事，其後有金門人黃克全（1952～）的詩集《兩百個玩笑》（2006）為其後盾，其副標清楚標示「給那些遭時代及命運嘲弄的老兵」，「超現實主義」詩人洛夫（莫洛夫，1928～2018）為這部「現實主義」的詩作寫序，說這兩百個有名有姓的老兵故事，形成一部向命運嗆聲的「史詩」，沒錯，「史詩」，隱地的出版事業，企圖編織成一部向命運嗆聲的「史詩」！

隱地的《漲潮日》（2000）是個人成長的傳記散文，隱藏在爾雅叢書中，但還是被研究生靈敏發現，據以寫成碩士論文〈爾雅漲潮日──隱地散文研究〉（蘇靜君，南華大學文學系碩士論文，2008），其後，爾雅還出版一些隱藏在叢書中的自傳型散文與兩岸觀察，桑品載的《岸與岸》（2001）、王書川的《落拓江湖》（2001）、余之良的《我向南逃》（2002）、朱介凡的《百年國變》（2004）、《改變中國的一些人與事》（2006）……相類近的史傳散文，還包括大陸虹影的《飢餓的女兒》（1997）、陳丹燕《上海的金枝玉葉》（1999）、《上海的紅顏遺事》（2000）、張秀文《貝多芬的中國女僕》（2004）……這些自傳或他傳，小說或記事類型的作品，都有一絲隱約的「史」之軸線貫穿其中，都透露著

斷代卻繁雜的演義情節。

　　特意為苦難的中國銘刻記憶，可以跟齊邦媛教授（1924～）《巨流河》（天下遠見出版公司，2009）、龍應台（1952～）《大江大海一九四九》（印刻文學出版公司，2009）並駕齊驅的大部頭著作，要數王鼎鈞（1925～）的回憶錄四部曲《昨天的雲》（2005）、《怒目少年》（2005）、《關山奪路》（2005）、《文學江湖》（2009），雖然王鼎鈞的作品在爾雅的出版天空已是昨天的雲，但關山奪路的大時代、大動亂記憶，仍然可以歸屬於隱地對「人」的尊重、對「史」的倚賴的出版方針。爾雅版的回憶錄四部曲書前都有這樣的推薦語：「成長是有聲音的。中國人是可歌可泣的民族，抗日戰爭和國共內戰……流血成河的年代已經遙遠，我們的子孫不該全部忘記，一個沒有歷史愛恨的民族，他的子民會活得沒有方向。」

（三）與史對話的年度文學選集

　　年度文學選集是隱地浪漫心境與出版魄力的合成展現，最初是民國 58 年第一本年度小說[16]，由此橫跨 37 年共 34 冊，直至 91 年截止。中央研究院院士王德威（1954～），美國哈佛大學東亞語言與文明系講座教授，也是比較文學及文學評論學者，他在《典律的生成（第一集）》（爾雅出版社，1998）中坦言：「爾雅年度小說選未必在臺灣文學界占據主導的位置，每年的出版也不能產生煽風點火的聳動效應。但這無礙它作為現行文學典律的重要參考。」

　　其後，爾雅版「年度詩選」出版 10 集（《七十一年詩選》至《八十年詩選》），「年度評論選」也出版了五集（《七十三年文學批評選》至《七十七年文學批評選》），「年度詩選」後來由現代詩社、創世紀詩雜誌社、臺灣詩學季刊雜誌社、二魚文化公司等先後接手，延續至 2018 年戛然而止，其艱辛可知，如果不是隱地個人的歷史癖好，文學典律的形成或許還在散漫、游移的狀態中，缺少可觀的板塊。由此引申出來的各種爾雅選集，其實都有

---

[16]隱地編，《十一個短篇——五十七年短篇小說選》（臺北：仙人掌出版社，1969 年）。

階段性文類成果的總檢驗效果，但繫年的、切片似的斷層掃描，其精密度自不待言。

比起年度文學選集的出版，更為精細的則是逐日記載的日記。

（四）日記作為史材，原始而微細、精密而真實

詩人向陽（林淇瀁，1955～）主編《自立晚報‧副刊》期間，曾在1984 年策畫「作家日記 365」專欄，每天刊登一位（當天生日）作家日記，向陽說：「『作家日記 365』倒也頗像一艘出港入海的船，起初有港岸護衛，顧盼生姿，漸行漸遠，則風浪愈多，及其將至也，則舉步維艱，幾乎難以順利終航。」翌年，一本厚達九百多頁、作家群 366 位的《人生船：作家日記 365》就在爾雅出版了，成為爾雅日記叢書的起錨本。《人生船》中 366 位從耆宿到青壯，從臺灣到海外，他們寫於某一特定時空的日記，卻反映了這一代中國人莫可奈何的悲歡、離合的實錄，為讀者提供繁華富美的人生視野。

2002 年隱地率先出擊，「爾雅日記叢書」於焉開始，《2002／隱地》、《2003／郭強生》、《2004／亮軒》、《2005／劉森堯》、《2006／席慕蓉》、《2007／陳芳明》、《2008／凌性傑》、《2009／柯慶明》、《2010／陳育虹》，而後有《日記十家》的編著，作為作家日記第一階段的小結。其後，跳接到《2012／隱地》、《2017／林文義》（另有副標「私語錄」），或許正如向陽所預言「漸行漸遠，則風浪愈多，及其將至也，則舉步維艱，幾乎難以順利終航。」但是，在最新的散文集《美夢成真》的書末，隱地仍然豪氣萬丈地請大家期待，2022 年，隱地的第三本日記將出版。他說：「《漲潮日》是我的縱切面，而日記三書則是我的橫切面。」

隱地堅持書寫「史傳散文」，推廣「日記散文」，將「日記散文」列為爾雅出版的一個重要面向而勇於實踐，從 2002、2012、2022 日記，十年一截的橫切面，或許也再次見證了隱地文學作品裡不能寬解的歷史情結。

　　蕭蕭《父王・扁擔・來時路》三度易名在爾雅出版時，隱地以出版者的身分曾說：「一本書，爾雅出版社願意一再更換書名，重新發行，因為此書是蕭蕭的少年自傳，也是朝興村的村史，一步一腳印，值得每個在臺灣農村長大的孩子回憶珍藏。」年輕學者陳怡君據此判斷：「爾雅出版社有不少類似《父王・扁擔・來時路》這類不單單僅是個人傳記，並涵括『記錄歷史』功能的出版品，隱地對這類『文史合一』的書籍，經常表露較多的關注。」[17]

　　「隱地藏史」，似乎已是公認的事實。

四、隱地無隱的人格特質

　　「隱地無隱」四個字來自於張春榮（1954～）的散文標題〈曄曄青華，隱地無隱〉，這是他為林雪香《散文隱地——隱地散文創作觀及其實踐》所寫的序文。張春榮對隱地的觀察：「隱地常青的生命之姿，來自於對自己、對人、對人生、對人性的真誠凝視，以生活為柴薪，以文學為火種，化軟性為感性，化硬性為知性，化主觀為客觀，化客觀為達觀，展現從容的優雅。」[18]這幾句「主觀→客觀→達觀」的人格特質描述，或許正足以說明隱地無隱而能存真記史的個性，造就散文書寫的特質與風格，也樹立爾雅出版社特立獨行、獨樹一幟，與史結合的亮眼招牌。

　　「樹，無疑是隱地身影的最佳寫照。」張春榮說：「尚青的綠樹，向上向光，進而成為隱地心靈的象徵。」他引述隱地自己在〈日記是開啟記憶的鑰匙〉所說的話：「人最好的狀態是保持像樹葉一樣的綠，陽光下，樹葉綠著，暴雨襲擊下，它仍然亮光光的綠著，冬雪來了，就算綠葉轉黃，甚至離枝而去，等春天來臨，綠芽兒又冒出來了，油亮亮的綠葉，又在微風中舞蹈。」[19]

[17]陳怡君，《隱地及其出版事業研究》，頁120～121。
[18]張春榮，〈曄曄青華，隱地無隱〉，《散文隱地——隱地散文創作觀及其實踐》（臺北：爾雅出版社　2014年），頁3～14。
[19]隱地，〈日記是開啟記憶的鑰匙〉，《2012／隱地》（臺北：爾雅出版社，2013年），頁267。

林貴真（1941～）選擇跟這樣的「樹」生活一輩子：

直挺挺的主幹　枝枒橫出　綠油油的葉子　隨風照展　實在好看
這讓我想起我家男主人隱地
像極了那根直挺挺的主幹　耿直　簡單　穩健　低調
不論文學事功或家庭生活

　　研究所時代就跟隱地在《書評書目》雜誌寫文學評論的陳芳明（1947
～）在自己的散文集《昨夜雪深幾許》（印刻文學出版公司，2008）提到讀
隱地作品時，有著〈青春是一張蝕破的葉〉的感慨，但在文末他承認：
「回想時，他是一株大樹，為我抵禦，為我庇蔭。他在我生命中創造的文
學記憶，都讓我牢牢記得。」[20]不算是青春期就熟識的小說家王定國（1955
～）難得寫散文，他在《探路》（印刻文學生活雜誌出版公司，2017）裡說
起有一回深冬，隱地建議他去買極小盒、扁扁、四方長形、封面紅紅綠綠
色的沙丁魚，吃起來有一種幸福感。他則覺得，不再年輕以後，「這種溫
暖的叮嚀也算是文學的滄桑」。[21]

　　齊邦媛教授引述隱地在《漲潮日》絮絮叨叨對父親的心意表白：「我
要在我們家失敗的地段裡站起來……我也是外表軟弱的人，但我有自己骨
子裡的堅持……只是漲潮日要在你離世後這麼久才出現，父親，我們感覺
對您不起。」豁然了悟於自己晚年寫成的《巨流河》，「讓我那相信自己
只能與草木同朽的父親和他那一代的人，在無形卻是有形的生命長河裡，
也有他的漲潮日？」[22]

　　耿直、穩健、低調、堅持，隱地無隱的個性，如實記錄他的挫敗、家
族的挫敗、時代的挫敗，如實光揚他的成就、臺灣的成就、文學的成就。

[20]陳芳明，〈青春是一張蝕破的葉〉，《昨夜雪深幾許》（臺北：印刻文學生活雜誌出版公司，
　 2008年），頁28。
[21]王定國，〈隱地之人〉，《探路》（新北：印刻文學生活雜誌出版公司，2017年），頁238。
[22]齊邦媛，〈咖啡之前‧咖啡之後〉，《文訊》第357期（2015年7月），頁171。

無隱，所以能在文學作品中「藏史」。

五、隱地無隱的小說前跡

章亞昕（1949～）於 2003 年完成《時光中的舞者——隱地論》（爾雅出版社），扉頁上印著一句話，說的當然是隱地，十分傳神：

時光中的舞者

把坎坷的人生舞成抑揚的音樂！

在《時光中的舞者》這本書中，他將隱地的一生分成四期：一、青春期與小說時代，二、揚帆期與廣義的散文時代，三、顛峰期與狹義的散文時代，四、知命期與詩歌時代。今日看來，82 歲的隱地仍在創作，2019 這一年他就出版了兩冊藏史性的史傳散文《大人走了，小孩老了》、《美夢成真》，而且預言將要出版「日記三書」的第三部：《2022／隱地》。所以，應該延伸出第五期，是既能順應自我的內在心靈，不自覺的反應，這種投射而出的舉止也不會破壞社會外在的規矩，這時期，循章亞昕既有的語境，或可稱之為「從心期與專義的史記散文時代」，這一時期即是他自訂的「第五個十年」加「第六個十年」的開始，日記《2002／隱地》剛出版的時候，隱地已經結束前期的新詩創作，專心記錄文學出版、文化發展的輝煌過往，在「手記散文」之後，肆意發展他的「日記散文」、「史記散文」的專業期。

「小說時代，是一個關鍵的起點。」章亞昕在〈青春期與小說時代〉這一節裡強調小說、青春期之所以重要，在於確認了寫作的意義：其一「寂寞中的言說」：訴說家中的慘劇；其二「苦難中的掙扎」：指出寫作為自己帶來出路。章亞昕所指稱的其實就是，隱地的小說是另一種自我苦難的坦露，是以「小說家言」作為「遮蔽」，其實是隱地自我的「敞開」，看似「虛構」的小說，其實是隱地自己的「現實」。《隱地極短篇》

（1990）的封面有兩個小標註：「非小說」、「餐飲手冊」，足見隱地真是既「遮蔽」又「敞開」，遊走在「虛」、「實」之間。

詩人陳義芝（1953～）在初讀《隱地極短篇》時曾讚美「人生的光譜、社會萬象，都在一個銳利的鏡頭下顯影。」兩年後，陳義芝說：「不能不佩服由覓食這一行動鑑照人生的點子，具有創發精神，是帶著飽滿的藝術張力，是一次大膽的行獵——對準流動的人、流動的景、流動的時間和思考。」所以，《隱地極短篇》是隱地寫實地披露出他「對城市的愛與怨，對生命的迷與醉」。[23]

隱地在長篇小說《風中陀螺》中即坦言「我的想像世界，就是他（段尚勤，小說裡的人物）的經驗世界。」年輕學者楊晉綺引述法國文評家蒂費納·薩莫約瓦（Tiphaine Samoyault, 1968-）言論，斷言「隱地在《風中陀螺》裡匯總、複述、追憶和重寫舊日『生命典籍』（詩歌、極短篇和隨想）塑成了小說裡極高的互文特性」。[24]亦即是，如果以「隱地藏史」、「隱地無隱」的中心旨意，看待他從早期到近期的大小篇幅的小說創作，仍然是貼身飛行！

六、隱地無隱的新詩後轍

隱地的詩集只出版了五部：《法式裸睡》（1995）、《一天裏的戲碼》（1996）、《生命曠野》（2000）、《詩歌舖》（2002）、《風雲舞山》（2010），另有一部個人詩選《十年詩選》（2004）。但是一個以散文為創作之大宗、以小說為創作之起步的作家，卻在 56 歲那年，瘋狂投入詩歌創作，自然在文壇上造成一股旋風。而且大多著眼在中年之後的隱地「不打算借助詩歌這一文體去抒發和外顯自己的情感，而決意要在詩歌中彰顯並闡釋自己人生感悟和生命沉思的『說理』功能。」[25]但年輕的大陸研究生孫學敏

---

[23]陳義芝，〈大膽行獵〉，《爾雅人》第 69 期（1992 年 3 月 10 日），2 版。
[24]楊晉綺，〈「塵」的旋舞與「蝶」的復歸——隱地小說的文本互涉與詩性特徵〉，《都市心靈工程師》，頁 188～208。
[25]劉俊，〈隱地的詩世界〉，《十年詩選》（臺北：爾雅出版社，2004 年），頁 1～9。

的碩論《存在與超越：論隱地的詩歌世界》（爾雅出版社，2009），卻分別以「時間性」、「空間性」、「悖論性」的存在與超越，三個主要章目加以析論。毫無疑問，「時間性」與「空間性」正是敘事性散文的本質，貫穿在史傳散文的兩根軸線，換言之，後發的新詩書寫，其實也以「現實」的真、「歷史」的真，作為基本模式去發想，與隱地散文並無殊異。不同的是，詩意的發展隱地選擇了「悖論」，加強了「悖論」的張力與強勁。但，「悖論」是什麼？

　　孫學敏說「悖論（Paradox）是指貌似自相矛盾甚至荒謬、但細察卻見矛盾雙方諧和一致的陳述。」他指出隱地的詩歌世界「悖論」是生活原生態的存在特質，隱地又從語言與結構兩方面都將「悖論」作為一種詩性思維，成就他詩歌雋永的審美優勢，以此作為破解生存困惑的救贖方式。[26]此一論點是詩學的基礎論述，在孫學敏的語境下成為隱地的特色。

　　如果以這種「悖論」去看蕭水順（1947～）的〈都市心靈工程師〉[27]，「都市」與「心靈」的存在就是一種矛盾的諧和，隱地十歲來到臺灣，就一直生活在臺北，扎根臺北，道地首都公民的身分，首都公民的性格，十分顯豁。他的文章與新詩，心無旁騖聚焦於臺北市，完全找不到臺灣小鎮或鄉村圖像，全無臺北市以外的地理景觀、人文圖騰，即使是永和、新店這樣與臺北市聲息相通的近鄰市郊，但他一生戮力於建造「心靈」工程，這「心靈」工程不也是初老心境（56～70歲）的睿智審視、人生反思？

　　如果以這種「悖論」去看白靈（莊祖煌，1951～）的〈承載與流動──隱地詩中的船舶美學〉[28]，題目就很清楚地顯示承載的「不動」與流動的「動」，船舶的定錨與航行，對應在隱地的日常，定居臺北卻也搬家二十幾次的生活，合適而合理，白靈著眼在旅人「熱」的眼光／出版家、守門人「冷」的眼光，有限的承載（生與死距離短促）／無限的流動（強大的

---

[26]孫學敏，《存在與超越：論隱地的詩歌世界》（臺北：爾雅出版社，2009年），頁89～90。
[27]蕭水順，〈都市心靈工程師──隱地詩中的空間觸感與人間情味〉，《都市心靈工程師》，頁37～73。
[28]白靈，〈承載與流動──隱地詩中的船舶美學〉，《都市心靈工程師》，頁5～35。

能動性），不也是歷史性的一種定律，佛家「無常」觀的另一種常態？

　　隱地的新詩流動在他 56～70 的年歲裡，其實也像一輩子都在書寫的史傳散文，承載著整個時代的流動。

七、隱地漲潮的歷史志業

　　隱地，一個「新聞系」畢業生所該擁有的職業的敏感、速度的追求、時事的關懷、史識的鑑別，完全具現在他一生的文學志業與出版事業上。

　　隱地，一個完全生活在臺北、觀察在臺北、思考在臺北的作家，一個打開抽屜就是作家資訊，就是文學史料，就是民國記憶的作家，他的一生藏著文學，他的文學裡藏著歷史，承載著民國的、流動的文學歷史。

　　閱讀隱地，滿滿的、藏不住的、民國流動的文學史，讓我們悸動。

　　審閱當代對隱地的研究，略如上述，但就一個有著歷史癖好的文學家，一個還在書寫中、還在創造自己的書寫歷史的文學家，在目前既有的「研究現象」進行梳理、分析、評述之後，後來的研究者或許還可以有這些思考：

（一）隱地日記與文學史的平行觀察：

　　隱地已經預言《2022 隱地》日記散文將會出版，如此隱地個人的日記三書，2002、2012、2022 每隔十年出版一次的三部個人斷代史，將會有什麼樣的關聯性與變化面，值得關注。藉此再向外延伸，將隱地日記放在歷史中其他作家的日記文學裡排比、較量、思考，日記文學與現實社會的對映，編年史與斷代史的取捨，隱地日記、手記、史記散文所形成的文學史，會與其他學者所撰述的學院派文學史產生多少殊異性，會與正式歷史產生多少扞格與摩擦，都值得未來的研究者擴大觀察。

（二）隱地小說與時代的互文關係：

　　隱地最早以小說創作與觀察而名家，小說更是敘事性最強的文類，最具社會性、時代性的作品，但以目前資訊看來，對隱地的小說評論數量不多、深度不足，比起對隱地的新詩評論，精細度也不夠，因此，寄望年輕

的評論者能在隱地小說與時代的互文關係上多所著墨，讓他的小說所呈現的時代背景與真實歷史有更多的對話空間。

（三）未與末的出版事業的哲學思考：

2019 年 9 月隱地推出新書《未末——兄弟書畫集》，極具創意，真實內容是他 2006 年《隱地二百擊》散文的再版書，配以其長兄柯青新九十高壽後初學的 122 幅書畫，重生處也是新生時，這樣的跨界出版或許正是隱地與爾雅在出版業萎縮期還能屹立的內在力量，「未」是木上加一短畫，象徵初萌芽，「末」是木上加一長畫，象徵樹蔭滿覆，未與末，新生與重生，交互輪替的哲學在他的出版工作上處處呈現，未來的研究者或可在這方面加以觀察。

2019 年立秋之後

輯四◎
重要評論文章選刊

湖畔
王愷、艾笛、隱地、沈臨彬合集《四重奏》小引

◎瘂弦[*]

    幾位詩人合出一集，通常稱為「合集」。在中國新詩發展史上，最有名的合集，應該是《湖畔》和《漢園集》。

    《湖畔》出版於 1922 年，有四位作者：潘漠華、馮雪峰、應修人、汪靜之。《漢園集》1936 年印行，作者是何其芳、李廣田和卞之琳。

    本來，創作生活應該是獨來獨往的，詩人，或者都應該像紀弦〈狼之獨步〉詩中那匹狼的樣子。一本詩集，不是孤獨之聲而變成混聲合唱，其中一定有特殊的文學因緣在。

    《湖畔》詩集的作者屬於「湖畔詩社」的一群，浙江人居多，而西湖是他們常去歡聚唱和的地方。他們在青年時代訂交，後來成為一生的朋友。1933 年 5 月應修人墜樓身亡，次年 12 月潘漠華死於獄中，為了這兩位英年早逝的文友，馮雪峰和汪靜之到了年紀很大時還常常為文悼念，並為他們整理遺著、豎碑立傳。

    《漢園集》的作者來自北大校園，何其芳念哲學系，卞之琳、李廣田是外文系，他們 1930 年相識，成為文學的「死黨」，課餘之暇，郊區燕大的「未名湖」畔是他們常去散步聊天的所在。雖然後來這三個人文學事業的發展不一樣，但是他們始終保持誠篤的友誼，數十年如一日，為文學史留下佳話。

    《四重奏》的出版比上述兩本書晚了六、七十年，但是作者的心情是

---

[*]本名王慶麟，詩人、評論家、編輯家。現已退休，旅居加拿大溫哥華。

相同的，他們並非刻意要效法前賢，只是想藉這本合集來懷念那段同窗共硯的「少年十五二十時」。

他們的故事「流傳」在另一所校園，另一個湖邊。

王愷來自文學世家，是一位個性內向有幾分靦腆的年輕人，濃眉、方臉，舉止之間，流露出一種儒雅的氣質，是女同學暗戀的對象。他念的是美術系，畫得一手好水墨，奔雨畫會的要角。繪事之外，他也醉心寫作，大一、二時已有校外的詩名，並與葉珊（楊牧）等人遊。楊牧有首詩記〈尋王愷〉，就是題贈給他的。王愷的詩富有中國情調、意象新穎，結構嚴謹整飭、質樸無華，少用拗折奇險的句子，有他自己的體格聲調，不受當時晦澀詩風的影響。

另一位筆名「艾笛」的青年，瘦瘦高高，透著幾分狷介和書卷氣，也有年輕人那種對生命與愛情的執著與任性。詩人徐志摩曾在他的《猛虎集》序言中說：「整十年前我吹著了一陣奇異的風，也許照著了什麼奇異的月色，從此起我的思想就傾向於分行的抒寫。一份深刻的憂鬱占定了我；這憂鬱，我信，竟於漸漸的潛化了我的氣質。」這幾句話，送給艾笛也很適合。他入大學之前已開始寫作，為覃子豪先生「藍星詩社」的成員，他的詩著重選字、煉句和音律的設計，感情內斂，是浪漫與古典的結合。詩之外，他也寫小說、散文（署名「古橋」），是《中央副刊》上的常客。我說他「任性」的意思是：他任性於寫作，文思泉湧時，一發而不可收拾，產量極多，然也任性於停筆，近三十年不寫一行詩，成為詩壇的一個傳奇。近年復出，作品展現新貌，詩壇為之矚目。

美術系的沈臨彬南人北相，人稱「黑髮男子」，常穿一件粗線套頭毛衣，外罩軍用大夾克，站在風裡，雙手往褲子口袋那麼一插，硬是有幾分詹姆斯狄恩的味道。「放膽文章拚命酒，無弦曲子斷腸詩」，他是真的有那份豪氣。他為人明快暢達，好發議論，言談之間嚮往宏大絢麗的生活，最不喜歡單調瑣碎。他的詩風和畫風一樣，外表婉約，骨子裡卻有無限的淒楚蒼涼，常用曲筆暗藏機鋒，耐人尋味。詩之外也寫散文（代表作《泰

瑪手記》，作風受紀德名作《地糧》的影響，但卻是中國的，江南風的。他不是「詩多用事」的文人，連豪邁奔放、雄健疏宕的憤慨之情，也不脫浪漫感傷的虛無情調。

新聞系有個隱地，是「四君子」的帶頭人物，他編系刊、組織文藝社，火力十足，渾身是勁。但人卻是文弱書生一型，不是唐人的沉雄野放，應屬宋人的高逸清雅。二十出頭的小伙子，已是《文星雜誌》發掘的對象。他常去《聯副》主編林海音家，與其子夏烈同學，在長輩的薰陶下，兩棵文學園地的幼苗，就像四月的麥田，一天一個成色。

四個人之中只有他不寫詩，他是小說家，散文功力深厚，常於平淡客觀的敘述中表現人性的變貌和時代的感喟，展現出青年作家少見的觀察深度。

隱地寫詩是近年的事，一開始就到達相當的高度，可見文類之間是相通的，有人笑說他是發現自己詩才最遲的人，不過寫詩和談戀愛一樣，是永遠不嫌晚的，我看他很快就會跟上前頭的詩隊伍！

文學好像是親水植物，像西湖、未名湖水濱的詩人那樣，四君子活動的地方，也在大屯山腳下的湖邊上，那湖名「成功湖」，是建校之初學生們用圓鍬、十字鎬和臉盆挖出來的人工湖，戰亂苦難的年代，連為一個美麗的小湖命名也不忘砥礪志節，學生們不喜歡那帶點剛性的湖名，相約時總說「到湖邊去」而避開它的名字。

是啊，到湖邊去！到湖邊去！即使是三十多年後的今天，我閉上眼睛仍能看到山麓那曾經養我、育我的一片青翠，以及師生們親手種植的一行一行青青校樹；我看到在湖心漫遊的兩隻大白鵝（劉其偉老師從家裡抱來的），我看到王愷、艾笛、隱地、臨彬他們坐在湖邊石凳上聊天、打著水漂，笑得好響。

而我也看到在他們之間坐著一個年齡稍長的學生，他來自戲劇系，湖邊眾人都稱他學長學長的，他撇撇眼、獅子鼻、娃娃臉，說起話來眉飛色舞，口沫橫飛……

那人不是別人，正是年輕時的我自己。

註：本文為王愷、艾笛、隱地、沈臨彬著《四重奏》序，1994 年 8 月
20 日，爾雅出版社出版。

——選自瘂弦《聚繖花序》
臺北：洪範書店，2004 年 6 月

冠禮

◎白先勇*

　　古代男子二十稱弱冠之年，要行加冠禮，《禮記‧冠義》：「古者冠禮，筮日筮賓，所以敬冠事。」可見古時這項成年儀式是極隆重的。當隱地告訴我他的心肝寶貝「爾雅」今年竟然已達弱冠，我不禁矍然一驚，就好像久不見面的朋友劈頭告訴你他的兒子已是大二生了，實在令人難以置信，那個小孩子沒多久以前不是明明還在念國中嗎？人對時間的流逝，心理上壓根兒要抵制，所以時常發生錯覺。「爾雅」創業書王鼎鈞的《開放的人生》當年暢銷的盛況還歷歷在目，好像只是昨天的事，一晃，怎麼可能，「爾雅」已經創立 20 年了。大概王鼎鈞那本書名取得好，「爾雅」一登場就是一個碰頭彩，一開放就開放到如今，仍舊是「爾雅」的暢銷書。沾過出版一點邊的人都知道，在臺灣出版文學書籍是一番多麼堅苦卓絕而又勞命傷財的事業，能夠撐上三五年已算高壽。眼前我們看到的這幾家歷史悠久的文學出版社其實都是一將功成萬骨枯的倖存者，而許多當年響噹噹的出版招牌，隨著時間洪流，早也就一一灰飛煙滅了。

政治力量輕易迫使出版社關門

　　隱地與我同庚，都是在七七戰火中出世的，可謂生於憂患，我們那一代的文化工作者還繼承了一些五四浪漫餘緒，對於中國式的文藝復興懷有過分的熱忱以及太多不切實際的憧憬。開始是寫文章，抒發己見，次則聚合三五文友，有志一同，創辦仝仁雜誌，後來大概覺得雜誌格局太小，影

*作家。加州大學聖塔芭芭拉分校東亞語言文化學系榮退教授。

響有限，乾脆辦起文學出版社來。我自己辦過文學雜誌，也開過文學出版社，當然最後錢賠光了，也就都關了門。可是隱地卻撐了下來，我知道，這是件多麼不容易的事，因為我親眼看他如何開始投身出版事業的。

這又得從頭說起，推回到臺灣出版界的天寶年間去了。開臺灣文學出版社風氣之先，還得首推「文星」。1960 年代初「文星」老闆蕭孟能策畫出版的那套「文星叢刊」，如一陣清風，吹進了臺灣當時正在蠢蠢欲動的知識界。「文星叢刊」那一套精美樸素的袖珍本，是當年臺灣知識分子以及學生們的精神食糧，蕭孟能有心將「文星叢刊」比照日本「岩波文庫」，一直出下去，誰知當局一聲令下，「文星」便被查封了。「文星叢刊」最後一批書是歐陽子、王文興及我自己的三本小說集。我們初次結集出版，剛興沖沖接到「文星」的書，接著「文星」便關門了，那是 1967年。用政治力量可以隨便關閉一家有理想又為知識界所推崇的出版社（其實還包括《文星雜誌》及「文星書店」），今天看來是件不可思議的事，當年臺灣的政治對文藝就可以那樣霸道。

年度選集對現代文學影響很大

「文星」一倒，臺灣的文藝出版界便進入了五代十國，群雄並起的局面了。「文星叢刊」成功的例子，的確鼓動了不少雄心勃勃有志於出版的冒險家。當時有兩位曾在「文星」任職的年輕人林秉欽和郭震唐，他們二人湊了幾個股東就開起「仙人掌」出版社來了，完全效法「文星」那一套，出版「仙人掌文庫」，連版本設計也是模仿「文星叢刊」的。林秉欽是印尼僑生，臺大畢業，人很能幹，善言辭。他找上我要替我出版小說集，我很容易就被他說動了，因為林秉欽還有大志，他要替我經營發行《現代文學》，大概也想學「文星」，希望有一本雜誌在手。我正苦於《現文》發行不良，雜誌堆積在臺大外文系辦公室，只好任學生隨手拿去看。有出版社一手包辦，我求之不得，什麼都答應了，於是拿出幾萬塊錢也就入了股。《現文》在「仙人掌」出了三期，余光中主編，果然改頭換

面，氣象一新，版面、設計、印刷，樣樣都佳，但是三期出完，「仙人掌」也就倒了，因為擴張太快，周轉不靈，那是 1970 年。

那年夏天我回臺灣正在焦頭爛額處理「仙人掌」倒閉的善後事項，有一天隱地來找我談事情，那是我第一次真正跟隱地見面接觸，隱地在 1967 年編了一本《這一代的小說》，選過我一篇小說，那只算是神交。那天隱地神色凝重，告訴我原來他也是「仙人掌」的股東之一，入股一萬元，希望我去替他向林秉欽討回來，隱地退役不久，那一萬塊大概是他辛辛苦苦積蓄起來的，當時文化人手上的一萬塊臺幣，真好像天那麼大，我自己為了《現文》那幾萬塊也急得像熱鍋上的螞蟻。我看隱地說得鄭重，便去向林秉欽說：「隱地的錢，你一定要還給人家。」隱地的股份拿回去了，我的卻拿不回來，林秉欽便將「仙人掌文庫」的版權及存書交了給我做補償，我拖回一卡車的書怎麼辦？乾脆自己辦出版社吧！於是我跟弟弟先敬便創辦了「晨鐘」出版社，出版了一百多本文學書籍，「晨鐘」也就瘖啞無聲了。

所以說，隱地對於出版事業，老早就躍躍欲試了的。算起來，「仙人掌」應是他第一次嘗試出版，而且我們還一起懵懵懂懂做了同一家出版社的股東。我不知道隱地從「仙人掌經驗」學到了什麼，但隱地是一個有心人──我想到隱地，就想用有心人去形容他──隱地一直有心要出版好書、有心要編好選集，那幾年他一定在默默準備，有朝一日，自己播種，開創出版事業。「爾雅」是 1975 年創立的，所以其間也醞釀了五年。

好像是 1978 年的夏天，隱地請我們到他北投家裡去吃飯，是隱地的母親柯老太太親自下廚做的蘇州菜。隱地幫著張羅，忙得一頭汗，可是臉卻是露著一股遮掩不住的喜悅，因為他的出版社正在抽枝發芽，漸漸成為一棵茁壯的幼木了。那是我頭一次見到「爾雅」，因為出版社就設在隱地北投的家中。

一家出版社能夠生存下來，大概總要靠幾本鎮山之寶支撐的，當然「爾雅」也出版了不少叫好又叫座的書。但大家談起來，總稱讚隱地有魄

力、有毅力，出版了那麼多的詩選及小說選，這些選集不一定能賣錢，但卻值得出版。有些作家自己有文集，作品還會留下來，但有些作家沒有結集出版，作品很可能就散佚掉了。試看看「三言」、「二拍」、《唐詩三百首》這幾本名選集對中國小說及詩歌的流傳曾經產生多大的影響。誰知道，也許有一天，「爾雅」這些詩選、小說選都會變成研究臺灣文學的珍貴材料呢。我有一位大陸學者朋友，專門研究臺灣小說，我就送了一套「爾雅」小說年度選給他，跟他說，看完這套選集，臺灣這三十年來短篇小說的發展，也就有了一個粗略的概念了。「爾雅」居然有勇氣還出版了為數可觀的現代詩集，因為難賣，現代詩很多出版社碰都不敢碰的。隱地自己喜歡現代詩，所以才會如此禮遇這位文學國度中的沒落貴族。難怪隱地自己 56 歲也寫起詩來了，而且寫得興致勃勃，成為一個「快樂的寫詩人」。

心靈受傷就會向文學尋找安慰

這些年來每次回臺灣都會約隱地出來聊天，跟隱地見面很開心，因為總有稿費可拿，而且隱地對於臺北文化現象觀察入微，我從他那裡會得到不少臺北消息。看了他那本《翻轉的年代》就知道隱地是如何能夠隨著臺北的後現代時期翻轉自如了。隱地向我感嘆：這幾年文學書沒落了，文學出版社不容易撐。近年來臺灣人心浮躁，定不下心來閱讀文學書籍。據說第一次大戰後，歐洲人對詩又突然狂熱起來。大概人類心靈受了創傷，就會向文學尋找安慰。等到臺灣人心有了創痛，自然又會有人爭著服用文學這帖安神劑的。隱地倒也豁達，他說既然文學書的市場摸不準，那就不要管它，有好書，出版就是。

去年陰曆年前，我第一次採訪廈門街的「爾雅」出版社。許多年前北投那棵幼木已經長成亭亭華蓋一株三層樓的文學樹了。隱地帶我去參觀他地下室的書庫，裡面堆滿了新的書舊的書，一陣書香（油印味）迎面撲來，我感到再熟悉不過。從前我到晨鐘書庫聞到的就是這個氣味。出版的

喜怒哀樂、悲歡離合統統集在書庫裡。一批新書送出去就好像把自己的兒女打扮得體體面面花枝招展推上人生舞臺，等到退書回來，一本本灰頭土臉衣衫不整的狼狽模樣，真使人有錐心之痛慘不忍睹。這種痛楚，我辦晨鐘時嚐過不少。

廈門街「爾雅」出版社進門前院的一角，擺設著一群盆栽，一盆盆碧玉層層，秀色可餐。一眼就知道，在臺北這樣汙濁的空氣及惡劣的環境下，這些花木不知需經多少細心呵護才能出落得如此枝葉光鮮，生機盎然。我在加州家裡，屋內屋外，也種了幾十盆花樹，每天澆水、施肥、剪枝、除蟲，經常忙得顧此失彼，一個疏忽，馬上枝枯葉萎，香消紅褪。栽培一盆花，已經不是一件容易的事，何況隱地種出這麼大一棵文學樹來，二十年的耕耘，辛苦恐怕非比尋常。希望這棵長青樹，弱冠之後，更上一層樓去。

——選自《聯合報》，1995 年 10 月 2 日，37 版

十日談
和席慕蓉的對話

◎隱地
◎席慕蓉*

第一日

隱地問：就藝術和創作的觀點，你希望自己還會有怎樣的超越？

席慕蓉答：我說不清楚，可是，有種憧憬始終徘徊不去。那想要寫出來和
畫出來的東西，好像始終在旁邊等待著。這麼多年都已經過去了，我
好像是準備好了，可是不知道為什麼又遲遲不能開始。

我自己是不能確知，到底還能有怎樣的「超越」？不過，心裡一直有
種強烈的欲望在遊走，有時明朗有時黯淡，不知道如果用巨大的畫幅
把它引導出來，會是怎樣的一番景象？一直覺得此刻的油畫當然也是
我，不過，藏在心裡的，還有另外一個無法清楚把握的我，很想很想
把「它」引誘出來。

時間走得越來越快，然而，我的一切動作卻都越來越慢。不能確定這
等待到底是「醞釀」呢？還是「蹉跎」？

席慕蓉問：從早年的《文星》時代開始，你身邊就有許多才氣縱橫的文
友，對於其中有些人的「隱沒」，你如何看待？

隱地答：我記得你曾說過一句話；「藝術的世界雖然沒有牆，可是也沒有
路。」

*散文家、詩人、畫家。

文學也一樣。寫作的路要一直走下去。堅持，才會走出一條路來。許多才氣縱橫的朋友，總是在十字路口或一條交叉路上，走往另一個方向。有些是對文學灰心，有些則是對文學死心。

「寫不出來，就不要硬寫。」我的一位停筆的朋友，反對堅持的人生，他說：「有些作家不寫，讀者應當對他感謝。」

無論如何，能寫而不寫，是可惜的，特別你強調「才氣縱橫的文友」。寫作，就像談戀愛。創作者的靈感，有時會自動來敲門，但有時也需要我們去追求。不繼續追求，甚至自動躲起來，創作這個情人，自然會抽身遠離。

第二日

席慕蓉問：每隔一陣子，就會有人出來大聲疾呼一次：「文學已死」，請問，你也是這樣想的嗎？

隱地答：往回看，我們曾經擁有《文壇》（穆中南）、《寶島文藝》（潘壘）、《筆匯》（尉天驄）、《野風》（師範）、《臺灣文藝》（吳濁流）、《文學雜誌》（夏濟安）、《現代文學》（白先勇）、《純文學》（林海音）、《書評書目》、《新書月刊》等等的文學或書評雜誌，而現在，在消費文化襲擊之下，雜誌雖然越出愈越多，和文學相關的卻越來越少。文學如今已成圍城，被包裝紙攻陷，淹沒在淺灘一角。作家手中的一枝筆，大都已不在方格紙上筆耕，而改用嘴，用臉，向媒體新寵進軍，成為新鮮的電視人。

眼前甚多創作者頗為無奈。稿件寄到報社，不知何日刊出，寄到出版社，出版社說了一大堆理由，反正結果是，又退了回來。

文學當然不會死，只是文學的路越走越窄。文學成為小眾，或許要等小眾的覺醒、團結，才能走出另一個文學的春天。

隱地問：在商業運作下，你覺得作家有必要和出版社配合嗎？

席慕蓉答：要看是什麼程度的配合？

如果是舉辦一次新書發表會，或者一場演講，我都很樂意配合。我很幸運，遇到的出版社都很好說話，對我的要求最多也就是這樣。

倒是我自己在出版之前，總會有一些小意見。譬如希望用什麼紙張（記不記得我要求《時光九篇》用牛皮紙作內頁，你還不很樂意？後來又覺得不錯。現在是因為成本實在太高，而改成普通的紙張了），或者總是希望由王行恭給我設計封面，同時一定要求在上機印刷之前，給我最後校對一次的機會等等。

因為，我總覺得，書的內容，當然歸我自己負責，任何人也不能干預；但是，把一本書出得封面與內頁都乾乾淨淨的，是出版社必須要負起的責任。至於銷售的冊數，就聽天由命罷，誰都不必去努力了。

第三日

席慕蓉問：從事出版事業，必須和書店經常接觸，你對書店以及自己的行業仍然鍾情嗎？

隱地答：如果把書當純商品賣，我想我會厭倦。老實說，走進某些書店，看到成千上萬排山倒海而來傖俗的書，我有時只想到趕快逃跑。

書店應分兩類，一類是綜合性的大書店，什麼書都賣，選書要雜、要博，分區分類，透過書的擺放，仍可彰顯書店的品味。另一類應屬專業性的書店，如旅遊書店、音樂書店、藝術書店或文學書店，選書要精、要雅。一家傑出的書店，其實本身就是最好的書評家。每一本書，應該適得其所的放在它該放的位置。一個城市，具有獨特品味的書店多了，從事出版的人才會快樂。

到處都有雅致而具特色的書店，這個城市必有文化；反過來說，一個社會具備了某種程度的文化，一家家的書店自然也會顯出它的品味和獨特個性。

隱地問：眼前紊亂的社會現象，會影響你的創作心情嗎？

席慕蓉答：豈止是創作心情，我整個生活的心情都受到很大的影響。

多年以前，一位韓國女詩人形容每天早上的報紙是一隻「黑蝴蝶」，總是會把戰爭與憂傷的消息帶進家門。此刻，我們的報紙連「黑蝴蝶」這樣的美感都沾不上邊了。無恥、無節、無擔當的政客，把許多版面都塞滿了令人憤怒與沮喪的垃圾！

現在的我，變得很容易生氣，幾乎想要去組織一個政黨了。（當然，你也知道，這只是我的妄想而已。）我很想把我的票投給一個乾淨的人、一個乾淨的團體，譬如在全省修橋補路的團體，在弱勢的群體裡默默工作的團體，如果由他們來主持整個島嶼的行政工作，生活應該會比較容易了罷？（附註：我的丈夫說：「這是香格里拉，這是烏托邦！」）

第四日

席慕蓉問：你有一篇文章的引言是：早晨洗臉是一天的開始，晚上洗臉是一天的結束，洗著洗著，就老了。你是男人，怎麼對老好像比我們女性還敏感？

隱地答：我從小就顯老。十歲時我就有很深的抬頭紋，又因為家境清苦，自幼缺少自信，走起路來有時彎腰駝背，常被家人說，像個小老頭，因此我對老，一向特別敏感。

等到現在老真的慢慢靠近我，我倒反而發現老其實滿好的。首先，穩重和老幾乎同時到來；而老年人的猶豫，常可減少生命中的冒險性，危險也就較少光臨；經驗會使人增加智慧，智慧使老人變得迷人，而自信流露出來的優雅風度，更哪裡是毛躁的小夥子所能比擬。老，換來了年輕時生命中許許多多的無。顯然，老，其實是生命的收穫季。收穫，本來就是快樂的！

隱地問：你也會怕老嗎？

席慕蓉答：怎麼不會？

你所說的，都是「老」的優點，我想要說的，卻是「老」的缺點。有

天看了部情節早都忘了的爛電影，卻一直記得一個鏡頭；女主角原先是懶懶地坐在牆角，忽然想起什麼，就雙腿一彎一躍而起。我當時就嚇壞了。原來年輕的膝關節、踝關節是可以有這種用途的，但是，我已經有幾百年都沒做過這個動作了。

一般的男人總以為，女人怕老是怕年老色衰，其實如今大部分的女子並不需要以色貌去依賴求生，心裡真正的恐懼是衰老對行動與心智的限制。所以，我如今不敢再在書桌前一坐就好幾個小時了，偶爾也站起來活動活動，醫生的勸告也能聽進去一些。想以前天不怕地不怕的我，竟然在不知不覺之間就「老」了，這是多麼令人憤怒的結局！

第五日

隱地問：說說你對愛情的看法。

席慕蓉答：「美」與「愛情」，其實都是極為短暫的存在，稍縱即逝。生命裡真的有所謂「機緣」，機緣湊巧時，兩人才能剛好相遇相愛，才能讓彼此都感受到那從自我最深層裡奔湧而出的激發與釋放！

愛情本質不會隨著時間改變，變的只是「你」與「我」。就是說，即使在很多年之後，我們已經變得不太容易再相愛了，當年那曾經有過的感覺還是可以單獨存在的。在某些時刻，伴隨著一些忽然顯現的記憶中的細節，譬如顏色、氣味、風，或者甚至是匆匆一瞥的街景，我們心裡會突然湧起一種「物是人非」的輕微觸動。那在瞬間襲來的甘美與疼痛，就是愛情不變的本質。

席慕蓉問：你還做夢嗎？

隱地答：只要活著，只要還有一口氣在，人就應該做夢。沒有夢的一生，活下去有何意義？

我很高興年少時候的一些夢想，不少已經實現。我現在的新夢是開一家詩冊咖啡屋，賣咖啡，也展示詩人的創作集。想想看，當你走進一家咖啡屋，發現自五四以降所有的新詩詩集封面全部貼在四周牆上，

多麼壯觀！

每逢詩人出版詩集，朋友們共同來朗誦他的詩，當然，詩人自己也要選幾首作品唸給大家聽。這個夢，其實已經做了一段時日，卻始終未付諸實現。主要，一想到詩人們的大嗓門，就頗多猶豫。一猶豫，就年復一年拖了下來──這又使我想到，做夢要趁早。年輕衝勁夠，說著說著就真的行動起來。三十年前，我只因為希望能把每年報章雜誌上傑出的短篇小說蒐集在一起，和幾個朋友商量結果，真的一年一冊，一編三十年。如今三十冊年度小說擺在一起，就是一種成績。

第六日

隱地問：你如何看待「知識分子」？

席慕蓉答：我覺得人性中最不可失去的一點當屬：「謙卑」，尤其在知識分子中更應如是。

一個人對自己的才情與學識，當然可以擁有某種程度的自信，但是卻絕對不可以「過度自信」！當一位學富五車的學者，自信到可以對天下任何事件任何人物都能做出正確評論與判斷的時候，這種態度其實是非常粗暴的。

知識當然是一種力量，然而自信到這個程度的時候，這所謂的「力量」就會變成對他人與自我的雙面殺傷，令旁觀者不寒而慄。最近觀察到的一些現象令我深自警惕，切切不可強不知以為知啊！

看得見的「名利」，比較容易拒絕。但是最難逃脫的，是社會對「知識分子」所隱藏著的期待。那真的是很難很難拒絕的誘惑，一不小心就會越界了。

席慕蓉問：你是一個製造書的人，成天與書為伍，你的感想是什麼？

隱地答：在書的倉庫裡，最容易想到的是蒼涼和繁華。蒼涼，是因為許許多多發到書店的書被退了回來，原先光滑的新書顯得斑剝陳舊，成為所謂的「回頭書」；繁華，是因為每一本書，從創作、排版、校對到

誕生，都曾走過一段繁華夢。書裡的故事，更多的是對繁華的追求。我們總是追求繁華。其實繁華過後，就是衰亡。

眼前的我們，都在企盼 21 世紀快些到來。我們活在一個快速的年代，快速的成名，又快速的被人遺忘。

繁華是一條拋物線。所以，還是適可而止吧。「止」是中國字裡，一個充滿智慧的字。

讓繁華慢慢的來，它才會慢慢的走……

第七日

席慕蓉問：這三、四年來，你突然光臨詩的國境。除了寫詩，你對詩還有何寄望？

隱地答：詩是人生中最美好的部分。詩是我們生命裡的一場舞蹈。可惜，許多人一生從不跳舞，也不觀賞別人跳舞；忽視人世間的美，一如忽視自家巷弄裡一棵綠意盎然的樹。

作家王鼎鈞說得多麼好；「如果沒有詩，吻只是碰觸，畫只是顏料，酒只是有毒的水。」

不能沒有詩。沒有詩，世界就會像一部無聲的黑白電影。沒有詩，男女的浪漫愛情，只剩下無趣的傳宗接代。

每週若能忙中偷閒，選讀幾首好詩，無論中國古典詩詞，英詩中譯或現代詩創作，我相信可增加我們的生活情趣，活潑我們的思維理路。

隱地問：對於「詩」，你的看法又是如何？

席慕蓉答：我曾經在一本詩集的後記上寫過：要感謝那引導我進入詩的世界裡的許多位詩人。這麼多年來，他們不斷地提醒我，詩，其實無所謂「廣大」與「狹小」。一首詩的真正可貴之處，只在於它能否觸動人心。

在平日，我們用語言將自己禁錮起來，然而我深愛的詩人在他的詩裡將我的心靈釋放。

如果遇到一首好詩，我不會去在意詩人寫詩的時候有沒有使命感，我也不會去計較他寫詩的年資或門派。如果遇到一首好詩，我只會記得詩人的名字，當然，還有那首詩。

不過，對於周夢蝶，我還會特別記得他的書法，削瘦單薄一如詩人的身影。有天在淡水街頭與他巧遇，一件深藍的長衫，夾著一把舊竹傘，真像是從畫裡走出來的人物啊！

第八日

席慕蓉問：朋友們都知道你有資料癖，蒐集陶器，珍藏文學雜誌，又愛看電影、聽 CD，現在還是在繼續嗎？

隱地答：我已經將近十年未曾再踏入陶瓷店。所有的文學雜誌，早在五、六年前，都送給了應鳳凰。CD，前年起，我就告訴自己，不能再買了，如果有特別好聽、想聽的，最多半年買一、兩張。人到了某種年紀，欲望自然會減少。我現在羨慕東西少的人。桌子上若只有一個咖啡杯，這個咖啡杯多麼突出，若同時放了十個，每一個咖啡杯的美都會黯淡下來。還有，家裡物品一多，就顯得亂。到了一把年紀，還在亂哄哄中過日子，是一種悲哀。我希望我的老年生活，像一幅背景乾淨的畫，也不要太多顏色。

隱地問：在現代混亂的城市文明裡，你有無解憂妙方？

席慕蓉答：我想的也許和你的一樣，把步調放慢，把欲望減低，把空間盡量整理乾淨，應該是現代人解憂的初步罷。

其實這不只是對一個人或者一個家而言，對一個族群或者一個城市也是如此。

坐在波昂市郊的公園湖邊，看遊人悠閒地點數前來覓食的天鵝，我心中不禁悵然。這原該是一個城市居民最低的權利，然而我們從來都不能這樣長大、這樣生活，而且也沒學會這樣去要求。

到底在「經濟起飛」的時代裡，我們已經栽植下許多惡劣的種子，今

日收穫的必然只能是苦果。「要怎麼收穫,就先怎麼栽。」那麼,此刻安靜播下的幼苗,將來總能成林罷?

第九日

隱地問:在生活中有什麼特別值得一提的得意之事嗎?

席慕蓉答:有啊!我最得意的事,就是在一個大霧的晚上露了一手我的駕駛技術。

那天晚上,霧濃得真是伸手不見五指。我因為平日走慣了從新竹經關西回石門水庫的鄉間小路,所以雖然是開了燈,卻不看前方,只藉著車燈反射的餘光注意右下角路邊那幾寸見方的範圍,憑著那一點線條的曲折度來決定方向盤的動向,速度當然是非常緩慢。所以,在叉路上轉進來的一輛車子跟在我後面覺得很不耐煩,在狠狠地按了幾聲喇叭後就從我左面超車到我前方。

但是,這輛車一轉到我的前方之後卻馬上停住了,因為到那時他才發現,車燈照射出去只見到濃霧的反光,根本寸步難行。於是,這輛黃色計程車的駕駛乖乖地再跟在我的車後挪移。那隨後的路程,我心裡的得意一直留到今天!

席慕蓉問:你寫過「人性三書」,對人有一些特別的看法,能告訴我們嗎?

隱地答:人的複雜絕不是人能想像。上帝在製造人時,給了我們一張嘴和一個生殖器,自此,私欲和暴力即未曾中止,人世間的大歡樂和大悲劇於焉形成。電子媒體發揮到淋漓盡致,人的七彩繽紛生活,已把大自然的黑夜白日顛倒過來。往後,我們的生命將無所規範。所有作怪的,才能出人頭地。含蓄變成虛偽,激進變成正常。

有因就有果。偽君子多的社會,必定有一股無形的形成力量。人性何其敏銳!人,其實是另一種水,置於方則方,置於圓則圓。簡單的說,什麼樣的社會,就會產生什麼樣的人心。反過來,什麼樣的人

心，也會組成什麼樣的社會。

第十日

隱地問：最近這幾年，你尋回了原鄉，給你最強烈的觸動是什麼？

席慕蓉答：我想是重新領會了「儀式」的意義。

　　從小在現代都市裡長大，所有的儀式好像都只是一種應景的點綴而已。

　　但是，第一次回蒙古高原，族人為我在家園東方家族的敖包山上獻祭，向天地神靈稟告遊子歸鄉的消息。在廣漠的天地之間，我們跪地祈求。那一刻心中的震撼無法形容，至今猶在。

　　在廣漠的天地之間，人是這樣渺小，信仰卻這樣堅定，是因為這樣才能存活下來罷？而原本是一種極為形式化的祭典，其實卻蘊藏著非常豐厚與溫暖的力量。原來，「儀式」在生命之中是不可或缺的。要經過了這樣的儀式，我們彼此才能相認，所有的記憶與經驗才能累積，每個人都找到了自己的位置之後，千年的文化才得以默默傳承。這「儀式」真是動人！

席慕蓉問：已經問了你九個問題，第十個，把問題留給你自己吧，你還想說些什麼？

隱地答：我想說說「敬畏」。現代人已經天不怕地不怕，到了百無禁忌的地步。但我覺得人活著，心中還是應當有所「敬畏」。心裡有了「敬畏」，就會凡事反省。一個時時懂得反省的人，不會是一個危險的人，也不可能成為犯罪社會裡的一顆定時炸彈。

　　有了敬畏之心，人會自己拉住自己。讓善良的我，拉住一顆想沉淪的心。

　　人和純動物不一樣，就是因為有兩個自我在掙扎。

　　惟有心存敬畏，我們才會懂得謙遜和感謝。一旦常懷感謝心，就不會

目中無人。

　　——原載民國 86 年 7 月 13 日至 7 月 20 日《聯合報・副刊》

　　　　　　　　　　——選自隱地《濕著鞋韃喝咖啡》

　　　　　　　　　　臺北：爾雅出版社，1998 年 7 月

隱地在撞頭咖啡館寫作長跑

◎陳宛茜[*]

　　書房之於作家隱地，如同衣物間之於時尚名媛。身為資深出版人的他，家裡總有不斷「換季」的新書、舊書，如何在最短時間內找到「搭配」的書、寫出好文章，一直困擾著他。三年前搬到內湖的他，終於找到自己的夢想書房。

　　隱地的書房像個小閣樓，在一樓和二樓間夾層。走進去若不低頭，「砰」的一聲便會撞到天花板。這間書房叫「突尼西亞撞頭咖啡館」。牆上掛著一個戴面紗的突尼西亞女郎。

　　「就像當年在『明星咖啡館』，看到桌子，靈感就源源不絕地來了。」隱地的書桌擺在書房最靠邊，一旁小咖啡壺噗噗冒著香氣。書桌的位置居高臨下，將家中看個清楚。牆上掛了張他的沙龍照，「在書房裡走到哪，都會感覺到照片裡的隱地轉動眼珠看著你。」

　　隱地擁有一個愛因斯坦陶偶，以吃力的表情捧著一堆書。三名子女名字中都有個「書」字的他，表示自己年輕時最嚮往「書山書海」的境界。買第一座房屋時，在客廳設計了一整面書牆；有了專屬書房，更讓所有的書擠在一起。但是他發現，這些住在「大家庭」裡的書，動不動便發霉、長白蟻。

　　三年前搬新家，新的設計師幫他設計書房，說服隱地允許書本「分居」。他打破書架只能設在書房裡的舊觀念，讓臥室、餐廳、客廳、浴室、廚房、陽台每個角落都有大小不一的書架。

[*]《聯合報》藝文記者。

　　隱地到歐洲逛服裝店，腦子裡動的是：「為什麼只擺了 35 件衣服的店，會比擺了幾百件的店更吸引人？」回到家，把跟了他一輩子的書分門別類放在書架上，像「突尼西亞撞頭咖啡館」裡擺的，全是隱地經營的爾雅出版的書。有些書收起來，有些書平著放，讓漂亮的封面亮相。

　　換了新書房、改變藏書哲學，也象徵隱地的「寫作長跑」找到新竅門。數十萬字的《隱地日記》、《漲潮日》都在這個書房完成，是他自 15 歲以來產量最高的時期。「老鐵匠打久了，也藝術家。」隱地謙虛地說。過去總是字斟句酌，現在終於可以真正享受寫作、藏書的快樂。

——選自《聯合報》，2003 年 5 月 19 日，B6 版

青春是一張蝕破的葉

◎陳芳明*

　　桌前燈下照映著一疊油墨猶新的書稿，那是隱地寄來的。彷彿是傳遞自遙遠的時空，有一種秋天的氣味，成熟且感傷。靜靜的文字，可能不像退潮後的沙岸，而是等待漲潮的海洋，充滿不安與騷動。我無法想像，隱地年屆七十，究竟是以怎樣的心情，對自己的青春投以專注的回眸？如果那些文字可以化為聲音，我幾乎聽得見三十年前臺北街巷的噪音，在高樓陰影流動的歌曲，在夜色擁擠人群中的車聲，以及壓抑在內心底層的欲望吶喊。

　　對著舊事一次又一次的凝視，到底是致敬還是追悼，到底是記憶還是遺忘，已是難以分辨。我終於也忍不住整理自己的記憶，重新檢視初識隱地的那個年代。在我文學追求的生涯，1968 年是一個有著高度暗示的時間點。那年，我還是一位大三的歷史系學生，就已決定出發去寫詩、散文、詩評與書評。同時經營如此不同的文類，注定是產量不豐，質地不佳。不過，這種勇氣卻成為我年少時期最為豪華的憧憬。一旦走出去，道路就在面前無限延伸下去。路的另一端，我看到一個陌生的身影，他就是隱地。只有他能夠寬容接受我生澀的思考，也只有他能夠容許我做不同書寫的嘗試。

　　大學時期正式完成的第一篇書評，就發表在他當時主編的《青溪》。那是我讀完史坦貝克的《製罐巷》（Cannery Row）中譯本之後，在毫無接觸原典的情況下寫出的讀後感。那年下筆的膽氣，竟有如此輕率。我在月

*發表文章時為政治大學中國文學系教授，現為政治大學講座教授。

寄稿，下月初便刊登出來。

對於一個還在投石問路的青年，他給我的鼓勵已超過奢侈一詞所能形容。我受到的寬待還不止於此，日後斷續寫成的散文也都在他編的雜誌發表。這些早期的文字，有一部分收入我的第一冊散文集。封鎖年代的囚禁心情，都容納在這些看似唯美實則粗糙的字句。倘然沒有隱地伸以援手，那樣衰弱的文體也許至今都不能留下絲毫記憶。

以「封鎖年代」來概括我的大學生活，並不使人訝異。那種禁錮的感覺，既是政治的，也是肉體的。1960 年代的政治氣候，極其低迷鬱悶。一場無法命名的戰爭，正在南半島發生；一場災難式的文化大革命，則在古老的中國翻天覆地展開；一場憤怒的反美運動，也在日本大學校園焚燒起來；一場二戰後最大的學生抗議活動，在遙遠的法國巴黎熱情盛放；一場無盡無止的反戰運動，在美國境內吸引大批知識分子全心投入。騷動的地球，混亂的世界，都在臺灣境外釀造政治風暴。1968 年，我和我整個世代的青年，都被牢牢鎖在寧靜無聲的海島。那一個死寂的時期，可以藉《自由中國》與《文星》兩份思想性刊物遭到查禁作為印證。有時不免會這樣推想，若是我的知識啟蒙發生在一個開放的年代，也許不必然會走上文學的道路。以我這種酷嗜說真話的性格來看，極有可能在更早的時期就投入政治運動也未可知。在那樣苦惱的年齡，我終於選擇了文學，並且以詩為最初的出發，這應該是受到政治格局的驅使吧。在欠缺救贖的年代，對我來說，能夠容許自我拯救的，唯文學而已。

文學不僅讓我從政治牢房中逃獄，也讓我從肉體枷鎖中掙脫。在政治保守的社會，身體往往也變成自我的囚籠。在權力高度干涉的 1960 年代，各種意識形態與道德規範都對個人的身體進行監視與拷問。我沒有勇氣試探性的禁忌，至少在我的神色表情絕對不會洩露欲望的騷動。一道高牆在我內心築起，抵擋著可能的誘惑挑逗。那是怎樣蒼涼的歲月，政治把我關在青春的外面，性把我鎖在肉體的裡面。嘗試尋找肉體的出口之際，也正是我全心經營各種文體的時候。我尊崇著詩與散文，只因神祕地覺悟了文

體在那時期適足取代肉體。

　　我這些感覺，隱地當能理解。他比我還早到達文學的領域，也更為成熟地認識他與我所共處的時代。不過，他可能不知道在為我開啟文學之門時，就已拯救了一個瀕於孤絕的靈魂。從他接受我的第一篇文字開始，一種生命的暗示也已在那時刻發生。書寫讓我產生期待，也為我開放神祕的想像。肉體也許可以受到監禁，但是想像一旦擦亮火花，一條遁逃的甬道便隱然浮現。縱然那條出路稍嫌窄迫，卻已足夠讓我在內心與現實之間從容出入。

　　直到我畢業後的服役期間，每有評論與散文完成時，都會優先寄給他裁奪。那時已經進入 1970 年，一個暗潮洶湧的危疑時期就要展開。翻閱我那幾年的日記，都可窺見一個惶惑的心靈無法撐起自己去面對時代。日記的扉頁，記錄著一排散文的題目，並一一標以日期。至少有七篇稿件寄給隱地，當我還在花蓮與湖口的軍旅。他總是以最快速度，把刊出文章的當期雜誌寄到營地，喜悅也同時跟著抵達。有幸遇到這樣盡職貼心的編輯，於我自是一種稀罕的創造動力。

　　我回到臺大讀歷史研究所時，選擇宋代中國作為我學術探索的目標。臺灣在 1970 年代逐漸進入動盪的危機，加深了我對歷史的好奇，我暗自做了許多立志，有時甚至夢想要寫一部能夠回應時代的歷史詮釋。在塑造自己成為一位史家的同時，我其實還有一個企圖，希望能夠重新燃起詩的欲望，以分行的藝術來敘述那段時期的波瀾。我與林煥彰、施善繼、蕭蕭、辛牧、蘇紹連、喬林合組龍族詩社，就是發生於 1970 年代的第一年。加入詩社後，我對詩的評論，突然具有一種過人的勇氣，對詩的技藝不僅尊崇，而且更加耽溺。

　　在此之前，總是視詩為業餘的藝術。經由詩的深刻體認，我意識到自己的文學態度有了轉變。藝術必須是專注經營，那是一個自主的世界。縱然《龍族詩刊》只是依季節出版，當我為它撰稿，就保持著神聖的心情。詩彷彿在治療生命裡看不見的傷口，又好像在提升我站立的高度去瞭望世

界。對詩的幽微變化，只有我自己明白。詩的力量，把我推進生命的另一階段。

從來沒有人教導我如何去接觸一首詩，自然也不會有人提醒我如何剖析詩的節奏與結構。懷著敬謹的心，我學習以細讀的方式低誦捧在手上的詩。如果不經過誦讀，就找不到任何途徑進入詩。我決定為這冊瘦瘦的詩刊撰寫系列的余光中詩評。細讀或精讀的滋味，就是在這個時期慢慢建立起來。無法忘懷隱地在我文學生涯開始轉變時，又提供了一個恰當的實踐空間。

他在 1972 年 9 月主編《書評書目》，為臺灣文學開啟了一個罕見的批評時代。他是一位小說家，也酷嗜大量閱讀小說。他甚至是一位創造歷史的人，從 1969 年就已致力於「年度小說選」的編選。臺灣文學發展過程中會建立年度的文選制度，無疑都是由他一手開創起來。

我開始撰寫詩評時，從來沒有想到他會向我約稿。我最初以為《書評書目》的批評重心是放在小說方面，這份重要的雜誌全然不可能注意到詩的存在。隱地在電話中邀約詩評時，我頗覺興奮，也覺錯愕。

那時我是碩士班二年級的研究生，正積極蒐集論文資料。能夠在詩刊以外發表詩評，是我的心願。《書評書目》第四期刊登我所寫兩萬餘字的〈燃燈人——論《燈船》時期的葉珊〉。隱地把這篇文字放在當期第一篇，自然寓有提攜的意味。一位年僅 24 歲的讀詩青年，突然被推到舞臺燈光下，內心不免倉皇，卻也有無以言宣的喜悅。這篇文字後來牽引我與楊牧認識訂交，建立往後三十餘年的友誼。我的第一冊詩評集《鏡子和影子》，也正是楊牧為我命名並編輯出版。各種因緣連繫，在文學追求中交織出一個時代的溫暖與夢想。隱地當然也不曾發現，其中有一條線是他為我拉出的。

1972 年的臺灣，目睹一場前所未有的新詩論戰。龍族詩社扮演相當關鍵的角色，而我是論戰的投入者。這場論戰發生的原因極其複雜，很難說得清楚。不過從大環境看，國際孤立的危機是刺激詩人反省的重要因素之

一。從小格局看，洛夫編選的《中國現代文學大系・詩選》，也是導火線之一。我那時正處在氣盛階段，在許多刊物同時發表不少火力十足的文字。又是隱地相當寬容地讓我在他的雜誌撰寫一些稍嫌失禮的文字。他的寬容，於我已屬縱容。多年後，當我被迫在海外漂泊時，常常會想念他曾經對我有過的照顧與溺愛。我並不認為自己的論戰文字會對詩壇造成任何衝擊，但是經過那樣的洗禮，畢竟學習到如何講理說理。更重要的，我學習了如何說出真話。隱地給我的空間，正是一種文學紀律的培養。遠在異國遊蕩之際，我不能不對 1970 年代初期有著強烈眷戀。兄長般的他，未曾給我任何訓斥。他的厚愛，是我生命中一段非常高貴的經驗。

研究所畢業後，我是輔仁與東吳開授中國近代史的兼任講師，同時也正準備到美國留學。陷於徬徨猶豫的時刻，隱地邀我去協助他編輯《書評書目》。與他共事一年，我有機會親炙他的兄長情誼。在他身邊我見證了他的專業與敬業。他教導我邀稿、讀稿、編稿，並且也留出數頁版面讓我編輯。那是我離開臺灣之前難忘的工作記憶。我的第二冊詩評集《詩與現實》有不少文字是在編輯室工作之餘完成的，旺盛的創造力都在這段期間爆發出來。

在海外懷想中的臺北，常常會出現溫暖的畫面。隱地引薦我去認識許多作家，包括朱西甯、張系國、林海音、琦君、呂秀蓮、白先勇。命運的銜接是一種神祕的安排，我從未預見，那年所做的事，所見的人，竟是我日後從事臺灣文學史教學時，無法避開不談的重要議題。許多偶然的、意外的、即興的記憶，有些是注定要埋葬遺忘，有些是為了沉澱累積。能夠走到這麼長遠的路，不就是因為經歷了當時的迂迴彎曲與交錯。現在我終於忍不住回首遠望，1970 年代的重要路口，絕對可以發現隱地的身影。

相較於他寬宏的兄長情感，我畢竟顯得自私。很少有一個時刻，我會好好思索他的流亡、寂寞、苦悶、挫折。在燈下閱讀他寄來的書稿，我情不自禁揭開埋藏已久的記憶。在他情緒激盪起伏的文字裡，我訝然認識一個受到時代壓抑的魂靈，一個我不曾看見過的隱地，不禁想起他寫過的兩

行詩：

> 一場驟雨生命像
> 青春更像一張落葉

　　那張落葉是蝕破的葉，曾經為他接納過陽光與暴雨。他生命深處的悸動與顫慄，我或許不能體會；不過，他年少時期的橫眉與揚眉，我確曾目睹。回想時，他是一株大樹，為我抵禦，為我庇蔭。他在我生命中創造的文學記憶，都讓我牢牢記得。

《自由時報・副刊》，2006 年 12 月 13～14 日

——選自陳芳明《昨夜雪深幾許》
臺北：印刻文學生活雜誌出版公司，2008 年 9 月

優雅淡出的人生風景

◎陳美桂[*]

　　熟讀文學作品的人一定都聽過：「假作真時真亦假，無為有處有還無。」語出《紅樓夢》的這段經典名言，小說家西西有潛在的精闢詮釋。她藉由《哨鹿》首章〈秋獮〉，寫到在圓明園內，乾隆特別喜歡「舍衛城」前的南北長街，又稱「買賣街」，是以小老百姓市集聚會的街坊，所仿構出來，作為宮廷的娛樂活動之一，對此西西形容：「一切都是假的，這裡是一座假城，一條假的街道；假的人，假的歌。但是，所有的人都在熱心地表演，彷彿一切又都是真的。」這段文字的寓意，充分辨證人生中正反二元相對而又相生，彼此互相依存的道理。

　　隱地在《人生十感》一書中，拋開了犀利的辨證，採以人生經驗的分享，藉由〈冷熱〉、〈濃淡〉、〈明暗〉、〈恩怨〉、〈虛實〉、〈酸甜〉、〈遠近〉、〈聚散〉……等 16 個篇章，分別將二元事物之間互相聯繫牽引的生命狀態，繪出時間空間的座標，其中孤立的物象或概念是不存在的，這不是簡單的天平兩端，非左即右；也不是單一的價值標準，非黑即白。透過生命現象的領會，加以細緻的刻畫；再由生命哲理的通悟，反覆摺疊於人情的本質中。這一層層的尋思演繹，宛如王鼎鈞先生的《講理》，既是作文之書，也是生命之書。透過長者穿越時間歲月的雙眼，看到的人生風景，畫面出現的淡然、清澄，色彩及線條都顯得無比優美、深湛。隱地說：「人的一生，是一首『光的圓舞曲』，光在，則明；光去，則暗。《與神對話》書中有一句話：『荷光者，應當照亮別人。』」隱地又

[*]臺北市立第一女子高級中學國文教師。

說：「人和人的聚散，像天上的雲，像水中的浮萍，時而聚合，時而分離。聚聚合合，是天地間的神祕。聚是歡樂，散是蒼涼。聚是緣起，散是緣滅。」這些話語一如聖經中的雅歌，在吟詠間逐漸融入，形成內化過的高度智慧。

　　隱地散文〈濃淡〉曾是民國 100 年國中基測的國文科閱讀測驗試題，引導學生去思索：「人和樹，樹和人，我們都是大地上的風景。」且「『淡出』成為我們在人生舞臺上逐漸消逝的最後畫面。」最後「塵歸塵，土歸土，與大自然合而為一」時，生命來過的痕跡，雖淡實濃；生命本質的存在，雖滅實生；生命曾經的擁有，雖少實多，一如印度詩哲泰戈爾曾說：「天空沒有翅膀的痕跡，但我曾經飛翔過。」其中的寬闊與深遠，是人人嚮慕與追尋的境界。

——選自蕭蕭、羅文玲編《悅讀隱地‧創造自己》
臺北：爾雅出版社，2011 年 10 月

曄曄青華，隱地無隱

◎張春榮*

前言

　　散文隱地，曄曄青華，修柯迎雲，自成一方風景；披枝散葉，郁郁菁菁，灑下一大片清蔭，與人親近分享。隱地，大隱市朝，小隱山林，茂盛的樹根，深植於這塊土地，無視「生命是一場驟雨，青春像一張落葉」（《法式裸睡》）、「政治像閃電，一陣風，一陣雨」（《一棟獨立的台灣房屋及其他》），每片葉子都是眼睛，沾著陽光，看盡五十年來的臺北，半世紀的臺灣；泉涓涓而始流，木欣欣以向榮，與書為友，以文學為心，自成根深實遂的綠樹，遂成「春天窗前的七十歲少年」（隱地書名），盎然新綠，曖曖含光，奕奕揚輝，成為文化人的鮮明標幟。

常青的生命之姿

　　隱地常青的生命之姿，來自於對自己、對人、對人生、對人性的真誠凝視，以生活為柴薪，以文學為火種，化軟性為感性，化硬性為知性，化主觀為客觀，化客觀為達觀，展現從容的優雅。反身自視，他指出：

> 回想自己的生命史，經常扮演的是閃躲的角色，隱藏的角色，甚至不敢
> 在人多的地方站出來。害羞的個性，是我們那個時代成長的孩子共有的
> 特性，而自己從小家境清寒，不知不覺中更養成退縮的人生觀，幸虧，

*臺北教育大學語文與創作學系教授。

> 我後來找到一座文學的宗教，在文學園圃裡找回自信。（《我的宗教我的廟》〈享受風為我們帶來的一朵雲〉）

呈現「成長」「成熟」「成就」上的進境。由辛苦成長中，學會照顧自己；在逐漸成熟中，學會照顧別人；最後在豐盈的成就中，照顧文學園圃裡的多數人，開出下學上達的格局。在對人的領悟上，他別有新解：

> 人，真是一個絕妙之字，一邊向左，一邊向右，一副分道揚鑣的樣子，偏又相連著，各說各話，各走各路，卻又息息相關，人，這麼一個簡單的字，竟包含如此豐富的寓意，把人的榮耀、清明、至善……和猜疑、狠毒、奸詐……（《人生十感》〈人〉）

隱地不管許慎《說文解字》的原義，藉由一撇一捺的筆畫，藉由字的意象，指出「人」的複雜性；在「二元對立」的矛盾衝突中，揭示「人」的荒謬性與「相反相成」的創造性，形塑隱地獨有的清明關照。至於在人生上，儘管隱地深覺逝者如斯，念念千流，往往事與願違，理想褪色，但他氣定神閒道：

> 是的，即使面臨垂危，人猶有一絲希望，也唯有希望，才是我們活下去的源頭。只是，如果希望無法實現，你可千萬不要大驚小怪，失望才是人生，而希望，是人生道上引領我們前進的燈和光，沒有光，我們一樣還是要活下去。（《愛喝咖啡的人》〈飄來飄去〉）

人生本是一場反諷，何足大呼小叫？對一件事失望，不要對人生絕望；對一個人失望，也不必對人性絕望。要化危機為生機，化任性為韌性，才能長揭希望的光，湧現人生的亮度與高度。

　　其次，就意象觀之，樹無疑是隱地身影的最佳寫照。尚青的綠樹，向

上向光，進而成為隱地心靈的象徵。隱地謂：

> 幸虧窗外有樹，一棵樹，一排樹，只要你看他們，他們永遠安靜的挺立
> 著，往上長，繼續努力的往上長，微笑面對天空，和陽光打著招呼，風
> 來雨來，他們也不怕，雨過天青，樹仍然安靜的站著，絲毫不抱怨。
> (《隱地二百擊》〈樹〉)

樹的本質是安靜，樹的境界是安定，沒有聒噪的情緒，只有知足的情感，
向上向善的情操。難怪隱地一再推崇。

> 人最好的狀態是保持像樹葉一樣的綠，陽光下，樹葉綠著，暴雨襲擊
> 下，它仍然亮光光的綠著，冬雪來了，就算綠葉轉黃，甚至離枝而去，
> 等春天來臨，綠芽兒又冒出來了，油亮亮的綠葉，又在微風中舞蹈。
> (《2012／隱地》〈日記是開啟記憶的鑰匙〉)

生生不息的盎然綠意，綠給自己看，綠給會看的眼睛欣賞，舞給會聽的耳
朵聆聽，自歌自舞自開懷，即是自足幸福的滋味。即使面對愛情，隱地也
是樹的信徒：

> 愛情是一棵樹。
> 在枯葉沒有掉落之前，
> 不適合增添新綠。(《人啊人》〈愛情〉)

不求愛情是玫瑰，而是一棵慢慢成長樹，單純專注，由內而外，清明相
知，綠蔭相守，守住一個家的蓬勃生機，即其愛的真諦。而樹與樹間的距
離，葉與樹的低語，則是隱地在《漲潮日》〈孤雲與孤影〉、《我的眼睛》
〈樹的朋友〉的延展發揮。

　　至於老生常談的「陽光」意象，在隱地腕底則能層樓更上，言人之所少言，更顯他精神的豁達。今比較以下三種立意。

　　1.把臉迎向陽光，你便看不到陰影。（海倫・凱勒）

　　2.你背向太陽的時侯，你只看到自己的陰影。（紀伯倫）

　　3.陽光和四十多年前一樣燦爛，你擔心什麼？沒有陽光，你就把自己變成陽光，做一個讓別人安心的人。（《隱地兩百擊》〈陽光大道〉）

　　第一例，海倫・凱勒強調正向能量，積極向上，人生充滿希望。第二例紀伯倫指出徒具負面心態，將導致自己被陰影吞噬。反觀隱地第三例，則進一步向上提升，展現承擔的身影，當陽光缺席時，讓自己變成陽光；完全揮別「一步一步走入沒有光的所在」的封閉，翻轉成「化身為徹內徹外的小太陽」的開創，一躍而為熱力四射的發光體，光照四周的人。

自然的語言之姿

　　隱地散文充滿人間性格，顯豁無隱，常字見巧。其行文特色有二：第一、明白如話，話中有味；第二、語調自然，清新悅耳；與炫技逞能的艱深書寫，大相逕庭。

　　隱地散文，歷來我寫我口寫我心，娓娓道來，舉重若輕；讓人在不設防的閱讀中體會他的見識。以〈一幢獨立的台灣房屋──評《臺灣新文學史》〉為例：

　　如果將陳芳明的《臺灣新文學史》譬喻成一幢獨立的房屋，1946 年光復以前，儘管它在日本人統治之下，但房屋是完整的，所謂臺灣光復，對住在房子裡的人來說，只是從「殖民」變成「再殖民」，而 1949 年，國共內戰，大批外省人因戰亂遷移來臺，不太講理的反而把這幢房屋占領了好幾個房間，說得客氣點，算是搬進來了一群房客，從此失去了獨立

　　家屋的寧靜。（《一棟獨立的台灣房屋及其他》）

藉由「房屋」「房間」「房客」的對照辨析，點出彼此相互隸屬，大同小異，並非敵我對立，而是相濡以沫的命運共同體，可說鞭辟入裡，道出斯土斯民的癥結。又如《一日神》，明明寫「破壞神」、「創造神」、「保護神」，卻是傳統「境由心造」的新穎寫法，亦是《菜根譚》中「天地不可一日無和氣，人心不可一日無喜神」的創造性書寫；在傳統的原野，放現代的風箏，吐故納新，堪稱「舊題材，新思維」的力作。

　　事實上，隱地行文隨機點染，明白如話，暢所欲言之際，往往語淺意真，靈光乍顯，妙語入味。如：

　　1.但「意外」不認人，不管你富，不管你窮，也不管你老，不管你少。
　　（《風中陀螺》）
　　2.微笑就是陽光。別人愁眉苦臉遭遇困境，此時你的微笑就是陽光。
　　（《隱地二百擊》〈陽光〉）
　　3.財富從前門進來，友情從後門溜走。（《心的掙扎》〈端倪〉）

第一例寫出「意外之前，人人平等」，沒有意外不成人生；第二例可以與法國雨果名句：「笑容是陽光，可驅散面容之冬寒」相互輝映；第三例自西方諺語：「當貧窮從正面進來，愛情從窗口離開」變化而出，十足「一貧一富，交情乃見」的現代寫照。

　　其次，隱地文如其人，語調自然流轉，每每藉由字的統一，形成貫串衍生；藉由詞的差異，建立意義的層次開拓。如〈享受生命中的過程之美〉：

　　人活著，得自行打點。在未死之前，更應自求多福。不要把自己活成一
　　個問題，活成一個燙山芋，活成別人的一個累贅。（《盪著鞦韆喝咖
　　啡》）

以「活」貫串衍生，指出「人要活得像人」、「人要活得有格調」、「活得有品」，排比鋪陳讀來鏗鏘有力。又如〈日記開啟記憶的鑰匙〉：

> 相信朋友，你就有朋友。相信家人，你就是個有家的人。人間一切有沒有，全在你自己的想法。（《2012／隱地》）

以「相信」貫串，揭示「相信之必要」，朋友和家人都是建立在互信的情感上，猶如「相信機會，就有機會；相信奇蹟，就有奇蹟」、「相信就是看見」；這樣的句子，讀來琅琅上口，親切醒心。

至於在藉由差異，建立意義上，則為隱地的當行本色，看似不經意的敘述中，湧現「分析比較、演繹歸納」照見事理的幽微變化。如：

> 1.走在別人前面的時侯，要往後看；
> 走在別人後面的時候，要往前看。
> 知道自己和別人之間的距離，就是一種智慧。（《人啊人》〈極短篇〉）
> 2.少年的時侯想逃家
> 青年的時侯想成家
> 中年的時侯想離家
> 老年的時侯想回家（《心的掙扎》〈延伸〉）
> 3.把愛情投資在一個人身上，冒險；
> 把愛情投資在許多人身上，危險！（《眾生》〈獨孤之旅〉）

第一例，藉由「同中有異，異中有同」的對比，揭示「智慧就是人與自己的洞悉」，可說是「知人者智，自知者明」（《老子》）的清晰體現。同樣第二例，宏觀人生四階段與「家」的關係，原本「逃家」、「離家」最終是為了要「回家」，回到「生命的起點」，落葉歸根；回到「故鄉是祖先流浪後的最後一站」（王鼎鈞《左心房漩渦》〈水心〉），落地生根。反觀第三

例，自「投資」角度看愛情，確實是冒險之旅，也是危險之旅；但自「信託」角度觀之，「愛我少一點，但愛我久一點」，則是理智的熱情，才能遠離「冒險」與「危險」的感情風暴。

結語

隱地是「春來更著花」的樹，競綠賽青；時間的風，吹著光合作用中翻飛的曄曄青華，是映射文心的翠玉，照見隱地暢所欲言的書寫世界，形塑其豁達朗暢的平易風格。

如果說「人性三書」（1984～1989），是隱地文心「點的撞擊，線的延伸」的新聲；逮及《漲潮日》（2000），則為「面的擴大，立體把握」的水到渠成，堪稱其定音力作。鼎公稱隱地此時散文可謂「清澈如水，醇厚如酒，奔騰如河，徜徉如海」（〈隱地漲潮〉），自成一家。再至《一日神》（2011）、《一棟獨立的台灣房屋及其他》（2012）、《2012／隱地》（2013）、《生命中特殊的一年：隱地 2013 年札記》（2013），十足為其豐收期，展現情意的飽滿親切與事理的達觀鏡照；巨樹上青柯向陽，四方指雲，一片搖曳生姿的綠海波濤，是其多音妙旨的交響曲。

隱地曾自謂「散文，最要緊的是平順，把話說得明白」（《兩岸》〈生活像篇散文〉），這是他 1984 年的早期見解。於今觀之，隱地在散文的實踐上，由平順走向多姿，由明白走向朗暢，不只把話說明白，更是把話說得好，說得妙；一樹繁花，綠浪波湧入眼，濤音葉語盈耳，一大片清蔭供人仰止停駐，當是隱地散文風格的獨特風景，念念不忘，迴響不絕。

至於林雪香《散文隱地——隱地散文創作觀及其實踐》，聚焦隱地散文主張與具體實現，整體爬梳，全面探索，鉅細靡遺，更能照見隱地散文曄曄青華的風景。雪香和我有特殊因緣，初識她時，她在系圖書室打工，是我師大國文系的學妹；其次因緣湊巧，她也是內人藹珠進修部的學生；歲月流金，風雲流轉，最後成為我指導的研究生。四年來，雪香專注沉潛，用力甚勤，力攻她第二個碩士學位；論文口試時，楊昌年、蔡芳定教

授均予以高度肯定，研究成果，斐然可觀。今見其學有專精，論文得以問世，功不唐捐，欣然榮焉；而爾雅出版社柯青華先生的慨允出版，提攜隆誼，特此一併致謝。

2013 年 10 月 9 日

國立臺北教育大學語創系春華秋實齋

——選自林雪香《散文隱地——隱地散文創作觀及其實踐》

臺北：爾雅出版社，2014 年 4 月

隱地之人

◎王定國*

　　作家兼出版人的隱地，曾經為文提起一本書的邂逅，說他有一次寫錯了收件人地址，把送給同學的書寄到作家隱匿那裡，不得不把書要回來時，卻意外收到隨書附贈的一本詩集，乍讀之後從此迷上隱匿這位詩人的才情。

　　時隔兩個月，黃昏下班回來，我竟然也碰到了類似的意外。水藍色的膠繩綁著四件小包，最上面的收件人自然是我，狠狠讓我以為四個友人同時寄來了寶物。膠繩拆開後，才發現第二件是寄給有河書店，第三件寄給住在養生村裡的齊邦媛教授，第四件則是遠至政大書城所在的花蓮。

　　郵封上的字跡，一看就是隱地先生的親筆。

　　電話聯絡上他，直呼不可思議：有河書店就是隱匿嘛，怎麼又是她呢？他抱怨那個郵差太過隨便，卻更訝異兩次的郵誤竟然集中同一人，於是順便談起了另一個朋友的趣聞，說別人的車子停在路邊都沒事，那個朋友的車偏偏都會遭殃，路邊停得規規矩矩，時不時就會被撞得沒頭沒尾。

　　其實去年夏天，我自己也被他撞到了。

　　那時我剛寫完幾個短篇，隱地先生突然寫了信來，地址當然是打聽來的，信裡說的不是出版，而是談起我的某篇小說的讀後感。兩人不曾相識，這種事只能說是文學的機緣，結果從那天開始我們竟然成為筆友直到現在。

　　深冬以後，生平第一個長篇小說寫到中途，他建議我去逛逛超市，找

*小說家。長期投身建築，2013 年重返文壇。

一種罐頭來吃，「極小盒，扁扁，四方長形，封面紅紅綠綠色，如果買不到，你可以試撥電話 2711-55××問問進口商……。」

他說的是一種法式橄欖油辣味沙丁魚，用來夾麵包當早餐，「吃起來有一種幸福感，你也能在熬夜寫作之餘補補身體……。」我後來找不到那紅紅綠綠的包裝，只好隨手買了類似的罐頭相呼應，坦白說那是我第一次嘗到沙丁魚，辣得那天晚上漲紅了眼睛。

我很少記述這種溫馨小事，難得專注起來的時間都用在寫小說。

小說的虛構反而讓我覺得萬物更加真實，我既可隱於大地又能遨遊其中，藉著別人的嘴巴說我自己的話，頗適合我這孤執的人躲起來竊竊私語，又能適度表達一種對於人性困境的同情，不像寫散文常要暴露私己之事，顧著求其真，難免就要素顏相見；這還算好，最怕後來沒事可寫便悄悄地開始搽脂抹粉，那還不如直接回到小說裡去弄假成真。

那麼，又為什麼回頭寫起了散文呢？啊，長篇小說完成後，才發現內心深處還有一種小說無法承載的空虛，恍如走了一趟過去就讀的母校，便流連在那些課桌椅的記憶裡走不回來了。文學可能就是這樣的吧，覺得它無用，繞了一圈回來還是找上它，像一盞老燈將熄不熄，路人都走遠了，只好陪著它留下來，在這一條老巷口上依偎著它微弱的光。

快八十歲的隱地先生目前還在寫，還像四十年前他催生的爾雅那樣健壯，然而當時的 1975 年我在哪裡呢？想起來了，那年我還沒當兵，文學的浪潮剛開始湧來，不像如今的出版市場只剩一片荒涼的沙灘……。

偶爾走進超市，我便又自然地想起那一罐沙丁魚，極小盒，扁扁，四方長形……倒不是買了沙丁魚才能寫作，不再年輕總有一個好處，懂得這種溫暖的叮嚀也算是文學的滄桑。

——選自王定國《探路》

新北：印刻文學生活雜誌出版公司，2017 年 2 月

俠隱記

◎亮軒[*]

　　寫了一輩子，總見過幾處編輯室，有上百人的報社，半夜裡室外人人入夢，這裡卻滿屋子的人在工作，分秒必爭。也見過超大型出版社的編輯室，人人各司其責，個個忙碌，鴉雀無聲，深不可測。

　　然而隱地的編輯室卻別有一番風味。

　　要是看到四十年來的爾雅出版社出了八百種書，其中還包括了年度小說、年度評論、年度詩選等。而且雖然只是文學專業的出版社，也有萬紫千紅的文學面目可讀，嚴肅的、輕鬆的、記實的、杜撰的、歷史性的還是當下熱門的，還有大陸的、海外的，無所不容。而且，作為出版人的隱地，同時也是小說家、散文家、詩人、評論家。在這八百種書當中，他至少每年還有自己的作品一至二種，隨筆、散文、評論、小說、現代詩……幾乎涉足了所有的文學類型。而據我所知，爾雅的每一種書，他都參與校對。

　　作為一個獨立的出版人，他也常常參加各項文學的活動。此人好美食，愛看電影，在爾雅出版社隔壁，還有爾雅書房，每週都有至少兩三次的活動，或是請人來演說，要不就是讀書會、研討會，有時是招待臨時的客人，以及與各單位、各學校社團活動到正式教學的配合，幾乎他都親自參與。文友有什麼事都一定會想到他，大多他也出席。有什麼資訊搞不太清楚，找他問問，他都能一一回應。要誰的地址、要電話找他，打聽誰誰誰的近況也找他，幫忙郵寄有時他也能配合。他還要應付支出收入，這個

─────────────────

[*]本名馬國光。散文家，曾任世新大學口語傳播學系副教授，現已退休。

人好像是一部現代文學資料中心，是一個活的索引目錄。

　　然而你看他出出入入也沒有張惶失措，總也好好的說話、好好的吃飯、好好的寫稿，電影一定要看，朋友一定要來往，該參加的一定參加，禮數從來沒有閃失。他看來也不是虎虎生風，濃濃的眉毛，大大的眼睛，紅紅的嘴唇，講話帶著一點一直改不掉的上海腔調，多入聲，很有力。快八十了吧？眼袋漸漸呈現，顯得人生道上走得不怎麼輕鬆，卻也從無退卻之意。四十年前對於自己的許諾，一路安安靜靜的信守，質量一絲也沒有苟且。出版業一路蕭條，新出版的純文學書本，本本都給人最後孤種的感覺，隱地的爾雅依然照著一年 20 種書的進度在出，看來業務應該蒸蒸日上，其實完全不是那麼一回事，圖書出版銷售早已為大企業以龐大的組織、資金、專業，侵奪了無數小出版社的生存空間，勢不可擋。暢銷書很少不是急就翻譯的，大多都是跟隨當下潮流的商品。然而隱地依然撐著他的純文學，從過去的書店一要就是幾十上百本書，到如今老半天才一本兩本的要，也得專程送去。出版業的變遷，隱地點點備嚐，最近十幾年來，每一口都是苦的，這些苦，不一定說得出，更不一定說得清。

　　這樣的一位文化人，他的編輯室會怎麼樣呢？規模如何？用人多少？有幾間房間？多麼大？

　　那一間小小的編輯室，說是他的個人書房應該更妥當，那裡也是會客室，也是他的休息室，大概有四、五坪，也只容得下他一個人。落地窗外一小步便是跟馬路隔開的一堵牆，所以沒有風景可看，光線倒還可以，牆內種了幾棵樹，平平常常的。洗手間就在裡面，方便不受打擾的連續工作。書桌四周堆滿了書，快要跟桌面等高，身後牆上當然就是書架，滿滿的凌亂，這真的是在主人工作運用中的書架。他曾經借過我的一冊善本書，後來不見了，過了一段時間，又從書架上出現了，只這樣的遭遇，就很清楚的看出他有什麼樣的書架。他的訪客無非都是作家，當然也不用刻意招待，一杯水就行了，這個杯子要怎麼放，有時客人要自己想辦法。

　　四十年來，隱地大部分的生命便在這麼一小間屋子裡流過，卻出版了

包括他自己的四十多部著作在內的八百種書。種種都是文學，沒有任何一本是「商場指南」還是「股票百日通」還是「英文一定強」之類。隱地四十年來從不阿俗，也不孤高，他站在面對市場的第一線，說為文學擋子彈也許太嚴重了點，然而四十年來爾雅為文學傲然挺立，不計盈虧，打算撐到自己百年為止。這是非常不現實的，我不只一次問到該怎麼辦？隱地是個不會視而無睹的人，他沒有一點盲目的樂觀，但是他就是要撐下去，為了一生的志業，有文學的好書，就是不問賠賺，一定出。他說還有房子可賣，要是真有那麼一天的話。我聽了不覺得悲慘，我看到的是一位文學世界的大俠客。

　　隱地得到文化界所有人的推重，一點都沒有假借，他沒有金脈，沒有人脈，熱情與毅力是他所有的資本。他是個負責的出版人，又是個非常勤奮的作家，又是現代文學的推手，現代詩的大護法。他以極為單純的心腸經營爾雅，無非就是要出好書，其餘不計也不去想。

　　要是有一天全世界都沒有純粹的文學出版社了，卻一定還有一家，就是爾雅。爾雅那間擠滿了書的小小一人編輯室，揮灑出了一個高大廣闊的文學山水，風煙皓皓，碧水依依，讓我們與文學常在，我不會忘記。

——選自《文訊》第 357 期，2015 年 7 月

咖啡之前‧咖啡之後

◎齊邦媛*

　　認識爾雅是在它萌芽之前，這真是在世難得的機緣。1972 年，我由臺中搬回臺北，像鄉下人進城的樣子，常在重慶南路認真地看看、搜書，眼睛都不夠用。最早在路邊書攤上翻翻雜誌，其中有一本以前未見的《書評書目》雙月刊（編按：《書評書目》自第九期起改為月刊），我看到的是第二期，令我注意的是吳詠九的〈泛論批評與批評家〉、覃雲生的〈電影批評之建立問題〉，和林柏燕的〈論張永祥的劇本《秋決》主題的一致性〉。第三期幾乎是討論翻譯的專輯，由我在臺中一中教過的學生陳大安〈評 Future Shock 的中譯〉開始；第四期刊出陳芳明的〈燃燈人——論《燈船》時期的葉珊〉……連續讀下去，深沉地反映——當時臺灣文學作品寬與廣的探索，令我對這份雜誌主編方向有相當的敬意和期待。

　　但是，三年後突然傳出《書評書目》的主編隱地要辭職了，我至今記得那時惋惜訝異的心情，曾與林海音約了簡靜惠和隱地午餐，希望幫創辦人留住優秀的年輕主編。（那時的靜惠好似也剛出學門的清純。）人是留不住了，因為他要去自己創業，開辦撑住文壇一片天的「爾雅出版社」。

　　他出版的第一本書，王鼎鈞的《開放的人生》真是吉祥的源頭，這四十年來，鼎鈞先生四十幾本，每本都很精采，是爾雅的鎮社之寶，這樣的友誼也是文壇少有的佳話。白先勇的《臺北人》、林海音的《城南舊事》，將在一代又一代的讀者心中流傳下去。琦君、曉風、席慕蓉、愛亞……是我們最早對爾雅最溫馨的記憶，只說這麼少的作家名字是不公平

*臺灣大學外國語文學系榮譽教授。

的，太多令人懷念的，更多撐起臺灣文學大片天的作家和好書，怎能在這短短一文中說明白！

爾雅自民國 55 至 87 年度的「年度小說選」，由於各年編者皆有宏觀角度，且盡心盡力編選，不僅為文學史留下珍貴的資料，也是我受惠最多的英譯根據。殷張蘭熙和我編《筆會》英文季刊的時候，很依靠它的選才和判斷。那些年的兩大報文學獎和許多的新書發表會；「五小出版社」的周年慶……我們這一大批朋友常似在赴廟會的喜慶心情中聚首，我住在麗水街的時候，經常搭隱地回廈門街的車子回家，在街角下車，滿車的人仍在約著下一本書的慶祝。

1992 年《愛喝咖啡的人》出版之前好些年，隱地經常尋找，發現新開的、有情調的咖啡廳便邀二三好友前往，這本書好似一個回顧，又好似一個宣言，記錄了臺灣文學的盛世。海音最喜歡照相，且都仔細地貼成冊，她去世的時候，留下一百多本簿子，十五年後都無從追辨了。記得隱地出第一本詩集之後，我專門坐計程車去贈他一本哈代（Thomas Hardy）的詩集，因為他也是先寫小說後寫詩的。大家那樣興高采烈，不斷追求新境，充實了臺灣文學的厚度與深度。

人生志趣的形成，有時是很神祕難測，但是志趣結成果實的歷程常是有跡可尋的。隱地在他自傳體的《漲潮日》中敘述童年至成長歲月，隨著父親在臺北到處搬遷，有時甚至三餐不繼，艱困窘迫的拔根流浪之感，處處令人下淚。而令我更感尊重難忘的是，人子隱地憶念的態度，他寫他 69 歲抑鬱而終的父親，等著人生漲潮日等了一輩子也沒等到。他個性軟弱，識人不明，但是「我對父親仍然尊敬，他把全世界的人都當成好人，也沒什麼不對。」

1975 年爾雅出版社在臺北廈門街創業。「我要在我們家失敗的地段裡站起來。……我也是外表軟弱的人，但我有自己骨子裡的堅持。……只是漲潮日要在你離世後這麼久才出現，父親，我們感覺對您不起。」

這樣失敗的父親，是怎樣的兒子多年後仍有這般歉疚的心情？

15 年後，我再仔細讀這一段，豁然了悟於心，這不就是我這麼晚了，還祈求天主給我幾年時間，讓我寫完《巨流河》，讓我那相信自己只能與草木同朽的父親和他那一代的人，在無形卻是有形的生命長河裡，也有他的漲潮日？

一杯又一杯的咖啡，從臺北溫州街不停變遷的巷弄到布拉格千年的查爾斯橋下河岸，我們這些文學信徒式的朋友，喝著，說著，寫著……一本又一本書印出來，一年二十本，疊成了爾雅出版社四十年。

進入了新的世紀，我們都老了，夢也漸漸色彩迷離，曾是我們生命中心的紙本書，面對 21 世紀的新局，命運如何？但是我們至少有那些美好的、安貧樂道的奮鬥歲月，臺灣文學也有了它穩固的基礎，我們不虛此生。

——選自《文訊》第 357 期，2015 年 7 月

爾雅與我

◎歐陽子*

　　得知隱地的爾雅出版社今年七月慶祝 40 歲生日，我真是感觸良深。真的已過 40 年了嗎？歲月怎麼消逝得這樣快？

　　我是看著爾雅誕生的。1975 年，是我寫作生命中非常重要的一年，也是我跟隱地最緊密合作的一年。從年初到年尾，我每個月寫出一篇評論白先勇《臺北人》的文章，大多發表在當時由隱地主編的《書評書目》月刊。隱地多次來信，熱心支持，述說讀者的反應，給予我很大鼓勵。同年七月，爾雅出版社正式成立。隱地持續擔任了一段時期的《書評書目》主編工作，直到我完成這一系列論文，並在他的敦促下加寫了一篇〈從《臺北人》的缺失說起——論文學批評的方法與實踐〉，發表於該刊，之後不久，他才卸下《書評書目》的職務，懷著滿腔的熱情與理想，全心致力於建立經營一個嶄新的文學出版社。

　　我那一系列的《臺北人》研析論文，結成一集，定書名為《王謝堂前的燕子》，由爾雅出版社於 1976 年 4 月 15 日出版。那是爾雅最早期所印行的書籍之一，編號 14。以一本文學評論書類來說，《王謝》銷路相當不錯，多年間印過十幾版。

　　我出的書不多，大多是由爾雅推出。繼《王謝堂前的燕子》之後，我緊接著替爾雅編輯《現代文學小說選集》第一冊及第二冊，雙雙在 1977 年 6 月 1 日出版。次年 4 月 5 日，我的第一本散文集《移植的櫻花》由爾雅印行。上一世紀的 70 年代中期，是我一生當中寫作最勤快的時段。而這些

---

*本名顏洪智惠，小說家、文學評論家。現旅居美國德州，專事寫作。

書，全是隱地的爾雅替我出版的。

　　我最早的一本作品，是文星書店在 1967 年替我出的短篇小說集《那長頭髮的女孩》。數年後，我抽掉其中幾篇，其他篇則加以改寫，並添入新寫的三篇，採用新的書名《秋葉》，於 1971 年由晨鐘出版社印行。晨鐘沒幾年即停止營業，《秋葉》版權受到綑綁。隱地花費許多精力，長期交涉，好不容易才把版權接收了過來。《秋葉》的爾雅版在 1980 年面世，讓這本短篇小說集得以重見天日。然而此書後來還是遭到斷版，幸虧隱地施救，逆勢行事，在 2013 年改為 25 開本重印發行，這才使它起死回生。

　　進入 1990 年代之後，我很少創作，但寫了一系列賞析余秋雨《文化苦旅》的文章，集成一冊，定書名為《跋涉山水歷史間》，1998 年由爾雅出版社出版。這是我的第二本評論著作。寫作期間，隱地始終熱心協助，出書時，還特邀王鼎鈞替我的封面題字。

　　2008 年，天下文化與趨勢公司合作，替白先勇印了一套 12 冊的《白先勇作品集》，其中一冊是我寫的《王謝堂前的燕子》。天下遠見趨勢書系慨然把這書的新版本送給爾雅，使爾雅行銷逾三十年的舊版本，能夠以新面目問世。不料，在轉檔過程中發生了意外的差錯，以致 25 開的新版本印出後，書中出現了不少錯誤。隱地赫然發現時，一千五百冊新書已經印出，並已發行出去。隱地不惜成本的虧損，當即決定全部重印，並發布告示，邀請已購書者退回，換取修正後的版本。由此一例，便可看出隱地和爾雅出版社對作家以及對讀者的負責態度。就是隱地的這種責任心，職業道德，不以「謀利」為首一考量的價值觀，加上他對文學理想的始終堅持，贏得了臺灣文人作家和讀者們的賞識與信任。

　　上世紀 70 年代和 80 年代，閱讀文學書籍的風氣頗盛，很多人買書，於是不少出版社因應而生。然而，據說絕大多數是興旺一時就辦不下去而停止作業。爾雅所以能勝出，40 年來歷經風雨飄搖而持續成長，除了是因隱地很有辦事才能，懂得規畫，做長遠打算，我認為跟他個人的興趣、性情，和處世態度都有相當的關聯。隱地自己，就是一位熱愛文學的寫作

者，著作等身，各種文類都寫。他懂得作家的心理，了解作家的需要，體諒作家的處境。他為人懇摯親切，做事勤快負責，誠實可靠，不占人便宜，版稅一定準時照付。這些，都是爾雅所以能夠長久存活的基本原因。

在慶祝爾雅出版社成立 40 週年的喜氣中，我也要加入熱鬧，和大家一同歡呼「生日快樂」！！

2015 年寫於美國德州

——選自《文訊》第 357 期，2015 年 7 月

揚帆期與廣義的散文時代

◎章亞昕*

散文意味著什麼？意味著把本色的文心化作自由的文思。

進入人生的揚帆期，從過去主編《青溪》、《新文藝》、《書評書目》，到自辦爾雅出版社，出版事業逐漸取代寫作，占據了他大量的時間。於是，散文這種最具有「隨筆性」的文體，就此成為寫作堅持者的首選。

揚帆遠航帶來忙碌的日子，而這時的散文便是伴隨心靈的簫聲。散文的「隨筆性」又帶來文體的雜文學特質，故稱之為「廣義的散文」。信口信腕，自由地寫作，給 1970 年代的散文一種「成長性」格調，一個逐漸擴展的文化視野……

一

1970 年是隱地廣義的散文時代。從文學形式的期待，到文化使命的追求，使揚帆期不同於青春期。散文寫作受到社會角色定位的影響，才會有「成長性」的藝術情調，論文思和事業渾然一體。對於他，這是一個「向外轉」的藝術時期。他的目光，不是對準內心世界，而是指向了外在的廣闊天地。由於廣義的散文伴隨成家立業的過程，使這個時期的寫作具有強烈的開拓性，以及文化的使命感。揚帆遠行的藝術心態，令文思變得急促繁複，猶如急管繁弦，似乎在與時光爭鋒。

1970 年代是文學的時代，也是隱地的「黃金時代」。這時，他忙著出書、購房、結婚、生子……終於在離寧波西街不遠的古亭區（現改為中正區）——這

*發表文章時為山東社會科學院語言文學研究所研究員，曾任山東大學文學與新聞傳播學院教授，現已退休。

個曾經被警察趕出家門、讓他充滿傷心回憶的廈門街附近安了家，創辦了爾雅出版社。他終於揚眉吐氣，也替父母出了一口氣。家業打造了自己的「避難所」，他不再顧慮重重；向前看，構成他的基本思路，他正意氣風發；以書為家，遂成為最後的選擇，因為他的文化使命感，是如此的不可動搖。於是在散文中「事」也取代了「情」，而所謂廣義的散文，亦多為就事論事的文章。由於以「事」為本，人格投射到讀書和行路之中，閱歷就成為寫作的根本；而且一切見聞同樣在文化事業被「內化」為文化人格的有機部分，邊做、邊思、邊寫，並在三者共鳴狀態下，成就了文與事虛實相生的「互動式寫作」。

　　散文時代不同於小說時代，卻又同小說時代息息相關。在隱地的文藝生命中，是以小說為「根」，以散文為「幹」。從「看小說」到「讀書」，《快樂的讀書人》成為一個新的起點。論其原因，《書評書目》該是隱地人生的轉捩點。從讀小說，視野逐漸從文學延伸向文化，同時帶有哲學、歷史、社會學的色彩，具有更加寬泛廣闊的思維天地。文章的作者立足於新的文化角色，強調休閒閱讀的社會意義，主張文化消費是人格成長的動力，分明表現出新的社會使命感，以及相應的文化視野。人文主義的精神，構成了事業的靈魂。

　　把文化作為一種社會使命，的確有助於確認自己在生活中的位置。所以，他在書評裡加大了文化的含量，例如〈他替「書們」找家〉一文，不但介紹了《愛書的人》和《知識的水庫》，還耐心地講述了書目和索引對於讀者的重要性。在上述兩本彭歌譯的作品中，前者是威爾森的傳記，隱地感嘆：「他替書分門歸類，他替書找家，申請身分證，也為它們尋找愛護它們的人，書和人，人和書，一旦成為知己，彼此都有福了，書要有人翻閱，才能發揮它的光輝，人也要時常翻書，才會永遠是個『新人』，而不只是一堆走肉。」[1]然後，他認真而有條理地談論了在臺灣整理書目的必要性。昔日的文學青年成熟了，他挑起了文化的擔子。於是，散文成為一種與公眾對話的方式，一種傳播文化理念的題材。所謂「廣義」就在於散文帶有紀實性，把個人的追求過程和寫作過程

---

[1]隱地，〈篇名〉，《快樂的讀書人》（臺北：爾雅出版社，1982年），頁93。

絲絲入扣地加以整合。於是寫作的主體又是表現的對象，審美的過程延伸了創作的軌跡。由嚮往到追求，從選擇到創造，讓散文裡的主人公和自己的社會角色心心相印，藝術視野伴隨人生視野「同步」展開。當然，其中不乏自述性內容，就像〈一個雜誌蒐集者的話〉，作者一邊談論自己搜集《現代文學》、《文學季刊》、《純文學》等刊物的樂趣與甘苦，一邊敘述文學史的有關見聞。廣義的散文，就在我們面前綻露出新的藝術風貌──帶有雜文學的韻味，又充滿對文化的投入感。這種文體，對於 21 世紀從「作家日記」中發現新靈感，該是一個伏筆。親切的筆調，自然的文風，敞開的文思，自有動人的效果，而文體規範，其實不必在意。

　　所謂「廣義的散文時代」，就來自文字的社會使命感，以及文化的傳播自覺性。在散文裡我們聽見了生命的簫聲……簫聲如夢，因為成長使平凡變得不平凡，而且人生由於寫作，時間沒有白過，他的人生沒有白活──隨著簫聲起舞，不知不覺，人便長大了。於是歲月如簫，使得過去的體驗如一幕幕往事不斷映現，隨著感情的回憶，周圍的視野忽明忽暗，他就聽見了生命的節奏。心靈的音樂是醉人的，審美使他能自然的放鬆，在夢中也就少不了一縷簫聲。這種生命的節奏，本來就是成長的聲音。因為成長是人生的使命，成長帶來盡可能完善的人格，成長帶來盡可能完美的才能──過去是用成長來書寫自己的歷史，現在是用成長來完成自己的命運，創作道路同樣是心靈成長的精神過程！然後，生命的節奏就變成一種他對世界的允諾。在允諾中，文學的信念與追求猶如簫聲──人心深處，本來就有一種追求永恆與無限的衝動！要超越有限的歲月，就得以探險者的氣質，來領略生命中最壯麗的瞬間，來實現一次質的突破。是的，創造性的生活才是神聖的。要知道，人人都有潛力，人人都有創意，而在奇妙的境界中，更包容著不平凡的價值。在散文裡傾聽簫聲，那是一種博大，一種崇高，一種極自然、而且極從容的意境。惟其如此，音樂代表不同的心境，而心境的改革，就意味著命運的改革。創造面前無權威，不朽的生命更加需要忘我的獻身精神。簫聲裡忘我的人，才真正實現了自己的精神成長和自由發展。生命的簫聲可以象徵「事」與「文」的交響。

　　隱地確立了新的自我形象。這種自我形象，表現了新的自我感覺、自我意識。〈我的「人生」三部曲〉這篇文章，說自己的人生是讀者、作者、編者三位一體，乃是自述成分很重的自傳性文字。文中隱地自述「我發現自己缺乏一種作為一個傑出小說家必須有的才氣」，並且因此而致力於對敘事詩學的思考，然後「在那一段時間裡，我逐漸有了一些新的理想，諸如出版一本夠水準的文藝刊物，成立一個書店，有系統、有計畫的出版好書，建立一座文藝圖書館，蒐集優秀的文學作品，免費開放等等。我所以有種種這樣的念頭，無非自己從小喜愛文藝，而我又發現目前我們的社會，卻由於種種因素，無論年輕人自己或者為人父母，都熱衷於朝理工課程去發展。本來，一個國家想要科學發達，趕上時代潮流，的確，理工方面的技術人才，是非常迫切需要的。但因而忽略愛好文學的青年的出路，甚而使他們覺得學文史沒有出息，實在也值得檢討！」原來，廣義的散文，表現出無拘無束的文化氣度，以創造性體貼著使命感，象徵了創造者的精神境界，凸顯了人文關懷和生命的價值。由此出發，隱地已經形成了新的人生目標，他的抱負是身兼讀者、作者、編者三種身分，因為「人要追求精神生活，或追求真善美的境界，只有致力於文學的發揚光大的工作。因此，我一直希望能腳踏實地做點有意義的事情，使文學不僅僅成為一種苦悶的象徵！」[2]文化因此成為人生的事業，文學因此變成社會的使命。

　　隱地說：「現在我過的可能是生命中最好的時光，三十歲已過，四十還不到，正是人生精力充沛的巔峰期，全身上下每個細胞都渴望闖出一番事業來，工作使我快樂，唯一遺憾的是時間不夠用。」[3]事業心與寫作欲爭奪時光，廣義的散文就把人生的隨想表達出來。這是一種寫作方式，也是一種生活方式。寫作變得簡約，但是卻建立了同成長同步發展的深刻關係。

　　於是，文章從此成為隱地生命的年輪……

---

[2] 隱地，《快樂的讀書人》，頁129～130。
[3] 隱地，《快樂的讀書人》，頁197。

二

　　1970 年代，臺灣開始向多元化社會轉型，擺盪的人生正好化為隨想的寫作。

　　從事件到人事，在《現代人生》這本散文中開始了小品文的寫作。這種文思由身邊事著眼，推而廣之，把敘述同議論結合的小品結構，類似小說時代的思路，文心的差異卻更加值得重視。因為不再把自己的體驗放在首位，而是關注於整個社會具有影響力的突發事件與現實民俗，並且從文化心態方面加以評介。猶如〈攀爬〉道：「成功的路，人人嚮往。問題是，有的人能吃苦，肯流汗，有的人抄小路、走捷徑，賣弄小聰明，甚至出賣良心。這種人一旦有錢有勢，自然氣焰囂張，不可一世。」[4]在一個社會轉型期的開端，隱地的話頗有先見之明。到了 1980 年代，氣焰囂張的小人，擠滿了「攀爬」之路。

　　在這裡，表現出一種對於文化環境洞察的能力。例如〈電視〉一文說：「近十多年來，電視像一批批勇士，攻進現代人的家庭，改變了人們的生活方式。現代人擁有電視之後，就很少自己思想了。電視變成我們的聲音，電視影響著我們的言行。有些人一下班就把自己交給電視，節目不完不睡覺，三飽一倒之餘，唯一的事情就是看電視。」[5]音像藝術對於文學的衝擊，正是從此開始。而滿足於把自己變成一個天線接收的終端，確實造成了思考的貧乏。要提高生活的質量，首先是加大文化的含量——從講究生活的藝術，到追求藝術的生活，關鍵是培養有靈性的人。靈性表現為判斷力和創造性。行萬里路讀萬卷書，都能開拓新的人生天地，揚帆遠航意味著新的發現，並且把閱歷轉換為修養。對於生命，成功的事業當然是一片福土，可詩意才是扎根於福土的靈根。培養靈性，人生才有了獨一無二的個性價值。

　　從生活的藝術，到藝術的生活，培養人的靈性，其關鍵又在於情感的參與。隱地在〈感恩圖報〉一文中主張：「人際關係是循環的，今天你如辜負了

---

[4]隱地，《現代人生》（臺北：爾雅出版社，1976 年），頁 35。
[5]隱地，《現代人生》，頁 49。

別人，可能有一天別人也會辜負你。所以當有人對你的好意不領情，最好學著忘記，想想對方的委屈或不如意，至少，對方還需要別人的幫助，而你已經有能力幫助別人，這是不同的！」這裡，有小說家對人世間的洞見，也有從青年時代積累起來的生活經驗。他大聲疾呼：「助人的心意，仍是這個社會進步的原動力，只為了你曾經幫助的人，沒有報答你，就對人群失去信心，其實也是別人對你喪失信心的原因。你說別人現實，別人何曾不以現實批評你呢？何況，助人的快樂早就在你付出的時候已經得到。」[6]有情的人間，哪怕無星無月，也會充滿美感，因為在人性、人情中正閃爍著人生智慧……

這一切不是抽象的哲理，而是現實的人生。在〈把快樂傳出〉一文中，隱地強調：「正因為現代人憂患多於安樂，我們格外需要樂觀、開朗。忘記煩惱，拋卻憂愁，多說笑話，多聽笑話，別人歡喜，自己高興。把快樂傳達給別人是一件功德無量的事。」[7]能夠改變社會中充滿痛感的文化環境，創造快樂的藝術氛圍，自然是功德無量。他在憂患中成長起來，深知人生的坎坷，而想到父母不幸的際遇，更是深感悲哀。自己要想避免落得相似的下場，防老就是一個必要的打算。未雨綢繆，成家立業與保持健康的身體，對於防老都非常重要。此外，在生老病死面前，他的散文與「老」的對抗功能，同樣發揮得非常充分。所以廣義的散文，那也是隱地防老之道的一個組成部分。

顯然隱地有一種憂患意識，對於防老相當自覺，他經常在文章裡討論自己的歲數，而且防老的思路作為一種充滿活力、永保青春、維持生活質量、保持人格尊嚴的一種方式。他讓生活與藝術打成一片，堅持品味的追求，把寫作當成生活中不可分割的一部分，其實都是這種思路的表現。

廣義的散文，也就作為精神活力的象徵，在隱地的生活中扮演了重要的角色。

我寫故我在，那就是寫作的人生。

---

[6]隱地，《現代人生》，頁57～58。
[7]隱地，《現代人生》，頁81～82。

三

　　廣義的散文，乃是揚帆期的生命之帆。

　　行萬里路，讀萬卷書，是揚帆期的特色；而廣義的散文與遠行同步，實在意味深長。

　　對於隱地，歐遊是揚帆期的象徵。父母先後逝世，姐姐遠去香港，後來又回到內地的江南——只有大哥青新，與隱地時有往來。這種手足情誼，真是千金難買。說來有趣，當籌辦爾雅出版社時，曾經向哥哥求援；哥哥卻另有一種「投資理念」；花錢買見識，勝過財力上的資助。他拿出一大筆錢（竟有二十萬元之多），讓隱地去歐洲遊歷；隱地一心想把這筆錢用在出版業上（他還在為爾雅出版社的十五萬元創業基金而苦惱），但哥哥堅持，一定要專款專用。事實證明，哥哥是正確的，隱地從中受益匪淺。隱地慶幸：幸虧沒有把錢花在別處，在歐洲，他開了眼界，長了見識，還寫了一本《歐遊隨筆》。

　　《歐遊隨筆》是遊記，其中也不乏文化批評，隱地感嘆道：「歐洲人除了是有形的快樂主義者外，他們也是興趣的信徒，他們不做自己不喜歡的，他們喜歡什麼呢？美術、音樂、文學、旅遊……一切使心靈充實，而且具有創造性的活動，他們都喜歡，於是你到處可以看到藝術作品、街頭畫家、歌聲、琴聲、甚至於在街上，他們就下著棋、作畫、跳舞、唱歌……他們的都市，多的是美術館和音樂院、書店和圖書館……歐洲人就這樣生活在快樂裡，為自己的興趣活著……」[8]這種快樂主義氛圍，作為歐洲文化的背景，為出版業的發展提供了廣闊的空間。隱地從此開悟：文化的事業離不開文明的社會，對於出版家，他的成敗不僅取決於個人的經營能力，更取決於大的文化環境。於是萬里路如同萬卷書，在擴展文化視野的同時，也培養了社會意識。從民族文化精神的角度看文學，藝術就在審美意識中包容了美育的社會使命。寫作離不開個人感悟，閱讀卻影響到提升社會公眾的文化素質。就社會觀念而言，「小我」與

---

[8]隱地，《歐遊隨筆》（臺北：爾雅出版社，1976 年），頁 125～126。

「大我」的結合，大約是以此為重要契機。

惟其如此，在《歐遊隨筆》中，不遺餘力地介紹西方文化氛圍。猶如作為一種「綠色的」、「理想的」理念的象徵，〈草的天堂〉代表了隱地的審美理想和文化理想。惟其審美觀感脈脈含情，故其文筆也絲絲入扣，〈草的天堂〉便能引人入勝。

在遊記中呈現綠色的世界，展現人與人、人與動物和睦相處的動人情景，會讓讀者感悟到真善美合一的人生境界，也寄托著相應的社會理想。人生應該是審美的歷程，生命應該有文化的境界，〈草的天堂〉正是人間樂土。〈草的天堂〉確實帶有新聞性，它是一種發現，又是一種報告，但是發現和報告中更包含了作家隱地深刻的感悟——透過美景與人情的和諧，不難體認文化與社會的關係，文明與生態的關係，從中領略到生活的藝術，意識到如何藝術地生活。

對於美和藝術的價值，對於社會和文化，隱地都有了新的見解。

他變得更會生活了，於是他揚帆遠行，並且逐漸完成了自己的積累階段。

四

廣義的散文，是生活的一部分，而他的人生觀念，也就在文章裡表現出來。

新的人生觀，成就了新的文化觀。在這種新的文化觀念籠罩下，他重新建構了「書的本體論」，以及「文學本體論」。這些見解影響了往後的生活軌跡——他終身無悔。

「書的本體論」在《我的書名就叫書》一書中得到體現，隱地堅持，書應該是精神食糧，他強調：「人的生長，顯然應該兩方面同時進行，一種是體力的成長，一種是智力的成長。體力的成長靠吃，靠食物。智力的成長靠讀，靠書籍。惟有『兩種生長』的人生，才是健全而有意義的人生，才能知道我們活

著的世界的美麗，繁富，新奇，而不是單調，枯燥而無趣。」[9]這種見解的重要性，在於它奠定了隱地的出版觀念。隱地寫《我的書名就叫書》，是為書立傳。從此，爾雅出版社成為隱地的「心靈之廟」。

「文學本體論」，則在於以文學為自己的「宗教」。如他所說，「從進入《書評書目》到創辦爾雅出版社，這時已經進入我的『第三個十年』——1971 至 1980（民國 60 至 69 年），我從 34 歲進入 43 歲。爾雅出版社於民國 64年成立。」[10]在出版社成立後的頭十幾年，正趕上文學書好銷的時期。這時的隱地，不是急於抓緊時機發上一筆財，而是出於對文壇的責任感，力求回報社會。爾雅出版社先後印行「年度小說選」、「年度詩選」、「年度文學批評選」……即使文學書出版不景氣，他也堅持以文學為中心的出版方向。因為他的追求，同文學的價值是相關的。維持書的價值，推動文學的發展，出版業就成為文學史發展的一個環節，把審美的追求轉化為美育的使命，把美感提升為使命感。廣義的散文儘管帶有「雜文學」色彩，但以文化事業的揚帆為背景。堅忍的文化事業推進過程，恰是文心的成長階段。「一片冰心在玉壺」。

審美的人生，藝術的生活，文學的事業，都是隱地的追求！

爾雅的價值，隱地的意義，其實都在這裡。然後，雜文學可以轉換為純文學，廣義的散文可以轉換為狹義的散文，自己也由揚帆期進入巔峰期。功夫在詩外也在詩內，誠然是無為而無不為，廣義的散文也就有了自己的價值、自己的意義……

——選自章亞昕《時光中的舞者：隱地論》
臺北：爾雅出版社，2003 年 4 月

---

[9]隱地，《我的書名就叫書》（臺北：爾雅出版社，1978 年），頁 10。
[10]隱地，〈文學追夢五十年〉，《漲潮日》（臺北：爾雅出版社，2000 年），頁 234。

隱地的時間

序《草的天堂》

◎黎湘萍*

　　若說隱地先生 1990 年代開始寫的詩，是晚年釀造的「酒」，那麼，他從年輕時代一路寫來至今未輟的散文，應該是精心調煮出來的「咖啡」吧。好酒需慢慢地品才能知其真味，不必人勸，也不宜貪杯，喝到微醺處，便被這水中的火醅烤得飄飄然，醉眼朦朧中，彷彿獲得了自由，暴露出自己的真面目，那到處都是面具遮掩的現實世界也被揭開，變得清晰生動。好的咖啡呢，味清苦而濃香，放點牛奶，加點糖，一邊看報，一邊靜思。喝咖啡時，自己既是人世風景的一角，也是觀賞世事人情變幻的眼睛，直至剩下一點微涼，滿口餘香，過往行人，街邊風景，化為點點滴滴的記憶。喝咖啡醉不了人，也傷不了身，面具不妨還戴著，世界依舊朦朧，然而一杯喝過，神清氣爽，倒也逍遙自在。

　　歐洲人愛喝咖啡，像中國人喜歡喝茶。不過，喝茶有時需要找一兩個知心的茶友陪著聊天，喝咖啡則可以靜默獨處，無需別人相陪，也不會感到寂寞。喝咖啡的時間，是悠閒自在的。隱地是中國人，卻愛喝咖啡。他有一篇文章〈愛喝咖啡的人〉，講的卻不是自己，而是他所喜歡的西班牙導演路易士·布紐爾（Luis Buñuel, 1900-1983）。布紐爾驚世駭俗的電影《自由的幻影》（*The Phantom of Liberty*），把世界顛倒了過來看，讓人看到自己其實生活於偏見的枷鎖當中。這種反向思考，也常見於隱地的哲理散文和詩。隱地特意地引用了布紐爾說的一句話：「能夠真正維護我們自

*中國社會科學院文學研究所研究員。

由的，是想像。」不錯，布紐爾是夢想家，他把夢境當作他的電影的敘事主體或情節，用電影的想像來追求和呈現他的自由；隱地則是熱愛夢想的現實主義者，隱地的夢想都寫在他的小說、散文、評論、詩歌中，1975 年創辦爾雅出版社以來的文學出版與傳播，是隱地實現其夢想的現實主義路線（布紐爾的電影給人的印象依然是夢幻般的製作，雖然電影製作所需要的投入更為「現實主義」）。

　　隱地對布紐爾的興趣，讓我們看到了他與布紐爾的相似點。熱愛電影和咖啡的隱地，發現最吸引布紐爾的，除了電影，就是咖啡。也許電影只是布紐爾表現他對這個世界的夢想、嘲諷和批判的一種藝術形式，而咖啡才是他的最愛，因咖啡才是他與這個世界發生「現實」聯繫的媒介。布紐爾愛喝咖啡。坐在古老的咖啡館裡，靜靜地喝咖啡，是布紐爾沉思默想和享受生活的最好時光。在隱地所看到的《布紐爾自傳》的最後部分，布紐爾甚至想像自己「每隔十年會從墳墓裡爬出來」，買幾份報紙，在另一段長眠之前，舒適地躺在棺材裡，看看「這個世界這些年來到底發生了哪些災難」。[1]讀報紙的時候，自然少不了喝咖啡。隱地何嘗不是如此，愛喝咖啡的隱地似乎從布紐爾的身上看到了自己。他說：「這是一本讀來有趣的書，內容包羅萬象，我從前面讀到後面，從後面讀到前面，突然從中間讀起，這樣的讀法，在我以前讀其他的書時很少發生……這本書裡有許許多多的人名、街名、電影片名以及巴黎著名的咖啡館和餐廳的名字，我希望記住這些咖啡館的名字，有一天如有機會第三次到巴黎，要去尋找那些古老的咖啡館，我要像布紐爾一樣，什麼都不做，只是靜靜地獨自坐在角落沉思默想。」[2]

　　還沒有人去談過咖啡對於隱地的意義，除了隱地自己。在〈盪著鞦韆喝咖啡〉一文中，他由美國舊金山柏克萊電報街上的「回」字型書店咖啡屋說起，提到：「臺北有這樣迷人可愛的咖啡屋嗎？我們可有書店和咖啡

[1]Luis Buñuel 著；劉森堯譯，《布紐爾自傳》（臺北：遠流出版公司，1989 年），頁 249。
[2]隱地，〈愛喝咖啡的人〉，《草的天堂》（臺北：爾雅出版社，2005 年），頁 179。

屋合而為一的地方？」他談臺灣連鎖書店與咖啡屋的關係，接著像布紐爾一樣，把他曾經光臨過的臺北有品味的老咖啡室都一一介紹，如數家珍。文章快結束的時候，他寫道：

金華街永康公園附近有一排很有意思的店，其中賣咖啡的「永康階」，女主人親自調配加上一片新鮮紫蘇葉的「山草咖啡」別有風味；而忠孝東路四段巷子裡的「山家小鋪」，出名的雖是花茶，而我喜歡喝他們的「山家特調咖啡」。此外，「山家小鋪」的玫瑰蛋糕，玫瑰麵包以及玫瑰小餅，更是口感十足。它的魅力無窮，可以吸引我從廈門街家裡特地趕著路去買回來，我還為此寫過一首題為〈玫瑰花餅〉的詩：

出門的路
回家的路
　　一條簡單的路

原先歡喜地出門
為了要買想吃的玫瑰花餅
讓生命增添一些甜滋味
怎麼在回家的路上
走過牯嶺街——
一條年少時候始終走著的路
無端地悲從心生
黑髮的腳步
走出白髮的蹣跚
　　我還能來回走多少路？

仍然是出門的路
回家的路

一條簡單的路[3]

微苦的咖啡要配上一些甜點，才能喝出生命中的滋味。隱地為了玫瑰花餅而歡喜出門，回家的路上卻突然悲由心生，「黑髮的腳步，走出白髮的蹣跚」。隱地讓我們看到，在同一條路上，踢著石頭上學的黑髮少年，竟走成了歡歡喜喜帶著玫瑰餅回家的白髮老人。這是隱地詩中電影鏡頭般的切換，而隱地在這瞬間的切換中把一聲嘆息，變成了一首感人肺腑的詩。電影讓我們看到畫面，詩則帶我們進入人的內心世界。這是生活在現實中的夢幻詩人，他從「有」的繁華熱鬧和歡喜中，突然意識到了「無」的存在和悲涼。他的詩和散文的醉人之處，就在這些忽然出現的時間變幻引起的無限感喟與悲憫之中。

然而，隱地始終是歡喜的，因他知道享受這世界的好。人生的無常，對隱地而言，不是悲觀的理由，而是徹悟的契機。他很少因無常而濫情感傷，卻總能用機智和幽默的態度，化解對於時間的恐懼，調侃無時不在的「無常」。這文章最後一段說：「如果有一天，棺材店也賣起咖啡來多好。至少，西班牙大導演布紐爾會來光顧。他曾希望每隔十年能從墳墓裡爬出來，買份報紙讀讀，以便知道新的世界變成如何一種樣貌。他一輩子愛喝咖啡，在未曾買報紙之前，當然要先喝一杯。喝咖啡的人愈來愈多，做了鬼，別的沒什麼好擔心；（不是人人最後都會變成鬼嗎？）讓人擔心的是，陰間可有充滿情趣的咖啡屋？」[4]

這是隱地的幽默。咖啡屋的興廢更替，對隱地來說，其意義不止於讓他在時光的長河中徜徉懷舊，追念逝水流年，他似乎更有意借此寫出一個城市和一個時代的變化，對於這變化，他感到惆悵，然而，既然看透了變化的必然，他乃抱有歡喜的心腸。也是在這篇文章的末尾，隱地特意地加上一個附註說：「文中提到的好多咖啡屋，早已在臺北消逝，但只要你有

---

[3] 隱地，〈盪著鞦韆喝咖啡〉，《草的天堂》，頁237～239。
[4] 隱地，〈盪著鞦韆喝咖啡〉，《草的天堂》，頁239。

力氣在臺北四處閒逛，會發現臺北巷弄裡多的是風情萬種的咖啡屋，彷彿夜空中的星星，讓臺北變得更美麗。」

「咖啡屋」連接著隱地個人的生命經驗與臺北半個多世紀以來的滄桑歷史。這巨大的社會、政治、經濟和文化變革的歷史，原來竟如此牽動著每一個普通人的一生一世。隱地的《漲潮日》，就記載了柯青華變成隱地的歷程，而隱地在臺北五十多年的大歷史中的苦難、追求和為了自己的夢想而不懈奮鬥的歷程，就不僅是他的成長故事，因為他走過的年代，也是一個文學的年代，電影的年代，藝術的年代，政治、社會和文化觀念大翻轉的年代。他關於時間的記憶，融化在一杯杯餘味無窮的香濃咖啡中了。

隱地的散文，確如他煮的一杯杯濃咖啡。我甚喜其似苦實甘，如茶似酒的味道。一杯在手，未品而先聞其香，那暖意順著杯子傳到手中，看看杯中深褐色的清亮，令人想起周作人喜愛的藥味或者苦茶，你可以根據自己的口味，或加點牛奶，或加點糖。這就是隱地的散文，永遠有一種清新平順、自然淡泊而富於感情的情調。他把個人苦澀的經驗神奇地轉化為對人生的優雅態度。他娓娓訴說著人世的愛戀和夢想。他坦率記敘著生活的真相，怨悱之情，沒有化為戾氣，卻轉成悲憫和寬容。他不是具有強烈社會批判意識的作家，然而他並沒有放棄批評，他從城市和時代的變化中，暗寓其婉而多諷的春秋筆法，更重要的，是他始終在喝咖啡，而咖啡似乎是他所能看到的唯一不變的東西，不管咖啡屋如何易主或消失，也不管是否還能在諸如明星咖啡屋那裡看到周夢蝶的書攤，聽到羅門的大聲說話，人去樓空之後，咖啡的味道，總是那麼甘苦濃香，那麼能讓惆悵不安的人得到孤寂中的慰藉。

因此，似乎也可以說，咖啡似苦而甘，就是隱地散文的特色，它來自隱地的生活經驗。隱地的作品，從初涉文壇的少作直至晚近問世的一系列篇章，雖不免有早期的青澀絢爛與晚期的成熟淡泊之別，但仔細讀來，還是能感覺到他一以貫之的思考和風格，那就是對於人生、人性和人情的濃厚興趣和細緻入微的體驗觀察。他的文字，始時如清泉，明澈純淨，漸漸

匯為鄉間小溪，穿過山野，越過荒原，汩汩流淌，雖是涓涓細流，卻滋潤了一片片荒蕪的心田。到最後，經作者精心而不露痕跡地再將這些清泉溪水收攏釀造，竟變為神奇的醇酒，可儲之久遠，餘味無窮，常常會心一笑，卻不知此心此情緣何而起，只覺得興會之間，雲淡風輕。

　　閱讀隱地，是令人愉悅的。這種愉悅，來自放鬆了心情的妙賞態度。你無需在他那眾多作品中刻意選擇，區分高下，你不必擔心你的理解是否符合作者的原意，更無需在意你的閱讀興趣是否符合那些高明的批評家所劃定的標準。你宛如漫步山蔭道上，迎面都是風景，一花一草，一樹一葉，或山或水，應接不暇。你可能會笑他那〈一朵小花〉的自謙和認真，然而那初出書時的興奮和對文字的虔敬，不由你不肅然；當他為「方向」所困惑，你會看到少年隱地的執著；當他把人生比作爬山，你會驚訝於他的少年老成；他讀琦君《紅紗燈》而感動於作者的「真情和善意」，琦君因有一位「慈藹的母親」而涵養出溫柔敦厚的氣質，能以祥和、寧靜的心境面對充滿了戾氣的社會，何嘗不是他嚮往和孺慕的境界？他喜看電影，不僅因為電影可以讓他逃避現實生活的困頓，而且他把電影當作認識生活和反省人性的另外一種形式，這是他閱讀人性的另外一個天地，因此，你會發現，從很早的時候開始，他的影評和書評成為他閱讀和解釋生活這部大書的重要方式，1967 年出版的《隱地看小說》留下了那個年代臺灣文壇的風氣和軌跡。1968 年出版《一個里程》收入的影評〈大地兒女〉和〈破曉時分〉，就可以看到隱地很早就關心電影與文學的互動，而對於電影作為一種藝術所具有的「寓教於樂」的特性，以及電影所揭示的人性的複雜性，電影所具有的人道主義的關懷，31 歲的隱地更是別有會心，其識見自不同於把電影僅僅當作「宣傳」的權勢觀點。

　　隱地是外表溫文爾雅而內心堅忍不拔的人。當你讀到〈讀書‧寫作‧投稿〉時，你會為他對文學的鍥而不捨的追求動容。在大家對文學都還在心存愛戀和敬畏的年代，一個為投稿的成功而歡喜，為退稿而黯然的少年，掩藏著多少鮮為人知的傷痛和夢想，直到多年以後，他才在《漲潮

日》等一系列散文中，向我們一一披露。而這些文章內外的傷痛和夢想，其實都是借助於文學寫作來治療和實現的。如果沒有文學，我們日後不會看到這個僥倖在中國歷史的轉折關頭，從崑山鄉下來到臺北的少年，從牯嶺街、寧波西街、南昌街徘徊著走進臺灣文學史的時間隧道之中，並從此使自己成為臺北的眼睛，臺北的腳，用他特有的觀察和遊歷，留下永難磨滅的關於這個城市人生的記憶。

閱讀隱地，你會發現，原來散文以及他的其他寫作形式，包括早期的小說、書評和晚年突然出現的詩歌，並不只是僅供人們玩賞的「文體」而已，這些簡直就是他特殊的生命存在的形式。他把自己的生活經驗，都融化在這些作品當中，而這些經驗，既是他個人的、家庭的，也是社會的、國家的，從「克難歲月」到「繁榮時代」，從「封閉保守」走向「開放變革」的臺灣社會的變遷發展，都在隱地的寫作中留下了難以磨滅的印跡。或者反過來說，隱地讓他自己成了臺北這個城市變化的證人，臺北從 1950 年代以來的歷史，因隱地的文字而變得具體、細緻、有血有肉。

隱地大概也沒有料到，當他以文字書寫的方式成為臺北的歷史的見證者和書寫者時，他從此也塑造了屬於他自己的時間，這是用文字凝固起來的時間，這時間不再溜走，除非這些文字都被時間湮滅。隱地以文學藝術的方式存在，甚至從 1975 年創辦爾雅出版社開始，以文學出版和傳播的方式存在。用隱地的話說，文學成為了他的宗教，爾雅出版社成為他的廟。這種存在的方式，讓「屬於時間的柯青華」在文學史上從此有了「屬於隱地的時間」。

「屬於時間的柯青華」，是一位 1937 年誕生於上海，七歲時被父母送到江蘇崑山鄉下寄養，十歲時奇蹟般地被飄洋過海到臺灣任教的父親接到臺北，至今已在臺灣生活了 58 年的人。他像常人一樣，有過苦澀的童年、少年，有過充滿夢想和理想的青年，有過堅韌奮鬥而終獲成功的壯年，而今已經進入晚景燦爛的老年。而「屬於隱地的時間」，則開始於他的短篇〈請客〉問世那一年。若以書的正式出版為標誌，則 1963 年初版的《傘上

傘下》宣告了隱地的文學時間的開端，到現在為止，隱地已經出版的三十餘部作品，構成了「屬於隱地的時間」的文學之河，它們將從此匯入中國文學史的長河中，構成其中獨特而亮麗的風景之一。

　　這風景所以特別，是因為你若仔細觀看，會發現它從亮相文壇開始，就一直是青翠蔥郁的一片充滿了活力的文學樹林。若以這本 40 年的散文選集《草的天堂》為說明，則它就是一個「草的天堂」：

> 終於我們到了瑞士。一個完全不同的國家。清潔、美麗，人們臉上均掛滿微笑，他們臉上沒有戰爭的陰影。盧什內是草的天堂，樹的天堂，也是鳥的天堂，一切動物們的天堂，自然也是人的天堂。放眼望去，是一坡又一坡的草皮，青綠的，嫩黃的，以及一叢又一叢的林木，老樹，中年樹，青年樹以及幼樹，你從它們葉子的顏色，可以看出它們的年紀，草們，樹木之外就是花們，野花也好，家花也好，鬥豔爭奇，你喊不出它們的名字，然而一樣的是，它們都有屬於自己美的風姿，微風加上陽光，它們彷彿一群快樂的鳥兒，在低語，舞動著它們的身肢，有的像傘，有的像葦，有的像亭，真是一片美好的田園景色，湖光雲影，令人沉醉。[5]

　　這是隱地第一次歐遊時到瑞士的觀感。隱地曾把這一次歐遊看作他人生的一次分水嶺，是他「生命中的一頁『傳奇』」，因為異域旅遊，讓他「看遍了世界的九十九面」，使他的生活從 40 年前的「黑白電影」變成了 40 年後的「彩色絢麗」。[6]但也因為是第一次到歐洲，瑞士盧什內的美麗風景，也不免被他賦予了理想化的成分，他更願意看到的是「人們臉上掛滿微笑」，看到這個中立國家的國民「臉上沒有戰爭的陰影」。隱地筆下沒有去關心那些微笑底下的其他苦惱。這短短的散文，也可以看作是一種象徵，它以節奏

---

[5]隱地，〈草的天堂〉，《草的天堂》，頁 89～90。
[6]隱地，〈哥哥‧歐洲和我〉，《草的天堂》，頁 105～106。

明快的短句，熱情地呈現隱地所觀察和想像的對象，這種熱情，恰是隱地作品的普遍的特徵：在艱難生活中仍追求人的尊貴、優雅，既揭示生活中的艱難困頓和醜陋的陰暗，更強調人應該而且可以「選擇」和「享受」美的、人性的生活。這是隱地的理想，也是隱地散文的基本格調。

隱地是如何表現這一基本格調的呢？在我看來，隱地書寫中有幾個揮之不去的關鍵字，或許是進入隱地世界的鑰匙。其中「人生」、「人性」和「人情」是隱地成長過程中最為集中的觀察點。如果說，在第一個十年（1963～1970），隱地為之魂牽夢縈的，是對於一個青年而言最為重要的「人生」或「生活」的方向和意義問題，那麼，第三個十年（1981～1990）他所關心的，就是更為內在的「人性」善惡多變的問題，而第二個十年（1971～1980）是從第一個十年向第二個十年的過渡。第四個十年（1991～2005），隱地對人生、人性的思考越發圓融，他把「人生」和「人性」的思考融合起來，化為一個智者對「人情」的圓融的體察。

先來看看「人生」。在這部 40 年散文選中，第一、二個十年（1963～1980），隱地 26 歲至 43 歲。他此時觀察和思考的重點，就是「人生」。人生是什麼？人應該如何生活？是隱地這兩個時期所集中表現和解決的問題。〈生活在興趣裡〉是回顧了他的編輯生活的自傳，關心文壇掌故的，自然從中了解到他當年參與《純文學》、《青溪》和《書評書目》編輯工作的過程，而欲了解隱地的生活態度，當會更關心隱地如何通過自己的「興趣」和「選擇」來擺脫生活這面「網」。「選擇」雖然也受制於各種偶然的因素，但有意識的「選擇」才會改變人生的軌跡和意義。這篇散文不僅是自傳，文壇掌故，而且還暗藏著「存在主義」的意味。〈人生的魔舞〉和〈青蘋果〉，同樣涉及如何在被拋入己所不欲的環境中還能正確看待人生和選擇生活的問題；〈誰來幫助我？〉讓人想到挪威表現主義畫家孟克（Edvard Munch, 1863-1944）的名畫《吶喊》（*The Scream*），「在都市的漩渦裡，現代人的掙扎與吶喊，就像在大海上求救的聲音。任你撕破

了喉嚨，吼得震天價響，也還是少有回音」。[7]隱地洞察現代人的渺小微弱無助感，看破人的命運的不可預測和天壤之別，他也看到了人對於名利的追求的無常和虛幻，「小小的頭銜，卻是我們窮年累月以一生的時間才爭取到的。我們用白髮、腎虧和心臟病，換來了金錢和權勢。我們擁有一切，只是失去了健康」。[8]

其次是「人性」和「人情」。第三、第四個十年（1981～2005），隱地44歲至68歲，已到了不惑和耳順的境界。他探索得最多的，乃是最困擾人的「人性」和「人情」問題。如果說「人生」更多與外在的社會環境和現實生活的狀況有關，那麼，「人性」則更深入到人的內在性質問題。第三個十年（1981～1990）出版的「人性三書」（《心的掙扎》、《人啊人》和《眾生》），以及第四個十年（1991～2005）出版的《人生十感》、《身體一艘船》，都是進入不惑之年之後寫出來的徹悟「人性」的作品。從文體上看，隱地多以格言的形式來表現現代社會之人性的多面性和複雜性。《心的掙扎》往往以一句話來揭示二元的甚至多元的道理。比如說，「有時候，答應是喜劇的收場；有時候，答應是災難的開始」；比如說，「愛情使人年輕，愛情也使人蒼老」；又比如說，「活得有趣，老年人會變得年輕；活得無趣，年輕人會變得年老」。〈字母狂想曲〉（《人啊人》）用26個英文字母代表形形色色的迥異的人生觀，幽默地展示了人性的多變、複雜和不確定。但一直要到1997年1月發表的〈身體一艘船〉，隱地才回歸到對「人情」的最精采圓融的徹悟中。這篇文章讓人想起魯迅《野草》般的思緒和文體：

當年初航的勇猛，顯然風一般地消逝了，他踽踽獨行，還能在這逆風冷雨的海上支撐多久呢？我知道答案。人生的收尾還會有什麼好戲？他最後會沉沒，我也會沉沒，隨後趕來的獨木舟、小帆船和紙船一一都會沉

---

[7]隱地，〈誰來幫助我？〉，《草的天堂》，頁121。
[8]隱地，〈誰來幫助我？〉，《草的天堂》，頁124。

沒。但是我們怕什麼呢？歷史會記載我們的航程，雖然歷史也將沉沒，沉沒才是這個世界最後的命運。[9]

他穿越歷史，閱世已深，了悟生死，參透有無，那希望中的絕望似乎也是魯迅的：

我望著陽臺上一雙又一雙的鞋，這些像船一樣的鞋，它們載我行過大街小巷，讓我成為城市的眼睛。我們的城在春夏秋冬裡老了，我們的城也因為春夏秋冬而年輕。許多遺忘的老歷史被翻陳了出來，另一些新綠，卻蓋上了黃土。這會兒的羞辱，曾經也是人們歡呼過的榮耀。一棵樹的茂盛、憔悴，原來就是一座城的故事。[10]

他像魯迅般有深切的反省能力，然而，他因妥協而樂觀的情緒，似乎又是魯迅所沒有的：

人要愈活才愈知道，世間的真相其實不容易看到。人是矯情的，城市是矯情的，連我這艘船也是矯情的，不是嗎？我們從來不曾赤裸著站出來，有誰看過原木船？不管是什麼材料的船，都要上漆。上漆對船身是保護，穿衣也是。我們用衣服保暖，也用衣服和朋友保持距離，保持我們的尊貴。[11]

在隱地的作品中，有一個關鍵字「時間」是最不能忽視的。隱地非常敏感於時間對人的重要影響。〈一條名叫時光的河〉與其說是對時間的憑弔，不如說是對一個文學與藝術年代的懷舊，置諸已天翻地覆的當今環

---

[9] 隱地，〈身體一艘船〉，《草的天堂》，頁 242。
[10] 隱地，〈身體一艘船〉，《草的天堂》，頁 243。
[11] 隱地，〈身體一艘船〉，《草的天堂》，頁 243～244。

境，一代人曾共有過的美好時光，或許竟已令人不堪，這是令人唏噓不已的事情吧。〈時間陪我坐著〉非常精采有趣。時間這傢伙是個無所不在卻無從捉摸也難以打敗的隱性人。它隨時侍候在每個人身邊，但意識到它的存在的，卻不太多。意識到而不會產生恐懼感的，則是智者。「此刻，時間陪我坐著，我們互看互望，它對我還算仁慈，看著我喝咖啡，吃早餐，它只是有點妒嫉，妒嫉我的快樂，於是和我開起玩笑，把我想吃的食物弄壞掉。」「時間對我微笑，我有點生氣。你未免太凶了，我知道你在慢慢收拾我，以每天讓我老一點來收拾我，對食物，你讓它們發黴，一個斑點、兩個斑點，無數個白斑點之後，是無數個黑斑點，直至食物腐化，而世上的人，你讓他們臨老，初老、漸老……老得像靜物，最後還要帶他們進入死亡。」[12]

讀了隱地的這篇文章，你是否會想到卡夫卡筆下那位在時間中慢慢變成一隻甲蟲，並從此不再恢復過來的老兄呢？

隱地文章的風格統一而多變。統一的是那平順自然的文字，多變的是他的敘事情調和方式。你會時時從他的文章讀到一點魯迅的憂憤（如〈身體一艘船〉、〈濃淡‧明暗〉），卡夫卡的怪異（如〈時間陪我坐著〉），你也會發現一點海明威的情緒，如〈午餐時間〉就令人想起海明威的短篇〈一個清潔明亮的地方〉中那位飽經滄桑的老者獨坐咖啡館時的孤寂。

回想起來，我讀隱地先生的文章，也曾是很孤寂的。那是很久以前的事了。那時只能泡在北京圖書館的臺港澳圖書閱覽室裡借閱，通常都是一大早起來，乘坐地鐵，改換公車，一個半小時後才趕到圖書館，找個位置坐下，然後安心借閱，午餐也要在圖書館餐廳裡吃，一泡就是一天。那時最感興趣的是《隱地看小說》，這本書初版於 1967 年，隱地時年三十，已出版了《傘上傘下》（1963）和《一千個世界》（1966），但這兩本收入他最早的散文和小說的集子，我都找不到。這種先入為主的閱讀，讓隱地作

---

[12]隱地，〈時間陪我坐著〉，《草的天堂》，頁 324。

為一個小說批評家，留在了我的印象中。現在回顧起來，1967 年剛屆而立之年的隱地撰寫的批評文字，雖然頗揭示了當時臺灣文壇藝術小說的精髓和問題所在，他所評論過的作家作品，已成為了解 1950、1960 年代臺灣純文學的一扇視窗，但對身處 20 世紀 80 年代中後期的大陸讀者來說，隱地那種溫文爾雅的批評，實在不如 1985 年問世的龍應台酷評小說那麼激烈過癮。不過，誰都會注意到，《龍應台評小說》這本書，恰是在隱地的爾雅出版社出版的，這似乎有點像是「借他人酒杯，澆自己塊壘」。當然，《隱地看小說》和《龍應台評小說》，一「看」，一「評」，前後跨越十餘年，形成兩種不同風格的文學批評，也讓讀者循此而找到臺灣文學批評及其語境的一條變化發展的軌跡。隱地在他似乎放棄了「文學批評」的 1980 年代，卻轉而用出版的方式，延續著他對文學和文學批評的持續不變的熱情和理想。

　　我從來不曾想到，多年前的閱讀也會不知不覺地變成一種機緣，讓我在今年終於有幸認識隱地先生，有機會大量拜讀他的幾乎所有的作品。這是一次斷斷續續的閱讀之旅，我很喜歡躺在沙發上，隨手翻閱隱地的作品，尤其是他晚年突然變成一個年輕的詩人，在我看來，幾乎是奇蹟。詩如酒，越到老來越醇厚。散文如咖啡，只要喜歡，隨時隨地都可品嘗。沒想到，這種隨意閱讀的快樂被打斷了，柯青華先生竟然冒險要讓我為他 40 年的散文選集《草的天堂》寫序，我頓時跳了起來，從此不能再隨意躺在沙發上了，我得把他所有的著作都排列起來，放在書桌前，為他製作一個寫作年表，把他跟前後左右的作家作對比，盡可能按年表的前後序列一一閱讀他的所有文章，而不是跳躍式地隨意翻閱，想讀什麼就讀什麼。閱讀變成了一種理性的行為和職業的習慣。

　　然而，隱地的散文是抗拒這種職業性的閱讀的。他的散文和詩歌，都有一種力量，要把人從職業性的機械閱讀中擺脫出來。因為隱地從未板著臉寫文章，即使你在他早期的散文中發現關於「人生」「方向」的思考，使他少年老成，你也不會笑他「幼稚」，你反而會驚愕於那個時代的少年的

認真。他晚年寫《漲潮日》系列文章之後，你才會發現，原來他也曾經歷過那麼多的傷痛啊。這是隱地吸引你的地方。一篇篇娓娓而談的散文就是他的生活經驗。他不事雕飾，率性而寫。他寫出了他父親、母親、哥哥、姐姐和自己的在那些流逝的時間中的不同命運。他是柯家的眼睛，也是臺北的眼睛，為柯家，也為臺北觀看並保留下了 1950 年代至今的滄桑變化。

　　隱地還是一個文體家。他創造了散文中的格言體，他的日記體散文，不僅是屬於他的「起居注」，也是臺北日常文化生活、社會生活的「起居注」，臺北是因有了人的多彩生活才有了它生動活潑的生命的。隱地擅長在散文中寫詩，他的散文就是詩，直到最後，他終於忍不住把「咖啡」變成了「酒」。這麼多變的文體，你如何用一種理論的東西把它們框住？他說人是一艘船，沒有方向的船。沒有方向便意味著有多種選擇，他的文體也是如此。他這個人隨意地在臺北這個海中飄遊。他的文體也在飄遊中流動和變化。沒有非常明確的方向就是他的方向，沒有自錮於某一種文體才造就了隱地的特別。自從隱地用文字和書，不斷地改寫他的命運以來，文學史也因他的文體的藝術而騰出了一段屬於隱地的時間。毫無疑問，柯青華的生活時空大於隱地的生活時空，然而，也許只有「隱地」創造的藝術時空，才會延長柯青華在漫長歷史時空的生命的存在，除非如隱地所說，「歷史也會沉沒」。

　　閱讀隱地先生，對我而言，是在閱讀隱地「這一個」獨特的散文家、評論家、詩人、出版家的生命歷程，他出入風塵，或如金剛怒目，或如菩薩低眉，時而像山之遠之堅毅之峻峭，時而像水之深之活潑之灑脫，他的行文，有時樸素，有時雅致，像喜亦喜，像憂亦憂，而無不簡潔自然；他的情感，有困惑，有憂患，而更多的是生活的歡喜和愛戀；他對人性的觀察，深刻細緻徹悟卻沒有流於玩世不恭，在對人的感悟中，凸現人的莊嚴、優雅和美。閱讀隱地，對我而言，也是在通過隱地筆下的特殊的觀察和思考來閱讀臺灣戰後歷史、文學和社會文化的變遷史。這種閱讀，讓我看到了隱地個人的生命時間，是如何借助他的文體多樣的作品，漸漸地融

入臺灣文學的時間，成為臺灣文學史的一個部分，而這一部分，將促使人們不斷地改變和調整臺灣的，乃至整個中國的文學地圖。

　　　　　　　　　　　　　　2005 年 9 月 21 日於臺灣清華大學

　　　　　　　　　　──選自黎湘萍《從邊緣返回中心──黎湘萍選集》
　　　　　　　　　　廣州：花城出版社，2014 年 11 月

微型文學史

讀隱地《遺忘與備忘》

◎林文義[*]

　　難以想像，熾烈晚夏未過，微寒深秋未來，作家與出版人雙重身分的隱地竟在三個月之間，完成了一冊質量豐厚的特異之書，令人目不暇給之際，幾乎就是文學臺灣的另類印證。

　　說它特異、另類，乃是隱地本身就具備著眾人皆能認可的說服力，最資深的作家、編輯人、出版者的身分，對於近代臺灣文壇而言，毋寧就是一冊厚實的文學活字典；再則近二十年，在嚴肅文學出版市場，逐漸蕭條、小眾化的嘆息聲中，他的創作力反而逆向般地源源不絕，散文、小說，甚至侵入了詩的領域……。

　　《遺忘與備忘》這冊橫越戰後至今，60 年一甲子的文學年記（1949～2009）所呈現的，是令人驚心的記憶，猶如書題所示，因為遺忘，所以必須以備忘留存；如此書寫的大願不無彰顯其作家一向的惜情與悲壯。

　　這是歲月與青春之書，更是從前文學風雲的留影和印記。前書《回頭》書寫個人與作家友伴之間的私己經驗，來到《遺忘與備忘》則是臺灣文壇一甲子 60 年，共同的記憶。

　　記憶說來若往事如煙，所有湮滅的、輝煌過的、失落與忘卻的，如今彷彿依稀的文壇昔往；我們未知或已知的，隱地竟然毫不含糊的一一回顧，猶若身入古老的地宮墓陵，考古學般地審慎追索，被覆蓋久遠的塵埃、蛛網裡的物事，作家細加擦拭，金黃、水晶般重現曖曖含光的再生姿

---

[*]作家。

態，就從 1947 年說起……。

　　1947 年，少年隱地從海那邊的中國上海航渡來到陌生的臺灣，名著《漲潮日》記之翔實，不再贅言。歲月幽幽，到今時 2009 年，60 年一甲子誠是一夢，這夢卻是美麗而艱難的文學歷史；前人或者書寫近代文學史之發願或近人如陳芳明先生長年潛心於《臺灣新文學史》撰寫中，我們還是想到已故文學前輩葉石濤先生所留下的《臺灣文學史綱》的珍貴典範，屬於學術的或者史料。隱地的新書則是極富人間性格的款款道來，用筆之初心良意卻以感知、抒情的散文形式呈現，也就是說這是一本點描 60 年臺灣文壇的「微型文學史」。

　　「微型」可詮釋為極簡，卻未輕言漫思，讀者翻閱此書時，大可放鬆快意的品味其「隱地文體」的閱讀樂趣，亦可及文學近代史的人與事乃至於出版社、副刊、雜誌……繫於國家重大事件的展延，誠如作家在卷前如此明示：

> 我的「文學老抽屜」裡還藏著不少珠寶，既是蒐集者，就應盡起責任，把老抽屜好好清理擦洗一番，讓文學的珍珠寶貝原先的光亮，重見天日，把光華還給天地……。

　　視文學為「珠寶」，毋寧正是隱地一向秉持對於文學之神的不渝虔敬。他的名句：「我的宗教，我的廟」，已然說明一生依歸的信念在於最為鍾愛的文學與出版，因而引以「珠寶」形之典範，自有深沉意涵，亦是珍藏記憶於文學行止，今時終於如願完成此書，印證也留予近代文學歷史的鮮明脈絡，可謂用心良苦。

　　揣想文學的前行代，如何在內戰動亂不由得辭親別鄉，青春盡喪於大時代悲劇，沉鬱、驚懼，至陌生的臺灣，且將異地作家鄉，這海外之島，終究豐饒、慷慨地予以接納；苦悶心靈何以託付、抒解，唯文學書寫無他。

　　隱地是個深情有心的傳信人，著意書寫《遺忘與備忘》試圖留予文學
60 年在臺灣最美麗的記憶，已非私己的個人所願，而是壯闊如大山大海的
意志及念力所撐持。當然這不是一冊文學史，相信就是純然的散文紀事，
我所形之的「微型文學史」自是我個人的質性認定，或許隱地本身僅是惜
情的文學留痕，卻無形之間成就了此一散文體例特異、另類之展演。1949
到 2009 年，60 年文學簡史中呈現的並非僅是條列排比，隱地有他深邃、
體恤的理解與疼惜，是故全書充盈著溫暖的美意，傳遞著文學人許身，允
諾的永不妥協的身姿及理想，逐頁巡看，繁盛如花卻也偶見荒寒沉落，猶
若季節更易，有著人去樓高的悵然……。

　　試圖還原往昔，曾經芳華璀璨，曾經人事蒼茫，這才是文學存在的理
由，猶若銜著橄欖枝葉的飛鴿傳信，文學逐日蕭索的現今，幾人得以靜坐
窗前或夜倚孤燈，尋求文學的美質蘊藉？因之，深諳文學出版艱困生態的
作家，如同推石登頂，石遂滾落的天譴之人，彷彿被懲罰的宿命，決絕地
立願，書寫這本書。

　　　這半年集中心力搜尋，我看見了。我看見作家的辛酸，也讀到他們寂寞
　　身後事；但我寫不完，所有的書都在我眼前流轉，每一部書，都是「無
　　淚不成書」啊！但為何你連提都不提一下？……這不是一個人可以做得
　　完的事。也不是三、五年就能寫得完整的書。請大家都來寫，寫一部完
　　整的大事記。日日記，月月記，才會有一本真正的文學年記……。

　　〈後記〉如此語重心長的召喚，他已率先翻尋文學老抽屜裡的珠寶，
散文式的「微型文學史」，將遺忘的留為備忘般地珍惜。

——選自《文訊》第 290 期，2009 年 12 月

邊邊角角看文壇

◎張瑞芬*

　　距離林海音的時代很遠了，沒想到資深出版人隱地出了一本三十年後的《剪影話文壇》。

　　2010 年開春未幾，隱地就以〈一日神〉榮獲九歌 98 年度散文獎，同時《朋友都還在嗎？》這本新作，又承繼了一年前《遺忘與備忘》的文學史話主題，成為一組完美的姐妹書。《朋友都還在嗎？》記人，《遺忘與備忘》編年，雙璧連珠，在寒涼人間，就像是點燃了一盞不肯熄滅的爝火，照亮了周天的黝暗。

　　自稱「生命的列車繼續往前開，窗外的白霜怎麼爬上了我的眉毛？」的隱地，經營爾雅出版社三十餘年了，自己也擁有不俗的品味和一枝健筆。面對文學市場近年的式微，他是正直、純樸、老派且熱腸的，像唐吉訶德奮力對抗著風車般，守著最後一道純文學的防線。年度詩選外，你瞧他近來出版的書——張曉雄《野熊荒地》、魯蛟（張騰蛟）《舞蹈》、季野《人間閒日月》、曹介直《第五季》或《Dear Epoch——創世紀詩選》、《新詩播種者——覃子豪詩文選》，冷門極了，讀來卻真的不錯。而自 2007 年以來，隱地持續在《中國時報》、《人間福報》撰寫專欄，牽動了多少老讀者的神經。他直言社會冷漠，年輕一代全都掛在網路上，「對什麼都沒有意見」；慨嘆朋友不見，副刊消失；研究攝影家柯錫杰的自傳與《正訛》這樣的字辭辨正書，並懷念鉛字排版的書與卡萊葛倫的老電影。尤有甚者，徐訏和司馬桑敦的書怎麼書店都找不到了呢？

*發表文章時為逢甲大學中國文學系副教授，現為逢甲大學中國文學系教授。

　　於是你想起余光中 1973 年那首〈守夜人〉：「五千年的這一頭還亮著一盞燈／四十歲後還挺著一枝筆／已經，這是最後的武器／即使圍我三重／困我在墨黑無光的核心／繳械，那絕不可能」，不正像寫隱地一般？新科技席捲而來，即將終結了紙本書的生命，更糟的是讀者板塊已經早一步像南極冰山一樣的碎裂崩解了。隱地《朋友都還在嗎？》，其實問的或許是「讀者們都還在嗎？」。像靜夜中發出的一聲絕望吶喊或熱情問訊，迴盪在不知名的凝凍空氣中。

　　惛惛之事，赫赫之功。作為一個和作家打了四十年交道的老編，文壇的瑣細小事、邊邊角角與旮旯縫兒，幾乎無一不知，《朋友都還在嗎？》寫人，因之注定比《遺忘與備忘》的記事更有看頭，也更能滿足讀者的窺探欲。尤其隱地又是個和作者知心相交，習於親筆寫信博感情的人，從這一點看來，孫如陵、王鼎鈞、瘂弦、林文義這些稱職的編者也都適合搭些照片，寫一本《剪影話文壇》，保證精采絕倫，也讓部落格後生小輩略略感受前輩風範與早年文壇的厚道。

　　隱地《朋友都還在嗎？》篇幅短小易讀，主要分三大部分：「書前書後」、「人物篇」、「邊邊角角篇」，其中尤以兩兩並列的「人物篇」與發抒己見的「邊邊角角篇」最為全書主軸。在「人物篇」這些看似不經意的海陸雙拼組合裡，篇題精緻有味，內裡蘊藏深意，有些意念甚而可以擴大供研究生去延展深論了。例如冷副刊（被動篩選稿件）與熱副刊（主動策畫約稿），二者代表的寫作環境與發表模式異同；《聯副》與《中時副刊》前後策畫的海外學人專欄，啟動了 1970 至 1980 年代文壇與學界的合作模式與新思潮，以及《中華民國筆會季刊》和臺灣當代文學譯介史。而「邊邊角角篇」也有趣，細數文壇業績多寡（誰寫得最多／最少？），漫談年度詩文選的苦心經營，在書展會場回憶半世紀時光流轉，嚮往一個書店街的時代來臨，驚呼暢銷書封面之醜陋無文，憂心純文學副刊園地的消亡。總之，這還是那個曾經使我不覺噗哧笑出來的隱地，他的〈再生詩〉曾有這麼幾句煞尾：「……但他實在是一個好人／只不過寫了一些壞詩／所有寫得出好詩

的／全是壞人」。

　　瘂弦或者洛夫，無疑都是壞人，而五條領帶、三雙皮鞋走在路上的凡夫俗子如我等，白色小馬般的年齡，綠髮的樹般的年齡，無疑都已過了。「用青春的詩，抵擋自己心理的老和生理的老」的，是這許許多多戀舊的，寫不好詩，但可以體會文字的溫潤與幽默的讀者。

　　我喜歡《朋友都還在嗎？》裡〈孤獨國主與三輪車伕〉寫周夢蝶和張清吉。前者一襲長衫，垂眼低首，端坐街頭賣冷門詩集還不讓還價，後者從三輪車、舊書攤到成立志文出版社「新潮文庫」，同樣的苦心孤詣，是臺北文壇不可欠缺的一景。〈讓能言鳥繼續歌唱〉寫歸人與楊喚，巧妙引用了楊喚的詩句：「詩，是一隻能言鳥，要能唱出永遠活在人們心裡的聲音」，評論家與詩人的生死至交，不離不棄，令人動容。〈思念古典輝光〉寫臺靜農和柯慶明，用柯慶明書名《昔往的輝光》引題，道出祖孫輩師生的契合相知，遠勝於林文月之於臺靜農的敬謹無違。其他還有〈戲劇詩人和諾貝爾獎達人〉寫瘂弦和鄭樹森，〈飄走了的風華年代〉裡寫彭歌與殷張蘭熙，1970 年代筆會同仁與春臺小集，在春日臺北靜謐的街頭與玉蘭花香中，就此成了絕響。

　　最後的守夜人守最後一盞燈，只為撐一幢傾斜的巨影。邊邊角角，文壇餘事，《朋友都還在嗎？》是隱地的真性情，讀者的同理心，以及 2010 年初春，一條緩緩前行的，時光的巨流河。

——選自隱地《朋友都還在嗎？》

臺北：爾雅出版社，2010 年 3 月

隱地藏史
座談會書面意見

◎陳憲仁[*]

　　民國 99 年行政院新聞局最高出版榮耀的「特別貢獻獎」，頒給了隱地先生，贈獎詞裡，歷數隱地多項開風氣之先的出版創舉，及文學推廣的實質貢獻。

　　其中特別提到爾雅出版社為作家建立了許多文字資料和影像資料，為文學史厚積了豐富的史料。

　　關於這一點，的確是隱地先生在文學出版上的獨特之處，但，隱地對文學史料的重視，不止表現在他編輯的出版品裡，更顯露在他個人的著作中。

　　隱地除了是個傑出的編輯，他也是個多產作家，出版的著作多達 45本，有小說、散文、新詩、評論、傳記、日記、小品、格言、隨筆等。在作家群中，這樣的成績，已經傲人，如果環顧臺灣的編輯界，像他這樣忙碌的出版社負責人、這樣事必躬親的認真編輯，寫這麼多書，可能算是第一人！

　　在他的著作中，2009 年底和 2010 年初的《遺忘與備忘》及《朋友都還在嗎？》，大家都嗅到了他為文學寫史的強烈企圖心。但如果仔細回味，隱地為文學史寫資料，並不是從這兩本書開始，也不是從稍早的《回頭》或《春天窗前的七十歲少年》，當然，也不是從《2002／隱地》的日記或 2000 年出版的傳記《漲潮日》。應該說，他的作品裡，除了小說、小

---

[*]發表文章時為明道大學中國文學系助理教授，現為明道大學中國文學學系講座教授。

品和詩之外，在他的散文、評論及隨筆中，他早就在為文學史存資料了。

　　他出版於民國 56 年的《隱地看小說》，早已為那一代的作家解讀作品、著說立傳了，《我的書名就叫書》、《作家與書的故事》越來越明顯，當代的文學書籍與作家一一出列，而《愛喝咖啡的人》、《翻轉的年代》、《出版心事》，觀照層面不再是一家一書而已，從此整個文壇鋪陳在他的眼前，整個時代的文風隨著他的筆四處飛揚，甚至於 1950 年代、1960 年代、1970 年代、1980 年代，縱線的文學史亦逐漸浮現，終而從1949 至 2009 年的文學記年、記事、記人，系列呈現，近六十年的臺灣文學史料，從點到線到面，終至整個文壇、整個時代，於焉在此。

　　這樣豐富而細膩的書寫，並非人人可得而為之。若非隱地在寫作、編輯、出版與銷售的實務方面，有充分的了解；若非隱地對文壇有全面的關注、對文人有深切的關懷，實無法寫出這樣的書。

　　以前，《傳記文學》創辦人劉紹唐，被稱為「野史館館長」，也被譽為「一人敵一國」。隱地先生在文學史料上的爬梳、整理、出版，或許不像劉紹唐之專注，然而無心插柳，如今卻是柳樹成蔭，其精神與努力、用心與關懷，與劉先生相比，庶幾近之。

　　我們這一代的文學史，將因隱地的這些記載而更豐富、更真實、更具有生命力。

——選自蕭蕭、羅文玲編《都市心靈工程師》
臺北：爾雅出版社，2011 年 6 月

隱地書話的社會意義及其價值：以人、事、書三面向為論述中心

◎陳學祈*

一、前言

　　身為作家與「純文學五小」中的爾雅出版社經營者，在臺灣戰後的出版史上，隱地的諸多文學活動，具有十足的社會意義。基本上，隱地的文學活動，依其身分的轉變，大致可分為創作、編輯、出版三類。創作部分，可以 1963 年出版第一本著作《傘上傘下》為起點；編輯部分，則以 1965 年接手主編《警備通訊》為起點，在經歷《青溪》、《純文學》、《新文藝》與《書評書目》雜誌後，最後與出版活動結合；而出版部分，隱地雖在 1969 年與林秉欽、黃海合夥經營金字塔出版社，但真正踏入出版界，還是要從 1975 年爾雅出版社成立算起。這三個經歷，都與他最愛的「書」脫不了關係，因此在隱地的散文中，我們可以看到大量有關書籍與出版議題的作品。

　　學界對隱地的研究，基本上可分為出版社經營與文學創作兩大面向。在出版社經營方面，可以林積萍的〈臺灣「爾雅」三十年短篇小說選研究〉[1]、盧莤伶的〈爾雅版年度詩選研究〉[2]、吳秋霞的〈出版人的事業歷程之研究：六個本土案例〉[3]、汪淑珍的〈爾雅出版社出版品特色分析〉[4]為代

---

*發表文章時為《新地文學》執行副主編，現為飛頁書房圖書部研究員。

[1]林積萍，〈臺灣「爾雅」三十年短篇小說選研究〉（東吳大學中國文學系博士論文，2002 年）。
[2]盧莤伶，〈爾雅版年度詩選研究〉（臺北教育大學語文與創作學系碩士論文，2011 年）。
[3]吳秋霞，〈出版人的事業歷程之研究：六個本土案例〉（南華大學學研究所碩士論文，2008 年）。

表，而文學創作方面，則以蘇靜君的〈爾雅漲潮日——隱地散文研究〉[5]、吳似倩的〈種文學的人——隱地及其散文研究〉[6]、劉欣芝的〈隱地及其作品研究〉[7]為代表。但這兩大面向的研究，以筆者所見，均未重視隱地有關書籍與出版的著作。

在隱地的散文創作中，談論書籍與出版歷程、心得之著作甚多，《快樂的讀書人》（1975）、《我的書名就叫書》（1978）、《誰來幫助我》（1980）、《作家與書的故事》（1985）、《翻轉的年代》（1993）、《出版心事》（1994）、《漲潮日》（2000）、《敲門》（2006）、《春天窗前的七十歲少年》（2008）、《遺忘與備忘》（2009）、《回頭》（2009）等書均屬此類。就比重而言，這些作品皆不可輕忽，但我們卻發現，如此重要的面向，多數研究者卻未能予以重視。就出版社經營的研究來看，由於論述重點聚焦於出版社及出版品本身，故隱地有關出版、書籍方面的創作，就成了研究者引述與參考的資料。換言之，隱地談論書籍、出版的文章，是被視為純粹的研究資料來看待，而非具有情感與美學價值的文學文本。那麼，研究隱地作品的論文，是否重視隱地在這方面的創作呢？答案也是讓人失望的。以蘇靜君的〈爾雅漲潮日——隱地散文研究〉為例，第三章「散文的主題內涵」僅列出旅行書寫、社會批判、人性哲思、飲食書寫、時光感悟四類，而吳似倩、劉欣芝的論文雖已注意到這方面的作品，但討論的篇幅卻明顯不足，無法與文本數量取得應有之平衡，這些都是在研究隱地散文時，有待開拓之處。

隱地有關書籍與出版心得之散文，未能引起研究者注意，除了研究主題本身的限制之外，更重要的，是我們無法給這些作品一個適當的名稱與

---

[4]汪淑珍，〈爾雅出版社出版品特色分析〉，《正修通識教育學報》第 6 期（2009 年 6 月），頁 79 ～116。
[5]蘇靜君，〈爾雅漲潮日——隱地散文研究〉（南華大學文學系碩士論文，2008 年）。
[6]吳似倩，〈種文學的人——隱地及其散文研究〉（新竹教育大學人資處語文教學碩士論文，2010 年）。
[7]劉欣芝，〈隱地及其作品研究〉（中央大學中國文學系碩士在職專班碩士論文，2011 年）。

歸類，就連隱地本人，也無法對自己談論書籍與出版的文章給予明確的歸納與定位。例如前文提及的《我的書名就叫書》、《誰來幫助我？》、《出版心事》隱地歸納為「隨筆」，《快樂的讀書人》是「讀書隨筆」，《翻轉的年代》與《春天窗前的七十歲少年》則是「散文」[8]，而吳似倩則將上述作品歸入「小品散文」，只有《翻轉的年代》屬「手記式散文」。[9]單就文體而言，隱地本人與研究者的歸納就有出入，更何況是給這些作品一個特定的名稱。因此，歸納文本主題，並予以定名，是探究這類以書籍、出版為主題的文本時必經之途徑。

二、訴說書的故事：書話

對於隱地談論書籍及出版相關議題的作品，本文以「書話」（Book Chat）一詞稱之。[10]表面來看，這些篇章牽涉的類別甚多，頗為龐雜，其性質涵蓋隨筆、小品、札記、傳記，但若置於「書話」的脈絡下來分析，即可發現隱地的書話，主題不外乎是「人」、「事」、「書」三個面向。「人」的懷想，體現隱地與文友之間深厚的情誼；「事」的記述，則是站在「人」的基礎上，緊扣時代風潮，呈現隱地在各個階段的所見所聞；而「書」的出版，則見證出版家隱地多年來的憂慮與不平，此三者相互交織，構築了隱地書話的面貌。

那麼，「書話」一詞的意涵到底為何？有何特色？中國書話散文大家唐弢對「書話」的兩則看法值得注意。首先是 1962 年出版《書話》時，唐弢表示：「我曾竭力想把每段『書話』寫成一篇獨立的散文；有時是隨筆，有時是札記，有時也帶著一點絮語式的抒情」。[11]唐弢認為書話有時是隨筆，有時是札記，這和隱地把自己的作品歸入隨筆、散文與讀書隨筆等

---

[8]吳似倩，〈種文學的人——隱地及其散文研究〉，頁 45～46。

[9]吳似倩，〈種文學的人——隱地及其散文研究〉，頁 47。

[10]書話之英譯「Book Chat」為董橋的翻譯，見董橋〈談談談書的書〉，《另外一種心情》（臺北：遠景出版公司，1980 年），頁 75。

[11]唐弢，〈《晦庵書話》序〉，《唐弢書話》（北京：北京出版社，1997 年），頁 169。

類的情況相當類似。不過,到了 1979 年出版《晦庵書話》時,唐弢有了更進一步的說明,他不在文章的歸類問題上打轉,而是直接指出書話所需具備的幾項因素:

> 書話的散文因素需要包括一點事實,一點掌故,一點觀點,一點抒情氣息;它給人以知識,也給人以藝術的享受。[12]

這段解釋之所以重要,在於唐弢幾乎是為書話下了定義,我們也因為這則解釋,才能由此看出書話與書評、書介的不同。意即書話不像書評一般,須以公正客觀的立場來論述,也不像書介一般只需概述內容即可,而是要有書本內容以外的題材。那麼,臺灣方面是否有人對「書話」提出看法呢?這點是肯定的,只是年代比唐弢晚,要到 1970 年代末才出現。

臺灣本地作家首先使用「書話」一詞的人有兩位,一位是詩人瘂弦,另一位就是隱地,巧的是兩人都在 1978 年隱地出版的《我的書名就叫書》中提出「書話」的說法。《我的書名就叫書》是文人兼出版家的隱地表露經營出版社心得的作品,在〈一本書的誕生〉中,隱地從創作談起,接著談到編排、檢字、補字、排版、打樣、校對、付印、裝訂八個出版流程,而〈賣書・賣書〉、〈出書・出書〉、〈切書・切書〉、〈送書・送書〉等篇,皆透過對話模式點出經營出版社的心得體悟,進而讓讀者了解出版界不為人知的辛苦一面。不過從書話發展角度來看,《我的書名就叫書》更值得注意之處,是隱地於書中安排了「書話」輯,此輯為節錄各家談論書籍的文章而成。被節選的文章,有一部分正是所謂的書話,如:陳芳明〈我的借書經驗〉、馬景賢〈書童生涯〉、王鼎鈞〈寫書藏書讀書〉、管管〈好書與吾〉、薩孟武〈我與書〉等等。對於這些節選出來的段落,隱地是這麼說的:

---

[12] 唐弢,〈《晦庵書話》序〉,《唐弢書話》,頁 175。

「書話」是搜集不完的，大凡寫書的人，都說過一些愛書的話，以及書對
人的影響。這兒抄錄的，都是我國近代及當代作家的一些「讀書隨筆」，
掛一漏萬，在所難免，畢竟天底下的書，有太多太多我們無緣展讀。[13]

　　作為一種以書籍為寫作對象的文類，書話的概念早期是含括在讀書隨
筆、札記的範圍裡，而隱地在此利用「書話」一詞來概括稱呼「讀書隨
筆」之類的文章，這在臺灣書話形塑過程中可謂一大突破。

　　除了分享出版心得與節錄各家談書文章成〈書話〉一文，《我的書名
就叫書》另一引人矚目之處，是隱地在該書〈後記〉中交代了決定書名的
經過，文中提及了幾個可行性的書名，分別是妻子林貴真建議的「書
緣」、楊牧建議的「這就叫做書」、葉步榮建議的「書的生老病死」，以
及瘂弦建議使用的「書話」，這是繼隱地之後，第二個發現使用「書話」
一詞的例子。《我的書名就叫書》雖未能成為臺灣第一本使用「書話」一
詞的著作，但經由隱地與瘂弦的使用，「書話」一詞總算是以比較完整、
正式的形態出現在臺灣文壇中。

　　唐弢認為書話需有事實、掌故、觀點、抒情氣息，也帶給人知識與藝
術的享受，這點在隱地的書話中，皆能找到對應的文本，例如隱地談論作
家之間的往來，即屬於書話中的掌故因素；記述不同年代的社會風潮，屬
於事實因素；介紹書籍出版過程及出版界概況，則屬於觀點與知識因素。
而隱地從個人角度出發，談人論事，有緬懷有感嘆，則又符合唐弢所謂的
「一點抒情氣息」。再者，隱地本人也正是臺灣文壇使用「書話」一詞的
先驅之一，故本文將以「書話」此一名詞，作為討論隱地描述書籍、出版
相關議題文章的核心概念。

---

[13]隱地，《我的書名就叫書》（臺北：爾雅出版社，1987 年），頁 118。

三、隱地書話的三個面向及其價值

　　書話與書評、書介最大的差異，在於書話著重人、書之間情感，以及圍繞在二者之間的各類心得或故事，因此懷人、記事、論書就成了書話散文中最重要的三個面向。以下筆者將以《作家與書的故事》、《漲潮日》、《我的書名就叫書》、《出版心事》等書為依據，針對隱地書話中的「人」、「事」、「書」三面向予以討論。

（一）運用掌故，記錄文壇往事

　　從 1975 年成立迄今，爾雅出版社已屆而立之年。回顧爾雅五百多種出版品，細心的讀者可以發現，爾雅是一間愛惜羽毛、注重文人情感的出版社，這從在爾雅多本簡介、回顧或者是資料性質的書籍即可看出。如 1981年出版的《爾雅》，是隱地慶祝爾雅出版第一百本書，將各家談論爾雅出版品的短文集結而成。1983 年出版的《風景：120 個爾雅封面》收錄爾雅出版品的 120 幅封面，此書為國內少見的談論文學書籍封面設計的著作，在這本書中，讀者可以看到隱地、覃雲生等人的書籍封面設計理念。另外還有 1985 年出版的《作家與書的故事》，是針對曾在爾雅出版作品的作家簡介其人其文，書中還列出該作家所有的著作供讀者參考。對讀者而言，此乃隱地為讀者所做的資料整理，而對曾在爾雅出版作品的作家來說，我們不妨視為隱地所提供的「附加服務」。至於 1993 年出版的《書的名片：爾雅書目》則是為爾雅 18 周年而編纂，該書以內容、文類、作家三種基礎進行分類，完整呈現爾雅 18 年來的出版品，而陳銘磻編的《青澀歲月》，收錄 46 位作家談論生平第一本著作的文章。至於應鳳凰編的《作家地址本》、《作家書目》與張默編的《臺灣現代詩編目》等工具書，更顯示出隱地對文壇史料的關注，這都是爾雅出版社的出版品特色之一。[14]透過上述

---

[14] 汪淑珍，〈爾雅出版社出版品特色分析〉，《正修通識教育學報》第 6 期，頁 108～111。另可參見〈一個文學出版社，能為文壇做多少事？〉，《翻轉的年代》（臺北：爾雅出版社，1993年），頁 61～65。此文亦為《當代臺灣作家編目》序言。

這幾本「談書的書」，讀者可以發現，不論是從內容到封面，或是從文本本身到作家本人，隱地全都注意到了，由此可見在隱地心中，書籍的意義不只局限在內容而已，因為在肉眼可見文字背後，常有許多不為人知的故事，值得人們細細挖掘與品味。

　　在隱地的多本書話著作中，《作家與書的故事》可能是最花時間與精力的一本。此書於 1985 年底出版，二版為 1994 年，兩版相隔近十年，為了更新書目資料，隱地表示自己整整花了五個月的時間來增訂此書。新版的《作家與書的故事》共介紹 36 位作家，在平均短短二至三頁的簡介中，隱地除了羅列作家的基本資料（出生年月、籍貫、學歷），更透過自己對該作家的了解，告訴我們許多作家的事跡與性格特色，以及圍繞在書籍四周的小故事。例如介紹張曉風時，提及和林懷民、席慕蓉、李昂等文友相聚的往事；介紹亮軒時，告訴讀者亮軒曾在求學過程中多次留級，並在 21 歲獨自前往殯儀館悼念胡適；或是介紹東方白時，描述他的言談特色：「東方白笑聲奇大，和他一起到餐廳吃飯，真怕別人都轉頭來朝我們這一桌望。喔、喔、喔……碰到得意的事情，他還是忍不住又要大聲朗笑。」對一般的作家簡介與文學評論來說，上述這些小故事都是細微末節的描述，但站在書話的角度來看，在作家簡介中穿插小故事、並描繪作家的行為舉止及性格，除了有助於讀者了解該書與作者，最大的功用，是能讓文章更具活潑性。其中，〈舒凡〉一文[15]，是最能呈現《作家與書的故事》特色的一篇簡介。

　　〈舒凡〉篇幅不長，只有四百六十多字，但在這麼短的篇幅中，隱地仍安插三段與作者和書籍相關的故事；首先是第一段羅列舒凡的本名、出生年月、籍貫、學經歷後，文章另起第二段，隱地這麼說的：「當年出版第一本書《出走》，封面的顏色，還是三毛幫他調出來的，這是二十八年前的往事。」封面顏色是誰調出來的，有這麼重要嗎？讀者如果見過上文提及的《風景》，就不難了解隱地為何會注意《出走》的封面顏色。再

---

[15]隱地，《作家與書的故事》（臺北：爾雅出版社，1994 年），頁 21～22。

者，這位調色的人，不是出版社美編，也不是印刷廠工人，而是曾在文壇大放異彩的作家三毛，自然值得記上一筆。在羅列作家的基本資料後，隱地插入了這麼一則小故事，無疑是有畫龍點睛的功效。接著，隱地提到舒凡的作品，感嘆多年來未再見到新作，遂由此聯想到其他與舒凡類似情況的作家：「文壇上有幾枝寫小說的好筆，像潘人木、童真、水晶、孟絲、季季、林懷民、于墨……等，短則近十年，長則二十餘年，不曾有過一篇小說發表。」書話散文其中一個特色，是作者常會在談論某一作家、書刊時，把討論範圍延伸至其他書刊、作家、事件或看似無關的議題上，隱地在介紹舒凡的作品時，從舒凡多年來不再創作的情況聯想其他已經停筆文友，基本上也是採用此種方式。接下來，隱地再從舒凡唯二的兩本著作進一步發揮：

> 為舒凡出書的大業書店和文星書店，這兩家一南一北曾經大放異彩的文學書店，都早已結束營業，如今回想起來倒有點像白頭宮女話天寶遺事，舒凡的書，也就理所當然的絕版了。

文星書店與大業書店成立於 1950 年代，是臺灣南、北兩大都會的重要出版社，在臺灣文學書籍出版史上，皆占有一席之地。舒凡唯二的兩本書，正好由這兩間出版社出版，堅持出版純文學書籍而奮鬥多年的隱地，自然會對這兩間走入歷史的人文出版社有所感，一句「白頭宮女話天寶遺事，正好道出隱地由此而興的感嘆。就整篇文章來看，隱地所感嘆的其實有四個面向：第一，感嘆文友三毛已逝；第二，感嘆作者停筆多年；第三，從書本出發，感嘆著作絕版；第四，則是從產業出發，感嘆出版社歇業。「友逝世」、「人停筆」、「書絕版」、「店歇業」，文行至此，除了感嘆，更是無奈，這篇介紹舒凡的短文，就在隱地安插幾則小故事下，充滿了濃濃的人情味與懷舊感。

除了《作家與書的故事》，隱地追憶文友的作品尚有《春天窗前的七十歲少年》。此書與《作家與書的故事》最大的差別，在於書中分為現

在、過去、未來三輯。在「過去」輯的第一篇文章〈失去〉裡，有關面對人生的態度，隱地是這麼說的：「每個人的一生，前半生要攻，後半生要守」。[16]以隱地的經歷來看，如果「攻」是主編刊物、經營出版社，那麼撰寫書話，回憶過往的文壇故事與分享經營出版社的心路歷程，就是「守」的動作了。而書中的〈舊情：懷念古橋〉、〈追憶出版琦君《煙愁》的一段往事〉、〈劉枋和我的一段晚年緣分〉、〈再也等不到菊楚的電話〉、〈我的第一本書〉就是在隱地用心「守成」下所產出的作品。

綜覽隱地的回憶性作品，可以發現許多作家因影響了隱地日後的寫作、事業生涯，故在隱地的回憶中，他們皆占有一席之地。其中，長輩部分，當推王鼎鈞與林海音，這兩位作家可以說是隱地的「貴人」。同輩部分，則有白先勇、季季、張曉風等人，不過對隱地寫作生涯影響最大的，當屬古橋，因為在〈舊情：懷念古橋〉中，隱地開門見山指出：「在我漫長的將近五十五年的寫作生命裡，影響我最大的一個人就是古橋。」[17]在這篇懷念古橋的文章中，隱地細數多年來與古橋互動的諸多回憶。表面上，這些回憶片段都是以人為主，但細讀之後，可以發現這些事跡的背後，都與刊物、書籍有關。如古橋與陳金政在高中時合辦《松竹文藝》，就讀初中的隱地應徵駐校通訊員。到了政工幹校時期，兩人投稿至副刊，相互刺激砥礪，結果各自遇上賞識的副刊主編，或是大三時與曹又方相約出版一本三人合著的書等等。這些回憶，都成了隱地思念古橋的依據，儘管二人年輕時的來往不是這麼平和，但多年過後經過時間沉澱，即使是不愉快的過去，如今想來也是彌足珍貴，例如在論及兩人因年輕氣盛而導致爭論後，隱地是這麼說的：

> 認識至今已超過五十年，這樣的老朋友老同學突然真的走了，其實流失的也是我身上的肉、身上的血。隨著老友的辭世，我看到自己也在一日

---

[16]隱地，《春天窗前的七十歲少年》（臺北：爾雅出版社，2008年），頁10。
[17]隱地，《春天窗前的七十歲少年》，頁18。

日萎縮困頓，啊，原來吵架也要有力氣……[18]

　　如果現在的「我」，是由過去的種種因緣、回憶所累積起來，那麼老友古橋的逝世，對隱地而言絕對是一種「生命的流失」！而這種流失，也正代表著自己已步入「日日萎縮困頓」的暮年，這樣的心境表白，比起前文討論的〈舒凡〉，有著更濃烈的感慨。

　　與〈舊情：懷念古橋〉同性質的作品，還有懷念好友王菊楚的〈再也等不到菊楚的電話〉。在《風景》中，隱地告訴讀者，爾雅出版社的每一張書籍封面，都有一個故事，〈再也等不到菊楚的電話〉就是一篇談論書籍封面背後故事的文章。與古橋一樣，王菊楚也是隱地年少時所認識的朋友，由於喜愛攝影、美術，所以在隱地的編輯、出版生涯中，王菊楚所扮演的，是為刊物與書籍化妝角色，爾雅早期有顏色的扉頁以及年度小說選封面，就是由王菊楚設計。在王菊楚的諸多作品中，隱地印象最深刻的是掛在家中閣樓的「突尼西亞撞頭咖啡屋」招牌。隱地表示，當時楚菊題字後，還在招牌上用心良苦的寫下他的詩句「咖啡把歲月喝掉，舌尖的快樂是甜還是苦？」對於這段往事，隱地是這麼說的：「如今題字的人已經飄然遠去，我喝的咖啡加再多糖卻仍然是苦的。」[19]隱地不用任何情緒字眼（如傷心、悲痛、難過）來表示自己的心情，而是從咖啡本身苦的特色出發，呼應王菊楚當初所選的那兩句話。把咖啡喝掉，舌尖的快樂是甜還是苦，我們不得而知，但至少在懷念王菊楚時，隱地的咖啡絕對是苦的，而且是從嘴裡苦到心裡，因為咖啡中的人、事、物已經變質，永遠一去不返！

　　透過書籍而懷念文友，是隱地書話所著重的面向之一，不論是前文提及的《作家與書的故事》或是 2000 年後出版的《回頭》、《遺忘與備忘》、《朋友都還在嗎？》等書，在許多書話中，隱地記錄了與文友往來的經過。這些篇章，表現上來看只是純屬私人情誼的紀念，但從歷史的角

---

[18]隱地，《春天窗前的七十歲少年》，頁24。
[19]隱地，《春天窗前的七十歲少年》，頁30。

度來看，這些文壇掌故，都是從事文學史研究及作家生平研究時的寶貴紀錄。趙普光認為「書話可以還原歷史細節，帶研究者重回文學現場。書話作為文學史料／文獻載體，有著其他文獻史料類型替代不了的重要史料紀錄功能。」就是著眼於書話中的掌故。[20]無獨有偶，持相同看法的學者還有謝泳，他更進一步指出：

> 掌故筆記的特點是以當事者敘述經歷和文壇現狀，偏重人事和內幕事實的敘述，是正史之外極有利於人們判斷歷史細部、細節及偶然因素的一類文獻……它對研究者回到歷史現場、掌握作家、社團和流派間的細微關係都有很大幫助。[21]

　　回到臺灣文學的脈絡來看，謝泳與趙普光的看法，我們都能找出例證。例如研究西川滿生平及其活動，葉石濤的回憶是第一手資料。討論來臺後的臺靜農，則不能不讀林文月的〈臺先生和他的書房〉。[22]同樣的，欲了解張愛玲在臺灣的傳播，朱西甯的〈一朝風雨二十八年：記啟蒙我和提昇我的張愛玲先生〉[23]則是重要文獻。這些書話，記錄了作者與特定作家之間的來往互動，對讀者而言，掌故的運用，大幅提升了文章可讀性，對研究者來說，雖然無法從這些零散的紀錄中建構出完整的文學史，但作為文學史細部資料，書話中的掌故仍有學術上的價值，隱地的書話自然也有相同的功能，例如《遺忘與備忘》或《回頭》中的書籍出版過程與作家事跡記載，都是我們在回顧戰後臺灣文壇與出版界時，不可不知的重要史料。魯蛟認為隱地書話最重要的意義是：「在生硬的文學史中，佐以適度的軟性題材，為史料文學創造出一個新的表現模式，也為我們的文學史料庫，

---

[20] 趙普光，〈史料、理論及觀念：作為現代文學史料的書話及其研究意義〉，《福建論壇·人文社會科學版》第 3 期（2011 年），頁 114。
[21] 謝泳，《中國現代文學史料的搜集與應用》（臺北：秀威資訊科技公司，2010 年），頁 48。
[22] 林文月，《午後書房》（臺北：洪範書店，1986 年），頁 19～28。
[23] 朱西甯，《朱西甯隨筆》（臺北：水芙蓉出版社，1975 年），頁 1～18。

注入新的活水」[24];而陳憲仁認為:「我們這一代的文學史,將因隱地的這些記載而更豐富、更真實、更具有生命力。」[25]均是針對隱地書話中豐富的文壇掌故及其史料價值有感而發。

　　此外,討論隱地的書話,除了注意掌故本身,我們也要注意掌故的涵蓋面。一般而言,書話寫作大多是以作者的閱讀、求學經驗為主,所以談論掌故時,寫作者通常是以周遭師友、親戚為對象。以林文月的書話為例,由於長年於大學任教,故書話所提及的人物,不外乎是臺大文學院的師友(臺靜農、夏濟安、葉嘉瑩)或是周遭親人(夫婿郭豫倫、外祖父連雅堂)。而集作家、編輯、出版家三種身分於一身的隱地則不同,由於編輯刊物與經營出版社必須與眾多作家往來,所以隱地書話所觸及的人物,就遠比林文月廣泛得多。其中,除了有文壇名家白先勇、張曉風、林海音、琦君等人,也有當前學界較少注意的作家,如張漱菡、梅遜、舒凡、古橋、沈臨彬、劉枋等等。對知名度高且受學界矚目的作家而言,隱地的掌故只是諸多文獻中的一小則,但對於名氣較小、能見度較低的作家來說,隱地的隻字片語,都是了解作家生平時,極為珍貴的研究材料,這正是隱地書話具備史料價值的原因,而這也間接反映出經營爾雅出版社近四十年的隱地,其見多識廣與豐沛的人脈。[26]

(二)時代風雲的見證

　　除了描寫單一的人、事、書,隱地的書話還有以特定時間點(或時段)為主題的作品。就寫作條件來說,前者只要對某一位作家、書刊夠熟悉,或掌握相關文獻資料即可下筆,但以特定時間或時段為主題的書話,就難以單

---

[24]張騰蛟,〈賞寶:喜見隱地新專欄〉,收錄於隱地著,《遺忘與備忘》(臺北:爾雅出版社,2002年),頁235。

[25]陳憲仁,〈隱地藏史〉,蕭蕭、羅文玲編,《都市心靈工程師》(臺北:爾雅出版社,2011年),頁527。

[26]另一個例子,是隱地於2011年12月10日發表於《聯合報》的〈一幢獨立的臺灣房屋——評《臺灣新文學史》〉,文中指出陳芳明的《臺灣新文學史》共遺漏了尼洛、高陽等五十多位作家,見隱地,《一幢獨立的台灣房屋及其他》(臺北:爾雅出版社,2012年),頁17。此一補遺,也間接顯示隱地對臺灣文壇了解的廣度,非一般研究者、作家可比擬。

憑文獻來鋪陳，尤其是文章以第一人稱為敘述視角時，作者的人生閱歷就成了最重要的寫作憑藉，2000 年出版的《漲潮日》即屬此類作品。

在《漲潮日》的「走過的年代」輯裡，隱地以十年為一個階段，回顧 1950 至 1990 年代的文壇、出版界活動，透過這幾篇文章，讀者可以看到每個年代的特色，以及許多值得留念與回味的「榮光」。首先是回顧 1960 年代的〈一條名叫時光的河：屬於我們的年代〉[27]，隱地將出版界與文壇往事置入當時的社會風潮之下，文章先提及當時的流行電影（詹姆士・狄恩的《天倫夢覺》、洛哈遜與伊麗莎白・泰勒合演的《巨人》）與四處林立的咖啡屋（作家匯聚的明星咖啡屋、詩人羅門常光顧的野人咖啡屋），接著才是與書籍有關的文壇、出版界活動。從戰後臺灣社會風潮的變化來看，1960 年代正是「西化」的年代，不論是文壇或畫壇，都彌漫著一股「歐美風」，而好萊塢電影大行其道、藝文界人士在咖啡館裡流連以及「來來來，來臺大；去去去，去美國」口號深植青年學子心中，皆是這個年代的代表現象之一。在點出 1960 年代的社會風潮特色後，隱地隨即提起當時「轟動文壇，驚動學界」的文星書店，這樣的連結，顯然是其來有自，蓋文星書店乃是 1960 年代引進西方思潮的重要出版社，尤其是 1957 年創刊的《文星》雜誌，更是文星書店引領風潮的關鍵之一。對於當時的文星書店，隱地是這麼說的：

> 在我們的年代裡，只有中山堂，沒有金石堂，如果買書，我們會到重慶南路。衡陽路 15 號，那裡的文星書店正打出預約廣告，梁實秋的《秋室雜文》、黎東方的《平凡的我》、余光中《左手的繆思》、林海音《婚姻的故事》、於梨華的《歸》、不管厚薄，每冊定價一律 14 元，預約 10 元，在那裡賣書的正是蕭孟能先生的前夫人和她的助手，那助手便是後來以一冊《屬於十七歲的》為文壇矚目的小說家季季。

---

[27] 1950 年代是隱地的少年時期，因尚未進入文壇，故本文不予討論。

文星書店不久搬到峨嵋街，1960 年代的書店，居然設置了一個頗為現代的櫥窗，裡面散放著一堆書、一簍雞蛋、還有「播種者胡適」數個大字，以及他的照片。[28]

這篇回憶 1960 年代的文章，最明顯的特色，即大部分的段落，都是以「在我們的年代裡」為開頭，上面這段引文即是例證之一。「我們」一詞所針對的，顯然是年輕一輩的讀者們，說得更明確些，就是屬於金石堂、誠品等連鎖書店此一階段的讀者，這也是隱地之所以強調「只有中山堂，沒有金石堂」的原因。而在這個書店林立的重慶南路，隱地唯一提及的就是文星書店。對於文星書店的描述，隱地先從當時文星書店準備出版的書籍以及售價，突顯 1960 年代書籍與今日的書籍不同[29]，而書店的櫥窗設計，更讓我們看到文星書店對胡適的敬重，由此也可以看出文星有意引領時代風潮的企圖心。

除了文星書店，在這篇描述 1960 年代的文章裡，隱地還安插多則重要或是具有代表性的文壇動態與事件，如林絲緞裸體攝影展萬人空巷、瘂弦的《深淵》和洛夫的《石室之死亡》名氣響亮、凌波與樂蒂主演的《梁山伯與祝英臺》轟動一時、鍾梅音的《海天遊蹤》推出後隨即成為暢銷書、往來臺美兩地的白先勇和余光中引人注目等等，而這些事件，也都讓我們看到 1960 年代藝文界的風潮。

不同於 1960 年代以時代風潮為開頭，在〈翻轉的年代：七○年代的文藝風〉中，隱地從自身成家立業講起，展開對 1970 年代的描述。梅遜創辦的「大江出版社」是隱地回顧 1970 年代的第一個重點，因為在梅遜的支持下，使得當年許多年輕作家能一圓出書夢（如陳芳明與曹又方），而隱地與何恭上則是藉由大江出版社，來增進自己的編輯能力。

---

[28] 隱地，《漲潮日》（臺北：爾雅出版社，2000 年），頁 152～153。
[29] 隱地提及的這幾本書，都是文星叢刊第一批出版品。文星叢刊前三批出版書目與介紹，可參見應鳳凰，〈蕭孟能與文星書店〉，《五○年代文學出版顯影》（臺北：臺北縣文化局，2006 年），頁 195～203。

除了大江出版社的成立，《聯合》與《中時》兩大報文學獎，以及兩大報副刊的競爭，也是隱地回顧 1970 年代時的重點。在文學獎部分，多年來已有多位獲得該兩大報文學獎的作家，之後成了臺灣文壇的重鎮，如：宋澤萊、張大春、廖輝英、黃凡等人。副刊部分，由於當時報紙只有「三大張」，加上新聞版面大同小異，因此副刊就成了讀者訂報的重點，對報社而言，無疑是競爭最激烈的版面，副刊的地位遂因此大為提升，而當時的兩大報副刊主編高信疆與瘂弦，也就成了臺北文化的風向球。在提及文學獎及兩大報副刊後，隱地隨即將時空跳接至 1990 年代，對於這個報禁早已開放，毫無政治禁忌顧慮的年代，隱地是這麼說的：

> 十五大張的報紙，可以把人的名字或一張照片登得像頭條新聞，然而也沒什麼好高興的，你只是紅一天，明天別人早就忘記你是誰，明天有明天的英雄，人人都是一日英雄。[30]

張愛玲曾說過：「出名要趁早啊！來得太晚的話，快樂也不那麼痛快。」[31]但從 1990 年代的社會風潮來看，出名早不早已經不是問題，問題在於你能夠出名多久？這點隱地倒是給了肯定的說法：「你只是紅一天，明天別人早就忘記你是誰」。這顯然是針對臺灣資本主義橫行、媒體素質低落與資訊氾濫的 1990 年代有感而發。

對隱地個人來說，1970 年代的重要事件，還有爾雅出版社成立，以及哥哥贊助的歐洲之旅，這兩件事，使得隱地往後的生活起了重大的改變，正如隱地自己所言：「步步踏在命運的關鍵上」。[32]但還有另一件事，對隱地而言也是至關重要，因為當時如果沒處理好，可能就沒有今天的爾雅與他。事件起因於隱地在 1977 年 2 月的《書評書目》第 46 期登了一篇介紹

---

[30]隱地，《漲潮日》，頁 165。
[31]張愛玲，《傾城之戀》（臺北：皇冠出版社，2004 年），頁 6。
[32]隱地，《漲潮日》，頁 167。

於梨華的文章,由於於梨華已被列入政府封殺名單,隱地遂因此觸犯政治禁忌,幸好在警總長官的幫忙下,事件才沒擴大。對於這件差點毀了自己一生的事件,直到今天,隱地仍不免要感嘆一番:

> 啊,這就是臺灣的 1970 年代,一個現在回想起來令人感覺滑稽突梯的年代,然而在當時那一刻,可一點也不滑稽,⋯⋯幸虧有我的老處長幫我頂著,不然那種山雨欲來的陰沉空氣,你不知道會有什麼恐怖的情況發生!啊,只不過登了一篇介紹於梨華的書評,提了於梨華的名字,如此而已![33]

　　隱地回顧 1960 與 1970 年代的兩篇文章,若從空間的角度及場域(field)概念來分析,可以發現兩者所觸及的層面明顯不同。1960 年代部分,隱地聚焦在有形可見的室內空間:咖啡屋、電影院、書店、西餐廳以及平面空間的報紙、雜誌,藉以突顯當時臺灣社會的西化現象。而 1970 年代部分,則聚焦在出版社與文學獎的成立,以及電影播放與文章的刊登。對作家而言,如果在有形的空間中活動,是為了跟上時代的潮流,並累積社會與文化資本,那麼在無形的場域(field)中活動,就是在累積資本的同時,進入文壇甚至直抵中心的必要手段。例如前文提及的陳芳明借梅遜的大江出版社自費出版詩集;年度小說選使得楊青矗與黃春明、白先勇、王文興等作家成為文壇寵兒;朱天文、朱天心、張大春、黃凡透過兩大報文學獎成為文壇重要作家;瘂弦與高信疆以兩大報副刊奠定其文化風向球地位等等,這些 1970 年代的文壇故事,在在見證作家由文壇邊緣邁向中心,乃至引領時代潮流的過程。反過來看,也有作家或藝文工作者,因犯了當時的政治忌諱,導致差點成為戒嚴年代的政治受難者,從此「消失」於文壇場域之中,隱地當年在《書評書目》刊登介紹於梨華新作的文章就

---

[33]隱地,《漲潮日》,頁 169～170。

是最好的例子，而最後的幾句：「啊，只不過登了一篇介紹於梨華的書評，提了於梨華的名字，如此而已！」我們可以感覺得出來，多年過後談起這段往事，隱地仍是心有餘悸。

不同於回顧 1960 與 1970 年代時將文壇動向與社會風潮結合，對於 1980 年代的描繪，隱地把文章焦點集中在爾雅出版社，文章標題「十年流金」點出了爾雅在此時期的發展概況，因為對隱地來說，這是一個值得懷念的年代。

隱地是念舊之人，這篇文章首先提及老作家徐訏，表示徐訏是他青少年時期的偶像作家，在牯嶺街舊書攤流連的年月裡，他努力蒐集徐訏的作品，如今爾雅成立，為了表示對老作家的尊敬、悼念，遂編了一本《徐訏二三事》（類似的書籍，還有紀念司馬桑敦的《野馬停蹄》）。除了紀念老作家的書，在 1980 年代的爾雅出版品中，文章還提及了由蕭颯等 11 位女作家合撰的《十一個女人》，此書之後由張艾嘉策畫搬上螢光幕，在爾雅的出版品中，算是暢銷小說之一，但當年的暢銷書，不代表現在也能暢銷，行文至此，隱地再次發出感慨：

> 《十一個女人》小說集銷了五萬六千本，封面前後換了三次，這樣的一本小說選，如果現在出版，三千本能否銷得掉，我很懷疑。[34]

《十一個女人》能不能繼續受讀者青睞，我們不得而知，但爾雅在 1980 年代出版的另外二本小說：白先勇的《臺北人》、林海音的《城南舊事》，至今仍是細水長流的賣著。此外，荊棘的《荊棘裡的南瓜》，更是等了 18 年才出版，這讓隱地直呼：「幾乎是一項奇蹟」，怪不得隱地會說 1984 至 1986 這三年，是爾雅創設 25 年最輝煌的時候。

這篇回顧 1980 年代的文章，最後一句是這麼說的：「我以曾經擁有

---

[34] 隱地，《漲潮日》，頁 184。

1980 年代輝煌的文學記憶感到欣慰和驕傲」,從 1960 年代一路讀下來,我們總算在 1980 年代看到隱地寫出了語氣充滿肯定、滿意的句子,只可惜,這句話卻只適用在那已經成為歷史的 1980 年代。

　　「我 53 歲了!」這是隱地回顧 1990 年代時的第一句話。走過半個世紀的隱地,在經歷時代的風風雨雨後,來到 1990 年代的他仍舊在變動不止的社會中奮鬥著。就隱地個人的文學生涯而言,1990 年代最大的改變,是在陳義芝、焦桐的鼓勵下寫詩,十年間出了三本詩集,這樣的成績,隱地毫不保留的指出這是他在 1990 年代裡最美好的部分。可是在出版事業方面,就未必這麼美好了,「年度小說選」就是血淋淋的例子:

　　　　「年度小說選」像一個向下滑行的滾環,自 1980 年代末的一萬五千本銷量每年減少一千至一千五百冊,到了 1990 年代末只剩下三千冊的印量,更難以令人接受的一個事實是,出版業在不知不覺間已經變成了電影業,新書上市,像電影上片,不到兩三個禮拜就必須下片──書的生命,快速死亡。[35]

　　這段話有兩個值得注意之處。首先,讀者如果對出版業夠熟悉,應該可以看出「一萬五千本銷量」與「剩下三千本印量」這兩句話的不同[36],隱地用「像一個向下滑行的滾環」來形容書籍銷售每況愈下,這已經不是誇飾,而是相當寫實的比喻。第二是隱地認為 1990 年代的出版界,新書上市就像電影上片,沒多久就下檔了。隱地在回顧 1970 年代時說 1990 年代的人只是紅一天,明天別人早就忘記你是誰,沒想到 1990 年代純文學書刊,竟也有類似情況!文章的最後,隱地向讀者表示自己經營爾雅的理念是「手製品出版哲學」,由此可見隱地對出版事業的堅持。

---

[35]隱地,《漲潮日》,頁 205～206。
[36]在不暢銷的情況下,書籍的印刷量通常大於銷售量,因此「剩下三千本印量」表示書根本賣不到三千本。

　　從 1960 年代到 1990 年代，在這四篇文章裡，我們看到了隱地年輕時的閱讀狀況，也看到了隱地壯年時的出版活動，而文中所安插的諸多文壇事件，更讓我們看到那過往的年代的社會風貌。或許，我們可以在隱地的回顧文章中，試著找回那依稀留存的歷史餘溫。

（三）出版人的甘苦談

　　除了描寫單一作家與回顧特定時代的社會風潮，隱地書話的另一個面向，是提出對出版業的看法與分享經營出版社的心得，筆者認為，這是隱地書話最與眾不同之處，也是最難得之處。戰後的臺灣出版界，不乏經營出版社的作家，例如林海音的純文學、蔡文甫的九歌、姚宜瑛的大地、梅遜的大江、柏楊的平原、丁穎的藍燈、林佛兒的林白、王藍的紅藍等等，這些經營出版社的作家，都曾參與出版事務，也見證了臺灣出版業的發展，但讓人納悶的是，這些具有寫作能力的經營者，卻鮮少留下抒發經營心得的作品，唯獨隱地，願將經營出版社的心得化作一篇篇精采的書話。再者，從質與量來看，隱地的書話除了數量，在質的層面，也有十足的代表性，我們甚至可以說，在臺灣文學史與出版史上，肯運用文學筆法將出版甘苦予以呈現、分享給社會大眾者，不論質與量，隱地可說是第一人！

　　從表面來看，隱地的書話，看似吐露經營出版社的心聲，但從社會脈絡角度觀之，文中所陳述、描繪的出版百態，清楚呈現出純文學出版市場的「興衰史」與「辛酸史」。隱地之所以能夠寫出如此大量的關於出版社經營心得的書話，原因在於爾雅多年來堅持走「小而美」，不隨波逐流的經營路線[37]，所以特別能感受到時代變遷對出版業的影響與衝擊。隱地對出版業的關注相當早，在 1968 年編輯《青溪》雜誌與《純文學》月刊時，就

---

[37]在 2003 年吳麗娟的通信訪談中，對爾雅的定位問題，隱地認為：「我覺得用『小型文學書的專業出版社』來定位爾雅出版社很好。這是我個人對出版的志趣理念」。至於爾雅的經營與行銷策略，隱地表示：「我其實並不喜歡談經營管理，那會減少我辦出版社的樂趣」、「我也不喜歡講行銷策略。辦一些沙龍式的文化活動，我可以接受；但過分商業化，完全以賣書為取向的作法，我並不以為然」、「爾雅二十七年來甚少變化。維持原來的路線，繼續走最初的路，是我對未來的期許。」見吳麗娟，〈臺灣文人出版社的經營模式〉（南華大學出版學研究所碩士論文，2003年），頁 112～113。

曾寫下〈從書價談起〉[38]表示對出版業的看法。這篇文章從林懷民推薦他閱讀《美國現代七大小說家》談起,首先提及國內外文學書籍的價差,接著討論印刷品質與作者版稅,並認為當時臺灣出版界的書出得太多,多到「寫書的人似乎比買書的人還多」。隱地在創立爾雅出版社以前,就對出版業有這樣的看法,那麼可以預見,在爾雅成立後,他應該會有更多更深刻的體悟,《我的書名就叫書》即屬此類作品。

在臺灣多本書話作品中,《我的書名就叫書》(以下簡稱《書》)是相當特別的一本書話集,即使把視野擴大至整個華文地區的書話作品,此書依然顯眼突出。[39]《書》的突出之處有三點:第一,《書》是臺灣目前已知最早使用「書話」一詞的著作。第二,《書》是隱地多本論及出版業的書話中,最「掏心掏肺」的一本。例如〈搬書・搬書〉一文,他是這麼說的:

> 所謂出版這個行業,無非是搬書、搬書。把印刷廠印好的書搬到倉庫,
> 再把一大包一大包的書搬出來拆開,重新包裝……賣不出去,這些要命
> 的書,又成捆成包的從書店退回來,於是我們又得從樓下搬到樓上。添
> 書的電話來了,我們就從樓上搬到樓下。反正都是搬書![40]

隱地是出版社的創辦人、經營者,但在〈搬書・搬書〉裡,我們卻看不到他從容指揮員工的場面,反而是自己也跟員工一起搬書,而這正是走「小而美」路線的出版社,不得不面臨的問題。這種向讀者吐露出版甘苦的例子還有〈存書・存書〉,對於賣不出去,堆積在倉庫裡的書籍,隱地是這麼說的:

> 出版社辦得愈久,愈來愈會發現,帳面上賺的錢結果全變成了倉庫裡的

---

[38] 隱地,《一個里程》(臺北:華美出版社,1968 年),頁 183～188。
[39] 就連隱地自己也覺得此書是一本「奇怪好玩的妙書」。見〈我的第一本書〉,《春天窗前的七十歲少年》(臺北:爾雅出版社,2008 年),頁 85。
[40] 隱地,《我的書名就叫書》,頁 60。

存書，一旦你有一百萬元的存書，很快就會到達兩百萬、三百萬……然而，打開你的抽屜，可能連一千元現金都湊不齊。這就是出版業！[41]

　　這段話是不是爾雅的營運狀況，我們不得而知，但可以肯定的是，有類似情況的出版社，爾雅不是第一間，也不是唯一的一間。上面這兩段描述，讓我們看到一個純文學出版社經營者的辛酸，而這個辛酸，與其說是隱地個人的遭遇，還不如說是整個純文學出版市場的困境。

　　《書》的第三個特色，是文章大多以對話的方式進行，這在書話中是相當少見的敘述方式。隱地之所以會採用這樣的書寫策略，目的在利用對話的一來一往讓文章更具可讀性。對於這樣的寫作策略，章亞昕認為：「對白的話語中充滿了敘事性、戲劇性，充滿了生活感。語氣帶喜劇性，情節帶悲劇性，而對白的語調背後，卻充滿了舒緩的回憶」。[42]章亞昕的看法確實點出了《書》採用對話方式所營造出來的特色，可惜章亞昕沒告訴我們實際的文本案例。本文在此舉出兩個例子，解析隱地是如何透過對話的安排來表露自己的心聲。

　　第一個例子是〈退書‧退書〉。隱地安排作家與出版社負責人對話，內容是出版社負責人把作家的書當回頭書，引起作家不滿，因為作家覺得自己辛苦寫的書被當回頭書來賣有損名譽，於是作家告訴出版社負責人，《讀者文摘》寧願把書店退回的雜誌丟入太平洋，也不肯拿到市面當回頭書賣，目的是不想自貶身價。對於作家的說法，文中的出版社負責人是這樣回答的：

道理我也懂，問題在於我不是《讀者文摘》，我只是一間小出版社，要我把所有退回來的書都投到太平洋，恐怕最後連我自己也必須跳太平洋。[43]

---

[41]隱地，《我的書名就叫書》，頁93。
[42]章亞昕，《時光中的舞者：隱地論》（臺北：爾雅出版社，2003年），頁59。
[43]隱地，《我的書名就叫書》，頁85。

這段讀來令人發噱的文字，道出了經營文學出版社的悲哀，隱地在此向讀者開了一個嚴肅的玩笑，而玩笑當中，也藏著幾分「書在人在，書丟人亡」的無奈。此外，這篇文章還提及了書店等各通路的退書：「最近退書實在太多，像一波又一波的海浪沖擊過來，連倉庫都爆滿了，可是書報社和書店仍然不停的把書退回來」[44]，這段話正好可以和前文的〈搬書・搬書〉相呼應。

第二個例子是〈賣書・賣書〉，隱地透過一個經營書店與出版社的朋友來呈現賣書的情況。這位朋友最早是因為喜歡閱讀，所以自己寫了一本書想當作家，而書出版後，卻因當時出版界的版稅制度不夠嚴謹，於是決定自己開出版社，沒想到開了出版社，卻要受制於書店和書報社等通路商，最後決定經營書店自己賣書。對於這位集作家、出版家與書店經營者三種身分於一身的朋友，隱地在文章裡是這麼呈現的：

> 我每天坐在書店裡，等待顧客上門，只要有人拿起我出版社的書，特別是我自己的書，我的心花幾乎像怒放的玫瑰爆裂開來…
>
> 就我個人所了解的，這些年來銷得最多的書是六十萬本。
> 最少呢？
>
> 六十本！還必須聲明，其中至少有三十本，是作者自己買的！[45]

自己的書能出版，是一件喜事，但書出了以後沒人買，喜事也就沒什麼好高興了，而作者自掏腰包買自己的書來送人，這無疑是喜事之下的憾事！隱地讓這位虛構的朋友「三位一體」，其目的是要展現作者、出版業與書店經營者三方面的處境。換言之，出版所涵蓋問題，已經不是作家或

---

[44] 隱地，《我的書名就叫書》，頁85。
[45] 隱地，《我的書名就叫書》，頁51。

出版社、書店單方面可以解決，這已經是一個產業的結構性問題。章亞昕認為《書》是「關於出版的宏大敘事」[46]，或許是針對此點而發，但筆者認為「宏大」一詞並不適合用來形容隱地的作品，就連隱地本人與對出版事業的看法，也都不適合使用「宏大」這個詞彙。[47]雖然隱地在〈後記〉中說：「我希望透過這本書，使讀者知道所有關於書的一切」[48]，但這只是內容涵蓋面的廣與窄，無關主題的宏大與否。因此，說《書》是宏大敘事，還不如說《書》是「具體而微」的敘事。

　　《書》出版後兩年，隱地接著推出第二本抒發出版心得的作品《出版心事》。討論《出版心事》，得先從版本的角度切入，原因在於我們目前所見到的版本是經過多次增補而成。《出版心事》最初書名是《誰來幫助我？》，到了 1984 年 3 版，隱地抽換書中篇章，將重點放在出版相關議題，並加上副標「一個出版工作者的沉思」。到了 1994 年，隱地把《愛喝咖啡的人》、《翻轉的年代》中有關出版的文章收入此書，再將書名改為今天讀者所見的《出版心事》。從抒發從事出版的心聲與辛酸的角度來看，隱地更改書名、抽換篇章進而轉移全書重點[49]，無疑是要凸顯自己對出版業的看法。

　　《出版心事》與《書》最大差異，在於《書》是以對話方式來進行，即使可以看出隱地有意透過對話方式表露心聲，但對話畢竟是經過設計，多少有虛構的成分存在。而《出版心事》則是直接就出版相關議題發表己見，直來直往，不帶任何虛構成分，所以在《出版心事》裡，隱地的位置更為明顯。如果說《書》呈現的是「文學出版社經營者」的心聲，那麼《出版心事》就是呈現「爾雅出版社經營者」的心聲，例如〈一個文學出版社，能為文壇做多少事？〉、〈偶憶四則〉、〈一百本書的故事：《爾

---

[46]章亞昕，《時光中的舞者：隱地論》，頁 57。
[47]請參考吳麗娟，〈臺灣文人出版社的經營模式〉，頁 112～113。
[48]陳憲仁，〈隱地藏史〉，蕭蕭、羅文玲編，《都市心靈工程師》，頁 143。
[49]隱地，《出版心事》（臺北：爾雅出版社，1994 年）。為了討論方便，此部分僅以《出版心事》為討論對象。

雅》編後〉、〈好一個植物園〉等篇，均是與爾雅出版社有關的作品。不
過這不妨礙我們將《出版心事》視為是《書》的延伸之作，因為隱地對出
版業的看法，從早期至晚近向來是一以貫之。就以讓許多出版社困擾的
「退書」現象為例，在《書》中，隱地以〈搬書·搬書〉和〈退書·退
書〉兩篇來表示一個出版業者的心聲，以及表達面對作家質疑時的無奈。
這個問題，同樣出現在《出版心事》裡，不同的是隱地在此用了一個特別
的譬喻，來彰顯出版社與退書之間的關係：

> 書店的添書單不來，而來的是一包包接一包包的退書，每一包退書，都
> 是致命的一擊，這時候，出版人必須像拳擊手。……一拳擊來不能倒，
> 再來一拳、兩拳、五拳、八拳，甚至拳如雨下，要仍然屹立不倒。就算
> 不幸被擊倒了，不要緊，只要立刻站起來，仍然是好漢一條。[50]

在〈搬書·搬書〉中，對於退書的影響，隱地認為：「像一波又一波
的海浪沖擊過來」，到了《出版心事》，隱地改用「拳如雨下」來譬喻退
書的衝擊，但不論「浪」或「拳」，對出版社而言，這些都是必須克服的
困境，就如同拳擊場上的拳擊手，得克服不斷襲來的攻擊。因此當隱地說
出：「只要立刻站起來，仍然是好漢一條」時，讀者可以了解，這兩句話
除了是勉勵出版同業，其實也是在勉勵自己，永遠要有爬起來的動力。

與退書類似的例子還有「出書」。出版量過大所造成的各種負面效
應，是臺灣出版界近年來所面臨的問題。這個問題，隱地早在 1978 年出版
的《書》就已經注意到了，在〈出書·出書〉中，隱地利用作家與出版家
的對話，呈現雙方對「出書」的不同看法。對於作家頻頻出書，文中的出
版家是這麼說的：「我總覺得國內的書市場不能打開，可能還是跟有些作
家寫得太多太濫有關。寫書應該是一件很嚴肅的事，可是現在有些作家出

---

[50]隱地，《出版心事》，頁21。

版一本書比製造一個燒餅更容易」。[51]同樣的問題到了 1993 年的〈窄門談書〉，隱地是這麼說的：

> 許多很不錯的書，彷彿投錯胎的早夭嬰兒，在書店裡虛晃一招就不見了，絕版書裡多的是英雄豪傑；更有些，連到書店亮相的機緣都無，更遑論進入暢銷排行榜了。[52]

　　1970 年代的隱地從出版家的角度質疑作家出書的品質，1990 年代的隱地則更進一步注意到出版量的增加對優質出版品的影響。由於出版量大增，書籍置於書店平臺的時間大幅縮短，導致許多書籍問世沒多久隨即下架，隱地以「早夭的嬰兒」來形容，可謂生動貼切，而用「英雄豪傑」來形容已絕版的好書，更是絕妙的譬喻，因為這讓人想起宋代蘇丕「英雄氣短」的典故。品行高尚的蘇丕，因科舉落第導致仕途受挫[53]，就如同一本內容甚佳的好書，因不受讀者青睞，最後步上絕版一途。而更讓人遺憾的是，這種因書籍大量出版而產生的「劣書驅逐良書」現象，直到今天仍持續著，甚至是變本加厲，最後的慘況就是隱地在 2012 年的 1 月 20 日日記所寫：「去年的營業額，創 36 年新低，非但無錢可賺，估計還要賠上一些」。[54]

　　作為出版社經營者，以及目睹純文學出版市場由盛而衰的見證者，隱地在他的書話中，留下許多關於出版市場與出版社實際運作的紀錄，這些都是一般作家絕少碰觸的寫作面向，也是其他具有寫作能力的出版家，鮮少經營的題材。

　　對於出版，隱地曾表示：「把一堆稿紙變成書的過程裡，我真的從中

---

[51]隱地，《我的書名就叫書》，頁 66。
[52]隱地《出版心事》，頁 10～11。
[53]明・廖用賢，《尚友錄》，卷三：「宋人蘇丕，有高行，少應禮部試不中，拂衣去，曰：『此中最易短英雄之氣』。」
[54]隱地〈日記三十一則：民國 101 年 1 月 1 日至 31 日〉，《一棟獨立的台灣房屋及其他》，頁 148。

享受到成就和樂趣」[55]，但綜觀隱地談論書籍與出版的書話，其經營出版社的過程未必是愉悅與一帆風順。在隱地的書話中，我們看到希望也看到失望，看到自豪也看到焦慮，甚至看到怒氣和怨氣，但不論是何種情緒，這些反應在在見證了隱地對書籍與出版事業的熱情，張默曾指出隱地的書話《快樂的讀書人》、《我的書名就叫書》「俱見性情」[56]，就是針對隱地的這股熱情而發。再從出版研究的角度來看，從隱地書話中的紀錄與情緒反應，讀者能看見臺灣在進入資訊爆炸、網路媒體盛行的年代後，純文學出版市場所面臨的讀者流失現象，這都是我們在回顧臺灣出版史時，必須予以關注的一手資料。

五、結語

作為臺灣最樂於與讀者分享出版心得的出版家，隱地把出版後臺的心得與辛苦，透過書話的撰寫，搬到臺前來與讀者分享。不論是人、事或書，在這些文章裡，我們看到溫暖的一面、感傷的一面，也看到讓人無奈、受挫以及焦慮、惶恐的一面，雖然這些都只是隱地個人的經驗談，但站在文學出版與發展角度來看，仍有十足的代表性及研究價值。

歸結隱地的書話散文，本文認為其重要性與貢獻可以分為個人交遊、時代見證及出版社之經營三方面。在個人交遊部分，隱地藉由《作家與書的故事》、《春天窗前的七十歲少年》等書記錄作家生平與往來的經過，不論是由書談人，或由人談書，這對從事作家生平研究而言，皆是價值甚高的史料，尤其是針對已經逝世或學界鮮少注意的作家時，隱地的紀錄更顯可貴。時代見證部分，以《漲潮日》為代表，此面向以生平為基礎旁及其他作家，並以述說掌故的方式呈現臺灣文壇概況，算是個人交友層面的擴大。在《漲潮日》中，不論是 1960 年代的崇洋風潮或 1970 年代的風風雨雨，乃至於 1980 與 1990 年代的諸多變化，隱地娓娓道來，留下許多親

---

[55]隱地，〈退休・不退休〉，《春天窗前的七十歲少年》，頁 160。
[56]張默，〈我的書名就叫書：側寫隱地〉，《文訊》第 54 期（1990 年 4 月），頁 104。

身經歷的紀錄，也因為如此，才能使年輕的讀者們（即金石堂與誠品世代）一窺文壇早年的動態。

　　至於出版社之經營，可以說是隱地書話中最重要，也是與其他書話作家最與眾不同之處，此面向可再細分為爾雅出版社本身與出版界兩個層面來看。首先，就爾雅出版社而言，隱地的書話提供了大量的研究資料，舉凡書籍的設計、印刷乃至於出版社的經營理念，都可以在他的書話中找到相關論述，這些都是研究爾雅出版社的第一手資料。再進一步延伸，身為當前「純文學二小」的爾雅[57]，在隱地多年的經營下，如今已是臺灣純文學市場的代表性出版社，因此爾雅出版社的起起落落，也就反映了純文學出版市場的概況。我們甚至可以大膽的預測，若將來臺灣學界欲出版一本取代辛廣偉的《臺灣出版史》之著作，那麼隱地的書話，將是討論戰後純文學出版市場的重要參考資料，唐弢認為書話能「給人以知識，從作家生平與出版研究的角度來看，隱地的書話是最好的示範。

　　與時俱進，反應時代潮流，是許多文類共同的特色，身為散文一環的書話自然也不例外。在隱地的書話中，我們看到許多走入歷史的前塵往事，散發著微溫餘光，但把視野轉向未來，面對新世紀出版市場的變化（如網路普及、電子書興起、中國出版市場開放、舊書店的林立），集作家、編輯、出版家三種身分於一身的隱地該如何迎接挑戰？喜歡與讀者分享出版心得的隱地，在書話中並未給予足夠的解答，而這方面的表述，正是將來讀者與研究者最引頸企盼之處。

參考文獻

一、專書

・朱西甯，《朱西甯隨筆》，臺北：水芙蓉出版社，1975 年。

・林文月，《午後書房》，臺北：洪範書店，1986 年。

---

[57]在純文學休業、大地轉換出版路線、九歌經營規模不小的情況下，「純文學五小」早已成為歷史名詞，真正能夠秉持「純」與「小」者，唯有洪範與爾雅，故本文稱為「純文學二小」。

- 唐弢著；姜德明主編，《唐弢書話》，北京：北京出版社，1996 年。
- 張愛玲，《傾城之戀》，臺北：皇冠出版社，2004 年。
- 章亞昕，《時光中的舞者：隱地論》，臺北：爾雅出版社，2003 年。
- 董橋，《另外一種心情》，臺北：遠景出版公司，1980 年。
- 蕭蕭、羅文玲編，《都市心靈工程師》，臺北：爾雅出版社，2011 年。
- 應鳳凰，《五〇年代文學出版顯影》臺北：臺北縣文化局，2006 年。
- 謝泳，《中國現代文學史料的搜集與應用》，臺北：秀威資訊科技公司，2010 年。
- 隱地《一個里程》，臺北：華美出版社，1968 年。
- 隱地，《快樂的讀書人》，臺北：爾雅出版社，1975 年。
- 隱地，《出版心事》，臺北：爾雅出版社，1994 年。
- 隱地，《作家與書的故事》，臺北：爾雅出版社，1994 年。
- 隱地，《我的書名就叫書》，臺北：爾雅出版社，1978 年。
- 隱地，《朋友都還在嗎？》，臺北：爾雅出版社，2010 年。
- 隱地，《春天窗前的七十歲少年》，臺北：爾雅出版社，2008 年。
- 隱地，《漲潮日》，臺北：爾雅出版社，2000 年。
- 隱地，《遺忘與備忘》，臺北：爾雅出版社，2002 年。
- 隱地，《翻轉的年代》，臺北：爾雅出版社，1993 年。
- 隱地，《敲門》，臺北：爾雅出版社，2006 年。
- 隱地，《誰來幫助我？》，臺北：爾雅出版社，1980 年。
- 隱地，《回頭》，臺北：爾雅出版社，2009 年。
- 隱地，《一棟獨立的台灣房屋及其他》，臺北：爾雅出版社，2012 年。
- 明・廖用賢，《尚友錄》，卷三。

二、報刊、學位論文

- 吳似倩，〈種文學的人：隱地及其散文研究〉，新竹教育大學人力資源教育處語文教學碩士班碩士論文，2009 年。
- 吳秋霞，〈出版人的事業歷程之研究：六個本土案例〉，南華大學出版

學研究所碩士論文，2008 年。

・吳麗娟，〈臺灣文人出版社的經營模式〉，南華大學出版學研究所碩士論文，2007 年。

・汪淑珍，〈爾雅出版社出版品特色分析〉，《正修通識教育學報》第 6 期，2009 年 6 月，頁 79～116。

・林積萍，〈臺灣「爾雅」三十年短篇小說選研究〉，東吳大學中國文學系博士論文，2002 年。

・張默，〈我的書名就叫書──側寫隱地〉，《文訊》第 54 期，1990 年 4 月，頁 103～104。

・趙普光，〈史料、理論及觀念：作為現代文學史料的書話及其研究意義〉，《福建論壇・人文社會科學版》第 3 期，2011 年，頁 114。

・劉欣芝，〈隱地及其作品研究〉，中央大學中國文學系碩士在職專班碩士論文，2011 年。

・盧苒伶，〈爾雅版年度詩選研究〉，臺北教育大學語文與創作學系碩士論文，2011 年。

・蘇靜君，〈爾雅漲潮日：隱地散文研究〉，南華大學文學系碩士論文，2008 年。

──選自《文史臺灣學報》第 4 期，2012 年 6 月

卻顧所來徑
回首文學人美好的七〇年代

◎張素貞*

　　爾雅即將跨進 41 週年，隱地又出新書了，不僅是出版社出書，他自己
也有新書。令人嘆息的是：禁不住時光流轉，外在出版環境劇變，他同時
也宣布，此後爾雅每年出書，可能會從二十本調整為十本。守成的心願，
不全是老邁的身姿，但此中究竟透露了多少文學界、出版圈長年來的苦
辛？

　　隱地回顧自己從作家、編輯、出版人層遞、交錯，一枝筆寫寫改改，
編織著文學夢，為自己，也為文友，播種著一棵棵文學樹。自己多角色的
扮演，一路行來，尋夢、圓夢的過程中，不無激情感慨，也閱盡人情冷
暖。眼看著書店街淡去，臺灣實體書店逐年以驚人的速度銳減，作家一百
本書的版稅再也買不到一棟房子，幸運一些的，書肆中也許露了臉，或者
有誇飾宣傳，往往也難逃一日英雄的悲涼。短短四、五十年，曾經締造輝
煌佳績的出版界落得如此不堪，讀者可願意了解，書店一條街的榮景究竟
如何？且跟著隱地穿行 1970 年代，我們知道，它曾是翻轉的、逆轉的年
代，也是文學人美好的年代。

　　輯一刊出《書評書目》相關的三篇文章[1]，原刊於《書評書目》第 1 期
創刊號，及隱地告別《書評書目》的第 49 期，正是隱地文學志業的發軔與
關鍵期。在編輯《書評書目》之前，他已編過《青溪》和《新文藝》；但
《書評書目》不同。《書評書目》之重要，因為是國內第一本書評雜誌；

---

*曾任臺灣師範大學國文學系教授，現已退休。
[1]編按：〈《書評書目》發刊詞〉、〈《書評書目》回顧〉、〈告別《書評書目》〉。

它從無到有，除了簡靜惠、洪敏隆伉儷能說服家族長輩投注資金大力支持，隱地提供了理念、構思、計畫，大批文人學者的撰稿邀約，校對、廣告、發行都是瑣細又繁重的工作。雖然他僅在 44 至 49 期掛了總編輯之名，也曾有其他編輯協理庶務，一些文友義務相幫，《書評書目》創刊和發展，他確實有不可磨滅的貢獻。而對於他來說，百期的《書評書目》他編了將近一半，其實也獲益良多。年輕的他精力充沛，熱情地憧憬著許多文學大夢。在編輯《書評書目》的五年期間，有一年，每天晚上他還幫林海音編輯《純文學》月刊；1975 年 7 月 20 日，他成立了爾雅出版社，得到文友的支持，爾雅叢書首批就有五種六冊出版。他藉著《書評書目》的編輯，歷練文學花園的十八般技藝，廣結人脈，藉此實現了自己的理想，也為此後出版社的文學出版奠定了堅實的基礎。

彭歌在 1960 年代後半期，曾藉專欄文字努力推介：建立圖書目錄與評鑑之必要，這些呼籲，點點滴滴，在學術界、文學界逐漸產生了共鳴，隱地推出《書評書目》，正可見他果真是個有心人。正因為他親手把《書評書目》推向學術界、文學界，就考量到刊用專業的論說文章之外，必須做到普及而又活潑。〈《書評書目》回顧〉一文，他簡介第 1 期至 49 期的精采文章，說明對於詩、散文、小說，某文如何開端，其後又有一系列的論文；或者某文刊出，如何引起後來某文的書評或論辯。陳芳明、羅青、葉維廉開展了新詩評論，歐陽子撰寫系列的《臺北人》論評，王文興的《家變》創意突出，曾有專輯由多位成名作家綜會討論。小說家蕭毅虹談論瓊瑤的小說，使得雜誌一版再版；作家王鼎鈞、喻麗清撰寫「讀書的故事」，姜貴〈護國寺的燕子〉則是動人的「寫書的故事」。中外新書有專人介紹，吳相湘撰「信義書房漫話」，喬志高寫「美語新詮」，林以亮的評論〈試評《紅樓夢》新英譯〉結合中西，連載八期。亮軒既寫散文，也作評述；思果的散文、商禽的新詩，林佩芬、胡錦媛有所討論。景翔評介《譯叢》，也介紹舊金山的書店；覃雲生長期做著中外書刊雜誌的資料整理；年輕的夏祖麗出版了《年輕》散文集，接受論評，也展開了《作家的

書房》一系列訪問稿的撰寫。隱地為出書做長遠的思考，已請得呂秀蓮撰寫文章，解說著作權與出版權的問題。原來隱地精心規畫、經手的文稿詳細閱讀，深知文章的方方面面，也理解文壇論爭的來龍去脈，《書評書目》帶動了客觀書評、主觀閱賞的文風。

　　輯二至輯四，可以說是 1970 年代文學大事紀實，有點像斷代記事寫人，可以當作縮版的文學斷代史來看。隱地的《遺忘與備忘》就曾做過文學記事，《朋友都還在嗎？》又補充許多人物傳記，本書中段的這些文字，則是有關 1970 年代特殊記事寫人的詳版。隱地善作生動耀眼的命題，足以引發讀者的閱讀興味，有些內文峰巒迭起，而又貫串一氣；有些則是多項報導中相較突出的題目，但由於採取繫年的記事方式，閱讀上自然會前後比照，倒也不覺扞格怪異。文學環境錯綜複雜，文學大樹盤根錯結，枝節纏繞，如何敘說，方才能條理分明，還能兼顧清楚地交代本末因由？確實大不易為。不過，〈一九七七，文壇戰火彌漫〉一文，作者的寫作策略，似乎有意跳脫大家爛熟的鄉土文學論戰，而專意凸顯兩位西洋文學研究者——夏志清與顏元叔的激烈筆戰，可惜文中只點出《夏志清的人文世界》[2]一書有詳細記載，讀來仍有語焉不詳之感。好學的讀者，可能要藉此線索，再自行探討了。

　　本書的第三部分輯外輯，大抵是隱地最近的書評，卻不時難以掩抑撫今思昔的感慨。從「啟示」到「體會」，隱地揭露了存放心中多年的一個有待圓成的文學夢，一個相信很快就會完成的理想。《順成之路》如此這般完成，做得挺完美，他也可以嘗試採行口述傳記的方式為大哥柯青新的傳奇人生出版傳記。他曾經一而再，再而三，談及人生的轉捩點：四十年前，大哥提供一大筆資金，可以購買一棟房子的巨款，堅持要求他去歐洲開闊視野，作為寫作人的培成必修課程。大哥的遠見慧識，影響年輕的隱地此後的人生既大而遠，綿延至今。他在《2012／隱地》7 月 9 日的日記

---

[2] 殷志鵬，《夏志清的人文世界》（臺北：三民書局，2001 年）。

小標題就是：「為青新哥寫傳」。也許，這次他尋找到著手的妙訣了。這計畫值得期待：也許爾雅出版社此後除了詩、散文、小說，也會有多本的口述傳記；也許隱地終究忍不住還要多出版幾本好書。

　　　　　　　　　　──選自隱地《回到七○年代──七○年代的文藝風》
　　　　　　　　　　臺北：爾雅出版社，2016 年 7 月

遇見一本書，看到一個時代

◎周昭翡[*]

　　我成長於 1970 年代的臺灣南方小鎮。父母總鼓勵多讀書，閱讀管道除了《國語日報》，到中學就也開始讀報紙副刊了。小鎮有書店，有時有機會到臺中或嘉義逛規模較大一點的書店。最近引人懷舊的臺中中央書局，就是我當時買書的地點之一。不記得在哪裡買得琦君的《三更有夢書當枕》，儘管描述的時空與我的距離遙遠，人物背景都是當年猶無法親臨的中國大陸，但不同的世界開啟了我的視野，處處新鮮，字裡行間洋溢的溫暖氣息，豐厚的人情，更令我愛不釋手，後來透過郵局劃撥買了多本琦君著作，我成了琦君的「小讀者」。

　　出版琦君著作的「爾雅出版社」編有《爾雅人》雜誌，我開始定期收到這份介紹爾雅叢書的報刊型的雜誌，並參考這份書訊購書，書越買越多超出預算。高中時看到《爾雅人》推出一項對外徵文，寫讀書心得。我讀孟東籬的《愛生哲學》深受啟發，寫了寄去參賽得了第一名，拿到爾雅給我的五千元獎金，更有餘裕地買書，著實開心一陣子。後來我負笈臺北，也結識創辦爾雅出版社的隱地先生，我從學校畢業後二十多年來主要都是從事著文學編輯的工作，多少受到青少時期閱讀爾雅叢書的影響。

　　因為一本書，打開了一片天地。書中之書更讓我們進而追索一整個時代的面貌。隱地先生寫就的「年代五書」，堪稱他作為一位作家、閱讀者與出版人的回憶之作。從 1970 年代的文藝風，他引讀者回到《書評書目》創刊的 1972 年。這是臺灣第一份書評雜誌，可見書的市場和讀者趨於成熟

[*]發表文章時為中華民國筆會祕書長，現為聯合文學出版社總編輯。

了，《書評書目》出版到 100 期畫下句點，共維持九年，雜誌不僅評介一般性華文新作，也對大眾文學現象加以觀察，像 16 期蕭毅虹評介瓊瑤著作的〈花啊草啊雪啊天啊水啊風啊〉，造成旋風，雜誌因供不應求而加印。還有國際文學，像 28 期一篇夏志清〈評三島由紀夫的四部曲〉，對已享譽世界文壇的作家作品也相當重視。觸角更延伸到電影，諸如 46 期李祐寧的〈我國近三十年電影學著作評介〉，將民國 39 年以來此地出版的電影書籍目錄呈現。這些篇章現今看來，仍別具創見。

1970 年代高信疆主編《人間副刊》，那文學「五小」的年代，似乎普遍缺乏商業式的管理經營，沒有機關算盡而全憑熱情，充盈著人的氣味、人的故事，除了林海音家的客廳最具代表性，還有亮軒的客廳也值得一提。一篇〈到林先生家作客〉到〈不再有人在家裡請客〉訴說了一個時代的變化，不同的生活氛圍和人際關係。

那是一個閱讀的年代，也是一個書寫的時代。自封「野翰林」的高陽一年內出版五種長篇，總計寫了兩百萬餘字，再怎麼聽來都是天文數字啊！三毛撒哈拉系列的風靡，間接帶動了旅行潮，小野的《蛹之生》讓讀者檢視了自身成長的喜悅和苦悶，朱家姐妹創辦三三集刊等，都是文學界開創性的盛事。

對隱地而言，光談 1970 年代想必不過癮，也繼而話說從頭，回到 1950 年代的篳路藍縷的克難生活，有的已消逝僅存於記憶中，有的像穿越劇般隨時代而繼續變貌，中華商場、眷村的誕生，學生壓馬路看市井風情：臺北是散步的天堂。黃包車到三輪車到計程車，木材燒火到煤炭球燒飯到瓦斯爐電鍋；林海音的名篇〈豆腐一聲天下白〉，交錯著街上的木屐聲和挑擔子賣豆腐、茶葉蛋，修傘補網補玻璃絲襪，還有擦皮鞋賣報紙，構築了一幅流動且鮮活的圖景。

更多的文章著墨在當時幾個藝文刊物：潘壘的《寶島文藝》，師範的《野風》，程大城的《半月文藝》，懷人憶文，為專業研究者提供史料線索，為一般讀者講述當年文史掌故。

　　這樣既是生活的、又是文史的，間或蒐錄如實呈現所談及篇章的雜敘方式，彷彿過往多次跟隱地先生閒話家常，然後看他從記憶之篋中翻找出珍稀之寶，在偶然與必然之間看一本又一本與書相遇的故事。這種寫作形式，目前看來似乎還無法定位，或可稱作「文壇史」。1975 年爾雅創辦迄今超過四十年了，正是寫下了臺灣文壇重要的一頁歷史。他 2017 年又持續完成 1960 年代的爬山精神，1980 年代的流金歲月，1990 年代的旅遊熱，與前面 1970 年代的文藝風與 1950 年代的克難生活，合為「年代五書」。隱地說自己是「從年少寫到老的書生」，書寫不僅是精神思維的呈現，也逐漸是身體的挑戰，孜孜不倦的書寫與閱讀都為他帶來更多內心的滿足。書如此深刻地影響了他，也影響了我。我們在其中尋找、觀看並安頓自己。

──選自《聯合報》，2017 年 12 月 23 日，D3 版

我友隱地的伊甸

兼評他的《傘上傘下》

◎古橋[*]

在《舊約》裡伊甸是具象的；而在感覺中它是抽象的，無人見過伊甸園，而每個人的心目中自有其樂園影像，我友隱地的伊甸就是讀書、寫作、投稿……

十萬字裡，隱地以年輕人的感覺，寫年輕人的夢，年輕人的愁，年輕人的希望和幻覺，在隱地不夠寬敞的生活圈子中，在 27 歲火一般熾熱的激動裡，把他的心寫在紙上，把串串的夢藉著筆流在紙上。透過《傘上傘下》的文字，我可以看見隱地走進夢裡，也可以看出他從夢中醒來。

從幼年而青年，隱地有一種淒楚繽紛的生活，生命中的酸苦和欣喜的音符躍動之下，使隱地的生活似是充實又像空虛，似是失去又像獲得，似是雪萊又似濟慈，繁忙與苦悶的空間，使他走不上一條踏實的路，就是那樣，他活在苦裡，活在夢裡，寫他的夢在水上，沖去童年，他已經 27 歲。

隱地的可愛處是他的虛心和堅忍，不容否認的，隱地花了不少時間在寫作上。在許多的年輕作家中，他是我看過的唯一能在每天十小時新聞學、中國近代史、輿論概要和正步走的圍攻下，除了保持優異的成績外，仍能在課餘、在揮汗的大床上、在靶場上，甚至在陽光下的操場構思而且創作，他把握每一分鐘，為寫作的狂熱而犧牲。

都市的繁榮，不少的年輕人作謀殺時間、把錢用掉的消遣，然後把精力變成疲勞，君不見西門町的大包頭、哥哥鞋、AB 褲，喜歡對人豎眉毛、

---

[*]古橋（1936～2007），本名張作丞，另有筆名艾笛，瀋陽人。詩人。政工幹部學校新聞系畢業，曾任《國魂》主編。

揮拳頭之類，而我友隱地就是幾乎被染色而又跳出染缸的一個，他把所有
剩餘的精力，用於靜靜的寫、默默的讀之中，在黑暗裡摸索，接受快樂也
迎接痛苦，希望在人生的旅程上能留下一些笑聲淚痕，在多色的社會中找
尋一條純淨的路，正如隱地在《傘上傘下》再版的話中所說：「鏗鏘的前
進，還是靜靜的凋零？」不論是鑼鼓喧天的前進也好，靜靜的凋零也好，
隱地總算能在人生的大舞臺上，努力演好自己的角色了。早夭的詹姆斯狄
恩，誰能說他凋零了？在全世界的年輕人心中，他像一顆烙在懷念上的
印。史坦貝克的《伊甸園東》存在一天，詹姆斯狄恩就活在年輕人的心
裡。永恆與一瞬的差別有限得很，蜉蝣的天國只不過是一個繁花如海、麗
日中天的午後，對他來說，那就是奇妙的永恆。

在隱地十萬多字的《傘上傘下》中，小說占了百分之八十，在隱地的
早期作品中，隱地的小說是我最喜愛的一部分，在文字裡隱地無保留的寫
出年輕人的愁、年輕人的憂鬱以及愛，且可以明顯的看出每一篇文章都有
作者的影子，有你我年輕時的影子，隱地用字簡單，不求辭藻的美，不留
意句法平淡，只是率直的寫他想寫的故事。有人說，這是隱地的短處，而
我卻認為這是隱地的長處；因其用字簡單而使人容易增加感受的力量，易
於表現主題。我喜愛隱地的文字，在平凡中有浪花，靜默裡有鏗鏘，一種
青少年的激情、憤怒和淚珠，從樸實的文字表現出來，給予讀者一種欲哭
無淚的感覺……

大專聯考的失敗，對於成績優異的隱地是一個沉重的錘擊，他傷心
過、徬徨過、哭過，在寂寞的小屋裡，流著眼淚寫他的〈榜上〉：

從 7 月 29 日考完大學的那天起，真像隻餓了三天的貓，軟而無力，見了
誰都怕……

臺大的夜很靜，偶而三兩學生情侶走過、喁喁私語，我有說不出的感覺，
這感覺至少滲雜了羨慕和期待，有點微微的激動，「為什麼你進不來？」

每一個年輕人都會經過這階段，你現在高中畢業，就像在人生的旅途上到了站，你不知道該如何走，因為在你面前有好幾條路，你不知道選哪一條好，你覺得茫茫然失去了主見，最後你聽人說，也看見了大家都在走那一條並不好走的路，當然，你也跟著上去了，人本來就多，路又窄小，又泥濘，誰都在拚著命前進，但事實上，總有人會失敗的……

隱地是考場的狹路上被擠在泥濘裡的人，在沉重的傷心裡清醒之後，他寫了〈方向〉，那也是他從文學校走向軍校的轉捩點，在我的朋友中，隱地是一個有主見，不隨波逐流或安於理想的人，當然，對他影響最深的還是那位臺大的小敏姐姐：

對某些人而言，大學文憑不過是一張廢紙，但是全臺灣的學生都被它蒙蔽了，折磨著他們的精神，透支了他們的生命。擠進了大學之門，轉一個圈，掛著彩雲似的文憑又出來了，兩眼漆黑的邁上社會，頭腦空空的報效國家。

隱地的體質本來不適合讀軍校，但仍勇敢的走了進去，為了不頭腦空空的報效國家，他選擇了筆，也選擇了幹校新聞系──「把眼淚拭乾，向前走吧，自己已經跌了一跤，落後了許多，快爬起來趕上別人。」(〈方向〉)

我友隱地的情感重心是中學生活，他的天堂是在 S 形的奇岩路、青青的雨裡的觀音山，友情的音符在 20 歲的大孩子心裡跳躍，在他環山的校舍，夢朧朧的雨後校園，他塑造〈傘上傘下〉韋小茜的影子；他塑造〈遲〉康蓓蓓的影子；他塑造〈摯友情深〉裴燕玲的影子；他塑造〈榜上〉崔雲雲的影子……友情的重壓使隱地的文章，時而快樂，時而憂鬱，小說本身自然彩色繽紛，美不勝收了。

對於年輕人，愛是具有相當神祕的感受，隱地愛過，也被愛過，因此

在他的文章裡，把所有的影子聯結起來，就是縷縷美妙的情煙，在思想裡裊裊上升，由於他們真實，因此也正能表現隱地的才華，文筆如行雲流水，沖激著讀者的感情。

中學的隱地是個被友情包圍的寵兒，透過隱地的筆，一個個可愛的身影在文字中出現──懼怕數學的雷程、怯生生的喬南亞、活潑潑的駱燕燕（見〈傘上傘下〉）；淳樸的孫厚生、失戀的金雷（見〈遲〉）；讀官校的沈維達、愛寫作的謝家琪（見〈摯友情深〉）；缺門牙的小蔣、長頭髮的邢文蕙（見〈昨夜夢魂中〉），都是一些可愛的面孔，每一個被中學愛過的人，就可以感覺到他們就在你的四周，而隱地更以流暢的筆使他們在紙上呈現，爽朗的笑，傷心的哭，榜上的狂歡以及榜下的飲泣，隱地憂鬱而坦誠的描繪了。

友情和愛情充實了隱地的思維，親情似海使他由憤怒、激情走入冷靜和沉思，而《一千個世界》的出版，使隱地的作品更深刻而成熟，也是他寫作生命的一個重要的階段，跳出了虛浮的窠臼，站了起來，雖然寫的仍然是生活的苦澀，而苦澀得並不使人感到淒冷，正如他在《一千個世界》後記所說的，「生活是一條鞭子，它無時無刻不在抽打著我們，其實，這就是我們活著的意義，不屈服，不低頭……。」於是他提起筆，投入莊嚴而深沉的思想的理智的海洋中，「純潔而熱情的寫出人生給他的真正感受」（見王鼎鈞先生代序）。

在《一千個世界》中，全部文字表現出的，莫不是 20 世紀 70 年代年輕一群的內心裡的痛苦與掙扎，隱地忠實的寫他自己和他的朋友……

他渴望愛情，也尋找，但在這個雜色的廣大世界中，缺乏那種等待白馬王子的公主，女孩子隨便而現實，沒有純真，也分不清靈與慾，隱地的情感生活由於他自己的道德尺度，有一段很長的時間，使他過得很痛苦，悲觀而且有一點憤世嫉俗，於是有許多隱地的影子在《一千個世界》中出現，〈一個叫段尚勤的年輕人〉中的段尚勤，〈純喫茶〉的鄭思莊，〈一千個世界〉的景蘇，〈有一種愛情〉的侯天一以及〈五線譜〉中一再失意

的鄧全揚。在這許多人物中，我們看到了一個很可愛的年輕人的影子，有時熱情、快樂，有時憤怒、憂鬱，在慾的引誘中，他有限度的同流，但絕不合汙，他時刻自我提醒著：不要迷失了自己。我喜歡隱地，因為他純潔、正直，寫出來的東西也是乾淨俐落，不躲躲藏藏，敢說敢寫，敢面對現實，事實也告訴我們，他也有迎接一切打擊的勇氣，努力肩負起痛苦的十字架，走向年輕人正確的路。

　　隱地自民國 57 年 5 月開始主編《青溪》雜誌，由於這是一份文藝性刊物，又因他在學校學過編輯，隱地對這份工作狂熱的愛好，他說他喜歡跑印刷廠，喜歡接觸鉛字，喜歡和排版工人聊天，隱地的一口不太標準的臺灣話就是從印刷廠裡學來的。

　　《一千個世界》之後，他又出版了《隱地看小說》和《一個里程》，隱地對文學的熱情、抱負和構想，我們都可從這兩本書裡看出來；莫里哀說：「我們對文學的愛好，主要由於其深長持久的人性關係。」從隱地的《傘上傘下》到《一個里程》，我們可以看到他正努力闡述著可貴的人性，或親情，或愛情，或友情……至於是否能達到「深長而持久」自然有待於作者的努力，諸如須嚴格要求在文字上再求圓潤，結構上再求謹嚴。隱地年輕、有衝勁，希望他永遠熱愛文學，一如在學校時不停的讀、不停的看、不停的寫……

　　　　　　　　　　　　　　——寫於民國 53 年 3 月；57 年 7 月改寫

　　　　　　　　　　　　　　　　　——選自梅遜編《作家群像》
　　　　　　　　　　　　　　　　　臺北：大江出版社，1968 年 10 月

大膽行獵
略析《隱地極短篇》

◎陳義芝[*]

　　小說家寫散文和散文家寫散文，情韻不同。小說家筆下常見燈光明滅的舞臺，人影晃晃，鑼鼓鏘鏘，你看到的貌相不一定個個清楚，但全是流動的；語言不一定精巧，卻交織著曲線。散文家則慣用講述、表意的筆法，意盡而言止，語風多是單式而非複式，人事當然要求深刻，卻往往似定影在相本裡或鏡框中，作者一頁頁地翻，讀者即一頁頁地看，不論創作、鑑賞，停在哪一頁上都不至於受到太多結構的限制。

　　小說家寫散文和散文家寫散文，沒有高下之分，只是寫作時的思維方式使得文章寫成後的神態氣質略有差異，論成績，仍須個別察其創意、觀點。

　　收集在《隱地極短篇》一書中的 28 篇散文極短篇，之所以能加稱極短篇，蓋因屬所謂「小說家的散文」，比較突出舞臺焦點和一些流動的情節。這些作品的特質除舞臺布景豐富，其趣意尤在內涵的交響共振，形成一套完整的曲式。隱地描寫的對象是形形色色、老老少少的餐廳——寫活了的餐廳就像寫活的人物一樣地討喜——裡邊最大的戲劇性無非餐飲店新奇的品味、走馬燈般的人情世態；關涉電影、音樂、書報的描繪，也帶著喝咖啡、喝下午茶的基調。整本書的主題是滄桑、懷舊，但文筆輕活，現代而不灰色，鮮明的人物造像如：「IR」餐廳中那一對年輕人「一坐好就點起菸，你朝我噴，我朝你噴，噴完煙，就扭在一起接起吻來……兩雙腳也在桌底下配合著運動」；「明星咖啡廳」的白俄老闆（光這個身分就引

[*]詩人，發表文章時為《聯合報》副刊編輯，現為臺灣師範大學國文學系兼任教授。

人遐思）、來來往往的作家；「百鄉」那永遠的女老闆；「長春藤」裡那位愛幻想的女孩；「臺北咖啡屋」中那位結了婚又離婚、勇敢追尋自我的 M 小姐；「AB 愛情」中，男與女三十年後二度失之交臂，只抓住一罐茶葉留下的手溫，那種恨恨；還有神祕的黑衣男子；隱地本人的笑淚前塵……經選擇、篩濾，作者用一種比較精簡的方式，說出一個個發生在餐廳、在街上，屬於我們的故事，短短的故事又因時空變異而產生縣長的人生感慨，像一卷卷惆悵悲歡的錄影帶。

隱地在書的封面標明「非小說」，我想他是要強調：真實的人生。書名底下附註「餐飲手冊」，大有「我這麼說，看你怎麼看」的蓄意性。讀者既不致當它是一本小吃指南，則不能不佩服由覓食這一行動鑑照人生的點子，具有創發精神，是帶著飽滿的藝術張力，是一次大膽的行獵——對準流動的人、流動的景、流動的時間和思考，隱地寫實地披露出像他這樣具高消費力的「雅輩」，對城市的愛與怨，對生命的迷與醉。

至於各篇收筆簡淨發人思省，以及「陰」、「蝕」、「轉」一字篇名所富含的象徵意義，更可以輔助我們認證隱地寫這一系列短文的小說企圖，在形式上懷有文體出格、變奏極短篇的用心！

民國 79 年 3 月，初讀《隱地極短篇》時，我曾去信讚美「人生的光譜、社會萬象，都在一個銳利的鏡頭下顯影」；時隔兩年，重新翻看，不免又想到散文與小小說的糾葛，和文類到底能不能嚴明畫分的問題，因補述此小文。

民國 81 年 1 月於臺北

——選自《爾雅人》第 69 期，1992 年 3 月 10 日

「塵」的旋舞與「蝶」的復歸

隱地小說的文本互涉與詩性特徵（節錄）

◎楊晉綺*

一、引言

> 灰塵像一條條毛毛蟲／躲在每一個陰暗的角落／有時成團有時成球／
> （它無時不在無所不在）／／我們活著／日日夜夜／擦拭灰塵／（它以
> 曼妙的舞姿占領我的珍藏）
>
> ——〈灰塵之歌〉[1]

　　隱地（1937～）在尚未發表詩作之前，文評家與文友多稱述他為「著名的小說家和散文家」、「出版家」、「爾雅老闆」。[2]民國 82 年（1993）10 月 18 日，當隱地在臺北《中國時報・人間副刊》刊載〈法式裸睡〉一詩後[3]，遂開始增加了「詩人」的身分與稱號。[4]寫作時間愈是向後

---

*發表文章時為清華大學中國文學系約聘專任教師，現為倫敦大學亞非學院藝術史與考古學系博士。

[1]隱地，〈灰塵之歌〉，《法式裸睡》（臺北：爾雅出版社，1995 年），頁 68。

[2]如唐文俊（C. Matthew Towns）在《七種隱藏》（*Seven Kinds of Hiding*）序文裡說：「1990 年代中期當隱地開始展現其撰寫現代詩的才情之時，他早就以小說和散文出名了。而且，二十六年多以來在臺灣文學界裡他一直以一個極重要的文學出版社——爾雅出版社——的創辦人著名」（臺北：爾雅出版社，2002 年），頁 2；呂大明在〈精緻在歲華裡——讀隱地詩集《法式裸睡》〉說：「隱地在他後中年時期的現在，突然執筆寫詩，而且寫得有板有眼。當所有他的文友，或稱他為『老闆』而在『爾雅』出版書籍的作者，知道這個消息一定深感驚詫」，《明道文藝》第 262 期（1998年 1 月），頁 122。

[3]麥穗，〈品嘗從透明中逸出的一股醇香——讀隱地著《詩歌舖》詩集有感〉，《全國新書資訊月刊》第 46 期（2002 年 10 月），頁 75。

[4]向明（董平，1928～）在〈小評隱地兩首詩〉裡說「1994 年詩壇的一件大事是突然冒出了一個 56歲的『年輕詩人』隱地」，隱地，《一天裏的戲碼》（臺北：爾雅出版社，1996 年），頁 189；孫學敏（1981～）在《存在與超越——論隱地的詩歌世界・緒論》（臺北：爾雅出版社，2009 年）裡

綿伸延展，各類文體如小說、散文、雜文、評論、小品、遊記、隨筆乃至
於新詩、自傳與日記等皆廣為隱地嘗試創寫之後，許多文評家便以「一位
終身與書為伍的人」稱美他。[5]整體來看，隱地的創作軌跡約可區分為四個
階段：20 世紀 1960 年代（33 歲以前）為小說時代、1970 年代為廣義的散
文時代、1980 年代為狹義的散文時代，而 1990 年代則是詩歌時代。[6]章亞
昕在〈其實的「幻想」〉一文中將隱地的創作人生譬擬為「一部『奏鳴曲
式』的樂曲」，以「序曲」對應第一階段的小說時代，以「主題部」、
「發展部」與「再現部」分別對應第二至第四階段；並且以 1990 年代重印
短篇小說集《幻想的男子》一事說明隱地的創作樂章乃呈示出首尾呼應、
餘韻不歇的「詩的境界」。[7]

　　然而，餘韻不歇與迴環呼應的不僅是舊作的重新出版，更是隱地年屆
七十，在 2007 年出版的長篇小說《風中陀螺》一書。《風中陀螺》以隱地
四十多年前一篇短篇小說——〈一個叫殷尚勤的年輕人〉裡的人物「殷尚
勤」（隱地在《風中陀螺》中將姓氏「殷」更易為「段」）作為主角，並且
在小說中夫子自道地指出：

> 「段尚勤」是我四十多年前小說裡的一個人物。〈一個叫段尚勤的年輕
> 人〉如今七十歲了，和我幾乎同年。我讓他繼續存活，假想他的許多人
> 生經驗和牢騷，當然，有時候段尚勤也是我。他的人生豐富奇特，因為
> 我給了他一對翅膀——所有我無法做到的，在他身上都發生了。我的想
> 像世界，就是他的經驗世界。[8]

則說：「對於 56 歲的老作家兼新詩人而言，隱地的詩歌取景很自然地拋卻了奇幻的想像，其詩境
傾向於對社會化人生的感悟和解剖。」頁7。
[5]章亞昕（1949～），〈「傘」的意象〉，《時光中的舞者：隱地論》（臺北：爾雅出版社，2003 年），
頁4。
[6]章亞昕，《時光中的舞者：隱地論》，頁4。
[7]文云：「〈隱地的創作人生猶如一部『奏鳴曲式』的樂曲〉，樂曲在這裡以其『再現部』呼應著『序
曲』，進一步表現著奏鳴曲式中生命的主題，繼續發揮著隱地對人性的思考，然後文思高揚為詩的
境界。」章亞昕，〈真實的「幻想」〉，《時光中的舞者：隱地論》，頁12～14。
[8]隱地，《風中陀螺》（臺北：爾雅出版社，2007 年），頁25。

　　小說人物可以重新復活，以往所有舊作——各種文類如詩歌、散文——亦皆能夠再次「復活」，並且連袂翩臨，成為《風中陀螺》裡的「人生經驗」和「牢騷」。《風中陀螺》裡對於舊文的「禮敬」即如楊傳珍在〈聞到了臺灣的呼吸〉一文中指出之「《風中陀螺》裡有些段落，是過去許多詩文的嵌入。當然，這不是簡單的拼貼，而是把舊作賦予新意，鑲嵌到小說的關鍵部位，使之獲得新的生命」。[9]這種對於舊時詩文的拼貼與鑲嵌的創寫性質即是法國文評家蒂費納・薩莫瓦約（Tiphaine Samoyault, 1968-）所指述之：

> 文學的寫就伴隨著對它自己現今和以往的回憶。它摸索並表達這些記憶，通過一系列的複述、追憶和重寫將它們記載在文本中，這種工作造就了互文。文學還可以匯總典籍，表現它對自己的想像。[10]

　　隱地在《風中陀螺》裡匯總、複述、追憶和重寫舊日「生命典籍」（詩歌、極短篇和隨想）塑成了小說裡極高的互文特性。雖然隱地自謙這是「一道大鍋菜」[11]，但是這道大鍋菜裡的互文性質一旦來自於他自身文學歷程的「記憶」與「重述」時，便值得我們孜孜企求其中互文的各種類型與深層意義。而我們之所以不斷地在解釋過程中將文學創作、再創作以及讀者釋義聯繫起來，正是為了發現和理解作品的深層意蘊和美學特徵。

　　一旦作家試圖重述過去，召喚「生命文學」裡的各種記憶，不論最終以何種文類表現，當我們追索其間的「意義」問題時，我們著眼之處將會是蔡英俊先生在討論「語言」與「意義」的現象時曾經指明之：語言文字作為詩歌（小說、散文）所引生的「意義」問題，最具根源性的議題就在於語言文字（或具體的說，「語詞」或「名稱」）及其所指稱的對象（生命

---

[9]楊傳珍，〈聞到了臺灣的呼吸〉，隱地，《風中陀螺》，頁14。
[10]蒂費納・薩莫瓦約（Tiphaine Samoyault）著；邵煒譯，《互文性研究》（*L'intertextualité: Mémoire de la littérature*）（天津：天津人民出版社，2002年），頁35。
[11]隱地在《風中陀螺・後記》說：「《風中陀螺》裡集合了我的詩、極短篇和隨想，成了一道大鍋菜。」頁200。

內容）之間是否對當，亦即是語言文字的指涉活動（或指義行為）將如何
產生意義？[12]創造出何種美學效果？如果說隱地小說透過語言文字的創造活
動展現出一種生命歷程與文學創作軌跡的深刻意義，那麼此間意義正是透
過高度的互文特性與文類界域的模糊曖昧呈示出來——隱地小說以一種猶
如迴圈般的抽象意義結構、詩意想像以及意象上跳躍、複沓和對應等諸般
「類詩歌」現象，成就其最為醒目的小說美學特徵與文類標記。[13]

二、隱地小說裡的日常生活經驗：「經驗」的互文類型與意義

　　賴干堅在《敘事虛構作品：當代詩學》（*Narrative Fiction: Contemporary Poetics*）一書的序文中指明：文學的構成因素和表現方式有
其自身的特點，亦有樣式上的差別與個別特色，例如小說不同於抒情詩與
戲劇，不同文學的樣式特點應當為文學批評者所重視。[14]雖然我們亦同意賴
氏所云之不同的文類有其基本形態上的差別與自身類型特色，然而，我們
在本文中並無意處理文類樣式的問題，之所以如此，原因在於：詩性特徵
與基本敘述手法皆可以跨越文類，在各種文學體裁之間潛躍、移轉與流
布。即此，我們在本文中將著意討論的乃是詩意特徵的流布與各種文類並
置的互文特徵。如果從「日常生活經驗」作為文學表現的共同（共通）題
材此一現象觀之，我們將會發現：設若某一種日常社會生活中的閒話、法
律證詞、新聞報導、歷史著作、自傳和個人信件這一類非虛構的言語敘述
茲為文學作品的題材來源[15]，那麼作為一自我完足、自有其組織方式並且自

---

[12] 「語言」與「意義」相關論題參見蔡英俊（1954～），《中國古典詩論中「語言」與「意義」的論
　題——「意在言外」的用言方式與「含蓄」的美典》（臺北：臺灣學生書局，2001 年），頁 163。

[13] 文評家已然注意到隱地小說中含有高度的詩意現象，例如章亞昕在〈「傘」的意象〉一文裡說：
　「這本書的文思是小說其表，散文其裡，以『傘』的意象為象徵——現實世在『傘』之外，夢想
　境界在『傘』之內。同時，〈傘上羊下〉又是書裡的一篇小說，……『傘』的意象是一段充滿了
　詩意的記憶」（《時光中的舞者：隱地論》，頁 6）；在〈真實的「幻想」〉一文裡說：「真實性導致
　他的寫作非常認真，具有一種詩意地把握『存在』的精神特質。忠誠於體驗，亦即忠誠於自我
　的詩性人生。」（《時光中的舞者》，頁 2）。

[14] 施洛米絲・雷蒙－凱南（Shlomith Rimmon-Kenan）著；賴干堅譯，《敘事虛構作品：當代詩學》
　（*Narrative Fiction: Contemporary Poetics*）（福建：廈門大學出版社，1991 年），頁 1。

[15] 施洛米絲・雷蒙－凱南著；賴干堅譯，《敘事虛構作品：當代詩學》，頁 3。

呈意義世界的「藝術作品」，敘事虛構的成分可以安然地出現在詩歌之
中，詩歌的意象系統、巧思趣味與音響效果亦可以同時疊現在敘事虛構作
品之中，各種文類即可以由此相互滲透、彼此對話，並與作家的日常生活
經驗共構為一曲複層出的褶疊現象。

（一）日常生活經驗與小說文本交織疊現的「詩話褶子」

　　日常生活經驗在文學表現裡呈示為兩個意義層次，一是經驗作為創作
題材，另一是「製作」文學作品的過程。[16]隱地在〈讀書・寫作・投稿〉一
文中指出：《傘上傘下》一書裡完全虛構的作品只有〈殘破的玫瑰〉一
篇，其餘的篇章題材皆取自學生時代的生活經驗，範圍不出「學生生活」
的圈子。[17]隨著作家年齡的增長，《幻想的男子》裡的二十餘篇小說，日常
經驗的範圍與形態乃由校園生活移轉到都市社會生活，二書裡四十餘篇小
說皆完成於民國 50（1961）年前後。由於小說題材隨著作家生活時空經驗
的改變而移轉，因此作品風格與情調自亦有所改變（由「充滿青春氣息」
迭變為「孤寂蒼涼」）。然而即是因為二書題材皆根源於真實的生活經驗，
作家方得以命稱這二本書為「兄弟書」[18]；張索時（張厚仁，1941～）亦基
於題材上的相似，指出《幻想的男子》中的 27 篇「互為姐妹篇，宜作整體
看，猶如組詩一般」。[19]而章亞昕則說：「一種自傳體的抒情意向，貫穿了
隱地的小說時代」。[20]「自傳體」、「小說」與「抒情意向」三個用語的並

---

[16]奧地利社會學者舒茲（Alfred Schutz, 1899-1959）闡釋「日常生活世界的現實」時指出：「當我們
生活在鮮明的現在中，以及進行的勞動行為中時，我們是指向著對象以及即將被形成的對象，勞
動本身亦經驗到它自己是進行式之行動的原創者，有如一個無法分割的整體自我。它並由此而經
驗它自己的身體運動；它生活在一些彼此相連之本質實際的經驗內，而這是回憶與反省所無法觸
及的；它的世界是一個開放預期的世界」。舒茲（Alfred Schutz）著；盧嵐蘭譯，《舒茲論文集
（第一冊）》（*Collected Papers. Vol. I: The Problem of Social Reality*）（臺北：桂冠圖書公司，1992
年），頁 243。

[17]隱地，〈讀書・寫作・投稿〉，《傘上傘下》（臺北：爾雅出版社，1979 年），頁 6～7。

[18]隱地在〈縹緲的夢〉一文裡說：「基本上，這是兩本兄弟書，《傘上傘下》純潔樸拙，像一個鄉下
人，全身上下充滿一股青春氣息，對生命懷抱著無窮希望，而《幻想的男子》由於在都市裡討生
活，渾身上下滾滿風塵味，雖然力爭上游，但卻不免有孤寂、疏離的蒼涼感！」隱地，《幻想的
男子》（臺北：爾雅出版社，1979 年），頁 222。

[19]張索時，〈青春指南──評隱地小說集《幻想的男子》〉，《明道文藝》第 321 期（2002 年 12 月），
頁 127。

[20]章亞昕，《時光中的舞者：隱地論》，頁 18。

列呈示，正自揭示了以日常生活經驗作為文學材料，在尋求相應的表現形式以及最後呈示出來的作品風格之間，二者融滲交織的狀態與相互關連。

當隱地在〈第五十八首〉詩裡說：

> 有誰看過像我這樣蒼白的軍校學生／四年的日子怎麼度過／我只記得放
> 假的日子／穿一隻紅襪子一隻綠襪子在西門町彳亍／讓心靈享受／自己
> 封給自己的自由（不然我怎麼寫得出《幻想的男子》）[21]

我們即可以從詩歌裡尋得詩人的日常生活經驗如何既作為一首「自傳體」詩歌的題材，這題材又如何為小說文本奠基，繼之轉而成為小說文本註腳形式的衍化軌跡。如果我們依據英國小說家佛斯特（E. M. Forster, 1879-1970）對於小說的定義：（小說）乃是一種以散文寫成之長度不定的虛構故事[22]，而在散文、詩歌與小說文本之間，揭提日常生活經驗的真實距離以為虛構（虛擬）程度的衡量標竿，那麼隱地小說文本左右分別依倚著的，一邊是詩歌的玄想妙悟，一邊是以語錄體、閒適小品或是嚴肅的散文體裁盡可能「忠實」記載的「個我生命史」——離真實日常生活經驗最為遙遠的恐怕是詩歌而非小說。因此，26 歲的「段尚勤」一旦自《幻想的男子》中走出，瞬間歷經四十幾年的幻變滄桑，走入《風中陀螺》裡成為「段尚勤」後，便也霜白了滿頭的髮。因此，莊裕安即要述稱《風中陀螺》雖然是一部長篇小說，但是「更像一個短篇的 17 次變奏。變奏的主題是 26 歲的段尚勤。」（26 歲的隱地？）[23]

這變奏的主題我們可以在隱地散文作品〈半身之愛〉裡看到「長大，

---

[21]隱地，《法式裸睡》，頁 143。

[22]佛斯特（E. M. Forster, 1879-1970）著；李文彬譯，《小說面面觀》（*Aspects of the Novel*）（臺北：志文出版社，2002 年），頁 39。

[23]莊裕安（1959～），〈讓我跟你交換自由基——評隱地《風中陀螺》〉，《文訊》第 257 期（2007 年 3 月），頁 112。

必須面對性的困窘」的經驗母題[24]如何成為《幻想的男子》裡〈純喫茶〉的「故事」（story）、「本文」（text）[25]，再轉而成為《風中陀螺》中第四章裡的〈純喫茶〉與第五章裡的〈半身之愛〉。然而「敘述者」已由「我」的內部聚焦局部地移轉為對「段尚勤」日前生活情境的外部聚焦，被敘述的部分內容經過聚焦視點的過濾與移轉，成為今日之我對於昔時經驗（生活經驗與文學「製作」經驗）的追憶、複寫與「剪輯後製」。而另一種情況則是以細節再現，追記補述昔日的生活景況。例如《風中陀螺》裡的段尚勤看完電影之後，到「百鄉」去用餐，書裡這般寫著：

> 電影散場後，他到百鄉叫了一客鯖魚套餐，海帶芽味噌湯之外，還有燙菠菜和醃黃瓜薄片，他也叫了生啤酒和花生米，當七十歲的牙齒還能嚼得動花生米，他感覺幸福。
>
> ——〈**看電影的人**〉[26]

這段文字補足了隱地在極短篇散文裡寫著他到「百鄉」餐廳用餐時未能詳述的瑣細，〈伊通街上〉說：

> 我都是午餐時間才會到她們店裡，因為百鄉每個月送我一張菜單，她們每天的菜色都不同，……主菜以外還有湯、麵包、咖啡和甜點，只要當天的主菜合我胃口，就會特地坐車趕過去……。[27]

---

[24] 隱地，〈半身之愛〉，《漲潮日》（臺北：爾雅出版社，2000 年），頁 125～135。

[25] 施洛米絲・雷蒙─凱南對於「故事」（story）、「本文」（text）和「敘述」（narration）定義分別是：『『故事』指的是被敘述的事件；它從本文的排列中被抽取出來，按照它們發生的時間順序，與這些事件的參與者一同被重新建構而成。鑒於『故事』是一連串的事件，『本文』便是以口述或書寫的方式講述事件的話語。簡言之，本文就是我們所讀到的東西。在本文中，事件不一定按照時間順序來表現，參與者的特徵滲透於整個事件之中，而被敘述的內容的各個方面都經過折射體或觀點（聚焦點）的過濾，頁 4。

[26] 隱地，〈看電影的人〉，《風中陀螺》，頁 149

[27] 隱地，《隱地極短篇》（臺北：爾雅出版社，1990 年），頁 26。

　　「百鄉」餐廳的菜單內容與合隱地胃口的菜色究係為何，乃需經由虛構小說裡人物的日常生活經驗方能予以補述完足。即是藉由不斷交錯敘述——意即「文學製作」與「再加工」的過程，日常生活經驗的虛實交互便可以避開「日常生活經驗」與「日常性」之間的矛盾現象：日常生活既是生活中我們一再重複的行為，一再遊歷的旅程，以及我們久住的空間，令我們產生安穩、踏實的感受，然而若要追究日常生活裡的價值與特性（也就是「日常性」（everydayness）），那麼「日常性」常常意謂著無聊、易被忽略、不顯眼與不突出的。[28]換言之，即是「文學製作」與「文學的重新拼貼與再製作」令生活的與文學的「經驗」產生一種動態性歷程：使陌生的變成熟悉的、不習慣的變成習慣的、衝突的融合成新生的。「文學創製」成為作家遂行每天例行公事的精神驅力，不斷鼓舞他發掘日常生活中各色新鮮與神祕之處，同時，二者關係亦將反轉過來，日常生活也見證了作家所有文學過程裡的成功與失敗，印記生命與文學裡的革命性創新究竟以何種樣貌、姿態融入日常生活之中。這種生命中所有徹底轉變的步伐，都將成為理解作家自身的「第二天性」（second nature）[29]：即是依據舊有作品裡的各種內容和經驗重新了解自我生命的本質與社會脈動，而非如一般人僅是依賴單純的記憶、他人口述與履歷資料的堆疊和翻檢。

　　此中日常生活經驗與文學作品之間的關係，即如莊裕安曾經指明之「段尚勤到長春戲院看完《戴珍珠耳環的少女》，到百鄉叫了一客鯖魚套餐」，這麼平凡的一件事「根本就是隱地自身的起居注，隱地日記裡提過無數次」。莊氏並且認為《風中陀螺》的複雜性來自於它是許久以前一個短篇與近來作品一重又一重「文本互涉」的結果。[30]然而複雜的文本互涉，

---

[28]Ben Highmore（1961-）著；周群英譯，《日常生活與文化理論》（*Everyday Life and Cultural Theory: An Introduction*）（臺北：韋伯文化國際出版公司，2005年），頁1～3。

[29]所謂「第二天性」（second nature）意指「透過後天的學習而來，而非第一天性是出於自然的本能」，文中移轉這個概念，用以解釋「日常生活」與「文學創作」之間的差異。文見 Ben Highmore，頁2，「譯註二」。

[30]莊裕安，〈讓我跟你交換自由基——評隱地《風中陀螺》〉，《文訊》第257期，頁112～113。

之所以令讀者讀來脈絡清晰，除了莊裕安提出之「作者終究不是在經營迷宮型小說」一種解答外，更為根源的原因乃來自於《風中陀螺》的「原文」皆是作家在原初的作品裡所鏤刻出來的生活印記，即是在「生活經驗」與「文章作品」不斷地向前活動與派生的過程裡，新的元素慢慢地添加進來，而舊的痕跡亦未完全消失，二者忽隱忽現地交織並陳在新的文類之中。因此，作家的每一篇作品均可以被視作後來作品的「原文」，而在不斷「派生衍義」的過程裡，「原文」於是可以以這種或那種方式被識別出來。

　　隱地在〈《幻想的男子》後記〉中自述：由於貧窮與精神上的不安寧，因此渴求金錢、被愛、可愛的女子、屬於自己的居屋等，因為貧窮所以老被「生活鞭打」，因為慾望所以痛苦，遂因此寫下了《一千個世界》裡的每一篇小說，隱地自陳「它幾乎全是我的影子」。[31]《一千個世界》若說有某種「真實性」，那麼這種真實性乃來自於小說作品與作家某種日常生活經驗的緊密「關係」上：作家依據文學的特殊形式「經驗」自己的日常生活與「自我」，而此一文學創作的過程再度成為一種日常生活中的勞動事件，成為另外一種製作經驗。[32]即此，日常生活經驗的文學成品可以被複製轉譯，製作經驗的勞動過程亦可以成為另外一種形式的成品或半成品，不斷地被重新經驗、複製與再加工，《風中陀螺》的複雜性於焉產生。這種文學現象乃呈示出德勒茲曾經揭明之自然界無處不在的「褶子」現象：巴羅克風格令此前曾經存在過的各種褶子彎來曲去，並使褶子疊褶子，褶子生褶子，直至無窮。[33]隱地《風中陀螺》此一複雜的文本乃由「生活經驗」的單一褶

---

[31]隱地，〈幻想的男子・後記〉，《幻想的男子》，頁220。
[32]關於日常生活世界之經驗意義與勞動世界現實層級的探入闡釋，參見舒茲，頁235～260。
[33]吉爾・德勒茲（Gilles Deleuze, 1925-1995）在《褶子——萊布尼耶與巴羅克風格》論及：「巴羅克風格與本質無關，而與運作功能、與特點相關。它不斷地製作褶子。褶子這東西並不是巴羅克風格的發明：已有來自東方的各種褶子，希臘的褶子，羅馬的褶子，羅曼式褶子，歌特式褶子，古典式褶子……但巴羅克風格使這些褶子彎來曲去，並使褶子疊褶子，褶子生褶子，直至無窮。」吉爾・德勒茲著；于奇智、楊潔譯，《福柯・褶子》（*Foucault Fold*）（長沙：湖南文藝出版社，2001年），頁149。

子朝向無限文本「解褶」、「打褶」復又「解褶」、「打褶」的過程所創造
出來。

（二）拼貼、填充、延展與暗示

　　以前文論述作為理解基礎，我們遂可以進一步討論隱地小說中互文的
類型與意義。小說主題的相似即是日常生活經驗的重複書寫，例如《傘上
傘下》中〈遲〉、〈殘破的玫瑰〉和〈彼岸〉三篇以及《碎心簪》裡的言
情三章書寫失敗的愛情；《幻想的男子》中〈幻想的男子〉、〈一對小夫
妻〉寫貧窮的單身或夫妻生活；〈寫作的故事〉、〈一個作家之死〉揭明
以寫作作為職業者經濟與婚姻生活的艱難；〈純喫茶〉、〈單身漢聽
歌〉、〈生命真的是一團漆黑的痛苦嗎？〉、〈空洞的人〉、〈霧〉、
〈有一種愛情〉若非摹寫性的苦悶、放縱耽溺，即是著墨性慾與性靈之間
的拔河爭鬥；而〈結婚、結婚、結婚〉、〈午後〉、〈兩個二十九歲的孩
子們〉、〈花們的年代〉與〈灰〉或從男性或從女性的角度反映成家立業
的焦慮；〈一千個世界〉、〈睡不著的晚上〉、〈人〉、〈你要墮落，就
去墮落吧！〉和〈一個叫殷尚勤的年輕人〉等篇章則綜寫愛情、成家立業
與性苦悶的徬徨與痛苦。不健全的家庭為小說主人翁所帶來的生活壓力與
孤寂處境也是隱地小說裡常見的主題，例如〈喬施普的春假〉、〈上午之
死〉寫單親家庭的生活壓力與童年陰影；〈看電影的人〉裡，60 歲孤身一
人的男老師藉著不斷地看電影打發獨居校舍的寂寥；〈上午之死〉與〈天
若有情天亦老〉裡的「母親」更以賣淫為職業。友情、愛情、經濟、婚
姻、性苦悶與家庭生活成為《傘上傘下》、《幻想的男子》與《碎心簪》
裡反覆書寫的主題。這些主題若要再集中概括，則一如張索時所說，它們
乃反映了現代文學的兩個基本主題：「孤獨感」和「人的相互關係」[34]；
三、四十年後出版的《風中陀螺》復將這些主題收納進來，令其成為書裡
反覆出現的「母題」。

---

[34] 張索時，〈青春指南——評隱地小說集《幻想的男子》〉，《明道文藝》第 321 期，頁 127。

　　如果說《風中陀螺》可以視之為隱地對自己「生活經驗」和「舊文」的追懷與複寫印認，那麼我們首先遇見的互文現象將是作家生活經驗與各種文類的「拼貼」與「引用」。生活經驗與舊文題材的拼貼如「愛看電影的段尚勤繼續進出電影院」、「有誰會像他的家庭一樣？離婚的父母。同母異父的哥哥。同父異母的姐姐。一個人住一個地方」，「沒有經濟與事業作後盾，再山盟海誓的愛情，也是枉然」、「在不可以當街接吻的年代裡，臺北曾經流行『純喫茶』」。[35]這些題材我們不僅可以在散文家隱地的少年徬徨史《漲潮日》裡看到最初的原型，也可以在《傘上傘下》和《幻想的男子》裡「事先預習與了解」。《幻想的男子》〈看電影的人〉被完整地引用在《風中陀螺》第 13 章裡，以「小說故事」的形態區隔「孤獨地看電影」與「追求快樂地看電影」兩種觀念上的差異；〈純喫茶〉一篇來到了《風中陀螺》裡，雖然也首尾完整，但是成為「段尚勤對『純喫茶事件』回憶的自述」[36]；〈單身漢聽歌〉一篇在微幅地更動後：汰除一兩行贅語、增修文句令語氣口吻更為流利自然、改人稱敘述「他」為「段尚勤」、更易日新電影院上映的《黃金客》為《荒野大鏢客》後，繼之切分成四個章節成為《風中陀螺》第六章〈單身漢聽歌〉的故事主體；而〈一個叫段尚勤的年輕人〉以「附錄」形態出現，成為七十歲段尚勤與長篇小說《風中陀螺》人物生命經驗和文學歷程的雙重參照座標。除了吸納舊時創作的小說，隱地詩歌〈一半之歌〉、〈獨角龍〉、〈風中陀螺〉、〈歷程〉、〈馬〉和〈薄荷痛〉也都成為小說中的「引文」。這是一篇長篇的敘事虛構作品對於其他各種類型文本的吸納，以多種形式合併和黏貼。

　　這種合併與黏貼舊作的方式最為顯明的功能在於豐富長篇小說的資料，然而更為深層的互文意義應當顯現在「文本互異」的部分，即是「有標示的引用」與事後解釋的後設性觀點上（《風中陀螺》裡以細明體文字和標楷體文字區分「引用」與「補述說明」的異別）。例如《風中陀螺》「純

---

[35]隱地，《風中陀螺》，頁 28、121、124、62。
[36]隱地，《風中陀螺》，頁 63、149～154。

喫茶」一章並未說明以標楷體文字出現的部分全部轉引自早期小說,而是
將其轉為小說人物對於過去一樁事件「回憶的自述」。舊作短篇小說的
「虛構」成分在這裡成為「自傳式回憶」的「真實」事件,再繼之轉為長
篇敘事的「虛構」材料,於是這個「真實事件」的功能便可以從「現時」
性的單一事件裡抽身出來,轉而置入更大的「自傳體」與「臺灣某一年代
特殊社會現象」中,成為自我歷史與臺灣風俗誌的「史料」(含有模仿性質
的「準史料」),以單一事件具體而微地顯現臺灣特定時代裡性壓抑與性徬
徨的社會現象。因此,細明體文字所呈示的內容將與這段「史料」形成互
文現象,呈示臺灣社會「性觀念」變遷的軌跡:

> 四十多年前,社會風氣保守,不像現在滿街美其名曰賓館、HOTEL 或大
> 飯店,其實說穿了,只是槍林彈雨的「砲館」而已,1950 年代只有「純
> 喫茶」,讓懷春男女有一個談戀愛的場所。從「接吻店」到真槍實彈的
> 「砲館」,社會觀念驟變,令一些老派的人士驚心動魄。
>
> ——〈純喫茶〉[37]

　　由於補充說明,舊作的黏貼與吸納成為「參考資料」,向縱向時間與
橫向空間進行意義的填充與延展。至於細部的個人生命歷程的滄桑離合、
今昔陡變,則可以在《風中陀螺》第 14 章「婚姻之死」裡得見端倪。短篇
小說〈純喫茶〉裡的「陸薩」與「路路」,由於開放的性觀念成為短篇小
說〈純喫茶〉事件情節的推動者,以及成為守舊的「我」的行為觀念的意
義參照系統。時隔數十年,「陸薩」與「路路」再出現在《風中陀螺》中
時,則由配角成了一樁失敗婚姻事件的主角:「路路」的文章不僅間接傳
遞「陸薩」的死亡音訊,也同時披露婚姻生活裡種種的破敗與難堪。接
著,作家將事件橫向聯結至近日由報上讀來之夫妻互殘的新聞事件,重新

---

[37] 隱地,〈純喫茶〉,《風中陀螺》,頁 63。

反省婚姻制度的理想幸福模式；繼之以《狂琴難了》的電影情節作為參
照，揭明愛情與藝術智慧一旦擦撞時，可能展現的深度與力道。即此，一
再被段尚勤重複觀賞、無盡迷戀的《狂琴難了》遂成為段尚勤的一則私我
神話，喻示了愛情可以永恆皈依的起點與終點。這則愛惜神話藉由回憶、
重寫與聯想延展，舊作〈純喫茶〉的意義不再成為簡單的重複與引用，而
是敘述了故事自身更早以前的故事，作家藉由激活一段「典故」（或說一段
「模糊不定的記憶」），讓事件重新清晰地浮凸顯現並且互為詮解與辯證，
事件本身遂可以在作家的生命、記憶與文學文本裡得以留存和綿續不絕。

　　《風中陀螺》裡有些互文現象則是以「暗示」的類型被呈現，例如第
五章「半身之愛」裡說：

> 他感覺自己的弟弟像一匹永不疲倦的戰馬，那是他生命中最甜蜜的一段
> 日子。……段尚勤不寒而慄。有一天，段尚勤發現那隻叫老二的灑花器
> 突然開關失靈，他無法應戰，他還不到四十歲，他的戰馬卻豎起了白
> 旗。
>
> ——〈半身之愛〉[38]

　　這一段文字無疑地呈示法國文評家薩莫瓦約在《互文性研究》一書裡
所指出之「合併—暗示」（integration-suggestion）的互文現象——「一些模
糊的跡象表明互文存在，但同時互文又和簡單參考混在一起」。[39] 小說此前
明白引述〈薄荷痛〉一詩的詩名與內容，用以描述性愛歡愉「一種通宵達
旦之後的甜蜜疼痛」；而這段文字則暗示了詩歌〈軟硬篇〉裡「勃起中的
老二／木頭桌椅／鋼鐵／用硬度支撐人類歷史／……天與地有時連成一線
／軟與硬　合了節拍／也會奏出歡樂樂章」[40] 裡的內容，「戰馬」與「鋼

---

[38] 隱地，〈半身之愛〉，《風中陀螺》，頁81〜83。
[39] 薩莫瓦約認為「簡單參考」（reference simple）意指「提到一個名字（作者的、神話的、人物的）
　　或一個題目可以反映出若干篇文本」。其他相關論述參見《互文性研究》，頁50。
[40] 隱地，《十年詩選——自選與他選》（臺北：爾雅出版社，2004年），頁127、128。

鐵」、「甜蜜」與「歡樂樂章」相互呼應。詩歌〈二弟弟〉裡「當戰馬變成小貓咪／世界是太平還是不太平／／讓二弟弟做一隻溫柔的獅子吧／薔薇花才會熱情奔放地綻開」[41]的內容則成為小說裡「不寒而慄」和「開關失靈」、「無法應戰」的真誠告白與衷心企求。詩歌〈軟硬篇〉與〈二弟弟〉並不像〈薄荷痛〉一詩被清楚地引述，作家在這裡要求讀者由小說閱讀向詩歌閱讀延伸與想像：如果讀者有足夠的「多重身分之隱地」的閱讀經驗和由此及彼之連翩不絕的想像力，那麼文本類型與話語意義將以飛躍的方式不斷地向外連結、膨脹，猶如圈圈漣漪一般，得以無盡地擴充和延展。由於暗示的互文既可以直接反應一篇已有的文本，亦可以間接地觸發更為廣闊、跳躍的聯想，要之皆不像引用般明顯地呈示二個文本之間的差異性，這種互文特徵即如薩莫瓦約指出之「暗示比其他互文手法更依賴閱讀效果：正如它可能不被讀出一樣，它亦可能被無中生有」。[42]即此，我們遂能指明：「互文」裡的「暗示」較之「拼貼」與「填充」，無論在想像力與閱讀效果上，更傾向於詩的表現。

（三）仿作與戲擬

從吉拉爾‧熱奈特（Gerard Genette, 1930- ）〈隱跡稿本〉（"Five Types of Transtexuality, Am-ong Which Hypertextuality"）開始，文評家通常將互文手法區分為兩大類型，第一類是「共存關係」，意指：甲文出現於乙文中；第二類是派生關係：甲文在乙文中被重複和轉換，熱奈特將後者稱為「超文手法」。薩莫瓦約延續吉拉爾‧熱奈特的說法，認為「戲擬」（parodie）和「仿作」（pastiche）是派生的兩種主要形式，皆是對於原文的一種轉換或模仿，原來的文本（即「甲文」，熱奈特稱之為「底文」（hypotexte））並不被直接引用，但多少卻被後文（即「乙文」，熱奈特稱之為「超文」（hypertexte））引出。仿作雖然並沒有引用文本，但是風格卻受到原文的限定：而「戲擬」則是對原文進行轉換，與原文之間有一直接

---

[41]隱地，《法式裸睡》，頁 111。
[42]薩莫瓦約著；邵煒譯，《互文性研究》，頁 39。

的關係。「仿作」與「戲擬」最大的差異在於：仿作雖然也對原作有所修改，但是主要在於寫作風格，或是寫作體裁的仿作，原文的「主題」並非仿作關注的焦點；而戲擬通常意指保留原作主題，在風格上進行轉換：或滑稽或反串，或是以低於原文層次的風格進行複寫。然而，無論是挪用原文，或是以漫畫的形式反映原文，都會產生某種或是誇張或是嘲謔的「扭曲」表現，由於「戲擬」是「依賴」與「獨立」的混合，因此，其特殊性展現在「矛盾概念」的呈現上。[43]

　　《風中陀螺》裡不乏「仿作」與「戲擬」之例。仿作之例如隱地曾經在散文〈延伸〉（《人啊人》）裡寫著「打開報紙或電視，就會有一種陰影。社會新聞裡當然有陰影。國際新聞也滿是陰影。股市新聞還是有陰影。小廣告裡更多的是陰影。體育新聞、影劇新聞也未能逃過陰影。報紙和電視傳達給我們一個紛擾的世界、一個無力感的家國，以及一個人性尊嚴被擊傷的社會。」[44]這是以評斷肯認的存現句和判斷句──「會」、「有」與「是」句型──呈現世界的紛擾現象，文字尾聲再以「紛擾」、「無力感」、「人性尊嚴被擊傷」具體指摘「陰影」的內容。這種說明與評論性的哲理式筆觸在《風中陀螺》第三章「臺灣超現實」第二小節與第七章「理想國」第四節中有較為集中的表現，其餘類似的風格筆觸散見在全書各個章節段落之中。從「主題」到「語錄體」乃至哲思風格，這種向舊作原文取經的「自我仿寫」通貫《風中陀螺》全書。

　　戲擬之例在《風中陀螺》裡時而呈示為「諧謔」風格，時而展現為「嘲弄」與「反諷」姿態。諧謔式的戲擬如：

> 段尚勤為這段新聞驚嚇住了。人活到老來，千萬不能動怒，憤怒讓人失去理智。老人為一則憤怒的新聞而死。這也給了段尚勤警惕，人不可太執著，一個太執著的人往往會為了爭一口氣而枉送上性命。

[43]薩莫瓦約著；邵煒譯，《互文性研究》，頁40～49。
[44]隱地，《人啊人》（「人性三書」合集）（臺北：爾雅出版社，2007年），頁113。

──〈AB 對話〉[45]

　　一個容易受到驚嚇、唯恐隨時猝死、精神官能極度敏感卻又衰弱的老人形象躍然紙上，令讀者忍不住莞爾一笑。然而，「矛盾」的是，書中老人動怒之處隨處可見，氣憤政治腐敗、人心不古，感嘆性慾肆意橫流、「砲館」林立，莊裕安於是這般嘲弄起作家，他說「小說越來出現越多趙建銘、馬永成、陳由豪，再延續下去，段尚勤肯定會去買一件鮮紅色圓領衫」[46]──成為紅衫軍到總統府前靜坐抗議去了。再如段尚勤為著臨老尚能「讀詩讀得勃起」而沾沾自喜，後頭筆鋒一轉卻又戲嘲起自己「讀詩」的靈魂高度下降為性慾的遐想取樂，「可也真可憐」。[47]

　　至於嘲弄與反諷式的風格轉換如《風中陀螺》第 16 章〈風中陀螺〉裡 26 個英文字母的對話乃脫胎自散文《人啊人》中的〈二十六個我〉。作家將英文字母巧妙的移用，透過段尚勤的夢出現在小說裡。散文依序分為 26 個階段自述「我」的成長歷程與生活面向[48]，筆調沉靜優雅，猶如一位嚴肅的沉思者；而小說裡喋喋不休的 26 個人，雖然作家自述「是他認識與不認識的人」，然而肆無忌憚的議論和厥詞、漫無邊際的遐想與放任，是段尚勤潛意識裡「慾望我」的各種化身，藉由夢境掙脫社會倫理價值的束縛，毫不修飾地直陳各種憤怒、厭倦與永不滿足的慾望，言辭辛辣直接。接下來，作家讓帶著道德倫理面具的「上帝」與「神仙甲、乙、丙」出現，審思討論人類的牢騷究竟自何而來。原作裡「生命」的主題被保留下來，然而言說風格與生命慾望的面向卻有「正」與「反」的顛倒與轉換，這是以迥異於原文的風格進行複寫的戲擬互文。

　　循此以論，〈一個叫段尚勤的年輕人〉此一舊作若是《風中陀螺》最大的「底文」，那麼二者之間的關係既可以主客位置隨意置換地「它在一

---

[45]隱地，〈AB 對話〉，《風中陀螺》，頁 136。
[46]莊裕安，〈讓我跟你交換自由基──評隱地《風中陀螺》〉，《文訊》第 257 期，頁 113。
[47]隱地，《風中陀螺》，頁 28。
[48]隱地，《人啊人》（「人性三書」合集），頁 236～244。

旁陪著我吟唱」，也隨時可以將「一段旋律易位」，亦可以是一種由嚴肅轉換為時而輕鬆諧謔、時而驚訝反諷的「用另一種調子變調地唱」，更是「反著唱」與「對位唱」的相互鳴應。《風中陀螺》的互文性呈現出眾聲混合的現象，它將若干種言語、語境和聲音羅列於其中，因此，在「風中旋轉的陀螺」便不只是七十歲的段尚勤與《風中陀螺》，亦是 26 歲的殷尚勤與〈一個叫殷尚勤的年輕人〉，更是此前各色各樣的隱地別集、合集、詩歌、散文與小說，每一只作品紛陳前來，在長篇小說的風中快樂地旋轉著、舞動著，高聲唱起「我是三月的春花／我是藍天一片悠閒的雲／我體內流動的是勃勃然的生命之血」。[49]

——選自蕭蕭、羅文玲編《都市心靈工程師》

臺北：爾雅出版社，2011 年 6 月

---

[49] 隱地，〈風中陀螺〉，《風中陀螺》，頁 191。

魚川讀詩——〈耳朵失蹤〉

◎梅新[*]

黃鶯還肯歌唱嗎？

口沫橫飛的年代

所有的嘴巴都在尋找耳朵

每一隻患了不停說話症的大嘴巴

為耳朵的不再勃起

鬱鬱寡歡

說 speak 說

整座城的嘴巴

全在張合著

人們的臉變得像一架探照燈

四面八方通緝

逃亡的耳朵

——〈耳朵失蹤〉

　　看午間新聞，陽明山國代修憲會場，因為打群仗被砸得稀爛。好在有隱地的詩，及時救了我，不然，今天一天我會非常的不愉快。

　　文學是可以治療人的。我把書房視為「療養所」，身處亂世，躲在書

---

[*]梅新（1933～1997），本名章益新，以筆名「魚川」發表詩評，浙江縉雲人。詩人、散文家、評論家，曾主編《中央日報・副刊》（1987～1997），並為《國文天地》創辦人及社長。

房裡最安全，也不容易感染疾病。

我教詩、教文學，第一節課就告訴學生，讀書要不忘批評，批評愈酷嚴，愈能有自己的意見。看法不成熟無妨。因為我強調文學是不宜有固定理論的，根據理論創作的都極少成功。

所以有學生問我，以何方法鑑定一篇作品優劣的時候，我會毫不猶豫的告訴他，我的方法很簡單，分辨什麼是好詩，什麼是好的藝術，能予人「快感」，就是好的詩和好的藝術。但學生們都希望我抄整黑板的理論給他們讀，這便是我兩年前辭掉所有教職的原因。

隱地的這首〈耳朵失蹤〉，在我的精神陷入衰敗的時候，發揮了救濟作用。如果我還在教書，我會告訴學生，這便是我認為它是首好詩的理由。

面對臺灣這個亂糟糟的社會，相信所有的人心情都會感到無比的鬱悶和煩躁。隱地自亦無法例外。像杜甫的「朱門酒肉臭」一樣，這是首相當寫實的詩，它雖然沒有杜甫那樣具體，可是確如隱地詩中所描繪的，我早已想將耳朵掩起來了。

第一句「黃鶯還肯歌唱嗎？」即已點出問題之所在，接下來便是描述黃鶯不再唱歌的原因，因為在這個「口沫橫飛的年代／所有的嘴巴都在尋找耳朵」情況下，恐怕不會再有耳朵來聽黃鶯唱歌了。

黃鶯，另名黃鸝，以鳴聲婉囀、清麗著稱，所以人們嘗籠飼為玩賞。古典詩中，不乏呈現其美妙鳴聲的作品。如白居易的〈琵琶行〉描寫絕妙的彈奏聲：「間關鶯語花底滑，幽咽泉流水下灘」是拿流利輕快的黃鶯的鳴聲來比喻琵琶彈奏聽覺之美。「花底滑」又恍如真看到黃鶯在花間穿梭傳出柔滑婉囀的美妙的聲音，以視覺之美更加強了聽覺之美。正因為黃鶯的鳴聲是如此美妙絕倫，原來是人人求之不得的，如今人們的耳朵都被強制去聽一些「大嘴巴」說些令人厭煩的話。因此，黃鶯是很寂寞，也很傷心的，牠「還肯歌唱嗎？」

「所有的嘴巴都在尋找耳朵」，十分口語，也不奇特，但在這首詩

裡，它卻像「梨花一枝春帶雨」般的顯得那麼有精神。「口語」詩，就像寫散文，易寫難工，但寫得好，卻最容易被傳誦。歷來被傳誦得最廣最久的，大多是接近口語的詩句。

第二段第二、三行，是詩人內心的願望，也是實情，大家已不願再豎起耳朵，去聽那些「大嘴巴」胡說八道了。至於「大嘴巴」有否「鬱鬱寡歡」呢，我看沒有，只是詩人「想當然」耳。

「大嘴巴」在這裡應視為是有權力發言的人，或自認為是「意見領袖」的人。並非一般說的「長舌婦」或「多嘴男人」。

第三段首句中夾了個英文字 speak，手法巧妙而討好，不然就成了「說、說、說」，顯得多麼的笨拙。「四面八方通緝／逃亡的耳朵」，試問逃得了嗎？我們的耳朵是多麼的不幸，當嘴巴的自由解放以後，耳朵的自由卻失去了。

——選自《中央日報》，1994 年 8 月 10 日，18 版

推測隱地為何寫詩

◎王鼎鈞*

一個叫段尚勤的男子

累了　太累

天下事不了了之

長篇小說不孕

精子結成舍利

晶瑩細緻鏗鏘有聲

現代的世說新語

法式裸睡

中國蚊子俯衝轟炸

詩在陶藝裡在書畫裡

在音樂電影裡

詩在小說家的血液裡

它們嚶鳴已久

突然一起飛出來，成集

唉，創作貴適志

捲起清明上河圖

揮幾株沈周的垂柳

*作家、散文家，著有《碎琉璃》、《左心房漩渦》、《風雨陰晴》等散文集，現旅居美國紐約。

唉，支票　座談會
以及風中陀螺之外
還有（也只有）一半
或者一半的一半的一半
不染塵埃

唉，這時代
形式在瘋狂的縮短
短到必須在三分鐘內讀完
索性用十四行顛覆
代替一部紅樓夢

註：小說家隱地 56 歲開始寫詩。〈一個叫段尚勤的年輕人〉，隱地成名的小說。〈法式裸睡〉、〈風中陀螺〉、〈一半之歌〉，都是隱地的詩題。隱地有一首〈七種隱藏的顛覆〉，意趣似《紅樓夢》。隱地「愛陶愛書愛畫愛音樂愛電影」，他開始寫詩，據說是因為半夜被蚊子咬醒。

——原載民國 84 年 4 月 21 日《聯合報·副刊》

附註：〈一個叫段尚勤的年輕人〉，於民國 54 年 6 月 24 日，發表於王鼎鈞主編的《徵信新聞報[1]·人間副刊》，後收入隱地短篇小說集《幻想的男子》，段尚勤改名為殷尚勤。

——選自隱地《一天裏的戲碼》
臺北：爾雅出版社，1996 年 4 月

---

[1]《中國時報》前身。

隱地的詩世界

◎劉俊[*]

　　不止一個人對隱地在 56 歲時才開始寫詩表示出自己的驚奇，而與作為詩人的隱地遲遲才出，帶給人們的驚奇相比更令人驚奇的，則是他的詩歌的獨特和純熟。當人們被現代詩歌的含混和玄妙弄得張惶失措、敬而遠之的時候，隱地的詩恰如一股清新的涼風，吹拂向人們那已被現代生活震顫得疲憊不堪的心靈，而當人們靜下心來，沉潛進隱地詩歌的藝術世界的時候，他們又會發現隱地的詩其實更像一盅清淡而又悠遠的新茶，沁人心脾，耐人尋味。

　　不同於一般青年詩人在詩歌中盡情地奔洩自己的激情，中年之後的隱地在向詩國邁進的時候，他的身姿沉著而又從容，他似乎原本就不打算借助詩歌這一文體去抒發和外顯自己的情感，而決意要在詩歌中彰顯並闡釋自己人生感悟和生命沉思的「說理」功能。如果對詩歌的這種粗略劃分可以成立——即詩歌有重「情」和重「理」之別——的話，那麼隱地的《法式裸睡》無疑地更應屬於後者。在《法式裸睡》幾乎所有的詩作中，給我們留下的最為深刻印象是作者因著人生閱歷的豐富和情感心智的成熟而形成的對人生形態的深邃洞察與哲理沉思。這其實並不奇怪，對於一個像隱地這樣在小說、散文、文學評論及文學出版等領域馳聘了大半生的作家，對文學的熱愛和執著使他在寬泛的意義上恐怕從來就沒有脫離過對詩的觸摸，這種對「詩」的長期沉浸當然地會使他對詩歌的功能了然於心——詩歌其實是既可抒「情」也可說「理」的，而深厚的人生積澱和成熟的情感

*發表文章時為南京大學中國語言文學系教授，現為南京大學文學院教授。

形態則使他在著手詩歌創作的時候，很大程度上是在借助詩歌的「說理」功能而以詩的形式闡發自己對人生形態的體會和覺悟。當《法式裸睡》中的第一首詩〈七種隱藏〉向我們迎面走來的時候，猛烈地撥動著我們心弦的是它那深刻的哲理性——而哲理性，也正是我們從隱地《法式裸睡》中獲得最為鮮明的閱讀感受。

　　對人生哲理的書寫和闡發幾乎貫串了《法式裸睡》的所有詩篇，並因此而形成了《法式裸睡》獨特的藝術品質。無論第一首〈七種隱藏〉，還是最後一首〈第五十八首〉，一以貫之流溢其間的是作者對於人生哲理沉思的綿綿緒流，〈七種隱藏〉在對七種關係的列比中整體凸現和象徵的其實是對現象和本質、動和靜、生和死等哲學問題的形象化表述，其後的詩作，基本上可以被稱作為〈七種隱藏〉[1]中所確立下來的哲理基調和沉思方向下的一種豐富和發展，〈法式裸睡〉是對於睡、醒狀態的辯證思考；〈失樂園〉是對於生理與心理分裂的描摹；〈影子的糾纏〉是對於虛實真幻難以把握的心緒刻畫；〈卡啡卡〉是人對物質與精神交互作用下的心靈狀態的追蹤。再看看這些詩作的名字：〈人是怎麼會老的〉、〈孤獨之旅〉、〈孤單〉、〈天地〉、〈在路上〉、〈時間走廊〉、〈人的力量〉、〈生命〉，我們就不難想見它們所要吐露的，應該是一些飽含哲理內容的藝術心聲，果然，〈人是怎麼會老的〉是對人「生」的每一內容即是走向「老」的無情揭示；〈孤獨之旅〉是對人生旅程充滿了孤絕的濃縮觀照；〈孤單〉是對等待與失望情緒的詩意摹寫；〈天地〉是對「人在天地間／有誰逃得出時空的限制」的蒼涼「天問」；〈在路上〉是對「生活沒有目的地，路就是一切」的展開和發揮；〈時間走廊〉是對人在時間的走廊中從生向死穿行的回顧和展望；而〈人的力量〉則是對人的力量在正負兩面都是巨大的感嘆和擔憂；至於〈生命〉，則是對生命雖然短暫，但

---

[1] 〈七種隱藏〉從創作時間上看並不是《法式裸睡》詩集中的第一首詩，但它被作者置於詩集的篇首顯然不是一種偶然和無意，事實上它對現象與本質、動與靜、生與死的揭示具有著一種形而上的、象徵的意義，它的抽象性和涵蓋面要比許多創作於它之前的詩歌大得多，故而可被視為代表了一種「基調」和「方向」。

是卻必須使之充實的熱切期許……可以這樣斷定，人生哲理的融入不僅凸現了隱地詩歌的基本風貌，而且它還在根本上構成了《法式裸睡》詩歌世界得以形成的基礎。而作者在詩作中時時閃現的哲理沉思的智慧之光，則使得人們能夠在《法式裸睡》的詩歌世界裡，享受著藝術的同時，也領受著啟迪，感悟著人生。

在指出了隱地的《法式裸睡》具有著濃厚的哲理性之後，我們想進一步探討的是：隱地是以怎樣的理路來展現他的哲理思考的，並且，作為詩歌創作，他是如何以「詩」的形式來藝術地呈現他的哲理內涵的？

細讀《法式裸睡》中的 58 首詩，我們發現隱地基本上是以人生為核心，以一種兩極對立的方式來實施他的哲理的表達。可能同隱地創作時的特定情境不無關聯，當飽覽了人生「風景」的隱地以「過來人」的身分和心態去反觀生命的過去，追思生命的未來時，他的內心想必充滿著對人生的大徹大悟和無盡感慨，歷經人生後的心智成熟使他能夠對人生的正反兩面有著一種全面的了解，並使他在觀照人生和形成自己生命哲學的時候，能夠從現象的背後把握住本質，能夠從這一面的外現體察到另一面的存在，能夠從現在的此種情形想見到未來的彼種情形，而抓住兩極，以辨證的、比較的方式去開掘、反思和表現處於兩極之間的人生形態，就成為隱地在《法式裸睡》中湮漫自己哲理智慧的主要理路。〈風雲變〉展示的是婦人在美麗與臃腫之間的無奈；〈風中陀螺〉映照的是人在生命的「春色」和「黑暗」兩極之間的擺盪；〈一半之歌〉則再清楚不過地昭示了一種處於兩極之間「一半」的尷尬處境——「這世界什麼都是一半一半／當你不在這一半就會在那一半」；而〈一生〉，則呈現出人生其實在是「上」「下」兩極之間「不停的溜滑梯」；到了〈躺〉，就更是直陳「既是生命之始，也是生命之終」的「躺」，說到底只不過是在海天兩極之間的一番浮游——人在時間上是站在生命之始的躺和生命之終的躺兩極之間，在空間上則是浮游於海天兩極之間……或許在隱地看來，人生的一切——生死、愛恨、盛衰、美醜、老幼、表裡、悲歡、動靜、真幻、虛實——都是

一個過程，都是從起點（此極）走向終點（彼極）的「在路上」，而人生
的所有幸與不幸，都是人在這兩極之間的「行走」姿態，它有時是虛無空
渺的（〈肉體證據〉），有時是蒼白無奈的（〈一生〉），可有時也是樂觀向
上的（〈生命〉）。這種對兩極之間的人生形態的開掘，事實上就成為隱地
在《法式裸睡》中灌注自己人生思考的基本載體和主要方式。

　　雖然人生哲理的流貫使得隱地的詩歌創作看上去更偏向「說理」的一
路，但這卻並不意味著隱地的詩歌世界中詩意和詩質的缺席，相反的，隱
地詩作中的任何一個哲理的表達，都是以「詩」的形式呈現在讀者面前，
詩中深刻的哲理枝幹是種植在豐沃的意象土壤之上，並借助於語言調度、
節奏控制和意境鋪陳等「營養」的滋潤而得以詩意盎然。現以〈灰塵之
歌〉為例，做一抽樣分析和說明。

　　〈灰塵之歌〉原詩如下：

灰塵像一條條毛毛蟲
躲在每一個陰暗的角落
有時成團有時成球
（它無時不在無所不在）

我們活著
日日夜夜
擦拭灰塵
（它以曼妙的舞姿占領我的珍藏）

灰塵於每一分每一秒攻擊我們
有一天我們死時

還是為這個灰色小精靈所掩蓋
（且再也沒有能力去驅趕它！）

　　這首詩如果我們對它所「說」的「理」進行直白的概括，那就是「人是渺小的」。然而這樣一個「理」，作者是如何以「詩」的形式來外遞的呢？首先，他設置了「灰塵」的意象。「灰塵」本來是一種物質的存在，可是在這首詩中，卻因了作者主觀情意的投注而成為一個涵意雋永的意象——在相當程度上，它其實已成為一種「渺小」的指稱，而作者設置這一意象的深刻用意則在於，借「灰塵」的渺小，來揭示「我們」的更加渺小。全詩分三段，借助於「灰塵」意象的中介，對「我們」與「灰塵」的關係進行了層層遞進的說明：第一節將灰塵比做「毛毛蟲」，從時空上展示灰塵雖然「躲在每一個陰暗的角落」，但卻「無時不在無所不在」；第二節指陳灰塵以「曼妙的舞姿」充塞了我們的生命——我們終生都在為「擦拭灰塵」而奔忙；最後一節從終極的意義上將人與灰塵的關係作了最後的定位：人不但一生遭受著灰塵的攻擊，而且終將被灰塵所「掩蓋」。正是在確立了「灰塵」這一中心意象之後，隨著「灰塵」意象的不斷豐滿，作者關於「人是渺小」的理性思考也得以以灰塵為參照，一層一層的凸顯出來。其次，作者在敘述語氣的把握上也深具用心。這首詩雖然是以「我們」的視角去看「灰塵」，可在詩人的文字組合和敘述過程中，卻使受眾有一種「我們」無奈和「灰塵」得意的語氣感受——這無疑是從一個無形的側面對作者的思想意旨（「我們」是渺小的，比「灰塵」還渺小）進行的輔助說明。最後，在敘述形態下，作者也有著自己的獨特方式，在「我們」的主敘述之外，在每一節的最後都有一句客觀描述式的副敘述，而正是這一「補敘」的存在，使得整首詩在「我們」的無奈和「灰塵」的得意之外，還具有了一種節制和冷靜的意味——而這，正是作者刻意要以此來傳遞一種在「人是渺小的」這一觀念面前毋庸置疑的情緒，應當說，作者的目的是達到了。

　　通過對〈灰塵之歌〉的抽樣分析，我們對隱地詩作中的詩質有了比較充分的認識——這使我們在一開始對隱地詩歌的「純熟」判斷有了藝術上的依據，而隱地詩歌「獨特和純熟」的完整含意則是指：充滿人生哲理的

品質風貌，對兩極之間的人生形態進行開掘的哲思理路，以及充滿詩質和
詩味的藝術形態。正是它們的有機融合，構成了隱地的詩世界。

原載《從臺港到海外──跨區域華文文學的多元審視》（廣州：花城出
版社）

──選自隱地《十年詩選》
臺北：爾雅出版社，2004 年 10 月

時間性的存在與超越

◎孫學敏[*]

　　詩歌是一種時間藝術，萊辛說過：「繪畫用空間中的形體和顏色，而詩卻用在時間中發出的聲音。」[1]隱地將時間作為獨立的詩歌主題去挖掘，人一上了年齡，就會怕老，對於時間的敏感度也逐漸加深，於是，時間順理成章成為隱地詩歌反覆思考的主題。隱地把時間作為人存在與超越的一種方式，在他的詩歌中，時間有著自然、社會和心理三個層面的微妙區別。

　　以不停地流走為特點，作為自然生命的承載方式，有限性和階段性是自然時間最主要的特點，年齡就彷彿它的紀錄員。如何面對不斷溜走的時光，是詩人的關注重點。對於衰老的恐懼喚起了他死亡意識的自覺，每天的睡眠就彷彿死亡的練習，「睡是死的練習，死是睡的完成」[2]，在這樣的意境底色中滲透了詩人對時間浸滿絕望色彩的珍惜之情，生命的價值感也相應地進入創作視野，在死亡的宿命面前，隱地轉為關注生活的過程，讓時間的價值在過程中得以豐盈地體現出來。

　　洛夫說，隱地的詩是「能表達目前臺灣生活節奏和文化內涵的詩」[3]，他的詩以批判性的視角切入現代社會的時間意識，時間作為一種現代秩序的規約力量發揮著作用，生活在「趕」時間的緊張步伐中物化為一個個的標的物，詩人因此更加珍惜自由的時間，他認為忘記手上的時間才能真正地復活時間，才能實現真正的自由生活。

---

[*]發表文章時為山東大學文學與新聞傳播學院碩士生，現為青島出版社編輯。
[1]萊辛，《拉奧孔》（北京：人民文學出版社，1981 年），頁 82。
[2]隱地，〈歷程〉，《一天裏的戲碼》（臺北：爾雅出版社，2000 年），頁 162。
[3]洛夫，〈詩是隱地活得真實的理由〉，原載《中央日報・副刊》，後改題〈談談隱地〉，收入《洛夫小品選》（臺北：小報文化公司，1998 年），頁 61。

　　相較而言，心理時間是最自由的，它與人的精神狀態、思想追求息息相關，人們在各自內心世界搭建的自由空間徜徉，高蹈抑或卑微地體驗著生活，隱地以內心的詩意柔化了僵硬的客觀實際。時間刻度在他的創作中逐漸消失，青春的生命力在其詩歌中汨汨流淌，在這樣的詩歌創作觀念中實現了他的精神青春，宛若一名春天窗前的 70 歲少年[4]：

一、生命的有限性存在

（一）死亡意識

　　青春時期往往忽略掉時間的悄然流逝，只有經異樣的變故當老化逐漸進入生活的關注視野時，時間感才愈發明朗起來，於是，死亡意識由懵懂走向清晰，隱地的詩歌創作很多涉及到死亡的主題，即使是以生命的歡欣開場，也會不經意間寫到死亡，這也很自然，詩人 56 歲開始寫詩，對生命的客觀有限性已經有了深刻的體悟，死亡自然而然成為其詩歌中的意境底色，它有意無意地時隱時現，形成了一個貫穿始終的情感背景，為隱地的詩作意境增添了痛感深度。

　　當衰老以迅疾的腳步逼近現實時，詩人的死亡意識自然浮出水面，隱地說，「出門的路／回家的路／一條簡單的路……黑髮的腳步／走成白髮的蹣跚／我還能來回走多少路？」[5]在買玫瑰花餅的途中，平素熟悉的往返之路、習而不察的重複行為突然喚醒了他對時光不再的恐懼感，詩人將無意之間悄然萌生的死亡恐慌表達得自然而絕望。

　　死亡在隱地的詩歌創作中，主要包含兩個層面，一是狹義的個體生命的殞滅，我們日常視野中的生老病死之死；二是指萬物無法避免的消逝宿命，就像他說的，「在慢慢流走的時間裡總有什麼在消逝」。

　　死亡的腳步聲在隱地日漸衰老的軀殼裡示威，他突然意識到自己老了，衰

---

[4]隱地 2008 年元月出版的一本書，書名即為《春天窗前的七十歲少年》，其精神青春的觀念昭然若揭。隱地，《春天窗前的七十歲少年》（臺北：爾雅出版社，2008 年）。
[5]隱地，〈玫瑰花餅〉，《生命曠野》（臺北：爾雅出版社，2000 年），頁 38。

老竟然無處不在、無時不有，死亡也彷彿近在咫尺，於是在他的詩歌中恐懼和哀婉的情緒自然成了主要表現的情感對象，從驚訝錯愕到清醒理性，他把這個心理過程比較完整地呈現出來。

　　緩慢的衰老就像是默默無聞的量變，當量變演變為質變的時候，才被人明顯的認知，「一隻怪獸朝我慢慢走來／仔細地瞧／原來就是我自己」，「什麼時候／時光已經把一個俊秀少年變成一隻慵懶的貓／一頭行動遲緩的狗／一匹凶不起來的狼」，詩人在錯愕的同時依然帶有難以置信的懷疑心理，而青春早已在不知不覺間決絕離去，而對時光不再的客觀現實，隱地表達了強烈的驚訝和哀婉之情，他將衰老的自己比作一隻怪獸、慵懶的貓、遲緩的狗和凶不起來的狼。意即衰老讓人沒了人樣，明顯帶有無可奈何的絕望情緒。「啊時光／你讓春天的原野變成一座花園／你讓月亮鑲上銀光／你為何不讓我恢復年少」[6]，詩人以反問的語句，進一步確認了衰老無法逆轉的事實，時間是不斷前進的，我們的生命也在瞬息中一點點減短，「不睡／也留不住今天」，「日曆微笑地翻轉／屋子裡的百物都在推移光影」，隱地以時間微笑前行，來反襯歲月逝去的無情。「玻璃冷冷地閃過一道光／對一朵萎謝的花說：你可以落下了」[7]，冷光沒有明亮的溫度，生命彷彿即將終結的萎謝之花，在光影推移的進程中黯然落幕，就像「一朵飄走的雲／一波流逝的水」，「落葉和新芽之間　時間老太太／站在　麥當勞廣場偷笑」。[8]

　　逝去的東西永遠失去了真實復現的可能，各種懷舊式的方法都無法真正留住鮮活的時光，即使是清晰的記憶，雕刻在心間的也只能是虛幻的影子。隱地的〈山水〉一詩是對逝去宿命的隱喻，「往事／是一座遠山／望著它／山在／接近它／山在虛無縹緲間」，往事的在與不在，其實並不是詩人要考究的問題，他要表達的依然是對於時間感的認知，記憶無法覆蓋現實，人生就像旅行，沿途變換著人事風景，「在人生的隊伍中行走／前行者變魔術似的消逝／

---

[6]隱地，〈黑心獸〉，《詩歌舖》（臺北：爾雅出版社，2000年），頁22。
[7]隱地，〈光影推移〉，《詩歌舖》，頁46。
[8]隱地，〈西門町〉，《詩歌舖》，頁36。

笑聲仍在林中擴散／就是再也見不到他們面容」，「熟悉的面孔／迷失在哪個街口？／陌生的朋友／你是誰？」[9]即使人事猶在，情感也已不同以往，「故友／是一條河／望著它／河在／接近它／這會兒的河水／不是從前的河水」，友誼失去了共同的歲月這個誕生背景，也無法復現當時的情誼，這種對於友誼的認知，帶有殘忍的哀婉意緒，詩人通過對友情的思索，表現出萬物永恆逝去的絕對性。

一切都將逝去，隱地在很多詩篇中表達他對衰亡的理解，〈光影推移〉、〈西門町〉、〈黑心獸〉、〈洗臉〉、〈歷程〉等等，「倒下是你最後的權利／倒下是你唯一的選擇」，「小草／老樹／樓房／招牌／銅像／我們看到的／都在腐朽／都在倒下」[10]，萬物歸宗，衰退是必不可擋的自然規律，其實對於衰老的解剖並沒有多麼豐富的表現意義，生老病死，作為人生的必經之路，甚至不需言說，「柔軟的毛巾都會變硬變粗／人怎麼不會老？／鋼筋水泥築成的堅固房屋都會傾斜／人怎麼不會倒？」，不過隱地依然非常執著地表現這個主題，表現死亡的必然性，這源於他的客觀情況，既是他邁向老年階段真實情感的反應，也是一種潛意識的恐懼心理使然：因為恐懼，所以更需要正視，而勇敢的正視，恰是削弱恐懼心理的方式，也為抒情主人公更深刻地思考「生」指引方向。

可以說，死亡意識喚醒了隱地對於「生」的關注，正如陶東風所言，「一個人對於他的生命存在的自覺是從他死亡意識產生的那一天開始才具有的」，「對於死的意識是極大地鑄造著對生的看法，一個意識到並認真反思過自己將死的人，與一個沒有這種意識的人，對生的設計與體驗是全然不同的，未曾反思過死的人，將不會認真地設計生、嚴肅地對待生、深刻地體驗生」。[11]在對生命的死亡歸宿有了清晰地認識之後，「過程」意識也相應地進入自覺階段。

---

[9]隱地，〈旅行〉，《生命曠野》，頁44。
[10]隱地，〈我倒在床上〉，《法式裸睡》（臺北：爾雅出版社，1995年）頁104。
[11]陶東風，《從超邁到隨俗──莊子和中國美學》（北京：首都師範大學出版社，1995年），頁12。

（二）過程意識

　　死亡的宿命無人能免，生命的過程就變得彌足珍貴，隱地將生活的過程比作一場戀愛，他說「生與死／在睡夢中談著戀愛」[12]，生活就像談戀愛一樣百般甜蜜而又百感交集，雖然每個人都將走向死亡，但是生活的過程卻不盡相同，結局命中注定，過程卻掌握在自己手中。「如果死亡是時間在人身上設定的最後目的，那麼，倒數第二個目的就是：讓一切人都覺得自己的確是飽經滄桑──如智利詩人聶魯達（Pablo Neruda, 1904-1973）曾經在回憶錄中不無自豪卻又莫可奈何地說過的那樣。」[13]這裡的飽經滄桑體現的對生活豐富性的追求和隱地關注的過程涵義相同。

　　時間是有過程感的，當然這個過程感也需要主人公有意識地自行打點，他筆下的時間寬厚、立體、有質感，詩人主要從三個方面表現出來：以靜制動──時間停駐的情境感，以小博大──時間累積的宏闊性，以緩抵快──時間緩存的延伸感。

　　讓時間在禪靜的心境中停駐，捷克作家米蘭・昆德拉（Milan Kundera, 1929-）說，「詩歌的使命不是用一種出人意料的思想來迷惑我們，而是使生存的某一瞬間成為永恆，並且值得成為難以承受的思念之痛。」[14]隱地的詩歌有一種以靜制動的畫面感，將流走的時間靜靜的收斂，「在頌歌聲中／時間讓我沉定禪思」，他將日常性的事物行為通過情緒的凝定融入到一個畫面裡，儘管時間依然我行我素，但是那種身心的禪靜彷彿進入了一種「止」的境界，周遭的事物也宛如一張張畫面被收藏起來，「天地寂靜『歲月無驚』／一個坐成安謐的畫中人／像一件靜物」[15]；他在〈生命〉一詩中說「我希望我的肉體是一幅畫」，「讓肉體消逝／讓畫永恆地掛著／讓世界安然沉睡／寂靜的大地要休息」。[16]

---

[12]隱地，〈歷程〉，《一天裏的戲碼》，頁 162。
[13]敬文東，《抒情的盆地》（長沙：湖南文藝出版社，2006 年），頁 98。
[14]米蘭・昆德拉，《不朽》（上海：上海譯文出版社，2003 年），頁 30。
[15]隱地，〈靜畫〉，《詩歌舖》，頁 20。
[16]隱地，〈生命〉，《法式裸睡》，頁 18。

　　縱然時光流走，人們也可以留住它累積下來的力量。在時間面前，人無法不承認自己的微渺，隱地另闢蹊徑，他將視線從時間的流走路線上移開，著眼於時間的饋贈，時間走了，卻沒有帶走人們努力過的痕跡，它們一點一滴、越積越多。在〈人的力量〉中，詩人以搬書人老陳為觀點，搬書如此簡單的職業，在大眾的視線中卑微得甚至無人言及，但是老陳數十年如一日的重複著，最終彰顯出一股強大的力量，「十年裡我何止搬你這一倉庫書／老陳說／臺北許多出版社的書都是我搬的／平均一天四、五卡車書／一車一千斤／老陳一天要搬一萬斤重的書！」

　　在現代生活中，趕時間成了常規生活的目標，過程被緊張的目的性消解掉，隱地主張慢一點，再慢一點的生活，他試圖讓「慢」來體現時間的過程感，「櫻花一瓣　慢慢落下……」[17]，並主張「時代節奏越快，我們更要設法以緩慢的態度過生活」[18]，將「慢」美學融合到具體生活中，在品味中緩存情緒，緩存畫面，緩存聲音，讓時間的記憶有聲有色，栩栩如生。譬如〈小詩一束〉之三，隱地這樣寫道「慢的是汽車行走速度／快的是人們心跳頻率／臺北──紅燈封鎖不死的城市／我們在其中跳慢四步」，在速度面前他選擇了優雅緩慢的舞步，時間不是在馬路上直行，而是在舞台上慢擺，情趣自然生成。咖啡這個意象代表著詩人對速度的逃離理想，在其詩〈愛喝咖啡的人〉中，時間在「品味」中被思緒拉長，讓時間在慢慢攪動的咖啡杯裡，緩緩滯存，慢慢衍生；如同章亞昕老師所說，「隱地的詩意，是以一種品味人生的姿態，來對抗生命的有限性」。[19]

　　在詩人看來，生命的歷程由一個個的時間點與時間段構成，其價值也在不同的時間點與時間段中彰顯。他將點與段賦予了各自獨立的價值，並作為生命價值本身之義來對待。

　　因為時間的一次性，不可重複性，導致了人生的諸多遺憾。隱地在詩歌

---

[17]隱地，〈靜畫〉，《詩歌舖》，頁 20。
[18]隱地，〈緩慢〉，《春天窗前的七十歲少年》，頁 153。
[19]章亞昕，《時光中的舞者：隱地論》（臺北：爾雅出版社，2003 年），頁 107。

中涉及到了時間的價值意識。時間稍縱即逝；每一個時刻都是獨一無二的，所以應該賦予每一時刻以不同的內涵和價值，他甚至於將重複視為一種懲罰，「人生避免不了的是重複。重複可以是甜美的享受，但也是一種最慘酷的責罰」[20]；在人生的不同階段，時間的意義和價值點不同，每個階段也有它的特殊價值，及時、適時的關注是價值實現的必要條件，「一朵花開得最美的時候／一個人最青春煥發的時候／一間房屋布置得最渴盼有人張望／訪客／請你務必在這種緊要當口出現／千萬／千萬不要來遲了啊」。[21]

　　生活有很多可能性，隱地在〈十個房間〉[22]中用不同的房間象徵不同的時間段，代表著人生的不同階段，「在第一個房間遊戲／在第二個房間求學／在第三個房間戀愛結婚生子／在第四個房間奔波事業……」，你可以選擇住在哪一間，「人生如一棟十個房間的屋子／我們在每個房間遊走十年／有人住了一間／有人十間全住到」，同樣是一生的時間，生活體驗卻大相逕庭，有些人經歷豐富，有些人生活單一，兩相對比，生命本身所承載的厚度就有了差距。

二、時間秩序下人的存在

　　詩作為隱地活得真實的理由，他把時間與現代生活緊密結合，時間在現代生活裡作為一種秩序存在並規定著人們的生活。法國哲學家福柯認為，時間即意味著限制，意味著限定性，他說，「現代人——這個人在其肉體的、能勞動的和會說話的存在中是可確定的——只有作為限定性之構型才是可能的。」[23]隱地將時間作為每天追趕的目標，「現代社會追求效率、速度，不能爭先，就要落後，於是現代人每一天睜開眼，就要奔營生活，成為時鐘的奴隸，趕趕趕，每天要趕車，趕簽到、趕打卡、趕開會、趕蓋章、趕辦公文、趕一筆生意、趕一個約會……東區的人趕到西區，西區的人趕到東區，樓上趕到樓下，樓下趕

---

[20]隱地，《十年詩選》（臺北：爾雅出版社，2004 年），頁 141。
[21]隱地，〈訪〉，《法式裸睡》，頁 58。
[22]原題〈十個房間之死〉，《一天裏的戲碼》，頁 110，後應散文名家琦君（1917～2006）的建議改成〈十個房間〉，並收入《十年詩選》，頁 159～161。
[23]福柯著；莫偉民譯，《詞與物》（上海：三聯書店，2001 年），頁 414。

到樓上，你來我往，人人匆匆忙忙，即或想看場電影以鬆懈一下緊張的神志，
也還是必須要趕。」[24]於是，在人們的生活中，時間與事務合二為一，每一個
刻度都與相應的事務相聯繫。

——有了鐘，人就沒有自由

兩棵樹舞動著葉子互相對望
兩棵樹下各有野貓一隻　用碧綠的眼睛相看

一架飛機飛過
貓和貓仰望天空後各自離去

時鐘敲了九下
一棵樹笑著對一棵樹說
屋子裡那個端著咖啡杯自以為優閒的人
要去上班了

——〈會聽鐘聲的樹〉

隱地用「鐘」這個意象來表現現代人生存的時間秩序性，「有了鐘，人就沒有
自由」，鐘成為一種規約人行為的力量，時間不再是單純的時間，而是一種帶
有規定性的秩序。「時鐘敲了九下／一棵樹笑著對一棵樹說／屋子裡那個端著
咖啡杯自以為優閒的人／要去上班了」，作為記錄時間的載體，鐘對於現代人
來說，是鬧鈴，是會客會議諸如此類的提醒者，它紀錄的是時間對應的事務性
工作。蘇珊・朗格在其著作《情感與形式》中對鐘錶與時間的關係做過有趣精
闢的闡釋，她說，「鐘——一個從形而上學角度看十分令人迷惑的儀器——對時

---

[24]隱地，〈玻璃缸裡的金魚〉，《現代人生》（臺北：爾雅出版社，1995 年），頁 167。

間經驗作了一個特殊的抽象。即時間是純粹的連續，它被一系列與自身無關的觀念所象徵，但卻按唯一的連續關係，排在一個無限『稠密』的序列中。」[25]也就是說，在鐘錶的序列裡，時間也被相應地觀念化、事務化了。

　　對於現代人來說，鐘錶理所當然地承擔了時間秩序的提醒者和記錄者，剝奪了人的自由，這一點，隱地與福克納不謀而合，威廉・福克納的小說《喧嘩與騷動》中有一個很值得回味的細節描寫，昆丁企圖通過他的行為摧毀時間的象徵──鐘錶，「因為父親說過，鐘錶殺死時間。他說，只要那些小齒輪在卡嗒卡嗒地轉，時間便是死的，只有鐘錶停下來，時間才會活過來。」[26]隱地這首詩看似簡單戲謔，實則寓意深沉，他在《十年詩選》中收入這篇詩作，並且在詩歌的一側加注點明「上班族想要得到自由，必須丟掉手上的錶，忘記心中的時間」，意即只有忘記心中的時間，才能真正的還原時間，才能獲得豐富的時間經驗，才能享受真正意義上的生命張力。

　　「床是一座鐘嗎？／它分割黑夜和白日／床　在生與死之間／歡愛　在睡與醒之間／床和鐘對望」[27]，詩人將床與鐘並置，床被視為分割黑夜白晝的「鐘錶」，哲學意味比較濃厚，將床放置在生與死之間，它成為生命的記錄者，鐘錶記錄著社會生活的先後秩序，床卻記錄著生命的存亡，將來的某一天也許就在甜美的睡眠中通向生命的另一端，一種神祕且恐懼的崇高感在詩境中蔓延；不過詩人在詩末一語驚人，「我躺在時間之上」，一個「躺」字，釋放出作者對於時間的駕馭與超脫感，從恐懼神祕到悠然自得，心態最終成為救贖的出口，這也是作者之於時間秩序的破解之道。

　　隱地說，「把一天當一生過：一生的累積必是豐富的饗宴。把一生當一天過，這一天必然是繽紛多姿令人羨煞」[28]，時間的長短在不同的生活態度下自由伸縮，如同義大利馬里蒂尼的〈時間與空間〉，都是表達對時間秩序的突破

---

[25] 蘇珊・朗格著；劉大基、傅志強、周發祥譯，《情感與形式》（北京：中國社會科學出版社，1986年），頁129。
[26] 福克納著；李文俊譯，《喧嘩與騷動》（上海：上海譯文出版社，2004年），頁94。
[27] 隱地，〈時間之床〉，《生命曠野》，頁14。
[28] 隱地，〈人生〉，《十年詩選》，頁140。

力量,「一切都缺乏秩序和精確!/我,一個強者/能夠使一個鐘點具有一個星期的生命/或者,把鐘點/像檸檬一般緊緊捏在堅硬的手心裡/擠出一刻鐘的/乳汁!」[29]把時間從秩序中剝離出來,重新握持在自己手中,才能讓生活獲得真正的自由。

三、時間的回望與超越

神學家奧古斯丁否認有純粹的過去和將來存在,在他的理解中,時間不能簡單地分為過去、現在和將來三個環節,而是過去的現在、現在的現在和將來的現在,「過去之物的現在是記憶,現在之物的現在是視界,未來之物的現在是期望」[30],時間在隱地的詩歌中也是如此,它不是流線型滑過的,而是追尋一種交合的狀態,過去、現在、未來融匯在一起。

隱地在《人啊人》一書首頁曾經寫下這樣的文字,直接表達了他的寫作心態,「我願寫下:我看到的、聽到的、想到的、感覺到的,……使每一個在茫茫天涯路上奔波的人,能駐足、能回首,也想想自己正走著的路……人活著,總要思索,總要品嘗。」在他看來,整合過去與現在的生存體驗,將所有的感覺和智慧集於一身,就可以進化為正視現在和未來的力量,於是,回憶化身為一種成長的資源與動力,隱地對時間的超越建構在他對過去的理性回望基礎上,在回望中領悟,在回望中成長,最終在回望中完成對時間的思辨與超越。時間在精神的領域裡獲得了嶄新的規定方式,70 歲依然可以保有 17 歲的清新姿態。

(一)回憶──成長

「生命中的每一天/像翻過山頭的背影」,「擁抱我們的人/最後　都成為翻過山頭/愈行愈遠　看不見的背影」[31],詩歌的斷句恰到好處,情感節奏非常明顯,給讀者一種綿遠的閱讀感受。背影這個意象頗具質感,虛實結合,形

---

[29]鐘敬文、啟功主編,《二十世紀外國詩歌經典》(北京:北京師範大學出版社,2004 年),頁 79。

[30]聖奧古斯丁著;徐蕾譯,〈第二十節〉,《懺悔錄‧卷十一》(北京:中國社會科學出版社,2007 年),頁 561。

[31]隱地,〈背影〉,《詩歌舖》,頁 94。

神兼備；既是真切存在，又無法觸及；既有離別之形，又具離別之情；既有視覺上的感知力，又有情感上的震撼力；別意濃濃，脈脈含情，張力十足。背影，意味著離去，如影逝去，無法抓握：它表現出一種綿延狀的不捨情感，沒有隨風而逝、煙消雲散的乾脆俐落，而是在眼前漸行漸遠，負載著依依不捨的綿綿情意：這個意象在隱地的詩歌中只明確出現了一次，但是那種令人絕望的美麗卻撼動人心，它不同於剪影和影像，其主體是人，這就給背影賦予了人特有的情感力量，於是，背影成了往事的代名詞，成了個體對於往事的一種記憶符號，成為一種無言的訴說。

舊信，也是往事的印記，「舊信的溫度／是一件暖和的衣裳／（我已不是少年）」回憶在實體的舊物中衍生出來綿綿溫情，回憶的姿態在隱地詩歌中形成了一種縱向的視域，彷彿一盞盞探照燈穿透時空，於回憶中俯視生活往昔，於俯視中實現回望式的理性思考，這樣一來，回望就被視為思想深度的實現方式，自然而然成就了隱地詩歌的超越精神。

「我們是時間的背影／歷史是我們的背影」，時間會留下怎樣的背影，我們會留下怎樣的歷史，這兩句架構起一個疑問式的想像空間：某年某月某日某時某分某秒的我們，城市的哪個角落？忙碌？喝茶？聽音樂？抑或是在聊天，甚至於哭泣？……遙想當年，逝去的某些時光也許會復現出一些零星細碎的映像片段，如果說那是時間的表情，有多少表情可以讓我們的內心感到欣慰與滿足，送些疑問在詩意中自然萌生，詩境也由此提升到對生活的追憶與思索，對生活情態與意義的追問與審判。「背影」從某種意義上說，成為時間的影像紀錄者和見證者，而這樣的見證就是生活本身，「剎那光景的生命／我坐在時間走廊／看到人生四季的風景」[32]，對某種背影的眷戀和反思，相應地與具體的生活情態映襯、對應。

隱地說，「記憶讓生命成長」[33]，《追憶逝水年華》中的普魯斯特不厭其煩地重複著，「唯一真實的樂園是失去的樂園」，因為「失去」成就「清醒」，這

---

[32] 隱地，〈時間走廊〉，《法式裸睡》，頁 10。
[33] 隱地，〈記憶之門〉，《生命曠野》，頁 10。

種清醒令人成長，它可以讓人真切體會到光陰不再、物是人非的殘酷，也可以喚醒心靈對於現實的反思和珍惜。追憶時間的背影，溫情尚存又暗含殘忍之意，隨著歲月的流逝，它成為一種情懷，與懷舊情結有些類似，不同的是隱地的追憶立足當前並且指向未來，懷舊的內涵是在往事裡沉醉，帶有一種流連於往事的沉湎心態，而詩人的追憶是一種回望型的姿態，在回望中俯視自己的過往塵世，在俯視中完成對人生對生活更加理性的審視與判斷，因此，回望就成為對過往的一種超越方式，最終的視線還是停落在現在和未來，帶有如何前行的姿態，正如詩人之語「人生的隊伍繼續挺進／我在黃昏的落日前趕路」。[34]

（二）「心」——「新」

在衰老之勢大行其道的老年階段，隱地卻以一種成長的姿態成就了他心理層面的超越性，一股溫暖、和緩而又醇厚的生命力在他的詩歌作品中潛行，雖然其詩境往往在對時間的探尋過程中不可避免地陷入衰老與死亡的惜嘆，但是這種生命力從未間斷，並且進一步表現為詩人對於「心」與「新」的獨特體悟，他說，「一顆少年心老盡／人就消逝　一朵飄走的雲／一波流逝的水」[35]，少年心消泯了，人的生命無論處於什麼階段，也必然墮入垂老的心境，而那樣的生活釋放肯定也是沉沉暮氣，隱地意識到了這個問題，心老人老，心新人新，因此他追求雖老猶盛的生命力——精神的青春。

「昨天的雲不是今天的雲／昨天的浪不是今天的浪／為什麼昨天的我卻還是今天的我」[36]，這是疑問，更是反問，今天的我為什麼還是昨天的我，每天的我都可以是新的，都可以是不同的，「我要如何裝扮自己／使今天的我／清純如剛升起小太陽的一抹光」[37]，這是詩人對於「今天」的覺醒，是他時間感的敏銳感知，如此一來，「今天」就成了一個更加有價值的新的一天。

「我把笑容掛滿臉上　試著投出一個變化球」[38]，如果衰老必然奏響青春

---

[34]隱地，〈旅行〉，《生命曠野》，頁44。
[35]隱地，〈逝水流年〉，《法式裸睡》，頁82。
[36]隱地，〈問〉，《法式裸睡》，頁36。
[37]隱地，〈一天清醒的心〉，《生命曠野》，頁52。
[38]隱地，〈鏡前〉，《生命曠野》，頁34。

的輓歌，如果黑髮的腳步必然走成白髮的蹣跚，那麼我們能夠留住的就只有當下，詩人將理性的思索與憂愁，化作熠熠生輝的微笑，投出了下半生的變化球。「微笑」這個意象是隱地詩作的核心精神意象，從某種意義上說，它代表著詩人的生活姿態，微笑與一顆詩心，使得他的生活煥發出生機與活力。他試圖「用青春的詩／抵擋自己心理的老和生理的老」，被時光追逐的緊逼感使得老年的隱地愈發珍惜生命活力，詩性思維方式的運用則為他提供了一種再生的方式，他曾指出詩心的美妙，「如果你肯碰碰詩，靠近詩，你會發現自己硬繃繃的一顆心變得柔軟了，心柔軟，你的人就可愛了」。[39]

　　詩歌給了隱地獨特的親近世界的方式，他日益遲鈍的感官被詩意洗滌一新，不再停留在表面信息的接收，視力聽力等感覺能力不弱反強，如獲新生。

　　　　她的一雙巧手　宣稱要為我沖

　　　　洗耳朵

　　　　耳朵可以洗嗎？

　　　　沖洗耳朵　像飲

　　　　一瓶新鮮的 MILK

　　　　清醒　爽口　通氣

　　　　兩隻耳朵　彷彿

　　　　振翅欲飛的白鴿

　　　　耳際傳來　屬於紫水晶的歌唱

　　　　青青草原　勾引

　　　　藍色的天空

　　　　不復有十六歲時的驚恐

　　　　六十一歲還會有夢遺嗎？

　　　　愉悅　如春雨奔灑

---

[39]隱地，《漲潮日》（臺北：爾雅出版社，2000 年），頁 237。

夜對海的呼喚

引來天際的一股清泉　且

吵醒一對做著春夢的耳朵

她的一雙巧手

為我洗耳朵

——〈洗耳朵之歌〉

　　〈洗耳朵之歌〉比較直接地表現了詩人聽力的復活,詩人聽到的不再是汽笛迭起、人聲鼎沸;也不再是簡單的松濤海浪、婉囀樂聲:「耳際傳來／屬於紫水晶的歌唱」,他聽到的不再是現實生活具體可感的聲音,而是來自奇幻神妙的想像王國。〈眼睛坐火車〉,是詩人對視力的重新發現,視知覺從麻痺的慣性中醒未;視力、聽力在詩歌的思維方式下重享青春活力,「請用眼睛和耳朵一起享受詩／享受　風為我們帶來的一朵雲／以及流水一般清澈／岩石一般重／的詩篇和詩葉」。[40]

　　進入詩境的隱地,讓詩意飛翔在陳舊的日常生活中,一切煥然一新,「讓心像一朵白茉莉／人也就歌一樣地／變成清晨／微風」[41],「趕」生活的過程中被漠視的感應能力被重新發現,感官得以復活。如〈洗耳朵之歌〉、〈眼睛坐火車〉、〈耳朵失蹤〉等詩,視而不見、充耳不聞的麻木是現代社會的一個普遍現象,這與快節奏生活,高強度工作有關,也與正常狀態下感官的慣性惰性有關。

　　衰老的表現最主要的就是感官能力的弱化,視力聽力逐漸衰退,但是在詩歌的世界中,對於世界的感應能力不單依靠生理上的感覺器官,「我們活在銀幕上／活在影子裡／我們不依附肉身／血液是天空的流雲／巧兮　笑兮／美兮

---

[40]隱地,〈詩廣告〉,《法式裸睡》,頁43。

[41]隱地,〈一天清醒的心〉,《生命曠野》,頁52。

盼兮／我們的青春永遠不會老」[42]，它本質上是一種「靈視力」，是對內心靈魂的觸摸，就像艾略特（T. S. Eliot, 1888-1965）說的「詩歌是人類靈魂的最高表現形式」，隱地與詩歌的相遇，激發了他心靈的感受能力，經歷了感官的精神洗禮，思維敏感而美麗。

——選自孫學敏《存在與超越：論隱地的詩歌世界》
臺北：爾雅出版社，2009 年 1 月

---

[42]隱地，〈流雲〉，《法式裸睡》，頁 87。

思無邪之美

小論隱地新詩集《風雲舞山》

◎陳義芝

一、隱地詩的意義

　　1995 年初，隱地（1937 年生）出版第一本詩集《法式裸睡》，我曾作短論〈隱地的現代文人畫〉，說他和偉大的抒情詩人一樣，描述愛和時間、生和死、短暫的美與永恆勝利間的衝突，試圖彰顯生命的多層景象。[1]隱地回信說：「我希望自己不是一書詩人，五、六年後，盼望自己會出版第二冊詩集。」[2]結果第二年，他的第二詩集《一天裏的戲碼》就面世了。2000 及 2002 年又相繼推出第三詩集《生命曠野》、第四詩集《詩歌舖》。此後，他提倡日記文學，率先寫了一整年的日記出版[3]，並著力耕耘敘事篇章，交織社會面相、文化制度、個人情懷，寫下非隱地不能為的散文連作《遺忘與備忘》、《朋友都還在嗎？》。[4]

　　《風雲舞山》是隱地第五詩集，繼《詩歌舖》後再度展示抒情體式的創作成果。以中國傳統的抒情精神讀隱地的詩，處處可以看見他的內在自我，他的經驗自我也是他模塑寄託的想像自我，其心靈挖掘總伴隨現世生命的詮釋，予人真切感受。[5]以借鏡西方象徵主義的美學看隱地的詩，他不

---

[1]陳義芝，〈隱地的現代文人畫〉，隱地著，《法式裸睡》（臺北：爾雅出版社，1995 年），頁 1～8。
[2]隱地給陳義芝的信，寫於 1995 年 2 月 9 日。
[3]隱地，《2002／隱地》（臺北：爾雅出版社，2003 年）。
[4]隱地，《遺忘與備忘》（臺北：爾雅出版社，2009 年），《朋友都還在嗎？》（臺北：爾雅出版社，2010 年）。
[5]有關「抒情自我」的闡述，參閱張淑香〈抒情自我的原型〉，柯慶明、蕭馳編《中國抒情傳統的再發現（上）》（臺北：臺大出版中心，2009 年），頁 282。

受舊的格律束限，不在字詞的美醜、音聲的低昂上下工夫，然則他的詩美何在？在詩情的洋溢。「詩情」最是詩人講究，1930 年代傑出詩人戴望舒（1905～1950）的〈詩論零札〉有這樣一則：

> 新詩最重要的是詩情上的 nuance，而不是字句上的 nuance。[6]

多麼精美的說法！詩人著重詩情，不拘執在表現的工具（字句）上。nuance，意指細微的差別。詩人在表情的細微上推敲，而不必在字句上作無謂的搬弄。臺灣詩壇因文學獎競賽或因凸顯理論的論文產製，使得詩風往往繁瑣、空洞，詩情單薄，真義不存。我的感慨是：有一些詩，敷衍知識、資訊，或玩弄大量元素，夸言創造，追求「艱深」，結果情懷稀薄，情境混亂，未有得而先失。有一些詩，緊實、自然、充滿蘊藉的表現，卻因題材常見（永恆的題材），而被視為當然，遭到忽視。就閱讀審美而言，非常可惜。

民國學人顧羨季（1897～1960）曾說：「上古無所謂詩學，反多好詩。既有詩學，則真詩漸少，偽詩漸多。」[7]批評的也是不具詩情、為文而文的現象。一得而三失、繁瑣空洞難於閱讀的詩，常常令我這樣熱愛讀詩的人困惑，隱地詩的意義相對就凸顯出來。

二、隱地詩的特色

隱地初寫詩時，得到不少掌聲[8]，但近十年主流詩風的窒悶及文學傳播的困境，竟使他萌生「收攤不寫」的念頭，「我想把爾雅出版詩集的名額讓出來」，他說。[9]這不寫的理由之一，蘊藏著出版事業艱辛已經到必須顧

---

[6]戴望舒，《望舒草》（上海：現代書局，1993 年），頁 113。
[7]葉嘉瑩筆記，《顧羨季先生詩詞講記》（臺北：桂冠圖書公司，1994 年），頁 278。
[8]參閱隱地，《十年詩選》（臺北：爾雅出版社，2004 年）每一首詩後所附評述，可見一斑。
[9]隱地，〈收攤〉，《風雲舞山》（臺北：爾雅出版社，2010 年），頁 149。

慮「配額」的地步。[10]理由之二是「這本最新詩集整體水準並未超越我的第一本詩集《法式裸睡》，以後再寫，也未必變得出什麼新花樣」。[11]不管是謙讓或是對自己失望，此中之真誠，已形成閱讀這整本詩集的感動氛圍。

　　英國浪漫主義詩人濟慈（John Keats, 1795-1821）〈希臘古甕頌〉中的名句：

　　　　「美即是真，真即是美。」這就包括
　　　　你們所知道，和該知道的一切。[12]

　　這兩行詩中的「真」與「美」，是隱地詩的特色，是我對隱地詩所知道，和該知道的一切。真和美是藝術創作的唯二標竿，以此受知於讀者，隱地不必失望也不必謙讓。

　　常人好以真、善、美並稱，在文學藝術創造上，「善」這一概念常夾混人為的褊狹、相因的盲目，禮教原本為善，但當禮教殺人，則是偽善。是與不是、該與不該、能與不能，由誰認定？不同的時空有不同的結論。隱地詩中的激情描寫，載道者未必以為善，但像〈飄過一片雲〉：

　　　　坐在鐵銹釘子上的櫻桃
　　　　驚叫　聲震屋瓦
　　　　一隻春天的貓和鳴[13]

　　其情色之真，銹鐵釘、櫻桃和春天的貓的意象之美，卻是無疑。

---

[10]出版社對詩集採配額制，早有所悉。近十年，散文集、小說集的滯銷也日益明顯。
[11]隱地，《風雲舞山》，頁 149。
[12]查良錚譯，《濟慈詩選》（臺北：洪範書店，2002 年），頁 149。
[13]隱地，《風雲舞山》，頁 58。

三、隱地詩例選釋

隱地的想像力驚人,特別是在情色之真。〈春光奏鳴曲〉呈現的酒神精神,創意十足,「讓酒在酒杯裡搖晃/讓打擊樂在靜夜裡播放」,「像雲在天空徜徉/像青草在大地上呢喃」,以搖晃、打擊形容顛鸞倒鳳,以徜徉、呢喃形容恣縱後的適意,酒的狂醉、打擊樂的激狂、雲的悠遊、青草引發的肌膚之親的聯想,包括「電在燈管裡閃亮」、「橄欖在橄欖樹上」分別為男性慾望及女性胴體的指涉,確然發光而奏鳴。[14]

屬於本色之真、素樸之真,從而具有蘊藉之美的詩,也是隱地專擅,例如〈荸薺〉:「一個荸薺/兩個荸薺/三個荸薺/四個荸薺//荸薺在東/荸薺在西/荸薺在上/荸薺在下//微笑的荸薺/滾滿一地」[15],有樂府民歌的形式,純然是一首嬉遊曲,成色天然、爛漫天真,剝了皮的荸薺裸露白肉,微笑翻滾,毋須明其所指而能得「思無邪」之美。

除了青春的眷戀、謳歌,《風雲舞山》也時見深沉的時間叩問、生命的思索:

沒有人看見我
這世界上根本沒有我

我以優雅舞動自己　你沒有看見我
我以狂暴舞動自己　你沒有看見我
我舞動了一生一世
從耀眼的綠
舞成枯褐的黃葉
散落一地[16]

---

[14]隱地,《風雲舞山》,頁22～23。
[15]隱地,《風雲舞山》,頁24～25。
[16]隱地,《風雲舞山》,頁69～70。

——〈沒有我——給寂寞〉

　　這首詩的副題是「給寂寞」。「沒有人看見我」固然寂寞，「這世界上根本沒有我」，只剩下寂天寞地，尤其暴露寂寞之荒與慌。

　　聞不到時間的氣息
　　看不見時間的眼神
　　時間　不睡覺
　　時間　不吃飯
　　時間　不工作
　　時間　不做愛

　　有一天　當時間把它自己收回
　　我們成為沒有時間的人
　　在時間外[17]

——〈時間〉

　　表現手法不稱奇，但思致之綿密，於層次之上再微分層次的義理頗能服人，「當時間把它自己收回／我們成為沒有時間的人」，這是一個特別的說法。從來都是說時間把人收回，隱地偏說時間收回了時間，時間把我們晾在時間之外。

　　院子裡坐著一把椅子
　　椅子上坐著一片落葉

　　一棵隨風飄動的樹

---

[17]隱地，《風雲舞山》，頁 124～125。

俯首悼念自身飄落的

一個家人[18]

　　　　　　　　　　　　　　——〈飄落〉

　　這又是一首好詩。眉睫之前，捲舒風雲之色；物色之動，心亦搖焉。世界縮小成一把椅子，家族如風中飄動的樹，個人是一片落葉。「俯首悼念」，那姿態多自然。沒有任何多餘的話，人間的道理在其中，人間的情感在其中。

　　除了一些永恆的主題，隱地也處理社會治安、經濟不景氣的課題，做出沉痛的觀察、價值的批判，同樣引人共鳴。不論是人性抒發或生活速寫，他嚴肅地本著自己的質性，以最深的情感抓取最微妙的一刻，部分詩行或有鬆動處，但語言清朗，情境不偽飾，發揚真與美，在當代繁瑣空洞的詩風中，自有對照矯枉的意義。

　　　　　　　　　　　　　　　　　　2010／09／18 寫於翠山

　　　　　　　　　　　　　　　　——選自隱地《風雲舞山》
　　　　　　　　　　　　　　　臺北：爾雅出版社，2010 年 11 月

---

[18] 隱地，《風雲舞山》，頁 103。

有詩的生活，才有生活的詩

◎瘂弦

隱地：

　　「讀一首詩吧！」[1]這麼輕快的書名，誰會拒絕讀它呢？

　　果然，一翻開就讀了下去，一直讀到潘維的〈春天不在〉和〈隱地二三事〉；不止二三事，很多事情都在同時進行，閣下真是文壇的多方能手，少人能及。

　　在這本讀詩札記中，很多好詩人都被你發現了，李長青、鄭季蓉、隱匿、潘維……他們的詩令人吃驚的精采。

　　這樣很好，隨心隨意、輕輕鬆鬆地編一部選集，沒有任何壓力，誰入選誰沒入選也不必臉紅脖子粗，純係個人美學偏好，不關乎「價值判斷」。

　　有詩的生活，才有生活的詩。你開了個頭，造成風氣，在不知不覺中大家也跟著來了。

　　一放鬆，好詩就出現了，不一定重重砸過來才是好詩，好詩不砸人，只娛人。

　　我感覺出你的影響之和風細雨。

　　讀一首詩吧！跟著一個叫隱地的能人一起讀。這人信得過。

——選自隱地《風雲舞山》
臺北：爾雅出版社，2010 年 11 月

---

[1]《人人都有困境——讀一首詩吧！》（臺北：爾雅出版社，2010 年）之副標。

承載與流動
隱地詩中的船舶美學

◎白靈[*]

一、引言

　　隱地（1937～）是一位行走陸上的「航海家」，他的身體是船，爾雅
出版社是船，筆是船、書是船、每一首詩也都是船，甚至咖啡杯是船、每
一頓美食也都是船，帶他去到傳承品味的各個異鄉。每一條船的「承載」
都不只是「過去之承」和「現在之載」，而是為了「未來之航」、為了航
向不可知的神祕而「流動」，因為曾經「至少有六億個方塊字」從他的
「編輯檯上流過」[1]、因為「活著就是一場旅行」[2]、因為「人的一生，其實
就是一部移動史」[3]，因為明知不論什麼船有一天都會故障會駛不動會朽會
沉，對這樣人生的航程他是了然於心的，他說：

> 我看著前面的大輪船，多麼龐大的身軀，在汪洋中載浮載沉。當年初航
> 的勇猛，顯然風一般的消逝了，他踽踽獨行，還能在這逆風冷雨的海上
> 支撐多久呢？我知道答案。人生的收尾還會有什麼好戲？他最後會沉
> 沒，我也會沉沒，隨後趕來的獨木舟、小帆船和紙船一一都會沉沒。但
> 是我們怕什麼呢？歷史會記載我們的航程，雖然歷史也將沉沒，沉沒才

[*]本名莊祖煌，詩人、文學評論家。發表文章時為臺北科技大學化學工程與生物科技系副教授，現
已退休。
[1]隱地，〈讀寫二重奏〉，《身體一艘船》（臺北：爾雅出版社，2005年），頁70。
[2]隱地，〈好活〉，《身體一艘船》，頁147。
[3]隱地，〈移動〉，《身體一艘船》，頁38。

是這個世界最後的命運。[4]

這段話說得冷靜、理性、深具穿透力，但也是很殘酷的紅塵現象和世間實景，可說是隱地精采的「終極船舶論」。但對隱地而言，「我們怕什麼呢」？即便「記載我們的航程」的「歷史」也終要「沉沒」，那又何妨？他說：

人最難能可貴的特質在於明知會失去，卻仍勇於追求。[5]

因此當他在陸上滑行時，整座城都是大海，高興時就停泊在讀者的窗前或書桌前，氣餒時就停泊在自家出版社地下的書山堆裡。也不一定要在陸上滑行，尤其 56 歲（1992）[6]的中壯年才開始寫詩以後，他會改用氣墊船或飛船，輕裝簡從，以文字的鉚釘打造快速的遊艇，用 18 年的時間縱橫呼嘯過詩海，讓他過了 70 歲猶覺年少。[7]恍惚此時他才敢對時間和生死大神吹鬍子瞪眼睛，詩文字的「極簡」和「有限」，已讓他感受到「無限之航」的愉悅和魅力。

　　他在詩領域得到的注目和掌聲恐怕也出乎他自己意料之外。[8]早年他以

---

[4]隱地，〈身體一艘船〉，《身體一艘船》，頁 14。
[5]隱地，〈失去〉，《春天窗前的七十歲少年》（臺北：爾雅出版社，2008 年），頁 9。
[6]隱地，〈關於隱地〉，《回頭》（臺北：爾雅出版社，2009 年），頁 256。
[7]隱地有言：「我的歲月已進入冬的國境，……只要望著窗前美景，我自己也立刻變成七十歲少年了。」見〈春天窗前的七十歲少年〉一文，《春天窗前的七十歲少年》，頁 187。
[8]至少有下列評論：吳當，〈在〔隱地〕《詩歌舖》裡築夢〉，《明道文藝》第 314 期（2002 年 5 月），頁 114～118。黃守誠，〈浪漫興寫實之間——〔隱地〕《詩歌舖》裡的貨色試探〉，《文訊》第 198 期（2002 年 4 月），頁 27～28。張秀玉，〈夏日讀隱地〉，《明道文藝》第 310 期（2002 年 1 月），頁 112～114。章亞昕，〈隱身於人生的大地——讀隱地的《生命曠野》，《明道文藝》第 294 期（2000 年 9 月），頁 65～71。呂大明，〈精緻在歲華裡——讀隱地詩集《法式裸睡》，《明道文藝》第 262 期（1998 年 1 月），頁 112～126。劉俊，〈獨特而又純熟的詩世界——論隱地的《法式裸睡》〉，《聯合文學》第 152 期（1997 年 6 月），頁 152～155。吳當，〈迷亂興秩序——試析隱地〈耳朵失蹤〉〉，《中國語文》第 475 期（1997 年 1 月），頁 100～102。張索時，〈隱地的第二枝花——《一天裏的戲碼》〉，《明道文藝》第 248 期（1996 年 11 月），頁 50～53。劉欣芝，〈隱地及其作品研究〉（中央大學中國文學系碩士在職專班，2010 年）。孫學敏，《存在與超越：論隱地的詩歌世界》（臺北：爾雅出版社，2009 年）。

小說家、散文家和出版家走踏文壇，到寫出暢銷書哲理小品集《心的掙扎》之前，已出過 13 本書，卻「幾乎本本不好銷，儘管我是出版社的老闆」、卻「一點辦法也沒有」，那時「對寫作已經灰心」、並在《心的掙扎》〈後記〉裡都「宣布封筆十年」了，沒想到書卻「進入了排行榜」[9]，生命又為他開了一個大玩笑。而他能一甲子得以與文字和書為伍，可說是與大時代的壯闊波瀾的起伏相互呼應的，十歲還不識一個大字，只因母親的堅持[10]，才將他從大陸上海「崑山小圓莊」「13 戶人家，沒有一個人識字」[11]的村落「拯救」來臺，僥倖沒有成為紅色政權下目不識丁的一位農夫。因時代之悲劇，使得他「連自己的年齡都要到很久之後才弄清楚」[12]，16 歲才小學畢業，22 歲才高中畢業，識字雖晚，卻早在 15 歲就開始寫作，小說和評論讓他「找不到自己的位置」，主編雜誌僅得過一個獎，「心底多少有些不平衡」，其後《心的掙扎》暢銷（1984），散文兩度入選年度散文選（1992 及 1993），才使其「寫作的信心，回來了一些」。[13]38 歲（1975）從寫作和編輯走上「爾雅」的出版事業，由 1975 年風光到 1988 年，是文學出版「最好的 13 年」，其後持平發展（1989～1995）[14]，1996 年後占「十分之七讀者」的「學生族群」（國小五年級到大三之間）「大量流失，無人遞補」[15]，「文學出版就成了弱勢」、「但不追求書的銷售市場，反而有一種自在的快樂」[16]，也就是這樣危機即轉機的關頭，讓他一頭栽進寫詩的快樂之中，以「票房毒藥」的寫詩行動「反抗文學的沒落」[17]，自市場機制中「逃逸」，「出版原野變得更寬廣」。[18]

[9]隱地，〈暢銷書與排行版〉，《心的掙扎》（臺北：爾雅出版社，1984 年），頁 179。
[10]隱地，〈母親〉，《春天窗前的七十歲少年》，頁 62。
[11]隱地，〈母親〉，《春天窗前的七十歲少年》，頁 64。
[12]隱地，〈到底我幾歲〉，《回頭》，頁 97。
[13]隱地，〈隱地論隱地〉，《回頭》，頁 28～29。
[14]紫鵑，〈沐浴在咖啡香裡的一枚詩心——詩人隱地先生專訪〉，《乾坤詩刊》第 58 期（2011 年 4 月），頁 7～18。
[15]孫梓評，〈回首囊昔，爾雅三十而立〉，《回頭》，頁 10。
[16]紫鵑，〈沐浴在咖啡香裡的一枚詩心——詩人隱地先生專訪〉，頁 17。
[17]隱地，〈隱地論隱地〉，《回頭》，頁 29～30。
[18]隱地，〈隱地論隱地〉，《回頭》，頁 30。

　　從 1992 年起的 18 年間，他就寫了五本個人詩集[19]和兩本選集，比起其他早發數十載的詩人均不遑多讓，而且「沒有為寫不出一首詩發過愁」，全憑「心中有個詩神引導」，他「只負責找紙找筆將它記錄下來」。[20]即使在出版第五本詩集《風雲舞山》之後再度宣布停筆「收攤」不再寫詩[21]，而這似乎是他準備「換船」或「換航」的短暫停泊，也似乎是自我「審視」、「批判」和「逃逸」的方式，為再一度的「越界」作行前的添油加料工作。我們從他一生不停轉換、跨越文體界線，在「讀者」、「作者」、「編輯人」、「出版人」等不同身分間往返、審度自身，先是「敲門人」，然後是「守門人」、「護廟人」，以文學為神為宗教為救贖之道，投注一生精力和心力而無所反悔。他既是文學的創作人、傳道人、又是守護人，文學興旺時他是「類強者」、「類當權者」，文學走頹時他是「類弱者」、「類讀者」，從來不是真正的「強者」（當權者）與真正的「弱者」（消費者），最真實的則是他是道道地地的創作人，可以一顆自由的心往返「強者」與「弱者」層層疊疊牽制規訓、政經社會糾纏的人間、乃致試圖自其間逃脫。本文即擬以日常生活空間實踐之戰略戰術理論及褶子論討論書、讀者、作者、家庭、逃逸與隱地詩作的關係，以及其所尋求看待事物的路徑，和對待人生的不同面向之可能內容和意涵。這其中隱地的「終極船舶論」或是他不斷尋求生命答案的重要指向，其不同生活形式的「船舶美學」兼具「承載人生」與「流動人生」的雙重精神意義，值得深入探究。

二、日常生活空間實踐、戰略與戰術

　　隱地是極端地貼著生活寫作的人，不論小說、散文、小品、詩，率皆

---

[19]隱地，《法式裸睡》（臺北：爾雅出版社，1995 年）；《一天裏的戲碼》（臺北：爾雅出版社，1996 年）；《生命曠野》（臺北：爾雅出版社，2000 年）；《詩歌舖》（臺北：爾雅出版社，2002 年）；《風雲舞山》（臺北：爾雅出版社，2010 年）。

[20]紫鵑，〈沐浴在咖啡香裡的一枚詩心——詩人隱地先生專訪〉，頁 15。

[21]隱地，〈收攤〉（代後記），《風雲舞山》，頁 149～150。

如此。他又是一個極易厭倦「自我重複」的創作者，他會兩度「封筆」，皆與「知止」、不想「重複」、第五本詩集「並未超越我的第一本詩集」[22]等勇於自我批判的性格有關。當他年輕無妻無屋無子無車時，他不懂一位他欽羨的長官老是說孩子長大後「我就要到廟裡去」，20 年後再碰面依然說同樣的話，但從未「上山入廟」。中年後他才懂了此話，原來日常生活是令人厭倦的、想逃離的，只是有的說在嘴上、有的則勇於付諸實踐。

　　無「差異」的「重複」的確是令人不耐的，這也是他在散文集《身體一艘船》中要「建造」出「身體船」、「飲食船」、「智慧船」、「愚人船」、「爾雅船」等諸多名詞的原因，那種建構讓他能在「重複」中找到有「差異」、路徑迥異的「移動」或「流動」方式。任何形式的「船」都必須有不同分量的「承載」，「承載重」的與「承載輕」的就像大船與小船，運用的「空間」、航行的速度、功能和命名均有不同，大船轉向費力不易，小船則可輕易掉頭，他的「爾雅船」是大船，「身體船」、「筆之船」是小船，這其中牽扯到權力與空間的戰略戰術關係，亦可看出創作如寫詩的「抵抗」、「抵制」力道，和其中隱藏極大的自由度。

（一）日常生活空間實踐

　　當代法國社會學家德塞托（Michel de Certeau, 1925-1986）是列斐伏爾（Henri Lefebvre, 1901-1991）的弟子，他部分地接受了列斐伏爾關於戰後歐洲文化日常生活程式化、庸俗化、商品化、景觀化論述的觀念，但卻未繼承他左翼革命的思想。德塞托關於日常生活的實踐理論是採取消費者生產的「戰術」操作觀點，而排斥知識分子的精英觀點，他傾向於從實踐中來看待日常生活。他認為，日常生活雖然處於絕對權力的壓制之下（如隱地所說「中國的小老百姓，永遠受國家機器迫害」[23]），但並非被這種權力完全擠壓。因為既存在著支配性的力量，也會存在著對這種支配力量的反制，日常生活即一場持續而變動地、圍繞權力對比的實踐運作。日常生活

---

[22]隱地，《風雲舞山》，頁 149。
[23]隱地，〈聶鉗弩〉，《身體一艘船》，頁 138。

是透過以無數可能的方式利用外來的資源來發明自身[24]，不宜預設立場地以對立態度去面對，而何妨改由日常生活本身的題材中，去形塑出關注日常生活的態度。

　　比如德塞托以「戰略」（strategies）與「戰術」（tactics）區分擁有權力的強者（當權者）與缺乏權力的弱者（消費者）。強者是日常生活中獨立的體制或者結構，擁有意志與權力的事業、軍隊、機構、城市，乃至各行各業可以行使權力的主體，他們運用「戰略」劃分和規範空間，是由上而下的宰制力量與意識形態，要求在特定的場合中呈現合適的、符合規範的行為和舉止。而弱者雖缺乏這樣的空間，但並非毫無抵抗能力，它們是社會的普羅大眾，常自覺或不自覺地採用各種游擊戰式的「戰術」（行為和手段），在被規訓的空間環境中創造性地利用假裝、機智、遊戲、恐嚇等等各種方式[25]由下而上地做機會性的反抗、抵制和突破。強者顯然在規訓空間上是穩定而安全的，但德塞托認為弱者或可運用日常的語言創造和文化行為來破壞統治地位的權力體系，或者以日常生活的行走（walking）方式介入、挪用權力和空間，創造窺看、觀察的機會，攪亂和打碎穩定的城市秩序。窺視者以行走移動的方式，從城市的管轄中模糊了空間的界限，改寫覆蓋在特定空間之上的權力符號，借孩子在作業簿上任意塗鴉式我行我素的方式開創自己的領地，像作家以文字一樣來標榜自己的存在，因而創造了自己的故事。一如隱地所說：「人生在世，無非行走一場！有人在家鄉行走。有人在異鄉行走。有人在大城行走。有人在小鎮行走。有人在國內行走。有人到世界各地行走」，問題卻只怕「幾種永遠的行走」：「從飯廳走到廁所。從廁所走到臥室。從臥室走到客廳。從客廳走到廚房；以及——從生走到死」。[26]那是極端可怖的沒有「差異」的「重複」行走，此時必須倚靠自覺地「機動破壞」，以攪亂打碎穩定、「流動」地不斷改寫

---

[24]Michel de Certeau, *The Practice of Everyday Life* (Berkeley: University of California Press, 1984) p. xii.
[25]Michel de Certeau, *The Practice of Everyday Life*, pp. 36-37.
[26]隱地，〈人啊人〉，《人啊人》（臺北：爾雅出版社，1987年），頁7～8。

行走方式才能創造自我空間。上述討論或可簡示如圖一。

圖一　　日常生活空間實踐中的戰略與戰術關係

（二）隱地的「戰略」與「戰術」

　　上述圖一左側將「讀者」、「作者」、「編者」、「出版者」標識於強者（當權者）的「戰略」與弱者（消費者）的「戰術」之間，皆是相對比較之意，並無絕對之分。概「強上有強」、「弱下有弱」，此大範疇中之弱者，彼小範疇中可能是強者，比如在公司被宰制的小角色的弱者，回家可能成為宰制一家人行止的強者。比強者稍弱的可視為「類強者」（比如報紙媒體是強者，出版社即是「類強者」），比弱者稍強的可視為「類弱者」（比如讀者是消費者、弱者，作者即是比讀者稍強的「類弱者」），因此隱地是「出版家」的角色時，他是「類強者」，他是「作者」角色時，即成了「類弱者」。出版業風光時，他是可以左右詩集之出版、帶動詩之風潮（比如「年度詩選」出版十年、也出版了最多詩集）的「類強者」、甚至是「強者」；出版業走下坡時，他是以「寫詩」反抗影音網路媒體強

勢的「類弱者」，但也是防止詩集出版快速下墜的出版業中極少數仍勉力
為之的「類強者」、「擋土牆」。

　　而此圖右側標識強者趨向「承載」的優勢，弱者趨向「流動」的優
勢，乃指「承載重」的往往提供空間（像第一節中隱地說的「大輪船」）、
製造勢力範圍、有固定航速和路線，有其社會責任和信用，比如大型報紙
和出版社。「承載輕」的無法提供空間（第一節中隱地說的「獨木舟」、
「小帆船」和「紙船」），航速和航線具「流動性」或「游牧性」，可輕易
偽裝、變卦、甚至輕易即消失不見，比如為數極多只辦幾期的詩刊、或眾
多寫了幾年即不再寫詩的詩人。

　　隱地的「爾雅出版社」即是「承載」了六百多種書、兩百多位作者的
「中小型輪船」、但質量卻是「航空母艦型」的，是他供奉文學之神的
「大廟」，不能不勉力負重續行，「在這書即將滅亡的年代，當然會在內
心升起哀嘆。但只要還有一口氣在，作為一個書的子民，我仍會盡心盡力
為做好每一本書而努力」[27]，這是他不能輕易卸下的「戰略性」的「承
載」。但作為創作者的隱地卻自由多了，他第一次因心理不平衡、寫了 13
本書銷路不佳、掌聲少而覺氣餒，宣布要封筆十年，旋即因《心的掙扎》
大賣而「自食其言」。此番在《風雲舞山》出版後（2010 年 11 月）再度
宣稱要「收攤」，「寧願繼續過著讀詩而不寫詩的日子」[28]，但時隔數月又
自己破了戒，2011 年 3 月寫了一首詩〈獻給明道校長汪廣平〉。[29]於是諸
多朋友希望幫他解開結，「可以讓我變回詩人」，有人提議改筆名、有人
說詩人本就不講求信用，何妨將來出一本《賴皮詩選》等等。[30]凡此，皆可
見出作為「類弱者」的詩人，自由度有多大，他們是社會普羅大眾擅於
「行走」開創自我呼吸空間的典範，常常走在時代、文學變革的最前面，
對可見或不可見的權力和規訓勇於抵制和反抗，而抵制和反抗本身就是

[27]紫鵑，〈沐浴在咖啡香裡的一枚詩心──詩人隱地先生專訪〉，頁 17。
[28]紫鵑，〈沐浴在咖啡香裡的一枚詩心──詩人隱地先生專訪〉，頁 17。
[29]紫鵑，〈沐浴在咖啡香裡的一枚詩心──詩人隱地先生專訪〉，頁 18。
[30]紫鵑，〈沐浴在咖啡香裡的一枚詩心──詩人隱地先生專訪〉，頁 17。

「戰術」的、「游擊」的、「流動」的，不必然需要「承載」什麼的，尤其框框、教條和規訓。

三、隱地船下與杯內的皺褶

隱地是充滿「皺褶感」的詩人，此「皺褶感」來自他的「不安」，不論生理或心理的。而此實乃人性使然，他不過比較坦白罷了。在 1987 年他的哲理小品集「人性三書」之一的《人啊人》開宗明義第一則即說：

> 人的真正問題是：如何安靜的度過屬於自己的不安時刻。[31]

他所有的詩文皆像是，不，其實根本就是他的自我告白書，很少詩人敢或者有機會出版這麼多有關「皺褶感」的書。他認為世上難有「無慾、無悔、無痛、無癢、無怨、無恨、無病、無仇」之人，如果有，「那是稻草人、木頭人或者是機器人吧」。[32]而不安即「不平衡」，試圖「行走」向「平衡」。

（一）隱地的不平衡與皺褶感

一般大眾常藉日常生活沒有變化的「重複」行為麻痺壓制自己的不安，作為「類弱者」的作家則較能注意「不平衡」如何「平衡」的問題，或面對「重複」、尋求「差異」，詢問自己的「不安」「不平衡」由何而來。而此「不安」即「不平衡」，「安靜度過」即求取「平衡」，「皺褶感」的產生即是「平衡」與「不平衡」交相擺盪的結果。而偏偏「不平衡」是隱地注目、焦慮的重心，他在〈不平衡〉一詩二、三段說：

> 擺得平是暫時／擺不平是永遠／／擺得平的是一座舞臺／擺不平的是舞

---

[31]隱地，〈人啊人〉，《人啊人》，頁3。
[32]隱地，〈序〉，《人啊人》，頁1。

　　臺下一顆顆群眾的心[33]

　　其因即內心潛隱深藏著的「一股情慾、貪念」，末段說：

　　就像大海／波濤　一波過去一波襲來／一波未平一波又起／／誰能將海
　　浪永遠鋪平？[34]

「海浪」當然永遠鋪不平，世間的「皺褶」也就沒完沒了，而且是全宇宙
性的，隱地只是內心的「皺褶感」特強而已，而他詩的能量即常來自「永
遠擺不平」向「短暫擺得平」的過渡。德勒茲（Gilles Deleuze, 1925-
1995）曾從哲學高度抽象和昇華了「皺褶」此一概念，由「皺褶」所衍生
出的「褶子」是鋪天蓋地、無處不在的，海浪、漩渦、衣服、皮膚、地
層，乃至大腦新皮質、細胞的 DNA，它們根本是宇宙萬物的固有本性與內
在本原，是宇宙萬物生發的根本性動力，經由折疊、彎曲、疊加、累積、
重複和建構，乃有了此刻可見或不可見的宇宙全體。[35]
　　皺褶此一特性乃由萊布尼茨的「單子論」開展而來。單子被認為並不
具實體，卻被視為具有向內包裹「打褶」和向外展開「解褶」的潛能，以
是「每個單子的深處都是由無數個在各個方向上不斷自生又不斷消亡的小
褶子（彎曲）所構成的……世界的微知覺或代理者就是這些在各個方向上
的小褶子，是褶子中的褶子，褶子上的褶子。」[36]而且經過皺褶後每一褶子
均在「重複」中產生細微的「差異」，此看似微不足道的「差異」常被神

---

[33]隱地，《一天裏的戲碼》，頁 66。
[34]隱地，《一天裏的戲碼》，頁 67。
[35]韓桂玲，〈後現代主義創造觀：德勒茲的「褶子論」及其述評〉，《晉陽學刊》第 6 期（2009
　　年），頁 74～77。崔增寶，〈德勒茲與單子世界的複魅〉，《天津社會科學》第 6 期（2008
　　年），頁 31～34。唐卓，〈談德勒茲的「褶子」思想〉，《齊齊哈爾師範高等專科學校學報》
　　第 1 期（2009 年），頁 87～88。高榮禧，〈傅柯「性史」寫作階段的主體概念〉，《揭諦》第
　　5 期（2003 年），頁 95～121。
[36]德勒茲著；于奇智、楊潔譯，《福柯・褶子》（*Foucault Folds*）（長沙：湖南文藝出版社，2001
　　年），頁 279。

經敏銳的詩人視為「不可承受之輕」，所有的能量即自此隙縫「射出」，常令世人瞠目結舌、困惑不解。實情亦如詩人所感受到的，世上本就沒有褶皺相同的兩樣東西，即使同一株樹的兩片葉子·並置的兩塊岩石、任何兩個雙胞胎、或者隱地「終極船舶論」所述及的世間任何兩條船「船下」的浪跡航跡皺褶、或他所熱中的兩杯咖啡「杯內」被攪拌出的波紋皺褶、聲響皺褶亦然。所有的這些「行走」即使「重複」不已，其「重複」之中必有微小的「差異」。[37] 所有隱地關於「慾望」、「身體」、「旅行」、「美食」、「咖啡」、「出版」、「發表」等諸多「被行走出來」的軌跡、不平衡想擺平的「起皺」過程，均可以持此「皺褶」的眼光和方式看待。

（二）船下與杯內

　　1997 年隱地 60 歲時寫下了〈身體一艘船〉一文，像是一篇身體哲學的宣告，是他「終極船舶論」的重要象徵，因為船舶永遠需要既「承載」又「流動」，從港口出發，在皺褶起伏的浪濤裡度過大半歲月，最後又在同一或另一港口完成其旅程。此文一、二段說：

> 身體，是一艘沒有航道的船。從生命誕生的一刻起，他就和天上的雲水中的魚一樣飄著游著。從早到晚，從春天到冬天，我們的身體游走於大地，就像船一樣的在海洋裡行進著，有時後退，有時打轉，有時也停泊到一個碼頭，或進入港口休憩。

我讓自己的身體斜靠著，成為一艘會思想的船。隨著煙塵往事，想著人在大地上的存活。從誕生到死亡，航行於茫茫海洋。新日子轉眼成舊日子，新的一年在嘆息之間來了又走了。我們活在短暫的時空裡。只因為活著，生存著，就像船不停的來來回回開動著。有了身體這艘船，我們可進可

---

[37] 德勒茲著；于奇智、楊潔譯，《福柯·褶子》，頁 159～375。

退，可駛往人潮，也可退山江湖。[38]

　　此兩段說的是生命旅程中身體所扮演的角色，溫和而理性，其後第三段即提到行程中將觸碰到不盡相同的風和浪、和大輪船、和「什麼也不準備」就下海出發的小帆船、紙船、獨木舟，那其中充斥著的是「生命中的偶然必然茫然」。[39]之後一如本論文第一節所引的一段話，最後一切皆將沉沒。「但是我們怕什麼呢？歷史會記載我們的航程，雖然歷史也將沉沒，沉沒才是這個世界最後的命運。」[40]說得甚具哲思和悟力。而其過程是既向外開展、又向內折疊，如此不斷重複相似的航程，但任二船或任二航程都一定有不一樣的軌跡和皺褶。

　　但就在他此〈身〉文發表的前幾年，他在一首名為「心的掙扎——散文詩七則」的第七則〈灰髮心情〉中寫道：

> 開始的時候，我們每個人都是一條船。
>
> 我們來到這個人世，彷彿人生的初航。
>
> 活啊，活啊，活到耳順之年，從亞洲到了美洲，甚至到了非洲，幾乎快變成一位老船長。
>
> 終於，我們會發現，自己其實不是船，也並非是老船長，而是一座孤島。
>
> 在這個都市叢林裡，過著「只是活著」的日子。
>
> 我們的身體或許仍是一條船，我們的心靈早已不是。
>
> 最後，我們把自己活成一座孤島。[41]

此「散文詩」一開始是收入散文集《翻轉的年代》（1993），並未收在五本個人詩集中，但後來收入《十年詩選》中。此詩較〈身體一艘船〉一文就

---

[38]隱地，〈身體一艘船〉，《身體一艘船》，頁13～14。
[39]隱地，〈身體一艘船〉，《身體一艘船》，14。
[40]隱地，〈身體一艘船〉，《身體一艘船》，14。
[41]隱地，《十年詩選》（臺北：爾雅出版社，2004年），頁142～143。

灰色很多，向外解褶又向內打褶時，幾乎進入一種「冰凍結構」中，雖然說的是人人具「差異」卻難以互動的「孤島」（沉沒或孤島均是向內折疊）。如此說來，同一身體的「船下」所興起的皺褶是與時推移的，隱地上述兩條船「船下」的「皺褶感」在「重複」中果然有極大的「差異」，而且是以「智慧船」劃出了「正向的差異」，後來的船比之前的船讓人看到了更多智慧的皺褶。

　　咖啡是他作品中另一常常重現的主題，也是他試圖以「杯內世界」攪拌出的小皺褶撫平他「杯外世界」大皺褶的「心神安寧丹」。比如中年以前當他「聽不到掌聲，就絕塵而去」、「獨個兒在臺北大街小巷尋找有品味的咖啡館和餐飲店享受著人生，過著寫意的日子」，年過半百深切的體會後，才感知「人生像一個『水菱』，中間大，兩頭小」[42]，而如「終極船舶論」所穿透的，所擁有的皆要還諸天地。而每杯咖啡都可視為他「偶爾停止」的時刻，比如〈一個喝著咖啡的人〉中首段的句子：

　　真好　是一杯讓人／身體飛翔的好咖啡（下略）
　　此刻最好／時間　你可以暫時不轉動嗎？[43]

　　胡冰說喝咖啡的隱地是一種「靜觀禪思」，因為「心神可以跳出肉身，以欣賞的姿態觀看世界和自我」。[44]其實對隱地而言，喝咖啡有時更像自我「向內褶疊」成為一顆「咖啡豆」，短暫打褶回到「杯內」後，小憩片刻，再向外展開解褶，回復成為一棵咖啡樹的形狀（或滿屋咖啡香），如此在人生中反覆「行走」。比如〈坐著的亞當與咖啡館的貓〉這首詩：

　　在伊甸園裡／偷吃了蘋果的亞當／跑到咖啡館喝咖啡／／臉上露著天真

---

[42] 隱地，〈隱地論隱地〉，《回頭》，頁29。
[43] 隱地，《一天裏的戲碼》，頁122～123。
[44] 胡冰，〈咖啡禪──讀《七種隱藏》〉，收於隱地，《十年詩選》，頁2～3。

的笑的他／／體內還霪雨著／一如坐在他桌前／微笑對著他的貓咪／
（貓咪和另一隻貓咪剛玩了一場叫春遊戲）[45]

此詩俏皮有趣，偷吃的亞當「跑到咖啡館喝咖啡」，「天真的笑」「體內還
霪雨著」，彷彿褶疊躲進一顆「咖啡豆」似的，那是短暫片刻的以「杯」
以「豆」予以「承載」，其後更有無盡青春的開展力，那是「流動」，如
詩中的貓先前的「玩」（展開）和之後的「坐」（疊回）亦然。因此不論是
「船」或「咖啡」，其中似乎都隱藏著十足向內摺疊（船的承載力／咖啡
豆的生命力）也向外解褶（船「行走」的流動力／咖啡樹的成長或咖啡沖
泡的香）的能動性，那是一切人事物之質能互動和「有限即無限」的宇宙
本性。上述船及咖啡與褶子論的關係可以簡示如圖二。

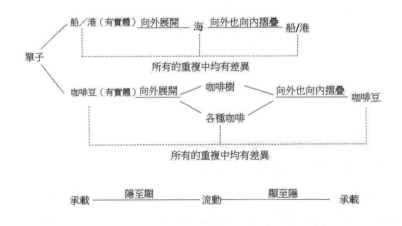

圖二 以船／港及咖啡的向外及向內摺疊說明摺子論

---

[45]隱地，《風雲舞山》，頁 29。

四、旅人、守門人、船舶美學

　　由於隱地在沒有書的家庭環境中成長（母親愛打牌，認為「書」等於「輸」），他從這樣的小型「規訓空間」中「逃逸」而當了張漱菡所編《海燕集》的忠實「讀者」。識字雖晚，卻很快成為早熟的「作者」，其後擔任各種文學雜誌的編輯，在主編《書評書目》一段時期後，由於無法忍受該刊物將由聚焦文學放大成綜合性雜誌，他又自此「規訓空間」逃逸，從此成為爾雅出版社的發行人。而這座供奉文學之神的廟宇也是另一座「規訓空間」的「戰略」基地，雖是不斷放大「承載力」的空間，畢竟仍具有極大的束縛性，因此他也不斷想「流動」而逃逸出去；不停創作和在城市中「行走」踩踏成了他的「戰術」，而且在不同文類間不斷「越界」，更是他「轉換逃逸戰術」的最佳策略，尤其是寫詩，成了他自覺可以「自由行走」的自創空間，他在其中快樂地「自我褶疊」及向外「解褶」開展。「身體一艘船」和「終極船舶論」成了他「承載」和「流動」之生命雙重精神的主要建構，也是他經由不停逃逸、精神上生活於「城外」後又回返自身的最終領悟。

（一）「終極船舶」精神

　　「船舶」的主要功能是「承載」和「卸載」，中間則是「遊」、「流動」和「旅程」。而生命最初的「承載」是「生」，最後的「卸載」是「死」，生死問題是宇宙的神祕和困局，也是隱地一生未曾間斷的扣問，更是他所有創作的核心，他的詩，所有的詩，永遠繞著，不，應該說朝著「勇於承載」也「勇於流動」最後要「勇於沉沒」這樣的主題而飛舞，這是他的「終極船舶」精神，即使寫一個杯子一支瓶子一粒灰塵均如此。比如〈靜物說話〉：

> 我看著牆上一幅畫／畫說　換你掛上來／讓我到外面　四處走走[46]

「掛上來」是「承載」，「到外面」走走是「卸載」後的「逃逸」、「流動」和「行走」，隱地說的是生命是爾雅是自己。又比如〈灰塵記〉：

> 灰塵占住桌面／他吹一口氣／灰塵退到角落／／灰塵和灰塵想攻擊他光亮的額頭／洗一把臉／灰塵就被淹死了／／灰塵在人間飛舞／他飛舞在灰塵之上／／之後　他飛舞在灰塵之下／灰塵和灰塵／為返國的灰塵齊聲歡唱[47]

對灰塵「吹一口氣」是生的自信力量，「灰塵想攻擊」是死亡微細但又強勁的力道；「飛舞在灰塵之上」是知其不可而為之的「小承載」和「大流動」的方式，「飛舞在灰塵之下」是死是「卸載」，「灰塵和灰塵／為返國的灰塵齊聲歡唱」是對「終極沉沒」的認同。此詩比另一首〈灰塵之歌〉[48]更具穿透力和戲謔性，「返國」二字居功厥偉。

（二）兩種觀點；旅人和守門人

　　在本文行文中不斷使用「逃逸」二字，這是物理學中觀察到的宇宙所有物質與能量的本性，人並兼其二，自然更是地球所有生命中具備更大本領的「逃逸之王」。而「逃逸」並非單指「逃亡」，而是朝自身場域「之外」及未觸及到的「之內」的奔赴和探求，最終是對世界和對人的了解和自我歸返，即使所得有限或徒勞無功。哲學上常以「域外」二字論之，德勒茲則視「域外」是「比所有外在世界更遙遠……」[49]，其中隱藏的正是向「域外」的「逃逸」和「越界」，其目的正是為了開拓一條重新折返自我

---

[46]隱地，《生命曠野》，頁 62～63。
[47]隱地，《詩歌舖》，頁 112～113。
[48]隱地，《法式裸睡》，頁 68～69。
[49]德勒茲著；楊凱麟譯，《德勒茲論傅柯》（臺北：麥田出版，2000 年），頁 173。

的嶄新途徑。於是思想愈往域外越界就愈是一種內在性褶曲，反之亦然。[50]
而「旅人的眼光」和「守門人的眼光」，正是隱地看待生命和人事物最主
要的兩種觀照方式，前者「以動觀靜」，後者「以靜觀動」。比如〈旅
行〉一詩：

> 在人生的隊伍中行走／前行者變魔術似的消逝／笑聲仍在林中擴散／就
> 是再也見不到他們面容／／一對情侶什麼時候披上了婚紗？／誰家的孩
> 子　在隊伍後面／綿密跟來？／熟悉的面孔／／迷失在哪個街口？／陌
> 生的朋友／你是誰？／／人生的隊伍繼續挺進／我在黃昏的落日前趕路[51]

此詩以人生為經、哲思為緯，呈現了隱地對人活著一事的熱情關注和審
視，對周遭生活的變動有超乎尋常的敏銳觀照，在「個體游牧」式的「行
走」和「流動」中對熟悉與陌生均概括之但只敢有限地「承載」，然則在
晚境中「趕路」恐有困難，在向外「解褶」開展時也向內「褶疊」自省。
而如下列兩首寫樹的詩，雖與他「爾雅守門人」（有如文學「集體遊戲」的
召集人，而書內天地彷彿另一形式的「域外」）無關，卻可看作「生命守門
人」的自省詩作：

> 樹前跑著青春／樹後坐著光陰／青春為光陰吞蝕／／孤寂老樹／繼續守
> 著大地／仰望天空（〈仰望天空的樹〉）[52]

> 院子裡坐著一把椅子／椅子上坐著一片落葉／／一棵隨風飄動的樹／俯
> 首悼念自身飄落的／一個家人（〈飄落〉）[53]

---

[50]楊凱麟，〈分裂分析傅柯：文學布置中的越界〉，《臺大文史哲學報》第 71 期（2009 年 11
月），頁 185～208。
[51]隱地，《生命曠野》，頁 44～45。
[52]隱地，《生命曠野》，頁 110～111。
[53]隱地，《風雲舞山》，頁 103。

前一首是樹的「瞻前顧後」，後一首是樹由上向下、對必然失落的「俯悼」，寫來哀而不傷、悼而無怨，是隱地令人擊節的小詩。上述兩種觀照方式可以圖三簡示之。

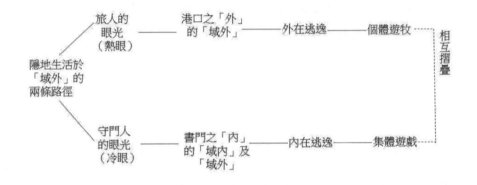

圖三　隱地生活於「域外」兩條路徑及逃逸方式

（三）四種面向：獨木舟、帆船、航艦和飛船

隱地主要以四種面向面對其人生：

1.面向生活時，是一艘雅痞式的帆船，在乎並堅持自身一定的品味和格調，是一艘永遠在「行走」、在「旅行」和「流動」的「品味船」，以犀利眼、挑味舌、行走足盡情踩踏城市，創造自身的行動空間和軌跡。他說他要「為一條街忙碌」、「要細讀臺北，並向臺北的每一條街路告別」。[54]他是極度貼近生活寫詩的快樂詩人，比如他曾把他常去的 12 家餐廳和咖啡館都搬到同一條街上寫成一首 40 行的〈詩歌舖〉，最後讓紀弦、瘂弦、席

---

[54] 隱地，〈退休・不退休〉，《春天窗前的七十歲少年》，頁 161～162。

慕蓉全撞在一起，結尾末三行說：「一首詩／不小心撞上了／另一首詩」，館子、詩人全成了詩的代稱，他真的是想把好品味全融化入生活裡。比如〈快樂詩人〉一詩：

> 一屋子吃披薩的裸女／不　是披薩店正在舉辦畫展／／一張畫和一張畫之間／吃披薩的裸女都有不同的姿勢／原來一塊披薩和一塊披薩／有一百種相異的吃法／／披薩和乳房之間的距離要如何測量／眼睛盯著　嘴巴嚼著／男客的動物性缺乏美德／讓牆上掛著的裸女驚嚇／她們各自尋找逃亡之路／／一個奔跑中的裸女／撞到了一位詩人／／詩人手舞足蹈／他說，讓我們跳舞吧／／一屋子吃披薩的裸女[55]

「裸女都有不同的姿勢」、「原來一塊披薩和一塊披薩／有一百種相異的吃法」說的是面對生活所對應的「戰術」，是自創空間的方式。「裸女驚嚇／她們各自尋找逃亡之路」，撞到詩人反而有了生路，邀其「跳舞」而重獲生命力，這是詩人生命力十足的生活藝術。

2. 面向身體時，是與情慾、時間、生死長期糾纏對抗愛恨交錯的一艘「獨木舟」，充滿自由的能動性，卻又是孤獨而寂寞的。因為「食色」是所有生命本具的宇宙性、是本能的力量之褶疊和開展方式。隱地觸及身體的詩不少，如：

> 坐在鐵銹釘子上的櫻桃／驚叫　聲震屋瓦／一隻春天的貓和鳴／天空裡一片雲飄過（〈飄過一片雲〉）[56]

> 進入房間／鎖門／一隻狗爬在另一隻狗身上／／透過窗戶／狗看到兩個人在街弄裡交媾／狗對狗說／人真大膽／敢公然向道德挑戰（〈狗的道德

---

[55] 隱地，《風雲舞山》，頁 117～118。
[56] 隱地，《風雲舞山》，頁 58。

經〉〉[57]

兩首均精緻簡潔而富隱喻，說的是世間永無休止和間斷的陰陽互動關係。前一首動中有靜，老少對比，貓與雲對應，熱鬧中卻又無事發生一般，正是人間常景。後一首狗人換位，背德者指別人背德，以性暗批政客，戲謔彷如黑色幽默劇。

　　3.面向文學時，是出版業之儒者、以手工打造重量級承載力續航力的一艘「航艦」，即使年代轉換亦不棄不餒。當他看到「有人照著爾雅叢書書號／把缺漏之書補齊」，那時若是已百年後，他不知將「哭著奔回墳墓還是／笑著飛向天堂」（〈在空氣裡飄浮著的我〉）[58]，顯示了他對「承載」爾雅此一文學殿堂的甘心。雖然也對「裝載的人生」意義有過質疑，如〈瓶〉一詩也可視為「承載爾雅」的隱喻：

> 我是瓶／我裝酒／我有千重風貌／我可以使地球上一半的人醉／改變另一半人的命運／／我是瓶／我裝醋　我裝麻油　我裝胡椒粉／我替滄桑人生調味／暫時忘記人間愁苦／／我是瓶／我裝古龍水　我裝香水　我裝礦泉水／讓甘泉流入生命／讓女人橫陳的肉體更香／讓男人放射男性應有的魅力／／我是瓶／我裝維他命　我裝藥丸／一粒一粒的紅橙黃綠藍靛紫／一一進入你口中／我成了棄兒／你也進入墓中／／我是瓶／我總是被鮮花占領／我成了花瓶／人們讚美著花的美麗／卻忘了我的存在／／我是瓶　我是瓶／我不停地向你說／我是瓶／瓶本身到底是什麼呢？[59]

「瓶本身到底是什麼呢？」是本詩的主旨，一如他說「身體一艘船」

的「船」的意義一樣，答案自然皆在前述的「終極船舶論」中。

　　4.面向語言時，是由小說過渡到散文雜文再到哲理詩的一艘語言的「飛船」、以幽默口語「機動破壞」既有現代詩傾向冗贅的風尚。

> 人世間／／總是這樣／／掏出老二／尿尿／／關門／上鎖／然後／／上路／／去醫院／探望老岳父／的／病／然後趕最後一場電影（〈失樂園〉）[60]

> 用汽車／用火車／用輪船／用飛機／／從甲地搬到乙地／乙地搬到丙地丁地……／最後又搬回甲地／搬運人體的運動／人們稱為旅行／直著搬／橫著搬／躺著搬／趴著搬／／搬到野外種玫瑰花的地方／搬到十七層樓開刀中心進行手術／搬在另一個人身上／讓他自己走／／坐在輪椅上的／可以推他／揹在背上的／可以上樓／抱在心裡的／可以上床／擁著的／就跳舞吧（〈人體搬運法〉）[61]

此兩首均屬第一本詩集《法式裸睡》時期，以尋常語言像展開手卷般「解褶地」呈現塵世人間最常見的日常生活景象，他以自創的「行走」風格，冷靜、貼切、又殘酷地予以切片，偏偏又極具穿透力道，一如他的「終極船舶論」，而這即是隱地「褶疊」其人生、完成其詩作的獨特方式。上述「承載」與「流動」的四面向，若以「船」的身姿形態表示，則如圖四。

---

[60]隱地，《法式裸睡》，24～25。
[61]隱地，《法式裸睡》，頁63～65。

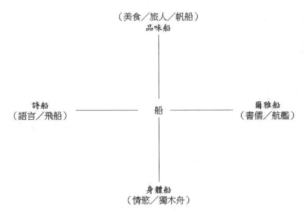

圖四　隱地「船」的承載與流動方式

五、結語

　　隱地是詩壇少見的「高齡產婦」，56 歲才闖蕩詩之叢林，在 18 年的寫詩生涯中「放煙火」似的寫了兩百多首詩，出版了五本詩集，其中有為數不少的好詩，以幽默、風趣、戲謔、智慧、哲思、口語而具穿透性的風格贏得了不少掌聲。他是詩之旅者、也是文壇重量級的守門人，因此得到的注目和回應是行走了數十載的其他中老兩代詩人所遠遠不及的，他的清澈、坦率、透明和直指本性的文人氣質，為其他三代詩人極多冗贅的詩癖也作了絕佳示範。本文指出了其「船舶美學」的精神、觀點、和面向，表面上這些雖皆由其對自家身體的領悟而來，其實隱含更多的是，唯「有限的承載」（生與死距離短促）才能激發「無限的流動」（強大的能動性），藉由不斷向內和向外逃逸、褶疊、和一而再跨越「文體界線」，乃能隱約尋覓出其歸返自我的神祕路徑。

——選自蕭蕭、羅文玲編《都市心靈工程師：隱地的文學心田》

臺北：爾雅出版社，2011 年 6 月

都市心靈工程師
隱地詩中的空間觸感與人間情味

◎蕭水順

一、前言：罕見的都市型詩人

　　作為一位出版家，隱地（本名柯青華，1937～）異於嗅覺敏銳、隨時盯緊書市走向、改變出版常規的出版人，從 1975 年 7 月成立「爾雅出版社」以來，堅持文學本位，不譁眾取寵，一年 20 本，穩扎穩打，因而在 2010 年 9 月獲得行政院「金鼎獎」圖書類「特別貢獻獎」的肯定，35 年來從未隨波逐流、降低品質，以迎合市場口味，且往往逆風而行，出版不易銷售卻極具歷史意義的年度詩選、評論選，作家日記、圖誌，目錄、詩集等類型書籍，在以締造暢銷紀錄為第一目標的出版界，隱地無疑是異數。

　　以作家的身分而言，隱地從小說家、小說評論家、散文家、語錄體小品文專家，以至於成為一位高齡的資淺詩人，面貌多變而常異，依章亞昕（1949～）的觀察，以隱地的年齡略分其創作階程為：

> 「青春期的小說時代」（20 世紀 1950、1960 年代）
> 「揚帆期的廣義散文時代」（20 世紀 1970 年代）
> 「顛峰期的狹義散文時代」（20 世紀 1980 年代）
> 「知命期的詩歌時代」（20 世紀 1990 年代至今）[1]

---

[1] 章亞昕，《時光中的舞者：隱地論》（臺北：爾雅出版社，2003 年），頁 224～294。

　　這樣的產作歷程，不僅與一般作家的成長歷史有異，且不與主流文學場域相呼應，20 世紀 1960、1970 年代，臺灣現代詩正風起雲湧，海綿式吸收西洋思潮，全面性翻覆傳統正典，成為現代文學、前衛藝術急先鋒之時，隱地卻在「傘上傘下」當「幻想的男子」，寫他《一千個世界》的小說。[2]20 世紀 1980 年代，臺灣散文逐漸告別張秀亞（1919～2001）為代表的短篇美文，加大篇幅，偏倚敘事，重視細節之際[3]，隱地卻以語錄體式的哲理小品，推出「人性三書」：《心的掙扎》（1984）、《人啊人》（1987）、《眾生》（1989），閃現生活智慧，拔高小品散文的哲學高度，披斬荊棘，開拓手記文學的寬度。1990 年代，臺灣現代詩已經過了現代主義的狂飆期，踏進以顛覆為樂、以遊戲為上、以人性溫暖為主要內涵的後現代社會，隱地反而以 56 歲的「高齡產婦」[4]之姿，開始詩作的生產。浪漫的年歲創作小說，壯年時期小品出擊，知命、耳順之交卻寫起新詩，創作者隱地，顯然也是文壇的異數。

　　隱地自稱 56 歲才開始寫詩[5]，這一特殊機緣，讓他與席慕蓉（1943～）出現詩壇所形成的「席慕蓉現象」，有著可以相互比對的徵狀，席慕蓉現象是指當時已屆後青春期的席慕蓉（38 歲出版《七里香》），卻以青春、浪漫為歌詠客體造成旋風，席捲華文世界的閱讀視野，打亂現代詩壇聲嘶力竭倡導的「知性」呼籲；「隱地現象」類似於此，是指 56 歲的隱地，以將老未老的人生歷練，既隱藏不住人性的激情，又時時隱現永恆的詩之悸動，鼓舞躍躍欲試的火熱詩心，席慕蓉與隱地因而成為詩壇罕見的

---

[2]隱地第一本書，名為《傘上傘下》（臺北：皇冠出版社，1963 年），小說、散文合集；第二本書，名為《一千個世界》（臺北：文星書店，1966 年），後來易名為《幻想的男子》（臺北：爾雅出版社，1979 年），小說集。

[3]孫于清，「傳承與裂變──從散文選看出的變化」，〈九歌年度散文選研究〉（中央大學中國文學研究所碩士論文，2006 年），頁 155～180。陳建宏，「1980 年代年度散文選書寫題材與內容探討」，〈臺灣年度散文選集研究（1981～2001）〉（佛光大學中國文學系碩士論文，2006 年），頁 2～59。

[4]詩人瘂弦（王慶麟，1932～）曾戲稱仍在創作的五、六十歲詩人為「高齡產婦」，而調侃停筆已久的自己為「結紮多年」。見洛夫，〈詩是隱地活得真實的理由〉，《洛夫小品選》（臺北：小報文化公司，1998 年），又見隱地，〈序〉，《生命曠野》（臺北：爾雅出版社，2000 年），頁 2。

[5]隱地，〈寫詩的故事〉，《法式裸睡》（臺北：爾雅出版社，1995 年），頁 161。

異常現象，也同時避開了現代詩晦澀難解的原罪。洛夫（莫洛夫，1928～
2018）是現代詩壇少數艱深詩人之一，即曾指出隱地的詩有當代性，卻無
現代詩的艱澀難懂；有後現代的一點嘻皮笑臉的顛覆性，卻又通情達理，
毫不作怪；有都市詩的無聊題材和無奈心境，卻無一般都市詩的浮誇和陳
腔濫調。洛夫認為隱地之所以被視為詩壇異數，倒不在於他是一位高齡的
「年輕詩人」，而在於他能表達目前臺灣生活節奏和文化內涵。[6]

　　2002 年精選隱地《法式裸睡》等四本詩集中的 57 首詩，英譯為《七
種隱藏》（*Seven Kinds of Hiding*）的唐文俊（C. Matthew Towns），他慶幸
隱地寫詩起步較晚，因為可以運用中西文學知識，且能切合今日世界社會
趨勢，唐文俊指出隱地詩的主題十分及時，深刻地描繪生活在高度資本主
義社會所帶來的困擾。[7]觀察唐文俊與洛夫所交集的，是隱地作品的「空
間」，指向高度資本主義影響下的臺北，但不是洛夫所稱「臺灣生活節奏」
（雖然，臺北可以「借代」臺灣），亦即是，隱地是作為五都之首的臺北
「都市詩」代表人，而且很可能在全國詩人中不易找出類近的第二位。

　　隱地在 1947 年十歲時，由父親自中國大陸接來臺北，住在臺北市寧波
西街，此後約搬了二十次家，但始終未離開臺北（市），隱地自承十歲來
到臺北，屬於他人生的大幕才真正地拉開……。[8]而且，這樣的搬家史強化
了他對人存在空間感的認識，空間與人的關係就成為他詩歌的一大主題。[9]
隱地以一冊散文集《漲潮日》（2000），記述童、少年在臺北的苦難、流
離，以兩冊散文集《盪著鞦韆喝咖啡》（1998）、《身體一艘船》
（2005），寫臺北、咖啡、身體的歡愉。臺北，就這樣一住住了六十多
年，未曾搬離。比起其他詩人，或從外縣市成長再進入臺北市，或在臺北
市成長又出國留學再返臺（或不返臺），隱地則一生「扎根」臺北，道地

---

[6]洛夫，〈詩是隱地活得真實的理由〉，收於隱地，《生命曠野》，頁 3。
[7]唐文俊，〈譯者序〉，隱地著；唐文俊（C. Matthew Towns）譯，《七種隱藏》（*Seven Kinds of Hiding* 中英對照）（臺北：爾雅出版社，2002 年），頁 4。
[8]隱地，〈第五十八首〉附註，《漲潮日》（臺北：爾雅出版社，2009 年），頁 55。
[9]孫學敏，《存在與超越——論隱地的詩歌世界》（臺北：爾雅出版社，2000 年），頁 8。

首都公民的身分，首都公民的性格，十分顯豁。他的文章與新詩，心無旁鶩聚焦於臺北市，完全找不到臺灣小鎮或鄉村圖像，全無臺北市以外的地理景觀、人文圖騰，即使是永和、新店這樣與臺北市聲息相通的近鄰市郊。因此，或許有其他詩人生於臺北、長於臺北、成於臺北、老於臺北如隱地者，但未有像隱地這樣只以臺北作為一輩子的生活空間、觸發空間、冥想空間的詩人。臺北乃臺灣五都之首，本文即立基於隱地詩中的都市風情，以隱地五本重要詩集《法式裸睡》（1995）、《一天裏的戲碼》（1996）、《生命曠野》（2000）、《詩歌舖》（2002）、《風雲舞山》（2010）為本，藉此探索隱地詩風之特殊性，探索臺灣現代「都市詩」的殊異體質。

二、木盒圓瓶方鏡是都市拘囿的當然縮影

56 歲開始寫詩，隱地發現：詩，無所不在。「有一次在美容院洗頭，洗到一半突然叫停，借了紙筆，寫下〈鏡前〉。坐在餐廳等餐等咖啡也會靈光一閃，得詩一首。走在四月的仁愛路上，『一千棵綠連著一千棵綠，是詩的畫面。』他也為十月的天母忠誠路——臺北的一個漂亮蝴蝶結寫詩。」[10]這一段宋雅姿（1951～）所描寫的隱地「生活即詩」的空間：美容院、餐廳、咖啡室、四月仁愛路（菩提樹）、十月忠誠路（臺灣欒樹），無一不是臺北都城的指標性空間，無一不是斯文風格、雅痞習性的象徵性品味所在。與隱地生活熟稔的亮軒（本名馬國光，1942～）也認為「讀隱地的作品，總覺得這個人會隨時出現在街頭巷尾的什麼地方，譬如咖啡廳、小餐館、車站、超市、電影院的售票口……」[11]事實大體如此，亮軒這樣見證，隱地的詩文也這樣見證。借用隱地所選的詞彙，隱地的詩是「臺北市的蝴蝶結」，它所指稱的空間是小小的空間，它所指陳的美是優美，從來不是壯美，它所指向的意涵是黃昏的歡慶。就空間書寫而言，木盒、

---

[10]宋雅姿，〈隱地與他的文學宗教〉，《文訊》第 236 期（2005 年 6 月），頁 133。
[11]亮軒，〈正港生活大師——讀隱地的《我的眼睛》〉，《文訊》第 272 期（2008 年 6 月），頁 113。

圓瓶、方鏡，成為隱地都市詩中拘囿的當然縮影，人身可以觸碰的具體存在。

　　以木盒而言，〈盒子與房子〉詩中，隱地說都市的房子像俄羅斯的套娃娃，一個躺在一個肚子裡，小盒子躺在大盒子裡，大盒子躺在房間裡，房間躺在房屋裡，房屋躺在天地裡。20 世紀後期臺北流行灰色的四樓公寓，顯然是隱地「盒子」靈感的由來，後來都市更新，高樓矗立，「套娃娃」的意象自然興起。但是對於這種盒子套盒子的房子，盒子套盒子的人生，隱地卻是消極排斥而又無可如何：「盒子裡裝著的／再也不會有思想」，「百寶箱裝著我的童年／保險箱裝著我遺失的生命」，「還有很多空心的盒子／一顆寂寞的心／等待人來撫摸」[12]，這是都市人的空間感，少有變化，少有顏色，因此也少有自然的生機，居住其中不會有思想，因而遺失生命，成為空心、寂寞的實存。處在這種沒有個性的空間裡的都市人，就像處在「生命的曠野」中：

> 如果我沒有名字／別人怎麼稱呼我／群眾走在群眾裡／沒有名字的我消失在曠野裡[13]

這首〈生命曠野〉有如圖像詩，前三行是整齊的七字句，彷彿沒有個性的都市大樓、盒子一般的房子，這時「群眾走在群眾裡」，就像盒子套在盒子裡，是一種失去自我的形象與空間。最後一行似乎走出不一樣的空間形式，其寓意卻是：不論走在或走出這種制式空間，人在曠野裡（群眾裡）默默消失，剩下的還是整齊、單調而無生趣的、盒子般的房子。而且此處的曠野，不僅不是空間開闊的象徵，更是空間逸失、人情荒涼的暗示。畢恆達在《空間就是性別》裡為女性爭取自我的空間，強調女性有了自己的

---

[12]隱地，〈盒子與房子〉，《一天裏的戲碼》（臺北：爾雅出版社，1996 年），頁 28～30。
[13]隱地，〈生命曠野〉，《生命曠野》，頁 2～3。

獨立空間，才能活得有自在、有尊嚴[14]，但在隱地的都市詩中，女性、男性同在狹仄的、無個性的盒子裡，走出盒子，全面且無可避免地，步入荒涼的曠野中。曠野的感覺，在隱地詩中，既不屬獨立空間，卻也非自在而尊嚴的所在，那是無所依傍、無可觸摸的「無」、「限」。

　　一般而論，曠野，可以是舒放自己的平靜空間，卻也可能是另一種不知何去何從的窒息。加斯東·巴舍拉（Gaston Bachelard, 1884-1962）在《空間詩學》（*The Poetics of Space*）中，將「曠野」分成實際的曠野與想像的曠野：「在一片平緩的曠野上，面對一個寂靜的世界，人類能夠享受平和與休憩。但是在一個想像世界裡，曠野的景象通常只能製造出最平凡無奇的效果。」[15]所以，面對曠野，「一種被曠野鄉景所撫慰，而另一種卻因它而感到不自在。」[16]很不幸，隱地詩中的曠野不是親眼目睹的鄉景曠野，既無法親臨，也不能撫觸，那是都市中人所期冀、所渴望、所想像的曠野。在巴舍拉的「曠野測試（test de la plaine）」裡分為兩端，一端是里爾克（Rainer Maria Rilke, 1875-1926）寫的「曠野是讓我們感到偉大的心情」，因為所有讓我們感到偉大的心情，都規畫了我們在世界裡的處境[17]，隱地詩中所顯現的、都市裡想像的曠野，則是不曾規畫的生命中的曠野，應該屬於「曠野測試」的另一端，那是昂利·博斯科（Henri Bosco, 1888-1976）的《風信子》（*Hyacinthe*）所述：在曠野中，「我總在他處，在一個漂浮、流動中的他處。很長一段時間從自己身上脫離，無處可以容身；我的確太易於陷溺在自己難以連貫、朝向無邊界空間裡的日夢裡，這些無邊無際的空間助長了日夢。」[18]隱地的「沒有名字的我　消失在曠野裡」，是這種無處可以容身，朝向無邊無際的空間裡的日夢。

---

[14]畢恆達，〈離家出走，無所逃於天地間〉，《空間就是性別》（臺北：心靈工坊文化公司，2008年），頁119。

[15]加斯東·巴舍拉（Gaston Bachelard）著；龔卓軍、王靜慧譯，《空間詩學》（*The Poetics of Space*）（臺北：張老師文化公司，2008），頁305。

[16]加斯東·巴舍拉，《空間詩學》，頁300。

[17]加斯東·巴舍拉，《空間詩學》，頁300。

[18]加斯東·巴舍拉，《空間詩學》，頁300。

　　研究隱地詩歌世界的孫學敏則以對比的方式指出：「人生活在層層空間的包圍之中，詩人將人置入浩瀚宇宙中來考量，凸顯出人生存的微渺性，從宇宙、地球、國家、城市、街巷、樓宇、到具體的房門，人就是在構築的層層空間裡蝸居著的渺小心靈。」[19]她認為宇宙、曠野是詩人用來對比人的微渺。事實上，都市人日常所面對的狹隘空間感，表現在實際生活上，隱地選擇的是「瓶」的窄小與封閉，以此作為最佳隱喻。

> 我是瓶／我裝酒／我有千種風貌／我可以使地球上一半的人醉／改變另一半人的命運
> 我是瓶／我裝醋　我裝麻油　我裝胡椒粉／我替滄桑人生調味／暫時忘記人間愁苦
> 我是瓶／我裝古龍水　我裝香水　我裝礦泉水／讓甘泉流入生命／讓女人橫陳的肉體更香／讓男人放射男性應有的魅力
> 我是瓶／我裝維他命　我裝藥丸／一粒一粒的紅橙黃綠藍靛紫／一一進入你口中／我成了棄兒／你也進入墓中
> 我是瓶／我總是被鮮花占領／我成了花瓶／人們讚美著花的美麗／卻忘了我的存在
> 我是瓶　我是瓶／我不停地向你說／我是瓶／瓶本身到底是什麼呢？[20]

雖然瓶內有著不同承載，顯現都市的人生百態，卻也看出其中的不安與不快，如：瓶中裝酒時，世人一半為酒所醉，已夠令人驚心，這一半人卻又改變另一半人的智慧，此一「改變」意味著「降低」，因此醉與不醉，殊途而同歸於「無明」。瓶中裝調味料、裝藥，城鄉皆同，但隱地卻說，裝調味品是為了替滄桑人生調味，用以暫時忘記人間愁苦：裝維他命丸、藥丸，隱地筆觸輕輕一轉，碰觸生死問題。此其中所引發的滄桑、生死、恐

---

[19] 孫學敏，《存在與超越——論隱地的詩歌世界》，頁13。
[20] 隱地，〈瓶〉，《一天裏的戲碼》，頁20～22。

慌、焦急,應是都市狹窄空間所造致。特別的是,關於「瓶」的聯想,都
市中人才會想到「古龍水」、「香水」,轉而衍生隱地詩中肉體、情慾的
書寫:「讓甘泉流入生命/讓女人橫陳的肉體更香/讓男人放射男性應有
的魅力」。此詩最後的「花瓶」之說,以花的美麗逼問瓶的存在、人的本
質,「瓶本身到底是什麼呢?」「我是誰?」將生活的情景提升為生命的質
詢、存在的思考,這是中老年詩人重要的徵象,隱地56歲開始寫詩所造成
的特殊景觀。

綜合而言,〈瓶〉這首詩具體而微地呈現隱地都市詩的重要意涵與寫
作特色、人生觀與生命態度。都市的情味多變,〈瓶〉已具足;都市的情
慾橫流,〈瓶〉亦具足;都市的茫亂無方,〈瓶〉更具足。「瓶」的窄小
與封閉,因隱地〈瓶〉詩而成為都市無可取代的徵象。

至於56歲開始寫詩的隱地所造成的特殊景觀,也顯現在年歲的敏感與
緊張上,以〈鏡前〉為例:

鏡子裡的人老了呢/還是我老了?///一個每天看著的自己/一個昨天
還刻意打扮過的自己/今天在一眨眼之間/他竟偷偷的老了!///鏡子
/你不必守著誠信/讓一個離枝枯葉老人/站在我面前[21]

面對老態,先是懷疑:是鏡子裡的人、還是我真的老了?今天的我竟然不
似昨天的我?接著才是枝離、葉枯的傷悲,這樣的心境轉折符合人性,重
要的是隱地選擇了一個微小的化妝用品——鏡,盒(子)、瓶(子)、鏡
(子)都是小而封閉之物,隱地以微知著,以細微的物件、封閉的形體去
逼視都市人的習慣性視野,呈現都市人有限空間裡的無限潮騷。在都市人
小而封閉的空間裡,當然顯現隱地預期的效應:酒醉的人改變清醒人的命
運與智慧。

---

[21]隱地,〈鏡前〉,《一天裏的戲碼》,頁78~79。

　　被稱為「日本經營之聖」的稻盛和夫（Inamori Kazuo, 1932-）強調每個人、物都是世間必要的存在，他認為：即使遺漏重量只有數百兆分之一公克的微量物質，宇宙也可能因此失去平衡，因此世間並沒有不必要的存在：只要某種物質存在，就是構成宇宙的必要物質，也就是一項必要的存在。而且萬物是在相互的連繫中建立「存在」這種現象。[22]因此詩中的意象安排、空間設計，自不以小大分其優劣，而是以適任、適切為其評價標準，隱地的木盒、圓瓶、方鏡相互連繫而存在，作為都市拘圍的當然縮影，有其一體性、合理性與必要性。

三、口舌體腔四肢是都市慾望的必然載體

　　「房屋」是一種強烈的象徵，美國心理治療師 Jeanne Safer 說：「在夢裡，它們代表我們的身體、心靈與自我。不管一棟房屋是避風港或監獄，都可以是打穩基礎、盡情度日的場地；但其中也可能貯存了最好拋開的童年經驗。」[23]隱地散文集《漲潮日》（2000）即是以「家屋」的搬遷、父母的在與不在，訴說童少年的悲歡離合。但在詩中，如上一節所論，房屋（盒子）只用來作為都市空間的拘圍徵象，隱地完全拋開他的童年經驗，專注於當前的年歲，直視當前的身體，「身體」是他詩中注視的主體，是他書寫的主要空間，不似西方詩人隱晦地以房屋作為夢中身體的代稱。

　　20 世紀 1960、1970 年代有所謂「身體藝術家」，以自己的身體作為媒介，發現「自我」、探索「自我」，但自從有了 DNA 科技後，新的文化騷動隨之發生，科學家或藝術家注目的焦點，從宇宙縮小到大自然，再從大自然縮小到人類（身體），這種新的藝術運動稱為「標本藝術」（Specimen Art），「標本藝術」是借用（或批評）科學理論、科學技術及自我想像的一種視覺藝術，它透過描繪人體，包括：細胞、組織、器官、

---

[22]稻盛和夫著；呂美女譯，《稻盛和夫の哲學：人為什麼活著》（臺北：天下雜誌公司，2010 年），頁 51～52。

[23]Jeanne Safer 著；謝靜雯譯，《死亡的益處》（臺北：大塊文化出版公司，2010 年），頁 118。

體液、四肢，以及整個身體，來提醒人類，把人體以性感的、不完美的、靈性的、或死肉般的方式呈現，藉以頌揚人的本質。[24]隱地雖然不是「標本藝術」家，也非身體詩學的主要推崇者，但在空間的選擇上，口舌、體腔、四肢是他經常應用的空間，借助它們作為都市慾望的必然載體。

　　「物」，隱地選擇木盒、圓瓶、方鏡的小空間；「體」，書寫「口舌」也就成為他的第一選擇。隱地是有名的美食饕客，一般飲食文學都以散文或小說作為媒介，隱地是第一個大量以詩傳達他對咖啡、美食偏嗜的詩人。在側寫隱地時，王盛弘（1970～）所引述的，麗水街的「夢見地中海」：「我吃過他們的招牌飯／綠色花椰菜和白色花椰菜對話／加一層金黃色的起士／簡簡單單的調理／讓我日夜思念」，或者是重慶南路上的「月牙泉」：「／是一家異國風情餐廳／如果登上二樓　彷彿坐在樹的枝枒間用餐／聽著法文歌曲／紅酒燴牛肉變成音樂節拍」。[25]不僅點出隱地的詩不忘美食，滿足口舌唇齒的慾望，還點出「柯先生對餐館的堅持，正是他對人生的堅持；對餐館的品味，正是他的人生品味；對餐館的態度，正是他的人生態度。以小喻大，一以貫之。」[26]王盛弘所謂的「小」，既可以指老子「治大國若烹小鮮」的餐飲小事，卻也未嘗不是口腔的空間之小，如將口腔之「食」之「小」與體腔之「色」之「大」，聯成一氣，正是告子所言「食、色，性也」（食與色，都是性）的一貫說解，也證明我們以口舌、體腔作為隱地詩作都市慾望的空間觀察，十分正確。

　　隱地的情色之作，有時涵蘊抒情之美，如〈換位寫詩〉：

　　　小草以歡欣的舞姿／迎接朝霞的映照

　　　咖啡以熱情的香氣／迎接杯子的邀請

　　　跑道以筆直的軍禮／迎接輪子的滾動

---

[24]約翰·奈恩比著（John Naisbitt）著；尹萍譯，第四章「死亡、性與身體──新標本藝術運動」，《高科技‧高思維》（臺北：時報文化出版公司，2000年），頁212～213。

[25]王盛弘，〈應該感謝誰──側寫隱地〉，《幼獅文藝》第583期（2002年7月），頁24。

[26]王盛弘，〈應該感謝誰──側寫隱地〉，《幼獅文藝》第583期，頁25。

我以擁抱的姿勢／迎接你的情慾體操[27]

從大自然的歡欣，直寫到咖啡與杯、跑道與輪子的輾壓熱情，再轉入你我的情慾體操，以動詞「迎接」縱貫全詩，有唯美的傾向，「換位」二字呼應這種從天體到人體的純情轉向；不過，「換位」二字是否也暗示性愛體位的改變？以性別的陰陽、性愛的主客，列表以明：

	小草	朝霞	咖啡	杯子	跑道	輪子	我	你
陰／陽	陰	陽	陽	陰	陽	陰	陽	陰
主／客	主客	客主	主客	客主	主客	客主	主客	客主

就「迎接」而言，似乎小草、咖啡、跑道、我為主，但就「映照」、「邀請」、「滾動」、「體操」而言，朝霞、杯子、輪子、你，才是真正的主動者，啟動對方的「迎」，因此，將此詩解讀為性愛體位的多變，陰陽之間互為主客，更可以看出隱地的性愛觀。

隱地的情色詩也有露骨之作，如〈薄荷痛〉：「凹凸不是兩塊積木嗎／凹凸是兩個人的重疊／他們玩著翹翹板的遊戲／啟承轉合之後／他們感覺一種甜蜜的痛／一種屬於薄荷風味的痛」[28]，以凹凸的視覺特徵作為男女之別，缺少蘊藉，但末句「薄荷風味的痛」以嗅覺、痛覺轉移焦點，滋生詩味，不使詩歌成為情慾宣洩直通通的管道。凹凸之形之外，隱地另有軟硬對比的〈軟硬篇〉，說「勃起中的老二」、「木頭桌椅」、「鋼鐵」用「硬度」支撐人類歷史，「絲絨棉被」、「羊毛地毯」、「四十女子的一雙乳房」則是「柔軟」如春天青草地，柔軟與堅硬，懸殊有若天地，但

---

[27] 隱地，〈換位寫詩〉，《詩歌舖》，頁40～41。
[28] 隱地，〈薄荷痛〉，《一天裏的戲碼》，頁152。

「因為海／／天與地有時連成一線／軟與硬　合了節拍／也會奏出歡樂樂章」[29]，凹凸軟硬，陰陽性愛，說得如此自然、自在，而且以「海」作為「泰卦」（乾下坤上）：「天地交而萬物通也，上下交而其志同也」的媒介[30]，有如《莊子》書上所言：「至陰肅肅，至陽赫赫，肅肅發于天，赫赫生于地，兩者交通成和而萬物生焉。」[31]從《易經》泰卦、否卦的象辭，《莊子》書上老聃與孔子的對話，都在強調天地交泰、陰陽互為其根的真理，回頭再思考隱地的〈換位寫詩〉，隱地的性愛觀自有他合乎天地至理、人間至性的哲學內涵。

臺灣第一本研究情色詩的碩士論文中，青年學子認為隱地的〈開礦之歌〉[32]提倡性享樂，不強調生殖意義，以慾望的宣洩作為人生最大的收穫。[33]此言極是，其實不僅〈開礦之歌〉如此，隱地所有的情色詩宣揚的都是性的歡暢、慾的滿足，人被性所牽引，不必扭捏作態，是隱地詩中所傳達的性態度，如〈慾望透明體〉所言，「慾望是一座山，讓我們攀爬一生」：

> 慾望飛翔於／百貨公司的透明櫥窗／／慾望躲在雙人床上／等待一個夢的完成／／慾望是一種呼吸／精靈的穿梭於你我的體溫[34]

慾望與體溫同在，人存活一天，慾望緊隨在側。此詩利用百貨公司的櫥窗寫物慾，以雙人床寫情慾，空間有限而慾望無窮。

性與慾望，象徵著「生」的開始，但哲學家卻又認為「性是抗拒死亡

---

[29] 隱地，〈軟硬篇〉，《風雲舞山》（臺北：爾雅出版社，2010 年），頁 97。
[30] 王弼著；韓康伯注；孔穎達等正義，《十三經注疏・周易正義》（臺北：新文豐出版社，2001 年），頁 136。
[31] 莊子著；〔清〕陳壽昌輯，《南華真經正義》（臺北：新天地書局，1977 年），頁 331。
[32] 隱地，〈開礦之歌〉，《法式裸睡》，頁 78～79。
[33] 顏秀芳，〈戰後臺灣情色詩研究（1950～2010）〉（彰化師範大學臺灣文學研究所碩士論文，2011 年），頁 137。在此論文中，顏秀芳討論隱地五首情色詩：〈開礦之歌〉、〈雲雨〉、〈薄荷痛〉、〈換位寫詩〉、〈慾望透明體〉，主題分別是「沉淪的愉悅」、「慾望的召喚」。
[34] 隱地，〈慾望透明體〉，《詩歌舖》，頁 38～39。

的生命，是堅持延續的生命」[35]，20 世紀中葉法蘭克福學派（Frankfurt School）創始人阿多諾（Theodor Adorno）即宣稱：性歡愉是為了保持物種存續的一種生物詭計——和陰險的意識形態一樣，性歡愉讓你去做它要你做的事。[36]隱地在散文《漲潮日》中也表達這「半身之愛」是一團火，人的生命為什麼要有這團火？沒有了這團火，生命之愛又為的是什麼？[37]性與生命、死亡，儼然都是一線之隔，「標本藝術」運動最常出現的主題，約略有五：1.性：是人之為人的中心。2.身體內部：用顯微或透明法顯示人體的美，以及密藏資訊。3.身體外部：外形的多元多樣受到頌揚。4.體液：肉身本質相同。5.死亡：把死亡從科技那邊拉回，是高貴人性的努力。[38]其中身體內部、身體外部、體液，都屬於具體存在的肉身結構；唯有性與死亡，是與身體空間相連結的哲學思考，不全然棲止在有形的、可感的物質之上。

　　以隱地詩集《一天裏的戲碼》來看，〈午後的馬力〉以天搖地動形容「不安的肉體／像海浪狂嘯」的性，但在整座城的震波停止後，「聽得見一片樹葉落地的聲音」的死亡（頁 36～37）：〈十行詩〉裡，「我和你以擁抱的身體寫詩」，但「死亡在灰塵裡寫詩」，死亡與性緊緊相隨，如灰塵之無所不在。[39]一日如此，一生亦然。如《生命曠野》中性與死亡結合的詩篇極多，〈搖籃曲〉說睡眠是有溫度的死亡，睡搖睡搖的最後是睡在她身上（頁 4～5）；〈時間之床〉說床在生與死之間，歡愛在睡與醒之間（頁 14～15）；〈人的歷史〉是上午婚禮，下午喪禮，這才是「完成」的儀式（頁 56～57）；〈海洋的故事〉是歡樂的汗滴在裸露的乳房，悲傷的淚落在安靜的咖啡杯（頁 64～65）；〈生死舞〉說人生如苗，成樹成林，

---

[35] 羅伯・洛蘭德・史密斯著（Robert Rowland Smith）；陳品秀譯，《哲學家教你學會過一天》（臺北：臉譜出版，2010 年），頁 266。

[36] 羅伯・洛蘭德・史密斯著；陳品秀譯，《哲學家教你學會過一天》，頁 266。

[37] 隱地，〈半身之愛〉，《漲潮日》，頁 125～135。

[38] 約翰・奈恩比；尹萍譯，《高科技・高思維》，頁 216～217。

[39] 隱地，〈灰塵之歌〉，《法式裸睡》，頁 68～69。在這首詩中，隱地強調：我們死時，還是為這個灰色小精靈所掩蓋。

最後因火而舞成灰燼（頁 90～91）；〈掩卷〉說曾經像鐘擺相疊，卻誰也不知道誰何時從地球消失（頁 122～123）。始於搖籃，終於掩卷的生命曠野，性與死亡更是緊密結合。隱地這種夕陽下的性愛歡愉，令人在顫慄之餘多所警醒，既是都市詩的沉淪特色，卻也未嘗不是都市慾望裡的上升風景。

四、喜怒哀樂愛惡是都市活力的自然型錄

隱地的散文集極少抒情或寫景之作，最精采的作品是類近「人性三書」的智慧小品，張默（本名張德中，1931～）認為這三書中的某些篇章可以媲美印度詩哲泰戈爾（Rabindranath Tagore, 1861-1941）的散文詩。[40]敘述之書如《漲潮日》的細節瑣碎，則是隱地散文中極少數的例外，即使在這種以敘述為主體的自傳體散文中，歐宗智（1954～）也讀出隱地散文所流露的，人情練達的生活智慧，簡單樸素的文字美感。[41]同樣，《2002／隱地》的日記體散文，是隱地文學的「起居注」，生活的「語錄體」，張春榮（1954～）仍然稱之為「靈魂按摩館」、「精神裸體個展」，指出此書語調溫婉自如，淺顯有餘味，重要的是隨機點染，照見生命滋味。[42]早期喻麗清（1945～）評論隱地的旅遊書《歐遊隨筆》，即言：他把客觀的事實都用主觀的情感剪裁，渲染了一下，再以平實的三言兩語，讓讀者感受到他的坦白與親切。[43]這是隱地文學的重要特色，不在人、事、景、物上拉長為線與面的描繪，卻在世務的觀察中拈提「點評」、「點化」的點的功能。因此，作為臺北都市詩的代言人，都市的浮世繪不能不畫，隱地卻是粗略勾勒，即匆匆帶出警世之語，如此匆急、活靈的行文方式，可以視之

---

[40]張默，〈《我的書名就叫書》——側寫隱地〉，《文訊》第 55 期（1990 年 4 月），頁 104。
[41]歐宗智，〈文壇一道可口的點心——談隱地自傳《漲潮日》〉，《文訊》第 182 期（2000 年 12 月），頁 28。
[42]張春榮，〈大自然的風吹著麥浪稻花：《2002／隱地 Volume Two》〉，《文訊》第 212 期（2003 年 6 月），頁 30～31。
[43]喻麗清，〈《歐遊隨筆》印象〉，《書評書目》第 86 期（1980 年 6 月），頁 46～47。

為工商都市的活力展現，是機械文明薰育下都市人的機靈反應，機智回應。

　　吃，是都市文明喜樂的一環，隱地一首〈英式炸魚〉正以連鎖的方式帶出那種喜悅：

> 到英國去留學／學會了吃英式炸魚／以及　喝下午茶／／臺北也流行下午茶／還有　下午茶式的外遇／／喝下午茶／是一種傾聽／吃英式炸魚／要記得擠幾滴檸檬水／／外遇／不可忘了愛[44]

這首詩利用頂真修辭，陸續感染英國留學所學會的英式炸魚、下午茶、外遇（都市飲食男女的可能習癖），其後分項點明喝下午茶要懂得傾聽，吃炸魚要配檸檬水，外遇不可忘了愛，彷彿這種喜樂可以借頂真句型一路傳延下去。歐宗智指出，隱地詩文喜用排比、映襯、頂真、回文等修辭，同樣的字、詞、句接二連三重複使用，短語或句子整齊並列，有綿密詳實、面面俱到及曲盡其義的效果，還容易表現出燦爛熠耀的氣象。[45]重要詩作如〈換位寫詩〉、〈七種隱藏〉、〈十行詩〉、〈寂寞方程式〉，都使用這種具有感染力的修辭，文如其人，詩亦如其人，隱地是一個熱忱外鑠的詩人，張曉風（1941～）譽之為「具有舊時代敦厚氣質的人」，齊邦媛教授（1924～）稱美他「有高層次的誠實品格」，[46]隱地詩文所肆力渲染的就是這種溫厚爾雅、可以傳遠的「愛」。

　　黃守誠（筆名歸人，1928～2012）曾引述亞里斯多德（Aristotélēs，西元前 384-322）《詩學》（*Poetics*）之說：「在詩裡……要是某一部分可有可

---

[44]隱地，〈英式炸魚〉，《法式裸睡》，頁18～19。

[45]歐宗智，〈隱地散文的修辭特色——談《草的天堂》〉，《中國語文》第 587 期（2006 年 5 月），頁28。

[46]鄭寶娟，〈小就是美——隱地，一位不靠生意眼成功的出版家〉，《自由青年》第 681 期（1986 年 5 月），頁 18～23。

無，並不引起顯著的差異，那就不是整體中的有機部分。」[47]以此檢視〈英式炸魚〉這首詩，英式下午茶、英式炸魚自是相連的，外遇事件雖非外國人專利，卻也可視為性觀念開放後所滋生的併發症；吃魚要以檸檬水去腥，外遇屬偷腥行為，如能有愛，多少有去腥作用，至於「傾聽」，則是友情或愛情的「愛」的展現，隱地都市下午茶外遇事件，三事相繫相連，正是都市極短篇的有機架構，輕描淡寫的一句話「不可忘了愛」，則是都市心靈工程的積極建構。

　　至於哀傷、忿忿不平，大多來自年華老去、歲月不居，〈肉體證據〉是其中一個無奈的例子：

　　　週而復始的／身體之旅／是一台野戲／激情四濺／如海浪拍打著海岸／／肉體會留下什麼證據呢？／五十年後的兩具殘骸[48]

　　另一首〈耳朵失蹤〉不是耳朵真的失蹤，而是耳朵再也聽不到樂音的感慨：

　　　黃鶯還肯唱歌嗎？／口沫橫飛的年代／所有的嘴巴都在尋找耳朵／／每一隻患了不停說話症的大嘴巴／為耳朵的不再勃起／鬱鬱寡歡／／說speak 說／整座城的嘴巴／全在張合著／人們的臉變得像一架探照燈／四面八方通緝／逃亡的耳朵[49]

這是肉體的衰老，生活品質的衰退，隱地詩中最大的感慨幾乎來自於此。

　　喜、怒，哀、樂，愛、惡，是都市活力的自然型錄，豐富了都市文明與心靈，這一節所論述的詩都取自於《法式裸睡》，學者指出「這種對兩

---

[47]黃守誠，〈浪漫與寫實之間──《詩歌舖》裡的貨色試探〉，《文訊》198 期（2002 年 4 月），頁 27～28。
[48]隱地，〈肉體證據〉，《法式裸睡》，頁 29。
[49]隱地，〈耳朵失蹤〉，《法式裸睡》，頁 49～50。

極之間的人生形態的開掘，事實上就成為隱地在《法式裸睡》中灌注自己人生思考的基本載體和主要方式。」也就是人生的一切——生死、愛恨、盛衰、美醜、老幼、表裡、悲歡、動靜、真幻、虛實——都是一個過程，都是從起點（此極）走向終點（彼極）的「在路上」。[50]特別分明的是隱地所呈現出來的、都市的生命活力，一直都是「在路上」、「在眼前」、「在自我」。

　　亞伯拉罕・馬斯洛（Abraham Maslow, 1908-1970）認為各種族文化或有不同，但最終目的似乎一樣，驅使人類的是若干始終不變的、遺傳的、本能的需要，他提出人類基本的需求層次（hierarchy of needs）有五：生理需求、安全需求、歸屬和愛的需求、尊重的需求、自我實現的需求，這五大需求依次排成梯形，最底層的生理需求得到充分滿足後，上一層的需求才會變得重要，以此類推。[51]但不同於弗洛伊德（Sigmund Freud, 1856-1939）將「無意識」（本我）視之為邪惡、危險，不同於行為學派（Behaviorism）以動物實驗的結果套加在人類身上，馬斯洛批評以殘障、心智不全、不成熟和不健康的樣本做探討，只可稱為是殘缺的心理學。所以，他以傳記資料分析歷史人物的人格，以面談、投射測驗來評估當代不到百分之一的傑出人物，這是他關於自我實現者的研究，「他發現自我實現的人更會享受生活——並不是沒有痛苦、憂愁、煩惱，而是他們能從生活中得到更多東西。他們更會欣賞生活，更有情趣，更能意識到世界之美。他們較少害怕和焦慮，更具有信心及輕鬆感。他們較少因為厭倦、失望及羞恥或缺少目的而煩惱。」[52]這就是隱地。

　　隱地詩文中所傳達的情緒，即傾向於馬斯洛的自我實現者，創造、友

---

[50]劉俊，〈獨特而又純熟的詩世界——論隱地的《法式裸睡》〉，《聯合文學》第 152 期（1997 年 6 月），頁 152～155。

[51]弗蘭克・G・戈布爾著（Frank G. Goble）；呂明、陳紅雯譯，《第三思潮：馬斯洛心理學》（臺北：師大書苑，1992 年），頁 45～64。Duane Schultz、Sydney Ellen Schultz 著；陳正文等譯，《人格理論》（臺北：揚智文化公司，1997 年），頁 337～365。

[52]弗蘭克・G・戈布爾著；呂明、陳紅雯譯，〈關於自我實現的研究〉，《第三思潮：馬斯洛心理學》，頁 27～44。

愛、積極、健康而不張狂，即使有負面的反諷，反而凸顯出都市積極的性
格，充滿活力的生存意志。

五、孤獨寂寞懷憂是都市本質的黯然伏流

爾雅出版社推出《2002／隱地》為首的日記叢書十冊（十人，十
年），每年厚厚一本作家個人日常生活實錄，這是作為發行人的隱地所生
發的出版構想。關於日記，法國莫里斯・布朗蕭（Maurice Blanchot, 1907-
2003）在《文學空間》（The Space of Literature）裡，將日記體現為「作家
為認識自我而建立起的標記」，他說：「日記——表面上看，這本書是完
全孤獨的——往往是由作家在作品中所遭遇的孤獨所引起的恐懼和焦慮寫
成的。」[53]是以，如此揭露自我隱私的日記叢書之設計，可以視為隱地詩中
孤獨、寂寞最直接的佐證。

心理學家認為，從蒙昧的時代開始，人類恆常覺得孤單、寂寞，為人
遺棄，因而深以為苦。因為「孤獨」是人性特徵——「依戀」（attachment）
的另一面。以榮格（Carl Gustav Jung, 1875-1961）式的詞彙來說，人類天
生就有一種「建立關係」的「原型需要」（archetypal need），必須和人或
物建立依戀的關係，一旦這種依戀關係消失了，被切斷了，就會倍覺孤
單、寂寞，備嘗孤獨的苦楚。[54]不過，關於孤獨，威廉・考柏（William
Cowper, 1731-1800）是以「孤獨之魔咒」（charms of solitude）來形容孤獨
對人的誘惑，存在主義之父齊克果（Søren Kierkegaard, 1813-1855）則覺得
人類在世間的生命，僅僅是一段「存在之孤獨」（existential solitude）。這
就是人類對孤獨的矛盾，需要孤獨，卻又苦於孤獨，追求孤獨，也逃避孤
獨。[55]

---

[53]莫里斯・布朗蕭著（Maurice Blanchot）；顧嘉琛譯，《文學空間》（北京：商務印書館，2005
年），頁11。
[54]瓊安・魏蘭—波斯頓著（Joanne Wieland-Burston）著；宋偉航譯，《孤獨世紀末》（臺北：立緒文
化公司，2007年），頁22。
[55]瓊安・魏蘭—波斯頓著；宋偉航譯，《孤獨世紀末》，頁6～10。

　　孤獨感的由來，都市人顯然要比鄉野人感受得更為深刻，或需求、或走避，也要比鄉野人更深切。孤獨感與寂寞，都屬主觀體驗，雖然都市人的社交環境、社群關係，要比鄉村大，但交往深度、依戀關係則不如鄉村親。歸納其因素有五項：

　　（一）都市人口眾多，流動率大，人與人的接觸機會雖多，但相見而不相識，相識而未能相談。

　　（二）都市公寓、高樓林立，堅固的建築物，注重隱私權的設施，阻隔了交流的可能。

　　（三）社會結構由大家族演變為小家庭，喪失共同生活的機會、共同記憶的可能，倫理價值崩潰。

　　（四）都市為多元文化聚生處，相異的語言、種族、職業、生活習慣，形成嚴重的隔閡與疏離。

　　（五）都市生活緊張、忙碌，親人友人之間缺乏溫馨的、深度的支持，離散的機會比鄉村嚴重，支持力被剝奪的機會相對提高，挫敗感增加。

　　隱地以〈孤單〉一詩，點明這種都市孤獨感：

我等著電話／響著鈴聲的／卻是隔壁無人接聽的電話／／世界總是這樣／黑夜等不到黎明／黎明也等不到黑夜[56]

此詩從生活裡的孤單、空間的孤單（我等電話，一牆之隔卻是電話無人接聽），轉入天體的孤單、時間的孤單（黎明與黑夜不相疊，各自運行），更見出孤獨之無所不在，無法揮除。這一首詩前後兩段各三行，銜接自然，轉化適切，彷彿孤獨與寂寞如影之隨形，隨傳隨在。

---

[56]隱地，〈孤單〉，《法式裸睡》，頁 55。

　　文學家對孤獨的體驗各不相同，意象使用也天差地遠，德國作家赫塞（Hermann Hesse, 1877-1962）把孤獨比擬為「荒野之狼」，美國詩人艾略特（Thomas Stearns Eliot, 1888-1965）卻說：「我應該是一對暴怒的蟹爪子，在無聲的海底下疾走。」惠特曼（Walt Whitman, 1819-1892）則以孑然獨立的橡樹自況：

> 我在路易士安那看到一株橡樹／它孑然獨立，葉子從樹枝上／纍纍垂
> 下；／沒有半個伴，它獨自舒捲著歡樂的／深綠色葉子，而／它的樣
> 子，原始、耿直、精力充沛，讓我聯想起／我自己[57]

　　孤獨、寂寞是世界性的，人類共通的感覺，西洋文學家書寫寂寞，臺灣詩人一樣以不同的意象呈現內心的孤獨。紀弦（路逾，1913～2013）以〈狼之獨步〉自況[58]，楊牧（王靖獻，1940～）說「孤獨是一匹衰老的獸」[59]，焦桐（葉振富，1956～）的〈雙人床〉上「寂寞占用了太大的面積」[60]，白靈（莊祖煌，1951～）則以情愛與「孤獨」結合，說「孤獨是難以豢養、難以馴服的情人」。[61]相對於焦桐的寂寞在空氣中占用了太大的面積，白靈的「寂寞」以水為喻，期求情人「不要留下我，在寂寞裡游泳」。

　　白靈如此書寫寂寞：「沒有蝴蝶的親吻，花是寂寞的／沒有刀的飢渴，木頭是寂寞的／沒有你的燃燒，愛是寂寞的／那麼，襲擊我吧，以你的唇，和微笑／不要留下我，在寂寞裡游泳」。[62]白靈以「微笑」為題寫寂寞（悖論的技巧），以兩個已知事項肯定「沒有你的燃燒，愛是寂寞的」

---

[57] 菲力浦・科克（Philip Koch）著；梁永安譯，《孤獨：一個哲學的交會》（臺北：立緒文化公司，2004年），頁130～131。惠特曼之詩 "I saw in Louisiana a live-oak growing." 原載於 Mark van Doren edited, *The Portable Walt Whitman*(New York: Penguin,1977), p. 248。

[58] 紀弦，〈狼之獨步〉，《紀弦自選詩卷之六：檳榔樹丁集》（臺北：現代詩社，1969年），頁30。

[59] 楊牧，〈孤獨〉，《楊牧詩集II一九七四──一九八五》（臺北：洪範書店，1995年），頁19～20。

[60] 焦桐，〈雙人床〉，《焦桐・世紀詩選》（臺北：爾雅出版社，2000年），頁95。

[61] 白靈，〈孤獨〉，《白靈・世紀詩選》（臺北：爾雅出版社，2000年），頁15。

[62] 白靈，〈微笑I〉，《白靈・世紀詩選》，頁4。

（排比的修辭），是一首情愛告白詩。隱地則一路唱著：「等不到風／樹寂寞／／等不到眼睛／畫寂寞／／劇場沒有觀眾／椅子寂寞／／思想沒有性慾／夜寂寞／／書籍布滿灰塵／知識寂寞／／創作者等不到欣賞者／靈魂寂寞／／主人老了／鏡子寂寞／／沒有光亮的顏面／歡笑寂寞／／看不見船／河寂寞／／等不到情人的撫摸／乳房寂寞」。[63]隱地一路以兩句一段的排比句型、類疊修辭，形塑寂寞的方程式，依此方程式可以推衍到大自然寂寞（風／樹，船／河）、都市生活寂寞（眼睛／畫，觀眾／椅子，灰塵／知識，欣賞者／靈魂，老／鏡子，光亮的顏面／歡笑）、性愛寂寞（性慾／夜，情人的撫摸／乳房），無處不寂寞，無事不寂寞，隱地詩中，寂寞占用了極大的面積。

出入於「新月派」與「現代派」的詩人卞之琳（1910～2000），他寫的〈寂寞〉是從「鄉」到「城」的寂寞：「鄉下小孩子怕寂寞，／枕頭邊養一隻蟈蟈；／長大了在城裡操勞，／他買了一個夜明錶。／／小時候他常常羨艷，／墓草做蟈蟈的家園；／如今他死了三小時，／夜明錶還不曾休止。」[64]像一幕寂寞、悲涼而無聲的人生慘劇（此詩押的是 AABB／CCDD 一去無回的韻）。「鄉」，或許寂靜，卻不寂寞；「城」，或許熱鬧，終究孤獨，即使過世，世界（包括自己最鍾愛的錶）依然不會為他休止。

隱地的詩不寫城鄉的對比或差異，他直接寫都市裡寂寞的本質，甚至於受到存在主義（Existentialism）思潮的影響，質問自我的存在：

　　沒有人看見我／這世界根本沒有我／／我以優雅舞動自己　你沒有看見我／我已狂暴舞動自己　你沒有看見我／我舞動了一生一世／從耀眼的綠／舞成枯竭的黃葉／散落一地／我是那片曾經綠過的青春／你正踩著

---

[63] 隱地，〈寂寞方程式〉，《一天裏的戲碼》，頁102～104。
[64] 卞之琳，〈寂寞〉，中國現代文學館編，《卞之琳代表作》（北京：華夏出版杜，2008年），頁73。

> 我　卻從未看見我／／沒有我／沒有人看見我／這世界上根本沒有我[65]

自從存在主義者質問「存在」與「本質」的關係，個體性、個人主義、自我的存在，多少成為詩人反思的課題。「沒有人看見我」，這句話是誰說的？不就是我嗎？我到底存不存在？就這首詩的意旨而言，這是悖論式的表達。

如果以「悖論」的說法來理解人類面對孤獨的態度，其實也十分貼切，悖論（Paradox）是指表面上自相矛盾、荒謬，但實際上卻正確無誤、諧和一致的表述[66]，悖論與反諷，都是用來分析具有複雜結構的詩歌中的矛盾統一的張力系統。[67]孫學敏即以「悖論」論述隱地的詩歌，認為在隱地的詩歌中，悖論無處不在，她指出兩個層次：首先，悖論是一種生活原生態的存在特質，探究人生必然思索悖論；其次，悖論作為一種詩性思維，從語言與結構提升詩歌的表現力，擴大詩意的輻射空間。[68]準此，以悖論的詩性思維來看，「沒有我」、「沒有人看見我」，其實就是珍視「我」的存在，雖然，「我」的存在是一種孤獨的存在：而孤獨，確實是生活原生態的存在特質，而且以「悖論」的方式存在，亦即「孤獨」有其隔絕、疏離、寂寞的一面，卻也是可以使心靈趨於寧靜，使思想更為深刻，使生命恢復完整，身心得以安頓的情境。[69]這正是孤獨與詩的共同特質，一種矛盾的統一、對立的諧和。

值得玩味的是，菲力浦・科克的《孤獨：一個哲學的交會》（*Solitude: A Philosophical Encounter*），在「孤獨的意象」裡，以中國《易經》的「太極圖」說明「在交會的極致中，人有可能會突然體驗到最深沉的孤

---

[65]隱地，〈沒有我——給寂寞〉，《風雲舞山》，頁69。
[66]孫學敏，《存在與超越——論隱地的詩歌世界》，頁89。
[67]司有侖主編，《當代西方美學新範疇辭典》（北京：中國人民大學出版社，1997 年），頁 459～460。
[68]孫學敏，《存在與超越——論隱地的詩歌世界》，頁90。
[69]傅佩榮，〈孤獨三昧〉，收於菲力浦・科克著；梁永安譯，《孤獨：一個哲學的交會》，頁11～15。

獨，而在孤獨的極致中，人又可能會突然體驗到最深沉的交會。」[70]這是一種悖論的應用。他還在此書的最後一章〈孤獨：是世間普遍的價值？〉藉助老莊學說，對於「孤獨」，提出這樣的結語：「人的安身立命之道，既不在棄絕人間世界的關係，也不在放棄對內在精神超越的嚮往，而是在蜿蜒地穿行於這兩者之間。」[71]這也是悖論式的論述，宣稱孤獨既不可恃，卻也不可棄。

　　孤獨是苦，但是「如果要使頭腦起最大的作用，如果一個人要發揮最大的潛能，似乎就必須稍微培養獨處的能力。人類很容易疏離自己最深處的需要與情感。學習，思考，創新與自己的內在世界保持接觸，這些全都要借助孤獨。」[72]從「夢」、「思考」、「祈禱」等行為上，人類才可能「不」依平常方式「作本能反應」，而能從本能的行為進化到有智慧的行為，這一切都有賴於「孤獨」。基於此，蘇格拉底（Socrates，西元前 469～399）從另一個面向為孤獨開墾出一塊哲學的沃土：「人的行為，應該以執行自己良知的指示為依歸，而不是以獲得別人的肯定為依歸。」[73]踽踽而行的人生，在都市叢林中自我堅持的人生，就會是成功的人生。

　　在另一首寫寂寞的詩中，透過「鏡子」隱地發現你就是我，因而肯定自我的存在，為寂寞、孤獨、懷憂，找到積極的力量：

　　我看著鏡子裡的你／你看著鏡子裡的我／我笑了／你也笑了
　　寂寞的時候／我們這樣互相笑一笑[74]

　　隱地最精采的一首都市詩是〈瘦金體〉：

---

[70]菲力浦‧科克著；梁永安譯，《孤獨：一個哲學的交會》，頁 13～34。
[71]菲力浦‧科克著；梁永安譯，《孤獨：一個哲學的交會》，頁 330。
[72]安東尼‧史脫爾著（Anthony Storr）；張嚶嚶譯，《孤獨》（臺北：知英文化公司，1999 年），頁 35。
[73]彼得‧法朗士著（Peter France）；梁永安譯，《隱士：透視孤獨》（臺北：立緒文化公司，2004 年），頁 18。
[74]隱地，〈寂寞〉，《詩歌舖》，頁 58～59。

> 肥胖的婦人
>
> 在婚姻末期邂逅並且突然愛上了一個瘦金體的男子
>
> 骨肉相連的風景
>
> 想是一首宋詩[75]

前兩行有圖像詩的效果，矮胖與高瘦的對比、骨肉相連的畫面，有著都市型的諧趣，暗藏著都市型的孤獨情愫，詩之最後跳接「宋詩」，則是心靈工程的設計，將孤獨的形象提升為哲理的領會、生命境界的圖繪，呼應前一首「笑一笑」的灑脫。

亮軒曾言，讀隱地作品，會發現他的日子常常是一個人在過，但許多的覺悟卻也都是在孤獨中思考而得，也許這樣的孤獨才是他之所以成就如此獨特風格的來由。[76]隱地詩中的孤獨是都市黯然伏流的現象呈供，卻也是他內在心靈思索之歷程與結晶，隱地寫孤獨但不畏懼孤獨，美國心理學教授已經在強調「共處」與「獨處」的需求應該相互平衡：「有的人一天可能需要獨處好幾個鐘頭，有的人可能一點點時間就夠了。不管需要多少，我們永遠都需要獨處。它是我們生命中一種深沉、平靜、永恆的呼喊。」[77]隱地之詩掘發都市裡孤獨的伏流（sinking creek），但勇於承擔，不怕面對，能走入黑暗與孤獨相處，懷憂而不喪志，孤獨而能獨創，寂寞時笑一笑，反而發揮伏流的威力。

六、結語：罕見的智慧型詩人

隱地詩之美，就在於生活智慧的顯現，特別是這種生活的空間長期設定在都市中，窄小、匆急，歡樂、無端，隱地所體驗的，正可為都市受創

---

[75]隱地，〈瘦金體〉，《生命曠野》，頁80～81。

[76]亮軒，〈正港生活大師──讀隱地的《我的眼睛》〉，《文訊》第272期（2008年6月），頁113。

[77]艾絲特·布赫茲著（Ester Schaler Buchholz）；傅振焜譯，《孤獨的呼喚》（臺北：平安文化出版公司，1999年），頁17。

的心靈覓得療癒的效能，積極地為逐漸邁入都市化的臺灣，繪製心靈工程的可能藍圖，其中有全然的孤獨與永恆的寂寞，有性的歡愉與身體的衰老，當然也有生活的利便與瑣碎，人性的惡與善。一如里爾克在《馬爾特・勞利・布里格記事》（*Les Cahiers de Malte Laurids Brigge*）所說：「詩句並不是感情，詩句是體驗。要寫一句詩，就必須遊歷許多城市，見過許多人和事……」[78]隱地的詩是都市體驗的智慧結晶。

當一般十五、六歲的詩人以青春的感傷作為「人性自覺」的情懷，56歲才開始寫詩的隱地，卻從「文化反思」出發，伴隨著老辣的文思，表現深沉的情調，章亞昕即從這種文化反思的面向，認為隱地的自我意識在面對充滿悲劇性的現實挑戰之際，反而自覺地鄰近了詩人人格的精神定位──用陽光取代黑暗，以歌唱回答悲劇性的人生體驗。[79]章亞昕所謂的「詩人人格的精神定位」，張索時（張厚仁，1941～）則稱之為「思想所由表現的獨特布置」，他在〈詩話隱地〉中說：「詩是最經濟的文字，蘊藏最豐富的美，而美在思想所由表現的獨特布置。」[80]所以，隱地的詩是年歲積澱的思想結晶。

一生都生活在臺灣最繁華也最煩忙的臺北都城，體驗都市；初老之後才開始寫詩，閃現生命的智慧。隱地因而成為都市心靈的工程師，精確刻畫生存於都市裡人的悲喜原貌，具體顯映人的本質，深入挖掘人的本性，五本重要詩集《法式裸睡》、《一天裏的戲碼》、《生命曠野》、《詩歌舖》、《風雲舞山》，共同推湧出隱地詩作的「都市性」與「智慧性」，獨樹一幟，成為臺灣詩壇不可或缺的重要景觀。

──選自蕭蕭、羅文玲編《都市心靈工程師：隱地的文學心田》

臺北：爾雅出版社，2011 年 6 月

---

[78]里爾克，《馬爾特・勞利・布里格記事》（*Les Cahiers de Malte Laurids Brigge*）發表於 1910 年，此處轉引自布朗蕭，《文學空間》，頁 72。
[79]章亞昕，《時光中的舞者：隱地論》，頁 113。
[80]張索時，〈詩話隱地〉，《新詩八家論》（臺北：爾雅出版社，2006 年），頁 199。

輯五◎
研究評論資料目錄

作家生平、作品評論專書與學位論文

專書

1. 章亞昕　　時光中的舞者：隱地論　臺北　爾雅出版社　2003 年 4 月　333 頁

本書由隱地的生命歷程、文學思想一步步剖析關於隱地的一切。全書分上下兩卷，上卷：文思論：遮蔽與敞開，共收 20 篇：〈「傘」的意象〉、〈真實的「幻想」〉、〈敘事詩學〉、〈書之大道〉、〈心靈的簫聲〉、〈走向絢爛〉、〈互動式寫作〉、〈「言情三章」〉、〈安心術〉、〈文心論〉、〈「人性三書」〉、〈「家」的獨白〉、〈品味，品味〉、〈「人生四計」〉、〈文化反思〉、〈應對多元化社會〉、〈平常心，聊齋流〉、〈隨緣任性〉、〈與時光共舞〉、〈生命的潮汐〉；下卷：文心論：現實與超越，共收 8 篇：〈體驗與感悟〉、〈表現與創造〉、〈文心與文思〉、〈青春期與小說時代〉、〈揚帆期與廣義的散文時代〉、〈顛峰期與狹義的散文時代〉、〈知命期與詩歌時代〉、〈筆名寫文心〉。正文後附錄〈隱地寫作年表〉及〈隱地書目〉。

2. 孫學敏　　存在與超越──論隱地的詩歌世界　臺北　爾雅出版社　2009 年 1 月　139 頁

本書從時間、空間、悖論三個層面，對隱地的詩歌做一整體性、深層次的梳理，以呈現其詩歌精神中蘊含的生存智慧。全書共 3 部分：1.時間性的存在與超越；2.空間性的存在與超越；3.悖論式的存在與超越。正文後附錄亮軒〈從《我的眼睛》讀隱地的生活態度〉。

3. 蕭蕭，羅文玲編　　都市心靈工程師　臺北　爾雅出版社　2011 年 6 月　537 頁

本書收錄「隱地與華文文學」兩岸三地學術研討會中所發表的文章。全書共收錄 14 篇文章：白靈〈承載與流動──隱地詩中的船舶美學〉、蕭水順〈都市心靈工程師──隱地詩中的空間觸感與人間情味〉、黎活仁〈上升與下降──隱地詩的「未完成性」〉、陳政彥〈隱地的編輯事業對臺灣文學場域的影響〉、羅文玲〈隱地《人性三書》的哲學寬度與生命高度〉、楊晉綺〈「塵」的旋舞與「蝶」的復歸──隱地小說的文本互涉與詩性特徵〉、方環海，沈玲〈隱喻的終極──論隱地詩歌的「彼岸」情懷〉、許秦蓁〈童年記憶的發酵──隱地（一九三七一）、雷驤（一九三九一）的上海書寫〉、黃文成〈我在我城的曾經與現在──隱地散文中的臺北書寫〉、劉益州〈自我與他者的呈現──隱地《詩歌舖》中主體際性敘述之研究〉、沈玲，方環海

〈論隱地的時間隱喻〉、楊慧思〈新詩教學的校本實踐——以隱地的詩歌為例〉、余境熹〈非關「爾雅」——論隱地《七種隱藏》的禁忌語和委婉語〉、華錫輝〈語言重複與前景化——隱地〈草的天堂〉、〈我的書名就叫書〉、〈簡單先生的人生觀〉中的詞彙重複現象〉。正文後附錄陳憲仁等〈座談會書面意見〉。

4. 蕭蕭，羅文玲編　悅讀隱地‧創造自己　臺北　爾雅出版社　2011 年 10 月 336 頁

本書邀請研究隱地的專家學者、中學教師設計教案，賞析隱地作品特色，啟引學生由此思考、沉澱、體會，進而養成其思考與創造能力。全書共四輯：1.隱地新詩寫作學；2.隱地散文寫作學；3.隱地小說寫作學；4.隱地的生命美學。正文前有蕭蕭、羅文玲〈前言——閱讀原是為了創造〉，正文後附錄〈寫作教學設計者簡介〉、〈生命美學與談者簡介〉、〈作品範例展示同學簡介〉、〈「悅讀隱地‧創造自己」作文教學座談會〉。

5. 陳怡君　隱地及其出版事業研究　臺北　爾雅出版社　2012 年 12 月　282 頁

本書以爾雅出版社之出版品、作家群為觀察指標，從文學社會學與文學史雙面向，對於隱地及其出版事業，探究作家在臺灣出版史及文學史上的意義及貢獻。全文共 6 章：1.緒論；2.隱地從編輯跨行到出版；3.爾雅出版社的出版品特色；4.爾雅出版社的作家群；5.爾雅出版社與臺灣文學；6.結論。正文後附錄〈隱地訪談錄〉、〈隱地筆談錄〉。

6. 林雪香　散文隱地——隱地散文創作觀及其實踐　臺北　爾雅出版社　2014 年 4 月　269 頁

本書聚焦隱地散文主張與具體實現，從作品文本閱讀展開考察，並旁及相關之文學書籍，以此探究隱地散文作品的思想意蘊、主題內涵及表現手法，並分析其散文的成就及特色，進而確認其作品的文學價值與地位。全書共 4 章：1.隱地創作歷程及其散文創作觀；2.隱地「作者論」創作觀的具體實踐；3.隱地「作品論」創作觀的具體實踐；4.結論。正文前有張春榮〈曄曄青華，隱地無隱〉；正文後附錄楊美紅〈那段美好時光〉、曹晏郡〈讓感性與理性和諧——訪爾雅隱地，談文學的堅持〉、顏國民〈擁抱文學，擁抱夢！——爾雅隱地‧創作一甲子〉。

學位論文

7. 孫學敏　存在與超越——論隱地的詩歌世界　山東大學中國現當代文學所碩士論文　章亞昕教授指導　2008 年 5 月　52 頁

本論文從時間、空間、悖論三個層面，對隱地的詩歌做一整體性、深層次的梳理，

以呈現其詩歌精神中蘊含的生存智慧。全文共 5 章：1.前言；2.時間性的存在與超越；3.空間性的存在與超越；4.悖論式的存在與超越；5.結語。

8. 蘇靜君　　爾雅漲潮日——隱地散文研究　南華大學文學系　碩士論文　黃文成教授指導　2008 年　248 頁

本論文以隱地的散文作品為研究對象，從作品文本閱讀展開考察，並旁及相關之文學書籍，以此探究隱地散文作品的思想意蘊、主題內涵及表現手法，並分析其散文的成就及特色，確認其作品的文學價值與地位。全文共 6 章：1.緒論；2.隱地的文學道路；3.隱地散文的主題內涵；4.隱地散文的特殊體裁；5.隱地散文的特色與藝術表現；6.結論。正文後附錄〈隱地寫作年表〉、〈隱地訪談記錄〉。

9. 吳似倩　　種文學的人——隱地及其散文研究　新竹教育大學人資處語文教學碩士班　碩士論文　黃雅莉教授指導　2010 年　193 頁

本論文以隱地的散文作為研究範圍，透過隱地的散文作品來貼近作者的生活，參透他的品味、思想、言行、人格，循著他生命的足跡，歸納他的創作的靈感、創作路線，以及創作風格。全文共 6 章：1.緒論；2.隱地的生平與爾雅相生相攝的文學道路；3.隱地散文的類型與創作特色；4.隱地散文的主題內涵；5.隱地散文的風格；6.結論。

10. 劉欣芝　　隱地及其作品研究　中央大學中國文學系碩士在職專班　碩士論文　李瑞騰教授指導　2011 年　156 頁

本論文論述隱地的生平及其創作歷程，分就其小說、散文及詩作，探討作家人生經歷對人生觀和創作主題的影響。全文共 7 章：1.緒論；2.隱地的生平及其創作歷程；3.隱地的小說；4.隱地的散文；5.隱地的詩歌；6.隱地的文學藝術；7.結論。正文後附錄〈隱地生平及創作年表〉。

11. 林雪香　　隱地的散文創作觀及其實踐　臺北教育大學語文與創作學系語文教學碩士班　碩士論文　張春榮教授指導　2012 年 8 月　251 頁

本論文探究隱地的創作歷程與創作觀，整理其文學創作歷程及散文的主要創作理念；概述作家的成長背景及人生經歷，並探討分析隱地散文的主旨與思想，深入的認識作家作品。全文共 5 章：1.緒論；2.隱地的創作歷程及其散文創作觀；3.隱地「作者論」創作觀的具體實踐；4.隱地「作品論」創作觀的具體實踐；5.結論。正文後附錄〈作家年表〉。

12. 陳怡君　　隱地及其出版事業研究　中央大學中國文學系碩士在職專班　碩士

論文 李瑞騰教授指導 2012 年 163 頁

本論文以爾雅出版社之出版品、作家群為觀察指標，從文學社會學與文學史雙面向，對於隱地及其出版事業，探究作家在臺灣出版史及文學史上的意義及貢獻。全文共 6 章：1.緒論；2.隱地從編輯跨行到出版；3.爾雅出版社的出版品特色；4.爾雅出版社的作家群；5.爾雅出版社與臺灣文學；6.結論。正文後附錄〈隱地訪談錄〉、〈隱地筆談錄〉。

作家生平資料篇目

自述

13. 隱　地　讀書・寫作・投稿　傘上傘下　臺北　皇冠出版社　1963 年 4 月　頁 1—4

14. 隱　地　讀書・寫作・投稿　傘上傘下　臺北　爾雅出版社　1982 年 1 月　頁 9—13

15. 隱　地　後記[1]　一千個世界　臺北　文星書店　1966 年 8 月　頁 167—168

16. 隱　地　《一千個世界》後記　一個里程　臺北　華美出版社　1968 年 6 月　頁 203—204

17. 隱　地　後記　幻想的男子　臺北　爾雅出版社　1979 年 4 月　頁 219—220

18. 隱　地　後記　幻想的男子　臺北　爾雅出版社　1981 年 9 月　頁 219—220

19. 隱　地　《幻想的男子》後記　隱地序跋　蘇州　古吳軒出版社　2004 年 7 月　頁 57—58

20. 隱　地　關於「讀書報告」　隱地看小說　臺北　大江出版社　1967 年 9 月　頁 1—8

21. 隱　地　關於「讀書報告」　隱地看小說　臺北　爾雅出版社　1981 年 6 月　頁 13—17

22. 隱　地　《這一代的小說》後記　中國時報　1967 年 8 月 23 日　9 版

---

[1]本文後為《幻想的男子》後記。

23. 隱　地　　後記　這一代的小說　臺北　大江出版社　1967 年 9 月　頁 323—
325

24. 隱　地　　《這一代的小說》後記　一個里程　臺北　華美出版社　1968 年 6
月　頁 207—209

25. 隱　地　　後記　這一代的小說　臺北　爾雅出版社　1980 年 9 月　頁 321—
323

26. 隱　地　　《隱地看小說》後記　中央日報　1967 年 8 月 30 日　9 版

27. 隱　地　　後記　隱地看小說　臺北　大江出版社　1967 年 9 月　頁 263

28. 隱　地　　《隱地看小說》後記　一個里程　臺北　華美出版社　1968 年 6 月
頁 205—206

29. 隱　地　　《隱地看小說》後記　隱地看小說　臺北　爾雅出版社　1981 年 6
月　頁 357—358

30. 隱　地　　《隱地看小說》後記　隱地序跋　蘇州　古吳軒出版社　2004 年 7
月　頁 126—127

31. 隱　地　　自序　一個里程　臺北　華美出版社　1968 年 6 月　頁 1—3

32. 隱　地　　寫在前面（《傘上傘下》序）　一個里程　臺北　華美出版社
1968 年 6 月　頁 201

33. 隱　地　　寫在前面　傘上傘下　臺北　爾雅出版社　1982 年 1 月　頁 7

34. 隱　地　　寫在《傘上傘下》前面　隱地序跋　蘇州　古吳軒出版社　2004 年
7 月　頁 4

35. 隱　地　　寫在《十一個短篇》之前　幼獅文藝　第 182 期　1969 年 2 月　頁
103—106

36. 隱　地　　寫在《十一個短篇》之前　十一個短篇——五十七年短篇小說選
臺北　仙人掌出版社　1969 年 3 月　頁 1—7

37. 隱　地　　寫在《五十七年短篇小說選》之前　五十七年短篇小說選　臺北
爾雅出版社　1981 年 6 月　頁 1—6

38. 隱　地　　寫在《五十七年短篇小說選》之前　年度小說選資料篇　臺北　爾

雅出版社　1983 年 2 月　頁 3—8

39. 隱　地　《五十八年短篇小說選》後記　幼獅文藝　第 195 期　1970 年 3 月
　　　　　　頁 128—130

40. 隱　地　《五十八年短篇小說選》後記　五十八年短篇小說選　臺北　大江
　　　　　　出版社　1970 年 3 月　頁 317—320

41. 隱　地　《五十八年短篇小說選》後記　五十八年短篇小說選　臺北　書評
　　　　　　書目出版社　1978 年 1 月　頁 317—320

42. 隱　地　《五十八年短篇小說選》後記　五十八年短篇小說選　臺北　爾雅
　　　　　　出版社　1981 年 4 月　頁 317—320

43. 隱　地　《五十八年短篇小說選》後記　年度小說選資料篇　臺北　爾雅出
　　　　　　版社　1983 年 2 月　頁 13—16

44. 隱　地　我們對文學的意見——請編文學書目　文壇　第 120 期　1970 年 6
　　　　　　月　頁 17

45. 隱　地　自序　反芻集　臺北　大林書店　1970 年 12 月　頁 1—5

46. 隱　地　《五十九年短篇小說選》後記　五十九年短篇小說選　臺北　大江
　　　　　　出版社　1971 年 3 月　頁 199—200

47. 隱　地　《五十九年短篇小說選》後記　青溪　第 46 期　1971 年 4 月　頁
　　　　　　122

48. 隱　地　《五十九年短篇小說選》後記　五十九年短篇小說選　臺北　爾雅
　　　　　　出版社　1981 年 7 月　頁 199—200

49. 隱　地　《五十九年短篇小說選》後記　年度小說選資料篇　臺北　爾雅出
　　　　　　版社　1983 年 2 月　頁 17—18

50. 隱　地　哥哥和我（代序）　歐遊隨筆　臺北　爾雅出版社　1976 年 12 月
　　　　　　頁 5—7

51. 隱　地　哥哥和我（代序）　歐遊隨筆　臺北　爾雅出版社　1981 年 2 月
　　　　　　頁 5—7

52. 隱　地　哥哥和我　盪著鞦韆喝咖啡　臺北　爾雅出版社　1998 年 7 月　頁

37—40

53. 隱　　地　　哥哥和我——《歐遊隨筆》　隱地序跋　蘇州　古吳軒出版社
2004 年 7 月　頁 10—12

54. 隱　　地　　生活在興趣裡　中華日報　1974 年 4 月 7—8 日

55. 隱　　地　　生活在興趣裡——《快樂的讀書人》　生活在興趣裡　臺北　黎明
文化公司　1977 年 12 月　頁 19—28

56. 隱　　地　　生活在興趣裡（代序）　快樂的讀書人　臺北　爾雅出版社　1982
年 3 月　頁 5—21

57. 隱　　地　　生活在興趣裡　隱地自選集　臺北　黎明文化公司　1982 年 12 月
頁 107—117

58. 隱　　地　　生活在興趣裡——《快樂的讀書人》　隱地序跋　蘇州　古吳軒出
版社　2004 年 7 月　頁 107—116

59. 隱　　地　　生活在興趣裡　草的天堂　臺北　爾雅出版社　2005 年 10 月　頁
71—81

60. 隱　　地　　我寫《現代人生》　中華日報　1976 年 9 月 30 日　9 版

61. 隱　　地　　我寫《現代人生》　誰來幫助我　臺北　爾雅出版社　1980 年 7 月
頁 135—137

62. 隱　　地　　《現代人生》後記　中華日報　1976 年 10 月 10 日　11 版

63. 隱　　地　　《現代人生》後記　現代人生　臺北　爾雅出版社　1981 年 10 月
頁 219—220

64. 隱　　地　　《現代人生》後記　隱地序跋　蘇州　古吳軒出版社　2004 年 7 月
頁 8—9

65. 隱　　地　　一個句號——寫在《年度小說選》十周年前　六十六年短篇小說選
臺北　書評書目出版社　1978 年 5 月　頁 1—3

66. 隱　　地　　一個句號——寫在《年度小說選》十周年前　誰來幫助我　臺北
爾雅出版社　1980 年 7 月　頁 151—154

67. 隱　　地　　一個句號——寫在《年度小說選》十周年前　五十七年短篇小說選

臺北　爾雅出版社　1981 年 6 月　頁 195—197

68. 隱　地　　一個句號——寫在《年度小說選》十周年前　年度小說選資料篇　臺北　爾雅出版社　1983 年 2 月　頁 65—67

69. 隱　地　　「兩種生長」的人生　我的書名就叫書　臺北　爾雅出版社　1978 年 12 月　頁 7—10

70. 隱　地　　「兩種生長」的人生　隱地自選集　臺北　黎明文化公司　1982 年 12 月　頁 130—133

71. 隱　地　　兩種生長的人生——《我的書名就叫書》　隱地序跋　蘇州　古吳軒出版社　2004 年 7 月　頁 119—121

72. 隱　地　　後記　我的書名就叫書　臺北　爾雅出版社　1978 年 12 月　頁 141—145

73. 隱　地　　書的生老病死——《我的書名就叫書》後記　誰來幫助我　臺北　爾雅出版社　1980 年 7 月　頁 165—169

74. 隱　地　　《我的書名就叫書》後記　隱地序跋　蘇州　古吳軒出版社　2004 年 7 月　頁 122—125

75. 隱　地　　《我的書名就叫書》後記　草的天堂　臺北　爾雅出版社　2005 年 10 月　頁 111—120

76. 隱　地　　縹緲的夢——《傘上傘下》與《幻想的男子》重印後記　幻想的男子　臺北　爾雅出版社　1979 年 4 月　頁 221—223

77. 隱　地　　縹緲的夢　誰來幫助我　臺北　爾雅出版社　1980 年 7 月　頁 131—134

78. 隱　地　　縹緲的夢——《傘上傘下》與《幻想的男子》重印後記　爾雅　臺北　爾雅出版社　1981 年 7 月　頁 371—373

79. 隱　地　　縹緲的夢——《傘上傘下》與《幻想的男子》重印後記　幻想的男子　臺北　爾雅出版社　1981 年 9 月　頁 221—223

80. 隱　地　　縹緲的夢——《傘上傘下》與《幻想的男子》重印後記　傘上傘下　臺北　爾雅出版社　1982 年 1 月　頁 231—233

81. 隱　　地　　縹緲的夢——《傘上傘下》與《幻想的男子》重印後記　隱地序跋　蘇州　古吳軒出版社　2004 年 7 月　頁 59—62

82. 隱　　地　　我的第一本書《傘上傘下》　愛書人　第 117 期　1979 年 9 月 1 日　4 版

83. 隱　　地　　《傘上傘下》　青澀歲月　臺北　爾雅出版社　1980 年 7 月　頁 247—250

84. 隱　　地　　我的第一本書　誰來幫助我　臺北　爾雅出版社　1980 年 7 月　頁 125—129

85. 隱　　地　　我的第一本書　春天窗前的七十歲少年　臺北　爾雅出版社　2008 年 1 月　頁 81—86

86. 隱　　地　　我為什麼要編這樣一本書？　豆腐一聲天下白　臺北　爾雅出版社　1979 年 9 月　頁 1—2

87. 隱　　地　　我為什麼要編這樣一本書？——《豆腐一聲天下白》編後　誰來幫助我　臺北　爾雅出版社　1980 年 7 月　頁 139—140

88. 隱　　地　　我為什麼要編這樣一本書？——《豆腐一聲天下白》編後　爾雅　臺北　爾雅出版社　1981 年 7 月　頁 149—150

89. 隱　　地　　《誰來幫助我》自序　誰來幫助我　臺北　爾雅出版社　1980 年 7 月　頁 1—2

90. 隱　　地　　經過「設計」的書——寫在《人生座右銘》之前　誰來幫助我　臺北　爾雅出版社　1980 年 7 月　頁 141—143

91. 隱　　地　　《誰來幫助我》校後記　誰來幫助我　臺北　爾雅出版社　1980 年 7 月　頁 205—207

92. 隱　　地　　「爾雅版」後記　這一代的小說　臺北　爾雅出版社　1980 年 9 月　頁 325—326

93. 隱　　地　　《碎心簫》自序　碎心簫　臺北　爾雅出版社　1980 年 11 月　頁 5—6

94. 隱　　地　　《碎心簫》自序　爾雅　臺北　爾雅出版社　1981 年 7 月　頁 375

—376

95. 隱　地　《碎心簷》自序　隱地序跋　蘇州　古吳軒出版社　2004 年 7 月
　　頁 63—64

96. 隱　地　《隱地看小說》重印後記　隱地看小說　臺北　爾雅出版社　1981
　　年 6 月　頁 359

97. 隱　地　《隱地看小說》重印後記　隱地序跋　蘇州　古吳軒出版社　2004
　　年 7 月　頁 128

98. 隱　地　期待另一個豐收季　五十七年短篇小說選　臺北　爾雅出版社
　　1981 年 6 月　頁 193—194

99. 隱　地　期待另一個豐收季　年度小說選資料篇　臺北　爾雅出版社　1983
　　年 2 月　頁 45—47

100. 隱　地　一○○本書的故事——《爾雅》　爾雅　臺北　爾雅出版社
　　1981 年 7 月　頁 1—4

101. 隱　地　一○○本書的故事——「爾雅」編後　出版心事　臺北　爾雅出
　　版社　1994 年 6 月　頁 61—65

102. 隱　地　爾雅——一○○本書的故事　在有限的生命裡種一棵無限的文學
　　樹　臺北　爾雅出版社　1995 年 7 月　頁 107—109

103. 隱　地　《爾雅》——一○○本書的故事　深夜的人　臺北　爾雅出版社
　　2015 年 12 月　頁 56—59

104. 隱　地　再重活一次　我的下輩子　臺北　愛書人雜誌社　1981 年 11 月
　　頁 197—199

105. 隱　地　編《青溪》的日子　快樂的讀書人　臺北　爾雅出版社　1982 年
　　3 月　頁 135—137

106. 隱　地　《快樂的讀書人》後記　快樂的讀書人　臺北　爾雅出版社
　　1982 年 3 月　頁 197—198

107. 隱　地　《快樂的讀書人》後記　隱地序跋　蘇州　古吳軒出版社　2004
　　年 7 月　頁 117—118

108. 隱　　地　　《隱地自選集》自序　隱地自選集　臺北　黎明文化公司　1982年 12 月　頁 13—14

109. 隱　　地　　好一個植物園——代序　風景　臺北　爾雅出版社　1983 年 2 月　頁 1—11

110. 隱　　地　　暢銷書排行榜　人生船　臺北　爾雅出版社　1985 年 7 月　頁820—821

111. 隱　　地　　暢銷書與排行榜（自序）　心的掙扎　臺北　爾雅出版社　1988年 3 月　頁 178—180

112. 隱　　地　　《作家與書的故事》後記　作家與書的故事　臺北　爾雅出版社1985 年 11 月　頁 187—189

113. 隱　　地　　《作家與書的故事》後記　作家與書的故事　臺北　爾雅出版社1994 年 4 月　頁 201—203

114. 隱　　地　　《作家與書的故事》後記　隱地序跋　蘇州　古吳軒出版社2004 年 7 月　頁 131—133

115. 隱　　地　　編後　光陰的故事　臺北　爾雅出版社　1986 年 8 月　頁 345—347

116. 隱　　地　　我願　人啊人　臺北　爾雅出版社　1987 年 3 月　頁 1—2

117. 隱　　地　　我願——《人啊人》　隱地序跋　蘇州　古吳軒出版社　2004 年7 月　頁 82

118. 隱　　地　　《人啊人》後記　人啊人　臺北　爾雅出版社　1987 年 3 月　頁177—178

119. 隱　　地　　《人啊人》後記　隱地心語　西安　陝西旅遊出版社　1996 年 5月　頁 321—322

120. 隱　　地　　《人啊人》後記　隱地序跋　蘇州　古吳軒出版社　2004 年 7 月　頁 83

121. 隱　　地　　編後　偶遇　臺北　爾雅出版社　1987 年 7 月　頁 243—244

122. 隱　　地　　《心的掙扎》自序　心的掙扎　臺北　爾雅出版社　1988 年 3 月

頁 11—12

123. 隱　地　《心的掙扎》自序　隱地序跋　蘇州　古吳軒出版社　2004 年 7 月　頁 72

124. 隱　地　《心的掙扎》後記　心的掙扎　臺北　爾雅出版社　1988 年 3 月　頁 162—167

125. 隱　地　《心的掙扎》後記　隱地心語　西安　陝西旅遊出版社　1996 年 5 月　頁 319—320

126. 隱　地　《心的掙扎》後記　隱地序跋　蘇州　古吳軒出版社　2004 年 7 月　頁 73—76

127. 隱　地　《心的掙扎》校後記　心的掙扎　臺北　爾雅出版社　1988 年 3 月　頁 170—176

128. 隱　地　《心的掙扎》校後記　隱地序跋　蘇州　古吳軒出版社　2004 年 7 月　頁 77—81

129. 隱　地　寫（代序）　眾生　臺北　爾雅出版社　1989 年 5 月　頁 1—4

130. 隱　地　寫　隱地心語　西安　陝西旅遊出版社　1996 年 5 月　頁 231—236

131. 隱　地　寫——《眾生》　隱地序跋　蘇州　古吳軒出版社　2004 年 7 月　頁 84—88

132. 隱　地　《眾生》後記　眾生　臺北　爾雅出版社　1989 年 5 月　頁 153—156

133. 隱　地　《眾生》後記　隱地心語　西安　陝西旅遊出版社　1996 年 5 月　頁 323—325

134. 隱　地　《眾生》後記　隱地序跋　蘇州　古吳軒出版社　2004 年 7 月　頁 89—90

135. 隱　地　《隱地極短篇》後記　隱地極短篇　臺北　爾雅出版社　1990 年 2 月　頁 185—190

136. 隱　地　《隱地極短篇》後記　隱地序跋　蘇州　古吳軒出版社　2004 年

7 月　頁 65—68

137. 隱　　地　　水果沙拉的早晨（代序）　愛喝咖啡的人　臺北　爾雅出版社
1992 年 2 月　頁 1—6

138. 隱　　地　　水果沙拉的早晨　隱地心語　西安　陝西旅遊出版社　1996 年 5
月　頁 310—312

139. 隱　　地　　水果沙拉的早晨——《愛喝咖啡的人》（代序）　隱地序跋　蘇
州　古吳軒出版社　2004 年 7 月　頁 17—20

140. 隱　　地　　水果沙拉的早晨　草的天堂　臺北　爾雅出版社　2005 年 10 月
頁 159—162

141. 隱　　地　　代後記——電影·咖啡·夢　愛喝咖啡的人　臺北　爾雅出版社
1992 年 2 月　頁 203—206

142. 隱　　地　　電影·咖啡·夢——《愛喝咖啡的人》代後記　爾雅人　第 69 期
1992 年 3 月 10 日　1 版

143. 隱　　地　　電影咖啡夢——《愛喝咖啡的人》代後記　隱地序跋　蘇州　古
吳軒出版社　2004 年 7 月　頁 20—22

144. 隱　　地　　編後　書的名片　臺北　爾雅出版社　1993 年 7 月　頁 118—119

145. 隱　　地　　代序——「正常」，不可能存在嗎？　翻轉的年代　臺北　爾雅
出版社　1993 年 12 月　頁 1—5

146. 隱　　地　　正常，不可能存在嗎？——《翻轉的年代》（代序）　隱地序跋
蘇州　古吳軒出版社　2004 年 7 月　頁 23—25

147. 隱　　地　　《翻轉的年代》後記　翻轉的年代　臺北　爾雅出版社　1993 年
12 月　頁 161—165

148. 隱　　地　　《翻轉的年代》後記　隱地序跋　蘇州　古吳軒出版社　2004 年
7 月　頁 26—28

149. 隱　　地　　十年——寫在《作家與書的故事》增訂之前　作家與書的故事
臺北　爾雅出版社　1994 年 4 月　頁 201—203

150. 隱　　地　　十年——寫在《作家與書的故事》增訂之前　出版心事　臺北

爾雅出版社　1994 年 6 月　頁 57—59

151. 隱　　地　　十年——寫在《作家與書的故事》增訂之前　隱地序跋　蘇州古吳軒出版社　2004 年 7 月　頁 134—135

152. 隱　　地　　另一〇〇本書的故事　出版心事　臺北　爾雅出版社　1994 年 6 月　頁 67—69

153. 隱　　地　　爾雅——另一〇〇本書的故事　在有限的生命裡種一棵無限的文學樹　臺北　爾雅出版社　1995 年 7 月　頁 111—112

154. 隱　　地　　《出版心事》校後記　出版心事　臺北　爾雅出版社　1994 年 6 月　頁 165—166

155. 隱　　地　　《出版心事》校後記　隱地序跋　蘇州　古吳軒出版社　2004 年 7 月　頁 136—137

156. 隱　　地　　《出版心事》後記新寫　出版心事　臺北　爾雅出版社　1994 年 6 月　頁 167—168

157. 隱　　地　　《出版心事》後記新寫　隱地序跋　蘇州　古吳軒出版社　2004 年 7 月　頁 138

158. 隱　　地　　隱地論隱地——快樂讀書人　聯合報　1994 年 12 月 5 日　37 版

159. 隱　　地　　隱地論隱地　法式裸睡　臺北　爾雅出版社　1995 年 2 月　頁 157—160

160. 隱　　地　　隱地論隱地　回頭　臺北　爾雅出版社　2009 年 1 月　頁 28—31

161. 隱　　地　　池邊——〈七種隱藏〉的顛覆（附註）　法式裸睡　臺北　爾雅出版社　1995 年 2 月　頁 41

162. 隱　　地　　〈掙扎的心〉附註　法式裸睡　臺北　爾雅出版社　1995 年 2 月　頁 57

163. 隱　　地　　寫詩的故事（後記）　法式裸睡　臺北　爾雅出版社　1995 年 2 月　頁 161—170

164. 隱　　地　　寫詩的故事——《法式裸睡》後記　臺灣詩學季刊　第 10 期　1995 年 3 月　頁 99—103

165. 隱　　地　　寫詩的故事　我的宗教我的廟　臺北　爾雅出版社　2001 年 7 月　頁 101—111

166. 隱　　地　　寫詩的故事——《法式裸睡》後記　隱地序跋　蘇州　古吳軒出版社　2004 年 7 月　頁 91—97

167. 隱　　地　　後記　一天裏的戲碼　臺北　爾雅出版社　1996 年 4 月　頁 165—166

168. 隱　　地　　《一天裏的戲碼》後記　隱地序跋　蘇州　古吳軒出版社　2004 年 7 月　頁 98—99

169. 隱　　地　　享受風為我們帶來的一朵雲——《一天裏的戲碼》校後記　爾雅人　第 93、94 期合刊　1996 年 4 月　1 版

170. 隱　　地　　享受風為我們帶來的一朵雲　一天裏的戲碼　臺北　爾雅出版社　1996 年 4 月　頁 167—171

171. 隱　　地　　享受風為我們帶來的一朵雲　我的宗教我的廟　臺北　爾雅出版社　2001 年 7 月　頁 113—119

172. 隱　　地　　享受風為我們帶來的一朵雲——《一天裏的戲碼》校後記　隱地序跋　蘇州　古吳軒出版社　2004 年 7 月　頁 100—102

173. 隱　　地　　二十年——為《歐遊隨筆》七版而寫　歐遊隨筆　臺北　爾雅出版社　1996 年 8 月　頁 1—4

174. 隱　　地　　二十年　盪著鞦韆喝咖啡　臺北　爾雅出版社　1998 年 7 月　頁 41—47

175. 隱　　地　　二十年——為《歐遊隨筆》七版而寫　隱地序跋　蘇州　古吳軒出版社　2004 年 7 月　頁 13—16

176. 隱　　地　　更替[2]　中國時報　1998 年 7 月 14 日　37 版

177. 隱　　地　　更替——代後記　盪著鞦韆喝咖啡　臺北　爾雅出版社　1998 年 7 月　頁 253—255

178. 隱　　地　　《盪著鞦韆喝咖啡》後記　隱地序跋　蘇州　古吳軒出版社

---

[2]本文後為《盪著鞦韆喝咖啡》後記。

2004 年 7 月　頁 33

179. 隱　地　《盪著鞦韆喝咖啡》自序　盪著鞦韆喝咖啡　臺北　爾雅出版社
1998 年 7 月　頁 1—7

180. 隱　地　《盪著鞦韆喝咖啡》　隱地序跋　蘇州　古吳軒出版社　2004 年
7 月　頁 29—32

181. 隱　地　我的八〇年代文學出版生涯——飛過火山十年流金　中國時報
1998 年 8 月 19 日　37 版

182. 隱　地　十年流金——我的八〇年代文學出版生涯（1980—1989）　漲潮
日　臺北　爾雅出版社　2000 年 11 月　頁 179—190

183. 隱　地　十年流金——我的八〇年代文學出版生涯（1980—1989）　回到
八〇年代——八〇年代的流金歲月　臺北　爾雅出版社　2017 年
6 月　頁 43—51

184. 隱　地　獻給二〇〇〇年——代後記　生命曠野　臺北　爾雅出版社
2000 年 1 月　頁 160—163

185. 隱　地　隱地詩話　爾雅詩選　臺北　爾雅出版社　2000 年 4 月　頁 175

186. 隱　地　白先勇和我　收穫　2000 年第 5 期　2000 年 9 月　頁 108—110

187. 隱　地　白先勇和我　我的宗教我的廟　臺北　爾雅出版社　2001 年 7 月
頁 121—129

188. 隱　地　回憶二三事——白先勇和我　白先勇書話　臺北　爾雅出版社
2008 年 7 月　頁 235—243

189. 隱　地　文學追夢五十年　聯合報　2000 年 5 月 17—19 日　37 版

190. 隱　地　文學追夢五十年——全國大專院校巡迴演講紀錄　漲潮日　臺北
爾雅出版社　2000 年 11 月　頁 225—239

191. 隱　地　我的拉力　中國時報　2000 年 10 月 24—25 日　37 版

192. 隱　地　我的拉力（代後記）　漲潮日　臺北　爾雅出版社　2000 年 11 月
頁 241—256

193. 隱　地　我的拉力——《漲潮日》（代後記）　隱地序跋　蘇州　古吳軒

出版社　2004 年 7 月　頁 34—46

194. 隱　　地　　兩封信　中央日報　2000 年 12 月 11 日　20 版

195. 隱　　地　　詩人近況　八十九年詩選　臺北　臺灣詩學季刊社　2001 年 4 月
頁 254

196. 隱　　地　　三十八年前・三十八年後　中華日報　2001 年 7 月 25 日　19 版

197. 隱　　地　　寫在前面　我的宗教我的廟　臺北　爾雅出版社　2001 年 7 月
頁 1—4

198. 隱　　地　　寫在《我的宗教我的廟》前面　隱地序跋　蘇州　古吳軒出版社
2004 年 7 月　頁 47—49

199. 隱　　地　　詩人近況　九十年詩選　臺北　臺灣詩學季刊雜誌社　2002 年 5
月　頁 261

200. 隱　　地　　《2002／隱地》後記　2002／隱地　臺北　爾雅出版社　2002 年
7 月　頁 289—292

201. 隱　　地　　《2002／隱地（足本）》後記之一　2002／隱地（足本）　臺北
爾雅出版社　2003 年 6 月　頁 625—628

202. 隱　　地　　《2002／隱地》後記　隱地序跋　蘇州　古吳軒出版社　2004 年
7 月　頁 50—53

203. 隱　　地　　出版花園的背後　中央日報　2002 年 11 月 22 日　16 版

204. 隱　　地　　《2002／隱地 Volume Two》後記　2002／隱地 Volume Two　臺
北　爾雅出版社　2003 年 2 月　頁 351—353

205. 隱　　地　　《2002／隱地（足本）》後記之二　2002／隱地（足本）　臺北
爾雅出版社　2003 年 6 月　頁 629—631

206. 隱　　地　　《2002／隱地 Volume Two》後記　隱地序跋　蘇州　古吳軒出版
社　2004 年 7 月　頁 54—56

207. 隱　　地　　詩人近況　九十一年詩選　臺北　臺灣詩學季刊雜誌社　2003 年
4 月　頁 258

208. 隱　　地　　《自從有了書以後……》後記　自從有了書以後……　臺北　爾

雅出版社　2003 年 7 月　頁 187—189

209.　隱　　地　《自從有了書以後……》後記　隱地序跋　蘇州　古吳軒出版社
2004 年 7 月　頁 139—141

210.　隱　　地　《人生十感》（自序）　人生十感　臺北　爾雅出版社　2004 年
5 月　頁 1—4

211.　隱　　地　既快樂又痛苦——《人生十感》自序　一日神　臺北　爾雅出版
社　2011 年 3 月　頁 161—165

212.　隱　　地　羞澀年華　文訊雜誌　第 223 期　2004 年 5 月　頁 57

213.　隱　　地　詩人近況　2003 臺灣詩選　臺北　二魚文化公司　2004 年 6 月
頁 303

214.　隱　　地　讀寫二重奏——走過小橋，要讀流水；讀步斗室，可讀回憶　野
葡萄文學誌　第 10 期　2004 年 6 月　頁 56—57

215.　隱　　地　追夢——《傘上傘下》到《幻想的男子》重排本後記　隱地序跋
蘇州　古吳軒出版社　2004 年 7 月　頁 5—7

216.　隱　　地　追夢　回頭　臺北　爾雅出版社　2009 年 1 月　頁 79—81

217.　隱　　地　《隱地極短篇》五版序　隱地序跋　蘇州　古吳軒出版社　2004
年 7 月　頁 69—71

218.　隱　　地　《四重奏》跋　隱地序跋　蘇州　古吳軒出版社　2004 年 7 月
頁 103—104

219.　隱　　地　又是六年——《隱地看小說》三版後記　隱地序跋　蘇州　古吳
軒出版社　2004 年 7 月　頁 129—130

220.　隱　　地　詩人近況　2004 臺灣詩選　臺北　二魚文化公司　2005 年 3 月
頁 286

221.　隱　　地　回憶，一九七五　中國時報　2005 年 7 月 20 日　E7 版

222.　隱　　地　回憶，一九七五——寫在《爾雅 30·30 爾雅》之前　敲門——三
十爾雅光與塵　臺北　爾雅出版社　2006 年 3 月　頁 37—41

223.　隱　　地　敲門：為爾雅三十年而寫　自由時報　2005 年 7 月 20 日　E7 版

224. 隱　　地　　敲門——為爾雅三十年而寫　敲門——三十爾雅光與塵　臺北
　　　爾雅出版社　2006 年 3 月　頁 9—11

225. 隱　　地　　當詩撞上隱地——隱地《十年詩選》新書發表會　爾雅三十・三
　　　十爾雅　臺北　爾雅出版社　2005 年 7 月　頁 40—45

226. 隱　　地　　自序　隱地二百擊　臺北　爾雅出版社　2006 年 1 月　頁 1—2

227. 隱　　地　　詩人近況　2005 臺灣詩選　臺北　二魚文化公司　2006 年 2 月
　　　頁 265—266

228. 隱　　地　　守門——後記　敲門——三十爾雅光與塵　臺北　爾雅出版社
　　　2006 年 3 月　頁 140—146

229. 隱　　地　　守門——《敲門》　爾雅人　第 149 期　2006 年 5 月　3 版

230. 隱　　地　　後記　風中陀螺　臺北　爾雅出版社　2007 年 1 月　頁 192—193

231. 隱　　地　　《風中陀螺》出版以後　明道文藝　第 374 期　2007 年 5 月　頁
　　　88—92

232. 隱　　地　　《風中陀螺》紀事　春天窗前的七十歲少年　臺北　爾雅出版社
　　　2008 年 1 月　頁 48—61

233. 隱　　地　　後記　人啊人：人性三書合集　臺北　爾雅出版社　2007 年 7 月
　　　頁 328—331

234. 隱　　地　　黑的後面還有美麗的藍　春天窗前的七十歲少年　臺北　爾雅出
　　　版社　2008 年 1 月　頁 148—151

235. 隱　　地　　人生往前看　春天窗前的七十歲少年　臺北　爾雅出版社　2008
　　　年 1 月　頁 180—181

236. 隱　　地　　後記　我的眼睛　臺北　爾雅出版社　2008 年 5 月　頁 246—248

237. 隱　　地　　禮物　聯合報　2008 年 7 月 11 日　E3 版

238. 隱　　地　　禮物——代編後　白先勇書話　臺北　爾雅出版社　2008 年 7 月
　　　頁 263—267

239. 隱　　地　　傳奇附身　回頭　臺北　爾雅出版社　2009 年 1 月　頁 136—143

240. 隱　　地　　我的詩　回頭　臺北　爾雅出版社　2009 年 1 月　頁 170—172

241. 隱　地　　　後記　回頭　臺北　爾雅出版社　2009 年 1 月　頁 214

242. 隱　地　　　存在與超越／回頭　創世紀　第 158 期　2009 年 3 月　頁 124—132

243. 隱　地　　　隱地小輯——存在與超越／回頭　詩人‧論家的一天　臺北　文史哲出版社　2014 年 10 月　頁 48—52

244. 隱　地　　　遺忘與備忘——文學年記六十年‧六十篇　聯合報　2009 年 11 月 2 日　D3 版

245. 隱　地　　　追憶老文學的昔日光輝（代序）　遺忘與備忘　臺北　爾雅出版社　2009 年 11 月　頁 7—9

246. 隱　地　　　後記　遺忘與備忘　臺北　爾雅出版社　2009 年 11 月　頁 231—233

247. 隱　地　　　感謝「鼓勵神」光臨　聯合報　2010 年 3 月 6 日　D3 版

248. 隱　地　　　讀詩——開啟一面想像之窗——代自序　人人都有困境，讀一首詩吧！　臺北　爾雅出版社　2010 年 9 月　頁 5—7

249. 隱　地　　　讀詩——開啟一面想像之窗——《人人都有困境，讀一首詩吧！》前言　一棟獨立的臺灣房屋及其他　臺北　爾雅出版社　2012 年 4 月　頁 85—88

250. 隱　地　　　讀詩——開啟一面想像之窗——《人人都有困境，讀一首詩吧！》前言　清晨的人　臺北　爾雅出版社　2015 年 4 月　頁 87—90

251. 隱　地　　　收攤（代後記）　風雲舞山　臺北　爾雅出版社　2010 年 11 月　頁 149—150

252. 隱　地　　　當我們同在 100‧百年回頭　中華日報　2011 年 1 月 1 日　B7 版

253. 隱　地　　　〈聯副‧文學‧我〉永保一顆年輕文學靈魂的心　聯合報　2011 年 2 月 27 日　D3 版

254. 隱　地　　　聯副‧文學‧我——永保一顆年輕文學靈魂的心　一日神　臺北　爾雅出版社　2011 年 3 月　頁 70—71

255. 隱　　地　　隱地和他的問候（代後記）　一日神　臺北　爾雅出版社　2011
　　　年 3 月　頁 204—205

256. 隱　　地　　座談會書面意見——無淚不成書[3]　都市心靈工程師　臺北　爾雅
　　　出版社　2011 年 6 月　頁 532

257. 隱　　地　　文學緣分　一棟獨立的臺灣房屋及其他　臺北　爾雅出版社
　　　2012 年 4 月　頁 111—113

258. 隱　　地　　轉變命運的 1968 年——編《青溪》的日子　一棟獨立的臺灣房屋
　　　及其他　臺北　爾雅出版社　2012 年 4 月　頁 43—52

259. 隱　　地　　轉變命運的 1968 年——編《青溪》的日子　回到六〇年代——六
　　　〇年代的爬山精神　臺北　爾雅出版社　2017 年 2 月　頁 137—
　　　142

260. 隱　　地　　在變局中尋找新路——榮獲金鼎獎的感想　一棟獨立的臺灣房屋
　　　及其他　臺北　爾雅出版社　2012 年 4 月　頁 107—109

261. 隱地講；吳為記　　終身的文藝園丁　一棟獨立的臺灣房屋及其他　臺北
　　　爾雅出版社　2012 年 4 月　頁 175—180

262. 隱地，林貴真講；吳冠穎整理　　遺忘備忘，相遇爾雅　文訊雜誌　第 327
　　　期　2013 年 1 月　頁 85—93

263. 隱　　地　　致親愛的讀者——再談日記　2012／隱地　臺北　爾雅出版社
　　　2013 年 2 月　頁 449—450

264. 隱　　地　　爾雅叢書・歷久彌新？　生命中特殊的一年——隱地 2013 年札記
　　　臺北　爾雅出版社　2013 年 11 月　頁 83—85

265. 隱　　地　　〈舌花〉　生命中特殊的一年——隱地 2013 年札記　臺北　爾雅
　　　出版社　2013 年 11 月　頁 140—142

266. 隱　　地　　如何使一首詩詩意飽滿？　生命中特殊的一年——隱地 2013 年札
　　　記　臺北　爾雅出版社　2013 年 11 月　頁 173—175

267. 隱　　地　　後記——以健康的身心迎接二〇一四年　生命中特殊的一年——

---

[3] 本文後改篇名為〈文學緣分〉。

隱地 2013 年札記　臺北　爾雅出版社　2013 年 11 月　頁 231—233

268. 隱　地　圓夢紀（代編序）　小說大夢——「年度文選」再會　臺北　爾雅出版社　2014 年 10 月　頁 3—6

269. 隱　地　關於我，和我的短篇　小說大夢——「年度文選」再會　臺北　爾雅出版社　2014 年 10 月　頁 230—232

270. 隱　地　後記　小說大夢——「年度文選」再會　臺北　爾雅出版社　2014 年 10 月　頁 271—273

271. 隱　地　我的出版我的夢　聯合報　2014 年 12 月 20 日　D3 版

272. 隱　地　我的出版我的夢　出版圈圈夢　臺北　爾雅出版社　2014 年 12 月　頁 3—6

273. 隱　地　我的出版我的夢　臺灣時報　2015 年 3 月 1 日　21 版

274. 隱　地　我的出版我的夢——《出版圈圈夢》　手機與西門慶——隱地書話選　臺北　爾雅出版社　2016 年 4 月　頁 253—255

275. 隱　地　穿越時空的人——代序　清晨的人　臺北　爾雅出版社　2015 年 4 月　頁 5—7

276. 隱　地　「爾雅四十周年」文學的回聲　自由時報　2015 年 7 月 20 日　D7 版

277. 隱　地　文學的回聲　深夜的人　臺北　爾雅出版社　2015 年 12 月　頁 11—12

278. 隱地，夏烈　書前電郵——《隱地看電影》代序 1　隱地看電影　臺北　爾雅出版社　2015 年 7 月　頁 3—4

279. 隱　地　悲喜交集（後記 1）　隱地看電影　臺北　爾雅出版社　2015 年 7 月　頁 287—289

280. 隱　地　時空交會的緣分（後記 2）——寫在爾雅四十周年前夕　隱地看電影　臺北　爾雅出版社　2015 年 7 月　頁 291—294

281. 隱　地　時空交會的緣分——寫在爾雅四十周年前夕　深夜的人　臺北

爾雅出版社　2015 年 12 月　頁 13—15

282. 隱　　地　　寫不完的書（代後記）　深夜的人　臺北　爾雅出版社　2015 年
　　　12 月　頁 215—216

283. 隱　　地　　和二〇一五年說再見（後記之後的後記）　深夜的人　臺北　爾
　　　雅出版社　2015 年 12 月　頁 235—236

284. 隱　　地　　後記　手機與西門慶——隱地書話選　臺北　爾雅出版社　2016
　　　年 4 月　頁 260—262

285. 隱　　地　　四十年後的爾雅　中華日報　2016 年 6 月 20 日　B4 版

286. 隱　　地　　天上一顆星，地上一個人——《回到五〇年代》代序　回到五〇
　　　年代——五〇年代的克難生活　臺北　爾雅出版社　2016 年 10 月
　　　頁 3—7

287. 隱　　地　　我們這一代：二年級作家之 3——柒・捌・玖，加拾　聯合報
　　　2017 年 2 月 23 日　D3 版

288. 隱　　地　　柒・捌・玖，加拾　帶走一個時代的人——從李敖到周夢蝶　臺
　　　北　爾雅出版社　2018 年 7 月　頁 61—66

289. 隱　　地　　自序　回到六〇年代——六〇年代的爬山精神　臺北　爾雅出版
　　　社　2017 年 2 月　頁 3—10

290. 隱　　地　　有是非的世界——「年代書寫」《回到八〇年代》自序　中華日
　　　報　2017 年 6 月 14 日　B7 版

291. 隱　　地　　自序——有是非的世界，會令人活得舒坦　回到八〇年代——八
　　　〇年代的流金歲月　臺北　爾雅出版社　2017 年 6 月　頁 3—7

292. 隱　　地　　五十年往事追憶錄　聯合報　2017 年 9 月 24 日　D3 版

293. 隱　　地　　自序——五十年往事追憶錄　回到九〇年代——九〇年代的旅遊
　　　熱　臺北　爾雅出版社　2017 年 9 月　頁 13—16

294. 隱　　地　　致謝　回到九〇年代——九〇年代的旅遊熱　臺北　爾雅出版社
　　　2017 年 9 月　頁 261—262

295. 隱　　地　　從《十一個短篇》談起——「年度短篇小說選」創辦五十周年

帶走一個時代的人——從李敖到周夢蝶　臺北　爾雅出版社
2018 年 7 月　頁 149—150

296. 隱　地　　愛看書的星星（後記）　帶走一個時代的人——從李敖到周夢蝶
臺北　爾雅出版社　2018 年 7 月　頁 189—190

297. 隱　地　　記錄者留言　聯合報　2019 年 1 月 30 日　D3 版

298. 隱　地　　代序——記錄者留言　大人走了，小孩老了——1949 中國人大災
難　七十年　臺北　爾雅出版社　2019 年 2 月　頁 5—9

299. 隱　地　　人類在往自我毀滅的路途上行走——代後記　大人走了，小孩老
了——1949 中國人大災難　七十年　臺北　爾雅出版社　2019 年
2 月　頁 185—189

300. 隱地講；鄧觀傑記錄　　從數學白痴到文學記錄者：文壇時代風雲的見證人
文訊雜誌　第 402 期　2019 年 4 月　頁 150—158

301. 隱地講；鄧觀傑記錄　　從數學白痴到文學記錄者——文壇時代風雲的見證
人　美夢成真——對照記　臺北　爾雅出版社　2019 年 7 月　頁
11—28

302. 隱地講　　一個文藝青年能做些什麼？一個文學出版社能做些什麼？——二
〇〇六年十二月月十三日應臺灣大學東亞經典與文化中心演講紀
錄　美夢成真——對照記　臺北　爾雅出版社　2019 年 7 月　頁
155—191

303. 隱　地　　後記　美夢成真——對照記　臺北　爾雅出版社　2019 年 7 月
頁 233—234

304. 隱　地　後記　未末　臺北　爾雅出版社　2019 年 9 月　頁 267—268

他述

305. 林　青　　優雅・寧靜・深沉　幼獅文藝　第 32 卷第 1 期　1970 年 1 月　頁
144—145

306. 林貴真　　風（我的另一半隱地）　中華日報　1977 年 2 月 15 日　1 版

307. 林貴真　　風　我的另一半（二）　臺北　中華日報社　1982 年 7 月　頁 52

—59

308. 程　遠　　隱地是讀者作者編者　大華晚報　1978 年 1 月 22 日　7 版

309.〔愛書人〕　　溫文爾雅一書生——隱地　愛書人　第 141 期　1980 年 5 月
1 日　2 版

310. 莊素玉　爾雅出好書　爾雅　臺北　爾雅出版社　1981 年 7 月　頁 381—
388

311. 李雲林　爾雅出版社　出版社傳奇　臺北　爾雅出版社　1981 年 7 月　頁
79—81

312. 楊宗潤　一個互相欣賞的故事——兼談書籍封面設計　風景　臺北　爾雅
出版社　1983 年 2 月　頁 13—18

313. 楊宗潤　想　風景　臺北　爾雅出版社　1983 年 2 月　頁 19—22

314. 林貴真　背後女人的話　風景　臺北　爾雅出版社　1983 年 2 月　頁 23—
25

315. 覃雲生　爾雅封面的風情畫　風景　臺北　爾雅出版社　1983 年 2 月　頁
35—42

316. 彭作恆　隱地的心願　年度小說選資料篇　臺北　爾雅出版社　1983 年 2
月　頁 157—158

317. 王祖授　隱地，年度小說和我　年度小說選資料篇　臺北　爾雅出版社
1983 年 2 月　頁 195—198

318. 楊　楊　出版界的大力水手：隱地和他的書世界　國魂　第 452 期　1983
年 7 月　頁 70—71

319. 林海音　說不盡——隱地　聯合報　1983 年 12 月 9 日　8 版

320. 林海音　說不盡〔隱地部分〕　剪影話文壇　臺北　純文學出版社　1984
年 8 月　頁 214—217

321. 林海音　說不盡〔隱地部分〕　林海音作品集・剪影話文壇　臺北　遊目
族文化公司　2000 年 5 月　頁 211—212

322. 齊邦媛　江河匯集成海的六○年代小說〔隱地部分〕　文訊雜誌　第 13 期

1984 年 8 月　頁 65—66

323. 齊邦媛　江河匯集成海的六〇年代小說〔隱地部分〕　霧漸漸散的時候
　　　臺北　九歌出版社　1998 年 10 月　頁 85—86

324. 陳幸蕙　獨有書癖不可醫——側寫「爾雅出版社」發行人隱地　新書月刊
　　　第 12 期　1984 年 9 月　頁 80—83

325. 陳幸蕙　獨有書癖不可醫——側寫「爾雅出版社」發行人隱地　作家與書
　　　的故事　臺北　爾雅出版社　1985 年 11 月 10 日　頁 225—237

326. 陳幸蕙　獨有書癖不可醫——側寫隱地　欖仁樹下　臺北　駿馬文化公司
　　　1988 年 6 月　頁 122—132

327. 陳幸蕙　獨有書癖不可醫——側寫「爾雅出版社」發行人隱地　作家與書
　　　的故事　臺北　爾雅出版社　1994 年 4 月　頁 255—267

328. 〔自由青年〕　小就是美——隱地，一位不靠生意眼成功的出版家　自由
　　　青年　第 75 卷第 5 期　1985 年 5 月　頁 18—23

329. 許　燕　寫書、編書、出版書——隱地生活在書的世界裡　文藝月刊　第
　　　195 期　1985 年 9 月　頁 36—47

330. 柯振中　記與隱地的文字之緣　幼獅文藝　第 384 期　1985 年 12 月　頁
　　　18—22

331. 季　季　幻想的男子　希望我能有條船　臺北　爾雅出版社　1986 年 6 月
　　　頁 196—197

332. 康芸薇　美夢成真　光陰的故事　臺北　爾雅出版社　1986 年 8 月　頁
　　　327—336

333. 愛　亞　他教我　文訊雜誌　第 30 期　1987 年 6 月　頁 1

334. 李宗慈　「最美的封面」——隱地與林貴真　文訊雜誌　第 35 期　1988 年
　　　4 月　頁 110—113

335. 李宗慈　最美麗的封面　比翼雙飛——二十三對文學夫妻　臺北　文訊雜
　　　誌社　1988 年 7 月　頁 180—188

336. 李宗慈　最美的封面　紙筆人間　臺北　臺北縣立文化中心　1994 年 6 月

頁 345—355

337. 張　默　　《我的書名就叫書》——側寫隱地　文訊雜誌　第 54 期　1990 年 4 月　頁 103—104

338.〔九歌雜誌〕　　書緣書香〔隱地部分〕　九歌雜誌　第 115 期　1990 年 9 月　4 版

339. 王晉民　　隱地小傳　臺灣文學家辭典　南寧　廣西教育出版社　1991 年 7 月　頁 574

340. 邱　婷　　老闆寫書，一則以喜一則以憂，姚宜瑛、隱地歎文學市場沒落　民生報　1992 年 3 月 6 日　29 版

341. 許悔之　　等待永不消失的小眾　中時晚報　1992 年 5 月 3 日　10 版

342. 許悔之　　等待永不消失的小眾　翻轉的年代　臺北　爾雅出版社　1993 年 12 月　頁 173—177

343. 張　殿　　第二代軍人作家〔隱地部分〕　聯合報　1994 年 6 月 2 日　42 版

344. 蕭　蕭　　隱地寫新詩　中華日報　1994 年 6 月 13 日　11 版

345. 蕭　蕭　　隱地寫新詩　心中昇起一輪明月　臺北　九歌出版社　1996 年 4 月　頁 104—106

346. 顏艾琳　　誰在推動詩運？〔隱地部分〕　文訊雜誌　第 104 期　1994 年 6 月　頁 26—27

347. 李　婷　　尋找流暢的動線——「從詩人到讀者的通路」研討會側記——隱地／蕭蕭　文訊雜誌　第 105 期　1994 年 7 月　頁 26—27

348. 丁樹南　　無盡的路　在有限的生命裡種一棵無限的文學樹　臺北　爾雅出版社　1995 年 7 月　頁 4—5

349. 鄭明娳　　寫給隱地的信　在有限的生命裡種一棵無限的文學樹　臺北　爾雅出版社　1995 年 7 月　頁 5—6

350. 徐　學　　文章爾雅，書策琳瑯〔隱地部分〕　在有限的生命裡種一棵無限的文學樹　臺北　爾雅出版社　1995 年 7 月　頁 76—77

351. 白先勇　　冠禮　聯合報　1995 年 10 月 2 日　37 版

352. 白先勇　　冠禮　漲潮日　臺北　爾雅出版社　2000 年 11 月　頁 259—267

353. 白先勇　　冠禮　樹猶如此　臺北　聯合文學出版社　2002 年 2 月　頁 104
　　　—109

354. 白先勇　　冠禮——爾雅和隱地　白先勇書話　臺北　爾雅出版社　2008 年
　　　7 月　頁 50—59

355. 白先勇　　冠禮　白先勇作品集‧樹猶如此　臺北　天下遠見出版公司
　　　2008 年 9 月　頁 128—135

356. 白先勇　　冠禮——爾雅出版社二十年　樹猶如此　桂林　廣西師範大學出
　　　版社　2011 年 11 月　頁 294—301

357. 湯之萱　　生長在文學之家——隱地：新人類也有許多自己的問題　文訊雜
　　　誌　第 128 期　1996 年 6 月　頁 32—33

358. 　琳　　　隱地固守文學出版園地　文訊雜誌　第 135 期　1997 年 1 月　頁
　　　89—90

359. 〔臺灣新聞報〕　　隱地支持新詩出版　臺灣新聞報　1997 年 3 月 28 日　13
　　　版

360. 麥　穗　　再接再厲——《當代名詩人選》2〔隱地部分〕　當代名詩人選 2
　　　臺北　絲路出版社　1997 年 9 月　頁 6—7

361. 歐宗智　　隱地！堅持下去　明道文藝　第 248 期　1996 年 11 月　頁 54—
　　　55

362. 〔中央日報〕　　一九九七作家的成績單——隱地‧「詩心在，童心在」
　　　中央日報　1997 年 12 月 31 日　18 版

363. 李元洛　　一身而三任的作家——隱地　臺灣新聞報　1998 年 3 月 21 日　頁
　　　13

364. 阿　盛　　坦誠展現真性情　自由時報　1998 年 9 月 25 日　41 版

365. 許素華　　不願為書奴，只做書中仙——隱地　中華日報　1998 年 11 月 3 日
　　　15 版

366. 邵　僩　　人生‧心靈別走　聯合報　1999 年 1 月 8 日　37 版

367. 阿　盛　　隱地　作家列傳　臺北　爾雅出版社　1999 年 12 月　頁 21—24

368. 江中明　　隱地寫詩，熱情不減　聯合報　2000 年 1 月 16 日　14 版

369. 沈　怡　　隱地，透過書籍思索人性　聯合報　2000 年 2 月 26 日　42 版

370. 耕　雨　　隱地的兒女名字都叫書　臺灣新聞報　2000 年 5 月 2 日　B8 版

371. 蘇惠昭　　隱地——暗潮洶湧憶年少　中國時報　2000 年 11 月 30 日　42 版

372. 徐淑卿　　誰掀起臺灣 2000 年書潮？　中國時報　2001 年 1 月 7 日　13 版

373. 張夢瑞　　看電影，隱地的生命原動力　民生報　2001 年 4 月 17 日　6 版

374. 陳紅旭　　繼續走最初的路——隱地在出版與寫作上找到心靈出口　中華日報　2001 年 7 月 25 日　19 版

375. 林坤達　　廖風德邀柯青華暢談創作之路　中華日報　2001 年 11 月 19 日　21 版

376. 徐開塵　　隱地的詩歌鋪，落腳永康街　民生報　2002 年 4 月 6 日　12 版

377. 張瑋儀　　隱地——文學的漲潮日　2000 臺灣文學年鑑　臺北　行政院文建會　2002 年 4 月　頁 202—205

378. 〔臺灣新聞報〕　　自喻在黃昏的落日前趕路，又見隱地出新書　臺灣新聞報　2002 年 6 月 27 日　13 版

379. 王盛弘　　應該感謝誰——側寫隱地　幼獅文藝　第 583 期　2002 年 7 月　頁 24—25

380. 王盛弘　　應該感謝誰——為隱地先生寫日記而寫　2002／隱地　臺北　爾雅出版社　2002 年 7 月　頁 1—4

381. 王盛弘　　應該感謝誰——為隱地先生寫日記而寫　2002／隱地（足本）臺北　爾雅出版社　2003 年 6 月　頁 1—4

382. 唐文俊　　在牆上微笑——隱地寫詩十年　自由時報　2002 年 8 月 29 日　39 版

383. 丁文玲　　果子離，為隱地仗義言　中國時報　2002 年 9 月 8 日　21 版

384. 于國華　　臺北文學獎，向資深出版人致敬　民生報　2002 年 11 月 23 日　13 版

385. 向　明　九重天上的詩歌舖子　走在詩國邊緣　臺北　爾雅出版社　2002
年 11 月　頁 169—173

386. 王盛弘　私言志——復為隱地先生寫日記而寫　2002／隱地 Volume Two
臺北　爾雅出版社　2003 年 2 月　頁 1—4

387. 王盛弘　私言志——復為隱地先生寫日記而寫　2002／隱地（足本）　臺
北　爾雅出版社　2003 年 6 月　頁 5—8

388. 陳宛西　隱地在撞頭咖啡館寫作長跑　聯合報　2003 年 5 月 19 日　6 版

389. 柯書湘　我的父親　自從有了書以後……　臺北　爾雅出版社　2003 年 7
月　頁 151—152

390. 王景山　隱地　臺港澳暨海外華文作家辭典　北京　人民文學出版社
2003 年 7 月　頁 747—749

391. 小　民　鼎公與隱地　中華日報　2004 年 3 月 9 日　23 版

392. 李進文　年度詩選特別貢獻獎得主：隱地・接近幸福　聯合報　2004 年 6
月 18 日　E7 版

393. 李進文　接近幸福　十年詩選　臺北　爾雅出版社　2004 年 10 月　頁 217
—222

394. 賴素鈴　臺灣詩心與印跡，盼知音讀這 11 年　民生報　2004 年 6 月 19 日
13 版

395. 應鳳凰　隱地與爾雅出版社　金門文藝　第 1 期　2004 年 7 月　頁 8—12

396. 王鼎鈞　文學的信徒　中央日報　2004 年 9 月 23 日　17 版

397. 王鼎鈞　天涯寄隱地——代序　世界日報（美國）　2004 年 9 月 6 日　18
版

398. 王鼎鈞　天涯寄隱地——代序　身體一艘船　臺北　爾雅出版社　2005 年
2 月　頁 1—4

399. 王鼎鈞　天涯讀隱地　葡萄熟了　臺北　爾雅出版社　2006 年 1 月　頁
206—209

400. 王鼎鈞　天涯讀隱地　葡萄熟了　臺北　九歌出版社　2011 年 2 月　頁

199—202

401. 林家成　隱士・詩人・出版人──隱地　書香遠傳　第 29 期　2005 年 10
月　頁 42—45

402.〔蕭蕭主編〕　詩人簡介　優游意象世界　臺北　聯合文學出版社　2006
年 6 月　頁 107

403. 楊傳珍　海峽兩岸文學藝術高端論壇暨棗莊筆會綜述〔隱地部分〕　臺港
文學選刊　第 240 期　2006 年 11 月　頁 75—76

404. 應鳳凰　梅遜與大江出版社──隱地從「大江」起步　五〇年代文學出版
顯影　臺北　臺北縣文化局　2006 年 12 月　頁 235—236

405. 陳芳明　青春是一張蝕破的葉（上、下）　自由時報　2006 年 12 月 13—
14 日　E5 版

406. 陳芳明　（代序）──青春是一張蝕破的葉　風中陀螺　臺北　爾雅出版
社　2007 年 1 月　頁 3—12

407. 陳芳明　青春是一張蝕破的葉　昨夜雪深幾許　臺北　印刻文學生活雜誌
出版公司　2008 年 9 月　頁 20—28

408. 徐開塵　定靜如榕的姿勢──爾雅出版社的故事　文訊雜誌　第 258 期
2007 年 4 月　頁 114—121

409.〔編輯部〕　隱地　琦君書信集　臺南　國立臺灣文學館　2007 年 8 月
頁 454

410. 吳秋霞　受訪者背景資料簡介──個案四：隱地（柯青華）　出版人的事
業歷程之研究：六個本土案例　南華大學出版與文化事業管理研
究所　碩士論文　萬榮水教授指導　2007 年 12 月　頁 132—133

411.〔封德屏主編〕　隱地　2007 臺灣作家作品目錄　臺南　國立臺灣文學館
2008 年 7 月　頁 1378—1379

412. 張夢瑞　人生十感，風中陀螺──永不停筆的隱地　人間福報　2008 年 11
月 22 日　8—10 版

413.〔鹽分地文學〕　前輩作家寫真簿──隱地　鹽分地帶文學　第 19 期

2008 年 12 月　頁 20

414. 趙嘉琪　愛亞生平及其創作歷程——前輩的提攜——隱地先生　愛亞小說研究　中央大學中國文學系碩士在職專班　碩士論文　李瑞騰教授指導　2008 年　頁 28—29

415. 張　放　曹又方與隱地　聯合報　2009 年 5 月 11 日　D3 版

416. 張騰蛟　賞寶——喜見隱地新專欄　中華日報　2009 年 11 月 1 日　B7 版

417. 張騰蛟　賞寶——喜見隱地新專欄　遺忘與備忘　臺北　爾雅出版社　2009 年 11 月　頁 234—236

418. 陳憲仁　座談會書面意見——隱地藏史　都市心靈工程師　臺北　爾雅出版社　2011 年 6 月　頁 525—527

419. 陳義芝　座談會書面意見——隱地寫詩的意義　都市心靈工程師　臺北　爾雅出版社　2011 年 6 月　頁 527—529

420. 陳義芝　隱地寫詩的意義　人間福報　2011 年 7 月 11 日　15 版

421. 向　明　座談會書面意見——臺灣唯一中間代詩人　都市心靈工程師　臺北　爾雅出版社　2011 年 6 月　頁 529—531

422. 悟　廣　明道大學舉辦隱地學術研討會　文訊雜誌　第 309 期　2011 年 7 月　頁 149

423. 渡　也　歷盡滄桑　自由時報　2011 年 9 月 25 日　D7 版

424. 渡　也　歷盡滄桑　悅讀隱地‧創造自己　臺北　爾雅出版社　2011 年 10 月　頁 307—310

425. 丁旭輝　美男子隱地　悅讀隱地‧創造自己　臺北　爾雅出版社　2011 年 10 月　頁 315—317

426. 席慕蓉　電話裡的隱地　悅讀隱地‧創造自己　臺北　爾雅出版社　2011 年 10 月　頁 318—319

427. 周慧珠　閱讀隱地——春天窗前‧七十歲少年　人間福報　2011 年 11 月 27 日　B4—5 版

428. 曾巧雲　隱地：純文學花園老園丁‧耕耘爾雅 35 年　2010 年臺灣文學年鑑

臺南　國立臺灣文學館　2011 年 11 月　頁 150

429. 林貴真　這裡有一棵樹　讀書會玩書寫　臺北　爾雅出版社　2013 年 10 月　頁 167—170

430. 王定國　隱地之人　中國時報　2015 年 5 月 18 日　D4 版

431. 王定國　隱地之人　探路　新北　印刻文學生活雜誌出版公司　2017 年 2 月　頁 235—238

432. 封德屏　堅持文學的站姿　文訊雜誌　第 357 期　2015 年 7 月　頁 1

433. 白　靈　舉高文學的姿勢——隱地和他的爾雅出版社　文訊雜誌　第 357 期　2015 年 7 月　頁 82—87

434. 林積萍　昨日的播種，今日的收成——爾雅「年度小說選」35 年　文訊雜誌　第 357 期　2015 年 7 月　頁 94—100

435. 陳美桂　相遇爾雅書房——訪談林貴真〔隱地部分〕　文訊雜誌　第 357 期　2015 年 7 月　頁 110—115

436. 陳逸華　爾雅封面 40　文訊雜誌　第 357 期　2015 年 7 月　頁 116—119

437. 王鼎鈞　我與爾雅　文訊雜誌　第 357 期　2015 年 7 月　頁 124—125

438. 白先勇　悠悠忽忽 40 年——我與爾雅結了緣　文訊雜誌　第 357 期　2015 年 7 月　頁 126—127

439. 向　明　感謝爾雅・使我向晚愈明　文訊雜誌　第 357 期　2015 年 7 月　頁 128—130

440. 李進文　一個里程，一枚鏗鏘的逗點，一次熟成後的再出發　文訊雜誌　第 357 期　2015 年 7 月　頁 131—132

441. 季　季　年度小說推手與「我想——」　文訊雜誌　第 357 期　2015 年 7 月　頁 133—135

442. 邵　僩　奇怪・隱地一直不老　文訊雜誌　第 357 期　2015 年 7 月　頁 136—137

443. 亮　軒　俠隱記　文訊雜誌　第 357 期　2015 年 7 月　頁 138—140

444. 亮　軒　俠隱記　帶走一個時代的人——從李敖到周夢蝶　臺北　爾雅出

版社　2018 年 7 月　頁 3—6

445. 柯慶明　「爾雅」就是爾雅！　文訊雜誌　第 357 期　2015 年 7 月　頁 141—142

446. 洛　夫　隱地的文學苦旅　文訊雜誌　第 357 期　2015 年 7 月　頁 143—145

447. 虹　影　謝謝你，隱地先生　文訊雜誌　第 357 期　2015 年 7 月　頁 146—147

448. 席慕蓉　爾雅時光　文訊雜誌　第 357 期　2015 年 7 月　頁 148—150

449. 康芸薇　隱地的文學樹　文訊雜誌　第 357 期　2015 年 7 月　頁 151—155

450. 張曉風　高級誠實——人物品藻　文訊雜誌　第 357 期　2015 年 7 月　頁 156—157

451. 梅　遜　祝賀爾雅 40 周年慶　文訊雜誌　第 357 期　2015 年 7 月　頁 158—159

452. 郭強生　難忘的 2003　文訊雜誌　第 357 期　2015 年 7 月　頁 160—161

453. 陳義芝　文學的桃花源——賀爾雅出版社創社 40 年　文訊雜誌　第 357 期　2015 年 7 月　頁 162—163

454. 喻麗清　爾雅人二三事　文訊雜誌　第 357 期　2015 年 7 月　頁 164—165

455. 黃克全　敬意及謝意　文訊雜誌　第 357 期　2015 年 7 月　頁 166—167

456. 愛　亞　我是爾雅人　文訊雜誌　第 357 期　2015 年 7 月　頁 168—169

457. 齊邦媛　咖啡之前·咖啡之後　文訊雜誌　第 357 期　2015 年 7 月　頁 170—171

458. 歐陽子　爾雅與我　文訊雜誌　第 357 期　2015 年 7 月　頁 172—173

459. 陳文發　童年往事／隱地　書寫者，看見　臺北　允晨文化公司　2015 年 9 月　頁 106—110

460. 向　陽　爾雅出版家：隱地與《人生船》　鹽分地帶文學　第 60 期　2015 年 10 月　頁 148—154

461. 向　陽　爾雅出版家——隱地與《人生船》　寫意年代——臺灣作家手稿

故事 2　臺北　九歌出版社　2018 年 1 月　頁 86—94

462. 丁邦殿　深夜讀《清晨的人》（代序）　深夜的人　臺北　爾雅出版社　2015 年 12 月　頁 3—6

463. 張春榮　隱地的清新練達　國文天地　第 367 期　2015 年 12 月　頁 96—99

464. 周浩正　人生畢旅——爾雅隱地　回到七〇年代——七〇年代的文藝風　臺北　爾雅出版社　2016 年 7 月　頁 211—220

465. 周浩正　貴人隱地——爾雅，文學人嚮往之所　人生畢旅　臺北　爾雅出版社　2017 年 2 月　頁 13—20

466. 果子離　退了稿，我們就不是朋友了〔隱地部分〕　散步在傳奇裡　臺北　群星文化出版　2016 年 8 月　頁 140—145

467. 劉世芬　尋訪一位「七十歲少年」　文學自由談　2016 年第 1 期　2016 年　頁 112—118

468. 林文義　隱地的鏡子——編和寫的兩個房間　文訊雜誌　第 375 期　2017 年 1 月　頁 32—33

469. 林文義　隱地的鏡子　酒的遠方　臺北　聯合文學出版社　2018 年 5 月　頁 51—55

470. 彭尚儀　作家與我　用書認識我自己　臺中　白象文化公司　2018 年 3 月　頁 133—135

471. 彭尚儀　認識爾雅　用書認識我自己　臺中　白象文化公司　2018 年 3 月　頁 136

472. 姜　捷　隱地對照記——美夢成真　掌訊（GLOBALinks）　第 85 期　2019 年 9 月　頁 84—85

訪談、對談

473. 程榕寧　隱地談小說及小說家　大華晚報　1972 年 5 月 8 日　10 版

474. 彭碧玉　結合寫，編與出版——隱地的志趣和理想　文藝月刊　第 108 期　1978 年 6 月　頁 25—34

475. 柳　暗　　隱地如是說──訪爾雅出版社隱地先生　愛書人　第 94 期　1978
年 12 月 1 日　2 版

476. 張正雄　　出版業是個陷阱嗎？──訪「爾雅」發行人隱地　出版與研究
第 41 期　1979 年 3 月　頁 28

477. 黃秋芳　　破繭──隱地談二十歲　速寫簿　臺北　希代書版公司　1988 年
1 月　頁 207─212

478. 黃秋芳採訪整理　　破繭　當我 20（下）　臺北　皇冠出版社　1988 年 8 月
頁 249─256

479. 盧魯童　　隱地談大眾文學品味　幼獅文藝　第 417 期　1988 年 9 月　頁 14
─18

480. 沈冬青　　我其實仍然在花園裡──永續經營生活的隱地　幼獅文藝　第 498
期　1995 年 6 月　頁 43─48

481. 沈冬青　　我其實仍在花園裡──永續經營生活的隱地　我其實仍然在花園
裡　臺北　幼獅文化公司　1998 年 8 月　頁 53─65

482. 沈冬青　　我其實仍然在花園裡──永續經營生活的隱地　生命曠野　臺北
爾雅出版社　2000 年 1 月　頁 144─158

483. 沈冬青　　我其實仍在花園裡　深夜的人　臺北　爾雅出版社　2015 年 12
月　頁 126─137

484. 隱地，黃春明；王妙如記錄　　生活，對醜的一種抵抗（上、下）　中國時
報　1996 年 8 月 23─24 日　19 版

485. 隱地，黃春明；王妙如記錄　　生活，對醜的一種抵抗　縱浪談　臺北　時
報文化出版公司　1996 年 11 月　頁 439─456

486. 隱地，黃春明；王妙如記錄　　生活，對醜的一種抵抗──和黃春明的對話
盪著鞦韆喝咖啡　臺北　爾雅出版社　1998 年 7 月　頁 113─130

487. 黃鳳鈴　　我手寫我心──與隱地談寫詩　明道文藝　第 254 期　1997 年 5
月　頁 93─97

488. 隱地，席慕蓉　　作家十日談：席慕蓉 v.s.隱地（1─10）　聯合報　1997 年

7 月 13—22 日　41 版

489.〔隱地〕　　十日談——與席慕蓉的對話　盪著鞦韆喝咖啡　臺北　爾雅出版社　1998 年 7 月　頁 225—246

490. 王開平　咖啡與詩的午夢——訪出版人隱地　聯合報　1998 年 4 月 13 日　46 版

491. 郭明福　那條時光河——訪隱地談三十年的《年度小說選》　文訊雜誌　第 156 期　1998 年 10 月　頁 29—33

492. 吳月蕙　從水果沙拉的早晨開始　中央日報　2000 年 6 月 23 日　22 版

493. 萬麗慧　等待文學的漲潮日——訪爾雅出版社發行人隱地　全國新書資訊月刊　第 25 期　2001 年 1 月　頁 41—44

494. 沈　奇　詩‧書‧人——隱地訪談錄　我的宗教我的廟　臺北　爾雅出版社　2001 年 7 月　頁 191—212

495. 林峻楓　發光的文學園丁——訪詩人隱地　青年日報　2001 年 9 月 19 日　10 版

496. 林峻楓　發光的文學園丁——訪詩人隱地　詩歌舖　臺北　爾雅出版社　2002 年 2 月　頁 131—136

497. 吳　為　終生的文藝園丁——隱地的文學記錄　中央日報　2001 年 12 月 7 日　20 版

498. 林薇瑄，吳麗娟　把文學當宗教，把爾雅當廟——永懷夢想的出版人：隱地　出版學刊　第 5 期　2002 年 6 月　頁 16—18

499. 林薇瑄，吳麗娟　把文學當宗教，把爾雅當廟——永懷夢想的出版人：隱地　2002／隱地　臺北　爾雅出版社　2002 年 7 月　頁 293—294

500. 林薇瑄，吳麗娟　把文學當宗教，把爾雅當廟——永懷夢想的出版人：隱地　2002／隱地（足本）　臺北　爾雅出版社　2003 年 6 月　頁 632—633

501. 王盛弘　小的堅持與自信——隱地、鍾惠民對談　中央日報　2002 年 11 月 13 日　16 版

502. 王盛弘　　小的堅持與自信——隱地、鍾惠民對談　自從有了書以後……　臺北　爾雅出版社　2003 年 7 月　頁 191—200

503. 丘慧薇　　隱地——走文學路回心的家　家庭月刊　第 317 期　2003 年 2 月　頁 32—37

504. 吳麗娟　　（爾雅）隱地訪談記錄　臺灣文人出版社的經營模式　南華大學出版學研究所　碩士論文　陳俊榮教授指導　2003 年　頁 112—114

505. 王文仁　　閱讀，在生命中的位置——專訪北一女駐校作家隱地　臺灣文學館通訊　第 3 期　2004 年 3 月　頁 74—76

506. 隱地，滿觀　　隱地 v.s.滿觀・MSN 線上對談　人間福報　2005 年 1 月 9 日　6 版

507. 孫梓評　　記憶有聲——專訪隱地　自由時報　2005 年 5 月 31 日　47 版

508. 孫梓評　　回首囊昔，爾雅三十而立——專訪出版人隱地　自由時報　2005 年 7 月 20 日　E7 版

509. 〔民生報〕　　周末文學對談——季季與隱地：回溯六〇年代　民生報　2005 年 12 月 3 日　A13 版

510. 隱地，郭強生對談；張耀仁記錄　　人生無處不喜悅　中央日報　2006 年 1 月 5—6 日　17 版

511. 季季，隱地講；陳家慧記　　我們的六〇年代——兼及年度文選與編輯生涯　明道文藝　第 362 期　2006 年 5 月　頁 56—80

512. 季季，隱地講；陳家慧記　　我們的六〇年代——兼及年度文選與編輯生涯　臺灣文學館通訊　第 11 期　2006 年 6 月　頁 42—46

513. 季季，隱地講；陳家慧記　　我們的六〇年代——兼及年度文選與編輯生涯　漫遊的星空／八場臺灣當代散文與詩的心靈饗宴：國立臺灣文學館・第五季週末文學對談　臺南　國立臺灣文學館　2007 年 12 月　頁 176—205

514. 季季，隱地講；陳家慧記　　我們的六〇年代——兼及年度文選與編輯生涯

我的湖　臺北　印刻文學生活雜誌出版公司　2008 年 7 月　頁 194—226

515. 季季，隱地講；陳家慧記　　我們的六〇年代——兼及年度文選與編輯生涯 回頭　臺北　爾雅出版社　2009 年 1 月　頁 215—249

516. 隱地等[4]　　人生多美麗——2006 第一屆懷恩文學獎座談會　聯合報　2006 年 12 月 2 日　E7 版

517. 林育群　　午後的咖啡　魂夢雪泥——文學家的私密臺北　臺北　臺北市文 化局　2007 年 2 月　頁 55—63

518. 吳秋霞　　個案解析比較及模式建構——個案基本背景資料之整理——隱地 ——爾雅出版社　出版人的事業歷程之研究：六個本土案例　南 華大學出版與文化事業管理研究所　碩士論文　萬榮水教授指導 2007 年 12 月　頁 69—74

519. 隱地等[5]　　臺北成為華文文學中心的思考與挑戰——「華文文學論壇」座談 會紀實　文訊雜誌　第 267 期　2008 年 1 月　頁 92—96

520. 蘇靜君　　隱地訪談記錄　爾雅漲潮日——隱地散文研究　南華大學文學系 碩士論文　黃文成教授指導　2008 年　頁 216—229

521. 張夢瑞　永不停筆的隱地　人間福報　2008 年 11 月 22 日　8～10 版

522. 楊　玲　　隱地訪談紀錄　臺灣文學出版行銷策略　臺北教育大學語文與創 作學系　碩士論文　陳俊榮教授指導　2009 年　頁 227—230

523. 李懷宇　　隱地：在出版與寫作之間尋找詩意　世界知識公民——文化名家 訪談錄　臺北　允晨文化公司　2010 年 5 月　頁 349—361

524. 方秋停　　堅持純文學出版，散放心靈芬多精——訪爾雅出版社發行人隱地 明道文藝　第 419 期　2011 年 2 月　頁 25—30

525. 紫　鵑　　沐浴在咖啡香裡的一枚詩心——詩人隱地先生專訪　乾坤詩刊 第 58 期　2011 年 4 月　頁 7—18

---

[4]主持人：黃鎮台、陳義芝；主講人：隱地、王文華、歐銀釧；報導：凌性傑。
[5]與會者：李瑞騰、林載爵、廖玉蕙、田新彬、隱地、邱貴芬；紀錄：黃文鉅。

526.〔自由時報〕　隱地開門　一棟獨立的臺灣房屋及其他　臺北　爾雅出版社　2012 年 4 月　頁 171—174

527. 盧柏儒　臺灣文學風華錄：專訪聯經、爾雅、印刻三家出版人——隱地談爾雅出版　臺灣文學館通訊　第 37 期　2012 年 12 月　頁 43—44

528. 陳怡君　隱地訪談錄　隱地及其出版事業研究　中央大學中國文學系碩士在職專班　碩士論文　李瑞騰教授指導　2012 年　頁 137—148

529. 陳怡君　隱地筆談錄　隱地及其出版事業研究　中央大學中國文學系碩士在職專班　碩士論文　李瑞騰教授指導　2012 年　頁 149—163

530. 陳厚合　隱地訪談錄　文化翻譯下的現代主義：以朱橋主編之《幼獅文藝》為中心　臺南藝術大學藝術史學系　碩士論文　蔣伯欣教授指導　2012 年　頁 254

531. 顏兆鴻〔顏國民〕專訪　爾雅隱地・創作一甲——快樂讀書人，守住文學守住夢　文創達人誌　第 4 期　2013 年 7 月　頁 4—19

532. 顏國民　擁抱文學，擁抱夢！——爾雅隱地・創作一甲子　散文隱地——隱地散文創作觀及其實踐　臺北　爾雅出版社　2014 年 4 月　頁 260—269

533. 曹晏郡　讓感性與理性和諧——訪爾雅隱地，談文學的堅持　散文隱地——隱地散文創作觀及其實踐　臺北　爾雅出版社　2014 年 4 月　頁 250—259

534.〔李令儀〕　「文學興旺」年代的美夢——回答臺大博士生李令儀　清晨的人　臺北　爾雅出版社　2015 年 4 月　頁 179—189

535. 李令儀　文學興旺年代的美夢——訪隱地談出版　文訊雜誌　第 357 期　2015 年 7 月　頁 120—123

536. 徐開塵　說不清楚的新世界——訪隱地，說「爾雅五書」的故事　清晨的人　臺北　爾雅出版社　2015 年 4 月　頁 190—203

537. 徐開塵　說不清楚的新世界——訪隱地說爾雅五書的故事　文訊雜誌　第 354 期　2015 年 4 月　頁 79—87

538. 隱　　地　　面對拋書丟書的年代——回答北京大學藝術學院博士研究生李育菁　深夜的人　臺北　爾雅出版社　2015 年 12 月　頁 211—214

539. 紅袖藏雲　　執筆乾坤大・展書日月長——廣植文學樹的隱地　有荷文學雜誌　第 17 期　2015 年 12 月　頁 6—9

540. 阮愛惠　隱地篤信文學　守護瀕臨實體書　人間福報　2016 年 2 月 19 日　7 版

541. 陳建男採訪撰文　　遺忘與備忘——隱地　聯合文學　第 389 期　2017 年 3 月　頁 24—29

542. 編輯部採訪　　作家讀書：隱地[6]　聯合文學　第 391 期　2017 年 5 月　頁 122—123

543. 〔聯合文學採訪〕　　答「聯文」九問　回到九〇年代——九〇年代的旅遊熱　臺北　爾雅出版社　2017 年 9 月　頁 244—248

544. 果明珠專訪　　把昨日翻過來，將今日融進去——隱地談「年代五書」　自由時報　2018 年 1 月 28 日　D5 版

545. 李竹婷專訪整理　爾雅文學樹屹立不搖　開展文學的無限可能——專訪「爾雅出版社」創辦人隱地　明道文藝　第 479 期　2019 年 11 月　頁 10—12

年表

546. 〔隱地〕　　隱地寫作年表　我的書名就叫書　臺北　爾雅出版社　1978 年 12 月　頁 147—150

547. 隱　　地　　隱地寫作年表　歐遊隨筆　臺北　爾雅出版社　1981 年 2 月　〔4〕頁

548. 隱　　地　　隱地寫作年表　隱地看小說　臺北　爾雅出版社　1981 年 6 月　頁 361—365

549. 隱　　地　　隱地寫作年表　現代人生　臺北　爾雅出版社　1981 年 10 月　〔4〕頁

---

[6]本文後改篇名為〈答「聯文」九問〉。

550. 隱　地　隱地寫作年表　快樂的讀書人　臺北　爾雅出版社　1982 年 3 月
　　　〔6〕頁

551. 隱　地　寫作年表　隱地自選集　臺北　黎明文化公司　1982 年 12 月　頁
　　　7—12

552. 隱　地　隱地寫作年表　心的掙扎　臺北　爾雅出版社　1984 年 9 月　頁
　　　189—195

553. 隱　地　隱地寫作年表　心的掙扎　臺北　爾雅出版社　1988 年 3 月　頁
　　　193—200

554. 隱　地　隱地詩譜　十年詩選　臺北　爾雅出版社　2004 年 10 月　頁 223
　　　—228

555. 隱　地　散文隱地　春天窗前的七十歲少年　臺北　爾雅出版社　2008 年
　　　1 月　頁 221—226

556. 蘇靜君　隱地寫作年表　爾雅漲潮日——隱地散文研究　南華大學文學系
　　　碩士論文　黃文成教授指導　2008 年　頁 205—212

557. 隱　地　關於隱地　回頭　臺北　爾雅出版社　2009 年 1 月　頁 254—259

558. 劉欣芝　隱地生平及創作年表　隱地及其作品研究　中央大學中國文學系
　　　碩士在職專班　碩士論文　李瑞騰教授指導　2011 年　頁 146—
　　　156

559. 林雪香　作家年表　隱地的散文創作觀及其實踐　臺北教育大學語文與創
　　　作學系語文教學碩士班　碩士論文　張春榮教授指導　2012 年 8
　　　月　頁 239—249

其他

560. 賴青萍　盛開文學花朵的爾雅出版社　精湛　第 25 期　1995 年 9 月　頁
　　　80—83

561. 陳文芬　爾雅年度小說選三十而立：典律的生成‧紀念這個光榮時刻　中
　　　國時報　1998 年 5 月 20 日　26 版

562. 陳文芬　陽春白雪喚不回‧爾雅年度小說選劃上句點　中國時報　1998 年

12 月 23 日　11 版

563. 陳文芬　　爾雅廿五歲‧隱地：再給我廿五年　中國時報　2000 年 7 月 21 日
11 版

564. 賴素鈴　　隱地獲獎，最是快樂　民生報　2001 年 1 月 3 日　9 版

565. 李令儀　　果子離貼心卡片‧溫暖隱地　聯合報　2002 年 10 月 13 日　14 版

566. 小　島　　隱地、愛亞、鄭清文、季季閒話「我在重慶南路的日子」　中央
日報　2002 年 11 月 21 日　16 版

567. 陳宛茜　　隱地：讓書全都住在一起，書和書會吵架　聯合報　2003 年 5 月
19 日　B6 版

568. 李長青　　詩——影帝：在豪華大戲院聽隱地先生演講　幼獅文藝　第 609
期　2004 年 9 月　頁 128—129

569. 陳宛茜　　九歌文學獎‧隱地又獲獎　聯合報　2010 年 3 月 10 日　A7 版

570. 游文宓　　「隱地與華文文學」兩岸三地學術研討會　文訊雜誌　第 309 期
2011 年 7 月　頁 166—167

571. 周慧珠　　精讀隱地‧學詩學文　人間福報　2011 年 11 月 27 日　B5 版

572. 楊媛婷　　爾雅 40 年‧隱地：有限生命植無限文學樹　自由時報　2015 年 7
年 13 月　D8 版

573. 陳智華　　爾雅 40‧隱地：賣房也要再撐 20 年　聯合報　2015 年 7 月 13 日
A11 版

574. 汪淑珍　　爾雅出版社與臺灣文學出版　文訊雜誌　第 357 期　2015 年 7 月
頁 88—93

575. 蕭　蕭　　回首深深一望爾雅年度詩選　文訊雜誌　第 357 期　2015 年 7 月
頁 101—105

576. 張春榮　　爾雅極短篇微觀美學　文訊雜誌　第 357 期　2015 年 7 月　頁
106—109

577. 杜秀卿　　文學路上，他總也不老——記隱地八十壽宴　文訊雜誌　第 375
期　2017 年 1 月　頁 222—224

作品評論篇目

綜論

月　頁 63—69

591.〔中華民國新詩學會編〕　　隱地詩創作觀　中華新詩選　臺北　文史哲出版社　1996 年 3 月　頁 56

592. 沈　奇　瀟灑人生的詩意書寫——編者前言　隱地心語　西安　陝西旅遊出版社　1996 年 5 月　頁 1—5

593. 張　默　為生活意象而歌，讀隱地詩作的一些思考　臺灣新聞報　1996 年 11 月 14 日　13 版

594. 張　默　為生活意象而歌——讀隱地詩作的一些思考　臺灣現代詩概觀　臺北　爾雅出版社　1997 年 5 月　頁 303—310

595. 沈　奇　論隱地和他的詩　臺灣詩人散論　臺北　爾雅出版社　1996 年 11 月　頁 308—325

596. 沈　奇　為詩而詩——論隱地和他的詩　沈奇詩學論集——臺灣詩人論評　北京　中國社會科學出版社　2005 年 8 月　頁 276—287

597. 洛　夫　詩是隱地活得真實的理由[7]　中央日報　1998 年 5 月 6 日　22 版

598. 洛　夫　詩是隱地活得真實的理由　臺灣詩學季刊　第 23 期　1998 年 6 月　頁 116—117

599. 洛　夫　談談隱地　洛夫小品選　臺北　小報文化公司　1998 年 11 月　頁 60—63

600. 洛　夫　詩是隱地活得真實的理由（代序）　生命曠野　臺北　爾雅出版社　2000 年 1 月　頁 1—5

601. 洛　夫　談談隱地　雪樓小品　臺北　三民書局　2006 年 8 月　頁 84—86

602. 張　默　後半生閃躲前半生——隱地　臺灣詩學季刊　第 23 期　1998 年 6 月　頁 118—126

603. 張　默　後半生閃躲前半生——隱地的詩生活　夢從樺樹上跌下來：詩壇鉤沉筆記　臺北　爾雅出版社　1998 年 6 月　頁 293—314

604. 沈　奇　近看隱地的詩　創世紀　第 124 期　2000 年 9 月　頁 13—14

[7]本文後改篇名〈談談隱地〉。

605. 白先勇　克難歲月（上、下）　中國時報　2000 年 10 月 26—27 日　37 版

606. 白先勇　克難歲月——隱地的「少年追想曲」　漲潮日　臺北　爾雅出版社　2000 年 11 月　頁 1—12

607. 白先勇　克難歲月——隱地的「少年追想曲」　樹猶如此　臺北　聯合文學出版社　2002 年 2 月　頁 114—122

608. 白先勇　克難歲月——隱地的《漲潮日》　白先勇書話　臺北　爾雅出版社　2008 年 7 月　頁 37—49

609. 白先勇　克難歲月——隱地的「少年追想曲」　白先勇作品集・樹猶如此　臺北　天下遠見出版公司　2008 年 9 月　頁 136—146

610. 白先勇　克難歲月——隱地的「少年追想曲」　明星咖啡館　南京　江蘇文藝出版社　2009 年 5 月　頁 133—139

611. 白先勇　克難歲月——隱地的「少年追想曲」　樹猶如此　桂林　廣西師範大學出版社　2011 年 11 月　頁 302—313

612. 孫康宜　談隱地的「遊」（上、下）　自由時報　2001 年 3 月 12—13 日　35 版

613. 孫康宜　談隱地的「遊」　遊學集　臺北　爾雅出版社　2001 年 12 月　頁 29—46

614. 孫康宜　隱地詩中的「遊」　詩歌舖　臺北　爾雅出版社　2002 年 2 月　頁 1—14

615. 孫康宜　談隱地的「遊」　七種隱藏（Seven Kinds of Hiding）　臺北　爾雅出版社　2002 年 9 月　頁 180—204

616. 唐　捐　隱地　臺灣現代文學教程：當代文學讀本　臺北　二魚文化公司　2002 年 8 月　頁 157—158

617. 丁旭輝　恬淡親切見真味——論隱地的詩　左岸詩話　臺北　爾雅出版社　2002 年 11 月　頁 117—127

618. 鄧榮坤　從杜甫到隱地　青年日報　2003 年 9 月 20 日　10 版

619. 劉　俊　隱地的詩世界　十年詩選　臺北　爾雅出版社　2004 年 10 月　頁

1—9

620. 宋雅姿　隱地與他的文學宗教　文訊雜誌　第 236 期　2005 年 6 月　頁 124—133

621. 黎湘萍　甘苦濃香的咖啡滋味——啜飲隱地散文[8]　中華日報　2005 年 10 月 10 日　23 版

622. 黎湘萍　布紐爾與隱地——《隱地看電影》代序 2　隱地看電影　臺北　爾雅出版社　2015 年 7 月　頁 5—9

623. 張索時　詩話隱地　新詩八家論　臺北　爾雅出版社　2006 年 3 月　頁 189—206

624. 李瑞騰　不動如山——論隱地之寫詩及其堅持　人間福報　2007 年 4 月 2 日　15 版

625. 張德寧　走在小說大路上的創作者——寫給隱地的信　中華日報　2007 年 5 月 3 日　C5 版

626. 蕭　蕭　圖象詩：多種交疊的文類——結語：圖象詩的未來趨勢——圖象詩蹲下去潛入新詩裡〔隱地部分〕　現代新詩美學　臺北　爾雅出版社　2007 年 7 月　頁 349—350

627. 章亞昕　「老來得子」的詩人——隱地　明道文藝　第 380 期　2007 年 11 月　頁 42—48

628. 陳學祈　作家作品評析——伴書到老：隱地　戰後臺灣書話散文初探　臺北教育大學臺灣文化研究所　碩士論文　應鳳凰教授指導　2010 年　頁 78—92

629. 許秦蓁　童年記憶的發酵——隱地（1937—）、雷驤（1939—）的上海書寫[9]　「隱地與華文文學」兩岸三地學術研討會　彰化　明道大學，香港大學，澳門大學，徐州師範大學，廈門大學，香港專業

[8]本文後改篇名為〈布紐爾與隱地——《隱地看電影》代序 2〉。
[9]本文以文本參照方式，分析兩位作家的上海童年記憶，進而勾勒出作家的集體記憶、家族故事。全文共 5 小節：1.前言——上海，一座必須離開的城；2.父母與家族——隱地、雷驤的上海淵源；3.從醞釀到發酵——上海記憶・日常生活；4.懷舊與巡禮——以書寫解放記憶；5.結論——作家記憶・浮光掠影。

　　　　進修學院，明道文教基金會主辦　2011 年 6 月 10 日

630. 許秦蓁　　童年記憶的發酵——隱地（一九三七—）、雷驤（一九三九—）
　　　　的上海書寫　都市心靈工程師　臺北　爾雅出版社　2011 年 6 月
　　　　頁 287—327

631. 蕭水順〔蕭蕭〕　　都市心靈工程師：隱地詩中的空間觸感與人間情味[10]
　　　　「隱地與華文文學」兩岸三地學術研討會　彰化　明道大學，香
　　　　港大學，澳門大學，徐州師範大學，廈門大學，香港專業進修學
　　　　院，明道文教基金會主辦　2011 年 6 月 10 日

632. 蕭水順　　都市心靈工程師——隱地詩中的空間觸感與人間情味　都市心靈
　　　　工程師　臺北　爾雅出版社　2011 年 6 月　頁 37—73

633. 蕭蕭　　都市心靈的工程師：隱地詩中的空間觸感與人間情味　空間新詩學
　　　　——新詩學三重奏之一　臺北　萬卷樓圖書公司　2017 年 6 月
　　　　頁 175—208

634. 方環海，沈玲　　喻的終極——論隱地詩歌的「彼岸」情懷[11]　「隱地與華文
　　　　文學」兩岸三地學術研討會　彰化　明道大學，香港大學，澳門
　　　　大學，徐州師範大學，廈門大學，香港專業進修學院，明道文教
　　　　基金會主辦　2011 年 6 月 10 日

635. 方環海，沈玲　　隱喻的終極——論隱地詩歌的「彼岸」情懷　都市心靈工
　　　　程師　臺北　爾雅出版社　2011 年 6 月　頁 247—286

636. 方環海，沈玲　　生命隱喻與「彼岸情懷」——隱地詩歌論　詩意的視界
　　　　上海　學林出版社　2012 年 5 月　頁 162—187

---

[10]本文全面論述隱地的詩作，探討其作中的都市性和智慧性，標示其獨樹一幟的詩壇地位。全文共
6 小節：1.前言：罕見的都市型詩人；2.木盒圓瓶方鏡是都市拘囿的當然縮影；3.口舌體腔四肢是
都市慾望的必然載體；4.喜怒哀樂愛惡是都市活力的自然型錄；5.孤獨寂寞懷憂是都市本質的黯
然伏流；6.結語：罕見的智慧型詩人。

[11]本文以芭芭拉・漢娜的精神分析理論為視角，解讀隱地詩歌中的「死亡」意象，並結合其詩作中
的隱喻進行探討。全文共 6 小節：1.引言：遲到的早熟；2.「彼岸」情懷的心智基礎；3.隱地詩
歌的「彼岸」母題；4.「遊」的悲哀：「此岸」的生命狀態；5.「灰塵」的歡唱：「彼岸」的物
化狀態；6.結語。

637. 白　靈　　承載與流動——隱地詩中的船舶美學[12]　「隱地與華文文學」兩岸
　　　　　　　三地學術研討會　彰化　明道大學，香港大學，澳門大學，徐州
　　　　　　　師範大學，廈門大學，香港專業進修學院，明道文教基金會主辦
　　　　　　　2011 年 6 月 10 日

638. 白　靈　　承載與流動——隱地詩中的船舶美學　都市心靈工程師　臺北
　　　　　　　爾雅出版社　2011 年 6 月　頁 5—35

639. 白　靈　　承載與流動——隱地詩中的船舶美學　新詩十家論　臺北　秀威
　　　　　　　資訊科技公司　2016 年 1 月　頁 181—207

640. 沈玲，方環海　　論隱地的時間隱喻[13]　「隱地與華文文學」兩岸三地學術研
　　　　　　　討會　彰化　明道大學，香港大學，澳門大學，徐州師範大學，
　　　　　　　廈門大學，香港專業進修學院，明道文教基金會主辦　2011 年 6
　　　　　　　月 10 日

641. 沈玲，方環海　　論隱地的時間隱喻　都市心靈工程師　臺北　爾雅出版社
　　　　　　　2011 年 6 月　頁 405—434

642. 方環海，沈玲　　時間的隱喻與想像——隱地詩歌再論　詩意的視界　上海
　　　　　　　學林出版社　2012 年 5 月　頁 188—209

643. 陳政彥　　隱地的編輯事業對臺灣文學場域的影響[14]　「隱地與華文文學」兩
　　　　　　　岸三地學術研討會　彰化　明道大學，香港大學，澳門大學，徐
　　　　　　　州師範大學，廈門大學，香港專業進修學院，明道文教基金會主
　　　　　　　辦　2011 年 6 月 10 日

644. 陳政彥　　隱地的編輯事業對臺灣文學場域的影響　都市心靈工程師　臺北

---

[12]本文擴大作家「船」喻範圍，將其多重身分與不同的船種連結，歸結出有限與無限的歸返自我路徑。全文共 5 小節：1.引言；2.日常生活空間實踐、戰略與戰術；3.隱地船下與杯內的皺褶；4.旅人、守門人、船舶美學；5.結語。

[13]本文以挪威哲學家拉斯·史文德森的時間「無聊」現象學為視角，以時間範疇理論探究隱地詩歌中時間詞語的運用與表達。全文共 4 小節：1.引言；2.隱地詩歌的時間呈現；3.直線時間和圓形時間的認知趨向；4.結語。

[14]本文透過布迪厄的場域理論分析隱地的出版事業，探究其對臺灣文學場域的影響。全文共 4 小節：1.前言；2.隱地編輯事業沿革與臺灣文學場域流變；3.從臺灣文學場域角度來看隱地編輯事業的特殊性；4.結語。

爾雅出版社　2011 年 6 月　頁 115—144

645. 黃文成　我在我城的曾經與現在——隱地散文中的臺北書寫[15]　「隱地與華文文學」兩岸三地學術研討會　彰化　明道大學，香港大學，澳門大學，徐州師範大學，廈門大學，香港專業進修學院，明道文教基金會主辦　2011 年 6 月 10 日

646. 黃文成　我在我城的曾經與現在——隱地散文中的臺北書寫　都市心靈工程師　臺北　爾雅出版社　2011 年 6 月　頁 329—373

647. 黃文成　我在我城的曾經與現在——隱地散文中的臺北書寫　空間與書寫——臺灣當代散文地方感的凝視與詮釋　臺中　晨星出版公司　2013 年 3 月　頁 23—70

648. 楊晉綺　「塵」的旋舞與「蝶」的復歸：隱地小說的文本互涉與詩性特徵[16]　「隱地與華文文學」兩岸三地學術研討會　彰化　明道大學，香港大學，澳門大學，徐州師範大學，廈門大學，香港專業進修學院，明道文教基金會主辦　2011 年 6 月 10 日

649. 楊晉綺　「塵」的旋舞與「蝶」的復歸——隱地小說的文本互涉與詩性特徵　都市心靈工程師　臺北　爾雅出版社　2011 年 6 月　頁 187—245

650. 楊慧思　新詩教學的校本實踐——以隱地的詩歌為例[17]　「隱地與華文文學」兩岸三地學術研討會　彰化　明道大學，香港大學，澳門大學，徐州師範大學，廈門大學，香港專業進修學院，明道文教基金會主辦　2011 年 6 月 10 日

651. 楊慧思　新詩教學的校本實踐——以隱地的詩歌為例　都市心靈工程師

---

[15]本文探討隱地散文，論析其關於臺北書寫議題背後的一個時代、空間與個人生命史之間，相互對話的內在精神。全文共 6 小節：1.空間與時間的對話；2.離散的年代／混雜的青春；3.臺北城裡咖啡館中的書寫靈魂／靈魂書寫；4.咀嚼臺北／食飲人生；5.漫遊我城／我城傾斜；6.結語。

[16]本文論析隱地小說中文本互涉現象與詩意氛圍。全文共 5 小節：1.引言；2.隱地小說裡的日常生活經驗：「經驗」的互文類型與意義；3.詩意的棲居與哲思囈語；4.情節意義的接續套疊與迴旋複沓；5.結語。

[17]本文引用隱地詩歌設計新詩教學。全文共 5 小節：1.緒論；2.文獻探討：變易學習理論與新詩教學；3.研究設計；4.研究結果與討論；5.結論與省思。

臺北　爾雅出版社　2011 年 6 月　頁 435—456

652. 黎活仁　　上升與下降：隱地詩的「未完成性」[18]　「隱地與華文文學」兩岸
三地學術研討會　彰化　明道大學，香港大學，澳門大學，徐州
師範大學，廈門大學，香港專業進修學院，明道文教基金會主辦
2011 年 6 月 10 日

653. 黎活仁　　上升與下降——隱地詩的「未完成性」　都市心靈工程師　臺北
爾雅出版社　2011 年 6 月　頁 75—114

654. 林明德　　以文字譜寫——生命交響樂曲的隱地　人間福報　2011 年 10 月
14 日　15 版

655. 黎湘萍　　臺北街巷的「斯賓諾莎」——隱地文學印象　悅讀隱地・創造自
己　臺北　爾雅出版社　2011 年 10 月　頁 311—314

656. 陳芳明　　一九七〇年代臺灣文學的延伸與轉化——鄉土文學運動中的詩與
散文〔隱地部分〕　臺灣新文學史　臺北　聯經出版公司　2011
年 10 月　頁 575—576

657. 馮慧安，余境熹　　隱地新詩的美學求索——「接收延緩」詩學應用　臺灣
文學與文化創意國際學術研討會　臺中　修平科技大學應用中文
系主辦　2012 年 6 月 2 日

658. 馮慧安，余境熹　　隱地新詩的美學求索——「接收延緩」詩學應用　2012
臺灣文學與文化創意國際學術研討會論文集　臺中　修平科技大
學應用中文系　2012 年 7 月　頁 19—39

659. 陳學祈　　隱地書話的社會意義及其價值：以人、事、書三面向為論述中心
文史臺灣學報　第 4 期　2012 年 6 月　頁 167—196

660. 落　蒂　　新鮮的歌者——隱地論　靜觀詩海拍天落　臺北　文史哲出版社
2012 年 9 月　頁 247—253

661. 林雪香　　隱地散文的修辭藝術　國文天地　第 333 期　2013 年 2 月　頁 50

---

[18]本文以巴什拉的四元素詩學，結合巴赫金的嘉年華會理論，研究隱地詩歌中上升與下降的描寫。
全文共 5 小節：1.引言；2.巴赫金的「未完成性」；3.躺的詩學；4.食、性、排泄；5.結論。

—59

662. 張騰蛟　隱地：《風中陀螺》　書註　臺北　爾雅出版社　2013 年 11 月
頁 232—234

663. 張騰蛟　隱地：《2012／隱地》　書註　臺北　爾雅出版社　2013 年 11 月
頁 283—284

664. 張春榮　曄曄青華，隱地無隱　散文隱地——隱地散文創作觀及其實踐
臺北　爾雅出版社　2014 年 4 月　頁 3—14

665. 張春榮　曄曄青華，隱地無隱　國文天地　第 355 期　2014 年 12 月　頁
30—33

◆單行本作品

論述

《隱地看小說》

666. 邵　僴　隱地那傢伙的書評（代序）　隱地看小說　臺北　大江出版社
1967 年 9 月　頁 1—7

667. 邵　僴　隱地那傢伙的書評（代序）　隱地看小說　臺北　爾雅出版社
1981 年 6 月　頁 5—11

668. 梅　遜　簡介《隱地看小說》　大華晚報　1968 年 4 月 15 日　8 版

669. 吉　維　《隱地看小說》讀後　青溪　第 65 期　1972 年 11 月　頁 137—
144

詩

《四重奏》

670. 瘂　弦　湖畔——王愷、艾迪、隱地、沈臨彬合集《四重奏》小引　聚繖
花序 1　臺北　洪範書店　2004 年 6 月　頁 161—164

《法式裸睡》

671. 陳義芝　　隱地的現代文人畫——讀《法式裸睡》　中時晚報　1995 年 1 月 29 日　11 版

672. 陳義芝　　隱地的現代文人畫——序《法式裸睡》　法式裸睡　臺北　爾雅出版社　1995 年 2 月　頁 1—8

673. 袁瓊瓊　　素人詩《法式裸睡》　聯合報　1995 年 3 月 2 日　42 版

674. 楊傳珍　　打撈詩心，激活詩情——我讀《法式裸睡》　爾雅人　第 88 期 1995 年 5 月 20 日　2 版

675. 扶桑〔河南〕　　下午茶時分，約會詩歌女神——隱地先生詩集《法式裸睡》讀後　幼獅文藝　第 504 期　1995 年 12 月　頁 88—90

676. 扶　桑　　下午茶時分，約會詩歌女神——《法式裸睡》讀後　一天裏的戲碼　臺北　爾雅出版社　1996 年 4 月　頁 197—203

677. 張索時　　滿目秋山別樣紅——評隱地詩集《法式裸睡》　明道文藝　第 238 期　1996 年 1 月　頁 142—144

678. 張索時　　滿目秋山別樣紅——評隱地詩集《法式裸睡》　一天裏的戲碼 臺北　爾雅出版社　1996 年 4 月　頁 179—184

679. 張索時　　滿目秋山別樣紅　桃花扇的下落　臺北　瀛舟出版社　2003 年 7 月　頁 168—171

680. 羅　英　　人啊人——《法式裸睡》的人生　一天裏的戲碼　臺北　爾雅出版社　1996 年 4 月　頁 185—187

681. 劉　俊　　獨特而又純熟的詩世界——論隱地的《法式裸睡》　聯合文學 第 152 期　1997 年 6 月　頁 152—155

682. 劉　俊　　獨特而又純熟的詩世界——論隱地的《法式裸睡》　從臺港到海外：跨區域華文文學的多元審視　廣州　花城出版社　2004 年 2 月　頁 82—87

683. 呂大明　　精緻在歲華裏——讀隱地詩集《法式裸睡》　明道文藝　第 262 期　1998 年 1 月　頁 122—126

《一天裏的戲碼》

684. 周炎錚　演出歲月——讀隱地《一天裏的戲碼》　臺灣新聞報　1996 年 5 月 8 日　19 版

685. 周炎錚　演出歲月，評《一天裏的戲碼》　爾雅人　第 95 期　1996 年 7 月 4 版

686.〔中華日報〕　隱地出第一本詩集　中華日報　1996 年 5 月 28 日　14 版

687. 琦　君　我看新詩——與隱地談《一天裏的戲碼》　中華日報　1996 年 6 月 28 日　14 版

688. 張春榮　誰在屋外吹起熄燈號——談隱地《一天裏的戲碼》　文訊雜誌　第 130 期　1996 年 8 月　頁 21—22

689. 扶　桑　我和你以擁抱的身體寫詩——《一天裏的戲碼》中的愛情詩印象　臺灣日報　1996 年 9 月 24 日　23 版

690. 張索時　隱地的第二枝花——《一天裏的戲碼》　明道文藝　第 248 期　1996 年 11 月　頁 50—53

691. 張索時　隱地的第二枝花　桃花扇的下落　臺北　瀛舟出版社　2003 年 7 月　頁 172—177

692. 楊傳珍　讀《一天裏的戲碼》隨想　乾坤詩刊　第 7 期　1998 年 7 月　頁 34—35

《生命曠野》

693. 吳　當　生命曠野，繁花似錦——導讀隱地《生命曠野》　中央日報　1999 年 12 月 29 日　25 版

694. 吳　當　生命曠野，繁花似錦——導讀隱地《生命曠野》　生命曠野　臺北　爾雅出版社　2000 年 1 月　頁 7—14

695. 吳　當　生命曠野，繁花似錦——導讀隱地《生命曠野》　拜訪新詩　臺北　爾雅出版社　2001 年 2 月　頁 183—187

696. 張淑芬　新書介紹——《生命曠野》　中國時報　2000 年 3 月 2 日　42 版

697. 琦　君　寫給隱地的信——賞析《生命曠野》　臺灣新聞報　2000 年 4 月 6 日　B7 版

698. 流　蘇　　《生命曠野》——隱地詩集　中央日報　2000 年 5 月 29 日　22
　　　　　　　版

699. 沈　奇　　清溪弄快，小風送爽——讀隱地詩集《生命曠野》　臺港文學選
　　　　　　　刊　2000 年第 9 期　2000 年 9 月　頁 56—57

700. 沈　奇　　清溪奔快，小風送爽——評隱地詩集《生命曠野》　沈奇詩學論
　　　　　　　集——臺灣詩人論評　北京　中國社會科學出版社　2005 年 8 月
　　　　　　　頁 288—292

701. 章亞昕　　隱身於人生的大地——讀隱地的《生命曠野》　明道文藝　第 294
　　　　　　　期　2000 年 9 月　頁 65—71

702. 章亞昕　　隱身於人生的大地——讀隱地的《生命曠野》　漲潮日　臺北
　　　　　　　爾雅出版社　2000 年 11 月　頁 269—280

703. 張世聰　　《生命曠野》導讀篇　閱讀爾雅：賀爾雅成立三十四周年　臺北
　　　　　　　爾雅出版社　2009 年 7 月　頁 22—24

《詩歌舖》

704. 喬　　　　細膩暇情裡覓得桃花源——隱地遁入《詩歌舖》　臺灣新聞報
　　　　　　　2002 年 2 月 27 日　13 版

705. 黃守誠　　浪漫與寫實之間——《詩歌舖》裡的貨色試探　文訊雜誌　第 198
　　　　　　　期　2002 年 4 月　頁 27—28

706. 吳　當　　在《詩歌舖》裡築夢　明道文藝　第 314 期　2002 年 5 月　頁
　　　　　　　114—118

707. 麥　穗　　品嘗從透明中逸出的一股醇香——讀隱地著《詩歌舖》詩集有感
　　　　　　　全國新書資訊月刊　第 46 期　2002 年 10 月　頁 75—77

708. 劉益州　　自我與他者的呈現：隱地《詩歌舖》中主體際性敘述之研究
　　　　　　　「隱地與華文文學」兩岸三地學術研討會　彰化　明道大學，香
　　　　　　　港大學，澳門大學，徐州師範大學，廈門大學，香港專業進修學
　　　　　　　院，明道文教基金會主辦　2011 年 6 月 10 日

709. 劉益州　　自我與他者的呈現——隱地《詩歌舖》中主體際性序術之研究

都市心靈工程師　臺北　爾雅出版社　2011 年 6 月　頁 375—403

710. 劉益州　　自我與他者的呈現：隱地《詩歌鋪》中主體際性敘述之研究　意
識的現形：新詩中的現象學　臺北　秀威資訊科技公司　2013 年
9 月　頁 47—84

《七種隱藏》

711. 〔臺灣新聞報〕　　隱地中英詩選《七種隱藏》出版　臺灣新聞報　2002 年
8 月 23 日　13 版

712. 唐文俊（C. Matthew Towns）　　譯者序　七種隱藏　臺北　爾雅出版社
2002 年 9 月　頁 2—25

713. 胡　冰　　咖啡禪——讀《七種隱藏》　十年詩選　臺北　爾雅出版社
2004 年 10 月　頁 211—215

714. 余境熹　　非關「爾雅」:論隱地《七種隱藏》的禁忌語和委婉語　「隱地與
華文文學」兩岸三地學術研討會　彰化　明道大學,香港大學,
澳門大學,徐州師範大學,廈門大學,香港專業進修學院,明道
文教基金會主辦　2011 年 6 月 10 日

715. 余境熹　　非關「爾雅」——論隱地《七種隱藏》的禁忌語和委婉語　都市
心靈工程師　臺北　爾雅出版社　2011 年 6 月　頁 457—484

《十年詩選》

716. 陳謏翔　　《十年詩選》　中央日報　2004 年 11 月 23 日　17 版

717. 林武憲　　文學園丁的詩歌花園——隱地《十年詩選》　全國新書資訊月刊
第 80 期　2005 年 8 月　頁 59—60

718. 張索時　　超短詩的妙趣——以隱地《十年詩選》為例　文訊雜誌　第 242
期　2005 年 12 月　頁 15—18

《風雲舞山》

719. 陳義芝　　思無邪之美——小論隱地新詩集《風雲舞山》　風雲舞山　臺北
爾雅出版社　2010 年 11 月　頁 3—13

720. 陳義芝　　思無邪之美——小論隱地新詩集《風雲舞山》　文訊雜誌　第 301

期 2010 年 11 月 頁 24—27

721. 陳義芝 思無邪之美：以隱地的詩為例 所有動人的故事：文學閱讀與批
評 臺北 書林出版公司 2017 年 9 月 頁 138—143

722. 向 明 驚聞隱地要「收攤」 聯合報 2010 年 12 月 4 日 D3 版

散文

《快樂的讀書人》

723. 琦 君 讀隱地《快樂的讀書人》——有酒無書俗了人 中華日報 1976
年 6 月 10 日 9 版

724. 戴度山 讀書樂——看《快樂的讀書人》 書評書目 第 35 期 1976 年 3
月 頁 91—92

725. 冷 月 談《快樂的讀書人》 中華日報 1976 年 4 月 8 日 9 版

726. 冷 月 談《快樂的讀書人》 落花一片天上來 臺北 爾雅出版社
1976 年 12 月 頁 90—92

727. 吳詠九 隱地《快樂的讀書人》讀後 中華日報 1976 年 4 月 28 日 12
版

728. 桂文亞 做個《快樂的讀書人》 中華日報 1976 年 6 月 9 日 12 版

729. 薇薇夫人 《快樂的讀書人》 落花一片天上來 臺北 爾雅出版社
1976 年 12 月 頁 94—95

730. 羅逸誠 願大家都是《快樂的讀書人》 自立晚報 1979 年 4 月 29 日 3
版

731. 魏淑貞 《快樂的讀書人》——隱地予人的感受 自立晚報 1980 年 7 月
20 日 3 版

732. 魏淑貞 《快樂的讀書人》 爾雅 臺北 爾雅出版社 1981 年 7 月 頁
359—361

733. 彭尚儀 《快樂的讀書人》 用書認識我自己 臺中 白象文化公司
2018 年 3 月 頁 137

《現代人生》

734. 林貴真　生活在《現代人生》裡　現代人生　臺北　爾雅出版社　1976 年 10 月　頁 7—10

735. 吳友詩　評介《現代人生》　中華日報　1976 年 12 月 6 日　5 版

736. 任　真　讀《現代人生》　青年戰士報　1976 年 12 月 19 日　10 版

737. 夏　門　從〈丟的哲學〉談起——兼介《現代人生》　落花一片天上來 臺北　爾雅出版社　1976 年 12 月　頁 208—209

738. 丁樹南　現代人的鏡子——《現代人生》過目記　落花一片天上來　臺北 爾雅出版社　1976 年 12 月　頁 210—214

739. 丁樹南　現代人的鏡子——《現代人生》過目記　中華日報　1977 年 1 月 3 日　10 版

740. 〔民聲日報〕　隱地著《現代人生》　民聲日報　1977 年 1 月 24 日　9 版

741. 彭尚儀　《現代人生》　用書認識我自己　臺中　白象文化公司　2018 年 3 月　頁 138—139

《歐遊隨筆》

742. 廖永來　讀《歐遊隨筆》有感　新文藝　第 253 期　1977 年 4 月　頁 15— 16

743. 喻麗清　《歐遊隨筆》印象　書評書目　第 86 期　1980 年 6 月　頁 46— 47

744. 喻麗清　《歐遊隨筆》印象　爾雅　臺北　爾雅出版社　1981 年 7 月　頁 363—364

745. 彭尚儀　《歐遊隨筆》　用書認識我自己　臺中　白象文化公司　2018 年 3 月　頁 140—141

《我的書名就叫書》

746. 羅逸誠　一本書的故事——《我的書名就叫書》　自立晚報　1979 年 1 月 7 日　3 版

747. 鮑　芷　隱地的新書　中央日報　1979 年 1 月 24 日　11 版

748. 任　真　　讀《我的書名就叫書》　民族晚報　1979 年 1 月 25 日　11 版

749. 陳　煌　　書是眼睛的延伸──隱地的《我的書名就叫書》　愛書人　第 98
期　1979 年 1 月　1 版

750. 黃忠慎　　向書的幕後英雄致謝──《我的書名就叫書》讀後　中華日報
1979 年 3 月 30 日　11 版

751. 〔編輯部〕　　《我的書名就叫書》　愛書人　第 130 期　1980 年 1 月　3
版

752. 舟　子　　《我的書名就叫書》吐露出版人辛酸　大華晚報　1980 年 3 月 9
日　7 版

753. 蔡木生　　是「釋名」，非「說文解字」──談《我的書名就叫書》　臺灣
日報　1981 年 5 月 11 日　8 版

754. 彭尚儀　　《我的書名就叫書》　用書認識我自己　臺中　白象文化公司
2018 年 3 月　頁 142—144

《誰來幫助我》

755. 尤　時　　《誰來幫助我》讀後感　文壇　第 244 期　1980 年 10 月　頁 81
—83

756. 郭明福　　熱腸冷眼看人生──評介《誰來幫助我》　書評書目　第 95 期
1981 年 3 月　頁 43—47

757. 郭明福　　熱腸冷眼看人生──《誰來幫助我》　爾雅　臺北　爾雅出版社
1981 年 7 月　頁 365—370

《兩岸》

758. 彭尚儀　　《兩岸》　用書認識我自己　臺中　白象文化公司　2018 年 3 月
頁 153—154

《作家與書的故事》

759. 林慶彰　　作家與讀者的橋樑──《作家與書的故事》讀後　文訊雜誌　第
22 期　1986 年 2 月　頁 199—204

「人性三書」──《心的掙扎》

760. 郭明福　關不住的心聲　中央日報　1984 年 12 月 3 日　10 版

761. 沙　牧　感性的哲思，讀隱地《心的掙扎》　自立晚報　1985 年 5 月 26 日　10 版

762. 馬　森　《心的掙扎》　書香廣場　第 1 期　1986 年 11 月　頁 50

763. 馬　森　序《心的掙扎》　心的掙扎　臺北　爾雅出版社　1988 年 3 月　頁 7—10

764. 馬　森　序《心的掙扎》　人啊人　臺北　爾雅出版社　2007 年 7 月　頁 332—334

765. 唐潤鈿　《心的掙扎》　書香廣場　第 1 期　1986 年 11 月　頁 50

766. 鐘麗慧　《心的掙扎》　書香廣場　第 1 期　1986 年 11 月　頁 50

767. 張孟三　掙扎的心——讀《心的掙扎》　陋室手記　臺北　采風出版社　1988 年 10 月　頁 141—143

768. 〔文藝作品調查研究小組編〕　《心的掙扎》　心靈饗宴　臺北　國家文藝基金管理委員會　1992 年 6 月　頁 224—225

769. 〔文藝作品調查研究小組編〕　《心的掙扎》　書林采風　臺北　國家文藝基金管理委員會　1992 年 6 月　頁 221—222

770. 游　子　心靈掙扎出的人生況味——評隱地的《心的掙扎》　爾雅人　第 71 期　1992 年 7 月 20 日　2 版

771. 彭尚儀　《心的掙扎》　用書認識我自己　臺中　白象文化公司　2018 年 3 月　頁 155—156

「人性三書」——《人啊人》

772. 郭明福　人之大患，為吾有身——讀《人啊人》　自立晚報　1987 年 7 月 19 日　10 版

773. 〔編輯部〕　《人啊人》　文化貴族　第 1 期　1988 年 2 月　頁 107

774. 張孟三　人啊！人　陋室手記　臺北　采風出版社　1988 年 10 月　頁 144—147

775. 秦　嶽　識盡千千萬萬人——評介隱地的《人啊人》　書香處處聞　臺中

中市文化　1999 年 6 月　頁 59—63

776. 秦　　嶽　　識盡千千萬萬人——評介隱地的《人啊人》　明道文藝　第 382
期　2008 年 1 月　頁 114—118

777. 秦　　嶽　　識盡千千萬萬人——評介隱地的《人啊人》　書海微波　臺北
文史哲出版社　2008 年 2 月　頁 115—121

778. 彭尚儀　　《人啊人》　用書認識我自己　臺中　白象文化公司　2018 年 3
月　頁 157—159

「人性三書」——《眾生》

779. 彭尚儀　　《眾生》　用書認識我自己　臺中　白象文化公司　2018 年 3 月
頁 160—161

《隱地極短篇》

780. 六　　月　　吃喝之外——處處是心情——讀隱地「餐飲手冊」　臺灣日報
1990 年 5 月 31 日　15 版

781. 陳義芝　　大膽行獵——略析《隱地極短篇》　爾雅人　第 69 期　1992 年 3
月 10 日　2 版

782. 陳義芝　　大膽行獵——略析《隱地極短篇》　文訊雜誌　第 77 期　1992 年
3 月　頁 115—116

783. 陳義芝　　大膽行獵——略析《隱地極短篇》　極短篇美學　臺北　爾雅出
版社　1992 年 5 月　頁 173—177

784. 郭明福　　直見性命的況味——推介《隱地極短篇》　爾雅人　第 74 期
1993 年 1 月 5 日　3 版

785. 徐　　學　　咖啡心情——讀《隱地極短篇》　明道文藝　第 202 期　1993 年
1 月　頁 76—79

786. 徐　　學　　咖啡心情——讀《隱地極短篇》　爾雅人　第 76 期　1993 年 5 月
20 日　3 版

787. 彭尚儀　　《隱地極短篇》　用書認識我自己　臺中　白象文化公司　2018
年 3 月　頁 164—165

《愛喝咖啡的人》

788. 呂大明　夢，正當序幕——讀隱地《愛喝咖啡的人》　爾雅人　第 72 期　1992 年 9 月 16 日　2 版

《翻轉的年代》

789. 金仲達　我讀隱地《翻轉的年代》　明道文藝　第 224 期　1994 年 11 月　頁 53—65

790. 鄭喻如　悲涼之感——讀《翻轉的年代》　臺灣日報　1995 年 4 月 7 日　11 版

791. 彭尚儀　《翻轉的年代》　用書認識我自己　臺中　白象文化公司　2018 年 3 月　頁 162—163

《出版心事》

792. 彭尚儀　《出版心事》　用書認識我自己　臺中　白象文化公司　2018 年 3 月　頁 152

《盪著鞦韆喝咖啡》

793. 陶靜竹　隱地《盪著鞦韆喝咖啡》，述說中年心情　中華日報　1998 年 8 月 18 日　15 版

794. 彭尚儀　《盪著鞦韆喝咖啡》　用書認識我自己　臺中　白象文化公司　2018 年 3 月　頁 166—167

《我的宗教我的廟》

795. 方念豫　隱地《我的宗教我的廟》，林貴真《讀書會任我遊》　聯合報　2001 年 7 月 23 日　29 版

796. 〔臺灣新聞報〕　隱地第廿六本書與爾雅創社同年　臺灣新聞報　2001 年 8 月 13 日　18 版

797. 夏著語　《我的宗教我的廟》　中央日報　2001 年 9 月 4 日　18 版

798. 夏著語　《我的宗教我的廟》　自從有了書以後……　臺北　爾雅出版社　2003 年 7 月　頁 205

799. 落　蒂　書香滿懷——讀隱地《我的宗教我的廟》　書香滿懷　臺北　文

史哲出版社　2015 年 2 月　頁 9—14

800. 彭尚儀　　《我的宗教我的廟》　用書認識我自己　臺中　白象文化公司
2018 年 3 月　頁 171—172

《自從有了書以後……》

801.〔臺灣新聞報〕　　隱地新作《自從有了書以後》　臺灣新聞報　2003 年 7
月 10 日　16 版

802. 落　蒂　尋找現代桃花源　青年日報　2003 年 9 月 7 日　10 版

803. 落　蒂　尋找現代桃花源——讀隱地《自從有了書以後》　書香滿懷　臺
北　文史哲出版社　2015 年 2 月　頁 76—78

804. 吳　當　文學心，故人情——讀隱地《自從有了書以後》　明道文藝　第
346 期　2005 年 1 月　頁 52—54

805. 彭尚儀　　《自從有了書以後》　用書認識我自己　臺中　白象文化公司
2018 年 3 月　頁 173—174

《人生十感》

806. 丁　丁　　《人生十感》　中央日報　2004 年 6 月 4 日　17 版

807. 落　蒂　百感交集話人生——讀隱地《人生十感》　書香滿懷　臺北　文
史哲出版社　2015 年 2 月　頁 113—116

808. 彭尚儀　　《人生十感》　用書認識我自己　臺中　白象文化公司　2018 年
3 月　頁 175—176

《身體一艘船》

809. 石曉楓　創作與出版的「雙棲寫照」　中央日報　2005 年 4 月 17 日　17
版

810. 石曉楓　創作與出版的「雙棲寫照」——隱地《身體一艘船》　生命的浮
影：跨世代散文書　臺北　麥田出版　2018 年 12 月　頁 165—
168

《草的天堂》

811. 黎湘萍　隱地的時間——序《草的天堂》　草的天堂　臺北　爾雅出版社

2005 年 10 月　頁 1—22

812. 黎湘萍　隱地的時間——序《草的天堂》　從邊緣返回中心——黎湘萍選集　廣州　花城出版社　2014 年 11 月　頁 246—259

813. 楊美紅　那段美好時光　中央日報　2005 年 11 月 20 日　17 版

814. 楊美紅　那段美好時光　散文隱地——隱地散文創作觀及其實踐　臺北　爾雅出版社　2014 年 4 月　頁 247—249

815. 歐宗智　隱地散文的修辭特色——談《草的天堂》　中國語文　第 98 卷第 5 期　2006 年 5 月　頁 93—95

《隱地二百擊》

816. 〔自由時報〕　《隱地二百擊》　自由時報　2006 年 1 月 17 日　E7 版

817. 夏　行　《隱地二百擊》　中央日報　2006 年 1 月 23 日　17 版

818. 李進文　思索生命歷程之書　中華日報　2006 年 2 月 9 日　23 版

819. 歐宗智　《隱地二百擊》　中國時報　2006 年 2 月 19 日　B3 版

820. 歐宗智　小品天地寬——讀《隱地二百擊》　全國新書資訊月刊　第 88 期　2006 年 4 月　頁 61—62

821. 彭尚儀　《隱地二百擊》　用書認識我自己　臺中　白象文化公司　2018 年 3 月　頁 177—178

《春天窗前的七十歲少年》

822. 座頭鯨　《春天窗前的七十歲少年》　自由時報　2008 年 1 月 16 日　D13 版

823. 張世聰　《春天窗前的七十歲少年》導讀篇　閱讀爾雅：賀爾雅成立三十四周年　臺北　爾雅出版社　2009 年 7 月　頁 113—119

824. 王鼎鈞　七十歲的少年　桃花流水杳然去　臺北　爾雅出版社　2012 年 2 月　頁 273—274

825. 王鼎鈞　七十歲的少年——隱地《春天窗前的七十歲少年》　王鼎鈞書話　臺北　爾雅出版社　2014 年 7 月　頁 99—100

《我的眼睛》

826. 丁文玲　　文學推手隱地‧寫出生命高音　中國時報　2008 年 6 月 15 日　A14 版

827. 亮　軒　　正港生活大師──讀隱地的《我的眼睛》[19]　文訊雜誌　第 272 期　2008 年 6 月　頁 112─113

828. 亮　軒　　從《我的眼睛》讀隱地的生活態度　存在與超越：論隱地的詩歌世界　臺北　爾雅出版社　2009 年 1 月　頁 133─138

829. 亮　軒　　從《我的眼睛》讀隱地的生活態度　帶走一個時代的人──從李敖到周夢蝶　臺北　爾雅出版社　2018 年 7 月　頁 209─212

830. 〔文學人〕　《我的眼睛》　文學人　第 15 期　2008 年 8 月　頁 167

831. 楊傳珍　　隱地的眼睛──《我的眼睛》讀後　回頭　臺北　爾雅出版社　2009 年 1 月　頁 250─252

832. 張世聰　　《我的眼睛》導讀篇　閱讀爾雅：賀爾雅成立三十四周年　臺北　爾雅出版社　2009 年 7 月　頁 125─131

《遺忘與備忘》

833. Gutevolk　隱地著‧《遺忘與備忘》　自由時報　2009 年 11 月 22 日　D9 版

834. Gutevolk　隱地的文學記年──《遺忘與備忘》　一日神　臺北　爾雅出版社　2011 年 3 月　頁 211

835. 林文義　　微型文學史──讀隱地《遺忘與備忘》　文訊雜誌　第 290 期　2009 年 12 月　頁 96─97

836. 凌性傑　　隱地的時光書寫[20]　朋友都還在嗎？　臺北　爾雅出版社　2010 年 3 月　頁 193─194

837. 凌性傑　　六十年來家國──從王鼎鈞《文學江湖》談起──微型文學史──隱地《遺忘與備忘》　王鼎鈞書話　臺北　爾雅出版社　2014 年 7 月　頁 249

---

[19]本文後改篇名為〈從《我的眼睛》讀隱地的生活態度〉。
[20]本文為〈六十年來家國〉一文節錄。

838. 凌性傑　　六十年來家國——隱地、王鼎鈞、齊邦媛的時光書寫——微型文
　　　　　　學史——隱地《遺忘與備忘》　陪你讀的書——從經典到生活的
　　　　　　42 則私房書單　臺北　城邦文化公司　2015 年 11 月　頁 158—
　　　　　　159

839. 凌性傑　　六十年來家國——隱地、王鼎鈞、齊邦媛的時光書寫——微型文
　　　　　　學史——隱地《遺忘與備忘》　深夜的人　臺北　爾雅出版社
　　　　　　2015 年 12 月　頁 230—231

840. 張騰蛟　　隱地：《遺忘與備忘》　書註　臺北　爾雅出版社　2013 年 11 月
　　　　　　頁 259—260

《朋友都還在嗎？》

841. 張瑞芬　　邊邊角角看文壇（代序）　朋友都還在嗎？　臺北　爾雅出版社
　　　　　　2010 年 3 月　頁 3—6

842. 張瑞芬　　邊邊角角看文壇——我讀隱地《朋友都還在嗎？——《遺忘與備
　　　　　　忘》續記》　文訊雜誌　第 294 期　2010 年 4 月　頁 122—123

843. 張瑞芬　　邊邊角角看文壇——評隱地《朋友都還在嗎？——遺忘與備忘續
　　　　　　記》　春風夢田：臺灣當代文學評論集　臺北　爾雅出版社
　　　　　　2011 年 2 月　頁 112—115

844. 李進文　　時間彷彿一條河　朋友都還在嗎？　臺北　爾雅出版社　2010 年
　　　　　　3 月　頁 189—191

845. 張騰蛟　　隱地：《朋友們都還在嗎？——《遺忘與備忘》續記》　書註
　　　　　　臺北　爾雅出版社　2013 年 11 月　頁 269—271

《人人都有困境——讀一首詩吧》

846. 瘂　弦　　有詩的生活，才有生活的詩　風雲舞山　臺北　爾雅出版社
　　　　　　2010 年 11 月　頁 156—157

847. 張世聰　　《人人都有困境，讀一首詩吧》導讀　就是愛爾雅——賀爾雅創
　　　　　　社四十周年　臺北　爾雅出版社　2015 年 7 月　頁 119—124

《生命中特殊的一年——隱地 2013 年札記》

848. 張世聰　　《生命中特殊的一年──隱地 2013 年札記》導讀　就是愛爾雅──
　　　　　　　─賀爾雅創社四十周年　臺北　爾雅出版社　2015 年 7 月　頁
　　　　　　　125─131

《回到七〇年代──七〇年代的文藝風》

849. 張素貞　　卻願所來徑──回首文學人美好的七〇年代　回到七〇年代──
　　　　　　　七〇年代的文藝風　臺北　爾雅出版社　2016 年 7 月　頁 3─7

850. 魯　雅　　小評《回到七〇年代──七〇年代的文藝風》　自由時報　2016
　　　　　　　年 8 月 16 日　D9 版

851. 魯　雅　　小評《回到七〇年代》──七七〇年代的文藝風　回到五〇年代
　　　　　　　──五〇年代的克難生活　臺北　爾雅出版社　2016 年 10 月　頁
　　　　　　　212─213

《回到五〇年代──五〇年代的克難生活》

852. 郭明福　　急急流年，滔滔逝水──評介《回到五〇年代》　全國新書資訊
　　　　　　　月刊　第 216 期　2016 年 12 月　頁 58─59

853. 郭明福　　急急流年，滔滔逝水──評介《回到五〇年代》　回到六〇年代
　　　　　　　──六〇年代的爬山精神　臺北　爾雅出版社　2017 年 2 月　頁
　　　　　　　211─214

854. 張世聰　　從《回到五〇年代》談我的五〇年代　美夢成真──對照記　臺
　　　　　　　北　爾雅出版社　2019 年 7 月　頁 143─151

《大人走了，小孩老了──1949 中國人大災難　七十年》

855. 亮　軒　　另類史筆──從《大人走了，小孩老了》說起　聯合報　2019 年
　　　　　　　3 月 2 日　D3 版

856. 亮　軒　　另類史筆──從《大人走了，小孩老了》說起　美夢成真──對
　　　　　　　照記　臺北　爾雅出版社　2019 年 7 月　頁 229─231

857. 陳美桂　　隱地的文壇家記簿──讀隱地《大人走了，小孩老了》　文訊雜
　　　　　　　誌　第 402 期　2019 年 4 月　頁 148─149

小說

《傘上傘下》

858. 李應林　　評《傘上傘下》　　野風　第 177 期　1963 年 8 月　頁 80—82

859. 劉偉勳　　《傘上傘下》作者——學生作家柯青華　自由青年　第 30 卷第 11 期　1963 年 12 月　頁 18

860. 姚家彥　我讀隱地的《傘上傘下》　《傘上傘下》再版　臺北　爾雅出版社　1964 年 6 月　頁 6

861. 桑品載　我與隱地——兼談他的《傘上傘下》　《傘上傘下》再版　臺北　爾雅出版社　1964 年 6 月　頁 7—8

862. 古　橋　我友隱地的伊甸——兼評他的《傘上傘下》　自由青年　第 34 卷第 8 期　1965 年 10 月 16 日　頁 18—19

863. 古　橋　我友隱地的伊甸——兼評他的《傘上傘下》　作家群像　臺北　大江出版社　1968 年 10 月　頁 105—110

864. 古　橋　吾友隱地的伊甸——兼評他的《傘上傘下》和其他　回到九〇年代——九〇年代的旅遊熱　臺北　爾雅出版社　2017 年 9 月　頁 5—11

865. 林少雯　隱地的《傘上傘下》　中央日報　1999 年 8 月 2 日　22 版

866. 鐘麗慧　隱地／《傘上傘下》　人間福報　2012 年 3 月 27 日　15 版

867. 應鳳凰　隱地《傘上傘下》——出版家的純情時代　文學起步 101——101 位作家的第一本書　新北　印刻文學出版公司　2016 年 12 月　頁 204—205

868. 彭尚儀　《傘上傘下》　用書認識我自己　臺中　白象文化公司　2018 年 3 月　頁 145—147

《幻想的男子》

869. 鄧榮坤　少男情懷總是詩——談隱地《幻想的男子》　自立晚報　1980 年 9 月 28 日　3 版

870. 詹　悟　　隱地《幻想的男子》　中央日報　1982 年 9 月 25 日　10 版

871. 詹　悟　　隱地《幻想的男子》　好書解讀　南投　南投縣文化局　1997 年 5 月　頁 127—129

872. 張曉風　　只是一句真心話《幻想的男子》　爾雅人　第 105、106 期合刊 1998 年 5 月　3 版

873. 張索時　　青春指南——評隱地小說集《幻想的男子》　明道文藝　第 321 期　2002 年 12 月　頁 114—128

874. 彭尚儀　　《幻想的男子》　用書認識我自己　臺中　白象文化公司　2018 年 3 月　頁 148—149

《碎心簪》

875. 彭尚儀　　《碎心簪》　用書認識我自己　臺中　白象文化公司　2018 年 3 月　頁 150—151

《風中陀螺》

876. 楊傳珍　　聞到臺灣的呼吸　中華日報　2007 年 2 月 13 日　C5 版

877. 莊裕安　　讓我跟你交換自由基——評隱地《風中陀螺》　文訊雜誌　第 257 期　2007 年 3 月　頁 112—113

878. 歐宗智　　感喟與感動——讀隱地長篇小說《風中陀螺》　全國新書資訊月刊　第 100 期　2007 年 4 月　頁 53—54

879. 王鼎鈞　　隱地何所隱——張德寧先生來論讀後　中華日報　2007 年 5 月 18 日　C5 版

880. 王鼎鈞　　隱地何所隱——也來探索《風中陀螺》的成就　春天窗前的七十歲少年　臺北　爾雅出版社　2008 年 1 月　頁 193—195

881. 張德寧　　走在小說大路上的創作者　《風中陀螺》三印　臺北　爾雅出版社 2007 年 6 月 1 日　頁 17—22

882. 王鼎鈞　　隱地何所隱——也來探索《風中陀螺》的成就　王鼎鈞書話　臺北　爾雅出版社　2014 年 7 月　頁 103—105

883. 潘年英　　在風中迷失或自覺　春天窗前的七十歲少年　臺北　爾雅出版社

　　　　　　2008 年 1 月　頁 196—199

傳記

《漲潮日》

884.　誠　　　隱地年少沉重心情，《漲潮日》坦率得令人不忍　臺灣新聞報
　　　　　　2000 年 11 月 3 日　8 版

885.　焦　桐　老師父的手藝——隱地《漲潮日》　中央日報　2000 年 11 月 6 日
　　　　　　21 版

886.　焦　桐　老師傅的手藝　我的宗教我的廟　臺北　爾雅出版社　2001 年 7
　　　　　　月　頁 177—182

887.　歐宗智　人情練達，簡單樸素——讀隱地的《漲潮日》[21]　臺灣新生報
　　　　　　2000 年 11 月 25 日　14 版

888.　歐宗智　文壇一道可口的點心——談隱地自傳《漲潮日》　文訊雜誌　第
　　　　　　182 期　2000 年 12 月　頁 28

889.　歐宗智　文壇一道可口的點心——談隱地自傳《漲潮日》　《為有源頭活
　　　　　　水來》書評集　臺北　清傳商職文教基金會　2001 年 2 月　頁
　　　　　　114—115

890.　王鼎鈞　隱地漲潮　中央日報　2000 年 11 月 28 日　21 版

891.　王鼎鈞　隱地漲潮　我的宗教我的廟　臺北　爾雅出版社　2001 年 7 月
　　　　　　頁 187—190

892.　吳　當　掙扎與成長的海浪——讀隱地《漲潮日》　臺灣新聞報　2000 年
　　　　　　11 月 29 日　8 版

893.　司馬青　《漲潮日》　臺灣新聞報　2000 年 12 月 11 日　9 版

894.　小　民　快樂的寫書人——讀隱地的《漲潮日》　臺灣新生報　2000 年 12
　　　　　　月 29 日　14 版

895.　張瑞芬　追憶往事如煙——周芬伶《戀物人語》、張讓《剎那之眼》、隱

---

[21]本文後改篇名為〈文壇一道可口的點心——談隱地自傳《漲潮日》〉。

地《漲潮日》三書評介　明道文藝　第 298 期　2001 年 1 月　頁 66—68

896. 張瑞芬　追憶往事如煙——隱地《漲潮日》　未竟的探訪：瞭望文學新版圖　臺北　城邦文化公司　2002 年 12 月　頁 47—50

897. 張春榮　天外黑風吹海立——隱地《漲潮日》　明道文藝　第 298 期 2001 年 1 月　頁 100—103

898. 張春榮　天外黑風吹海立——隱地《漲潮日》　現代散文廣角鏡　臺北 爾雅出版社　2001 年 5 月　頁 10—15

899. 傅　予　在漲潮中尋找一朵失落的浪花——隱地著《漲潮日》讀後　全國新書資訊月刊　第 26 期　2001 年 2 月　頁 31—32

900. 林貴真　懷舊與造夢——話說《從城南走來》、《洪游勉傳》、《漲潮日》　讀書會任我遊　臺北　爾雅出版社　2001 年 7 月　頁 228 —231

901. 蕭攀元　玉山社精編插畫版《漲潮日》——克難年代的在地記憶　聯合報 2001 年 9 月 10 日　29 版

902. 張秀玉　夏日讀隱地　明道文藝　第 310 期　2002 年 1 月　頁 112—114

903. 梁瓊云　等待漲潮日——我讀《漲潮日》　用心讀書　臺南　統一夢公園生活公司　2002 年 1 月　頁 204—205

904. 鍾怡雯　散文創作觀察〔《漲潮日》部分〕　2000 臺灣文學年鑑　臺北 行政院文建會　2002 年 4 月　頁 49

905. 鍾怡雯　二〇〇〇年散文創作觀察〔《漲潮日》部分〕　內斂的抒情：華文文學論評　臺北　聯合文學出版社　2008 年 12 月　頁 40—41

906. 許建崑　童年故事多〔《漲潮日》部分〕　閱讀的苗圃：我的讀書單　臺北　幼獅文化公司　2007 年 10 月　頁 72—73

907. 許俊雅　大漢溪流域的文化與文學——新莊市——文學中的新莊——河港都市／工商都市的形影〔《漲潮日》部分〕　續修臺北縣志・藝文志第三篇・文學（下）　臺北　臺北縣政府　2008 年 8 月　頁

51

908. 張世聰　《漲潮日》導讀篇　閱讀爾雅：賀爾雅成立三十四周年　臺北
　　　爾雅出版社　2009 年 7 月　頁 33—35

909. 張家鴻　張家鴻書評三篇——明天會更好——讀隱地的《漲潮日》　泉州
　　　文學　2014 年第 11 期　2014 年 11 月　頁 6—7

910. 彭尚儀　《漲潮日》　用書認識我自己　臺中　白象文化公司　2018 年 3
　　　月　頁 168—170

911. 彭尚儀　我讀《漲潮日》　美夢成真——對照記　臺北　爾雅出版社
　　　2019 年 7 月　頁 227—228

《2002／隱地》

912. 王藝學　2002・隱地　中央日報　2002 年 7 月 31 日　14 版

913. 落　蒂　當作家遇到了出版家——讀隱地日記《2002 隱地》　青年日報
　　　2002 年 8 月 22 日　10 版

914. 落　蒂　當作家遇到了出版家——讀隱地日記《2002 隱地》　書香滿懷
　　　臺北　文史哲出版社　2015 年 2 月　頁 48—51

915. 〔臺灣新聞報〕　生活礦藏開採不盡，《二〇〇二／隱地》第二卷挑動閱
　　　讀神經　臺灣新聞報　2003 年 2 月 14 日　16 版

916. 藍色夏　《讀者書評》2002／隱地　中國時報　2003 年 9 月 21 日　B3 版

917. 詹　悟　隱地的 2002 年是要說些什麼？——評《2002／隱地》　全國新書
　　　資訊月刊　第 58 期　2003 年 10 月　頁 62—66

918. 果子離　爾雅的規矩——讀《二〇〇二／隱地》　一座孤讀的島嶼　臺北
　　　遠流出版公司　2005 年 6 月　頁 32—37

《2002／隱地 Volume Two》

919. 張春榮　大自然的風吹著麥浪稻花《2002／隱地 Volume Two》　文訊雜誌
　　　第 212 期　2003 年 6 月　頁 30—31

920. Jonathan Lee　《2012／隱地》　自由時報　2013 年 4 月 1 日　D9 版

921. 黃雅歆　瑣碎與不瑣碎的日記重量　聯合報　2013 年 5 月 11 日　D3 版

922. 陳義芝　　日記文學注目　聯合報　2013 年 5 月 11 日　D3 版

文集

《回頭》

923. Boy Dylan　　隱地・《回頭》　自由時報　2009 年 2 月 25 日　D13 版

924. Bob　Dylan　　隱地的文學回憶——《回頭》　一日神　臺北　爾雅出版社
　　2011 年 3 月　頁 210

◆多部作品

《隱地看小說》、《這一代小說》

925. 方以直〔王鼎鈞〕　　兩本新書——《隱地看小說》和《這一代小說》　爾
　　雅　臺北　爾雅出版社　1981 年 7 月　頁 357—358

926. 方以直　　兩本新書——《隱地看小說》和《這一代小說》　年度小說選資
　　料篇　臺北　爾雅出版社　1983 年 2 月　頁 239—240

「人性三書」——《心的掙扎》、《人啊人》、《眾生》

927. 陳琇玲等[22]　　掙扎的心與眾生的掙扎——談隱地的人性三書　文藝月刊　第
　　252 期　1990 年 6 月　頁 8—25

928. 尹壽榮　　「人性三書」韓文版序　爾雅人　第 66 期　1991 年 9 月 20 日　2
　　版

929. 袁良駿　　崇高人性美的讚歌——讀隱地「人性三書」　評論十家　臺北
　　爾雅出版社　1993 年 12 月　頁 105—122

930. 蕭　蕭　　生命轉彎的喜悅與智慧——《人啊人》——人性三書合集　爾雅
　　人　第 152—153 期　2007 年 7 月 20 日　2 版

931. 蕭　蕭　　生命轉彎的喜悅與智慧　人啊人　臺北　爾雅出版社　2007 年 7
　　月　頁 1—4

932. 羅文玲　　隱地「人性三書」的哲學寬度與生命高度　「隱地與華文文學」
　　兩岸三地學術研討會　彰化　明道大學，香港大學，澳門大學，

---

[22]與會者：陳琇玲、王雅娟、林祝梨、黃瑞琴、梁麗玲、楊秀麗、鳳婉君、林雅惠、江美賢、劉月
　雲，蕭水順；紀錄：何麗華。

徐州師範大學，廈門大學，香港專業進修學院，明道文教基金會
主辦　2011 年 6 月 10 日

933. 羅文玲　　隱地「人性三書」的哲學寬度與生命高度　都市心靈工程師　臺
北　爾雅出版社　2011 年 6 月　頁 145—185

「咖啡三書」——《愛喝咖啡的人》、《盪著鞦韆喝咖啡》、《自從有了書以後》

934. 趙遠遠　　隱地的咖啡三書　人生十感　臺北　爾雅出版社　2004 年 5 月
頁 189—190

935. 楊德薇　　讀隱地四書有感　閱讀爾雅：賀爾雅成立三十四周年　臺北　爾
雅出版社　2009 年 7 月　頁 25—32

936. 汪淑珍　　「文學年記」人與事——《遺忘與備忘》、《朋友都還在嗎？》
全國新書資訊月刊　第 140 期　2010 年 8 月　頁 59—62

《遺忘與備忘》、《朋友都還在嗎？》

937. 汪淑珍　　《遺忘與備忘》、《朋友都還在嗎？》——「文學年記」人與事
深夜的人　臺北　爾雅出版社　2015 年 12 月　頁 217—224

「年代五書」

938. 周昭翡　　遇見一本書，看到一個時代　聯合報　2017 年 12 月 23 日　D3 版

939. 黃雅莉　　五十年間似反掌，蹈實存真思舊日——讀隱地「年代五書」　文
訊雜誌　第 393 期　2018 年 7 月　頁 173—175

單篇作品

940. 王鼎鈞　　〈草的天堂〉　兩岸書聲　臺北　爾雅出版社　1990 年 11 月　頁
105—111

941. 王鼎鈞　　〈草的天堂〉　草的天堂　臺北　爾雅出版社　2005 年 10 月　頁
91—97

942.〔鄭明娳，林燿德選註〕　　〈退書‧退書〉　智慧三品／書香　臺北　正
中書局　1991 年 7 月　頁 172

943. 簡　媜　　〈一條名叫時光的河〉編者註　八十一年散文選　臺北　九歌出
版社　1993 年 3 月　頁 25—26

944. 蕭　蕭　　〈卷三〉編者引言〔〈翻轉的年代〉部分〕　八十二年散文選
　　　　臺北　九歌出版社　1994 年 4 月　頁 85—86

945. 魚川〔梅新〕　　隱地的〈耳朵失蹤〉　中央日報　1994 年 8 月 10 日　18
　　　　版

946. 魚　川　　魚川讀詩〔〈耳朵失蹤〉〕　法式裸睡　臺北　爾雅出版社
　　　　1995 年 2 月　頁 50—53

947. 梅　新　　隱地的〈耳朵失蹤〉　魚川讀詩　臺北　三民書局　1998 年 1 月
　　　　頁 27—30

948. 吳　當　　迷亂與秩序──試析隱地〈耳朵失蹤〉　中國語文　第 80 卷第 1
　　　　期　1997 年 1 月　頁 100—102

949. 吳　當　　迷亂與秩序──試析隱地〈耳朵失蹤〉　新詩的智慧　臺北　爾
　　　　雅出版社　1997 年 2 月　頁 147—150

950. 〔隱地編著〕　　〈耳朵失蹤〉賞析　十年詩選　臺北　爾雅出版社　2004
　　　　年 10 月　頁 51—54

951. 林芙蓉　　一團火在詩人的靈魂裡燃燒──讀隱地的詩〈耳朵失蹤〉　文學
　　　　人　第 16 期　2008 年 11 月　頁 66—67

952. 喻麗清　　致隱地〈四重奏〉讀後　法式裸睡　臺北　爾雅出版社　1995 年
　　　　2 月　頁 173—176

953. 〔張默，蕭蕭編〕　　〈穿桃紅襯衫的男子〉鑑評　新詩三百首（一九一七
　　　　──一九九五）（上）　臺北　九歌出版公司　1995 年 9 月　頁
　　　　514—517

954. 張默，蕭蕭編　　〈穿桃紅襯衫的男子〉鑑評　新詩三百首百年新編（1917
　　　　──2017）・臺灣編 1　臺北　九歌出版社　2017 年 2 月　頁 343—
　　　　345

955. 辛　鬱　　〈穿桃紅襯衫的男子〉小評　八十四年詩選　臺北　現代詩季刊
　　　　社　1996 年 5 月　頁 3

956. 落　蒂　　寂寞男子的一天──〈穿桃紅襯衫的男子〉　詩的播種者　臺北

爾雅出版社　2003 年 2 月　頁 93—97

957. 〔隱地編著〕　〈穿桃紅襯衫的男子〉賞析　十年詩選　臺北　爾雅出版社　2004 年 10 月　頁 24—27

958. 吳　當　生命的眼睛——試析隱地〈眼睛坐火車〉　更生日報　1996 年 11 月 3 日　20 版

959. 吳　當　生命的眼睛——試析隱地〈眼睛坐火車〉　新詩的智慧　臺北　爾雅出版社　1997 年 2 月　頁 141—145

960. 向　明　〈詩人與黑色〉小評　八十五年詩選　臺北　現代詩季刊社　1997 年 6 月　頁 16—17

961. 守　拙　歲月無情，父愛無價——讀隱地〈爸爸的心情〉　語文月刊　1997 年第 12 期　1997 年 12 月　頁 7—8

962. 唐潤鈿　可愛的小詩〔〈十行詩〉部分〕　中華日報　1998 年 4 月 21 日　16 版

963. 唐潤鈿　可愛的小詩〔〈十行詩〉部分〕　優游於快樂時空　臺北　文史哲出版社　2009 年 1 月　頁 35—36

964. 陳幸蕙　小詩悅讀（一）——〈十行詩〉　明道文藝　第 335 期　2004 年 2 月　頁 51

965. 〔隱地編著〕　〈十行詩〉賞析　十年詩選　臺北　爾雅出版社　2004 年 10 月　頁 45—47

966. 陳嘉英　詩的眼睛——〈十行詩〉思緒整理　悅讀隱地‧創造自己　臺北　爾雅出版社　2011 年 10 月　頁 191—194

967. 向　明　〈鏡前〉賞析　八十六年詩選　臺北　現代詩季刊社　1998 年 5 月　頁 194

968. 曾琮琇　詩的戲法／法則的遊戲〔〈鏡前〉部分〕　嬉遊記：八○年代以降臺灣「遊戲」詩論　成功大學中國文學系　碩士論文　陳昌明教授指導　2006 年 7 月　頁 70—71

969. 曾琮琇　詩的戲法／法則的遊戲〔〈鏡前〉部分〕　臺灣當代遊戲詩論

　　　　　　臺北　爾雅出版社　2009 年 1 月　頁 57—58

970. 白　靈　　評〈旅行〉　八十七年詩選　臺北　創世紀詩雜誌社　1999 年 6
　　　　　　月　頁 87

971. 吳　當　　人生圖像──賞析隱地〈旅行〉　拜訪新詩　臺北　爾雅出版社
　　　　　　2001 年 2 月　頁 21—24

972. 〔隱地編著〕　〈旅行〉賞析　十年詩選　臺北　爾雅出版社　2004 年 10
　　　　　　月　頁 19—21

973. 落　蒂　　在黃昏的落日前趕路──析隱地〈旅行〉　大家來讀詩──臺灣
　　　　　　新詩品賞　臺北　文史哲出版社　2012 年 2 月　頁 58—60

974. 蕭　蕭　　〈人體搬運法〉鑑賞與寫作指導　中學生現代詩手冊　臺南　翰
　　　　　　林出版公司　1999 年 9 月　頁 167—171

975. 〔隱地編著〕　〈人體搬運法〉賞析　十年詩選　臺北　爾雅出版社
　　　　　　2004 年 10 月　頁 30—31

976. 凌性傑　　我在……〔〈人體搬運法〉〕　更好的生活　臺北　聯經出版公
　　　　　　司　2011 年 5 月　頁 75—84

977. 白　靈　　以形式搬運法突顯承載與流動的人生──〈人體搬運法〉思緒整
　　　　　　理　悅讀隱地・創造自己　臺北　爾雅出版社　2011 年 10 月　頁
　　　　　　11—13

978. 蕭　蕭　　〈瓶〉解析　天下詩選 2：1923—1999 臺灣　臺北　天下遠見出
　　　　　　版公司　1999 年 9 月　頁 26—27

979. 蕭　蕭　　蕭蕭按語：〈瓶〉　活著就是愛　臺北　幼獅文化公司　2007 年
　　　　　　10 月　頁 72—74

980. 顏艾琳　　〈瓶〉詩情・聲情　讓詩飛揚起來　臺北　幼獅文化公司　2003
　　　　　　年 8 月　頁 65—66

981. 〔隱地編著〕　〈瓶〉賞析　十年詩選　臺北　爾雅出版社　2004 年 10 月
　　　　　　頁 35—36

982. 蕭　蕭　　歌詠小物件以展現自己的生命理想──〈瓶〉思緒整理　悅讀隱

地‧創造自己　臺北　爾雅出版社　2011 年 10 月　頁 70—71

983. 蕭　蕭　　評〈瘦金體〉　八十八年詩選　臺北　創世紀詩雜誌社　2000 年 3 月　頁 47

984. 〔蕭蕭主編〕　　〈瘦金體〉詩作賞析　優游意象世界　臺北　聯合文學出版社　2006 年 6 月　頁 108

985. 〔隱地編著〕　　〈瘦金體〉賞析　十年詩選　臺北　爾雅出版社　2004 年 10 月　頁 41

986. 王德威　　溫文爾雅——《爾雅短篇小說選》序論〔〈結婚‧結婚‧結婚〉部分〕　爾雅短篇小說選：爾雅創社二十五年小說菁華　臺北　爾雅出版社　2000 年 5 月　頁 12

987. 蕭　蕭　　〈換位寫詩〉編者按語　八十九年詩選　臺北　臺灣詩學季刊雜誌社　2001 年 4 月　頁 124

988. 〔隱地編著〕　　〈換位寫詩〉賞析　十年詩選　臺北　爾雅出版社　2004 年 10 月　頁 71—72

989. 文曉村　　〈四月‧仁愛路〉點評　中國詩歌選 2001 年版　臺北　詩藝文出版社　2001 年 6 月　頁 268

990. 王　芝　　惜墨如金，海納百川——隱地〈躺〉賞析　中國海洋文學大系：二十世紀海洋詩精品賞析選集　臺北　詩藝文出版社　2002 年 4 月　頁 374—375

991. 焦　桐　　評〈山水〉　九十年詩選　臺北　臺灣詩學季刊雜誌社　2002 年 5 月　頁 190

992. 張索時　　〈裸身比劍〉——愛情寶典　幼獅文藝　第 581 期　2002 年 5 月　頁 40—42

993. 張索時　　〈裸身比劍〉——愛情寶典　桃花扇的下落　臺北　瀛舟出版社　2003 年 7 月　頁 178—182

994. 陳大為　　〈半身之愛〉評析　臺灣現代文學教程：當代文學讀本　臺北　二魚文化公司　2002 年 8 月　頁 157—158

995. 鍾怡雯　　〈半身之愛〉賞析　因為玫瑰　臺北　聯合文學出版公司　2006
　　　　年 6 月　頁 222

996. 白　靈　　〈狗的道德經〉編者案語　九十一年詩選　臺北　臺灣詩學季刊
　　　　雜誌社　2003 年 4 月　頁 31

997. 〔隱地編著〕　〈狗的道德經〉賞析　十年詩選　臺北　爾雅出版社
　　　　2004 年 10 月　頁 58

998. 張索時　　醒世醍醐〔〈觀畫記〉〕　桃花扇的下落　臺北　瀛舟出版社
　　　　2003 年 7 月　頁 183—186

999. 孟　樺　　〈我的另類家人〉——講師的話　人間福報　2003 年 12 月 14 日
　　　　11 版

1000. 蔡孟樺　　〈我的另類家人〉編者的話　那去過的過去　臺北　香海文化公
　　　　司　2006 年 9 月　頁 192—193

1001. 林積萍　　現實與虛構的向量探索——臺灣爾雅版「年度小說選」編選標準
　　　　探析〔〈寫在《五十七年短篇小說選》之前〉部分〕　海峽兩岸
　　　　現當代文學論集　臺北　臺灣學生書局　2004 年 2 月　頁 309—
　　　　323

1002. 〔向陽編〕　〈肥了櫻桃，瘦了芭蕉〉賞析　2003 臺灣詩選　臺北　二魚
　　　　文化公司　2004 年 6 月　頁 110—111

1003. 〔隱地編著〕　〈法式裸睡〉賞析　十年詩選　臺北　爾雅出版社　2004
　　　　年 10 月　頁 39

1004. 〔隱地編著〕　〈七種隱藏〉賞析　十年詩選　臺北　爾雅出版社　2004
　　　　年 10 月　頁 49

1005. 〔隱地編著〕　〈人間遊〉賞析　十年詩選　臺北　爾雅出版社　2004 年
　　　　10 月　頁 61

1006. 〔隱地編著〕　〈寂寞方程式〉賞析　十年詩選　臺北　爾雅出版社
　　　　2004 年 10 月　頁 86

1007. 〔隱地編著〕　〈靜物說話〉賞析　十年詩選　臺北　爾雅出版社　2004

年 10 月　頁 87—97

1008.〔隱地編著〕　　〈一天裡的戲碼〉賞析　十年詩選　臺北　爾雅出版社
　　　2004 年 10 月　頁 105

1009.〔隱地編著〕　　〈鬆緊篇〉賞析　十年詩選　臺北　爾雅出版社　2004 年
　　　10 月　頁 125—126

1010.〔隱地編著〕　　〈軟硬篇〉賞析　十年詩選　臺北　爾雅出版社　2004 年
　　　10 月　頁 129—130

1011.〔隱地編著〕　　〈我倒在床上〉賞析　十年詩選　臺北　爾雅出版社
　　　2004 年 10 月　頁 154—155

1012.〔隱地編著〕　　〈玫瑰花餅〉賞析　十年詩選　臺北　爾雅出版社　2004
　　　年 10 月　頁 174—175

1013.〔隱地編著〕　　〈人的歷史〉賞析　十年詩選　臺北　爾雅出版社　2004
　　　年 10 月　頁 177

1014.〔隱地編著〕　　〈蛇的悲喜劇〉賞析　十年詩選　臺北　爾雅出版社
　　　2004 年 10 月　頁 185

1015.〔隱地編著〕　　〈圓舞曲〉賞析　十年詩選　臺北　爾雅出版社　2004 年
　　　10 月　頁 189

1016.〔隱地編著〕　　〈生命曠野〉賞析　十年詩選　臺北　爾雅出版社　2004
　　　年 10 月　頁 198—199

1017.〔隱地編著〕　　〈一個喝著咖啡的人〉賞析　十年詩選　臺北　爾雅出版
　　　社　2004 年 10 月　頁 208—209

1018.蕭　蕭　　隱地〈朋友〉賞析　開拓文學沃土　臺北　聯合文學出版社
　　　2005 年 3 月　頁 39—40

1019.陳義芝　　〈背〉賞析　2004 臺灣詩選　臺北　二魚文化公司　2005 年 3
　　　月　頁 226

1020.蕭　蕭　　隱地〈漲潮〉賞析　攀登生命顛峰　臺北　聯合文學出版社
　　　2005 年 3 月　頁 43—45

1021. 蕭　蕭　　隱地〈人啊人〉賞析　臺灣現代文選・散文卷　臺北　三民書局　2005 年 6 月　頁 58—61

1022. 羅文玲　　擁有的哲學——〈人啊人〉思緒整理　悅讀隱地・創造自己　臺北　爾雅出版社　2011 年 10 月　頁 217—218

1023. 蕭　蕭　　〈宇宙三神〉賞析　2005 臺灣詩選　臺北　二魚文化公司　2006 年 2 月　頁 219

1024. 蕭　蕭　　隱地〈池邊〉賞析　揮動想像翅膀　臺北　聯合文學出版社　2006 年 6 月　頁 82—85

1025. 陳義芝　　〈薄荷痛〉賞讀　為了測量愛　臺北　聯合文學出版公司　2006 年 6 月　頁 112

1026. 蔡孟樺　　〈人生十感〉編者的話　那去過的過去　臺北　香海文化公司　2006 年 9 月　頁 182—183

1027. 張　默　　從〈款步口站〉到〈泡沫〉——「十行詩」讀後筆記〔〈雲〉部分〕　小詩・牀頭書　臺北　爾雅出版社　2007 年 3 月　頁 258—259

1028. 林黛嫚，許榮哲　　隱地〈到林先生家作客〉賞析　神探作文：讓作文變有趣的六章策略　臺北　三民書局　2007 年 4 月　頁 150—151

1029. 碧　果　　海的詞語——記詩人隱地〈風中陀螺〉　人間福報　2007 年 7 月 11 日　15 版

1030. 白　靈　　〈閒・雲〉作品賞析　2006 臺灣詩選　臺北　二魚文化公司　2007 年 7 月　頁 162

1031. 向　陽　　〈山說〉編案　2007 年臺灣詩選　臺北　二魚文化公司　2008 年 3 月　頁 27

1032. 白　靈　　利用轉化擬人法以隱指人生——〈仰望天空的樹〉思緒整理　悅讀隱地・創造自己　臺北　爾雅出版社　2011 年 10 月　頁 23—24

1033. 楊　寒　　「我」的新詩書寫——〈靜畫〉思緒整理　悅讀隱地・創造自己

臺北　爾雅出版社　2011 年 10 月　頁 43—44

1034. 楊　寒　「你」的新詩書寫——〈寫給觀看小孩的詩人〉思緒整理　悅讀
隱地‧創造自己　臺北　爾雅出版社　2011 年 10 月　頁 52—53

1035. 楊　寒　「他」的新詩書寫——〈兩位白俄麵包師傅〉思緒整理　悅讀隱
地‧創造自己　臺北　爾雅出版社　2011 年 10 月　頁 61—62

1036. 陳政彥　堅持理想，深情呼告——〈文學‧出版‧夢〉思緒整理　悅讀隱
地‧創造自己　臺北　爾雅出版社　2011 年 10 月　頁 80—82

1037. 陳政彥　旅行的意義——〈布拉格，你能守住現在的寧靜嗎？〉思緒整理
悅讀隱地‧創造自己　臺北　爾雅出版社　2011 年 10 月　頁 89
—90

1038. 王麗蓉　視角的縮放展現思維深度——〈背影〉思緒整理　悅讀隱地‧創
造自己　臺北　爾雅出版社　2011 年 10 月　頁 97—99

1039. 王麗蓉　借取智慧體證人生本質——〈成就感〉思緒整理　悅讀隱地‧創
造自己　臺北　爾雅出版社　2011 年 10 月　頁 104—105

1040. 康　珮　透過「對比」讓思慮更明晰——〈讀書與慾望〉思緒整理　悅讀
隱地‧創造自己　臺北　爾雅出版社　2011 年 10 月　頁 129—
131

1041. 康　珮　奇妙的中國字——〈品〉思緒整理　悅讀隱地‧創造自己　臺北
爾雅出版社　2011 年 10 月　頁 137—138

1042. 陳儀青　透過不同的觀察角度表現心理變化——〈生命在悄悄溜走〉思緒
整理　悅讀隱地‧創造自己　臺北　爾雅出版社　2011 年 10 月
頁 142—143

1043. 陳儀青　運用析字法引出全文旨趣——〈俗〉思緒整理　悅讀隱地‧創造
自己　臺北　爾雅出版社　2011 年 10 月　頁 149—150

1044. 卓翠鑾　細譜哀樂音符，歡唱生命樂章——〈歡唱〉思緒整理　悅讀隱
地‧創造自己　臺北　爾雅出版社　2011 年 10 月　頁 157—158

1045. 卓翠鑾　夾敘夾議的命運練習題——〈命運〉思緒整理　悅讀隱地‧創造

　　　　　　　自己　臺北　爾雅出版社　2011 年 10 月　頁 165—166

1046. 陳智弘　從一個字所生發的感思——〈詩〉思緒整理　悅讀隱地‧創造自
　　　　　　　己　臺北　爾雅出版社　2011 年 10 月　頁 174—176

1047. 陳智弘　為一座城市定調——〈聽見赫爾辛基的聲音〉思緒整理　悅讀隱
　　　　　　　地‧創造自己　臺北　爾雅出版社　2011 年 10 月　頁 183—185

1048. 陳嘉英　閱讀空間的表情——〈旅行方程式〉思緒整理　悅讀隱地‧創造
　　　　　　　自己　臺北　爾雅出版社　2011 年 10 月　頁 199—201

1049. 陳美桂　優雅淡出的人生風景——〈濃淡〉思緒整理　悅讀隱地‧創造自
　　　　　　　己　臺北　爾雅出版社　2011 年 10 月　頁 238—239

1050. 陳美桂　機趣橫生神祇顯靈的文字異想世界——〈一日神〉思緒整理　悅
　　　　　　　讀隱地‧創造自己　臺北　爾雅出版社　2011 年 10 月　頁 251
　　　　　　　—252

1051. 楊晉綺　緩慢和細節——〈刻骨情〉思緒整理　悅讀隱地‧創造自己　臺
　　　　　　　北　爾雅出版社　2011 年 10 月　頁 283—284

1052. 楊晉綺　說一個抽象的道理——〈誠品〉思緒整理　悅讀隱地‧創造自己
　　　　　　　臺北　爾雅出版社　2011 年 10 月　頁 293—294

1053. 喬　林　隱地的〈摩天大廈〉——將人心割開的是現代建築大師　人間福
　　　　　　　報　2012 年 5 月 7 日　15 版

1054. 〔李瑞騰主編〕　〈維他命標語——外四題〉——手稿／九歌出版社蔡文
　　　　　　　甫捐贈　神與物遊——國立臺灣文學館典藏精選集（三）　臺南
　　　　　　　國立臺灣文學館　2012 年 12 月　頁 34

1055. 李長青　詩的歧義〔〈街景投影〉〕　聯合報　2015 年 1 月 3 日　D3 版

1056. 陳美美　讀隱地書評〈文學史的憾事〉有感　聯合報　2015 年 4 月 11 日
　　　　　　　D3 版

1057. 馬　森　吃了一隻蒼蠅　聯合報　2015 年 4 月 25 日　D3 版

1058. 鄧榮坤　閒書生〔〈紙之死〉〕　手機與西門慶——隱地書話選　臺北
　　　　　　　爾雅出版社　2016 年 4 月　頁 264—265

多篇作品

1059. 向　明　〈人體搬運法〉、〈再生詩〉小評　八十三年詩選　臺北　現代詩季刊社　1995 年 5 月　頁 171—172

1060. 向　明　小評隱地兩首詩〔〈人體搬運法〉、〈再生詩〉〕　一天裏的戲碼　臺北　爾雅出版社　1996 年 4 月　頁 189—190

1061. 沈　奇　評〈法式裸睡〉、〈寂寞方程式〉　九十年代臺灣詩選　瀋陽　春風文藝出版社　1998 年 5 月　頁 337—342

1062. 張　默　〈躺〉、〈瘦金體〉、〈人體搬運法〉編者按語　現代百家詩選（新編）　臺北　爾雅出版社　2003 年 6 月　頁 238

1063. 陳幸蕙　〈七種隱藏〉、〈雲樹〉芬多精小棧　小詩森林：現代小詩選 1　臺北　幼獅文化公司　2003 年 11 月　頁 108—109

1064. 〔張春榮，顏藹珠編〕　〈AB 愛情〉、〈歡唱〉賞析　名家極短篇悅讀與引導　臺北　萬卷樓圖書公司　2004 年 7 月　頁 18—24

1065. 陳幸蕙　歲月的光譜[23]〔〈四行〉、〈十行詩〉〕　人間福報　2007 年 1 月 2 日　15 版

1066. 陳幸蕙　〈四行〉、〈十行詩〉向星輝斑斕處漫溯　小詩星河：現代小詩選 2　臺北　幼獅文化公司　2007 年 1 月　頁 101

1067. 張春榮　極短篇與詩創作——以隱地〈往事〉、〈山水〉為例　極短篇欣賞與教學　臺北　萬卷樓圖書公司　2007 年 3 月　頁 175—180

1068. 李長青　得失之間〔〈荸薺〉、〈遙遠之歌〉〕　風雲舞山　臺北　爾雅出版社　2010 年 11 月　頁 158—161

1069. 林明理　淺釋隱地《風雲舞山》詩 5 首〔〈偷眨眼〉、〈塵世飛翔〉、〈棉被裡的魚〉、〈快樂的夏天〉、〈飄落〉〕　全國新書資訊月刊　第 149 期　2011 年 5 月　頁 36—40

1070. 林明理　淺釋隱地《風雲舞山》詩五首〔〈偷眨眼〉、〈塵世飛翔〉、〈棉被裡的魚〉、〈快樂的夏天〉、〈飄落〉〕　湧動著一泓清

---

[23] 本文後改篇名〈〈四行〉、〈十行詩〉向星輝斑斕處漫溯〉。

泉——現代詩文評論　臺北　文史哲出版社　2012 年 3 月　頁 42—47

1071. 琹　涵　微笑的詩——分析隱地的〈雲樹〉[24]　《秋水詩刊》　第 155 期 2012 年 11 月　頁 63

1072. 華錫輝　語言重複與前景化：隱地〈草的天堂〉、〈我的書名就叫書〉、〈簡單先生的人生觀〉中的詞滙重複現象　「隱地與華文文學」兩岸三地學術研討會　彰化　明道大學，香港大學，澳門大學，徐州師範大學，廈門大學，香港專業進修學院，明道文教基金會主辦　2011 年 6 月 10 日

1073. 華錫輝　語言重複與前景化——隱地〈草的天堂〉、〈我的書名就叫書〉、〈簡單先生的人生觀〉中的詞彙重複現象　都市心靈工程師　臺北　爾雅出版社　2011 年 6 月　頁 485—516

1074. 琹　涵　生活裡的哲思——讀隱地的〈瘦金體〉　《葡萄園詩刊》　2019 年 11 月　頁 26—27

作品評論目錄、索引

1075. 〔封德屏主編〕　隱地　臺灣現當代作家評論資料目錄（七）　臺南　國立臺灣文學館　2010 年 11 月　頁 4723—4753

其他

1076. 彭　歌　短篇小說選〔《五十八年短篇小說選》〕　雙月樓說書　臺北　臺灣學生書局　1973 年 3 月　頁 131—136

1077. 黃俊東　書評：《近三十年新詩書目》、《近二十年短篇小說選集編目》　東方文化　第 16 卷第 1、2 期合刊　1978 年 1 月　頁 211—213

1078. 亮　軒　有生活就有覺悟——讀《豆腐一聲天下白》　明道文藝　第 45 期　1979 年 12 月　頁 134—138

1079. 林貴真　如果世界上沒有文字——《豆腐一聲天下白》　爾雅　臺北　爾雅出版社　1981 年 7 月　頁 151—152

---

[24]分析隱地的〈雲樹〉是隱地加上去的，原篇名只有微笑的詩。

1080. 守　誠　　書刊評介──《這一代的小說》（隱地編）　現代學苑　第 5 卷
　　　　　第 1 期　1968 年 1 月　頁 40—42

1081. 守　誠　　《這一代的小說》（隱地編）　一個里程　臺北　華美出版社
　　　　　1968 年 6 月　頁 211—217

1082. 林雙不　　《這一代的小說》　中央日報　1980 年 12 月 21 日　5 版

1083. 林雙不　　《這一代的小說》　爾雅　臺北　爾雅出版社　1981 年 7 月　頁
　　　　　217—220

1084. 林雙不　　《這一代的小說》　青少年書房　臺北　爾雅出版社　1981 年
　　　　　10 月　頁 105—110

1085. 林雙不　　《這一代小說》　年度小說選資料篇　臺北　爾雅出版社　1983
　　　　　年 2 月　頁 245—248

1086. 林雙不　　《琦君的世界》　書評書目　第 95 期　1981 年 3 月　頁 54

1087. 林永昌　　讀《這一代小說》　年度小說選資料篇　臺北　爾雅出版社
　　　　　1983 年 2 月　頁 241—244

1088. 應鳳凰　　看盡洛城花──《爾雅》與《出版社傳奇》　臺灣時報　1981 年
　　　　　10 月 21 日　12 版

1089. 羊　牧　　《又怨芭蕉》　中央日報　1982 年 11 月 27 日　10 版

1090. 心　吾　　讀《又怨芭蕉》　臺灣新生報　1983 年 1 月 10 日　8 版

1091. 陳銘磻　　《又怨芭蕉》　婦女雜誌　第 174 期　1983 年 3 月　頁 71

1092.〔文藝作品調查研究小組編〕　《十句話》　書林采風　臺北　國家文藝
　　　　　基金管理委員會　1992 年 6 月　頁 69—70

1093.〔文藝作品調查研究小組編〕　《十句話》　心靈饗宴　臺北　國家文藝
　　　　　基金管理委員會　1992 年 6 月　頁 76—77

1094. 歐宗智　　我看《當代臺灣作家編目》　文訊雜誌　第 103 期　1994 年 5 月
　　　　　頁 8—9

1095. 歐宗智　　向隱地致敬：我看《當代臺灣作家編目》　書評　第 10 期
　　　　　1994 年 6 月　頁 6—8

1096. 小　民　　讀《備忘手記》的感懷——致隱地　臺灣日報　1995 年 1 月 18
　　　　　　　日　9 版

1097. 王德威　　典律的生成——小說爾雅三十年（上、中、下）〔《爾雅選
　　　　　　　集》〕　聯合報　1997 年 12 月 25—27 日　41 版

1098. 黃盈雰　　《書評書目》的創刊與發展歷程——隱地、張伯權時期（1—49
　　　　　　　期）　《書評書目》雜誌之研究　臺北市立師範學院應用語言文
　　　　　　　學系　碩士論文　李瑞騰教授指導　2001 年　頁 21—28

1099. 林積萍　　隱地與「年度小說選」的出版歷程　臺灣「爾雅」三十年短篇小
　　　　　　　說選研究　東吳大學中國文學系　博士論文　沈謙教授指導
　　　　　　　2002 年　頁 31—52

1100. 丁　丁　　《詩集爾雅》　中央日報　2005 年 8 月 26 日　17 版

1101. 林德俊　　《書名篇——爾雅三十年慶文選》　中央日報　2005 年 9 月 23
　　　　　　　日　17 版

1102. Scissor Sisters　　《白先勇書話》　自由時報　2008 年 9 月 17 日　D13 版

1103. 李奭學　　批評即傳記——評隱地編《白先勇書話》　文訊雜誌　第 276 期
　　　　　　　2008 年 10 月　頁 110—111

1104. 李奭學　　批評即傳記〔《白先勇書話》〕　回頭　臺北　爾雅出版社
　　　　　　　2009 年 1 月　頁 68—74

1105. 汪淑珍　　爾雅出版社出版品特色分析　正修通識教育學報　第 6 期　2009
　　　　　　　年 6 月　頁 79—115

1106. 毛　伊　　編者之幸，讀者之福——讀隱地編《王鼎鈞書話》　文訊雜誌
　　　　　　　第 346 期　2014 年 8 月　頁 142—143

國家圖書館出版品預行編目資料

臺灣現當代作家研究資料彙編. 112, 隱地/蕭蕭編選. --
初版. -- 臺南市：臺灣文學館, 2019.12
　面；　　公分
ISBN978-986-5437-34-3 (平裝)

1.隱地　2.傳記　3.文學評論

863.4　　　　　　　　　　　　　　　108018284

【臺灣現當代作家研究資料彙編】112

隱地

發 行 人　蘇碩斌
指導單位　文化部
出版單位　國立臺灣文學館
　　　　　地　　　址／70041 臺南市中西區中正路 1 號
　　　　　電　　　話／06-2217201　　　　　傳　　　真／06-2218952
　　　　　網　　　址／www.nmtl.gov.tw　　　電子信箱／pba@nmtl.gov.tw

總 策 畫　封德屏
顧　　問　林淇瀁、張恆豪、許俊雅、陳義芝、須文蔚、應鳳凰
工作小組　王譽潤、沈孟儒、李思源、林暄燁、陳玫希、蘇筱雯
編　選　蕭蕭
責任編輯　沈孟儒、李思源
校　　對　杜秀卿、沈孟儒、李思源
計畫團隊　財團法人台灣文學發展基金會
美術設計　翁國鈞・不倒翁視覺創意
印　　刷　松霖彩色印刷事業有限公司

著作財產權人　國立臺灣文學館
　　　　　本書保留所有權利。欲利用本書全部或部分內容者，須徵求著作財產權人
　　　　　同意或書面授權。請洽國立臺灣文學館研究典藏組（電話：06-2217201）

經銷展售　國立臺灣文學館藝文商店（06-2217201 ext.2960）
　　　　　國家書店松江門市（02-25180207）
　　　　　一德洋樓羅布森冊惦（04-22333739）
　　　　　三民書局（02-23617511、02-25006600）
　　　　　台灣的店（02-23625799）　　　　　府城舊冊店（06-2763093）
　　　　　南天書局（02-23620190）　　　　　唐山出版社（02-23633072）
　　　　　後驛冊店（04-22211900）　　　　　五南文化廣場（04-22260330）
　　　　　蜂書有限公司（02-33653332）

初版一刷　2019 年 12 月
定　　價　新臺幣 500 元整
　　　　　第一階段 15 冊新臺幣 5500 元整　　第二階段 12 冊新臺幣 4500 元整
　　　　　第三階段 23 冊新臺幣 8500 元整　　第四階段 14 冊新臺幣 5000 元整
　　　　　第五階段 16 冊新臺幣 6000 元整　　第六階段 10 冊新臺幣 3800 元整
　　　　　第七階段 10 冊新臺幣 4500 元整　　第八階段 10 冊新臺幣 3600 元整
　　　　　第九階段 10 冊新臺幣 4000 元整　　 全套 120 冊新臺幣 37000 元整

GPN　1010802248（單本）　　ISBN　978-986-5437-34-3（單本）
　　　1010000407（套）　　　　　　　　978-986-02-7266-6（套）